Bibliothek der Weltliteratur

Voltaire

Kleine Romane und Erzählungen

Voltaire

KLEINE ROMANE UND ERZÄHLUNGEN

Rütten & Loening · Berlin
1984

Le Crocheteur borgne · Micromégas · Le Monde comme il va · Zadig ou la Destinée · Memnon ou la Sagesse humaine · Les Deux Consolés · Histoire des voyages de Scarmentado · Histoire d'un bon bramin · Le Blanc et le Noir · Jeannot et Colin · L'Homme aux quarante écus · Le Taureau blanc

Deutsch von Christel Gersch

Candide ou l'Optimisme

Deutsch von Stephan Hermlin

L'Ingénu

Deutsch von Bernhard Wildenhahn

Mit einem Nachwort von Victor Klemperer

1. Auflage 1984

Der Abdruck der Übersetzung von „Candide" erfolgte mit Genehmigung
des Verlages Philipp Reclam jun. Leipzig
Der Abdruck des Nachworts von Victor Klemperer erfolgte mit Genehmigung
der Dieterich'schen Verlagsbuchhandlung Leipzig
Einbandgestaltung Heinz Hellmis
Karl-Marx-Werk, Graphischer Großbetrieb, Pößneck V 15/30
Printed in the German Democratic Republic
Lizenznummer 220. 415/40/84
Bestellnummer 618 346 3
01180

Der einäugige Lastträger

Unsere zwei Augen machen unsere Lage nicht besser; sieht das eine die guten Seiten des Lebens, sieht das andre die bösen. Sehr viele Leute haben die schlimme Gewohnheit, das erste zu schließen, sehr wenige schließen das zweite; darum gibt es so viele Menschen, die lieber blind sein als alles sehen wollen, was sie sehen. Glücklich die Einäugigen, die dieses böse Auge nicht haben, das alles trübt, was man betrachtet! Mesrur ist ein Beispiel dafür.

Man hätte blind sein müssen, um nicht zu sehn, daß Mesrur einäugig war. Er war es von Geburt an, aber er war ein so zufriedener Einäugiger, daß ihm nie eingefallen war, sich ein zweites Auge zu wünschen. Es waren nicht etwa Fortunas Gaben, die ihn über den Fehlgriff der Natur trösteten, denn er war ein einfacher Lastträger und besaß keinen anderen Schatz als seine beiden Schultern; aber er war glücklich, und er bewies, daß ein Auge mehr und geringere Mühsal sehr wenig zum Glücklichsein beitragen. Geld und Appetit bekam er immer im Verhältnis zu seiner Leistung; morgens arbeitete er, abends aß und trank er, nachts schlief er, und er betrachtete alle seine Tage als ebenso viele einzelne Leben, so daß die Sorge um die Zukunft ihm nie die Freude an der Gegenwart verdarb. Er war (wie ihr seht) einäugig, Lastträger und Philosoph zugleich.

Einmal sah er in einer prächtigen Kutsche eine hohe Prinzessin fahren, die ein Auge mehr hatte als er, was ihn nicht hinderte, sie sehr schön zu finden, und da die Einäugigen von anderen Menschen sich einzig darin unterscheiden, daß sie ein Auge zu wenig haben, verliebte er sich sterblich in sie.

Man wird vielleicht sagen, daß man als Lastträger und Einäugiger dazu durchaus nicht verliebt zu sein habe, insonders in eine hohe Prinzessin nicht und schon gar nicht in eine Prinzessin mit zwei Augen. Ich räume ein, man hätte allen Grund zu fürchten, daß man kein Gefallen findet; indes, Liebe ohne Hoffnung gibt es nicht, und da unser Lastträger liebte, hoffte er.

Da er mehr Beine als Augen hatte, und da sie gut waren, lief er vier Meilen hinter dem Gefährt seiner Göttin her, das sechs große Schimmel mit großer Geschwindigkeit zogen. Zu jener Zeit galt bei den Damen die Mode, ohne Lakaien und Kutscher auszufahren und selber zu kutschieren. Die Ehemänner wollten, daß sie stets allein waren, um ihrer Tugend sicherer zu sein, was der Ansicht der Moralisten entgegensteht, welche sagen, es gibt in der Einsamkeit keine Tugend.

Mesrur lief immer neben den Wagenrädern her, dergestalt daß er sein gutes Auge der Dame zuwandte, die sich nur wunderte, einen Einäugigen so flink zu sehen. Während er also bewies, daß man unermüdlich ist, wo man liebt, querte ein von Jägern verfolgtes Wild die Bahn und erschreckte die Pferde, so daß sie durchgingen und die Schöne an einen Abgrund führten. Ihr neuer Anbeter, noch erschrockener als sie, obschon sie es reichlich war, zerhieb mit wunderbarem Geschick die Stränge. Die sechs weißen Rosse taten den grausen Sprung allein, und die Dame, die nicht weniger weiß geworden als jene, kam mit dem Schrecken davon. „Wer Ihr auch seid“, sprach sie, „ich werde nie vergessen, daß ich Euch mein Leben verdanke; bittet mich, um was Ihr wollt; alles, was ich habe, ist Euer.“ – „Ach!“ sagte Mesrur, „ich könnte mit besserem Grund Euch ein Gleiches anbieten; nur ist, was ich Euch biete, immer weniger: denn ich habe nur ein Auge, Ihr aber habt zwei; indes ist ein Auge, das Euch ansieht, mehr wert als zwei Augen, die nicht in Eure sehen.“ Die Dame lächelte, denn auch Komplimente eines Einäugigen sind Komplimente; und über Komplimente lächelt man. „Ich würde Euch gern ein zweites Auge geben“, sagte sie, „aber das Geschenk konnte Euch nur Eure Mutter machen; kommt mit mir.“ Hiermit entsteigt sie ihrem Wagen und setzt den Weg zu Fuß fort; ihr kleiner Hund sprang ebenfalls herab, lief zu Fuß neben ihr her und bellte die seltsame Gestalt ihres Ritters an. Ich sollte ihn nicht ihren Ritter nennen, denn er bot der Dame zwar seinen Arm, aber sie wollte ihn nicht nehmen, weil er ihr zu schmutzig war; und ihr sollt sehen, wie sie für ihre Reinlichkeit büßte. Sie hatte sehr kleine Füße und noch kleinere Schuhe, so daß sie weder beschaffen noch beschuht war, einen langen Marsch durchzuhalten. Niedliche Füße trösten über schwache Beine, wenn man sein Leben auf einer Chaiselongue im Kreise von Stutzern zubringt; aber wozu taugen paillettenbestickte Schuhe auf einem steinichten Weg, wo niemand sie sehen kann als ein Lastträger, und gar ein Lastträger mit nur einem Auge?

Melinade (dies der Name der Schönen, den eher nicht zu nennen ich gute Gründe hatte: er war noch nicht erfunden), Melinade, sage ich, schritt aus, so gut sie konnte, verwünschte ihren Schuhmacher, zerschliß ihre Schuhe, zerriß und verrenkte sich die Füße bei jedem Schritt. Ungefähr anderthalb Stunden war sie gegangen wie große Damen gehen, das heißt, sie hatte schon beinahe eine Viertelmeile gemacht, als sie vor Müdigkeit auf der Stelle umfiel.

Mesrur, dessen Dienste sie ausgeschlagen, solange sie aufrecht stand, zauderte, ihr jetzt seine Hilfe anzutragen, aus Furcht, sie unter seiner Berührung zu beschmutzen: er wußte durchaus, daß er nicht sauber war, die Dame hatte es ihn deutlich genug spüren lassen, und der Vergleich, den er unterwegs zwischen ihr und sich angestellt, hatte es ihm noch deutlicher erwiesen. Sie trug ein leichtes silbriges Gewand, durchwirkt von Blütenranken, in dem die Schönheit ihrer Gestalt erstrahlte; er trug einen braunen Arbeitskittel mit tausend Flecken daran und dergestalt durchlöchert und geflickt, daß die Flicken allemal neben den Löchern saßen und nicht darauf, wo sie immerhin besser gesessen hätten; er hatte seine sehnigen, schwieligen Pranken mit zwei kleinen Händen verglichen, die feiner und weißer als Lilien waren; endlich hatte er Melinadens schönes Blondhaar gesehen, das, teils in Zöpfen, teils in Locken aufgesteckt, durch einen zarten Gazeschleier blinkte; er aber hatte daneben nur seine gekrauste, struppige schwarze Mähne mit einem zerfetzten Turban als einziger Zier.

Derweilen sucht Melinade, sich zu erheben, sinkt aber gleich von neuem um, und so unglücklich, daß das, was Mesrur sehen durfte, ihm den Rest Besinnung nahm, den der Anblick des schönen Angesichts ihm gelassen hatte. Er vergaß, daß er ein Lastträger, daß er einäugig war, er dachte nicht mehr an den Abstand, den das Schicksal zwischen Melinade und ihn gesetzt; kaum entsann er sich, daß er ein Liebender war, denn er fehlte gegen jenes Zartgefühl, das von wahrer Liebe, wie man behauptet, unzertrennlich ist und manchmal ihren Zauber, öfter ihre Langweiligkeit ausmacht; er nahm das Recht seines Lastträgerstandes auf Roheit in Anspruch; er wurde roh und glücklich. Die Prinzessin lag zweifellos in Ohnmacht, oder sie seufzte über ihr Los; aber da sie gerecht war, segnete sie wohl auch das Schicksal dafür, daß jedes Mißgeschick seinen Trost mit sich führt.

Die Nacht hatte ihre Schleier über den Horizont gebreitet und barg in ihrem Dämmer Mesrurs wirkliches Glück und Melinadens vorgeblichen Jammer; Mesrur genoß die Wonnen der vollkommenen Liebe und genoß sie als Lastträger, was (zur Schande der Menschheit) heißt, auf die vollkommenste Art; Melinaden kamen alle Augenblicke neue Schwächen an, und alle Augenblicke faßte ihr Liebhaber neue Kräfte. „Allmächtiger Mahomet", sprach er als verzückter Mann und schlechter Katholik, „zu meiner Glückseligkeit fehlt nur, daß die sie mitempfinde, die sie verursacht; solange ich in deinem Paradiese bin, göttlicher Prophet, gewähre mir noch diese Gunst: laß mich in Melinadens Augen sein, was sie in meinem Auge wäre, wär es Tag." – damit endete er sein Gebet und fuhr fort im Genuß. Aurora, die den Liebenden immer zu früh kommt, überraschte Mesrur und Melinade in der Haltung, worin sie selbst wenig vorher mit Tithon hätte überrascht werden können. Aber wie groß war Melinadens Erstaunen, als sie beim ersten Morgenstrahl die Augen aufschlug und sich an einem zauberischen Ort mit einem edlen Jüngling sah, dessen Antlitz dem Gestirn glich, dessen Wiederkehr die Erde erwartete! Er hatte rosige Wangen, korallne

Lippen; seine feurigen großen zärtlichen Augen sprachen von Wollust und erweckten sie zugleich; sein goldener edelsteingezierter Köcher hing ihm von der Schulter, und nur die Lust ließ seine Pfeile schwirren; sein langes Haar, gehalten von diamantener Spange, fiel frei auf seine Hüften nieder, und ein perlenbestickter durchscheinender Stoff bildete ihm das Gewand und verbarg nichts von der Schönheit seines Leibes. „Wo bin ich, wer seid Ihr?" rief Melinade in unmäßigem Erstaunen. „Ihr seid bei dem Elenden", antwortete er, „der das Glück hatte, Euch das Leben zu retten, und sich für seine Mühe reich belohnt hat." Melinade, so beglückt als verwundert, bedauerte einzig, daß Mesrurs Verwandlung sich nicht eher vollzogen hatte. Sie nähert sich einem glänzenden Palast, der ihr Auge blendete, und liest überm Tor die Inschrift: „Bleibt fern, Unwürdige, dieses Tor öffnet sich allein dem Herrn des Ringes!"

Da tritt Mesrur heran, dieselbe Inschrift zu lesen; aber er sah andere Buchstaben und las die Worte: „Fürchte dich nicht und klopfe an!" Er klopfte, und sogleich taten sich die Pforten mit lautem Hall von selber auf. Unter dem Jubel von tausend Stimmen und tausend Instrumenten traten die Liebenden in ein Vestibül aus parischem Marmor; dann schritten sie in einen prächtigen Saal, wo seit zwölfhundertfünfzig Jahren ein köstlicher Festschmaus ihrer harrte, ohne daß noch eine der Speisen kalt geworden war: Sie setzten sich zur Tafel, und je tausend Sklaven von erlesener Schönheit dienten ihnen; Musik und Tänze untermischten das Mahl; und als es sein Ende fand, traten in der schönsten Ordnung, in verschiedenen Gruppen und in so herrlichen als seltsamen Gewändern alle Genien heran, dem Herrn des Ringes den Treueschwur zu leisten und den heiligen Finger zu küssen, der ihn trug.

Nun lebte in Bagdad ein überaus frommer Muselman, der, da er nicht in die Moschee zur Waschung gehen konnte, das Wasser der Moschee in sein Haus kommen ließ mittels einer kleinen Zahlung an den Priester. Er hatte soeben die fünfte Waschung vollzogen, um sich zum fünften Gebet zu bereiten, und seine Magd, ein junges, wenig frommes Ding, entledigte sich des geheiligten Wassers, indem sie es aus dem Fenster schüttete. Es traf einen Elenden, der in tiefem Schlaf an einem Eckstein lag, der ihm zum Kissen diente. Er wurde durchnäßt und erwachte. Es war der arme Mesrur, der aus seinem Zauberreich wiederkehrte, auf seiner Reise aber den Ring Salomons verloren hatte. Er hatte seine prächtigen Kleider eingebüßt und wieder seinen Kittel an; sein schöner goldener Köcher war gegen sein hölzernes Tragereff vertauscht, und, Gipfel des Unglücks, er hatte unterwegs eines seiner Augen gelassen. Da entsann er sich, daß er am Abend zuvor eine große Menge Branntwein getrunken, der seine Sinne eingelullt und seine Einbildung entflammt hatte. Liebte er diese Flüssigkeit bisher aus Geschmack daran, begann er nun, sie aus Dankbarkeit zu lieben, und er ging frohgemut an seine Arbeit, fest entschlossen, seinen Lohn gegen das Mittel einzutauschen, das ihn aufs neue mit seiner geliebten Melinade vereinigte. Jeder andre wäre verzweifelt, ein armseliger Einäugiger zu sein, nachdem er zwei schöne Augen gehabt hat; von den Palastkehrerinnen sich geschmäht zu sehen, nachdem er die Gunst einer Prinzessin, schöner als die Lieblingsfrauen des Kalifen, genossen hat, und allen Bürgern von Bagdad zu Dienst zu stehn, nachdem er Herr über alle Genien war; aber Mesrur hatte ja das Auge für die bösen Seiten der Dinge nicht.

Mikromegas

Eine philosophische Geschichte

Erstes Kapitel

Ein Bewohner der Siriuswelt reist nach dem Saturn

Auf einem der Planeten, die den Sirius umkreisen, gab es einen sehr gescheiten Jüngling, den kennenzulernen ich die Ehre hatte, als er letzthin auf unserm kleinen Ameisenhaufen weilte; er nannte sich Mikromegas, ein Name, der allen Großen wohl ansteht. Er maß ganze acht Meilen; unter acht Meilen verstehe ich vierundzwanzigtausend geometrische Schritt zu je fünf Fuß.

Einige Meister der Algebra, der Öffentlichkeit stets zu Diensten, werden auf der Stelle zur Feder greifen und feststellen, daß, da Herr Mikromegas, Bewohner der Siriuswelt, von Kopf bis Fuß vierundzwanzigtausend Schritt, also hundertzwanzigtausend Königsfuß mißt, wir Erdbewohner indes kaum fünf Fuß messen und unser Erdball neuntausend Meilen Umfang hat – werden sie feststellen, sage ich, daß die Kugel, die ihn hervorgebracht hat, genau einundzwanzigmillionensechshunderttausendmal mehr Umfang haben muß als unsere kleine Erde. Nichts ist einfacher und üblicher in der Natur. Die Staaten einiger deutscher oder italienischer Fürsten, die man in einer halben Stunde durchreist, verglichen mit dem türkischen, moskowitischen oder chinesischen Reich, geben nur ein sehr schwaches Bild von den ungeheuren Unterschieden, die die Natur in der Fülle ihrer Schöpfungen gemacht hat.

Da Seine Riesigkeit von besagter Körpergröße ist, werden unsere sämtlichen Bildhauer und Maler sich ohne Not einigen, daß sein Leibesumfang tausend Königsfuß betragen dürfte: was eine sehr hübsche Proportion ergibt.

Nach seinem Verstand gehört er zu den höchstgebildeten

Wesen, die wir kennen; er weiß viel; er hat manches entdeckt; er war keine zweihundertfünfzig Jahre alt und studierte brauchgemäß am Jesuitenkolleg seines Planeten, als er kraft seines scharfen Kopfes bereits fünfzig Euklidische Lehrsätze erriet. Das sind achtzehn mehr als bei Blaise Pascal, der, nachdem er, laut Aussage seiner Schwester, spielend zweiunddreißig erraten hatte, ein ziemlich mittelmäßiger Mathematiker und sehr schlechter Metaphysiker wurde. Gegen sein vierhundertfünfzigstes Jahr, zu Ende der Kindheit also, sezierte er eine Unmenge jener kleinen Insekten, die keine hundert Fuß messen und unter normalen Mikroskopen nicht sichtbar sind; er schrieb darüber ein sehr aufschlußreiches Buch, das ihm allerhand Ärger einbrachte. Der Mufti seines Landes, ein großer Kleinigkeitskrämer und Ignorant, entdeckte in dem Werk verdächtige, anstößige, verwegene, freigeistige, nach Ketzerei riechende Lehrmeinungen und verfolgte ihn erbittert: und zwar ging es um die Frage, ob Siriusflöhe und Wegschnecken die gleiche Urform hätten. Mikromegas verteidigte sich geistreich; er zog die Frauen auf seine Seite; der Prozeß währte zweihundertzwanzig Jahre. Endlich ließ der Mufti das Buch von Rechtsvertretern verbieten, die es nicht gelesen hatten, und der Autor wurde verurteilt, vor achthundert Jahren nicht bei Hof zu erscheinen.

Es grämte ihn mäßig, von einem Hof verbannt zu sein, wo einzig Klatsch und Niedrigkeiten herrschten. Er verfaßte ein sehr schönes Spottlied auf den Mufti, das den wenig grätzte, und machte sich auf, von Planet zu Planet zu reisen, um sich Geist und Herz, wie man sagt, gründlich zu bilden. Wer immer nur per Postkutsche oder Berline gereist ist, wäre sicher höchst erstaunt über die Gefährte dort oben: denn wir auf unserm kleinen Schmutzflecken begreifen nicht, was über unsere Bräuche geht. Unser Weltreisender kannte die Gravitationsgesetze und sämtliche anziehenden und rückstoßenden Kräfte aufs beste. Er bediente sich ihrer so geschickt, daß er samt seiner Mannschaft bald auf einem Sonnenstrahl, bald bequem auf einem Kometen von Planet zu Planet gelangte, wie ein Vogel von Ast zu Ast fliegt. Er durchquerte binnen kurzem die Milchstraße, und hier bin ich genötigt anzumerken, daß er zwischen ihren unzähligen Sternen nie jenes Himmelsgefilde der Seligen erblickt hat, das der hochgeschätzte Vikar Derham durch sein Fernrohr gesehn zu haben sich rühmt. Nicht daß ich behaupten will, Herr Derham habe falsch geguckt, Gott behüte!, aber Mikromegas war an Ort und Stelle, er ist ein guter Beobachter, und ich will keinem widersprechen. Mit einer gezielten Wendung erreichte Mikromegas den Saturn. So gewöhnt er war, Neues kennenzulernen, er konnte sich angesichts der Winzigkeit der Kugel und ihrer Bewohner zunächst jenes überlegenen Lächelns nicht erwehren, das manchmal selbst den Weisesten ankommt. Denn schließlich ist der Saturn kaum neunhundertmal größer als die Erde, und die Saturnbewohner sind Zwerge von allenfalls tausend Klaftern. Er belustigte sich mit seinen Leuten anfangs ein wenig darüber, ungefähr wie ein italienischer Musiker über Lullys Musik lacht, wenn er nach Frankreich kommt. Da der Sirier indes ein guter Kopf war, begriff er schnell, daß ein denkendes Wesen durchaus nicht lächerlich sein muß, nur weil es nur sechstausend Fuß mißt. Nachdem er die Saturnier in Verblüffung gesetzt hatte, freundete er sich mit ihnen an. Er schloß enge Freundschaft mit dem Sekretär der Saturnischen Akademie, einem sehr gescheiten Mann, der freilich selbst nichts entdeckt hatte, aber sehr gute Berichte über die Entdeckungen anderer schrieb, ganz passable kleine Verse und große Berechnungen machte. Zur Genugtuung der Leser will ich hier ein merkwürdiges Gespräch mitteilen, das Mikromegas eines Tages mit dem Herrn Sekretär führte.

Zweites Kapitel

Gespräch des Siriers mit dem Saturnier

Nachdem Seine Exzellenz sich niedergelegt und der Sekretär sich seinem Antlitz genähert hatte, sagte Mikromegas: „Es ist erstaunlich, wie vielfältig die Natur ist!“ – „Ja“, sagte der Saturnier, „die Natur ist wie ein Blumenbeet, wo . . .“ – „Ach“, sagte der andre, „geht mir mit Eurem Blumenbeet!“ –

„Sie ist", fuhr der Sekretär fort, „wie eine Ansammlung von Brünetten und Blonden, deren Haartrachten ..." – „Eh, was gehn mich Eure Brünetten an?" sagte der andre. „Sie ist also wie eine Galerie von Gemälden, deren Eigenarten ..." – „Aber nicht doch!" sagte der Reisende; „die Natur ist wie die Natur. Wozu Vergleichungen suchen?" – „Um Euch zu erfreuen", antwortete der Sekretär. „Ich will nicht erfreut, ich will unterrichtet werden", versetzte der Reisende; „sagt mir zuerst, wieviel Sinne die Menschen Eures Planeten haben." – „Wir haben zweiundsiebzig", sagte der Akademiker, „und wir beklagen täglich, daß es so wenige sind. Unsere Einbildungskraft reicht über unsre Bedürfnisse hinaus; wir finden, daß wir mit unsern zweiundsiebzig Sinnen, unserm Ring, unsern fünf Monden gar zu beschränkt sind; und trotz unsrer Wißbegier und den zahlreichen Leidenschaften, die aus unsern zweiundsiebzig Sinnen folgen, haben wir Muße genug, uns zu langweilen." – „Das will ich glauben", sagte Mikromegas; „denn wir auf unserm Planeten haben an die tausend Sinne, und doch bleibt uns ein dunkles Sehnen, eine ewige Unruhe, die uns dauernd gemahnt, daß wir gering sind und daß es sehr viel vollkommnere Wesen geben muß. Ich bin ein wenig gereist; ich habe Sterbliche gesehn, die weit unter uns standen; ich habe weit über uns stehende gesehn; aber ich habe keine gesehen, die nicht mehr Wünsche als wahre Bedürfnisse hatten und mehr Bedürfnisse, als sie befriedigen können. Vielleicht finde ich eines Tages das Land, wo nichts mangelt; aber bisher hat mir niemand verläßliche Nachricht von diesem Land gegeben." Darauf ergingen sich der Saturnier und der Sirier in Vermutungen; aber nach vielen höchst phantasievollen und höchst ungewissen Erwägungen fanden sie zu den Tatsachen zurück. „Wie lange lebt ihr?" fragte der Sirier. „Ach! kurze Zeit", sagte der Kleine vom Saturn. „So wie wir", sagte der Sirier; „und immer beklagen wir uns, daß uns so wenig Zeit gegeben ist. Das muß ein universelles Naturgesetz sein." – „Leider!" erwiderte der Saturnier, „wir erleben allenfalls fünfhundert große Sonnenwenden. (Das entspricht nach unserer Zeitrechnung etwa fünfzehntausend Jahren.) Ihr seht, da heißt es sterben, kaum daß man geboren ist; unser

Dasein ist ein Punkt, unser Leben ein Augenblick, unser Planet ein Atom. Kaum hat man begonnen, sich ein wenig auszukennen, kommt der Tod, ehe man erfahren ist. Ich für mein Teil wage keine Pläne zu machen; ich empfinde mich wie ein Wassertropfen im unermeßlichen Ozean. Ich schäme mich insonders vor Euch der lächerlichen Gestalt, die ich in der Welt abgebe."

Mikromegas erwiderte: „Wärt Ihr nicht Philosoph, müßte ich fürchten, Euch durch die Mitteilung zu betrüben, daß unser Leben siebenhundertmal länger als Eures währt; aber Ihr wißt nur zu gut: wenn es gilt, seinen Leib den Elementen anheimzugeben und die Natur in neuer Gestalt zu beleben, was man Sterben nennt, wenn dieser Augenblick der Verwandlung gekommen ist, ist es einerlei, ob man eine Ewigkeit oder einen Tag gelebt hat. Ich bin in Ländern gewesen, wo man tausendmal länger lebt als bei uns, und fand, daß sie dort auch noch murren. Aber es gibt überall vernünftige Leute, die ihr Teil zu nehmen und dem Urheber der Natur zu danken wissen. Er hat eine Überfülle verschiedener Arten von bewundernswerter Einheitlichkeit über das All verbreitet. Zum Beispiel sind alle denkenden Wesen verschieden und gleichen sich im Grunde doch alle durch die Gabe des Denkens und des Begehrens. Überall ist Materie; aber sie hat in jeder Welt verschiedene Eigenschaften. Wieviel verschiedene Eigenschaften hat bei euch die Materie?" – „Wenn Ihr die Eigenschaften meint", sagte der Saturnier, „ohne die unser Planet, wie wir glauben, nicht fortbestehen könnte, wie er ist, zählen wir deren dreihundert, als da sind Ausdehnung, Undurchdringlichkeit, Beweglichkeit, Anziehung, Teilbarkeit usw." – „Anscheinend", sagte der Reisende, „genügt diese geringe Zahl den Absichten, die der Schöpfer auf eurer kleinen Wohnstatt hatte. Ich bewundre in allem seine Weisheit; ich sehe überall Verschiedenheit, aber auch überall Entsprechungen. Euer Planet ist klein, eure Bewohner sind es auch; ihr habt wenig Sinne; eure Materie hat wenig Eigenschaften; all das ist das Werk der Vorsehung. Welche Farbe hat, genaugenommen, eure Sonne?" – „Ein stark gelbliches Weiß", sagte der Saturnier; „und wenn wir einen ihrer Strahlen zerlegen, finden wir, daß er sieben Farben hat." – „Unsere Sonne geht ins Rote", sagte der Sirier, „und wir haben neununddreißig Grundfarben. Keine Sonne unter allen, die ich gesehen habe, gleicht einer andern, wie es kein Gesicht bei euch gibt, das nicht von allen andern verschieden wäre."

Nach manchen Fragen dieser Art erkundigte er sich, wie viele wesentlich verschiedene Substanzen man auf dem Saturn kenne. Er erfuhr, daß es knapp dreißig wären, wie Gott, Raum, Materie, körperliche empfindende Wesen, körperliche empfindende und denkende Wesen, körperlose denkende Wesen; sich durchdringende Wesen, sich nicht durchdringende Wesen usw. Der Sirier, in dessen Welt dreihundert bekannt waren und der auf seinen Reisen dreitausend weitere entdeckt hatte, setzte den Philosophen vom Saturn in unmäßiges Erstaunen. Endlich, nachdem sie sich über das wenige, was sie wußten, und das viele, was sie nicht wußten, ausgetauscht und eine ganze Sonnenwende verschwatzt hatten, beschlossen sie, gemeinsam eine kleine philosophische Reise zu machen.

Drittes Kapitel

Der Sirier und der Saturnier gehen auf die Reise

Unsere beiden Philosophen waren eben bereit, mit einem hübschen Vorrat mathematischer Instrumente in die Atmosphäre des Saturns auszufahren, als die Geliebte des Saturniers, die dies erfahren hatte, weinend herbeilief und ihm Vorhaltungen machte. Sie war ein reizendes brünettes Persönchen, das nur sechshundertsechzig Klafter maß, aber ihren kleinen Wuchs durch viele Reize wettmachte. „Grausamer, du!" rief sie, „fünfzehnhundert Jahre habe ich dir widerstanden, und kaum habe ich mich dir ergeben, kaum habe ich hundert Jahre in deinen Armen gelegen, da verläßt du mich, um mit einem Riesen von einem andern Stern auf Reisen zu gehen; ach, du bestehst nur aus Wißbegier, du hast mich nie geliebt: wenn du ein wahrer Saturnier wärest, wärst du treu. Wohin willst du? Was suchst du? Unsere fünf Monde sind verläßlicher, unser Ring ist beständiger als du. Eins steht fest, ich werde nie mehr einen Mann lieben." Der Philosoph umarmte sie und weinte mit ihr, so sehr Philosoph er auch war; und die Dame, nachdem sie in Ohnmacht gefallen, ging und tröstete sich mit einem Stutzer.

Unterdessen machten sich unsre beiden Wißbegierigen davon; zuerst sprangen sie auf den Ring, den sie ziemlich flach fanden, wie es ein berühmter Bewohner unseres kleinen Erdballs ganz richtig vermutet hat; von dort ging es von Mond zu Mond. An dem letzten kam dicht ein Komet vorbei; sie schwangen sich samt Dienern und Gerät hinauf. Als sie ungefähr hundertfünfzig Millionen Meilen zurückgelegt hatten, begegneten sie den Trabanten des Jupiter. Sie landeten auf dem Jupiter selbst und hielten sich ein Jahr dort auf, während dessen sie sehr schöne Entdeckungen machten, die jetzt schon im Druck wären, gäbe es die Herren Zensoren nicht, die einige Meinungen ein wenig zu kühn fanden. Ich aber habe das Manuskript in der Bibliothek des hochverehrten Erzbischofs von ... gelesen, der mich seine Bücher mit einer Großzügigkeit und Freundlichkeit einsehen ließ, die man nicht hoch genug rühmen kann.

Doch zurück zu unsern Reisenden. Nach Verlassen des Jupiter durchmaßen sie einen Raum von ungefähr hundert Millionen Meilen und kamen zum Mars, der, wie man weiß, fünfmal kleiner ist als unsre kleine Erde; sie fanden zwei Monde in seinem Dienst, die den Blicken unserer Astronomen bislang entgangen sind. Ich weiß genau, daß Pater Castel, sogar ziemlich spaßig, gegen die Existenz dieser zwei Monde schreiben wird; aber ich wende mich an jene, die in Analogien denken können. Und solche guten Philosophen wissen, wie schwer es dem Mars fiele, der von der Sonne so weit entfernt ist, sich mit weniger als zwei Monden zu begnügen. Doch wie dem sei, unsre Leute fanden das Ding so winzig, daß sie fürchteten, darauf keinen Platz zu finden, wo sie ihre Glieder betten könnten, und setzten ihren Weg fort, wie Wanderer, die eine schlechte Dorfschenke verachten und nach der nächstliegenden Stadt ziehn. Aber das sollten der Sirier und sein Gefährte bald bereuen. Sie trieben lange Zeit umher und fanden nichts. Endlich erspähten sie ein mattes Licht: es war die Erde: ein kläglicher Anblick für Leute, die vom Jupiter kamen. Aus Furcht aber, ein zweites Mal bereuen zu müssen, beschlossen sie zu landen. Sie rutschten auf den Schwanz des Kometen, und da sie ein Nordlicht trafen, das eben aufgegangen war, setzten sie dort hinein und kamen am fünften Juli 1737 unserer Zeitrechnung am Nordufer der Ostsee auf die Erde.

Viertes Kapitel

Was ihnen auf der Erde begegnet

Nachdem sie einige Zeit geruht hatten, verspeisten sie zum Frühstück zwei Gebirge, die ihre Leute ihnen ganz appetitlich zubereitet hatten. Darauf wollten sie die kleine Welt erkunden. Sie gingen zuerst von Nord nach Süd. Die gewöhnlichen Schritte des Siriers und seiner Leute maßen etwa dreißigtausend Königsfuß; der Zwerg vom Saturn lief japsend weit hintennach; schließlich mußte er an die zwölf Schritte machen, wenn der andre einmal das Bein vorsetzte: stellt euch (wenn solche Vergleiche gestattet sind) einen winzigen Schoßhund vor, der einem Gardehauptmann des preußischen Königs nachrennt.

Da solche Wanderer ziemlich schnell gehn, hatten sie die Weltreise in sechsunddreißig Stunden gemacht; die Sonne, oder vielmehr die Erde, macht eine solche Reise ja in einem Tag; aber man muß zugute halten, daß es sehr viel bequemer ist, sich um seine eigene Achse zu drehen als auf seinen zwei Füßen zu laufen. Nun sind sie also wieder, wo sie aufgebrochen waren, nachdem sie die kleine, ihnen kaum wahrnehmbare Lache gesehn hatten, die man das Mittelmeer nennt, und den andern kleinen Teich, der unter dem Namen Großer Ozean den Maulwurfshügel umspült. Dem Zwerg hatte das Wasser immer nur an die Waden gereicht, dem andern benetzte es gerade die Fersen. Sie taten, was sie konnten, schauten oben, schauten unten, um festzustellen, ob dieser Planet bewohnt sei oder nicht. Sie bückten sich, legten sich nieder, tasteten alles ab; aber ihre Augen und Hände, die den kleinen Wesen, die hier kreuchen, nicht angemessen waren, machten nicht die mindeste Wahrnehmung, die sie hätte vermuten lassen, daß wir und unsere Mitbrüder, die andern Erdbewohner, die Ehre haben, vorhanden zu sein.

Der Zwerg, der zuzeiten ein wenig voreilig urteilte, entschied, es gäbe kein Lebewesen auf der Erde. Seine erste Begründung war, daß er keins gesehen hatte. Mikromegas gab ihm höflich zu verstehn, daß das miserabel geschlußfolgert sei. „Denn", sagte er, „Ihr mit Euren kleinen Augen seht gewisse Sterne fünfzigster Größe nicht, die ich sehr deutlich wahrnehme; schließt Ihr daraus, daß es diese Sterne nicht gibt?" – „Aber", sagte der Zwerg, „ich habe doch alles gut abgetastet." – „Aber", versetzte der andre, „Ihr habt schlecht gefühlt." – „Aber", sagte der Zwerg, „dieser Planet ist doch so übel beschaffen, alles ist so unregelmäßig und von einer Form, die mich so lächerlich anmutet! Nein, hier scheint alles chaotisch zu sein: seht nur die kleinen Bäche, von denen keiner gerade verläuft, diese Teiche, die nicht rund, nicht eckig, nicht oval noch sonstwie regelmäßig gebildet sind; alle die kleinen spitzen Körner, womit diese Kugel gespickt ist und die mir die Füße aufgerissen haben! (Er meinte die Gebirge.) Beachtet auch die Form des ganzen Planeten, wie platt er an den Polen ist, wie linkisch er um die Sonne kreist, so daß die Polarzonen unfruchtbar sein müssen! Kurz, ich denke, daß hier nichts lebt, weil mir dünkt, daß vernünftige Wesen hier nicht leben möchten." – „Nun", sagte Mikromegas, „vielleicht sind es keine vernünftigen Wesen, die hier leben. Immerhin sieht das ganze aber aus, als sei es nicht umsonst gemacht. Alles erscheint Euch hier unregelmäßig, sagt Ihr, weil auf dem Saturn und dem Jupiter alles wie mit der Schnur gezogen ist. Ja, vielleicht herrscht gerade deshalb hier einige Unordnung! Habe ich Euch nicht gesagt, daß ich auf meinen Reisen überall Verschiedenheit beobachtet habe?" Der Saturnier fand all diesen Argumenten etwas zu erwidern. Der Streit hätte nie ein Ende gehabt, wäre Mikromegas, als er sich in Hitze redete, nicht zum Glück der Faden seines Diamanthalsbands gerissen. Die Diamanten kollerten zu Boden;

es waren hübsche kleine, ziemlich ungleiche Steine, die dicksten zu vierhundert Pfund, die kleinsten zu fünfzig. Der Zwerg sammelte etliche auf; und als er sie an seine Augen hielt, fand er, daß diese Diamanten, so wie sie geschnitten waren, ausgezeichnet als Mikroskope dienen konnten. Also nahm er so ein kleines Mikroskop von hundertsechzig Fuß Durchmesser und führte es an sein Auge; Mikromegas wählte eins von zweitausendfünfhundert Fuß. Sie waren in der Tat ausgezeichnet; aber anfangs erkannte man damit trotzdem nichts: sie mußten sie erst justieren. Endlich sah der Saturnier etwas Winziges im Wasser der Ostsee sich tummeln: es war ein Wal. Er ergriff ihn geschickt mit dem kleinen Finger; und als er ihn auf seinen Daumennagel gesetzt, zeigte er ihn dem Sirier, der zum zweitenmal über die unsägliche Winzigkeit der Bewohner unserer Kugel zu lachen anfing. Der Saturnier, nun überzeugt, daß unsere Welt bewohnt sei, bildete sich gleich ein, sie sei es nur von Walen; und da er ein großer Schlußfolgerer war, wollte er wissen, woher ein so kleines Atom seine Bewegung nehme, ob es einen Verstand, einen Willen, eine Freiheit habe. Mikromegas geriet in arge Verlegenheit; er untersuchte das Tier sehr geduldig, und das Ergebnis der Prüfung war, daß keinesfalls zu glauben stehe, darin sei eine Seele behaust. Die zwei Reisenden neigten also zu der Ansicht, daß es auf unserer Erde kein Denken gebe, als sie mit Hilfe des Mikroskops etwas ebenso Großes wie den Wal auf der Ostsee treiben sahen. Wie man weiß, kehrte zu jener Zeit eine Forschergruppe vom Polarkreis zurück, wo sie Beobachtungen gemacht hatten, deren bis dahin keiner gewärtig war. In den Zeitungen stand, ihr Schiff sei im Bottnischen Meerbusen gestrandet und sie hätten sich nur mit knapper Not retten können. Aber man erfährt auf dieser Welt nie die wahren Hintergründe der Dinge. Ich werde ungescheut erzählen, wie sich die Sache zugetragen hat, ohne meinerseits etwas hinzuzufügen: was für einen Historiker keine geringe Anstrengung ist.

Fünftes Kapitel

Erfahrungen und Betrachtungen der beiden Reisenden

Mikromegas langte mit der Hand ganz sacht nach der Stelle, wo das Objekt sich zeigte, streckte zwei Finger vor, aber zog sie wieder ein, aus Furcht, sich zu vergreifen, streckte sie erneut und drückte sie zusammen, dergestalt daß er das Schiff, das die Herren trug, sehr geschickt erfaßte, und setzte es behutsam ebenfalls auf seinen Nagel, wohlbedacht, daß er es ja nicht zerdrücke. „Dieses Tier ist dem ersten aber ganz unähnlich", sagte der Zwerg vom Saturn; der Sirier setzte das angebliche Tier auf seine flache Hand. Die Passagiere und die Besatzung, die sich von einem Wirbelsturm auf eine Art Felsen entführt wähnten, gerieten in Bewegung; die Matrosen packen Weinfässer, werfen sie Mikromegas in die Hand und springen hinterdrein. Die Forscher greifen ihre Quadranten, ihre Sextanten und Lappländermädchen und klettern hinunter auf die Finger des Siriers. Sie trieben es dermaßen, daß er schließlich etwas fühlte, was ihn kitzelte: man schlug ihm einen Eisenpflock einen Fuß tief in den Zeigefinger; er vermutete nach diesem Piken, es müßte aus dem kleinen Tier etwas herausgekommen sein; aber mehr erriet er zunächst nicht. Das Mikroskop, durch das ein Wal und ein Schiff gerade noch zu erkennen waren, hatte keine Macht über so unscheinbare Wesen wie die Menschen. Ich möchte hier niemandes Eitelkeit verletzen, aber ich sehe mich genötigt, die Großmannssüchtigen zu bitten, hier eine kleine Betrachtung mit mir anzustellen: setzten wir die Größe des Menschen auf etwa fünf Fuß an, so wäre unsere Gestalt auf der Erde nicht größer als auf einer Kugel von zehn Fuß Umfang ein Tier, das ungefähr ein sechshunderttausendstel Zoll messen würde. Stellt euch ein Wesen vor, das die Erde in der Hand halten könnte und Organe im Verhältnis zu unsern hätte – es kann durchaus sein, daß es viele solche Wesen gibt: und nun überlegt, ich bitte euch, was sie von den Kriegen denken würden, die uns zwei Dörfer eingebracht haben, die wir dann wieder hergeben mußten.

Sollte ein Hauptmann der langen Grenadiere je dieses Werk lesen, so zweifle ich nicht, daß er die Helme seiner Truppe um mindestens zwei Fuß erhöhen wird; aber ich warne ihn, er mag tun, was er will – er und seine Männer werden doch immer nur unendlich geringe Wesen bleiben.

Welcher an Wunder grenzenden Erfindungskunst bedurfte unser Philosoph vom Sirius also, um die Winzigen zu erkennen, von denen ich eben sprach! Als Leuwenhoek und Hartsoeker als erste das Samenkorn, aus dem wir entstehen, sahen oder zu sehen glaubten, machten sie längst keine so erstaunliche Entdeckung. Welche Freude fühlte Mikromegas, als er die kleinen Maschinchen wimmeln sah und bei all ihren Wendungen, all ihren Unternehmungen verfolgte! Wie schrie er auf! Mit welcher Freude drückte er seinem Gefährten eins seiner Mikroskope in die Hände! „Ich sehe sie!" riefen sie beide zugleich. „Seht doch, wie sie Lasten schleppen, sich bücken, sich aufrichten!" Die Hände zitterten ihnen vor Begeisterung, so neuartige Geschöpfe zu erblicken, als auch vor Furcht, sie zu verlieren. Der Saturnier, der vom tiefsten Zweifel in tiefste Gläubigkeit verfiel, wähnte zu erkennen, daß sie ihre Fortpflanzung betrieben. „Ah!" rief er, „ich habe die Natur auf frischer Tat ertappt!" Aber er täuschte sich nach dem Anschein: was nur zu oft geschieht, ob mit Mikroskop, ob ohne.

Sechstes Kapitel

Was ihnen mit den Menschen widerfuhr

Mikromegas, ein weit besserer Beobachter als sein Zwerg, sah deutlich, daß die Atome miteinander sprachen; und er wies seinen Gefährten darauf hin, der indes, da er sich schämte, hinsichtlich der Fortpflanzung geirrt zu haben, durchaus nicht glauben wollte, daß diese Wesen sich Gedanken mitzuteilen vermöchten. Er konnte Sprachen so gut wie der Sirier; aber er hörte unsere Atome nicht reden, also meinte er, daß sie nicht reden könnten. Wie auch sollten diese unmerklichen Wesen Stimmorgane haben, und was hätten sie sich zu sagen? Vor der Sprache kommt das Denken oder etwas dergleichen; wenn sie aber denken konnten, mußten sie auch etwas wie eine Seele haben. Nun, dieser Gattung etwas wie eine Seele zuzusprechen, dünkte ihn absurd. „Aber", sagte der Sirier, „Ihr habt noch eben geglaubt, daß sie der Liebe pflögen; glaubt Ihr, man könnte das, ohne zu denken, ohne auch nur ein Wort von sich zu geben oder zumindest ohne sich deutlich zu machen? Meint Ihr ferner, es sei schwieriger, einen Satz hervorzubringen als ein Kind? Mir freilich erscheint eins wie das andre als ein großes Mysterium!" – „Ich wage nicht mehr zu glauben noch zu zweifeln", sagte der Zwerg; „ich habe keine Meinung mehr. Man muß zusehen, wie man diese Insekten untersuchen kann, wir schlußfolgern nachher." – „Trefflich gesprochen", sagte Mikromegas; und schon zog er eine Schere hervor, womit er sich die Nägel beschnitt, und rollte flugs aus einem Stück seines Daumennagels eine Art großes Sprachrohr, einem riesigen Trichter gleich, und steckte sich die Mündung ins Ohr. Der Rand des Trichters umfaßte das Schiff samt der ganzen Besatzung. Noch die schwächste Stimme drang in die kreisförmigen Fibern des Nagels ein; dergestalt daß der Philosoph, dank seiner Erfindungskunst, von dort oben bestens das Summen unserer Insekten dort unten vernahm. Binnen weniger Stunden gelang es ihm, die Wörter zu unterscheiden und endlich das Französische zu verstehn. Der Zwerg tat es ihm nach, wiewohl mühsamer. Das Staunen der Reisenden erhöhte sich mit jedem Augenblick. Sie hörten die Winzigen mit etlicher Vernunft reden: dieses Naturspiel dünkte sie unerklärlich. Ihr mögt euch vorstellen, daß der Sirier und sein Zwerg vor Ungeduld brannten, mit den Atömchen ein Gespräch anzuknüpfen; nur fürchtete der Zwerg, seine Donnerstimme und schon gar die von Mikromegas könnten die Milben so betäuben, daß sie sie nicht verstünden. So galt es, ihre Stimmen zu dämpfen. Sie steckten sich etwas wie kleine Zahnstocher in den Mund, deren ganz dünne Enden bis zum Schiff hinunterreichten. Der Sirier hielt den Zwerg auf seinem Schoß und das Schiff samt Besatzung auf seinem Nagel; er beugte den Kopf hinab und sprach ganz leise. Vermittels dieser und manch andrer Vorkehrungen begann er endlich seine Rede:

„Unsichtbare Insekten, die ihr der Hand des Schöpfers im Dämmer des unendlich Kleinen entsprungen seid, ich danke ihm für die Gnade, daß er mir Geheimnisse offenbart hat, die unergründlich schienen. Vielleicht würde man an meinem Hof nicht geruhen, euch der Beachtung zu würdigen; ich aber verachte niemand und erbiete euch meinen Schutz."

Wenn es je Erstaunte gab, so waren es die Menschen, die diese Worte hörten. Sie konnten sich nicht erklären, woher sie kamen. Der Schiffskaplan sprach die Gebete des Exorzismus, die Matrosen fluchten, und die Gelehrten machten eine Theorie; aber welche Theorie sie auch machten, sie kamen nicht darauf, wer zu ihnen sprach. Der Zwerg vom Saturn, der eine sanftere Stimme hatte als Mikromegas, unterrichtete sie also in wenig Worten, mit was für Wesen sie es zu tun hatten. Er berichtete die Reise vom Saturn, sagte ihnen, wer Herr Mikromegas sei; und nachdem er sie wegen ihrer Winzigkeit bedauert hatte, fragte er, ob sie sich von jeher in diesem jammervollen, dem Nichts so nahen Zustand befunden hätten, was sie auf einem Planeten machten, der den Walen zu gehören scheine, ob sie glücklich seien, ob sie sich vermehrten, ob sie eine Seele hätten und hunderterlei andres der Art.

Ein Forscher der Truppe, mutiger als die andern und gekränkt, daß man an seiner Seele zweifelte, beobachtete den Redner durch einen auf einen Quadranten gesetzten Diopter, wechselte zweimal den Standort und sprach vom dritten aus: „Ihr glaubt wohl, Herr, weil Ihr von Kopf bis Fuß tausend Klafter meßt, seid Ihr ein ..." – „Tausend Klafter!" schrie der Zwerg; „gerechter Himmel! woher kennt er meine Größe? Tausend Klafter! er täuscht sich nicht um einen Zoll. Wie! dieses Atom hat mich gemessen! Es ist ein Geometer, es kennt meine Größe; und ich, der es nur durch ein Mikroskop sehen kann, kenne seine noch nicht!" – „Ja, ich habe Euch gemessen", sagte der Physiker, „und ich will gern auch Euren großen Gefährten messen." Der Vorschlag wurde angenommen; Seine Exzellenz legte sich lang: denn wäre er aufgestanden, hätte sein Kopf zu weit in die Wolken geragt. Unsere

Philosophen pflanzten ihm einen großen Baum an eine Stelle, die Doktor Swift ja beim Namen genannt hätte, die ich aber, aus meinem tiefen Respekt für die Damen, nicht nennen mag. Vermittels einer Reihe miteinander verbundener Dreiecke stellten sie sodann fest, daß das, was sie da sahen, tatsächlich ein hundertzwanzigtausend Fuß langer Jüngling war.

Da sprach Mikromegas: „Ich sehe klarer denn je, daß man nichts nach seiner scheinbaren Größe beurteilen darf. O Gott! der du Wesen, die so verächtlich anmuten, Verstand verliehen hast – das unendlich Kleine kostet dich so wenig als das unendlich Große; und sollte es noch kleinere Geschöpfe geben als diese, sie könnten einen noch höheren Verstand haben als jene herrlichen Tiere, die ich im Himmel sah und deren Fuß allein diese Kugel bedecken würde, auf der ich gelandet bin."

Darauf sagte einer der Philosophen zu ihm, er dürfe getrost glauben, daß es tatsächlich noch viel kleinere denkende Wesen gebe als den Menschen. Er erzählte ihm nicht etwa, was Vergil alles Fabelhaftes über die Bienen gesagt, sondern was Swammerdam entdeckt und Réaumur seziert hatten. Schließlich lehrte er ihn, daß es Tiere gibt, die für die Bienen das sind, was die Bienen für den Menschen sind, was der Sirier selbst für diese so riesigen Tiere war, von denen er gesprochen hatte, und was diese riesigen Tiere für andre Wesen sind, denen sie wie Staubkörner erscheinen. Allmählich wurde die Unterhaltung interessant, und Mikromegas sprach also:

Siebentes Kapitel

Unterhaltung mit den Menschen

„O ihr verständigen Winzlinge, in welchen das Ewige Wesen seine Kunst und seine Macht darzutun beliebt hat, ihr genießt zweifellos nur reine Freuden auf eurem Planeten: denn da ihr so wenig Materie seid und gänzlich Geist zu sein scheint, verbringt ihr euer Leben gewiß einzig damit, zu lieben und zu denken; denn das ist das wahre Leben der Weisen. Ich habe nirgends das vollkommene Glück gefunden; hier aber muß es wohl wirklich sein." Da schüttelten alle Philosophen die Köpfe; und freimütiger als die andern gestand einer aus ehrlichem Sinn, daß, ausgenommen eine kleine Schar von Erdenbewohnern, die sehr wenig geachtet seien, der ganze übrige Haufe eine Versammlung von Narren, Schurken und Unglücklichen sei. „Wir sind mehr Materie, als wir bedürfen", sagte er, „um viel Böses zu tun, sofern das Böse aus der Materie kommt; und zu sehr Geist, falls das Böse aus dem Geist kommt; ist Euch wohl zum Beispiel bekannt, daß eben jetzt, da ich zu Euch spreche, hunderttausend Verrückte unserer Gattung mit Helmen auf dem Kopf hunderttausend andre Tiere, die Turbane tragen, umbringen oder von ihnen gemetzelt werden und daß es fast auf der ganzen Erde so ist und daß man es seit undenklichen Zeiten so treibt?" Der Sirier fragte erschaudernd, um was so gebrechliche Kreaturen solche furchtbaren Kämpfe denn führten. „Es geht", sagte der Philosoph, „um einen Erdflecken, groß wie euer Absatz. Und nicht etwa, daß ein einziger dieser Millionen Menschen, die sich da töten lassen, ein Quentchen von diesem Flecken beanspruchte. Es gilt einzig festzustellen, ob er einem gewissen Menschen gehören wird, den man Sultan heißt, oder einem andern, den man, ich weiß nicht warum, nach Cäsar benannt hat. Weder der eine noch der andere hat den kleinen Erdenwinkel je gesehn, um den es geht, noch wird er ihn je sehn; und nahezu keins jener Tiere, die sich gegenseitig abschlachten, hat je das Tier gesehn, dessentwillen sie sich schlachten."

„O Unglückselige!" rief der Sirier voll Empörung aus, „ist ein solches Maß wahnwitziger Raserei zu fassen! Mich kommt die Lust an, drei Schritte zu machen und diesen ganzen Ameisenhaufen von lächerlichen Mördern unter meinen Füßen zu zermalmen." – „Gebt Euch nicht die Mühe", antwortete man ihm; „sie sorgen selbst hinreichend für ihren Untergang. Bedenkt, daß nach zehn Jahren immer nur der hundertste Teil dieser Elenden übrig ist; daß, selbst wenn sie das Schwert nicht gezogen hätten, Hunger, Erschöpfung oder Zügellosigkeit sie fast sämtlich dahinraffen. Im übrigen sind nicht sie es, die Strafe verdienten, es sind jene seßhaften Barbaren, die von ihren Kabinetten aus, während sie verdauen, die Vernichtung einer Million Menschen befehlen und darauf Gott feierlich dafür danken lassen." Der Reisende fühlte sich von Mitleid ergriffen für die kleine Menschengattung, bei der er so erstaunliche Gegensätze entdeckte. „Da ihr zu der geringen Zahl der Weisen zählt", sagte er zu den Herren, „und anscheinend niemand um Geld tötet, sagt mir bitte, womit ihr euch befaßt." – „Wir sezieren Fliegen", sagte der Philosoph, „wir messen Strecken, wir stellen Zahlen zusammen; wir sind in zwei, drei Punkten einig, die wir verstehn, und streiten uns über zwei-, dreitausend Punkte, die wir nicht verstehen." Den Sirier und den Saturnier kam sogleich die Lust an, diese denkenden Atome auszufragen, um zu sehen, in welchen Punkten sie übereinstimmten. „Wie groß", begann er, „schätzt Ihr die Entfernung vom Hundsstern bis zum großen Stern der Zwillinge?" – „Zweiunddreißigundeinhalb Grad", antworteten alle zugleich. „Wieviel rechnet ihr von hier bis zum Mond?" – „Rund sechzig halbe Erddiameter." – „Wieviel wiegt eure Luft?" Er meinte sie zu ertappen, aber alle antworteten, die Luft wiege ungefähr neunhundertmal weniger als ein gleiches Volumen des leichtesten Wassers und neunzehnhundertmal weniger als Dukatengold. Der kleine Zwerg vom Saturn war über ihre Antworten so erstaunt, daß er versucht war, dieselben Menschen, denen er eine Viertelstunde zuvor eine Seele abgesprochen hatte, für Zauberer anzusehn.

Endlich sagte Mikromegas zu ihnen: „Da ihr so gut wißt, was um euch ist, wißt ihr unfehlbar noch besser, was in euch ist. Sagt mir, was eure Seele ist und wie ihr eure Vorstellungen bildet." Die Philosophen sprachen alle gleichzeitig wie vorher; aber sie waren ein jeder anderer Meinung. Der Älteste zitierte Aristoteles, ein andrer nannte den Namen Descartes, dieser Malebranche, jener Leibniz, jener Locke. Ein alter Peripatetiker rief laut und voll Selbstgewißheit: „Die Seele ist eine Entelechie und eine Ursache, die sie ermächtigt, zu sein, was sie ist. Das erklärt Aristoteles ausdrücklich auf Seite 633 der Louvre-Edition. *'Εντελεχεῖα ἐστι.*" – „Ich verstehe Griechisch nicht allzu gut", sagte der Riese. „Ich auch nicht", sagte die philosophische Laus. „Warum", fragte der Sirier, „zitiert Ihr dann einen gewissen Aristoteles auf griechisch?" –

„Darum“, versetzte der Gelehrte, „weil man doch, was man durchaus nicht begreift, in der Sprache zitieren muß, die man am wenigsten kennt.“

Da nahm der Cartesianer das Wort und sagte: „Die Seele ist reiner Geist, der im Mutterleib alle metaphysischen Ideen empfangen hat und, nachdem er dort heraus ist, zur Schule gehen und neu lernen muß, was er schon einmal so schön gewußt hat und nie wieder wissen wird.“ – „Dann hat es also nicht gelohnt“, sagte das Achtmeilentier, „daß deine Seele im Mutterleib so gelehrt war, wenn sie, da du einen Bart am Kinn trägst, so dumm ist. Doch was verstehst du unter Geist?“ – „Was fragt Ihr mich das?“ sagte der Räsoneur; „ich habe keine Ahnung; es heißt, er sei nicht Materie.“ – „Weißt du wenigstens, was Materie ist?“ – „Ja, sicher“, antwortete der Mann. „Zum Beispiel, dieser Stein ist grau und von einer gewissen Form, er hat seine drei Dimensionen, ein Gewicht und ist teilbar.“ – „Nun!“ sagte der Sirier, „dieses dir teilbar, gewichtig und grau Erscheinende – würdest du mir wohl sagen, was das ist? Du siehst einige Attribute; aber das Wesen der Sache, kennst du es?“ – „Nein“, sagte der andre. – „Also weißt du nicht, was Materie ist.“

Nun richtete Herr Mikromegas das Wort an einen andern Weisen, den er auf seinem Daumen trug, und fragte ihn, was seine Seele sei und was sie mache. „Nichts, durchaus nichts“, antwortete der malebranchistische Philosoph, „Gott tut alles für mich: ich sehe alles in ihm, ich tue alles in ihm; er tut alles, ohne daß ich mich dareinmische.“ – „Nichtsein wäre das gleiche“, sagte der Weise vom Sirius. „Und du, mein Freund“, sagte er zu einem Leibnizianer, der auch dabei war, „was ist deine Seele?“ – „Sie ist“, antwortete der Leibnizianer, „ein Zeiger, welcher die Stunden anzeigt, während mein Leib die Glocken läutet, oder wenn Ihr wollt, ist sie es, die läutet, während mein Leib die Stunden zeigt; oder meine Seele ist der Spiegel des Universums, und mein Leib ist der Spiegelrahmen: so ist es klar.“

Ein kleiner Anhänger Lockes stand dicht dabei; und als endlich das Wort an ihn kam, sagte er: „Ich weiß nicht, wie ich denke, aber ich weiß, daß ich immer nur bei Gelegenheit meiner Sinneswahrnehmungen gedacht habe. Daß es immaterielle, intelligente Wesen gibt, bezweifle ich nicht; aber daß es Gott unmöglich sein sollte, die Materie zum Denken zu befähigen, bezweifle ich stark. Ich verehre die ewige Macht; es gebührt mir nicht, ihr Grenzen zu ziehen: ich behaupte nichts; ich begnüge mich zu glauben, daß mehr Dinge möglich sind, als man denkt."

Der Lange vom Sirius lächelte: er fand, daß dieser da nicht der unweiseste war; und der Saturnzwerg hätte den Anhänger Lockes ohne das extreme Größenverhältnis in die Arme geschlossen. Aber unglücklicherweise war da noch ein kleines Tierlein in eckigem Barett, das all den philosophischen Tierlein das Wort abschnitt; es sagte, es kenne das ganze Geheimnis, dieses stände in der „Summa" des heiligen Thomas von Aquino; es musterte die beiden Himmelsbewohner von oben bis unten; dann behauptete es vor ihnen, sie, ihre Welten, ihre Sonnen, ihre Sterne – alles sei einzig für den Menschen erschaffen. Bei dieser Rede gaben sich unsere beiden Reisenden, einer über dem andern, bis zum Ersticken jenem unausrottbaren Gelächter hin, das nach Homer das Eigenteil der Götter ist: ihre Schultern und Bäuche hoben und senkten sich, und unter solchen Krämpfen rutschte das Schiff, das der Sirier auf seinem Nagel hielt, dem Saturnier in die Hosentasche. Die beiden guten Riesen suchten lange danach; endlich fanden sie die Gesellschaft wieder und richteten sie sehr ordentlich wieder auf. Der Sirier nahm sich die kleinen Milben abermals vor; er redete noch einmal sehr gütig mit ihnen, wiewohl er im Herzensgrund ein wenig erbost war, daß diese unendlich kleinen Kreaturen von nahezu unendlich großem Hochmut waren. Er versprach, ihnen ein schönes Philosophiebuch zu schreiben, in ganz winziger, für sie lesbarer Schrift, und aus diesem Werk würden sie die Bestimmung aller Dinge erfahren. Wirklich überreichte er ihnen dieses Buch vor seinem Abschied: man nahm es mit nach Paris in die Akademie der Wissenschaften; aber als der Sekretär es aufschlug, erblickte er nichts als lauter weiße Seiten: „Ah!" sagte er, „hatte ich es doch geahnt!"

Die Welt, wie sie ist

Babuks Vision, von ihm selbst aufgeschrieben

Unter den Genien, die über die Reiche der Erde wachsen, ist Ituriel einer der höchsten; und Zentralasien ist sein Gebiet. Eines Morgens stieg er in die Behausung des Skythen Babuk am Ufer des Oxus herab und sprach zu ihm: „Babuk, die Tollheiten und Frevel der Perser haben unsern Zorn erregt: gestern hat eine Versammlung der Genien von Zentralasien beraten, ob Persepolis gezüchtigt oder vernichtet werden soll. Geh in diese Stadt, prüfe alles; dann komm und gib mir getreuen Bericht; ich werde mich nach deinem Zeugnis entschließen, die Stadt zu strafen oder auszutilgen." – „Ach, Herr", sagte Babuk, „ich bin nie in Persien gewesen; ich kenne dort niemand." – „Das ist gut so", sagte der Engel, „du bist frei von Parteilichkeit; der Himmel hat dir Urteilskraft verliehen, ich füge dieser die Gabe bei, Vertrauen zu erwecken; geh hin, sieh, höre, beobachte und fürchte nichts; du wirst überall wohl aufgenommen werden."

Babuk bestieg sein Kamel und ging mit seinen Dienern auf die Reise. Nach etlichen Tagen traf er in der Ebene bei Sennaar auf die persische Armee, die sich zum Gefecht gegen die indische rüstete. Er wandte sich an einen Soldaten, den er abseits fand. Er fragte ihn, um was der Krieg geführt werde. „Beim Himmel", sagte der Soldat, „ich weiß es nicht. Das ist nicht meine Sache: mein Beruf ist Töten und Getötetwerden, um mir das Leben zu verdienen; mir ist einerlei, wem ich diene. Kann sein, ich gehe morgen ins Lager der Inder über: es heißt, sie zahlen ihren Soldaten fast eine halbe Kupferdrachme mehr, als wir in diesem verdammten persischen

Dienst beziehen. Wenn Ihr wissen wollt, um was gekämpft wird, fragt meinen Hauptmann."

Babuk beschenkte den Soldaten, dann betrat er das Lager. Bald machte er Bekanntschaft mit dem Hauptmann und fragte ihn nach dem Gegenstand des Krieges. „Wie soll ich das wissen?" sagte der Hauptmann, „und was kümmert mich der schöne Gegenstand? Ich wohne zweihundert Meilen von Persepolis entfernt; ich höre, daß der Krieg erklärt ist; ich verlasse ungesäumt meine Familie und ziehe aus, unserm Brauch gemäß, das Glück oder den Tod zu suchen, da ich sonst nichts zu tun habe." – „Und Eure Kameraden", sagte Babuk, „sind die ein wenig besser unterrichtet als Ihr?" – „Nein", sagte der Offizier; „allenfalls unsere Obersatrapen wissen genauer, warum gemordet wird."

Verwundert ging Babuk zu den Generälen; er warb um ihr Vertrauen. Endlich gestand der eine: „Anlaß dieses Krieges, der Asien seit zwanzig Jahren verheert, war urspünglich ein Streit zwischen dem Eunuchen einer Frau des Großkönigs von Persien und einem Schreiber des Großkönigs von Indien. Es handelte sich um einen Rechtsanspruch, der sich etwa auf den dreißigsten Teil eines Dareikos belief. Der indische Premierminister wie der unsrige vertraten würdig die Rechte ihrer Herrscher. Der Streit erhitzte sich. Man schickte eine Armee von einer Million Soldaten einerseits und andererseits in die Schlacht. Diese Armee braucht alljährlich über vierhunderttausend frische Rekruten. Die Morde, Brandschatzungen, Zerstörungen, Verwüstungen nehmen ständig zu; die Welt leidet, und das Gemetzel geht weiter. Unser Premierminister wie der indische bekräftigen oft, daß sie einzig für das Wohl der Menschen handeln; und bei jeder solcher Bekräftigung gibt es eine zerstörte Stadt und einige verwüstete Provinzen mehr."

Als anderntags das Gerücht umging, es solle Frieden geschlossen werden, lieferten sich der persische und der indische General noch rasch eine Schlacht; und die war blutig. Babuk sah all die Untaten und all die Greuel; er wurde Zeuge der Machenschaften der Obersatrapen, die hetzten, was sie konnten, damit ihr Oberbefehlshaber den Kampf aufnehme. Er sah, wie Offiziere von den eigenen Truppen niedergemacht wurden; er sah, wie Soldaten ihren sterbenden Kameraden den Rest gaben, um ihnen ein paar blutige, zerfetzte, kotige Lumpen vom Leib zu reißen. Er ging in die Lazarette, wo die Verwundeten lagen und die meisten durch die unmenschliche Nachlässigkeit derer dahinstarben, die der persische König hoch bezahlte, damit sie ihnen Hilfe leisteten. „Sind das Menschen", rief Babuk, „oder wilde Tiere? Ah! ich sehe schon, Persepolis muß ausgelöscht werden."

Mit diesen Gedanken ging er ins Lager der Inder; er wurde dort ebenso wohl empfangen als bei den Persern, wie es ihm geweissagt war; doch sah er dort die nämlichen Scheußlichkeiten, die ihn mit Grausen erfüllt hatten. „Oh, oh!" sagte er sich, „wenn der Engel Ituriel die Perser vernichten will, muß der Engel der Inder auch die Inder vernichten." Als er sich dann im einzelnen unterrichtete, wie in der einen und andern Armee alles zugegangen war, erfuhr er von Taten, die Großmut, Seelenadel und Menschlichkeit bezeugten und ihn erstaunten und entzückten. „Rätselhafte Menschen", rief er aus, „wie könnt ihr so viel Niedertracht und Größe, so viele Tugenden und Verbrechen in euch vereinen?"

Unterdessen wurde Frieden geschlossen. Die Oberbefehlshaber beider Armeen, deren keiner den Sieg erfochten hatte, die aber um ihres eigenen Interesses willen das Blut so vieler Menschen ihresgleichen vergossen hatten, eilten an ihre Höfe, um Belohnungen einzustreichen. Der Frieden wurde in offiziellen Verlautbarungen als die Wiederkehr der Tugend und der Glückseligkeit auf Erden gefeiert. „Gelobt sei Gott!" sagte Babuk; „Persepolis wird der Hort der geläuterten Unschuld sein; es muß nicht zerstört werden, wie es die garstigen Engel wollten: ziehen wir unverweilt in die asiatische Hauptstadt."

Er betrat die Riesenstadt durch das uralte grobschlächtige Tor, dessen primitive Ungestalt das Auge verletzte. Dieser ganze Stadtteil erinnerte an die Zeit, da er erbaut worden war: denn der Beharrlichkeit der Menschen zum Trotz, das Alte auf Kosten des Modernen zu rühmen, wird man einräumen müssen, daß die ersten Versuche in jedem Genre grob sind.

Babuk mischte sich unter die Menge, die aus dem Schmutzigsten und Häßlichsten beiderlei Geschlechts zusammengewürfelt war. Dieses Volk strömte mit stumpfsinniger Miene in ein großes düsteres Gebäude. Nach dem andauernden Gemurmel, der Unruhe dort, nach dem Geld, das einige an andere zahlten, um das Recht auf einen Sitzplatz zu erwerben, meinte er, auf einem Markt zu sein, wo Strohstühle verkauft würden; als er aber sah, daß etliche Frauen niederknieten, die taten, als blickten sie gerade vor sich hin, und nach den Männern auf der andern Seite schielten, merkte er bald, daß er sich in einem Tempel befand. Schrille, rauhe, wilde, mißtönende Stimmen ließen das Gewölbe von unartikulierten Tönen widerhallen, die sich anhörten wie die Rufe der Wildesel in der Ebene von Poitou, wenn sie dem Alphorn Antwort geben. Er hielt sich die Ohren zu; aber er war bald versucht, sich auch Augen und Nase zuzuhalten, als Männer mit Zangen und Schaufeln in den Tempel traten. Sie hoben einen großen Stein aus dem Boden und warfen nach rechts und links Erde auf, der ein bestialischer Gestank entströmte; dann betteten sie einen Toten in die Grube und legten den Stein darauf.

„Wie!" rief Babuk, „dieses Volk beerdigt seine Toten an demselben Ort, wo es die Gottheit anbetet! Es pflastert seine Tempel mit Leichen! Da wundern mich die Seuchen nicht mehr, die Persepolis so oft heimsuchen. Die Verwesung der Toten und der Gestank der Lebenden, die sich in so großer Zahl am selben Ort zusammendrängen, ist imstande, den ganzen Erdball zu vergiften. Ah! eine ekle Stadt, dieses Persepolis! Anscheinend wollen die Engel sie vernichten, um an ihrer Statt eine schönere aufzubauen und sie mit reinlicheren Bewohnern zu bevölkern, die zudem besser singen. Die Vorsehung wird ihre Gründe haben; mag sie walten."

Unterdessen erreichte die Sonne ihren höchsten Stand. Babuk sollte am andern Ende der Stadt bei einer Dame speisen, für welche der Gemahl, ein Armeeoffizier, ihm Briefe mitgegeben hatte. Vorher machte er etliche Rundgänge durch Persepolis; er sah andere, schöner erbaute und ausgezierte Tempel voll höflichen Volks, wo harmonische Musik erschallte; er fand öffentliche Brunnen, die, wiewohl ungünstig plaziert, ob ihrer Schönheit in die Augen fielen; Plätze, wo die besten Könige, die Persien je regierten, in Bronze zu atmen schienen; andere Plätze, wo das Volk rief: „Wann werden wir hier den Herrn sehen, den wir lieben?“ Er bewunderte die prächtigen Brücken, die den Strom überspannten, die herrlichen bequemen Quais, die zur Rechten und Linken erbauten Paläste, ein riesiges Haus, wo Tausende von alten verwundeten und siegreichen Soldaten dem Gott der Armen alltäglich Dank bezeugten. Endlich traf er bei der Dame ein, die ihn in ehrenwerter Gesellschaft zum Diner erwartete. Das Haus war reinlich und geschmückt, die Mahlzeit köstlich, die Dame jung, schön, geistreich, einnehmend, die Gesellschaft ihrer wert; und Babuk sagte sich aller Augenblicke: „Der Engel Ituriel spottet, eine so bezaubernde Stadt zerstören zu wollen.“

Da bemerkte er, daß die Dame, die ihn anfangs liebreich nach ihrem Gatten gefragt, zu Ende des Mahls noch liebreicher mit einem jungen Magier sprach. Er sah, wie ein Richter, im Beisein seiner Frau, munter eine Witwe drückte; und die duldsame Witwe hatte eine Hand um den Hals des Richters gelegt und reichte die andere einem sehr schönen, sehr bescheidenen jungen Bürger. Die Frau des Richters stand als erste vom Tisch auf, um sich in einem benachbarten Kabinett mit ihrem Beichtvater zu unterreden, der, wiewohl erwartet, zu spät zum Diner erschienen war; und der Beichtiger, ein sehr beredter Mann, redete in diesem Kabinett so ungestüm, so inbrünstig mit ihr, daß die Dame, als sie wiederkam, feucht glänzende Augen, flammende Wangen, unsichere Schritte und eine zittrige Stimme hatte.

Da begann Babuk zu fürchten, daß der Engel Ituriel recht hatte. Dank seiner Gabe, Vertrauen zu erwecken, lernte er noch diesen Tag die Geheimnisse der Dame kennen; sie gestand ihm ihr Gefallen an dem jungen Magier und versicherte ihn, er würde in allen Häusern von Persepolis ein ähnliches Bild wie in ihrem finden. Babuk schloß, daß eine solche Gesellschaft nicht bestehen könnte; daß Eifersucht, Zwietracht und Rache gewiß alle Ehen zerrütteten; daß unstrittig alle Tage Tränen und Blut flössen; daß die Ehemänner die Galane ihrer Frauen ja wohl umbrächten oder von ihnen umgebracht würden; und endlich, daß Ituriel sehr recht tat, mit einem Schlag eine Stadt zu zerstören, die in unaufhörlicher Lotterei lebte.

Solch düsterem Sinnen war er hingegeben, als an der Tür ein ernster Mann in schwarzem Mantel erschien, der unterwürfig bat, den jungen Richter zu sprechen. Ohne sich zu erheben, ohne ihn anzusehen, reichte der ihm herablassend und mit zerstreuter Miene einige Papiere und entließ ihn. Babuk fragte, wer der Mann sei. Die Hausherrin antwortete leise: „Das ist einer der besten Anwälte der Stadt; seit fünfzig Jahren studiert er die Gesetze. Der junge Herr, der erst fünfundzwanzig und seit zwei Tagen Satrap der Rechte ist, hat ihn beauftragt, einen Auszug aus den Akten eines Prozesses zu machen, den er führen soll, aber noch nicht geprüft hat." – „Der junge Tor tut weise", sagte Babuk, „sich bei dem Alten Rat zu holen; aber warum ist nicht der Alte Richter?" – „Ihr spottet", wurde ihm erwidert; „noch nie sind jene, die auf arbeitsreichen, subalternen Posten ergraut sind, zu Würden gelangt. Dieser junge Herr hat eine hohe Stellung, weil sein Vater reich ist, und ein Richteramt hier zu erwerben ist wie eine Meierei." – „Oh, was für Sitten! oh, unglückselige Stadt!" rief Babuk; „das ist der Gipfel der Liederlichkeit; zweifellos werden jene, die sich das Recht zu richten gekauft haben, auch ihre Richtersprüche verkaufen: ich finde hier nur abgrundtiefe Verderbtheit."

Als er derweise seinen Gram und seine Betroffenheit kundtat, sagte ein junger Krieger, der am selben Tag von der Armee heimgekehrt war: „Was stört Euch daran, daß man ein Richteramt kauft? Ich habe mir auch das Recht erkauft, an der Spitze der zweitausend Männer, die ich befehlige, dem Tod zu trotzen; es hat mich dies Jahr vierzigtausend Golddareiken gekostet, dreißig Nächte hintereinander im roten Rock auf bloßer Erde zu nächtigen und dann zwei harte Pfeile hinzunehmen, die ich noch spüre. Wenn ich mich zugrunde richte, um dem persischen Kaiser zu dienen, den ich nie gesehn habe, kann Seine Ehrwürden der Gerichtssatrap wohl auch etwas für das Vergnügen zahlen, Klägern Audienz zu geben." Der entrüstete Babuk konnte sich in seinem Herzen nicht erwehren, ein Land zu verdammen, wo man die Würden des Friedens und des Krieges feilhielt; er schloß voreilig, daß man hier vom Krieg und von den Gesetzen durchaus nichts verstehe und daß dieses Volk, auch wenn Ituriel es nicht auslöschte, an seiner schlimmen Verwaltung zugrunde gehen müßte.

Seine üble Meinung wurde noch übler, als ein dicker Mann erschien, der, nachdem er die ganze Gesellschaft sehr familiär begrüßt hatte, auf den jungen Offizier zutrat und sagte: „Ich kann Euch nur fünfzigtausend Golddareiken leihen, denn die Reichszölle haben mir dieses Jahr leider nur dreihunderttausend eingebracht." Babuk fragte, wer der Mann sei, der sich beklagte, so wenig zu verdienen; er erfuhr, daß es in Persepolis vierzig plebejische Könige gab, die das Perserreich in Pacht hielten und nur einen geringen Teil an den Monarchen abführten.

Nach dem Diner besuchte er einen der prächtigsten Tempel der Stadt; er setzte sich unter eine Gruppe von Frauen und Männern, die dorthin gekommen waren, um sich die Zeit zu vertreiben. Ein Magier erschien auf einem erhöhten Bau und sprach lange über Tugend und Laster. Dieser Magier unterteilte in mehrere Punkte, was keiner Teilung bedurfte; er bewies methodisch, was unstrittig ist; er lehrte, was man ohnehin wußte. Er ereiferte sich kalt und ging schwitzend und außer Atem davon. Da wachte die ganze Versammlung auf und meinte, einer Schulstunde beigewohnt zu haben. Babuk sagte sich: „Der Mann hat sein Bestes getan, um zwei- oder dreihundert Mitbürger zu langweilen; aber seine Absicht war gut und gibt keinen Anlaß, Persepolis zu zerstören."

Nach dieser Versammlung führte man ihn zu einem öffentlichen Fest, das an allen Tagen des Jahres gegeben wurde: es hatte in einer Art Basilika statt, an deren Front man einen Palast erblickte. Die schönsten Bürgerinnen von Persepolis, die höchsten Satrapen, die wohlgereiht ringsum saßen, bildeten ein so herrliches Schaustück, daß Babuk zuerst glaubte, dies sei das ganze Fest. Doch bald zeigten sich vor dem Palast zwei, drei Personen, die wie Könige und Königinnen anmuteten; ihre Sprache war von der des Volkes sehr verschieden; sie war in maßvolle, harmonische und erhaben klingende Verse gesetzt. Niemand schlief, man lauschte in tiefer Andacht, die nur von den Bezeigungen der allgemeinen Anteilnahme und Bewunderung unterbrochen wurde. Die Pflicht der Herrscher, die Liebe zur Tugend, die Gefahr der Leidenschaften wurden so lebendig und so ergreifend dargestellt, daß Babuk Tränen vergoß. Er zweifelte nicht, daß diese Helden und Heldinnen, diese Könige und Königinnen, denen er da gelauscht hatte, die Prediger des Reiches waren; er nahm sich sogar vor, Ituriel einzuladen, daß er sich dies anhöre, überzeugt, daß ein solches Schauspiel ihn für immer mit der Stadt aussöhnen werde.

Sowie das Fest zu Ende war, wünschte er, die erste Königin zu besuchen, die in diesem schönen Palast eine so edle, reine Moral verkündigt hatte; er ließ sich bei Ihrer Majestät melden; man führte ihn über eine kleine Stiege in den zweiten Stock, in ein schlecht möbliertes Zimmer, vor eine schlecht gekleidete Frau, die mit edlem Anstand und pathetischer Gebärde sagte: „Von diesem Beruf kann man nicht leben; einer der Prinzen, die Ihr saht, hat mir ein Kind gemacht; bald muß ich niederkommen; aber ich habe kein Geld, und ohne Geld kann man nicht niederkommen.“ Babuk schenkte ihr hundert Golddareiken und sagte: „Gäbe es nur dieses Übel in der Stadt, hätte Ituriel unrecht, sich so zu erbosen.“

Von dort aus ging er auf den späten Abend zu den Händlern, die unnütze Herrlichkeiten verkauften. Ein kluger Mann, den er kennengelernt, führte ihn dorthin; er kaufte, was ihm gefiel, und man verkaufte es ihm höflich sehr viel teurer, als es wert war. Daheim ließ der Freund ihn erkennen, um wieviel er betrogen worden war. Babuk setzte den Namen des Händlers auf seine Liste, damit Ituriel ihn am Tag der großen Züchtigung erkenne. Während er schrieb, klopfte es an seine

Tür; es war der Händler, der eigens kam, ihm seine Börse zu bringen, die Babuk versehentlich auf seinem Zahltisch vergessen hatte. „Wie kommt es“, rief Babuk aus, „daß Ihr so ehrlich und großmütig seid, nachdem Ihr keine Scham kanntet, mir Euren Kram zum vierfachen Preis zu verkaufen?“ – „Unter den bekannteren Kaufleuten der Stadt ist keiner“, antwortete der Händler, „der Euch Eure Börse nicht wiedergebracht hätte; aber man hat Euch falsch unterrichtet, als man Euch sagte, ich hätte Euch die Ware zum vierfachen Preis verkauft: Ihr habt das Zehnfache gezahlt, und das ist so wahr, daß, wenn Ihr es nach vier Wochen wieder verkaufen wolltet, Ihr nicht einmal diesen Zehntteil dafür erhieltet. Dennoch ist mir das recht; es ist die Lust der Menschen an den nichtigen Dingen, die ihnen diesen Wert beimißt; von dieser Lust leben die hundert Arbeiter, die ich beschäftige; sie schafft mir ein schönes Haus, eine bequeme Kutsche samt Gespann; sie treibt die Industrie an, hebt den Geschmack, steigert den Handel und erzeugt Überfluß. Ich verkaufe den benachbarten Nationen den gleichen Tand noch teurer als Euch, und so bin ich meinem Land nützlich.“ Nach einiger Überlegung strich Babuk ihn von der Liste.

Unschlüssig, was von Persepolis zu denken sei, beschloß Babuk, die Magier und die Gelehrten zu besuchen: denn diese studieren die Weisheit, jene die Religion; und er erhoffte sich, es möchte das Volk um ihretwillen Gnade finden. Am nächsten Morgen begab er sich in ein geistliches Kolleg. Der Archimandrit gestand, daß er hunderttausend Taler Leibrente dafür beziehe, daß er das Gelübde der Armut getan habe, und daß er kraft seines Gelübdes der Demut weitreichende Macht ausübe; worauf er Babuk einem kleinen Frater überließ, der ihn im Haus herumführte. Während der Frater ihm die Pracht des Büßerhauses zeigte, verbreitete sich das Gerücht, er sei gekommen, um all diese Institute abzuschaffen. Sogleich erhielt er von sämtlichen Häusern Denkschriften; und diese Denkschriften besagten im Grunde allesamt: „Erhaltet uns, schafft die andern ab.“ Nach ihren Rechtfertigungen waren diese Gesellschaften alle notwendig; nach ihren gegenseitigen

Anklagen verdienten alle, aufgelöst zu werden. Er bewunderte, wie doch keine darunter war, die, um die Welt zu erbauen, sie nicht zugleich beherrschen wollte. Da stellte sich ein kleiner Mann, ein Halbmagier, bei ihm ein und sagte: „Ich sehe, daß das Werk sich nun vollendet, denn Zerdust ist wieder auf Erden erschienen; kleine Mädchen prophezeien, indem sie sich vorn mit Zangen zwicken und hinten peitschen lassen. Darum erbitten wir Euren Schutz gegen den Großlama." – „Wie!" sagte Babuk, „gegen den Priesterkönig in Tibet?" – „Ja, gegen ihn." – „Habt Ihr ihm denn den Krieg erklärt und rüstet gegen ihn Armeen?" – „Nein; aber er sagt, der Mensch sei frei, und das glauben wir nicht; wir schreiben kleine Broschüren gegen ihn, er liest sie nicht: kaum daß er von uns gehört hat; er hat uns lediglich verdammen lassen, so wie ein Herr befiehlt, daß man die Bäume in seinem Garten von Raupen befreie." Babuk erbebte über den Wahnwitz dieser Menschen, die aus der Weisheit ein Geschäft machten, über die Ränke derer, die der Welt entsagt hatten, über die Ehrsucht und hoffärtige Begehrlichkeit jener, die Demut und Verzicht lehrten; er schloß, daß Ituriel alle Ursache hatte, dieses Gezücht auszutilgen.

Heimgekehrt, schickte er nach neuen Büchern aus, um seinen Ärger zu besänftigen, und bat einige Literaten zu Gast, um eine Freude zu haben. Es kamen ihrer doppelt so viele, als er geladen, so wie der Honig die Wespen anzieht. All diese Schmarotzer eilten sich, zu essen und zu schwätzen; sie lobten zwei Sorten Menschen, die Toten und sich, nie einen ihrer Zeitgenossen außer dem Hausherrn. Sagte einer ein kluges Wort, senkten die andern die Augen und bissen sich auf die Lippen vor Gram, daß nicht sie darauf gekommen waren. Sie übten weniger Gleisnerei als die Magier, weil ihr Ehrgeiz keine so großen Gegenstände hatte. Jeder von ihnen jagte nach einem Dienstverhältnis und nach dem Ruf eines großen Mannes; sie sagten sich verletzende Sachen ins Gesicht, die sie für Nachweise ihres Geistes hielten. Sie hatten einige Kenntnis von Babuks Mission erlangt. Einer bat ihn leise, einen Autor zu verderben, der ihn vor fünf Jahren nicht genug gelobt hatte; ein anderer wünschte den Untergang eines Bürgers, der in seinen Komödien nie gelacht hatte; ein dritter verlangte die Abschaffung der Akademie, weil es ihm nie gelingen würde, dort Mitglied zu werden. Nach beendetem Mahl ging jeder alleine fort, denn in der ganzen Truppe gab es keine zwei Männer, die sich ausstehen oder gar miteinander reden konnten, es sei denn bei den Reichen, die sie zur Tafel luden. Babuk befand, es wäre kein großes Unglück, wenn dieses Gewürm in der allgemeinen Zerstörung unterginge.

Sobald er sie los war, begann er, die neuen Bücher zu lesen. Er erkannte darin die Gesinnung seiner Gäste wieder. Er sah mit besonderer Entrüstung jene Gazetten der Verleumdung, jene Sammelwerke des üblen Geschmacks, welche Neid, Niedrigkeit und Hunger diktiert hatten; diese feigen Satiren, wo man den Geier schont und die Taube zerreißt; diese Romane bar aller Einbildungskraft, worin so viele Frauen geschildert sind, die der Autor nicht kennt.

Er warf all die gräßlichen Schriften ins Feuer und ging aus, um sich des Abends auf der Promenade zu ergehen. Man stellte ihm einen alten gelehrten Schriftsteller vor, der nicht unter seinen Schmarotzern gewesen war. Dieser Mann floh die Menge, er kannte die Menschen, machte Gebrauch von seiner Kenntnis und äußerte sich mit Bedacht. Babuk erzählte ihm bekümmert, was er gelesen und was er gesehen.

„Da seid Ihr an klägliches Zeug geraten“, sagte der Weise; „aber zu allen Zeiten, in allen Ländern, in allen Genres wimmelt zahllos das Üble und ist das Gute rar. Ihr hattet den Abhub der Kleinlichkeit zu Gast, weil in allen Berufen sich immer mit der größten Frechheit zeigt, was am unwürdigsten ist hervorzutreten. Die wahrhaft Weisen leben zurückgezogen und friedlich unter sich; es gibt schon noch Menschen und Bücher bei uns, die Eure Aufmerksamkeit verdienen.“ Während er so sprach, gesellte sich ein anderer gebildeter Mann zu ihnen; ihr Gespräch war so angenehm und lehrreich, über Vorurteile so erhaben, mit der Tugend so überein, daß Babuk sich gestand, nie Gleichwertiges gehört zu haben. „An diesen Männern“, sagte er leise, „wagt der Engel Ituriel sich gewiß nicht zu vergreifen, er müßte denn sehr unbarmherzig sein."

Mit den Schriftstellern versöhnt, zürnte er noch immer gegen den Rest der Nation. „Ihr seid fremd hier", sagte der kluge Mann, mit dem er sprach; „die Mißstände springen Euch die Fülle in die Augen, aber das Gute, das verborgen ist und bisweilen aus ebendiesen Mißständen hervorgeht, entzieht sich Eurem Blick."

Da erfuhr er, daß es unter den Schreibenden einige gab, die nicht neidisch waren, und daß sogar die Magier Gerechte unter sich hatten. Er sah schließlich ein, daß jene großen geistlichen Körperschaften, die mit ihren gegenseitigen Anfeindungen ihren gemeinsamen Untergang zu betreiben schienen, im Grunde heilsame Einrichtungen waren; daß eine geistliche Gesellschaft die andere im Zaum hielt; daß diese Eiferer, auch wenn sie sich in einigen Punkten stritten, alle die gleiche Moral lehrten, daß sie das Volk unterwiesen und sich den Gesetzen beugten, ähnlich den Hauslehrern, welche über den Sohn des Hauses wachen, während der Hausherr sie überwacht. Er besuchte diese und jene und befand sie lauter. Er erfuhr, daß es sogar unter den Wahnwitzigen, die den Großlama bekriegen wollten, bedeutende Männer gegeben hatte. So mutmaßte er endlich, es könnte mit den Sitten in Persepolis sein wie mit den Bauten, deren einige ihn erbarmenswert gedünkt und andere ihn zur Bewunderung hingerissen hatten.

Er sagte zu seinem Weisen: „Ich erkenne an, daß diese Magier, die ich so gefährlich wähnte, in Wahrheit sehr nützlich sind, insonders wenn eine weise Regierung sie hindert, sich gar zu unentbehrlich zu machen; doch werdet Ihr mir wenigstens zugeben, daß eure jungen Richter, die sich ein Amt kaufen, sobald sie ein Pferd besteigen können, an den Gerichten das Tollste an Unverfrorenheit und das Schlimmste an Ungerechtigkeit ausbreiten dürften; es wäre gewiß besser, diese Ämter kostenlos jenen alten Rechtsberatern zu übergeben, die ihr Leben lang das Für und Wider klüglich abgewogen haben."

Da antwortete der Gelehrte: „Ihr habt unsere Armee gesehen, ehe Ihr Persepolis betratet; Ihr wißt, daß unsere jungen Offiziere sich tapfer schlagen, obwohl sie ihren Posten gekauft haben: vielleicht werdet Ihr auch sehen, daß unsere jungen Richter nicht schlecht urteilen, obwohl das Amt erkauft ist."

Anderntags führte er ihn zum Obersten Gerichtshof, wo ein wichtiges Urteil gefällt werden sollte. Der Fall war jedermann bekannt. All die alten Anwälte, die dazu sprachen, waren in ihrer Meinung schwankend; sie beriefen sich auf hundert Gesetze, deren keins auf den Fall anwendbar war; sie betrachteten die Sache von hunderterlei Seiten, deren keine das rechte Bild ergab: die Richter entschieden schneller, als die Advokaten ahnten. Ihr Urteil war nahezu einmütig; sie urteilten gut, weil sie dem Licht der Vernunft folgten; die andern hatten schlecht beraten, denn sie hatten nur ihre Bücher befragt.

Babuk schloß, daß Mißstände oft auch Gutes zeitigen. Noch am selben Tag sah er, daß der Reichtum der Finanziers, der ihn so empört hatte, von ausgezeichneter Wirkung sein konnte, denn da der Kaiser Geld brauchte, fand er bei ihnen innerhalb einer Stunde, was er auf dem Amtsweg nicht in sechs Monaten bekommen hätte; er sah, daß jene dicken, vom Tau der Erde geschwellten Wolken ihr das Empfangene als Regen wiedergaben. Im übrigen waren die Kinder dieser neuen Leute oft besser erzogen als die der altadligen Familien und taugten oft weit mehr: denn nichts hindert, ein guter Richter, ein tapferer Krieger, ein tüchtiger Staatsmann zu sein, wenn man einen Vater hat, der rechnen kann.

Nach und nach erwies Babuk der Habsucht der Finanzleute Gnade, da sie im Grunde nicht gieriger als andere Menschen und überdies notwendig sind. Er entschuldigte die Torheit, sich zu ruinieren, um richten und kämpfen zu dürfen, weil diese Torheit große Richter und Helden hervorbringen kann. Er verzieh die Scheelsucht der Schreibenden, weil es unter ihnen Männer gab, die die Welt aufklärten; er söhnte sich mit den ehrgeizigen und ränkesüchtigen Magiern aus, die doch mehr große Tugenden als kleine Laster hatten; aber es blieben ihm allerhand Beschwerden übrig, und insonders die Liebeleien der Damen nebst deren unvermeidlichen entsetzensvollen Folgen erfüllten ihn mit Furcht und Grausen.

Da er Einsicht in alle menschlichen Stände zu gewinnen suchte, ließ er sich zu einem Minister führen; aber er zitterte unterwegs immerfort, es könnte in seiner Gegenwart eine Frau von ihrem Mann ermordet werden. Bei dem Staatsmann saß er zwei Stunden im Vorzimmer, ohne gemeldet zu sein, und abermals zwei Stunden, als er es war. In dieser Wartezeit schwor er sich, den Minister samt seinen unverschämten Untergebenen dem Engel Ituriel zu empfehlen. Das Vorzimmer war voll von Damen jeden Standes, von Magiern aller Farben, von Richtern, Kaufleuten, Offizieren und Pedanten; alle klagten den Minister an. Der Geizhals und der Wucherer sagten: „Kein Zweifel, der Mann plündert die Provinzen." Der Unbeständige warf ihm vor, unzuverlässig zu sein. Der Wollüstige sagte: „Er denkt nur an sein Vergnügen." Der Intrigant schmeichelte sich, er werde ihn bald in einer Kabale fallen sehen. Die Frauen hofften, bald einen jüngeren Minister zu bekommen.

Babuk hörte ihre Reden; er konnte nicht umhin, sich zu sagen: „Dieser muß ein sehr glücklicher Mann sein, er hat alle seine Feinde in seinem Vorzimmer; mit seiner Macht vernichtet er, die ihn beneiden; zu seinen Füßen sieht er, die ihn hassen." Endlich trat er ein; er erblickte einen kleinen alten Herrn, gebeugt unter der Last der Jahre und der Geschäfte, aber immer noch rüstig und rege.

Babuk gefiel ihm, und er dünkte Babuk ein schätzenswerter Mann. Die Unterhaltung wurde aufschlußreich. Der Minister gestand ihm, daß er ein sehr unglücklicher Mann sei, daß er für reich gelte und daß er arm sei; daß man ihn allmächtig wähne und daß er immer an Widerspruch scheitere; daß er fast nur Undankbaren geholfen habe und daß er in seiner andauernden, vierzigjährigen Arbeit kaum einen Augenblick habe aufatmen dürfen. Babuk war gerührt und dachte, wenn dieser Mann Fehler gemacht hat und der Engel Ituriel ihn strafen will, muß er ihn nicht verderben, sondern nur sein Amt fortführen lassen.

Während er mit dem Minister sprach, tritt unversehens die schöne Dame ein, bei der Babuk gespeist hatte; von ihren Augen, ihrer Stirn las man Zorn und Kummer. Sie brach in Vorwürfe gegen den Staatsmann aus, sie vergoß Tränen; sie beklagte sich bitterlich, daß man ihrem Gemahl eine Stellung verweigert hatte, auf die seine Geburt ihm Anspruch gab und die ihm nach seinen Diensten und Verwundungen gebührte; sie sprach so energisch, sie trug ihre Klagen so liebenswürdig vor, sie zerstörte die Einwände so gewandt, sie vertrat ihre Gründe so beredsam, daß sie den Raum nicht verließ, ohne das Glück ihres Mannes gemacht zu haben.

Babuk drückte ihr die Hand. „Ist es möglich, Madame", sagte er, „daß Ihr Euch so viel Mühe für einen Mann gebt, den Ihr nicht liebt und von dem Euch das Schlimmste zu fürchten steht?" – „Den ich nicht liebe!" rief sie aus. „Hört, mein Mann ist der beste Freund, den ich auf Erden habe, und es gibt nichts, was ich ihm nicht opfern würde, außer meinem Liebhaber; ebenso täte er alles für mich, es sei denn, seine Geliebte zu verlassen. Ich werde sie Euch vorstellen: sie ist eine reizende Frau, gescheit und hat den besten Charakter der Welt; wir speisen heute abend miteinander, mit meinem Mann und meinem kleinen Magier; kommt und teilt unsere Freude."

Die Dame führte Babuk in ihr Haus. Der Gatte, der endlich tief bekümmert heimgekommen war, begrüßte seine Gattin voll riesiger Freude und Dankbarkeit: er küßte abwechselnd seine Frau, seine Geliebte, den kleinen Magier und Babuk. Einigkeit, Freude, Geist und Anmut wurden die Seele des Mahls. „Wußtet Ihr", sagte die schöne Gastgeberin, „daß jene Frauen, die manchmal ehrlos gescholten werden, fast immer einem sehr ehrenwerten Mann verbunden sind? Um Euch davon zu überzeugen, kommt morgen mit zum Diner bei der schönen Téone. Freilich gibt es ein paar alte Vestalinnen, die sie zerrupfen; aber sie tut mehr Gutes als sie alle zusammen. Sie würde um des größten Nutzens willen nicht das mindeste Unrecht begehen; ihrem Freund gibt sie den großmütigsten Rat; sie denkt einzig an seinen Ruhm: er würde vor ihr erröten, verpaßte er eine Gelegenheit, Gutes zu tun, denn nichts ermutigt mehr zu edlen Taten, als zum Zeugen und Richter seines Betragens eine Geliebte zu haben, deren Achtung man verdienen will."

Babuk verfehlte nicht zu kommen. Er fand ein Haus, wo alle Freuden herrschten. Über sie herrschte Téone; sie fand für jeden den rechten Ton. Ihr natürlicher Witz setzte den der andern frei; sie gefiel fast ohne Absicht; sie war so liebenswert als erquickend; und, was all ihre Vorzüge krönte, sie war schön.

Babuk, sosehr er Skythe und Gesandter eines Engels war, gestand sich, wenn er länger in Persepolis bliebe, vergäße er Ituriel um Téone. Er verliebte sich in die Stadt, wo die Menschen höflich, angenehm und hilfreich waren, obschon leichtfertig, schmähsüchtig und voller Eitelkeit. Nun fürchtete er, daß Persepolis verdammt werden könnte; er fürchtete sich vor dem Bericht, den er erstatten sollte.

Hört, wie er seine Aufgabe löste. Er ließ vom besten Erzgießer der Stadt eine kleine Statue fertigen, die aus sämtlichen Metallen, Erden und Steinen, den kostbarsten und den gemeinsten, zusammengesetzt war; die brachte er Ituriel. „Werdet Ihr", sprach er, „diese Statue zerschlagen, weil daran nicht alles Gold und Diamanten ist?" Ituriel verstand, was er meinte; er beschloß, nicht einmal mehr an eine Strafe für Persepolis zu denken und die Welt zu lassen wie sie ist, „denn", sagte er, „wenn nicht alles gut ist, ist alles doch erträglich." Also blieb Persepolis bestehen, und Babuk war weit entfernt, sich deshalb zu beklagen wie einst Jona, der gezürnt hat, weil Ninive nicht zerstört wurde. Aber wer drei Tage im Bauch eines Wals gesessen hat, ist nicht so guten Humors, als wer in der Oper, im Theater gewesen ist und in guter Gesellschaft soupiert hat.

Zadig oder Das Schicksal

Eine orientalische Geschichte

Zadigs Widmung an die Sultanin Sheraa, verfaßt von Sadi

Den 10. des Pferdemonats
im Jahr 837 der Hedschra

Zauber der Augen, Qual der Herzen, Licht des Geistes, den Staub Eurer Füße küsse ich nicht, weil Ihr selten im Staub, sondern auf Perserteppichen, vielmehr auf Rosen wandelt. Ich bringe Euch die Übersetzung eines Buches dar, das wir einem alten Weisen verdanken, der vor lauter Freude, daß er einmal nichts zu tun hatte, Zadigs Geschichte schrieb, ein Werk, das mehr sagt, als es zu sagen scheint. Ich bitte Euch, lest und beurteilt es: denn wiewohl Ihr im Lenz Eures Lebens steht, wiewohl alle Freuden Euch umwerben, wiewohl Ihr schön seid und Eure Talente Eure Schönheit krönen, wiewohl man Euch vom Abend bis zum Morgen preist und Ihr ob alles dessen berechtigt wärt, keinen Funken Verstand mehr zu haben, seid Ihr ungemein gescheit, habt erlesenen Geschmack, und ich habe Euch klüger argumentieren hören als alte Derwische mit langem Bart und spitzer Mütze. Ihr seid bedacht, aber nicht argwöhnisch; Ihr seid sanft, ohne schwach zu sein; Ihr seid wohltätig, aber mit Unterschied; Ihr liebt Eure Freunde und macht Euch keine Feinde. Euer Witz borgt seine Würze nie bei der Verleumdung aus; Ihr sagt nichts Böses, noch tut Ihr es, so wunderbar leicht es Euch fiele. Eure Seele endlich ist mir immer rein wie Eure Schönheit erschienen. Ihr habt sogar einen kleinen Schatz an philosophischer Weisheit, der mich glauben macht, daß Ihr an diesem Werk eines Weisen mehr Gefallen als jede andre finden werdet.

Geschrieben wurde es auf altchaldäisch, das wir beide nicht verstehen. Dann übersetzte man es ins Arabische, um den berühmten Sultan Ulug Bek zu erfreuen. Das war zu der Zeit, als die Araber und Perser begannen, „Tausendundeine Nacht“, „Tausendundein Tag“ usw. zu schreiben. Ulug bevorzugte die Lektüre des „Zadig“, aber die Sultaninnen zogen die „Tausendundein ...“ vor. „Wie könnt Ihr“, sagte der weise Ulug, „Geschichten höher schätzen, die weder Sinn noch Verstand haben?“ – „Eben dafür lieben wir sie ja“, antworteten die Damen.

Ich schmeichle mir, Ihr werdet ihnen nicht ähnlich, sondern ein wahrer Ulug sein. Ich hoffe sogar, wenn Ihr der üblichen Unterhaltungen satt seid, die den „Tausendundein ...“ ja so sehr gleichen, nur daß sie weniger amüsant sind, werde ich eine Minute zu einem guten Gespräch mit Euch finden. Denn wärt Ihr Thalestris zur Zeit Iskanders, Philipps Sohn, wärt Ihr die Königin von Saba zur Zeit Salomos gewesen – diese Könige wären zu Euch gepilgert.

Ich flehe die himmlischen Mächte an, auf daß Eure Freuden ungetrübt, Eure Schönheit unvergänglich und Euer Glück ohne Ende seien.

Sadi

Der Einäugige

Zur Zeit König Moabdars lebte in Babylon ein Jüngling namens Zadig, der mit einem schönen Naturell geboren war, das Erziehung bestärkt hatte. Wiewohl reich und jung, wußte er seine Leidenschaften zu zügeln; er spielte sich nicht auf; er mußte nicht immer recht haben und nahm Rücksicht auf die Schwächen der Menschen. Man staunte, daß er, bei seinem großen Witz, dieses haltlose, aufgeblasene Gewäsch, diese frechen Verleumdungen, dummen Urteile, platten Späße, diesen ganzen eitlen Wortschwall, der in Babylon „Unterhaltung“ hieß, nie mit seinem Spott geißelte. Aber er hatte aus dem Ersten Buch Zoroasters gelernt, daß Eigenliebe ein windgeschwellter Ballon ist, aus dem Stürme brechen, sticht man hinein. Zadig rühmte sich vor allem nie, die Frauen zu verachten und zu unterjochen. Er war großmütig; er scheute sich nicht, Undankbaren zu helfen, Zoroasters großem Gebot getreu: „Wenn du ißt, gib auch den Hunden zu essen, selbst wenn sie dich beißen.“ Er war so weise, als man es sein kann: denn er bemühte sich, wie ein Weiser zu leben. In den Wissenschaften der alten Chaldäer unterrichtet, kannte er die physikalischen Gesetze der Natur so genau, als man sie damals kannte, und wußte von der Metaphysik, was man zu allen Zeiten davon gewußt hat, das heißt, sehr wenig. Er war, entgegen der neuen Philosophie seiner Zeit, fest überzeugt, daß das Jahr dreihundertfünfundsechzig und einen viertel Tag hat und daß die Sonne im Zentrum unserer Welt steht; und wenn die Obermagier ihm mit gefährlicher Anmaßung bedeuteten, seine Gesinnung sei falsch, es sei staatsfeindlich, zu glauben, die Sonne drehe sich um sich selber und das Jahr habe zwölf Monate, schwieg er ohne Zorn und ohne Verachtung.

Da er sehr reich war und mithin Freunde hatte, da er mit guter Gesundheit, einer liebenswerten Gestalt, mit einem gerechten, ausgewogenen Verstand und einem aufrechten, edlen Herzen begabt war, glaubte Zadig, er könne glücklich werden. Er sollte Semire heiraten, die ob ihrer Schönheit, ihrer Geburt und ihres Reichtums für eine der besten Partien in Babylon galt. Er hegte für sie eine starke, reine Neigung, und Semire liebte ihn mit aller Leidenschaft. Sie standen dicht vor dem glücklichen Augenblick, der sie vereinen sollte, als unter den Palmen am Ufer des Euphrat, wo sie miteinander nach einem der Tore Babylons lustwandelten, Bewaffnete mit Säbeln und Pfeilen auf sie eindrangen. Es waren Trabanten des jungen Orcan, Neffe eines Ministers, dem die Höflinge seines Oheims eingeblasen hatten, ihm sei alles erlaubt. Keine der Grazien noch Tugenden Zadigs war ihm eigen; aber da er sich weit Besseres dünkte, kränkte es ihn, nicht der Bevorzugte zu sein. Aus dieser Eifersucht, die einzig seiner Eitelkeit entsprang, wähnte er, er sei sterblich in Semire verliebt. Er wollte sie entführen. Die Räuber ergriffen sie, verletzten sie im Fieber der Gewalttat und vergossen das Blut eines Geschöpfs, dessen Anblick sogar die Tiger des Imaus gerührt hätte. Sie erfüllte den Himmel mit ihrem Wehgeschrei. „Oh, mein liebster Freund“, klagte sie, „man entreißt mich dem Mann, den ich vergöttere!“ Sie achtete der eigenen Gefahr nicht; sie dachte nur an den Geliebten. Der verteidigte sie unterdes mit aller Kraft, die Tapferkeit und Liebe geben. Mit nur zwei Sklaven schlug er die Räuber in die Flucht und führte Semire ohnmächtig und blutüberströmt nach Haus, die, als sie die Augen aufschlug, ihren Befreier erblickte. „O Zadig!“ rief sie aus, „ich liebte Euch als meinen Bräutigam; jetzt liebe ich in Euch den, dem ich Ehre und Leben verdanke.“ Nie war ein Herz heißer von Dankbarkeit erfüllt als Semirens. Nie entschlüpfte einem lieblicheren Mund in feurigeren Worten ein innigeres Geständnis, das dem Gefühl des höchsten Glücks und dem Überschwang der rechtmäßigsten Liebe entsprang. Ihre Wunde war nicht ernst; sie heilte schnell. Zadig war gefährlicher verwundet; ein Pfeilschuß hatte ihm dicht am Auge eine tiefe Wunde gerissen. Semire erflehte von den Göttern nur die Genesung des Geliebten. Ihre Augen waren Tag und Nacht in Tränen gebadet: sie sehnte den Moment herbei, da Zadig sich ihrer Blicke wieder freuen könnte; aber ein Abszeß, der an dem verletzten Auge sich gebildet hatte, ließ das Schlimmste befürchten. Man schickte nach Memphis, um den berühmten Doktor Hermes zu rufen, der mit zahlreichem Gefolge kam. Er untersuchte den Kranken und erklärte, er werde das Auge verlieren; er sagte sogar Tag und Stunde voraus, da der furchtbare Unfall eintreten würde. „Wäre es das rechte Auge gewesen“, sagte er, „hätte ich es heilen können; aber Wunden am linken Auge sind unheilbar.“ Ganz Babylon beklagte Zadigs Schicksal und bewunderte des Hermes tiefe Wissenschaft. Zwei Tage darauf brach der Abszeß von allein auf; Zadig genas vollständig. Hermes schrieb ein Buch, worin er bewies, daß er nicht hätte genesen dürfen. Zadig las es nicht; aber sobald er ausgehen durfte, schickte er sich an, jener seinen Besuch zu machen, auf die er sein Lebensglück gesetzt und für die allein er Augen haben wollte. Semire war seit drei Tagen auf dem Lande. Unterwegs erfuhr er, die Schöne, nachdem sie lauthals erklärt, sie hege eine unüberwindliche Abscheu gegen Einäugige, habe sich mit Orcan vermählt. Bei dieser Nachricht sank er besinnungslos zu Boden; sein Schmerz brachte ihn an den Rand des Grabes; er war lange krank, aber endlich besiegte die Vernunft seinen Kummer; und die Härte des Erlebten selber diente zu seinem Trost.

„Da ich die grausame Unbeständigkeit eines bei Hof erzogenen Mädchens erfahren mußte“, sagte er sich, „werde ich eine Bürgerin freien.“ Er wählte Azora, die artigste und wohlgeborenste der Stadt; er heiratete sie und lebte mit ihr einen Monat in den Wonnen zärtlichster Eintracht. Nur bemerkte er an ihr eine geringe Leichtfertigkeit und einen starken Hang, immer den bestgewachsenen jungen Männern den meisten Witz und die größte Tapferkeit zuzusprechen.

Die Nase

Eines Tages kam Azora zornsprühend und laut schimpfend von einem Spaziergang heim. „Was habt Ihr, meine Liebe?“ fragte Zadig, „wer konnte Euch so erzürnen?“ – „Ach!“ sagte sie, „es ginge Euch wie mir, hättet Ihr mit angesehn, was ich soeben sehen mußte. Ich wollte die junge Witwe Cousrou trösten, die vor zwei Tagen an dem Bach, der diese Wiese säumt, ihrem jungen Gatten ein Grabmal setzen ließ. In ihrem Schmerz hat sie den Göttern gelobt, an diesem Grab zu knien, solange der Bach daran vorüberfließt.“ – „Nun“, sagte Zadig, „das ist doch eine achtbare Frau, die ihren Mann wirklich geliebt hat!“ – „Ach!“ rief Azora, „wenn Ihr wüßtet, womit sie befaßt war, als ich sie besuchte!“ – „Womit denn, schöne Azora?“ – „Sie ließ den Bach ableiten.“ Azora erging sich in so ausführlichen Schmähungen, brach in so bittere Vorwürfe gegen die junge Witwe aus, daß dieser Tugendzauber Zadig mißfiel.

Er hatte einen Freund namens Cador, der zu den jungen Männern zählte, an denen seine Frau mehr Redlichkeit und Verdienst als an andern fand: er zog ihn ins Vertrauen und versicherte sich, so gut er konnte, seiner Treue durch ein ansehnliches Geschenk. Azora, die zwei Tage bei einer Freundin auf dem Lande geweilt hatte, kam den dritten Tag nach Haus. Bedienstete in Trauerkleidern verkündeten ihr, ihr Mann sei selbige Nacht unerwartet gestorben, man habe ihr diese Trauerbotschaft nicht mitzuteilen gewagt, und Zadig sei im Grab seiner Väter hinten im Park beigesetzt worden. Sie weinte, raufte sich die Haare und schwor zu sterben. Abends erbat sich Cador die Erlaubnis, sie zu besuchen, und sie weinten alle beide. Anderntags weinten sie schon weniger und speisten miteinander. Cador vertraute ihr an, sein Freund hätte ihm den größten Teil seines Vermögens vermacht, und ließ sie verstehen, daß er sich glücklich schätzen würde, sein Glück mit ihr zu teilen. Die Schöne weinte, erboste sich, besänftigte sich; das Abendessen zog sich länger hin als das Mittagsmahl; man plauderte vertraulicher. Azora sang das Loblied des Verblichenen; räumte aber ein, er hätte Fehler gehabt, von denen Cador frei sei.

Mitten im Abendessen klagte Cador über heftige Schmerzen in der Milz; besorgt und beflissen ließ die Dame alle Essenzen bringen, mit denen sie sich parfümierte, um zu erproben, ob eine darunter sei, die gegen Milzleiden tauge; sie bedauerte sehr, daß der große Hermes nicht noch in Babylon war; sie ließ sich sogar herbei, die Stelle zu betasten, wo Cador so arge Schmerzen fühlte. „Habt Ihr diese furchtbare Krankheit oft?“ fragte sie ihn mitleidig. – „Sie bringt mich manchmal an den Rand des Grabes“, sagte Cador, „es gibt nur ein Mittel, das mir helfen kann: man muß mir die Nase eines am Vortag verstorbenen Mannes auf die Seite legen.“ – „Ein seltsames Heilmittel!“ sagte Azora. – „Nicht seltsamer“, sagte er, „als Herrn Arnous Säckchen gegen den Schlagfluß.“ Dieses Argument, zuzüglich dem ungewöhnlichen Verdienst des jungen Mannes, überzeugte die Dame. „Wenn mein Mann“, sagte sie, „aus seiner Wanderung aus der Welt von gestern in die Welt von morgen an die Brücke Tchinavar kommt, wird der Engel Asrael ihm den Übergang ja wohl nicht verwehren, weil seine Nase im zweiten Leben ein wenig kürzer ist als im ersten.“ Sie nahm also ein Rasiermesser, lief zum Grab ihres Gemahls, benetzte es mit Tränen und nahte sich, um Zadig, den sie lang ausgestreckt im Grabe fand, die Nase abzuschneiden. Zadig richtet sich auf, indem er mit einer Hand seine Nase, mit der andern das Messer festhält.

„Madame“, sagt er, „schreit nicht mehr gar so laut gegen die junge Cousrou; der Entschluß, mir die Nase abzuschneiden, ist den, einen Bach abzuleiten, wohl wert.“

Der Hund und das Pferd

Zadig erfuhr, daß der erste Ehemonat, wie es im Buch Zend geschrieben steht, der Honigmond, aber der zweite der Mond des Wermuts ist. Nicht lange, und er sah sich gezwungen, Azora zu verstoßen, da das Leben mit ihr zu schwierig geworden war; also suchte er sein Glück fortan im Studium der Natur. „Wer könnte glücklicher sein“, sagte er, „als ein Philosoph, der in dem großen Buch liest, das Gott vor unseren Augen aufgeschlagen hat. Die Wahrheiten, die ein Forscher entdeckt, gehören ihm: er nährt und erhebt seine Seele, er lebt in Frieden; er hat von den Menschen nichts zu fürchten, und kein trautes Ehgemahl will ihm die Nase abschneiden.“

Solcher Vorstellungen voll, bezog er ein Landhaus draußen am Ufer des Euphrat. Dort befleißigte er sich nicht etwa zu berechnen, wieviel Unzen Wasser in einer Sekunde unter einem Brückenbogen durchfließen oder ob im Monat der Maus ein Kubikzentimeter Regen mehr als im Monat des Hammels fällt. Er sann nicht, wie man Seide aus Spinnweben oder Porzellan aus Flaschenscherben macht, sondern studierte vornehmlich die Eigenheiten der Tiere und Pflanzen und erwarb sich bald einen Scharfblick, der ihm tausenderlei Unterschiede entdeckte, wo andere Menschen alles gleichförmig sehen.

Eines Tages, als er bei einem kleinen Gehölz spazierenging, sah er einen Eunuchen der Königin mit etlichen Bedienten kommen, die höchst besorgt schienen und überall umherliefen wie Verstörte, die ihr Kostbarstes verloren haben. „Junger Mann“, rief ihn der Obereunuch an, „habt Ihr nicht den Hund der Königin gesehen?“ Zadig antwortete bescheiden. „Es ist eine Hündin und kein Hund.“ – „Ihr habt recht“, versetzte der Obereunuch. „Es ist eine sehr kleine Spanielhündin“, setzte Zadig hinzu; „sie hat kürzlich geworfen; sie hinkt auf dem linken Vorderfuß und hat sehr lange Ohren." – „Ihr habt sie also gesehn?" fragte der Obereunuch atemlos. „Nein", sagte Zadig, „ich habe sie noch nie gesehen, ich habe nicht einmal gewußt, daß die Königin eine Hündin hat."

Einer gewöhnlichen Laune des Schicksals zufolge war genau zur selben Zeit das schönste Pferd im königlichen Marstall den Händen eines Stallmeisters in die Ebene um Babylon entflohen. Der Oberstallmeister und alle andern Stallmeister liefen ebenso geängstigt hinter ihm her wie der Obereunuch der Hündin. Der Oberstallmeister wandte sich an Zadig und fragte ihn, ob er das Pferd des Königs gesehn hätte. „Es läuft den besten Galopp", sagte Zadig; „es ist fünf Fuß hoch, hat sehr kleine Hufe, einen dreieinhalb Fuß langen Schwanz; die Knäufe seines Zaumzeugs sind aus dreiundzwanzigkarätigem Gold, seine Hufeisen aus elflötigem Silber." – „Welche Richtung hat es genommen? Wo ist es?" fragte der Oberstallmeister. „Ich habe es nicht gesehen", antwortete Zadig, „und habe nie vorher von ihm gehört."

Der Oberstallmeister und der Obereunuch zweifelten nicht, daß Zadig das Pferd des Königs und die Hündin der Königin gestohlen hätte; sie ließen ihn vor die Versammlung des Großen Desturham führen, der ihn zur Knute und zu lebenslänglicher Verbannung nach Sibirien verurteilte. Kaum war das Urteil gesprochen, als man Pferd und Hündin fand. Die Richter standen vor der schmerzlichen Notwendigkeit, ihr Urteil ändern zu müssen; aber sie verdammten Zadig, vierhundert Goldunzen Strafe zu zahlen, weil er behauptet hätte, nicht gesehen zu haben, was er gesehen hätte. Zadig mußte die Buße erst bezahlen; dann wurde ihm erlaubt, seine Sache vor dem Rat des Großen Desturham zu vertreten; und er sprach also:

„Sterne der Gerechtigkeit, Abgründe der Weisheit, Spiegel der Wahrheit, die Ihr die Schwere des Bleis, die Härte des Eisens, den Glanz des Diamanten und große Verwandtschaft zum Golde habt – da mir erlaubt ist, vor dieser erlauchten Versammlung zu sprechen, so schwöre ich bei Ormuzd, daß ich niemals weder die hochehrwürdige Hündin der Königin noch das geheiligte Roß des Königs der Könige gesehen habe. Hört, was mir begegnet ist: ich ging nach dem kleinen Gehölz, wo ich später den verehrungswürdigen Eunuchen und den sehr edlen Oberstallmeister traf. Ich sah im Sand die Spuren eines Tieres und erkannte unschwer, daß es die eines kleinen Hundes waren. Leichte, längliche Furchen, die sich zwischen dem Eindruck der Pfoten auf kleinen Erhöhungen im Sande zeigten, lehrten mich, daß es eine Hündin mit hängenden Zitzen war, die folglich erst vor wenigem geworfen hatte. Andersartige Spuren, die die Oberfläche des Sandes immer neben den Vorderpfoten gestreift zu haben schienen, sagten mir, daß sie sehr lange Ohren hat; und da ich bemerkte, daß der Sand durch eine Pfote jeweils weniger ausgehöhlt war als durch die drei andern, wußte ich, daß die Hündin unserer erlauchten Königin ein wenig hinkt, wenn ich dies so sagen darf.

Was das Pferd des Königs der Könige betrifft, so vernehmt, daß ich auf den Waldwegen die Hufabdrücke eines Pferdes bemerkte; sie hatten alle den gleichen Abstand. Sieh an, sagte ich, ein Pferd, das einen vollendeten Galopp läuft. Auf einem schmalen Pfad, nur sieben Fuß breit, war auf dreieinhalb Fuß von der Wegmitte der Staub von den Bäumen gefegt. Dieses Pferd, sagte ich mir, hat einen dreieinhalb Fuß langen Schweif, der mit seinen Bewegungen den Staub rechts und links weggewischt hat. Unter den Bäumen, die eine fünf Fuß hohe Wölbung bilden, sah ich frisch abgerissene Blätter; und ich erkannte, daß dieses Pferd da hinangereicht hatte und mithin fünf Fuß mißt. Seine Kandare nun muß von dreiundzwanzigkarätigem Gold sein: denn es hat die Knäufe gegen einen Stein gerieben, den ich als einen Prüfstein erkannte und untersucht habe. Endlich stellte ich nach den Schürfungen, die seine Hufe auf Kieseln anderer Art hinterließen, fest, daß es mit elflötigem Silber beschlagen war."

Alle Richter bewunderten Zadigs scharfe Beobachtungsgabe; die Kunde gelangte zum König und zur Königin. In den Vorzimmern, in ihren Gemächern und im Kabinett sprach man nur mehr von Zadig; und wiewohl etliche Magier behaupteten, man müsse ihn als Hexer verbrennen, befahl der

König, daß man ihm die vierhundert Goldunzen, zu deren Zahlung er verurteilt worden war, zurückerstatte. Der Gerichtsschreiber, die Gerichtsdiener, die Anwälte kamen in großem Staat zu ihm und brachten ihm seine vierhundert Unzen also wieder; sie behielten nur dreihundertachtundneunzig davon für Gerichtskosten ein, und ihre Büttel forderten Trinkgeld.

Zadig sah, wie gefährlich es manchmal ist, zu gelehrt zu sein, und nahm sich fest vor, bei der nächsten Gelegenheit nicht zu sagen, was er gesehen hatte.

Diese Gelegenheit fand sich bald. Ein Staatsgefangener entfloh; er lief unter den Fenstern seines Hauses vorbei. Man fragte Zadig, er gab keine Auskunft; man wies ihm nach, daß er aus dem Fenster gesehen hatte. Für dieses Verbrechen wurde er zu fünfhundert Goldunzen verurteilt, und er dankte, wie in Babylon der Brauch, seinen Richtern für ihre Nachsicht. „Großer Gott!" sprach er bei sich, „wie übel bekommt es einem, in einem Wald spazierenzugehen, wo die Hündin der Königin und das Pferd des Königs entlanggelaufen sind! wie gefährlich ist es, aus dem Fenster zu sehen! und wie schwer ist es, in diesem Leben glücklich zu werden!"

Der Neider

Zadig gedachte, in Philosophie und Freundschaft Trost für die Unbill zu finden, die das Schicksal ihm angetan. In einem Vorort Babylons hatte er ein erlesen ausgestattetes Haus, wo er alle Künste und alle Freuden versammelte, die eines ehrenhaften Mannes würdig sind. Des Morgens stand seine Bibliothek allen Gelehrten offen, des Abends seine Tafel der guten Gesellschaft; aber er erfuhr bald, wie gefährlich Gelehrte sind; es erhob sich nämlich ein großer Streit über ein Gebot Zoroasters, das untersagte, Greife zu essen. „Wie kann man Greife zu essen verbieten", sagten die einen, „da es dieses Tier gar nicht gibt?" – „Es muß dieses Tier aber geben", sagten die andern, „da Zoroaster verbietet, daß man es ißt." Zadig wollte sie einigen und sagte: „Wenn es Greifen gibt, essen wir keine; gibt es keine, essen wir sie schon gar nicht; damit sind wir alle Zoroaster gehorsam."

Ein Gelehrter, der über die Eigenschaften des Greifen dreizehn Bände geschrieben hatte und überdies ein großer Theurg war, eilte sich, Zadig vor einem Erzmagier namens Yebor anzuklagen, dem dümmsten der Chaldäer und mithin dem fanatischsten. Dieser Mann hätte Zadig zum höchsten Ruhm der Sonne pfählen lassen und hernach das Brevier Zoroasters desto selbstzufriedener abgebetet. Freund Cador (ein Freund taugt mehr als hundert Priester) ging zu dem alten Yebor und sagte: „Es lebe die Sonne und der Greif! Hütet Euch, Zadig zu strafen: er ist ein Heiliger; er hält Greifen auf seinem Hühnerhof und ißt keine; aber sein Ankläger ist ein Ketzer, der sich erfrecht zu behaupten, Hasen hätten gespaltene Füße und seien keine unreinen Tiere." – „Nun!" sagte Yebor, seinen Kahlkopf schüttelnd, „dann muß Zadig gepfählt werden, weil er von den Greifen Schlechtes denkt, und der andere, weil er Schlechtes über die Kaninchen gesprochen hat." Cador bereinigte die Affäre vermittels einer Ehrenjungfer, der er ein Kind gemacht und die großen Einfluß im Magierkollegium hatte. Es wurde keiner gepfählt; weshalb etliche Doktoren murrten und Babylons Untergang prophezeiten. Zadig aber rief: „Ach, wovon hängt unser Glück doch ab! Alles verfolgt mich in dieser Welt, sogar Wesen, die es gar nicht gibt!" Er verwünschte die Gelehrten und wollte nur mehr gute Gesellschaft um sich sehen.

Er lud die ehrenwertesten Männer und liebenswertesten Damen Babylons in sein Haus; er gab erlesene Soupers, oft Konzerte vorher, er regte die angenehmsten Unterhaltungen an, aus denen er den Eifer zu bannen gewußt hatte, mit Geist zu glänzen, welches die sicherste Art ist, keinen zu haben und die glanzvollste Gesellschaft zu verstören. Weder die Wahl seiner Freunde noch die der Gerichte war von Eitelkeit bestimmt: denn in allem zog er das Sein dem Scheinen vor und gewann sich wahrhafte Wertschätzung, auf die er keinen Anspruch erhob.

Gegenüber seinem Haus wohnte Arimaze, ein Mensch, dessen böse Seele sich in seinen groben Zügen malte. Er war von Haß zerfressen und platzte vor Dünkel, obendrein war er ein langweiliger Schöngeist. Da er in der Welt nie hatte Erfolg erringen können, rächte er sich, indem er den der andern schlechtmachte. So reich er war, er hatte Not, Schmeichler um sich zu sammeln. Der Hall der Kutschen, die des Abends bei Zadig vorfuhren, ärgerte ihn, der Hall der Lobpreisungen Zadigs ärgerte ihn noch mehr. Manchmal erschien er bei Zadig und setzte sich zur Tafel, ohne gebeten zu sein: dann vertrieb er jegliche Freude aus der Runde, so wie man von den Harpyien sagt, sie vergällten alles Fleisch, das sie berühren. Eines Tages wollte er einer Dame zu Ehren ein Fest geben, die es ihm ausschlug und statt dem bei Zadig speiste. Ein andermal, da sie im Palast miteinander redeten, kam ein Minister hinzu, der Zadig an seine Tafel bat, aber nicht Arimaze. Der unversöhnlichste Haß hat oft keine gewichtigere Ursache. Dieser Mann, der in Babylon „der Neider" hieß, wollte Zadig verderben, weil man ihn „den Glücklichen" nannte. Die Gelegenheit, Böses zu tun, findet sich hundertmal am Tag, aber die, Gutes zu tun, nur einmal im Jahr, sagt Zoroaster.

Der Neider besuchte Zadig, als dieser in seinen Gärten mit zwei Freunden und einer Dame lustwandelte, der er oft Galantes sagte, ohne andere Absicht als die, es ihr zu sagen. Das Gespräch kam auf den Krieg, den der König gegen den Fürsten von Hyrkanien, seinen Vasallen, jüngst siegreich beendet hatte. Zadig, der in dem kurzen Krieg seinen Mut bewiesen hatte, lobte den König und noch mehr die Dame. Er nahm seine Tafeln und schrieb aus dem Stegreif vier Verszeilen, die er der Schönen zu lesen gab.

Seine Freunde baten, sie ihnen auch zu zeigen: Bescheidenheit oder vielmehr wohlverstandene Eigenliebe verwehrte es ihm. Er wußte, daß improvisierte Verse immer nur für diejenige gut sind, der zu Ehren sie gemacht wurden: er brach die Tafel, worauf er geschrieben, in zwei Stücke und warf sie in einen Rosenbusch, wo man sie vergebens suchte. Ein leichter Regen kam hinzu; man ging ins Haus. Der Neider blieb im Garten und suchte so lange, bis er ein Stück der Tafel fand. Sie war dergestalt zerbrochen, daß jede Hälfte des Verses einen Sinn und sogar einen Vers in kürzerem Versmaß bildete; aber ein noch seltsamerer Zufall fügte es, daß dieser kleine Vers einen Sinn ergab, der die schlimmsten Schmähungen des Königs enthielt; man las:

Durch Mord und bittren Hohn
Festigt der König den Thron
Da neuer Friede uns eint
Ist er der einz'ge Feind

Zum erstenmal in seinem Leben war der Neider glücklich. Er hielt in Händen, womit er einen tugendhaften, liebenswürdigen Mann verderben konnte. Grausamer Freude voll, spielte er die Satire von Zadigs Hand dem König zu: man warf Zadig in den Kerker, ihn, seine Freunde und die Dame. Der Prozeß war ihm bald gemacht, ohne daß man ihn anzuhören geruhte. Als man ihn zur Urteilsverkündung führte, stand der Neider an seinem Weg und schmähte ihn laut für seine Verse. Zadig verstieg sich nicht, ein guter Dichter zu sein; aber er war verzweifelt, wegen Majestätsbeleidigung verurteilt zu werden und nicht hindern zu können, daß eine schöne Dame und zwei Freunde für ein Verbrechen im Kerker saßen, das er nicht begangen hatte. Man verwehrte ihm zu sprechen, weil seine Tafel sprach: so war das Gesetz in Babylon. Man führte ihn also zum Richtblock durch eine neugierige Menge, wo keiner ihn zu beklagen wagte und alles sich drängte, sein Gesicht zu sehen, um zu raten, ob er mit Anstand sterben würde. Nur seine Verwandten waren betrübt, weil sie nichts erbten. Drei Viertel seines Vermögens wurden für den König, das vierte Viertel zunutze des Neiders konfisziert.

Während er sich zum Tod bereitmachte, flog der Papagei des Königs von seinem Balkon und ließ sich in Zadigs Garten auf einem Rosenbusch nieder. Der Wind hatte von einem benachbarten Baum einen Pfirsich dorthin geschüttelt; er war auf ein Stück einer Schreibtafel gefallen und darauf festgeklebt. Der Vogel trug den Pfirsich samt der Tafel davon und dem Monarchen in den Schoß. Neugierig las der König die sinnlos, vielmehr wie Versenden anmutenden Worte. Er liebte die Dichtkunst, und bei Fürsten, die Verse lieben, ist nie alles verloren: er sann über das Abenteuer seines Papageien nach. Die Königin erinnerte sich, was auf jenem Stück von Zadigs Tafel geschrieben stand und ließ es holen. Man hielt beide Stücke aneinander, sie paßten genau; und man las die Verse nun, wie Zadig sie gemacht hatte:

Durch Mord und bittren Hohn sah ich die Lande
verwüstet
Festigt der König den Thron, zwingt das Toben sein
Schild.
Da neuer Friede uns eint, Amor zum Krieg nur rüstet
Ist er der einz'ge Feind, den es zu fürchten gilt.

Sofort befahl der König, Zadig vor ihn zu bringen und seine zwei Freunde und die schöne Dame in Freiheit zu setzen. Zadig warf sich vor dem König und der Königin nieder: er bat sie sehr demütig um Vergebung für seine schlechten Verse; er sprach so anmutig, witzig und verständig, daß König und Königin ihn wiederzusehen wünschten. Er kam wieder und gefiel noch besser. Man sprach ihm allen Besitz des Neiders zu, der ihn fälschlich angezeigt hatte: Zadig gab ihm alles zurück, aber den Neider rührte einzig die Freude, seinen Besitz nicht eingebüßt zu haben. Der König schätzte Zadig von Tag zu Tag mehr. Er lud ihn zu all seinen Lustbarkeiten und fragte ihn in all seinen Geschäften um Rat. Die Königin sah ihn fortan mit einem Wohlgefallen, das ihr, dem König, ihrem erlauchten Gemahl, Zadig und dem Königreich gefährlich werden sollte. Zadig fing an zu glauben, daß es nicht schwer ist, glücklich zu werden.

Die Großmütigen

Die Zeit nahte, da, wie alle fünf Jahre, ein großes Fest gefeiert werden sollte. Es war in Babylon der Brauch, nach Ablauf von fünf Jahren feierlich zu erklären, welche Bürger die großmütigste Tat vollbracht hatten. Richter waren die Granden und Magier. Der Obersatrap, dem die Sorge für die Stadt oblag, berichtete die schönsten Taten, die es unter seiner Verwaltung gegeben hatte. Man stimmte ab, und der König sprach das Urteil. Zu dieser Feierlichkeit strömte man aus aller Herren Länder herbei. Der Sieger empfing aus den Händen des Monarchen einen goldenen, edelsteingezierten Pokal, wobei der König die Worte sprach: „Empfangt diesen Preis der Großmut, und mögen die Götter mir viele Untertanen bescheren, die Euch gleichen!"

Als der denkwürdige Tag gekommen war, erschien der König auf seinem Thron, ringsum standen die Granden und Magier und die Abgesandten aller Nationen, die zu diesen Spielen gekommen waren, wo man Ruhm nicht durch Schnelligkeit der Pferde, nicht durch Leibeskraft, sondern einzig durch Tugend gewann. Der Obersatrap verkündete mit lauter Stimme die Taten, die ihren Urhebern den unschätzbaren Preis eintragen durften. Von der Seelengröße, mit welcher Zadig dem Neider sein ganzes Gut zurückgegeben hatte, sprach er nicht: das war keine Tat, die um den Preis zu streiten verdiente.

Er stellte als ersten einen Richter vor, der einem Bürger, den er einen großen Prozeß durch einen Irrtum hatte verlieren lassen, für den er nicht verantwortlich war, all sein eigenes Gut überlassen hatte, das dem Wert dessen entsprach, was jener verloren hatte.

Darauf nannte er einen jungen Mann, der ein junges Mädchen, das er sehr liebte und heiraten sollte, an einen Freund abgetreten hatte, weil dieser vor Liebe zu ihr fast starb, und dem Mädchen obendrein die Mitgift gezahlt hatte.

Dann führte er einen Soldaten vor, der im hyrkanischen Krieg ein noch größeres Beispiel an Großmut gegeben hatte. Feindliche Soldaten wollten ihm seine Geliebte entreißen, und er verteidigte sie: da ward ihm gemeldet, unweit entführten andere Hyrkanier seine Mutter; er gab seine Liebste weinend preis und eilte, seine Mutter zu befreien; er kehrte zu seiner Geliebten zurück und fand sie im Sterben. Er wollte sich entleiben: seine Mutter stellte ihm vor, daß er ihre einzige Stütze war, und er fand den Mut, das Leben auf sich zu nehmen.

Die Richter waren für den Soldaten. Da nahm der König das Wort und sagte: „Seine Tat ist schön wie die der andern, aber sie alle erstaunen mich nicht; gestern hat Zadig eine getan, die mich erstaunt hat. Ich hatte vor wenigen Tagen meinen Minister und Günstling Coreb in Ungnade entlassen. Ich zürnte gewaltig über ihn, und sämtliche Höflinge versicherten mir, ich sei noch viel zu milde: jeder trachtete nur, mir das Ärgste über Coreb zu sagen. Ich fragte Zadig, was er von ihm hielte, und Zadig wagte es, mir Gutes über ihn zu sagen. Wahrlich, ich habe in unserer Geschichte Beispiele gefunden, daß man einen Irrtum mit seiner eigenen Habe bezahlt, daß jemand seine Liebste einem andern abgetreten, daß man die Mutter über seine Liebe gestellt hat; aber nie habe ich gelesen, daß ein Höfling einem in Ungnade gefallenen Minister, gegen den sein Herrscher höchst erzürnt war, Gutes nachgesagt hätte. Ich schenke jedem der Männer, deren großmütige Taten wir soeben vernahmen, zwanzigtausend Goldstücke, aber den Pokal gebe ich Zadig."

„Sire", sagte Zadig, „Ihr allein verdient den Pokal, denn die unerhörteste Tat habt Ihr vollbracht, da Ihr, wiewohl König, Euch nicht gegen Euren Sklaven erzürnt habt, der Eurem Zürnen zuwidersprach."

Man bewunderte den König wie Zadig. Der Richter, der sein Gut hergegeben, der junge Mann, der sein Mädchen dem Freund abgetreten, der Soldat, der die Rettung seiner Mutter über seine Liebe gestellt hatte, erhielten die Geschenke des Monarchen, und ihre Namen wurden in das Buch der Großmütigen eingeschrieben. Zadig bekam den Pokal. Der König bekam den Ruf eines guten Herrschers, den er nicht lange behielt. Dieser Tag wurde durch längere Feste gefeiert, als das Gesetz erlaubt. Sein Andenken ist in Asien noch lebendig. Zadig sagte: „Nun endlich bin ich glücklich!" Aber er irrte sich.

Der Minister

Der König hatte seinen Ersten Minister verloren. Er erwählte Zadig, das Amt einzunehmen. Alle schönen Damen Babylons applaudierten dieser Wahl, denn seit der Reichsgründung hatte es keinen so jungen Minister gegeben. Alle Höflinge gifteten; der Neider spie Blut, und seine Nase schwoll phantastisch an. Zadig, nachdem er König und Königin gedankt hatte, ging auch dem Papageien danken: „Schöner Vogel“, sagte er, „du hast mir das Leben gerettet und mich zum Ersten Minister gemacht: die Hündin und das Pferd der Majestäten haben mir übel mitgespielt, du aber hast mir Gutes erwiesen. Wovon doch die Geschicke der Menschen abhängen! Aber“, setzte er hinzu, „ein so ungewöhnliches Glück ist vielleicht bald dahin.“ – „Ja“, sagte der Papagei. Zadig erschrak über die Antwort. Da er indes ein guter Naturkenner war und nicht glaubte, daß Papageien weissagen können, ermannte er sich schnell und schickte sich an, sein Ministeramt nach besten Kräften auszuüben.

Er ließ jedermann die heilige Macht der Gesetze fühlen, niemanden aber das Gewicht seiner Würde. Er beeinflußte die Abstimmungen im Diwan nicht, und jeder Wesir durfte eine eigene Meinung haben, ohne ihm zu mißfallen. Mußte er in einer Sache richten, war nicht er es, der urteilte, sondern das Gesetz; aber wenn es zu streng war, milderte er es; und wo Gesetze fehlten, schuf sein Rechtssinn ebenso gute wie die von Zoroaster.

Von ihm haben die Völker den hohen Grundsatz: Es ist besser, man rettet einen Schuldigen, als daß man einen Unschuldigen verurteilt. Er war überzeugt, daß Gesetze dazu da sind, den Bürgern ebenso zu helfen als sie einzuschüchtern. Sein besonderes Talent war es, die Wahrheit, die alle Menschen zu verschleiern trachten, ans Licht zu bringen. Schon in den ersten Tagen seiner Amtszeit machte er von dieser großen Gabe Gebrauch. Ein angesehener Kaufmann aus Babylon war in Indien gestorben; er hatte seine beiden Söhne zu gleichen Teilen als Erben eingesetzt, unter der Bedingung, ihre Schwester geziemend auszustatten, und hinterließ demjenigen seiner Söhne ein Geschenk von dreißigtausend Goldstücken, dem man die größte Liebe zu ihm zusprechen würde. Der älteste errichtete ihm ein Grabmal, der zweite erhöhte durch einen Teil seines Erbes die Mitgift seiner Schwester; alle sagten: „Der ältere liebt seinen Vater mehr, der jüngere seine Schwester; dem älteren stehen die dreißigtausend Goldstücke zu."

Zadig ließ sie beide nacheinander kommen. Er sagte zu dem älteren: „Euer Vater ist nicht tot, er ist von seiner Krankheit genesen und kehrt nach Babylon zurück." – „Gott sei gelobt", sagte der junge Mann; „aber was wird nun aus dem Grabmal, das mich so teuer kam!" Zadig sagte das gleiche zu dem jüngeren. „Gott sei gelobt", antwortete er; „ich werde dem Vater alles wiedergeben, was ich habe; nur wünschte ich, er ließe meiner Schwester, was ich ihr gegeben habe." – „Ihr werdet gar nichts wiedergeben", sagte Zadig, „und bekommt die dreißigtausend Goldstücke dazu: Ihr liebt Euren Vater am meisten."

Ein sehr reiches Mädchen hatte zwei Magiern die Heirat versprochen, und nachdem sie sich von dem einen wie dem andern ein paar Monate hatte unterrichten lassen, fand sie sich schwanger. Alle beide wollten sie heiraten. „Ich nehme den zum Mann", sagte sie, „der mich in den Stand gesetzt hat, dem Staat einen Bürger zu schenken." – „Ich habe das gute Werk vollbracht", sagte der eine. „Ich war der Glückliche", sagte der andere. „Gut!" sagte sie, „dann erkenne ich den zum Vater meines Kindes, der ihm die beste Erziehung geben kann." Sie kam mit einem Sohn nieder. Beide Magier wollten ihn erziehen. Der Streit wurde Zadig vorgetragen. Er hieß beide Magier kommen. „Was wirst du deinen Zögling lehren?" fragte er den ersten. „Ich", sagte der Doktor, „werde ihn die acht Teile der Rhetorik, die Dialektik, die Astrologie, die Dämonomanie lehren; ferner, was Substanz ist und was Akzidens, das Abstrakte und das Konkrete, die Monaden und die prästabilierte Harmonie." – „Ich", sagte der zweite, „will trachten, daß er gerecht und wahrer Freunde würdig wird." Zadig sagte: „Ob du sein Vater bist oder nicht, du heiratest seine Mutter."

So bewies er täglich seinen klaren Verstand und seine aufrechte Seele; man bewunderte ihn und liebte ihn trotzdem. Er galt für den glücklichsten der Menschen, sein Name war in aller Munde; alle Frauen äugten nach ihm; alle Bürger priesen seine Gerechtigkeit; die Gelehrten betrachteten ihn als ihr Orakel; die Priester sogar gestanden, daß er weiser war als der alte Erzmagier Yebor. Jetzt war man weit entfernt, ihm Greifen halber Prozesse anzuhängen; man glaubte nur mehr, was ihm glaublich erschien.

Nun gab es einen großen Streit in Babylon, der schon fünfzehnhundert Jahre währte und das Reich in zwei hartnäckige Sekten spaltete: die einen behaupteten, man dürfe den Tempel des Mithra nur mit dem linken Fuß betreten; die andern verabscheuten den Brauch und traten stets mit dem rechten ein. Ungeduldig erwartete man das Fest des heiligen Feuers, um zu sehen, welcher Sekte Zadig den Vorzug gab. Die Augen der Welt waren auf seine zwei Füße gerichtet, und die ganze Stadt harrte in Erregung und Spannung. Zadig betrat den Tempel, indem er mit geschlossenen Füßen hineinsprang, dann wies er in einer eloquenten Rede nach, daß der Gott des Himmels und der Erde, vor dem kein Ansehn der Person gelte, nicht mehr Wert auf das linke Bein als auf das rechte legt.

Der Neider und seine Frau behaupteten, in seiner Rede habe es nicht genug Figuren gegeben, er habe Berge und Hügel nicht genug tanzen lassen. „Er ist trocken und hat keine Inspiration", sagten sie; „bei ihm sieht man weder das Meer zurückweichen noch die Sterne fallen, noch die Sonne schmelzen wie Wachs: er hat nicht den guten alten orientalischen Stil." Zadig begnügte sich, den Stil der Vernunft zu haben. Alle erklärten sich für ihn, nicht weil er auf dem rechten Weg, nicht weil er vernünftig, nicht weil er liebenswürdig, sondern weil er der Erste Wesir war.

Ebenso glücklich schlichtete er den großen Zwist zwischen den weißen und den schwarzen Magiern. Die weißen behaupteten, es sei gottlos, sich beim Beten nach Nordost zu wenden; die schwarzen versicherten, Gott verabscheue Gebete, die man nach Südwesten schicke. Zadig befahl, ein jeder möge sich wenden, wohin er wolle.

So fand er das Geheimnis, morgens alle privaten und öffentlichen Dinge zu befördern; den Rest des Tages verwandte er auf die Verschönerung Babylons: er ließ Tragödien spielen, wo man weinen konnte, und Komödien, wo man lachte, was seit langem aus der Mode war und er wieder einführte, weil er Geschmack hatte. Er maßte sich nicht an, mehr davon zu verstehen als die Künstler; er belohnte sie durch Spenden und Auszeichnungen und war nicht insgeheim eifersüchtig auf ihr Talent. Abends unterhielt er den König und insonders die Königin. „Ein großer Minister!" sagte der König. Die Königin sagte: „Ein liebenswerter Minister!", und beide setzten hinzu: „Wie schade um ihn, wäre er gehenkt worden."

Nie war ein Mann in diesem Amt genötigt, so vielen Damen Audienz zu geben. Die meisten erzählten ihm von Affären, die sie nicht hatten, um eine mit ihm zu haben. Die Frau des Neiders kam unter den ersten; sie schwor ihm bei Mithra, bei Zenda-Vesta und beim heiligen Feuer, sie hätte das Betragen ihres Mannes mißbilligt; dann vertraute sie ihm an, dieser Gatte sei ein eifersüchtiger, brutaler Mensch; sie ließ ihn verstehen, daß die Götter ihn straften, indem sie ihm die kostbare Wirkung des heiligen Feuers versagten, durch welches allein der Mann den Unsterblichen gleicht: endlich ließ sie ihr Strumpfband fallen; Zadig hob es mit gewohnter Höflichkeit auf; aber er machte es nicht am Knie der Dame fest; und dieses kleine Vergehen, wenn es eins ist, ward die Quelle des schrecklichsten Unheils. Zadig vergaß den Vorfall, nicht so des Neiders Frau.

Tag um Tag kamen andere Damen. Die Geheimchronik Babylons behauptet, er sei einer erlegen, danach aber höchst verwundert gewesen, die Dame ohne Wollust und gänzlich zerstreut umarmt zu haben. Diejenige, der er, fast ohne es zu merken, seine Gunst erwies, war eine Kammerfrau der Königin Astharte. Zum Trost sagte sich die zärtliche Babylonierin: „Der Mann muß ungeheuer viele Geschäfte im Kopf haben, da er sogar daran denkt, wenn er liebt." In Augenblicken, wo die einen stumm sind und die andern fromme Wörter sagen, rief Zadig aus: „O Königin!" Die Babylonierin meinte, ein guter Moment habe ihn endlich zu sich gebracht und er hätte sie „meine Königin" genannt. Aber nicht minder abwesend sprach Zadig den Namen Astharte. Die Dame, die unter den glücklichen Umständen alles zu ihrem Vorteil auslegte, bildete sich ein, er meinte: „Ihr seid schöner als Königin Astharte." Sie verließ Zadigs Palast mit vielen schönen Geschenken. Sie ging und erzählte ihr Abenteuer der Neiderin, ihrer guten Freundin, die ob dieser Bevorzugung tödlich getroffen war. „Mir", sagte sie, „hat er nicht einmal dieses Strumpfband festzumachen geruht, das ich nun auch nicht mehr tragen mag." – „Was sehe ich!" sagte die Begünstigte zu der Neiderin, „Ihr tragt ja die gleichen Strumpfbänder wie die Majestät! Kauft Ihr sie bei derselben Putzmacherin?" Die Neiderin grübelte, antwortete nichts und beriet sich mit ihrem Mann, dem Neider.

Unterdes bemerkte Zadig, daß seine Zerstreutheit sich nicht verlor, ob er Audienzen gab oder ob er Recht sprach; er wußte nicht, wie er sich dies erklären sollte: das war sein einziger Kummer.

Er hatte einen Traum: zuerst dünkte ihm, er läge auf dürrem Gras, worunter Halme waren, die ihn stachen; dann, daß er weich auf Rosenblättern lag, aber daraus kroch eine Schlange und biß ihn mit spitzer, giftiger Zunge ins Herz. „Ach!" sagte er, „lange lag ich auf stachlichtem Lager, jetzt bin ich auf Rosen gebettet, wer aber wird die Schlange sein?"

Die Eifersucht

Zadigs Unglück entsprang seinem Glück selber und insonders seinem Verdienst. Täglich führte er Gespräche mit dem König und seiner hohen Gemahlin Astharte. Den Zauber seiner Unterhaltung erhöhte jene Lust, Gefallen zu finden, die dem Geist ist, was Schmuck der Schönheit; seine Jugend und Anmut wirkten mehr und mehr auf Astharte, nur war sie sich dessen lange nicht bewußt. Ihre Leidenschaft wuchs im Schoß der Unschuld. Ohne Bedenken und ohne Furcht erfreute sie sich des Anblicks und der Reden eines Mannes, der ihrem Gatten wie dem Staat teuer war; sie ruhte nicht, ihn dem König zu rühmen; sie sprach von ihm mit ihren Frauen, die ihr Lob noch überboten; alles trug dazu bei, den Pfeil, den sie noch nicht fühlte, tief und tiefer in ihr Herz zu senken. Sie machte Zadig Geschenke, die mehr Neigung verrieten, als sie ahnte; sie glaubte, sie spreche zu ihm einzig als mit seinen Diensten zufriedene Königin, doch wie oft sprach die fühlende Frau.

Astharte war viel schöner als jene Semire, die den Einäugigen so abgeneigt war, und jene andere, die ihrem Mann die Nase hatte stutzen wollen. Asthartes Vertraulichkeit, ihre huldvollen Worte, über die sie zu erröten begann, ihre Blicke, die sie abzuwenden suchte und die sich doch in seine Blicke senkten, entfachten in Zadigs Herz ein Feuer, das ihn bestürzte. Er kämpfte, er rief die Philosophie um Hilfe an, die ihm noch jedesmal geholfen hatte; aber er gewann nur Erleuchtung aus ihr, nicht Linderung. Pflicht, Dankbarkeit und die verletzte Herrscherwürde traten ihm als Rachegöttinnen vor Augen; er kämpfte, er siegte; aber der Sieg, den er aller Augenblicke neu erringen mußte, forderte Seufzer und Tränen. Er wagte nicht mehr, zu der Königin mit jenem süßen Freimut zu sprechen, der so viel Zauber für sie beide gehabt hatte: seine Blicke umwölkten sich; seine Rede war gezwungen und zusammenhanglos: er schlug die Augen nieder; und wenn sie wider Willen sich nach Astharte wandten, begegneten sie dem tränenfeuchten Blick der Königin, aus welchem Flammen loderten; sie schienen einander zu sagen: Wir beten uns an, aber wir fürchten unsere Liebe; wir brennen beide in einer Glut, die wir verdammen.

Verwirrt, zerrissen ging Zadig jedesmal von ihr, das Herz von einer Bürde schwer, die er nicht mehr zu tragen vermochte: im Übermaß seiner Qual gestand er sein Geheimnis seinem Freund Cador wie ein Mensch, der die größten Schmerzen lange still ertragen hat und sein Leiden endlich unter einem neuen, schlimmeren Anfall durch einen Schrei verrät und durch den kalten Schweiß, der ihm von der Stirn tropft.

Cador sagte: „Ich habe die Gefühle längst erraten, die Ihr Euch selbst verbergen wolltet; Leidenschaften tun sich durch untrügliche Zeichen kund. Bedenkt, da ich in Eurem Herzen lesen konnte, bester Freund, ob der König ein Gefühl, das ihn beleidigt, nicht leicht darin entdecken wird. Er hat keinen größeren Fehler als unbändigste Eifersucht. Ihr widersteht Eurer Leidenschaft stärker als die Königin, weil Ihr ein Philosoph und weil Ihr Zadig seid. Astharte ist ein Weib; sie läßt ihre Blicke um so unverhohlener sprechen, als sie sich noch nicht schuldig wähnt. Im sicheren Wissen ihrer Unschuld aber vernachlässigt sie, was notwendig zu verhehlen wäre. Ich zittere um so mehr für sie, als sie sich nichts vorzuwerfen hat. Wärt Ihr miteinander einig, wüßtet Ihr aller Augen zu täuschen: eine wachsende und bekämpfte Leidenschaft bricht hervor; befriedigte Liebe weiß sich zu tarnen." Zadig erbebte bei dem Gedanken, den König, seinen Wohltäter, zu betrügen; und nie war er seinem Fürsten treuer, als da er vor ihm sich eines ungewollten Verbrechens schuldig fühlte. Aber die Königin sprach so oft Zadigs Namen, ihre Stirn überzog sich mit solcher Röte, wenn sie ihn nannte, sie war bald so lebhaft, bald so verschlossen, wenn sie im Beisein des Königs mit ihm sprach; und eine so tiefe Versonnenheit bemächtigte sich ihrer, wenn er gegangen war, daß der König an ihr irre wurde. Er glaubte alles, was er sah, und was er nicht sah, bildete er sich ein. Es fiel ihm auf, daß die Pantoffeln seiner Frau blau waren, blau wie Zadigs Pantoffeln, daß die Schleifen seiner Frau gelb waren, gelb wie Zadigs Mütze; das waren peinliche Indizien für einen empfindlichen Fürsten. In seinem bitteren Gemüt verkehrte sich Verdacht in Gewißheit.

Alle Sklaven der Könige und Königinnen sind Spione ihrer Herzen. Man hatte bald heraus, daß Astharte liebte und Moabdar eifersüchtig war. Der Neider hieß die Neiderin dem König ihr Strumpfband schicken, das dem der Königin glich. Zu allem Unglück war es blau. Der Monarch sann nur mehr darüber, wie er sich rächen sollte. Eines Nachts beschloß er, die Königin zu vergiften und Zadig in der Frühe unter der

Schnur sterben zu lassen. Den Befehl erteilte er einem erbarmungslosen Eunuchen, Vollstrecker seiner Rachegelüste. Im Gemach des Königs war ein Zwerg zugegen, der stumm, aber nicht taub war. Man duldete ihn überall: er war Zeuge der geheimsten Dinge wie ein Haustier. Dieser kleine Stumme war der Königin und Zadig treu ergeben. Er hörte den Todesbefehl so bestürzt als entsetzt mit an. Aber wie dem grausigen Gebot zuvorkommen, das in wenigen Stunden vollstreckt werden sollte? Er konnte nicht schreiben; aber er hatte malen gelernt, und vor allem konnte er ähnlich malen. Er gebrauchte einen Teil der Nacht, zu zeichnen, was er der Königin verständlich machen wollte. Sein Blatt zeigte in der einen Ecke den zornwütigen König, der seinem Eunuchen Befehle gibt; dazu eine blaue Schnur und auf einem Tisch ein Gefäß nebst blauen Strumpfbändern und gelben Schleifen, in der Mitte des Bildes die Königin, die in den Armen ihrer Frauen stirbt; und zu ihren Füßen den erdrosselten Zadig. Am Horizont ging die Sonne auf, zum Zeichen, daß die furchtbare Exekution beim ersten Morgenstrahl statthaben sollte. Sowie er sein Werk beendet hatte, lief er zu einer von Asthartes Frauen, weckte sie und machte ihr verständlich, daß das Bild augenblicklich der Königin gebracht werden müsse.

Mitten in der Nacht klopft man an Zadigs Tür; man weckt ihn; man übergibt ihm ein Billet der Königin; er glaubt zu träumen; er öffnet mit zitternder Hand den Brief. Wie groß war seine Überraschung, wer könnte seine Bestürzung, seine Verzweiflung schildern, als er die Worte las: „Flieht noch diesen Augenblick, oder man bringt Euch ums Leben! Flieht, Zadig; ich befehle es Euch im Namen unserer Liebe und meiner gelben Schleifen. Ich bin unschuldig; aber ich ahne, daß ich wie eine Verbrecherin enden muß."

Zadig fand kaum die Kraft zu sprechen. Er befahl, Cador zu rufen; und wortlos gab er ihm den Brief. Cador zwang ihn, zu gehorchen und sich ohne weiteres Zögern auf den Weg nach Memphis zu machen. „Wenn Ihr die Königin aufzusuchen wagt", sagte er, „beschleunigt Ihr ihren Tod; wendet Ihr Euch an den König, ist sie erst recht verloren. Ich sorge für ihr Geschick; folgt Ihr dem Euren. Ich werde verbreiten, Ihr wäret nach Indien gegangen. Ich komme Euch so bald als möglich nach und werde Euch berichten, was sich in Babylon zugetragen hat."

Zugleich ließ Cador zwei der schnellsten Dromedare vor eine geheime Pforte des Palastes führen; er ließ Zadig daraufsetzen, denn man mußte ihn tragen, und wenig fehlte, daß er das Leben aufgab. Nur ein Diener begleitete ihn; und bald verlor der betroffene, schmerzbewegte Cador seinen Freund aus den Augen.

Auf dem Kamm eines Hügels angelangt, von dem aus Babylon zu überschauen war, wandte der erlauchte Flüchtling den Blick nach dem Palast der Königin und sank bewußtlos nieder; als er zu sich kam, brach er in laute Klagen aus und wünschte sich den Tod. Endlich, als er dem jammervollen Los der liebenswertesten unter allen Frauen und ersten Königin der Welt nachgesonnen hatte, dachte er an sich selbst und rief: „Was ist das menschliche Leben? O Tugend, wozu hast du mir genützt? Zwei Frauen haben mich schändlich betrogen; die dritte, die unschuldig und schöner ist als die andern, soll sterben! Alles, was ich Gutes getan habe, ist mir zum Verhängnis geworden, und den Gipfel der Größe habe ich nur erreicht, um den Sturz ins Elend desto härter zu fühlen. Schlecht wie so viele andere, wäre ich glücklich wie sie." Unter so düsteren Gedanken, die Augen schmerzumflort, Todesblässe im Antlitz, die Seele in dumpfer Verzweiflung brütend, setzte er die Reise nach Ägypten fort.

Die geprügelte Frau

Zadig nahm seinen Weg nach den Gestirnen. Der Stand des Orion und der strahlende Sirius führten ihn nach dem Hafen von Kanopus. Er blickte voll Bewunderung zu jenen riesigen Lichtkugeln auf, die unsern Augen als glimmende Funken erscheinen, während die Erde, die im All nur ein unmerklicher Punkt ist, unserer Begier etwas so Großes und Erhabenes dünkt. Er stellte sich die Menschen als das vor, was sie wirklich sind, Insekten auf einem kleinen Schmutzkorn, die sich gegenseitig verschlingen. Vor diesem wahren Bild schien sein Unglück zu versinken, denn es zeigte ihm, wie nichtig sein und Babylons Dasein war. Seine Seele schwang sich auf ins Unendliche und betrachtete, losgelöst von seinen Sinnen, die unverrückbare Ordnung des Weltalls. Als er darauf aber sich selbst wiederfand und in sein Herz einkehrte und dachte, daß Astharte um seinetwillen vielleicht schon gestorben war, entschwand das Universum seinem Auge, und er sah vor aller Natur nur die todbedrohte Astharte und sein Unglück.

Während er sich diesem Wechselbad erhabener Philosophie und erdrückenden Schmerzes überließ, kam er der ägyptischen Grenze immer näher; und schon war sein treuer Diener im ersten Marktflecken, wo er Quartier suchte. Zadig begab sich unterdes nach den Gärten, die die Ortschaft säumten. Da sah er unweit der Landstraße eine Frau, die in Tränen zerfloß und Himmel und Erde um Hilfe anrief, und einen wütigen Mann, der sie verfolgte. Schon hatte er sie eingeholt, sie umfing seine Knie. Der Mann schlug auf sie ein und beschimpfte sie. Nach der wilden Grobheit des Ägypters und den wiederholten Bitten um Vergebung, die die Dame ausstieß, schloß er, daß der Mann eifersüchtig und die Frau ihm untreu war; als er aber die rührende Schönheit der Frau sah, die sogar ein wenig der unglücklichen Astharte glich, erfaßte ihn Mitleid für sie und Abscheu für den Ägypter. „Helft mir", rief sie Zadig schluchzend an, „befreit mich aus den Händen dieses Ungeheuers, rettet mir das Leben!"

Auf diese Hilferufe warf sich Zadig zwischen sie und den Barbaren. Er verstand das Ägyptische einigermaßen. Er sagte in dieser Sprache zu ihm: „Wenn Ihr die mindeste Menschlichkeit besitzt, beschwöre ich Euch, Schönheit und Schwäche zu respektieren. Wie könnt Ihr Euch so an einem Meisterwerk der Natur vergehen, das Euch zu Füßen liegt und keine andere Wehr hat als Tränen?" – „Oho!" rief der Rasende, „du also liebst sie auch! Also räche ich mich auch an dir!" Hiermit läßt er die Schöne, die er bei den Haaren gepackt hat, fahren und ergreift seinen Speer, um den Fremdling zu durchbohren. Kühl und geschickt mied dieser den Stoß des Wüterichs. Er packt die Lanze beim Eisen. Der eine zieht, der andere reißt. Sie zerbricht unter ihren Händen. Der Ägypter zieht sein Schwert; Zadig zieht seines. Sie dringen aufeinander ein. Dieser führt hundert unbedachte Schläge; jener pariert sie mit Geschick. Die Schöne sitzt auf der Wiese, richtet ihre Frisur und schaut ihnen zu. Der Ägypter war stärker als sein Gegner, Zadig war gewandter. Er schlug sich als ein Mann, dem der Kopf den Arm führt, jener als ein Rasender, der in blindem Zorn drauflosschlägt. Zadig kommt an ihn und entwaffnet ihn; und während der Ägypter sich noch wütender auf ihn stürzen will, packt er ihn, drückt ihn nieder, läßt ihn fallen und setzt ihm das Schwert auf die Brust; er will ihm das Leben schenken. Der Ägypter zieht, außer sich vor Wut, seinen Dolch und verwundet Zadig in demselben Moment, da der Sieger ihm verzeiht. Empört bohrt ihm Zadig das Schwert in die Seite. Der Ägypter stößt einen furchtbaren Schrei aus, schlägt um sich und stirbt. Zadig geht zu der Dame und sagt demütig zu ihr: „Er hat mich gezwungen, ihn zu töten: ich habe Euch gerächt; Ihr seid von dem gewalttätigsten Mann befreit, den ich je gesehn habe. Verfügt über meine Dienste, Madame." – „Sterben sollst du, Schurke", antwortete sie, „sterben sollst du! du hast meinen Liebsten umgebracht; könnte ich dir das Herz aus dem Leibe reißen!" – „Wahrlich, Madame, da hattet Ihr einen sonderbaren Mann zum Freund", sagte Zadig; „er mißhandelte Euch nach Kräften und wollte mir ans Leben, nur weil Ihr mich anflehtet, Euch zu helfen." – „Ich wollte, er schlüge mich noch!" versetzte die Dame unter lautem Wehgeschrei. „Ich hatte es ja verdient, ich habe ihn eifersüchtig gemacht. Wollte der Himmel, er schlüge mich noch und du lägst an seiner Statt tot!" Verblüffter und zorniger denn je in seinem Leben sagte Zadig zu ihr: „Madame, so schön Ihr seid, Ihr verdientet, daß jetzt ich Euch prügelte, so unberechenbar seid Ihr; aber ich spare mir die Mühe." Damit bestieg er sein Kamel und ritt dem Flecken zu. Kaum hatte er ein Stück Wegs zurückgelegt, als er sich nach dem Lärm umdreht, den vier babylonische Reiter machen. Sie sprengten mit verhängten Zügeln heran. „Das ist sie!" schrie der eine bei Ansicht der Frau, „sie paßt auf die Beschreibung, die uns gegeben wurde." Sie scherten sich nicht um den Toten, sondern ergriffen ungesäumt die Dame. „Helft mir noch einmal, edler Fremdling!“ rief sie Zadig an, „ich bitte Euch um Vergebung, daß ich Euch gescholten habe: helft mir, und ich bin Euer bis ans Grab!“ Aber Zadig war die Lust vergangen, sich abermals für sie zu schlagen. „Ruft einen andern!“ antwortet er; „mich legt Ihr kein zweites Mal herein.“

Im übrigen war er verletzt, er blutete, er brauchte Hilfe; und der Anblick der vier Babylonier, die womöglich König Moabdars Kundschafter waren, erfüllte ihn mit Sorge. Eilends ritt er nach dem Ort, ohne sich erklären zu können, warum vier Reiter aus Babylon herkamen, um diese Ägypterin zu fangen, aber noch mehr wunderte ihn der Charakter der Dame.

Die Sklaverei

Als er in den ägyptischen Flecken einritt, ward er von Volk umringt. Alles schrie: „Das ist er, der die schöne Missouf entführt und Cletofis ermordet hat!“ – „Ihr Herrn“, sagte Zadig, „Gott bewahre mich, Eure schöne Missouf je zu entführen! sie ist mir zu launenhaft; und was Cletofis betrifft, ich habe ihn nicht ermordet; ich habe mich nur gegen ihn gewehrt. Er wollte mich töten, weil ich ihn sehr höflich um Gnade für die schöne Missouf bat, die er unbarmherzig prügelte. Ich bin ein Fremdling, der in Ägypten Asyl sucht; und es widerspräche aller Vernunft, wenn ich, der Euren Schutz erbitten will, mich empfehlen wollte, indem ich Euch gleich zu Beginn eine Frau entführte und einen Mann ermordete.“

Die Ägypter waren damals gerecht und menschlich. Das Volk führte Zadig zum Stadthaus. Dort ließ man ihm zuerst seine Wunde verbinden, dann verhörte man ihn und seinen Diener getrennt, um die Wahrheit zu ermitteln. Man erkannte, daß Zadig kein Mörder war; aber er war am Blut eines Menschen schuldig: das Gesetz verurteilte ihn zur Sklaverei. Man verkaufte seine beiden Kamele zunutze des Fleckens; man verteilte alles Gold, das er mit sich führte, an die Einwohner; er und sein Reisegefährte wurden auf dem Marktplatz zum Kauf feilgeboten. Ein arabischer Kaufmann namens Setoc ersteigerte beide; aber der Diener, zu schwerer Arbeit besser geeignet, wurde teurer verkauft als der Herr. Man unterschied die Männer nicht nach ihrem Stand. Zadig wurde also ein Sklave, niedriger als sein Diener: man fesselte beide mit einer Kette zusammen, die ihnen um die Füße geschlossen wurde, und in dem Zustand folgten sie dem arabischen Kaufmann in sein Haus. Unterwegs tröstete Zadig seinen Diener, mahnte ihn zur Geduld; und seiner Gewohnheit treu, stellte er Betrachtungen über das menschliche Leben an. „Ich sehe“, sagte er zu ihm, „daß mein Unglück nun auf dein Leben übergreift. Alles hat sich mir bisher auf seltsame Weise verkehrt. Ich bin zu Strafe verurteilt worden, weil ich eine Hündin gesehen haben sollte; ich sollte gepfählt werden wegen eines Greifen; ich wurde zur Richtstätte geführt, weil ich Verse zum Lob des Königs gemacht hatte; ich war nahe daran, erdrosselt zu werden, weil die Königin gelbe Schleifen trug, und jetzt bin ich mit dir Sklave, weil ein Rohling seine Liebste geprügelt hat. Aber verlieren wir nicht den Mut; all dies kann sich wenden; arabische Kaufleute brauchen nun mal Sklaven; und warum sollte ich nicht wie andre einer sein, da ich ein Mensch wie andre bin? Der Kaufmann wird nicht unbarmherzig sein; er muß seine Sklaven gut behandeln, wenn er ihre Arbeit will.“ So sprach er, aber im Grunde seines Herzens quälte ihn das Los der Königin von Babylon.

Setoc, der Kaufmann, brach zwei Tage darauf mit seinen Sklaven und Kamelen nach der Arabischen Wüste auf. Sein Stamm lebte nahe der Wüste Horeb. Der Weg war lang und mühsam. Unterwegs hielt Setoc größere Stücke auf den Diener als auf den Herrn, weil der die Kamele besser belud; und alle kleinen Auszeichnungen galten ihm.

Zwei Tagereisen vor Horeb verendete ein Kamel: seine Traglast wurde auf die Rücken der Diener verteilt; Zadig erhielt das Seine. Setoc fing an zu lachen, als er alle seine Sklaven so gebückt gehen sah. Zadig nahm sich die Freiheit, ihm die Ursache dessen zu erklären, und lehrte ihn die Gesetze des Gleichgewichts. Der erstaunte Händler begann, ihn mit andern Augen zu betrachten. Wie Zadig sah, daß er seine Wißbegier geweckt hatte, fachte er diese stets aufs neue an, indem er ihn viele Dinge lehrte, die seinem Handel dienlich waren; so die spezifischen Gewichte der Metalle und Waren bei gleicher Masse; die Eigenschaften verschiedener nützlicher Tiere; die Mittel, solche, die es nicht waren, zu nützlichen zu machen; kurz, er erwies sich als ein Weiser. Setoc zog ihn nun dem Gefährten vor, den er bislang höher geschätzt hatte. Er behandelte ihn gut und hatte keinen Grund, es zu bereuen.

Bei seinem Stamm eingetroffen, forderte Setoc als erstes fünfhundert Silberunzen bei einem Hebräer ein, die er diesem im Beisein zweier Zeugen geliehen hatte; aber beide Zeugen waren gestorben, und der Hebräer, der nicht mehr überführt werden konnte, eignete sich das Geld des Kaufmanns an, Gott dankend, daß er ihm Gelegenheit gegeben hatte, einen Araber zu prellen. Setoc vertraute seinen Kummer Zadig an, der sein Berater geworden war. „Wo", fragte Zadig, „habt Ihr dem Wortbrüchigen Eure fünfhundert Silberunzen übergeben?" – „Auf einem großen Stein", antwortete der Kaufmann, „der am Berg Horeb liegt." – „Welchen Wesens ist Euer Schuldner?" fragte Zadig. „Er ist ein Schuft", versetzte Setoc. „Nicht doch, ich frage Euch, ob er ein rascher oder ein phlegmatischer Mensch ist, ein verschlagener oder ein unvorsichtiger." – „Von allen schlechten Zahlern", sagte Setoc, „ist er der rascheste, den ich kenne." – „Gut!" sagte Zadig, „erlaubt, daß ich Euren Fall vor dem Richter vertrete." Tatsächlich rief er den Hebräer vor Gericht und sprach zu dem Richter also: „Stütze des Throns der Gerechtigkeit, im Namen meines Herrn fordere ich von diesem Mann fünfhundert Silberunzen ein, aber er will sie nicht herausgeben." – „Habt Ihr Zeugen?" fragte der Richter. „Nein, sie sind tot; aber es gibt einen großen Stein, auf welchem das Geld gezählt wurde; und wenn Euer Ehrwürden zu befehlen geruhten, daß man den Stein hole, wird er wohl Zeugnis ablegen; wir, der Hebräer und ich, bleiben hier, bis der Stein kommt; ich lasse ihn holen auf Kosten Setocs, meines Herrn." – „Gut", sagte der Richter und rief andere Parteien auf.

Zu Ende der Gerichtsaudienz fragte er Zadig: „Nun, ist Euer Stein noch nicht da?" Der Hebräer antwortete lachend:

„Da könnten Euer Ehrwürden bis morgen hier warten, und der Stein wäre noch nicht da; er liegt ja mehr als sechs Meilen von hier, und es brauchte fünfzehn Männer, um ihn zu bewegen." – „Da!" rief Zadig aus, „hatte ich Euch nicht versprochen, der Stein würde Zeugnis ablegen? Da dieser Mann weiß, wo er liegt, gesteht er ein, daß das Geld auf ihm gezählt wurde." Der überrumpelte Hebräer sah sich bald gezwungen, alles zuzugeben. Der Richter befahl, ihn an den Stein zu binden, ihm weder zu trinken noch zu essen zu geben, bis er die fünfhundert Silberunzen zurückgezahlt hätte, was bald geschehen war.

Der Sklave Zadig und der Stein aber erlangten großes Ansehen in Arabien.

Der Scheiterhaufen

Der entzückte Setoc machte seinen Sklaven zu seinem vertrauten Freund. Er mochte ihn ebensowenig mehr missen wie vormals der König von Babylon; und Zadig war froh, daß Setoc keine Frau hatte. Er entdeckte in seinem Herrn ein zum Guten geneigtes Wesen, viel Rechtlichkeit und Vernunft. Nur verdroß ihn, daß er, nach altem arabischem Brauch, die himmlische Heerschar anbetete, das heißt Sonne, Mond und Sterne. Er wies ihn manchmal mit großem Takt darauf hin. Endlich sagte er ihm, daß dies Körper wie alle andern seien und seine Anbetung nicht mehr verdienten als ein Baum oder ein Felsblock. „Aber", sagte Setoc, „es sind doch ewige Wesen, von denen uns alles Gute kommt; sie beleben die Natur; sie regeln die Jahreszeiten; und überdies sind sie so weit von uns entfernt, daß man gar nicht anders kann als sie verehren." – „Mehr Gutes", antwortete Zadig, „habt Ihr von den Fluten des Roten Meeres, die Eure Waren nach Indien tragen. Sollte es nicht ebenso alt sein wie die Gestirne? Und wenn Ihr anbetet, was weit von Euch entfernt ist, müßtet Ihr auch das Land der Gangariden anbeten, das am andern Ende der Welt liegt." – „Nein", sagte Setoc, „die Gestirne glänzen so wunderbar, daß ich sie anbeten muß." Am Abend entzündete Zadig viele Lichter in dem Zelt, wo er mit Setoc speisen sollte; und sobald sein Herr erschien, warf er sich vor den Wachslichten auf die Knie und sprach: „Ewige, strahlende Lichter, seid mir allezeit gnädig!“ Darauf setzte er sich zu Tisch, ohne Setoc zu beachten. „Was tut Ihr?“ fragte Setoc erstaunt. „Ich tue wie Ihr“, antwortete Zadig; „ich bete diese Lichter an und achte ihres und meines Herrn nicht.“ Setoc begriff den tiefen Sinn dieses Gleichnisses. Die Weisheit seines Sklaven fand Eingang in seine Seele; er verschwendete seinen Weihrauch nicht mehr an die Geschöpfe, sondern betete das Ewige Wesen an, das sie geschaffen hat.

Es herrschte damals ein schrecklicher Brauch in Arabien, der ursprünglich von den Skythen kam und, nachdem er durch Einfluß der Brahmanen sich in Indien ausgebreitet hatte, den gesamten Orient zu erfassen drohte. Wenn ein verheirateter Mann gestorben war und seine Lieblingsfrau heilig werden wollte, ließ sie sich öffentlich auf dem Leichnam ihres Gemahls verbrennen. Die feierliche Handlung wurde „Witwenverbrennung“ genannt. Der Stamm, der die meisten verbrannten Frauen aufweisen konnte, war am höchsten geachtet. Ein Araber aus Setocs Stamm war gestorben, seine Witwe namens Almona, eine sehr fromme Frau, gab Tag und Stunde bekannt, da sie bei Trommel- und Trompetenklang sich ins Feuer stürzen wollte. Zadig erläuterte Setoc, wie sehr dieser gräßliche Brauch dem Wohl der menschlichen Gattung widersprach; daß man tagtäglich junge Witwen sich verbrennen ließ, die dem Staat Kinder gebären oder ihre vorhandenen aufziehen konnten; und er überzeugte ihn, daß man, wo irgend möglich, einen so barbarischen Brauch abschaffen müsse. „Aber“, sagte Setoc, „es sind nun über tausend Jahre, daß die Weiber auf das Verbrennen versessen sind. Wer von uns wird es wagen, ein Gesetz zu löschen, das die Zeit geheiligt hat? Gibt es etwas Ehrwürdigeres als einen alten Mißbrauch?“ – „Die Vernunft ist älter“, sagte Zadig. „Sprecht mit den Stammesältesten, ich suche die junge Witwe auf.“

Er ließ sich bei ihr melden; und nachdem er durch vieles Lob ihrer Schönheit sich in ihren Sinn eingeschmeichelt und ihr beteuert hatte, wie schade es sei, so viele Reize ins Feuer zu werfen, rühmte er noch höher ihre Treue und ihren Mut.

„Ihr liebtet Euren Gatten wohl über die Maßen?“ fragte er sie. – „Ich? Durchaus nicht“, versetzte die arabische Dame. „Er war ein roher, eifersüchtiger, unerträglicher Mensch; dennoch bin ich fest entschlossen, mich auf seinem Scheiterhaufen zu verbrennen.“ – „Dann“, sagte Zadig, „muß es wohl ein ungemein köstliches Vergnügen sein, lebendig verbrannt zu werden.“ – „O nein! Es graust einen bis ins Innerste“, sagte die Dame, „aber man muß es durchstehn. Ich bin fromm; ich würde meinen guten Ruf verlieren, und alle Welt würde mich höhnen, wenn ich mich nicht verbrennen ließe.“ Zadig, als er sie überführt hatte, daß sie sich der andern halber und aus Eitelkeit verbrennen lassen wollte, sprach lange auf sie ein, um ihre Lebenslust ein wenig aufzuwecken, und bewirkte sogar, ihr einiges Wohlwollen für den Sprecher einzuflößen. „Was würdet Ihr tun“, fragte er sie, „wenn nicht Eure Eitelkeit Euch zur Selbstverbrennung triebe?“ – „Ach!“ sagte die Dame, „ich glaube, ich würde Euch bitten, mich zu heiraten.“

Zadigs Herz war von Sehnsucht nach Astharte zu erfüllt, um dieser Erklärung nicht listig auszuweichen; aber er sprach augenblicklich bei den Stammesältesten vor, sagte ihnen, was geschehen war, und riet ihnen, ein Gesetz zu erlassen, wonach es einer Witwe nicht erlaubt sei, sich verbrennen zu lassen, ehe sie nicht eine volle Stunde allein mit einem jungen Mann sich unterredet hätte. Seit dieser Zeit ließ sich keine Dame in Arabien mehr verbrennen. Zadig gebührte der Dank, an einem einzigen Tag einen so grausamen Brauch zerstört zu haben, der seit so vielen Jahrhunderten gewährt hatte. So wurde er zum Wohltäter Arabiens.

Das Souper

Setoc wollte sich von diesem Mann, in dem die Weisheit wohnte, nicht mehr trennen und nahm ihn zur großen Messe nach Basra mit, wo alle großen Kaufleute der bewohnten Erde einander trafen. Es war für Zadig ein freudiges Erlebnis, so viele Menschen aus aller Herren Länder an einem Ort versammelt zu sehen. Ihm erschien die ganze Menschheit als eine große Familie, die sich in Basra zusammenfand. Am zweiten Tag saß er bei Tisch mit einem Ägypter, einem Inder vom Ganges, einem Bewohner von Cathay, einem Griechen, einem Kelten und etlichen andern Fremden, die auf ihren häufigen Reisen nach dem Arabischen Golf genug Arabisch gelernt hatten, um sich verständigen zu können. Der Ägypter zeigte sich sehr aufgebracht. „Eine unangenehme Gegend, dieses Basra!" sagte er, „man will mir keine tausend Goldunzen auf das solideste Pfand der Welt leihen." – „Wie das", sagte Setoc, „auf welches Pfand hat man Euch die Summe verweigert?" – „Auf die Leiche meiner Tante", antwortete der Ägypter; „sie war die wackerste Frau in Ägypten. Sie hat mich überallhin begleitet; unterwegs ist sie mir gestorben: ich habe sie zur schönsten Mumie gemacht, die man sich denken kann; und in meiner Heimat bekäme ich auf sie alles, was ich wollte. Aber hier wollen sie mir auf ein so grundgutes Pfand unbegreiflicherweise nicht einmal tausend Goldunzen leihen." Während er sich derart erzürnte, schickte er sich an, ein köstliches gesottenes Huhn zu verspeisen, als der Inder ihn bei der Hand faßte und schmerzlich ausrief: „Oh, Oh! was habt Ihr vor!" – „Dieses Huhn zu essen", sagte der Mumienmann. „Hütet Euch", sagte der Inder, „es könnte durchaus sein, daß die Seele der Verstorbenen in dieses Huhn geschlüpft ist, und Ihr wollt doch nicht etwa Eure Tante verspeisen. Hühner zu schlachten heißt, die Natur tätlich herausfordern." – „Was redet Ihr da von Hühnern und Natur?" rief der hitzige Ägypter; „wir beten ein Rind an und essen doch davon." – „Ihr betet ein Rind an! ist das wahr?" rief der Mann vom Ganges. „Nichts ist wahrer", versetzte der andre; „wir tun es seit hundertfünfunddreißigtausend Jahren, und niemand unter uns findet etwas daran auszusetzen." – „Oho! hundertfünfunddreißigtausend Jahre!" sagte der Inder, „die Rechnung ist ein wenig übertrieben; schließlich ist Indien erst seit achtzigtausend Jahren bevölkert, und unstreitig sind wir Eure Vorfahren, und Brahma hat uns verboten, Rinder zu essen, lange bevor euch einfiel, sie auf euren Altären und am Spieß zu opfern." – „Das muß ein putziges Tier sein, dieser

Brahma, den Ihr mit Apis vergleichen wollt!" sagte der Ägypter; „was hat Euer Brahma denn so Schönes geleistet?" – „Er hat die Menschen lesen und schreiben gelehrt", antwortete der Brahmane, „und die Welt verdankt ihm das Schachspiel." – „Ihr irrt", sagte ein Chaldäer, der neben ihm saß, „der Dank für diese Wohltaten gebührt dem Fisch Oannes, und es ist nur billig, ihm alle Anbetung darzubringen. Jedermann wird Euch sagen, daß er ein göttliches Wesen war, daß er einen goldenen Schwanz und einen schönen Menschenkopf hatte und täglich dem Wasser entstieg, um drei Stunden an Land zu predigen. Er hatte etliche Söhne, die Könige wurden, wie jedermann weiß. Ich trage sein Bildnis immer bei mir und verehre es, wie es sich geziemt. Rinder darf man essen, soviel man will; aber es ist unbedingt eine große Gottlosigkeit, Fisch zu kochen; im übrigen seid ihr beide viel zu unedlen und zu jungen Ursprungs, um mit mir zu streiten. Die ägyptische Nation zählt erst hundertfünfunddreißigtausend Jahre, die Inder nur achtzigtausend, während wir viertausend Jahrhunderte alte Kalender haben. Glaubt mir, laßt ab von Euren Narreteien, dann schenke ich Euch jedem ein schönes Bild von Oannes."

Da nahm der Mann aus Kambalu das Wort und sagte: „Ich achte die Ägypter, die Chaldäer, die Griechen, die Kelten, Brahma, den Stier Apis, den schönen Fisch Oannes gewiß nach Gebühr; aber vielleicht steht Li, oder Tien, wie man es nennen mag, doch höher als alle Stiere und Fische. Von meinem Land will ich gar nicht reden; es ist so groß wie Ägypten, Chaldäa und Indien zusammen. Auch um das Alter streite ich nicht, weil es hinreicht, glücklich zu sein, und lange Ahnenschaft sehr wenig bedeutet; soll aber von Kalendern die Rede sein, muß ich erwähnen, daß ganz Asien unsere Kalender übernommen hat und daß wir längst hervorragende hatten, ehe man in Chaldäa die Arithmetik kannte."

„Ihr seid alle miteinander große Ignoranten!" rief da der Grieche; „wißt Ihr denn nicht, daß das Chaos der Ursprung allen Seins ist und daß Form und Materie die Welt gebildet haben, wie sie ist?" Der Grieche sprach lange; aber schließlich fiel ihm der Kelte ins Wort, der, weil er viel getrunken hatte, während die andern stritten, sich nun klüger dünkte als allesamt und fluchend behauptete, es gäbe überhaupt nur Teutatis und die Eichenmistel, wovon zu reden lohne; er jedenfalls habe stets einen Mistelzweig in der Tasche; die Skythen, seine Vorfahren, seien die einzigen anständigen Leute gewesen, die es je auf Erden gab; freilich hätten sie manchmal Menschen gefressen, aber das sei kein Grund, daß man seiner Nation nicht größte Achtung schulde; und endlich, daß er jedem, der schlecht von Teutatis spräche, wohl Lebensart beizubringen wüßte. Der Streit wurde nun immer wilder, und Setoc sah den Augenblick kommen, da die Tafel im Blute enden würde. Zadig, der während des ganzen Disputs geschwiegen hatte, erhob sich: er wandte sich zuerst an den Kelten als den Streitwütigsten; er sagte zu ihm, er habe recht, und bat ihn um Misteln; er lobte den Griechen für seine Eloquenz und besänftigte nun nacheinander all die erhitzten Gemüter. Dem Mann aus Cathay sagte er nur wenig, weil er der vernünftigste von allen gewesen war. Darauf sprach er: „Meine Freunde, Ihr habt Euch umsonst gestritten, denn Ihr seid alle der gleichen Meinung." Hier schrien sie alle auf. „Ist es nicht wahr", sagte er zu dem Kelten, „daß Ihr nicht diesen Mistelzweig anbetet, sondern den, der Mistel und Eiche geschaffen hat?" – „Gewiß", sagte der Kelte. „Und Ihr, Herr Ägypter, verehrt in einem gewissen Stier doch den, der Euch Stiere gegeben hat?" – „Ja", sagte der Ägypter. „Der Fisch Oannes", fuhr er fort, „wird dem weichen müssen, der Meer und Fische gemacht hat?" – „Einverstanden", sagte der Chaldäer. „Der Inder und der Cathayer", setzte er hinzu, „erkennen wie Ihr ein Urprinzip an; ich habe die wunderbar gescheiten Sachen, die der Grieche gesagt hat, nicht allzu gut verstanden, aber ich bin mir sicher, daß auch er ein Höheres Wesen anerkennt, von dem Form und Materie kommen." Der Grieche, den man bewundert hatte, sagte, Zadig habe seinen Gedanken genau erfaßt. „Ihr seid also alle der gleichen Meinung", schloß Zadig, „also gibt es nichts zu zanken." Alle umarmten ihn. Setoc, nachdem er seine Waren teuer verkauft hatte, nahm seinen Freund Zadig mit zurück zu seinem Stamm. Bei ihrer Ankunft erfuhr Zadig, man habe ihm in seiner Abwesenheit den Prozeß gemacht und wolle ihn auf kleinem Feuer rösten.

Während er in Basra war, hatten die Priester der Gestirne beschlossen, ihn zu bestrafen. Die Edelsteine und Kostbarkeiten der jungen Witwen, die sie auf den Scheiterhaufen schickten, standen ihnen rechtens zu; es war wohl das mindeste, daß sie nun Zadig für den bösen Streich, den er ihnen gespielt, verbrannten. Sie klagten Zadig also irriger Anschauungen über die himmlische Heerschar an; sie zeugten gegen ihn und schworen, sie hätten ihn sagen hören, die Sterne gingen nicht im Meer schlafen. Ob dieser furchtbaren Gotteslästerung erschauderten die Richter; sie wollten fast ihre Kleider zerreißen, als sie diese freventlichen Worte vernahmen, und sie hätten es unbedingt getan, hätte Zadig etwas besessen, sie ihnen zu bezahlen. So begnügten sie sich im Unmaß ihres Schmerzes, ihn zum langsamen Feuertode zu verdammen. Der verzweifelte Setoc bot vergebens seinen Einfluß auf, um seinen Freund zu retten; er sah sich nur zu bald zum Schweigen genötigt. Die junge Witwe Almona aber, die neuerdings viel Lust am Leben fand und dies Zadig dankte, beschloß, ihn vor dem Scheiterhaufen zu retten, dessen Mißbrauch er sie zuerst begreifen gelehrt hatte. Sie schmiedete ihren Plan, ohne jemand davon zu sprechen. Zadig sollte anderntags hingerichtet werden; ihr blieb nur die Nacht zu seiner Rettung: Hört, wie sie dies als barmherzige und kluge Frau ins Werk setzte.

Sie hüllte sich in Düfte, sie erhöhte ihre Schönheit durch den reichsten und galantesten Putz und ging, den Oberpriester der Gestirne um eine Geheimaudienz zu bitten. Als sie vor dem ehrwürdigen Greis stand, sprach sie also: „Erstgeborener des Großen Bären, Bruder des Stiers, Vetter des Großen Hundes (das waren die Titel des Priesters), ich komme, Euch meine Gewissenspein zu bekennen. Ich fürchte sehr, ich habe eine große Sünde begangen, als ich mich nicht auf dem Scheiterhaufen meines teuren Gemahls verbrannte. Denn, ach, was hatte ich zu bewahren? Einen vergänglichen Leib, der schon ganz welk ist.“ Hiermit streifte sie die langen Seidenärmel über ihren nackten Armen auf und wies ihm deren wundervolle Bildung und blendende Weiße vor. „Da seht ihr“, sagte sie, „wie wenig noch daran gelegen ist." Der Priester fand in seinem Herzen, daß ihm sehr viel daran lag. Seine Augen sagten es, sein Mund bekräftigte es: er schwor, nie im Leben habe er so herrliche Arme gesehen. „Ach!" sagte die Witwe, „die Arme mögen ja noch ein wenig besser sein als das übrige; aber Ihr müßt zugeben, daß der Busen des Überlebens nicht wert war." Hiermit entblößte sie den schönsten Busen, den die Natur je geformt hat. Eine Rosenknospe auf einem Apfel von Elfenbein hätte daneben nur wie Krapp auf Buchsbaum angemutet, und dem Waschzuber eben entstiegene Lämmlein hätten grau ausgesehen. Dieser Busen, diese großen schwarzen Augen, die im sanften Glanz zärtlicher Glut schmachteten, ihre Wangen, die der schönste Purpurschmelz im Weiß der reinsten Milch belebte; ihre Nase, die nicht wie der Turm von Libanon war, ihre Lippen, die, zwei korallenen Säumen gleich, über den schönsten Perlen des Arabischen Meeres sich schlossen – vor alledem zusammen wähnte der Greis, er sei noch zwanzig. Stammelnd machte er ihr eine Liebeserklärung. Da Almona ihn entflammt sah, bat sie um Gnade für Zadig. „Ach!" sagte er, „schöne Dame, wenn ich Euch diese Gnade auch gewährte, würde meine Nachsicht doch nichts nützen; das Gesuch muß auch von meinen drei Amtsbrüdern unterzeichnet sein." – „Unterschreibt nur immer", sagte Almona. „Mit Vergnügen", sagte der Priester, „wenn Eure Gunst der Preis für meine Milde ist." – „Ihr erweist mir zuviel Ehre", sagte Almona; „beliebt nur, nach Sonnenuntergang, wenn der glänzende Stern Sheat am Horizont erscheint, in meine Kammer zu treten, Ihr werdet mich auf einem rosenfarbenen Sofa finden und mit Eurer Dienerin verfahren dürfen, wie Ihr vermögt." Dann ging sie mitsamt der Unterschrift und ließ den Greis in Liebe und Mißtrauen in seine Kräfte zurück. Er verwandte den Rest des Tages, sich zu baden; er trank einen Sud aus Ceylonzimt und den kostbaren Gewürzen von Tidore und Ternate und erwartete ungeduldig das Erscheinen des Sterns Sheat.

Unterdes ging die schöne Almona zu dem zweiten Priester. Dieser beteuerte ihr, Sonne, Mond und alle Sterne am Himmel seien nur Irrlichter im Vergleich mit ihren Reizen. Sie bat ihn um die gleiche Gnade, und man forderte den gleichen Preis. Sie ließ sich besiegen und gab dem zweiten Priester ein Stelldichein beim Aufgang des Sterns Algenib. Von dort ging sie zum dritten und zum vierten Priester und erhielt jeweils eine Unterschrift gegen ein Stelldichein von Stern zu Stern. Dann ließ sie in dringlicher Angelegenheit die Richter zu sich bitten. Sie kamen: sie zeigte ihnen die vier Namenszüge und sagte, zu welchem Preis die Priester Zadigs Begnadigung verkauft hatten. Sie kamen jeder zur angegebenen Stunde; sie waren jeder sehr bestürzt, ihre Mitbrüder zu erblicken, und noch mehr, die Richter dort zu finden, vor denen ihre Schande bloßgestellt war. Zadig war gerettet. Setoc aber war von Almonas Klugheit so entzückt, daß er sie zur Frau nahm.

Zadig, nachdem er sich seiner schönen Retterin zu Füßen geworfen hatte, machte sich auf die Reise. Setoc und er umarmten sich weinend zum Abschied, schworen sich ewige Freundschaft und gelobten einander, wer von ihnen als erster ein großes Vermögen gemacht hätte, würde es dem andern melden.

Zadig nahm den Weg nach Syrien, und all seine Gedanken galten der unglücklichen Astharte und all sein Sinnen dem Schicksal, das ihn so beharrlich äffte und verfolgte. „Unbegreiflich!“ sagte er, „vierhundert Goldunzen für das Nichtsehen einer Hündin! Zur Enthauptung verurteilt für vier schlechte Verse zum Lob des Königs! Beinahe erdrosselt, weil die Königin Pantoffeln von der Farbe meiner Mütze trug! In Sklaverei verkauft, weil eine Frau geprügelt wurde; und an dem Punkt, verbrannt zu werden, weil ich den jungen Witwen Arabiens das Leben gerettet habe!“

Der Räuber

Als er die Grenze des Peträischen Arabien zu Syrien erreichte und an einer ziemlich befestigten Burg vorüberkam, brachen von dort bewaffnete Araber hervor. Er sah sich umzingelt; man schrie ihm zu: „Alles, was Ihr habt, ist unser, Ihr selbst gehört unserm Herrn.“ Zur Antwort zog Zadig sein

Schwert; sein Diener, nicht feige, tat desgleichen. Sie schlugen die ersten Araber, die Hand an sie legten, nieder; ihre Zahl verdoppelte sich: sie ließen sich nicht schrecken und beschlossen, im Gefecht zu sterben. So sah man zwei Männer sich einer Übermacht erwehren; ein solcher Kampf konnte nicht lange dauern. Der Schloßherr namens Argobad, der von einem Fenster aus Zadigs wunderbare Tapferkeit beobachtete, gewann Achtung vor ihm. Er eilte hinunter und trieb seine Leute auseinander, um die zwei Reisenden zu befreien. „Alles, was mein Gebiet überquert, ist mein", sagte er, „ebenso, was ich auf fremdem Gebiet betreffe; aber Ihr dünkt mir ein so wackerer Mann, daß ich Euch von dem allgemeinen Gesetz ausnehme." Er lud ihn auf sein Schloß, befahl seinen Leuten, ihn gut zu behandeln; und am Abend wollte Argobad mit Zadig speisen.

Der Burgherr war einer von denen, die man Wegelagerer nennt; aber unter seinen vielen Schlechtigkeiten tat er auch manches Gute; er räuberte mit unersättlicher Gier und teilte großzügig aus: verwegen im Handeln, ziemlich sanftmütig im Umgang, ausschweifend bei Tische, in der Ausschweifung vergnügt und insonders voller Freimut. Zadig gefiel ihm sehr; die Unterhaltung wurde lebhaft, und das Mahl zog sich in die Länge; endlich sagte Argobad: „Ich rate Euch, unterstellt Euch mir, Ihr könnt es nicht besser treffen; das Gewerbe geht nicht übel; Ihr könnt eines Tages werden, was ich bin." – „Darf ich fragen", sagte Zadig, „seit wann Ihr Euer edles Gewerbe übt?" – „Seit meiner frühen Jugend", erwiderte der Edelmann. „Ich war Diener eines ziemlich gerissenen Arabers; meine Dienstbarkeit wurde mir unerträglich. Verzweifelt sah ich, daß mir das Schicksal an dieser weiten Erde, die doch allen Menschen gleich gehört, keinen Anteil zugedacht hatte. Ich vertraute meinen Kummer einem alten Araber, und er sagte: ‚Mein Sohn, verzweifle nicht; es war einmal ein Sandkorn, das beklagte sich, ein nichtiges Atom in der Wüste zu sein; viele Jahre später war es zu Diamant geworden und ist nun die schönste Zier in der Krone des indischen Königs.' Diese Rede machte mir Eindruck; ich war das Sandkorn, und ich beschloß, ein Diamant zu werden. Als erstes stahl ich zwei

Pferde; dann suchte ich mir Kameraden; dann rüstete ich mich, kleine Karawanen auszurauben: so hob ich allmählich das Mißverhältnis zwischen mir und den Menschen auf. Ich hatte mein Teil an den Gütern dieser Welt, ich wurde sogar reichlich entschädigt: man hatte große Achtung vor mir: ich wurde ein Raubritter; ich nahm eigenmächtig diese Burg in Besitz. Der Satrap von Syrien wollte mich von hier vertreiben; aber ich war schon zu reich, um irgendwen zu fürchten; ich bestach den Satrapen, damit ich das Schloß behielt, und erweiterte mein Gebiet; er ernannte mich sogar zum Schatzmeister der Steuern, die das Peträische Arabien dem König der Könige zahlte. Ich übte mein Amt als Einnehmer, aber durchaus nicht als Zahler.

Der Große Desturham von Babylon schickte mir im Namen des Königs Moabdar einen kleinen Satrapen, der mich erdrosseln sollte. Der Mann kam mit seinem Auftrag: ich war von allem unterrichtet; ich ließ in seinem Beisein die vier Leute erdrosseln, die er sich zur Hilfe mitgebracht hatte; dann fragte ich ihn, was der Auftrag, mich zu ermorden, ihm einbringen würde. Er sagte, sein Honorar könne bis zu dreihundert Goldstücken gehen. Ich machte ihm klar, daß er bei mir weit mehr verdienen könnte. Ich machte ihn zum Unterräuber; heute ist er einer meiner besten und reichsten Offiziere. Wenn Ihr auf mich hört, kommt Ihr genauso hoch wie er. Nie war die Zeit zum Plündern günstiger, da Moabdar tot ist und in Babylon alles drunter und drüber geht." – „Moabdar ist tot!" rief Zadig aus; „und was ist aus der Königin Astharte geworden?" – „Das weiß ich nicht", sagte Argobad; „alles, was ich weiß, ist, daß Moabdar verrückt geworden ist, daß er umgebracht wurde, daß Babylon eine einzige Mördergrube ist, daß das ganze Reich darniederliegt, daß es noch manch guten Fischzug zu machen gibt und daß ich ganz großartige gemacht habe." – „Aber die Königin", sagte Zadig, „bitte, wißt Ihr nichts vom Schicksal der Königin?" – „Man hat mir von einem hyrkanischen Prinzen erzählt", erwiderte er; „vermutlich ist sie unter seinen Beischläferinnen, wenn sie in dem Aufruhr nicht umgekommen ist; aber ich bin begieriger auf Beute als auf Neuigkeiten. Ich habe etliche

Frauen auf meinen Beutezügen mitgenommen, behalte aber keine; sind sie schön, verkaufe ich sie teuer, ohne zu fragen, wer sie sind. Man kauft nicht nach dem Rang; eine häßliche Königin fände keinen Käufer: vielleicht habe ich Königin Astharte verkauft, vielleicht ist sie tot; aber was verschlägt das mir, und ich meine, es sollte Euch ebenso wenig bekümmern." Unter solchen Reden trank er so wacker, daß er bald alle Begriffe durcheinanderbrachte und Zadig nicht mehr klug aus ihm wurde.

Stumm, niedergeschmettert, reglos saß er da. Argobad trank immer weiter, erzählte Geschichten, wiederholte in einem fort, daß er der glücklichste Mensch auf Erden sei, und mahnte Zadig, es ebenso zu machen wie er. Endlich nebelten die Weindünste ihn ein, und er sank in süßen Schlummer. Zadig brachte die Nacht in der heftigsten Erregung zu. „Wie!" sagte er bei sich, „der König ist toll geworden! er ist tot! Ich kann mich nicht erwehren, ihn zu beklagen. Das Reich zerfällt, und dieser Räuber ist glücklich: o Glück! o Schicksal! ein Räuber ist glücklich, und was die Natur an Lieblichstem geschaffen hat, ist womöglich auf das gräßlichste umgekommen oder lebt ein Leben, das schlimmer ist als der Tod. O Astharte! was ist aus Euch geworden?"

Sowie der Morgen graute, fragte er jeden nach ihr, den er im Schloß betraf; aber alle waren beschäftigt, keiner antwortete ihm: man hatte in der Nacht neue Beute gemacht und war beim Verteilen. Alles, was er in diesem lärmenden Wirrwarr erhielt, war die Erlaubnis weiterzureisen. Mehr denn je von quälenden Gedanken bedrängt, machte er davon unverzüglich Gebrauch.

Sorgenvoll und erregt zog Zadig seines Wegs, im Sinn einzig befaßt mit der unglücklichen Astharte, dem König von Babylon, seinem getreuen Cador, dem glücklichen Räuber Argobad, jener so launenhaften Dame, die an der ägyptischen Grenze von Babyloniern entführt worden war, kurz, mit all den Wechselfällen und all den Schicksalsschlägen, die er erlitten hatte.

In fortwährender Trauer um sein Schicksal und sich den Unglücklichsten der Unglücklichen wähnend, kam er, etliche Meilen von Argobads Burg, an einen kleinen Fluß. Da sah er am Ufer einen Fischer hocken, der mit versagender Hand kaum mehr sein Netz hielt, es wohl gar fahrenlassen wollte und die Augen zum Himmel erhob.

„Gewiß bin ich der Unglücklichste der Unglücklichen", sagte der Fischer. „Ich war, nach jedermanns Zeugnis, der berühmteste Rahmkäsehändler von Babylon und bin zugrunde gerichtet worden. Ich hatte die hübscheste Frau, die ein Mann meines Standes haben konnte, und sie hat mich betrogen. Mir blieb nichts als ein verödetes Haus, und auch das habe ich plündern und zerstören sehen. Meine Zuflucht ist eine Hütte, ich habe keinen anderen Lebenserwerb als meinen Fischfang, und ich fange nicht einen Fisch. O mein Netz du, nicht dich werfe ich mehr ins Wasser, ich werfe mich hinein." Damit erhebt er sich und tritt an den Fluß wie ein Mensch, der sich hineinstürzen und sein Leben beenden will.

„Wie denn!" sagte Zadig bei sich, „es gibt also Menschen, die ebenso unglücklich sind wie ich!" Der Entschluß, den Fischer zu retten, durchzuckte ihn im selben Augenblick wie diese Überlegung. Er eilt auf ihn zu, er hält ihn auf, befragt ihn mit ergriffener, teilnehmender Miene. Man sagt, man sei weniger unglücklich, wenn man es nicht allein ist; aber nach Zoroaster ist das keine Schadenfreude, sondern ein Bedürfnis. Man fühlt sich dann zu einem Unglücklichen als seinesgleichen hingezogen. Die Freude eines glücklichen Menschen wäre eine Kränkung; aber zwei Unglückliche sind wie zwei schwache Bäumchen, die sich aneinanderlehnen, um sich im Sturm zu behaupten.

„Warum erliegt Ihr Eurem Unglück?" fragte Zadig den Fischer. „Darum", sagte der, „weil ich keinen Ausweg mehr weiß. Ich war der angesehenste Mann im Dorf Derlback bei Babylon und machte mit Hilfe meiner Frau die besten Rahmkäse des Reiches. Königin Astharte und der berühmte Minister Zadig priesen sie leidenschaftlich. Ich hatte ihren Häusern sechshundert Käse geliefert. Eines Tages ging ich in die Stadt, um mein Geld einzufordern; als ich nach Babylon kam, erfuhr ich, daß die Königin und Zadig verschwunden waren. Ich eilte zum Haus des edlen Zadig, den ich nie gesehen hatte; ich fand die Büttel des Großen Desturham, die, durch ein königliches Schreiben befugt, sein Haus von Rechts wegen und mit System ausleerten. Ich stürzte zum Wirtschaftshof der Königin; da sagten die einen Küchenmeister, sie sei tot; die andern sagten, sie säße gefangen; wieder andere behaupteten, sie sei entflohen; aber alle versicherten mir, es würde mir niemand meine Käse bezahlen. Ich ging mit meiner Frau zum edlen Herrn Orcan, einem meiner Kunden: wir baten ihn in unserer Not um seinen Beistand. Er gewährte ihn meiner Frau, aber nicht mir. Sie war weißer als die kleinen Rahmkäse, mit denen mein Unglück begann; und kein tyrischer Purpur leuchtete schöner als die Rosenfarben auf ihrer weißen Haut. Das machte, daß Orcan sie behielt und mich aus seinem Hause jagte. Ich schrieb meiner lieben Frau einen verzweifelten Brief. Sie sagte zu dem Boten: ‚Ah ja, ja! ich weiß, wer der Mann ist, der mir da schreibt, ich habe von ihm gehört: man sagt, er macht ausgezeichnete Rahmkäse; man hole mir welche und bezahle ihn!‘

In meinem Unglück wollte ich mich an die Justiz wenden. Ich besaß noch sechs Goldunzen: zwei Goldunzen mußte ich dem Rechtskundigen zahlen, der mich beriet, zwei dem Anwalt, der meinen Fall annahm, zwei dem Schreiber des Obersten Richters. Als das geschehen war, hatte mein Prozeß noch nicht einmal angefangen, und ich hatte schon mehr Geld ausgegeben, als meine Käse und meine Frau wert waren. Ich kehrte zurück in mein Dorf in der Absicht, mein Haus zu verkaufen, um meine Frau wiederzubekommen.

Mein Haus war gut sechzig Goldunzen wert; aber man sah, daß ich arm war und verkaufen mußte. Der erste, an den ich mich wandte, bot mir dreißig Unzen; der zweite zwanzig; der dritte zehn. Ich stand im Begriff abzuschließen, so sehr verblendet war ich, als ein hyrkanischer Fürst nach Babylon zog und auf seinem Marsch alles unterwegs verwüstete. Mein Haus wurde erst geplündert, dann niedergebrannt.

Als ich nun um mein Geld, meine Frau und mein Haus gebracht war, verkroch ich mich hier, wo Ihr mich findet; ich habe mich gemüht, vom Fischfang zu überleben. Aber die Fische spotten meiner wie die Menschen: ich fange nichts, ich bin am Verhungern; und ohne Euch, großherziger Tröster, läge ich tot im Fluß."

Der Fischer berichtete dies nicht hintereinander; denn aller Augenblicke fragte ihn der aufgeregte Zadig: „Wie! und Ihr wißt nichts vom Schicksal der Königin?" – „Nein, edler Herr", antwortete der Fischer; „ich weiß nur, daß die Königin und Zadig mir meine Rahmkäse nicht bezahlt haben, daß mir meine Frau gestohlen wurde und daß ich am Verzweifeln bin." – „Mir dünkt", sagte Zadig, „Ihr habt doch nicht all Euer Geld verloren. Ich habe von diesem Zadig gehört; er ist ein redlicher Mann; und wenn er, wie ich hoffe, nach Babylon zurückkehrt, wird er Euch mehr geben, als er Euch schuldet; aber Eure Frau, die nicht redlich an Euch gehandelt hat, rate ich Euch, nicht zurückzufordern. Glaubt mir, geht nach Babylon; ich werde vor Euch dort sein, weil ich zu Pferde bin, Ihr aber zu Fuß. Wendet Euch an den edlen Cador; sagt ihm, Ihr hättet seinen Freund getroffen; erwartet mich bei ihm. Geht; vielleicht müßt Ihr nicht für alle Zeiten unglücklich sein.

Oh, allmächtiger Orosmad!" fuhr er fort, „Du bedienst Dich meiner, um diesen Mann zu trösten; wen wirst Du wählen, daß er mich tröste?" Hiermit gab er dem Fischer die Hälfte des Geldes, das er von Arabien mitgeführt, und der verwirrte und entzückte Fischer küßte dem Freund Cadors die Füße und sagte: „Ihr seid mein rettender Engel!"

Indes fragte ihn Zadig immer wieder um Nachrichten von Astharte und weinte. „Wie! Herr", rief der Fischer, „so wäret auch Ihr unglücklich, Ihr, der mir Gutes tut?" – „Hundertmal unglücklicher als du", antwortete Zadig. „Aber wie kann es sein", sagte der gute Mann, „daß der, der gibt, trauriger daran ist als der, der empfängt?" – „Das kommt", sagte Zadig, „weil dein größtes Unglück die Not war, ich aber unglücklich im Herzen bin." – „Hat Euch Orcan auch die Frau genommen?" fragte der Fischer. Diese Worte riefen in Zadigs

Sinn all seine Abenteuer wach; er wiederholte sich die Liste seiner Mißgeschicke, angefangen bei der Hündin der Königin bis hin zu seinem Aufenthalt bei Argobad. „Ach!" sagte er zu dem Fischer. „Orcan hätte eine Strafe wohl verdient; aber gemeinhin sind solche Menschen die Günstlinge des Schicksals. Doch, wie dem sei, geh zu dem edlen Cador und warte dort auf mich!" Sie trennten sich: der Fischer ging, voll Dank an sein Schicksal, seines Weges, aber Zadig eilte davon und verklagte seines.

Der Basilisk

Als er an eine schöne Wiese kam, sah er etliche Frauen, die mit großem Eifer etwas suchten. Er nahm sich die Freiheit, sich einer zu nähern und zu fragen, ob er sich beehren dürfte, ihr bei der Suche zu helfen. „Hütet Euch", antwortete die Syrierin; „was wir suchen, darf nur Frauenhand berühren." – „Wie seltsam", sagte Zadig, „würdet Ihr mir wohl verraten, was das ist, was nur Frauenhand berühren darf?" – „Ein Basilisk", sagte sie. „Ein Basilisk, Madame! Und aus welchem Grunde, wenn es beliebt, sucht Ihr einen Basilisken?" – „Er ist für unsern Herrn und Gebieter Ogul bestimmt, dessen Schloß Ihr am Ufer jenes Flusses dort zu Ende der Wiese seht. Wir sind seine sehr ergebenen Sklavinnen; Herr Ogul ist krank; sein Arzt hat ihm verordnet, einen in Rosenwasser gekochten Basilisken zu verspeisen; und da das ein sehr seltenes Tier ist und es sich nur von Frauenhänden greifen läßt, hat Herr Ogul versprochen, diejenige zu seiner Frau zu machen, die ihm einen Basilisken fängt: laßt mich bitte suchen, denn Ihr hört doch, was es mich kostete, käme eine Gefährtin mir zuvor."

Zadig ließ die Syrierin und all die andern ihren Basilisken suchen und nahm seinen Weg über die Wiese. An einem kleinen Bach fand er wieder eine Dame, die aber im Grase lag und durchaus nicht suchte. Sie schien von majestätischer Gestalt, aber ihr Antlitz war verschleiert. Sie neigte sich dem Wasser zu; tiefe Seufzer entrangen sich ihrem Munde. Sie hielt ein Stöckchen in der Hand, mit dem sie Schriftzeichen in den feinen Ufersand grub. Zadig lockte es zu sehen, was die Frau schrieb; er trat näher, er las den Buchstaben Z, dann ein A: er war erstaunt; dann erschien ein D: er erbebte. Nie war ein Mensch so überrascht wie er, als er auch die zwei letzten Buchstaben seines Namens erscheinen sah. Er verharrte eine Zeit regungslos; endlich brach er das Schweigen und sprach mit stockender Stimme: „O hochedle Frau! Vergebt einem Fremdling, einem Unglücklichen, daß er Euch zu fragen wagt, durch welche erstaunliche Fügung ich hier den Namen ZADIG von Eurer göttlichen Hand geschrieben finde?" Bei dieser Stimme, diesen Worten hob mit zitternder Hand die Dame ihren Schleier, schaute Zadig an, stieß einen Schrei des Jubels, des Staunens und der Erschütterung aus, und unter dem Andrang so verschiedener Empfindungen, die alle auf einmal ihre Seele sprengten, sank sie ihm ohnmächtig in die Arme. Es war Astharte selbst, es war die Königin von Babylon, es war die, welche Zadig angebetet und welche anzubeten er sich vorgeworfen hatte, es war die, um deren Schicksal er so sehr geklagt und so sehr gebangt hatte. Er war für eine Zeit seiner Sinne nicht mächtig; doch als seine Blicke auf Asthartens Augen fielen, die sie mit süßem, verwirrtem Sehnen aufschlug, rief er aus: „O ewige Mächte, die Ihr die Geschicke der schwachen Sterblichen lenkt, gebt Ihr mir Astharte wieder? Zu welcher Zeit, an welchem Ort, in welchem Stand finde ich sie?" Er warf sich vor Astharte in den Staub und beugte seine Stirn vor ihren Füßen. Die Königin von Babylon hebt ihn auf und heißt ihn neben ihr an dem Bach niedersitzen; sie trocknete sich ein ums andre Mal die Augen, aus denen immer neue Tränen flossen. Sie hob an die zwanzig Mal zu reden an und stockte immer über ihren Klagen; sie fragte ihn, welcher Zufall sie zusammengeführt, und eilte seiner Antwort schon durch neue Fragen voraus. Sie fing den Bericht ihres Unglücks an und wollte Zadigs wissen. Endlich, als sie den Aufruhr ihrer Seelen beide ein wenig besänftigt hatten, erzählte ihr Zadig in wenig Worten, wie es sich zugetragen, daß er auf diese Wiese geraten war. „Wie aber, o unglückliche geliebte Königin, kommt es, daß ich Euch an diesem abgelegenen Ort in Sklavenkleidern und in Gesellschaft andrer versklavter Frauen finde, die einen Basilisken suchen, um ihn auf Geheiß eines Arztes in Rosenwasser zu kochen?“

„Während sie ihren Basilisken suchen“, sagte die schöne Astharte, „will ich Euch alles erzählen, was ich erlitten habe, und alles, was ich dem Himmel verzeihe, da ich Euch wiedersehe. Ihr wißt, wie der König, mein Gemahl, es mißbilligte, daß Ihr der liebenswürdigste der Männer wart, und darum eines Nachts beschloß, Euch erdrosseln und mich vergiften zu lassen. Ihr wißt, wie der Himmel es fügte, daß mein stummer Zwerg mich über den Befehl Seiner Majestät verständigte. Kaum hatte der treue Cador Euch genötigt, mir zu gehorchen und zu fliehen, als er mitten in der Nacht durch einen Geheimgang in meine Räume vorzudringen wagte. Er entführte mich und brachte mich in den Tempel des Ormuzd, wo sein Bruder, der Magier, mich in eine riesenhafte Statue einschloß, die vom Fundament des Tempels bis an die Wölbung reicht. Ich war wie lebendig begraben, aber der Magier versorgte mich mit allem Notwendigen. Unterdes trat bei Tagesanbruch der Leibapotheker Seiner Majestät mit einem Gebräu aus Bilsenkraut, Opium, Schierling, schwarzem Nieswurz und Eisenhut in meine Kammer; und ein andrer Beamter ging mit der blauen Seidenschnur zu Euch. Man fand niemanden mehr vor. Um den König desto sicherer zu täuschen, erhob Cador zum Schein gegen uns Anklage. Er sagte, Ihr hättet den Weg nach Indien genommen, ich den nach Memphis: man schickte Euch wie mir Berittene nach.

Die Reiter, die mich suchten, kannten mich nicht. Ich hatte mein Gesicht kaum je anders enthüllt als vor Euch im Beisein und auf Befehl meines Gemahls. Sie folgten meiner Spur nach der Beschreibung, die man ihnen von mir gegeben hatte: eine Frau von gleichem Wuchs wie ich, aber vielleicht schöner, fiel ihnen an der ägyptischen Grenze in die Augen. Da sie verstört umherirrte, zweifelten sie nicht, daß diese Frau die Königin von Babylon sei; sie brachten sie vor Moabdar. Über ihren Irrtum geriet der König zuerst in furchtbaren Zorn; aber als er die Frau näher betrachtet hatte, fand er sie bald sehr schön und war getröstet. Sie hieß Missouf. Man sagte mir, auf ägyptisch bedeute der Name: die schöne Launische. Sie war es tatsächlich; aber sie war nicht minder durchtrieben als launisch. Sie gefiel Moabdar. Sie unterjochte ihn dergestalt, daß er sie zu seiner Frau machte. Da entfaltete sich ihr Wesen erst recht: sie gab sich furchtlos all ihren tollen Launen hin. Sie hieß den Obermagier, der ein alter, gichtgeplagter Mann war, vor ihr tanzen; und als der Magier sich weigerte, verfolgte sie ihn auf das niederträchtigste. Sie befahl dem Oberstallmeister, ihr eine Fruchttorte zu backen. Der Oberstallmeister mochte ihr noch so sehr vorstellen, daß er kein Zuckerbäcker sei, er mußte die Torte backen; dann jagte man ihn fort, weil sie zu sehr verbrannt war. Sie gab das Amt des Oberstallmeisters ihrem Zwerg und das Amt des Kanzlers ihrem Pagen. So regierte sie Babylon. Alle Welt trauerte mir nach. Der König, der ein ziemlich ehrenhafter Mensch gewesen war, bis er mich zu vergiften und Euch zu erdrosseln beschloß, schien seine Tugenden über der großen Liebe zu der schönen Launischen eingebüßt zu haben. Am hohen Festtag des heiligen Feuers kam er in den Tempel. Ich sah, wie er zu Füßen der Statue, die mich barg, die Götter für Missouf anflehte. Ich erhob die Stimme und rief: ‚Die Götter verschließen sich den Gebeten eines Königs, der zum Tyrannen geworden ist und eine vernünftige Frau morden wollte, um sich eine Närrin zu nehmen.‘ Moabdar war über diese Worte so bestürzt, daß seine Sinne sich verwirrten. Das Orakel, das ich gesprochen, und Missoufs Tyrannei genügten, ihm den Verstand zu rauben. Er wurde in wenig Tagen verrückt.

Sein Irrsinn, eine Strafe des Himmels, wie es schien, war das Fanal zum Aufruhr. Das Land erhob sich, griff zu den Waffen. Babylon, das so lange sich weichlichem Müßiggang ergeben hatte, wurde der Schauplatz eines grausigen Bürgerkriegs. Man holte mich aus meiner steinernen Höhle und stellte mich an die Spitze einer Partei. Cador eilte nach Memphis, um Euch nach Babylon zurückzuholen. Als der Fürst von Hyrkanien die Unheilsbotschaft erfuhr, rückte er mit seiner Armee ein und bildete eine dritte Partei in Chaldäa. Er griff den König an, der ihm mit seiner tollköpfigen Ägypterin entgegenzog. Moabdar fiel unter Schwertstreichen. Missouf geriet in die Hände des Siegers. Mein Unglück wollte es, daß auch ich von einem hyrkanischen Detachement gefangengenommen und zu genau demselben Zeitpunkt vor den Fürsten geführt wurde wie Missouf. Es wird Euch gewiß schmeicheln, daß der Fürst mich schöner fand als die Ägypterin; aber es wird Euch erzürnen, daß er mich für seinen Harem bestimmte. Er erklärte unverfroren, sobald eine militärische Expedition, die er zu unternehmen gedächte, beendet sei, käme er auf mich zurück. Stellt Euch meinen Schmerz vor. Meine Bindung an Moabdar war zerrissen, ich durfte Zadig gehören und fiel diesem Barbaren in die Hände. Ich antwortete ihm mit dem ganzen Stolz, den mein Rang und meine Gefühle mir gaben. Ich hatte allezeit sagen hören, der Himmel verleihe Personen meines Standes eine Hoheit, die durch ein Wort, einen Blick die Verwegenen, die der schuldigen Ehrfurcht ermangelten, in die Schranken verweise. Ich sprach als Königin, aber ich wurde wie eine Dienstmagd behandelt. Der Hyrkanier, ohne daß er auch nur geruhte, mir zu antworten, sagte zu seinem schwarzen Eunuchen, ich sei eine freche Person, aber er fände mich reizend. Er befahl ihm, auf mich achtzuhaben und mich der Behandlung für Favoritinnen zu unterziehen, um meinen Teint aufzufrischen und mich seiner Gunst würdiger zu machen für den Tag, da er sich herablassen wollte, mich zu beehren. Ich sagte, ich brächte mich um: er erwiderte lachend, so leicht brächte man sich nicht um, er sei an solches Geziere gewöhnt, und ließ mich stehen wie ein Mann, der seine Menagerie um einen Papagei vermehrt hat. Welch eine Lage für die Erste Königin der Welt und, was mehr sagt, für ein Herz, das Zadig gehörte!"

Bei diesen Worten fiel er vor ihr nieder und badete ihre Knie in seinen Tränen. Astharte hob ihn liebreich auf und fuhr fort: „Da war ich also in der Gewalt eines Barbaren und Rivalin einer Närrin, mit der ich eingesperrt war. Sie erzählte mir ihr Abenteuer in Ägypten. Nach den Zügen, mit denen sie Euch schilderte, nach der Zeit, die sie nannte, nach dem Dromedar, das Ihr bestiegen hattet, nach allen andern Umständen schloß ich, daß Zadig für sie gekämpft hatte. Ich zweifelte nicht, daß Ihr in Memphis wärt; ich faßte den Entschluß, dorthin zu fliehen. ‚Schöne Missouf', sagte ich, ‚Ihr seid viel unterhaltlicher als ich, Ihr werdet den Fürsten von Hyrkanien weit geschickter ergötzen. Helft mir, von hier fortzukommen; so herrscht Ihr allein; damit macht Ihr mich glücklich und seid eine Rivalin los.‘ Missouf stimmte mit mir den Fluchtplan ab. So entwich ich heimlich mit einer ägyptischen Sklavin.

Ich war Ägypten schon nahe, als ein berüchtigter Räuber namens Argobad mich gefangennahm und an Händler verkaufte, die mich in dieses Schloß führten, wo jener Herr Ogul wohnt. Er hat mich gekauft, ohne zu wissen, wer ich war. Er ist ein Lüstling, der nur auf großartige Schmausereien sinnt und glaubt, Gott habe ihn einzig in die Welt gesetzt, um Tafel zu halten. Er ist von übermäßiger Leibesfülle und immer dem Ersticken nahe. Sein Arzt, der wenig Einfluß auf ihn hat, solange er gut verdaut, regiert ihn despotisch, sobald er zuviel gegessen hat. Er hat ihm eingeredet, er würde ihn mit einem Basilisken heilen, den man in Rosenwasser kochen müsse. Herr Ogul hat derjenigen seiner Sklavinnen, die ihm einen Basilisken bringt, seine Hand versprochen. Ihr seht, ich überlasse es den andern, sich diese Ehre zu verdienen, und nie hatte ich weniger Lust, diesen Basilisken zu finden, als jetzt, da der Himmel mir Euch zugeführt hat.“

Nun sagten sich Astharte und Zadig all das, was lange verhaltene Gefühle, was all ihr Unglück und all ihre Liebe den edelsten, heißesten Herzen nur einflößen mochte; und die Genien der Liebe trugen ihre Worte bis in die Sphäre der Venus.

Die Frauen kehrten mit leeren Händen zu Ogul zurück. Da ließ sich Zadig bei ihm melden und sprach: „Möge die unsterbliche Gesundheit vom Himmel herniedersteigen und allezeit für Euch sorgen! Ich bin Arzt; und auf das Gerücht Eurer Krankheit bin ich herbeigeeilt und habe Euch einen in Rosenwasser gekochten Basilisken mitgebracht. Ich will von Euch nicht geheiratet werden: ich bitte Euch einzig um die Freiheit einer jungen Sklavin aus Babylon, die sich seit einigen Tagen in Eurem Besitz befindet; und ich bin bereit, an ihrer Statt in Sklaverei zu treten, wenn es mir nicht gelingt, den glorreichen Herrn Ogul zu heilen.“

Der Vorschlag ward angenommen. Astharte reiste mit Zadigs Diener nach Babylon, nachdem sie versprochen, ihm ungesäumt Botschaft zu senden, um ihn über alles zu unterrichten, was geschehen war. Sie trennten sich so zärtlich, wie sie sich wiedergefunden hatten. Wiedersehn und Abschied sind die zwei Hochzeiten im Leben, sagt das Große Buch Zend. Zadig liebte die Königin so sehr, wie seine Schwüre es bekundeten, die Königin liebte Zadig mehr, als ihr Mund verriet.

Indes sagte Zadig zu Ogul: „Edler Herr, meinen Basilisken ißt man nicht, all seine Kraft muß durch Eure Poren in Euch dringen. Ich habe ihn in ein kleines, sorglich geschwelltes Futteral gesteckt, das mit feinem Leder bezogen ist: Ihr müßt diesen kleinen Ballon mit aller Kraft von Euch stoßen, ich schicke ihn Euch wieder; und nach wenig Tagen Diät sollt Ihr sehen, was meine Kunst bewirkt." Ogul war nach dem ersten Tag ganz außer Atem und meinte, er müsse vor Erschöpfung eingehen. Am zweiten war er schon weniger erschöpft und schlief besser. In acht Tagen hatte er all seine Kraft wieder und war gesund, geschmeidig und vergnügt wie in seinen besten Jahren. „Ihr habt Ball gespielt und nüchtern gegessen", sagte Zadig. „Merkt Euch nun, daß es in der Natur keine Basilisken gibt, daß man sich aber bei Mäßigkeit und Leibesübung immer wohl befindet und daß die Kunst, Völlerei und Gesundheit zu vereinen, ebenso Chimäre ist wie der Stein der Weisen, die juristische Astrologie und die Theologie der Magier."

Oguls Leibarzt, der bemerkte, wie gefährlich dieser Mann für die Medizin war, tat sich mit dem Leibapotheker zusammen, um Zadig seine Basilisken im Jenseits suchen zu lassen. Und wie er immer für gute Taten bestraft worden war, geriet er nun in die Nähe des Todes dafür, daß er einen gefräßigen Edelmann kuriert hatte. Man lud ihn zu einem ausgezeichneten Diner. Beim zweiten Gang sollte er vergiftet werden; aber während des ersten erhielt er Botschaft von der schönen Astharte. Er verließ die Tafel und das Schloß. Wer von einer schönen Frau geliebt wird, sagt der große Zoroaster, kommt auf dieser Welt immer gut davon.

Die Königin war in Babylon mit dem Überschwang empfangen worden, den man seit je für eine schöne Fürstin hegt, die viel Leid erfahren mußte. In Babylon schien es jetzt ruhiger zu sein. Der Fürst von Hyrkanien war im Kampf gefallen. Die siegreichen Babylonier erklärten, Astharte sollte den heiraten, den man zum Herrscher erwählen würde. Man wollte nicht, daß die höchste Würde der Welt, Asthartes Gatte und König von Babylon zu sein, von Ränken und Kabalen abhinge. Man gelobte, den Tapfersten und Weisesten als König anzuerkennen. Ein großer Turnierplatz inmitten eines prächtig gezierten Amphitheaters wurde einige Meilen vor der Stadt errichtet. Die Kämpfer sollten sich in voller Rüstung dorthin begeben. Es galt, vier Lanzen zu brechen. Diejenigen, die vier Ritter besiegen könnten, sollten darauf gegen die andern Anwärter kämpfen; dergestalt, daß der letzte, der das Feld behauptete, zum Sieger der Wettkämpfe ausgerufen würde. Vier Tage darauf sollte er in derselben Rüstung wiederkommen und die von den Magiern ihm vorgelegten Rätsel lösen. Könnte er die Rätsel nicht lösen, würde er nicht König, und es müßten erneut Lanzen gebrochen werden, bis man den Mann fände, der in beiden Kämpfen Sieger bliebe: denn man wollte unbedingt den Tapfersten und Weisesten zum König. Die Königin sollte all die Zeit streng bewacht werden: ihr war einzig erlaubt, den Spielen mit verhülltem Antlitz beizuwohnen, nicht aber, mit einem der Bewerber zu sprechen, damit es keine Begünstigung und keine Ungerechtigkeit gäbe.

Dieses ließ Astharte ihren Liebsten wissen, in der Hoffnung, er werde um ihretwillen mehr Tapferkeit und Klugheit beweisen als alle andern. Er machte sich auf den Weg mit der Bitte an Venus, seinen Mut zu stärken und seinen Geist zu erleuchten. Am Vorabend des großen Tages erreichte er den Euphrat. Er ließ seinen Wahlspruch einschreiben wie alle andern Kämpfer, ohne sein Antlitz und seinen Namen preiszugeben, wie das Gesetz es befahl, und begab sich in dem Gemach zur Ruhe, welches das Los ihm anwies. Sein Freund Cador, der ihn in Ägypten vergebens gesucht hatte und nach

Babylon zurückgekehrt war, ließ ihm eine vollständige Rüstung überbringen, welche die Königin ihm sandte. Auch ließ er ihm auf ihr Geheiß das schönste persische Roß zuführen. An ihren Geschenken erkannte Zadig Astharte: sein Mut und seine Liebe gewannen daraus neue Kraft und neue Hoffnung.

Am andern Morgen, als die Königin unter einem Baldachin von Edelsteinen Platz genommen hatte und alle Damen und alle Stände Babylons das Zuschauerrund füllten, traten die Kämpfer in die Arena. Ein jeder legte seinen Wahlspruch vor dem Obermagier nieder. Man loste die Wahlsprüche aus; Zadigs wurde als letzter gezogen. Der erste Kämpfer war ein ungemein reicher Edelmann namens Itobad, sehr eitel, wenig tapfer, sehr ungelenk und ohne Witz. Seine Diener hatten ihm eingeredet, ein Mann wie er müsse König werden; und er hatte geantwortet: „Jawohl, ein Mann wie ich muß regieren." So hatte man ihn von Kopf bis Fuß eingekleidet. Er trug einen goldenen, grün eingelegten Panzer, einen grünen Helmbusch, eine mit grünen Bändern umwundene Lanze. Schon an der Art, wie Itobad sein Pferd lenkte, erkannte man, daß er nicht der Mann war, dem der Himmel das Zepter Babylons zudachte. Der erste Ritter, der gegen ihn anlief, hob ihn aus dem Sattel; der zweite warf ihn rücklings auf die Kruppe seines Pferdes, daß er Arme und Beine zappelnd von sich streckte. Itobad richtete sich wieder auf, aber so ungeschickt, daß das gesamte Zuschauerrund in Gelächter ausbrach. Der dritte bediente sich nicht erst seiner Lanze, sondern fiel gleich gegen ihn aus, packte ihn beim rechten Bein und ließ ihn, mit einer Halbwende, in den Sand fallen: die Stallmeister der Spiele eilten lachend herbei und hoben ihn wieder in den Sattel. Der vierte Kämpfer packt ihn beim linken Bein, daß er zur andern Seite niedersackt. Man führt ihn unter Schmährufen nach seinem Zelt, wo er, dem Gesetz gemäß, die Nacht zubringen sollte; und wie er sich mühsam dorthin schleppte, murmelte er: „Welch ein Abenteuer für einen Mann wie mich!"

Die andern Ritter entledigten sich ihrer Pflicht gewandter. Einige besiegten zwei Gegner nacheinander; andere brachten es auf drei. Nur Prinz Otam besiegte vier. Endlich war Zadig an der Reihe; er hob mit der größtmöglichen Anmut alle vier Ritter aus dem Sattel. Nun mußte sich zeigen, wer Sieger bleiben würde: Otam oder Zadig. Der erste trug eine blaugoldene Rüstung mit gleichem Helmbusch; Zadigs war weiß. Alle Wünsche teilten sich zwischen dem blauen und dem weißen Ritter. Die Königin aber, der das Herz übermächtig schlug, sandte Gebete für Weiß zum Himmel.

Die beiden Kämpfer führten ihre Ausfälle und Wenden so behende gegeneinander, sie versetzten einander so schöne Lanzenstöße, sie saßen so fest in ihren Sätteln, daß jedermann, außer der Königin, wünschte, es gäbe zwei Könige in Babylon. Endlich, als ihre Pferde ermattet, ihre Lanzen zerbrochen waren, nützte Zadig den günstigen Augenblick: er geht hinter den blauen Prinzen, springt seinem Pferd auf die Kruppe, greift ihn um den Leib, wirft ihn zu Boden, schwingt sich statt seiner in den Sattel und tänzelt um den im Sand hingestreckten Otam. Das ganze Amphitheater schreit: „Sieg dem weißen Ritter!" Zornentbrannt erhebt sich Otam aufs neue, zieht sein Schwert; Zadig, den Säbel in der Rechten, springt vom Pferd. Nun stehen sie beide in der Arena und liefern sich einen neuen Kampf, in dem bald Kraft, bald Gewandtheit obsiegen. Die Federn ihrer Helme, die Nägel ihrer Armschienen, die Maschen ihrer Kettenhemden fliegen unter tausend blitzschnellen Streichen durch die Luft. Sie stoßen und schlagen rechts, links, aufs Haupt, vor die Brust; sie weichen zurück, springen vor, sie messen sich, gehen sich an, packen sich, umwinden sich schlangengleich, kämpfen wie Löwen; Funken stieben unausgesetzt von ihren grimmigen Hieben. Endlich hält Zadig, der seinen klaren Kopf einen Augenblick zurückgewinnt, inne, gibt einen Scheinstoß, überrennt Otam, bringt ihn zu Fall, entwaffnet ihn, und Otam ruft aus: „O weißer Ritter! Ihr sollt Herrscher über Babylon sein!" Die Königin ist außer sich vor Freude. Man führt den blauen und den weißen Ritter jeden in sein Zelt wie vorher die andern und wie es vorgeschrieben war. Stumme Diener erscheinen und setzen ihnen Essen und Trinken vor. Man mag sich denken, daß der stumme Zwerg der Königin bei Zadig diente. Darauf läßt man sie allein bis zum andern Morgen schlafen, bis der Sieger seinen Wahlspruch vor dem Obermagier enthüllen sollte, damit sie verglichen würden und um sich auszuweisen.

Zadig, so verliebt er war, schlief tief und fest, so erschöpft war er. Itobad, der neben ihm lag, schlief nicht. In der Nacht erhob er sich, trat in Zadigs Zelt, nahm Zadigs weiße Rüstung samt seinem Wahlspruch an sich und legte die grüne Rüstung an den Platz. Als der Tag anbrach, erschien er stolz vor dem Obermagier und erklärte, ein Mann wie er sei der Sieger. Niemand war darauf gefaßt; aber er wurde ausgerufen, während Zadig noch schlief. Astharte, vor Überraschung starr, Verzweiflung im Herzen, kehrte nach Babylon zurück. Das ganze Zuschauerrund hatte sich schon fast geleert, als Zadig erwachte; er suchte seine Waffen und fand nur die grüne Rüstung vor. Er mußte sie anlegen, weil er sonst nichts hatte. Bestürzt, empört, wutschnaubend legt er sie an und tritt in der Aufmachung hervor.

Alles, was sich noch im Amphitheater und in der Kampfbahn befand, empfing ihn mit Hohngelächter. Man umringte ihn; beschimpfte ihn mitten ins Gesicht. Nie mußte ein Mann so tödliche Schmach ausstehen. Die Geduld platzte ihm; er teilte den Pöbel, der ihn zu kränken wagte, mit Säbelhieben; aber er wußte nicht, wozu sich entscheiden. Er durfte nicht zur Königin; er durfte die weiße Rüstung, die sie ihm geschickt, nicht einfordern: er hätte sie bloßgestellt; und während Astharte sich in Schmerz verzehrte, durchtobten ihn Wut und Verzweiflung. Er wandelte entlang des Euphrat, überzeugt, daß sein Unstern ihm bestimme, heillos unglücklich zu sein, und ging im Geist all seine Mißgeschicke durch seit dem Abenteuer mit jener Frau, die keine Einäugigen mochte, bis hin zu dem Verlust seiner Rüstung. „Das habe ich davon“, sagte er sich, „daß ich zu spät erwacht bin; hätte ich nicht so lange geschlafen, wäre ich König in Babylon, und Astharte wäre mein. So haben Wissenschaft, Gesittung und Tapferkeit mir seit je nur Unglück eingetragen.“ Er unterstand sich, sogar gegen die Vorsehung zu murren, und war versucht zu glauben, die Welt werde von einem unbarmherzigen Geschick regiert, das die Guten unterdrückt und die grünen Ritter prosperieren läßt. Auch bekümmerte ihn, daß er diese grüne Rüstung tragen mußte, die ihm so viel Schmach eingebracht hatte. Ein Händler kam vorbei, er verkaufte sie ihm zu geringem Preis und erstand bei ihm einen langen Rock und eine lange Mütze. In diesem Aufzug folgte er dem Euphrat, verzweifelt und unaufhörlich mit der Vorsehung hadernd, die ihn so grimmig verfolgte.

Der Eremit

Wie er so ging, begegnete er einem Eremiten, dessen würdiger weißer Bart bis zum Gürtel reichte. Er hielt in der Hand ein Buch, darin er aufmerksam las. Zadig hielt inne und verneigte sich tief vor ihm. Der Eremit erwiderte seinen Gruß auf so edle, freundliche Weise, daß Zadig das Verlangen ankam, ihn anzusprechen. Er fragte ihn, was für ein Buch er lese. „Dies ist das Buch der Schicksale", sagte der Einsiedler; „wollt Ihr hineinsehen?" Er gab Zadig das Buch in die Hände, der aber, so unterrichtet er in verschiedenen Sprachen war, konnte nicht ein einziges Schriftzeichen in diesem Buch entziffern. Das reizte seine Neugier noch mehr. „Ihr scheint mir sehr bekümmert", sagte der gute Pater zu ihm. „Weh, daß ich Grund dazu habe!" sagte Zadig. „Wenn Ihr erlaubt, daß ich Euch begleite, kann ich Euch vielleicht nützlich sein", sagte der Greis, „ich habe schon manchem Bedrängten Trost gespendet." Zadig empfand Ehrfurcht für das Gebaren, für den Bart wie für das Buch des Eremiten. Er gewann höhere Erleuchtung aus seinem Gespräch. Der Eremit sprach über das Schicksal, über Gerechtigkeit, Sittlichkeit, Allgemeinwohl, über menschliche Schwächen, Tugenden und Laster mit so lebhafter und so gewinnender Beredsamkeit, daß Zadig wie durch unbezwinglichen Zauber sich zu ihm hingezogen fühlte. Er bat ihn inständig, ihn nicht zu verlassen, bis sie wieder in Babylon wären. „Ich selbst bitte Euch um diese Gunst", sagte der Greis; „schwört mir bei Orosmad, daß Ihr Euch für die nächsten Tage nicht von mir trennen wollt, was ich auch tue." Zadig schwor es, und sie blieben beieinander.

Gegen Abend langten die beiden Wanderer vor einem

prächtigen Schloß an. Der Eremit bat für sich und seinen jungen Begleiter um Gastfreundschaft. Der Türhüter, den man für einen hohen Edelmann halten konnte, ließ sie mit Gönnermiene ein. Man führte sie zu einem höheren Bediensteten, der sie durch die prunkvollen Gemächer des Schloßherrn führte. Man wies ihnen am untern Ende der Tafel einen Platz an, ohne daß der Schloßherr sie eines Blickes würdigte; aber man bediente sie wie alle andern delikat und reichlich. Darauf bot man ihnen ein goldenes, mit Smaragden und Rubinen ausgeziertes Becken zum Waschen dar. Man führte sie in ein schönes Gemach zur Ruhe, und anderntags in der Frühe brachte ein Diener ihnen jedem ein Goldstück, worauf man sie beurlaubte.

„Der Hausherr", sagte Zadig unterwegs, „dünkt mir ein großzügiger Mann, wenngleich ein wenig hoffärtig; er übt Gastfreundschaft auf vornehme Art." Als er dies sprach, bemerkte er, daß der große Handsack des Eremiten prall gespannt war: er entdeckte, daß die goldene Schüssel mit den Edelsteinen darin stak, die dieser also gestohlen hatte. Er wagte zunächst nicht, sich etwas anmerken zu lassen; aber er war seltsam verwundert.

Gegen Mittag klopfte der Eremit an die Tür eines sehr kleinen Hauses, das ein geiziger Reicher bewohnte; er bat um Gastfreundschaft für einige Stunden. Ein alter, schlecht gekleideter Diener empfing ihn in barschem Ton und hieß den Eremiten und Zadig in den Pferdestall gehen, wo man ihnen ein paar faule Oliven, schlechtes Brot und saures Bier vorsetzte. Der Eremit aß und trank mit ebenso zufriedener Miene wie abends zuvor; dann wandte er sich dem alten Diener zu, der sie die ganze Zeit beobachtete, ob sie nichts stahlen, und sie zum Gehen drängte, schenkte ihm die zwei Goldstücke, die sie am Morgen erhalten hatten, und dankte ihm mit aller Höflichkeit. „Ich bitte Euch", setzte er hinzu, „führt mich zu Eurem Herrn." Der verblüffte Diener gehorchte. „Erlauchter Herr", sprach der Eremit, „ich kann Euch für die edle Art, mit der Ihr uns aufgenommen habt, nur sehr bescheidenen Dank erweisen: geruht, als ein mattes Zeichen meiner Dankbarkeit diese goldene Schüssel anzunehmen." Der Geizhals fiel fast auf den Rücken. Der Eremit ließ ihm keine Zeit, sich von seiner Ergriffenheit zu erholen; er eilte mit seinem jungen Gefährten weiter. „Pater", sagte Zadig, „was hat das alles zu bedeuten? Ihr scheint mir andern Menschen in nichts zu gleichen: Ihr stehlt einem Edelmann, der Euch großartig bewirtet, eine goldene, edelsteinbesetzte Schüssel und schenkt sie einem Geizhals, der Euch unwürdig behandelt." – „Mein Sohn", sagte der Greis, „jener großartige Herr, der die Fremden nur aus Eitelkeit aufnimmt, damit sie seinen Reichtum bewundern, wird klüger werden; der Geizhals aber wird lernen, was Gastfreundschaft heißt: wundert Euch über nichts und folgt mir." Zadig wußte noch nicht, ob er es mit dem närrischsten oder dem weisesten aller Menschen zu tun hatte: aber der Eremit redete so bezwingend, daß Zadig, der ohnedies durch seinen Eid gebunden war, nicht umhinkonnte, ihm zu folgen.

Am Abend kamen sie vor ein angenehmes, schlichtes Haus, das weder Überfluß noch Geiz verhieß. Der Besitzer war ein Philosoph, der sich von der Welt zurückgezogen hatte, sich friedlich der Weisheit und Tugend widmete und sich dabei dennoch nicht langweilte. Er hatte sich diesen Ruhesitz zur Freude erbaut und empfing dort Fremde mit einem Anstand, dem nichts von Prahlerei anhaftete. Er schritt den Wanderern selbst entgegen, die er zuerst in einem behaglichen Raum ausruhen ließ. Einige Zeit später kam er und lud sie zu einem guten, wohlabgestimmten Mahl, währenddessen er mit Bedacht über die letzten Umwälzungen in Babylon sprach. Er schien der Königin aufrichtig anzuhängen und wünschte, daß Zadig im Ring erschienen wäre, um die Krone zu erstreiten. „Aber die Menschen", setzte er hinzu, „verdienen einen König wie Zadig nicht." Dieser errötete und empfand seinen Gram doppelt stark. Man kam überein, daß die Dinge dieser Welt nicht immer zum Wohl der Weisesten verliefen. Der Eremit indes beharrte, man kenne die Wege der Vorsehung nicht, und die Menschen urteilten zu Unrecht über ein Ganzes, wovon sie doch nur den mindesten Teil übersähen.

Man sprach über die Leidenschaften. „Sie sind unheilträchtig!" sagte Zadig. „Sie sind die Winde, welche die Segel des

Schiffes blähen", sagte der Eremit; „sie überfluten es manchmal, aber ohne sie könnte es nicht fahren. Galle macht jähzornig und krank; aber ohne Galle könnte der Mensch nicht leben. Alles auf Erden ist gefährlich, und alles ist nötig."

Man sprach von der Freude, und der Eremit sagte, sie sei ein Geschenk der Götter; „denn", fuhr er fort, „der Mensch kann sich weder Empfindungen noch Vorstellungen geben, er empfängt alles; Kummer und Freude werden ihm zuteil wie sein Dasein."

Zadig staunte, daß ein Mann, der so sonderbare Dinge tat, so sinnreich zu reden wußte. Nach ebenso lehrreichem wie angenehmem Gespräch geleitete der Wirt seine Gäste zu ihrer Kammer und segnete den Himmel, daß er ihm zwei so weise und tugendhafte Männer zugeführt hatte. Er bot ihnen auf so selbstverständliche wie edle Weise Geld an, daß sie nicht verletzt sein konnten. Der Eremit aber lehnte es ab und sagte, er nehme schon jetzt von ihm Urlaub, um noch vor Tag nach Babylon zu gehen. Ihr Abschied war herzlich, Zadig insonders empfand hohe Achtung und Zuneigung für einen so liebenswerten Mann.

In ihrem Gemach ergingen sie sich noch lange in Lobreden ihres Wirts. Bei Morgengrauen weckte der Greis seinen Gefährten. „Wir müssen fort", sagte er; „aber während noch alles schläft, will ich dem Mann ein Zeugnis meiner Achtung und Liebe hinterlassen." Hiermit ergriff er eine Fackel und legte Feuer an das Haus. Entsetzt schrie Zadig auf und wollte ihn hindern, eine so furchtbare Tat zu begehen. Der Eremit zog ihn mit übermenschlichen Kräften mit sich fort; das Haus stand in Flammen. Als der Eremit mit seinem Gefährten schon ziemlich weit entfernt war, blickte er ruhigen Mutes zurück. „Gott sei Dank!" sagte er, „nun ist das Haus meines teuren Gastgebers bis auf den Grund zerstört! Glücklicher Mann!" Als Zadig dies hörte, wußte er nicht, sollte er in Gelächter ausbrechen oder den ehrwürdigen Pater beschimpfen oder ihn durchprügeln oder fliehen; aber er tat nichts dergleichen, sondern er folgte dem Eremiten, seinem Einfluß wider Willen unterjocht, bis zur letzten Schlafstatt.

Diese fanden sie bei einer mildtätigen, tugendhaften Witwe,

die einen Neffen von vierzehn Jahren hatte, ein Knabe voller Liebreiz und ihre einzige Hoffnung. Sie bewirtete die Fremden, so gut sie irgend konnte. Anderntags hieß sie ihren Neffen, die Wanderer bis zu einer Brücke zu geleiten, die seit kurzem baufällig und gefährlich zu überschreiten war. Beflissen läuft der Knabe ihnen voran. Als sie an der Brücke sind, sagt der Eremit zu dem jungen Mann: „Kommt her, ich will Eurer Tante meinen Dank erweisen." Er packt das Kind bei den Haaren und stößt es in den Fluß. Das Kind stürzt, taucht noch einmal über Wasser auf und wird vom Strom verschlungen. „O Ungeheuer! O schurkischster aller Menschen!" brach Zadig aus. „Ihr hattet mir mehr Geduld gelobt", fiel ihm der Eremit ins Wort; „hört denn, unter den Ruinen des Hauses, an welches die Vorsehung Feuer gelegt hat, hat der Hausherr einen riesigen Schatz gefunden; dieser Jüngling, dem die Vorsehung den Hals umgedreht hat, hätte in einem Jahr seine Tante ermordet und in zweien Euch." – „Woher weißt du das, Unmensch?" schrie Zadig. „Und selbst wenn du dieses Ereignis in deinem Buch der Schicksale gelesen hättest – darfst du ein Kind ertränken, das dir nichts Böses tat?"

Während der Babylonier so sprach, gewahrte er, wie der Greis keinen Bart mehr hatte und sein Antlitz die Züge der Jugend annahm. Sein Eremitenkleid verschwand; vier schöne Flügel bedeckten einen majestätischen, lichtstrahlenden Leib. „O Gesandter des Himmels! o göttlicher Engel!" rief Zadig, indem er sich niederwarf, „so bist du aus den höchsten Regionen herabgestiegen, um einen schwachen Sterblichen zu lehren, daß er sich den ewigen Geboten unterwerfen soll?" – „Die Menschen", sagte der Engel Jesrad, „urteilen über alles und wissen nichts: du hattest vor allen andern verdient, erleuchtet zu werden." Zadig bat ihn um die Erlaubnis zu sprechen. „Ich mißtraue mir selbst", sagte er; „aber, bitte, befreie mich von einem Zweifel: wäre es nicht möglich gewesen, diesen Knaben zu bessern und einen ehrenhaften Menschen aus ihm zu machen, anstatt ihn zu ertränken?" Jesrad sagte: „Wäre er tugendhaft gewesen und hätte er weitergelebt, so war es sein Schicksal, samt der Frau, die er einst genommen, und dem Sohn, den sie geboren hätte, selber ermordet zu werden.“ – „Ist es denn notwendig“, sagte Zadig, „daß es Verbrechen und Unglück gibt? denn das Unglück trifft doch stets die Guten!“ – „Die Schlechten“, antwortete Jesrad, „sind immer unglücklich: sie sind da, um eine kleine Zahl von Gerechten, die über die Erde verstreut sind, zu prüfen; und es gibt kein Übel, daraus nicht ein Gutes kommt.“ – „Aber“, sagte Zadig, „wenn es nur Gutes gäbe und nichts Böses?“ – „Dann“, sagte Jesrad, „wäre diese Erde eine andre Erde und wäre die Verkettung der Geschehnisse eine andre Ordnung der Weisheit; aber diese andre Ordnung, die vollkommen wäre, kann es nur im ewigen Reich des Höchsten Wesens geben, dem nichts Böses sich nahen kann. Es hat Millionen Welten erschaffen, deren keine der andern gleicht. Diese unendliche Mannigfalt ist ein Attribut seiner Allmacht. Es gibt auf der Erde keine zwei Baumblätter, in den unendlichen Himmelsweiten keine zwei Welten, die einander gleich wären, und auf dem kleinen Atom, auf dem du geboren bist, hat ein jegliches seinen Ort und seine Zeit nach den unwandelbaren Gesetzen dessen, der alles umfängt. Die Menschen glauben, daß dieses Kind, das eben zugrunde ging, zufällig ins Wasser gestürzt ist, ebenso daß jenes Haus durch Zufall niederbrannte; aber es gibt keinen Zufall: alles ist Prüfung oder Strafe oder Lohn oder Bestimmung. Erinnere dich des Fischers, der sich den Unglücklichsten der Unglücklichen wähnte, Orosmad hat dich geschickt, sein Schicksal zu wenden. Schwacher Sterblicher! höre auf, wider das zu hadern, was du anbeten sollst.“ – „Aber“, sagte Zadig ... Doch als er ABER sagte, war der Engel schon im Flug nach der zehnten Sphäre. Auf Knien betete Zadig die Vorsehung an und unterwarf sich. Hoch aus den Lüften aber rief der Engel ihm zu: „Nimm deinen Weg nach Babylon.“

Die Rätsel

Seiner selbst entrückt, wie ein Mensch, neben dem der Blitz eingeschlagen hat, ging Zadig aufs Geratewohl. Er betrat Babylon an dem Tag, da die Turnierkämpfer in der großen

Halle des Palastes schon versammelt waren, um die Rätsel zu lösen und auf die Fragen des Obermagiers Rede zu stehen. Sämtliche Ritter hatten sich eingefunden, nur der grüne fehlte. Sowie Zadig in der Stadt erschien, sammelte sich das Volk um ihn; die Augen konnten sich nicht an ihm satt sehen, die Münder ihn nicht genug segnen, die Herzen ihm nicht heiß genug die Herrschaft wünschen. Der Neider sah ihn vorübergehen, erbebte und wandte sich ab; das Volk trug ihn auf seinen Schultern an den Ort der Versammlung. Die Königin, der seine Ankunft gemeldet wurde, durchstürmten Furcht und Hoffnung; Sorge verzehrte sie: sie konnte nicht begreifen, warum Zadig unbewaffnet und Itobad an die weiße Rüstung gelangt war. Dumpfes Murmeln erhob sich, als Zadig kam. Man war überrascht und entzückt, ihn wiederzusehen; aber es war nur den Rittern, die gekämpft hatten, erlaubt, vor der Versammlung zu erscheinen.

„Ich habe gekämpft wie die andern", sagte er; „nur trägt hier ein andrer meine Rüstung; und bis ich dies beweisen darf, erbitte ich mir die Erlaubnis, mich den Rätseln zu stellen." Man stimmte ab: sein rechtlicher Ruf war den Gemütern noch so gegenwärtig, daß man nicht schwankte, ihn zuzulassen.

Der Obermagier stellte die erste Frage: „Welches Ding dieser Welt ist das Längste und das Kürzeste, das Rascheste und das Langsamste; das am meisten Teilbare und am meisten Ausgedehnte, das am meisten Vernachlässigte und am meisten Bedauerte; ohne das nichts geschehen kann; das alles verschlingt, was klein ist, aber alles Große erhält?"

Es war an Itobad zu antworten. Er sagte, ein Mann wie er verstünde nichts von Rätseln und ihm genüge, der Sieger im Lanzenstechen zu sein. Die einen sagten, das Rätsel meine das Glück, andere: die Erde, andere: das Licht. Zadig sagte, es sei die Zeit: „Nichts ist länger", fuhr er fort, „denn sie ist das Maß der Ewigkeit; nichts ist kürzer, weil sie all unserm Planen ermangelt; nichts ist langsamer für den Wartenden; nichts ist schneller für den Genießenden; sie dehnt sich bis ins unendlich Große; sie teilt sich bis ins unendlich Kleine; alle Menschen achten sie gering, alle bedauern ihr Vergehn; nichts geschieht ohne sie; sie versenkt alles vor der Nachwelt

Unwürdige in Vergessenheit und verewigt alles Große." Die Versammlung stimmte überein, daß Zadig recht hatte.

Die zweite Frage hieß: „Welches Ding empfängt man ohne Dank, genießt man, ohne zu wissen wie, gibt man andern, wenn man nicht bei sich selber ist, und verliert man, ohne es zu merken?"

Jeder sagte das Seine: Zadig als einziger erriet, daß das Leben gemeint war. Ebenso sicher löste er alle übrigen Rätsel. Itobad sagte jeweils hinterher, nichts sei leichter, und hätte er sich Mühe gegeben, hätte er alle genauso spielend erraten. Darauf stellte man Fragen nach der Gerechtigkeit, dem Allgemeinwohl, der Kunst zu herrschen. Zadigs Antworten wurden für die solidesten erkannt. „Wie schade", hieß es, „er ist ein so heller Kopf, aber ein so schlechter Kämpfer!"

Da erklärte Zadig: „Erlauchte Herren, ich war der Sieger im Ring. Mir gehört die weiße Rüstung. Herr Itobad hat sich ihrer bemächtigt, als ich schlief: anscheinend fand er, sie stehe ihm besser als die grüne. Ich bin bereit, in Eurem Beisein in diesem Kleid, mit diesem Schwert gegen die ganze prächtige weiße Rüstung, die er mir genommen hat, anzutreten und zu beweisen, daß ich es war, der den tapferen Otam überwand."

Itobad nahm die Herausforderung mit größtem Selbstvertrauen an. Er zweifelte nicht, daß er, behelmt, gepanzert und geschient, leicht fertig würde mit einem Helden in Nachtmütze und Schlafrock. Zadig zog sein Schwert und grüßte die Königin, die ihn voll Furcht und Freude ansah. Itobad zog seines auch und grüßte niemand. Er ging auf Zadig los wie einer, der nichts zu fürchten hat. Er machte Anstalt, ihm den Schädel zu spalten: Zadig parierte den Schlag, indem er seinen Schaft der Spitze des Gegners entgegensetzte, so daß Itobads Schwert zersprang. Da packte Zadig seinen Widersacher und warf ihn zu Boden; er setzte ihm die Schwertspitze dort an, wo der Panzer fehlte und sprach: „Laßt Euch entwaffnen, oder ich töte Euch." Itobad, noch fassungslos, daß einem Mann wie ihm solches Kämpferpech widerfahren konnte, ließ Zadig gewähren, so daß er ihm friedlich den prächtigen Helm, den herrlichen Panzer, die schönen Armschienen, die funkelnden Beinschienen abnahm, sie selbst anlegte und, kaum daß er sie angelegt, eilte und sich Astharte zu Füßen warf. Cador bezeugte unschwer, daß die Rüstung Zadig gehörte. Er wurde mit einmütiger Zustimmung und insonders mit Asthartes Ja zum König ausgerufen, und endlich! nach so vielen Widrigkeiten genoß sie das süße Glück, den Geliebten in den Augen der Welt würdig zu sehen, daß er ihr Gatte werde. Itobad ging und ließ sich zu Hause fortan Durchlaucht nennen. Zadig wurde König und glücklich. Seinem Geist war gegenwärtig geblieben, was der Engel Jesrad ihm gesagt hatte. Er entsann sich sogar des Sandkorns, das eines Tages ein Diamant geworden war. Die Königin und er unterwarfen sich der Vorsehung. Zadig ließ die schöne, launenhafte Missouf ihrer Wege gehen. Er ließ den Räuber Argobad kommen, gab ihm einen ehrenvollen Posten in der Armee, mit dem Versprechen, ihn bei erster Gelegenheit zu befördern, sofern er sich als wackerer Krieger bewähre, aber ihn hängen zu lassen, falls er sein Räuberhandwerk fortführen sollte.

Setoc ward mit der schönen Almona aus dem fernen Arabien herbeigerufen, damit er in Babylon den Handel lenke. Cador wurde nach seinen Diensten gewürdigt und geliebt; er wurde der Freund des Königs, und der König war der einzige Monarch auf Erden, der einen Freund hatte. Der kleine Stumme wurde nicht vergessen. Der Fischer bekam ein schönes Haus. Orcan wurde verurteilt, ihm eine gehörige Summe zu zahlen und seine Frau zurückzugeben; aber der Fischer war weise geworden und nahm nur das Geld.

Weder die schöne Semire konnte sich trösten, daß sie geglaubt hatte, Zadig werde einäugig bleiben, noch hörte Azora auf zu bejammern, daß sie ihm einst die Nase abschneiden wollte. Er besänftigte ihren Kummer durch Geschenke. Der Neider kam vor Wut und Scham um. Im Reich herrschten Frieden, Herrlichkeit und Überfluß; es war das schönste Jahrhundert auf Erden, denn es wurde von Gerechtigkeit und Liebe regiert. Alle segneten Zadig, aber Zadig segnete das Schicksal.

Anhang

Der Tanz

Setoc mußte in Handelsgeschäften nach der Insel Serendib; aber da der erste Monat einer Ehe, wie jeder weiß, der Honigmond ist, fand er sich außerstande, seine Frau zu verlassen, ja auch nur zu glauben, daß er sie je verlassen könnte: er bat seinen Freund Zadig, die Reise an seiner Statt zu unternehmen. „Wehe!" sagte Zadig, „soll die Entfernung zwischen der schönen Astharte und mir noch größer werden? Aber ich muß meinen Wohltätern dienstbar sein." Sprach's, weinte und schiffte sich ein.

Er war noch nicht lange auf Serendib, als man ihn dort für einen außerordentlichen Mann erkannte. Er wurde Schiedsrichter bei allen Händeln zwischen den Kaufleuten, der Freund der Weisen und Ratgeber jener kleinen Zahl von Menschen, die Rat annehmen. Der König wollte ihn sehen und sprechen. Er war von Zadigs Wert bald überzeugt; er setzte Vertrauen in seine Weisheit und machte ihn zu seinem Freund. Die Vertraulichkeit und Wertschätzung des Königs beunruhigte Zadig. Tag und Nacht gedachte er des Unglücks, das Moabdars Wohlwollen ihm eingetragen hatte. „Der König hat Gefallen an mir", sagte er sich, „bin ich nicht schon verloren?" Doch konnte er sich den Gunstbeweisen Seiner Majestät nicht entziehen: denn unstreitig war Nabussan, der König von Serendib, Sohn des Nussanab, Sohn des Nabassun, Sohn des Sanbusna, einer der besten Fürsten Asiens; und es fiel schwer, wenn man mit ihm umging, ihn nicht zu lieben.

Dieser gute Fürst wurde ständig gerühmt, betrogen und bestohlen: ein jeglicher trachtete, seine Schatzkammer zu plündern. Der Obersteuereinnehmer der Insel Serendib gab allen andern das Beispiel, das auch jeder getreulich befolgte. Der König wußte es; er hatte die Schatzmeister mehrfach gewechselt; aber nie hatte er den eingefleischten Brauch ändern können, die Einkünfte des Königs in zwei ungleiche Hälften zu teilen, deren geringere immer Seiner Majestät zufloß, während die größere seine Verwalter einsteckten.

König Nabussan vertraute dem weisen Zadig seinen Kummer. „Ihr, der Ihr so viele schöne Dinge wißt", sagte er, „wißt Ihr nicht auch, wie ich einen Schatzmeister finden kann, der mich nicht bestiehlt?" – „Gewiß", sagte Zadig, „ich weiß ein unfehlbares Mittel, für Euch den Mann zu finden, der ehrliche Hände hat." Der König war entzückt und fragte, indem er ihn umarmte, wie man es anstellen müsse. „Man muß", sagte Zadig, „nur alle die tanzen lassen, die sich um das Amt des Schatzmeisters bewerben, und der mit der größten Leichtigkeit tanzt, wird unfehlbar der ehrliche Mann sein." – „Ihr spottet meiner", sagte der König; „das ist mir eine putzige Art, einen Steuereinnehmer zu erwählen! Wie, Ihr wollt behaupten, wer den besten Entrechat macht, wird der redlichste und tüchtigste Schatzmeister sein!" – „Ich bürge Euch nicht dafür, daß er der tüchtigste sein wird", versetzte Zadig; „aber ich versichere Euch, er wird unzweifelhaft der ehrlichste sein." Zadig sagte das mit solcher Sicherheit, daß der König glaubte, er kennte ein übernatürliches Mittel, Finanzleute zu durchschauen. „Ich schätze das Übernatürliche nicht", sagte Zadig, „Leute und Bücher, die es mit Wundern halten, waren mir stets verdächtig: wenn Eure Majestät erlauben, daß die Prüfung, die ich vorschlage, vorgenommen werde, sollt Ihr bald überzeugt sein, daß mein Geheimnis das einfachste und leichteste von der Welt ist." Nabussan, König von Serendib, als er hörte, daß dieses Geheimnis ganz einfach wäre, staunte mehr, als wenn man es für ein Wunder ausgegeben hätte. „Gut", sagte er, „Ihr habt freie Hand." – „Laßt mich gewähren", sagte Zadig, „Ihr gewinnt bei dieser Prüfung mehr, als Ihr glaubt." Noch am selben Tag ließ er im Namen des Königs den Aufruf ergehn, alle, die das Amt des hohen Finanzmeisters Seiner Huldreichen Majestät Nabussan, Sohn des Nussanab, begehrten, sollten sich am Ersten des Krokodilmonats in leichtem Seidengewand im Vorzimmer des Königs einfinden. Es meldeten sich ihrer vierundsechzig. Man hatte im angrenzenden Salon Violinspieler aufgestellt; alles war für den Ball vorbereitet; aber die Tür zum Ballsaal war verschlossen, und um dorthin zu gelangen, mußte jeder durch eine kleine, ziemlich dunkle Galerie. Ein Türsteher holte einen Kandidaten nach dem andern und führte ihn bis an diesen Gang, worin man ihn wenige Minuten allein ließ. Der König hatte, wie verabredet, in dieser Galerie all seine Schätze ausgestellt. Als alle Bewerber im Saal waren, gebot Seine Majestät aufzuspielen. Nie wurde plumper, anmutloser getanzt; alle hielten die Köpfe gesenkt, machten krumme Rücken, klemmten die Arme an die Rippen. „Die Schurken!" murmelte Zadig. Nur ein einziger setzte die Schritte behende, mit erhobenem Haupt und freiem Blick, streckte die Arme, hielt sich gerade und die Knie straff. „Ah! seht den ehrlichen, den redlichen Mann!" sagte Zadig. Der König umarmte den guten Tänzer und ernannte ihn zum Schatzmeister, alle andern aber wurden bestraft und mit dem besten Recht der Welt gehörig ausgenommen: denn ein jeder hatte sich in der Zeit, die er in der Galerie allein gewesen, die Taschen vollgestopft, daß er kaum laufen konnte. Der König zürnte der menschlichen Natur, weil von vierundsechzig Tänzern dreiundsechzig Spitzbuben waren. Die dunkle Galerie aber hieß fortan GANG DER VERSUCHUNG. In Persien wären die dreiundsechzig Edelmänner gepfählt worden; in andern Ländern hätte man einen Gerichtshof gebildet, der ein Dritteil des gestohlenen Gutes an Gerichtskosten verschlungen und in die Schreine des Herrschers nichts zurückgebracht hätte; in einem andern Königreich hätten sie sich glänzend rechtfertigen dürfen und den so unbeschwerten Tänzer in Ungnade gestürzt: in Serendib wurden sie einzig verurteilt, die Staatskasse aufzufüllen, denn Nabussan war ungemein nachsichtig.

Er war auch ungemein dankbar; er schenkte Zadig eine größere Summe Geldes, als irgendein Schatzmeister dem König, seinem Herrn, jemals gestohlen hatte. Zadig bediente sich dessen, um Eilboten nach Babylon zu senden, die ihn über Asthartes Schicksal unterrichten sollten. Seine Stimme zitterte, als er den Auftrag gab, das Blut stockte ihm im Herzen, seine Augen umnebelten sich, und er war nahe daran, seine Seele aufzugeben. Der Bote ging, Zadig sah, wie er sich einschiffte; er kehrte zum König zurück, aber er sah nichts, er wähnte sich in seiner Kammer und sprach laut vor sich hin das Wort Liebe. „Ah! Liebe“, sagte der König; „eben darum geht es; Ihr habt erraten, was mich bedrückt. Was seid Ihr doch für ein großer Mann! Ich hoffe, Ihr werdet mir helfen, die Frau zu erkennen, die über jeden Verdacht erhaben ist, wie Ihr mir halft, einen uneigennützigen Schatzmeister zu finden.“ Zadig, der wieder zu sich gekommen war, versprach, ihm in seinen Liebesdingen zu dienen, wie er seine Gelddinge geordnet hatte, wiewohl die Sache noch schwieriger erschien.

Die blauen Augen

„Leib und Herz“, sagte der König zu Zadig ... Bei diesen Worten konnte der Babylonier nicht umhin, die Majestät zu unterbrechen. „Wie dankbar bin ich Euch“, sagte er, „daß Ihr nicht *Geist und Herz* gesagt habt! Denn in Babylon hört man in aller Unterhaltung nichts als diese Wörter; in allen Büchern ist nur von Herz und Geist die Rede, und das schreiben Leute, die weder das eine noch das andere haben; aber, bitte, Sire, fahrt fort.“ Nabussan sagte also: „Leib und Herz sind bei mir zum Lieben geschaffen; ersterer hat allen Grund, befriedigt zu sein. Mir sind hier hundert Frauen zur Verfügung, und alle schön, bereitwillig, entgegenkommend, wollüstig sogar, oder sie tun zumindest, als wären sie es mit mir. Mein Herz ist beileibe nicht so glücklich. Ich habe nur zu oft erfahren müssen, daß alle Zärtlichkeiten dem König von Serendib gelten und man sich um Nabussan herzlich wenig schert. Nicht daß ich meine Frauen für untreu hielte; aber ich wünschte, eine Seele zu finden, die mein ist; für einen solchen Schatz gäbe ich alle die hundert Schönheiten hin, deren Reize ich besitze: seht, ob Ihr mir unter den hundert Sultaninnen eine entdecken könnt, die mich liebt.“

Zadig antwortete wie zuvor in der Sache der Schatzmeister: „Sire, laßt mich gewähren; erlaubt jedoch, daß ich über alles verfüge, war Ihr im Gang der Versuchung ausgestellt hattet; ich werde Euch genaue Rechenschaft darüber geben, Ihr sollt nichts einbüßen.“ Der König ließ ihm vollständig freie Hand. Er suchte in Serendib die dreiunddreißig häßlichsten kleinen Buckligen, die er finden konnte, die dreiunddreißig schönsten Pagen und die dreiunddreißig beredsamsten und kräftigsten Bonzen. Er ließ ihnen volle Freiheit, die Zellen der Sultaninnen zu betreten; jeder kleine Bucklige erhielt viertausend Goldstücke zu seinem Gebrauch; und gleich am ersten Tag wurden alle Buckligen glücklich. Die Pagen, die nichts zu geben hatten als sich selbst, siegten erst zu Ende des zweiten oder dritten Tages. Die Bonzen hatten ein wenig mehr Mühe; schließlich aber ergaben sich ihnen dreiunddreißig fromme Seelen. Der König, der die Zellen durch geheime Schlitze überblicken konnte, sah alle diese Prüfungen mit an und war höchlich verwundert. Von seinen hundert Frauen erlagen vor seinen Augen neunundneunzig. Es blieb nur eine ganz Junge, ganz Neue übrig, die Seine Majestät noch nie beehrt hatte. Man schickte ihr einen, zwei, drei Bucklige, die ihr zwanzigtausend Goldstücke boten; sie blieb unbestechlich und konnte sich des Lachens nicht erwehren, daß Bucklige meinten, Geld mache sie hübscher. Man schickte ihr die zwei schönsten Pagen; sie sagte, den König fände sie schöner. Man ließ den redegewaltigsten Bonzen auf sie los und darauf den verwegensten; sie fand den ersten ein wenig geschwätzig und geruhte nicht einmal, das Verdienst des zweiten zu mutmaßen. „Auf das Herz kommt es an", sagte sie; „nie werde ich mich dem Gold eines Buckligen noch der Schönheit eines Jünglings, noch den Verführungskünsten eines Bonzen ergeben: ich werde einzig Nabussan, den Sohn Nussanabs, umarmen und warten, bis er mich zu lieben geruht." Der König wußte sich vor Freude, Erstaunen und Glück nicht zu lassen. Er zog alles Geld ein, das den Buckligen zum Erfolg verholfen hatte, und machte es der schönen Falide zum Geschenk: so der Name der Jungen. Er schenkte ihr sein Herz: und sie verdiente es. Nie blühte Jugend so strahlend; nie hatte Schönheit solchen Zauber. Die geschichtliche Wahrheit indes gestattet nicht, zu verschweigen, daß sie sich schlecht auf Kratzfüße verstand; aber sie tanzte wie eine Fee, sang wie eine Sirene und sprach wie eine der Grazien: sie war der Tugenden und schönen Gaben voll.

Nabussan, der endlich geliebte, betete sie an; aber sie hatte blaue Augen, und dies ward die Quelle größten Unglücks. Es gab ein altes Gesetz, das den Königen verbot, eine jener Frauen zu lieben, welche die Griechen die Rindäugigen nannten. Ein Oberbonze hatte dieses Gesetz vor über fünftausend Jahren erlassen; um die Geliebte des Ersten Königs der Insel Serendib sich selber anzueignen, hatte jener Bonzenfürst die Verdammung der blauen Augen zu einem Grundgesetz der Staatsverfassung gemacht. Sämtliche Orden des Reiches kamen und erhoben ihre Vorwürfe gegen Nabussan. In der Öffentlichkeit verbreitete man, die Tage des Königreichs seien gezählt, die Schamlosigkeit habe ihren Gipfel erreicht, der ganzen Natur drohe ein unheilvolles Ereignis, da Nabussan, Sohn des Nussanab, zwei große blaue Augen liebe. Die Buckligen, die Finanzleute, die Bonzen und die Braunäugigen erfüllten das Land mit Geschrei.

Wilde Völkerstämme, die Serendibs Norden bewohnten, machten sich die allgemeine Unzufriedenheit zunutze. Sie fielen in die Lande des guten Nabussan ein. Er forderte von seinen Untertanen Kriegskredite; die Bonzen, die die Hälfte der Staatseinkünfte kassierten, rangen die Hände gen Himmel, aber weigerten sich, sie in ihre Geldschreine zu stecken, um dem König zu helfen. Sie machten schöne Gebete mit Musik und gaben das Land den Barbaren preis.

„O mein teurer Zadig, wirst du mich auch aus dieser furchtbaren Lage erretten?“ rief Nabussan schmerzlich. „Mit Vergnügen“, erwiderte Zadig. „Ihr werdet von den Bonzen Geld bekommen, soviel Ihr wollt. Zieht Euren Schutz von allen Gebieten ab, wo ihre Schlösser liegen, und verteidigt nur Eure.“ Nabussan ließ es daran nicht fehlen; die Bonzen kamen gelaufen, warfen sich dem König zu Füßen und baten um seinen Beistand. Der König antwortete ihnen mit einer schönen Musik samt Gebeten um den Erhalt ihrer Ländereien. Da gaben die Bonzen Geld heraus, und der König konnte den Krieg glücklich beenden. So hatte sich Zadig durch seine weisen und erfolgreichen Ratschläge und redlichsten Dienste die unversöhnliche Feindschaft der mächtigsten Männer im Staate zugezogen; die Bonzen und die Braunäugigen schworen seinen Untergang; die Finanziers und die Buckligen schonten ihn ebensowenig; man schwärzte ihn bei dem guten Nabussan an. Geleistete Dienste bleiben oft im Vorzimmer, aber der Verdacht betritt das Kabinett, sagt Zoroaster: so gab es alle Tage neue Anklagen; die erste wird verworfen, die zweite bleibt haften, die dritte verwundet, die vierte tötet.

Zadig erschrak, und da er die Geschäfte seines Freundes Setoc treulich geführt und all sein Geld eingetrieben hatte, dachte er nur mehr an seinen Aufbruch von der Insel und beschloß, selbst auf Erkundungen über Astharte auszuziehen. „Denn“, sagte er sich, „wenn ich in Serendib bleibe, lassen die Bonzen mich pfählen; nur, wohin soll ich gehen? In Ägypten bin ich Sklave, in Arabien werde ich wahrscheinlich verbrannt, in Babylon erdrosselt. Aber ich muß wissen, was aus Astharte geworden ist: brechen wir also auf und sehen, was mein trauriges Schicksal mir bereithält.“

Memnon oder
Die menschliche Weisheit

Memnon faßte eines Tages den törichten Entschluß, von Grund auf weise zu werden. Es gibt kaum einen Menschen, der nicht zuzeiten auf solchen Unfug verfällt. Memnon sagte sich: „Um wahrhaft weise zu sein und mithin wahrhaft glücklich, muß man nur von Leidenschaften frei sein; und nichts ist angenehmer, wie man weiß. Zum ersten will ich nie eine Frau lieben; und wenn ich eine noch so vollendete Schönheit sehe – ich werde mir sagen: diese Wangen werden eines Tages runzlig, diese schönen Augen kriegen rote Ränder, dieser runde Busen wird schlaff; dem schönen Kopf wird das Haar ausfallen. Ich muß sie also nur mit den Augen sehen, mit denen ich sie einstens sehen würde, dann kann ihr Kopf mir meinen nicht verdrehen.

Zum zweiten werde ich immer mäßig leben; gute Küche, köstliche Weine, Lockungen der Gesellschaft mögen mich noch so sehr versuchen; ich brauche mir nur die Folgen solcher Exzesse vorzustellen, einen schweren Kopf, einen überfüllten Magen, den Verlust an Verstand, Gesundheit und Zeit, und ich werde nur mehr essen, was ich bedarf; meine Gesundheit wird immer gleichmäßig, mein Kopf immer wach und klar sein. Das ist alles so einfach, daß es gar kein Verdienst ist, so zu werden."

„Sodann", sagte sich Memnon, „will ich ein wenig an meine Verhältnisse denken; meine Wünsche sind gemäßigt; mein Vermögen ist bei dem Generalsteuereinnehmer von Ninive sicher angelegt; ich habe genug, um unabhängig zu leben: das ist das höchste der Güter. Ich werde mich nie in der grausamen Notlage befinden, bei Hofe zu bittstellen; ich muß niemanden beneiden, und niemand wird mich beneiden. Das ist abermals sehr angenehm. Ich habe Freunde", fuhr er fort, „ich werde sie nicht verlieren, weil sie mir nie etwas streitig machen können. Ich werde nie Zank mit ihnen haben, noch sie mit mir; da gibt es keine Schwierigkeit."

Als Memnon so seinen kleinen Weisheitsplan in seiner Kammer geschmiedet hatte, steckte er den Kopf zum Fenster hinaus. Da sah er unter den Platanen nahe seinem Hause zwei Frauen spazierengehen. Die eine war alt und sichtlich unbekümmert; die andre jung, hübsch und sichtlich höchst betrübt. Sie seufzte, sie weinte und war darum nur noch reizender. Unser Weiser war gerührt, nicht von der Schönheit der Dame (er war sich ganz sicher, einer solchen Schwäche ferne zu sein), aber von der Betrübnis, worin er sie erblickte. Er ging hinunter; er sprach die junge Niniveerin an in dem Vorsatz, ihr weisen Trost zu spenden. Die schöne Person erzählte ihm mit der kindlichsten, rührendsten Miene, welche Übel ein Onkel ihr angetan, den sie nicht hatte; mit welchen Kunstgriffen er ihr ein Vermögen abgegaunert, das sie nie besessen, und was alles sie von seiner Gewalttätigkeit zu fürchten hätte. „Ihr scheint mir ein Mann, der so guten Rat weiß", sagte sie, „daß ich gewiß glaube, wenn Ihr die Gefälligkeit hättet, mit zu mir zu kommen und meine Angelegenheiten zu prüfen, Ihr mich aus meiner furchtbaren Bedrängnis erretten werdet." Memnon zögerte nicht, ihr zu folgen, um ihre Angelegenheiten weise zu prüfen und ihr guten Rat zu erteilen.

Die betrübte Dame führte ihn in eine duftende Kammer und hieß ihn, auf einem breiten Divan gesittet mit ihr Platz zu nehmen, dergestalt daß sie beide mit gekreuzten Beinen sich gegenübersaßen. Die Dame, während sie sprach, schlug die Augen nieder, denen dann und wann Tränen entfielen und die, wenn sie sie aufschlug, stets den Blicken des weisen Memnon begegneten. Seine Worte waren voll einer Anteilnahme, die jedesmal, wenn sie sich anblickten, sich verdoppelte. Memnon nahm sich ihre Angelegenheiten ungemein zu Herzen und fühlte von Mal zu Mal größere Lust, einem so ehrbaren und so unglücklichen Geschöpf seine Dienste zuzuwenden. Im Eifer des Gesprächs saßen sie sich mit einemmal nicht mehr gegenüber. Ihre Beine waren nicht mehr gekreuzt, Memnon beriet sie so nahebei und tat ihr so zärtliche Standpunkte kund, daß sie alle beide von Angelegenheiten nicht mehr reden konnten, noch wußten, wo jene verblieben waren.

Als es so stand, kommt, wie man sich denken kann, der Onkel hinzu: er war von Kopf bis Fuß bewaffnet; und das erste, was er sagte, war, daß er, wie rechtens, den weisen Memnon und seine Nichte töten werde; das letzte, was er von sich gab, war, für viel Geld könnte er verzeihen. Memnon war gezwungen, alles herzugeben, was er bei sich hatte. Zu jener Zeit war man noch froh, so billig davonzukommen; Amerika war noch nicht entdeckt, und die betrübten Damen waren bei weitem noch nicht so gefährlich wie heute.

Beschämt und verzweifelt kehrte Memnon heim: da fand er ein Billett vor, das ihn zum Diner bei seinen besten Freunden einlud. „Wenn ich so allein zu Haus bleibe“, sagte er sich, „werde ich nur über mein trauriges Abenteuer grübeln und nichts essen; ich werde krank: besser ist es, mit meinen lieben Freunden ein frugales Mahl einzunehmen. In ihrer liebreichen Gesellschaft werde ich die Torheit vergessen, die ich heute morgen begangen habe.“ Er geht zu den Freunden; sie finden ihn ein wenig bedrückt. Man heißt ihn trinken, um seine Trübsal zu zerstreuen. Ein wenig Wein, mit Maßen getrunken, ist Labsal für Leib und Seele. So denkt der weise Memnon; und er berauscht sich. Nach dem Mahl schlägt man ihm vor zu spielen. Ein geregeltes Spiel unter Freunden ist ein ehrbarer Zeitvertreib. Er spielt; man gewinnt ihm alles ab, was er im Beutel hat, und viermal soviel auf Ehrenwort. Ein Streit entsteht aus dem Spiel, man erhitzt sich: einer seiner besten Freunde wirft ihm den Würfelbecher an den Kopf und schlägt ihm ein Auge aus. Man trägt den weisen Memnon trunken, ohne Geld und um ein Auge vermindert nach Hause.

Er schläft seinen Rausch aus, und sowie er einen klareren Kopf hat, schickt er seinen Diener aus, bei dem Obersteuereinnehmer von Ninive Geld abzuheben, um seine guten Freunde zu bezahlen: ihm wird gemeldet, sein Schuldner habe diesen Morgen einen betrügerischen Bankrott gemacht, der hundert Familien in Bestürzung versetze. Empört eilt

Memnon mit einem Pflaster auf dem Auge und einer Bittschrift in der Hand zu Hof, um beim König Gerechtigkeit gegen den Bankrotteur zu fordern. In einem Saal findet er mehrere Damen, die sämtlich voll Behagen Reifröcke von vierundzwanzig Fuß Umfang trugen. Eine, die ihn ein wenig kannte, sagte, indem sie ihn von der Seite ansah: „Hu! wie gräßlich!" Eine zweite, die ihn besser kannte, redete ihn an: „Guten Abend, Herr Memnon; ei! wahrhaftig, Herr Memnon, ich bin sehr froh, Euch zu sehn, Herr Memnon, wieso habt Ihr ein Auge verloren?" Und sie ging davon, ohne die Antwort abzuwarten. Memnon verkroch sich in einen Winkel und harrte des Augenblicks, da er sich dem Monarchen zu Füßen werfen durfte. Der Augenblick kam. Er küßte dreimal die Erde und wies sein Gesuch vor. Seine huldvolle Majestät nahm es sehr wohlwollend entgegen und reichte es einem seiner Satrapen weiter, daß er ihm Bericht erstatte. Der Satrap zieht Memnon beiseite und sagt von oben herab mit bitterem Hohn: „Ihr scheint mir ein spaßiges Einauge, daß Ihr Euch an den König wendet, statt an mich, und noch spaßiger, daß Ihr wagt, um Gerechtigkeit gegen einen ehrenwerten Bankrotteur zu bitten, der meine Protektion genießt und der Neffe einer Kammerfrau meiner Mätresse ist. Laßt von der Sache ab, Teuerster, wenn Euch das verbliebene Auge lieb ist."

Memnon, der am Morgen den Frauen, den Tafelfreuden, dem Spiel, allem Streit und insonders dem Hofgehen abgesagt hatte, war vor der Nacht von einer schönen Dame betrogen und bestohlen worden, hatte sich berauscht, hatte gespielt, hatte Streit gehabt, hatte ein Auge eingebüßt und war zu Hof gegangen, wo man seiner gespottet hatte.

Versteint vor Staunen und zerrissen vor Schmerz, kehrt er, den Tod im Herzen, heim. Er will in sein Haus; dort findet er Gerichtsvollzieher, die es im Auftrag seiner Gläubiger räumen. Er steht, seiner Sinne kaum mehr mächtig, unter einer Platane; da sieht er die Schöne vom Morgen mit dem teuren Onkel lustwandeln, und als sie Memnon mit seinem Pflaster erblickt, platzt sie heraus vor Lachen. Die Nacht kam; Memnon legte sich auf das Stroh vor seinem Haus. Fieber packte ihn; er schlief über dem Anfall ein, und ein himmlischer Geist erschien ihm im Traum.

Er strahlte über und über von Licht. Er hatte sechs schöne Flügel, aber weder Füße noch Kopf, noch Schweif, und sah nichts ähnlich. „Wer bist du?" fragte ihn Memnon. „Dein guter Engel", sagte jener. „Dann gib mir mein Auge, meine Gesundheit, mein Gut, meine Weisheit wieder", sagte Memnon. Darauf erzählte er, wie ihm das alles in einem Tag abhanden gegangen war. „Solche Abenteuer kennen wir nicht in der Welt, die wir bewohnen", sagte der Geist. „Und welche Welt bewohnt ihr?" fragte der betrübte Mensch. „Meine Heimat", antwortete er, „liegt fünfhundert Millionen Meilen von der Sonne auf einem kleinen Stern, nahe dem Sirius, den du von hier siehst." – „Ein schönes Land!" sagte Memnon; „und ihr habt bei euch keine Bübinnen, die einen armen Mann betrügen, keine guten Freunde, die ihm das Geld aus der Tasche ziehen und ihm ein Auge ausschlagen, keine Bankrotteure und keine Satrapen, die euch euer Recht verweigern und euch obendrein verhöhnen?" – „Nein", sagte der Sternenbewohner, „nichts von alledem. Wir werden von Frauen nicht betrogen, weil wir keine haben; wir kennen keine Tafelfreuden, weil wir nicht essen; wir haben keine Bankrotteure, weil es bei uns nicht Gold, nicht Silber gibt; niemand kann uns die Augen ausschlagen, weil wir keinen Körper haben wie ihr; und die Satrapen tun uns kein Unrecht, weil in unserer kleinen Welt alle gleich sind."

Da fragte Memnon: „Wie aber, Euer Gnaden, verbringt Ihr ohne Frauen, ohne Essen Eure Zeit?" – „Wir wachen", sagte der Genius, „über die andern, uns anvertrauten Welten; und ich bin hier, um dich zu trösten." – „Weh!" sagte Memnon, „warum kamt Ihr nicht die Nacht zuvor und habt mich gehindert, so viele Torheiten zu begehen?" – „Ich war bei Hassan, deinem älteren Bruder", sagte das himmlische Wesen. „Er ist übler dran als du. Seine huldreiche Majestät, der König von Indien, an dessen Hof zu leben er die Ehre hatte, ließ ihm wegen einer kleinen Indiskretion beide Augen ausstechen, und jetzt hockt er, Hände und Füße im Eisen, in einem kleinen Kerkerloch." – „Wahrlich", sagte Memnon, „es lohnt, einen guten Geist in der Familie zu haben, wenn von zwei Brüdern einer einäugig, der andere blind wird, einer auf Stroh liegt, der andere im Kerker." – „Dein Los wird sich ändern", versetzte das Sternenwesen. „Freilich wirst du immer einäugig bleiben; aber demungeachtet wirst du hinreichend glücklich werden, sofern du nie wieder den albernen Vorsatz faßt, absolut weise zu werden." – „Das also können wir unmöglich erlangen?" fragte Memnon seufzend. „So unmöglich", erwiderte jener, „als vollkommen geschickt, vollkommen stark, vollkommen mächtig, vollkommen glücklich zu sein. Selbst wir sind davon weit entfernt. Es gibt eine Welt, wo es all das gibt; aber auf den hunderttausend Millionen Welten im All gibt es alles nach Graden. Man hat in der zweiten Welt weniger Weisheit und Freude als in der ersten, in der dritten weniger als in der zweiten und so fort bis zur letzten, wo alles vollkommen verrückt ist." – „Ich fürchte sehr", sagte Memnon, „unser kleiner Erdball ist eben dies Irrenhaus des Universums, von dem zu sprechen Ihr mir die Ehre antut." – „Nicht ganz", sagte der Geist; „aber er kommt jenem nahe: ein jegliches hat seinen Ort." – „Ah!" sagte Memnon, „dann haben gewisse Poeten, gewisse Philosophen also völlig unrecht, zu behaupten, bei uns stehe alles zum besten?" – „Sie haben völlig recht", sagte der Philosoph des Höheren, „in Ansicht des gesamten Universums." – „Ha!" sagte der geschlagene Memnon, „das glaube ich erst, wenn ich nicht mehr einäugig bin!"

Die beiden Getrösteten

Der große Philosoph Citophile sagte einmal zu einer tiefbetrübten Frau, die alle Ursache hatte, es zu sein: „Der Königin von England, der Tochter des großen Henri IV., ist es ebenso bitter ergangen wie Euch, Madame: sie wurde aus ihrem Reich verjagt; sie wäre in einem Sturm auf See fast umgekommen; sie sah ihren königlichen Gemahl auf dem Blutgerüst enden." – „Das tut mir leid für sie", sagte die Dame; und sie fuhr fort, ihr eigenes Unglück zu beweinen.

„So denkt an Maria Stuart", sagte Citophile, „sie liebte ganz in Ehren einen wackeren Musikanten mit einer wunderschönen Tenorstimme. Ihr Gatte brachte den Musikanten vor ihren Augen um; und dann ließ ihre gute Freundin und Verwandte, die Königin Elisabeth und vorgebliche Jungfrau, auf einem schwarzbespannten Schafott ihr den Kopf abschlagen, nachdem sie sie achtzehn Jahre gefangengehalten hatte." – „Das ist sehr grausam", versetzte die Dame und versank wieder in ihren Gram.

„Habt Ihr denn wohl", fragte der Tröster, „von der schönen Johanna von Neapel gehört, die eingekerkert und erdrosselt wurde?" – „Ich erinnere mich flüchtig", sagte die Bekümmerte.

„Ich werde Euch", fuhr der Philosoph fort, „den Leidensweg einer Herrscherin schildern, die meinerzeit nach dem Nachtmahl entthront wurde und auf einer verlassenen Insel starb." – „Ich kenne die ganze Geschichte", erwiderte die Dame.

„Nun denn, so will ich Euch erzählen, was einer andern hohen Prinzessin, der ich die Philosophie erklärte, widerfuhr.

Sie hatte einen Geliebten wie alle hohen und schönen Prinzessinnen. Ihr Vater trat in ihre Kammer und überraschte den Liebhaber mit feuerrotem Antlitz und blitzendem Auge wie Karfunkelstein; die Dame hatte nicht minder angeregte Miene. Das Antlitz des jungen Mannes mißfiel dem Vater derart, daß er ihm die gewaltigste Maulschelle versetzte, die in seiner Provinz je ausgeteilt ward. Der Liebhaber nahm eine Feuerzange und schlug dem Schwiegervater das Haupt entzwei, der nur mit Not genas und noch heute die Narbe dieser Wunde trägt. Die bestürzte Liebhaberin sprang aus dem Fenster und verrenkte sich den Fuß; dergestalt daß sie heute sichtbarlich hinkt, wiewohl sie sonst sehr hübsch gewachsen ist. Der Liebhaber wurde zum Tode verurteilt, da er einem sehr hohen Fürsten den Kopf eingeschlagen hatte. In welchem Zustand die Prinzessin war, als ihr Geliebter nach dem Galgen geführt wurde, mögen Sie sich denken. Ich habe sie oft besucht, als sie im Kerker saß; sie sprach von nichts als ihrem Unglück." – „Und warum soll ich an meines nicht denken?" fragte die Dame. „Je nun", sagte der Philosoph, „weil man nicht daran denken soll und weil in Anbetracht so großer Heimsuchungen so vieler hoher Damen es Euch schlecht ansteht zu verzweifeln. Denkt an Hekuba, denkt an Niobe." – „Ei!" sagte die Dame, „hätte ich zu ihrer Zeit gelebt oder zu der so vieler schöner Fürstinnen und hättet Ihr, um sie zu trösten, ihnen mein Unglück berichtet, meint Ihr wohl, daß sie Euch gehorcht hätten?"

Tags darauf verlor der Philosoph seinen einzigen Sohn und war an dem Punkt, Kummers zu sterben. Die Dame ließ eine Liste sämtlicher Könige anfertigen, die ihre Kinder verloren hatten und überreichte sie dem Philosophen; er las sie, fand sie durchaus exakt und weinte darum nicht minder. Drei Monate später sahen sie sich erneut und staunten, einander bei gutem Humor zu finden. Da ließen sie der Zeit ein schönes Denkmal errichten mit der Inschrift: Der Trösterin.

Die Geschichte von Scarmentados Reisen

Von ihm selbst verfaßt

Ich wurde im Jahr 1600 in der Stadt Candia geboren. Mein Vater war dort Gouverneur; und ich entsinne mich, wie ein mäßiger Dichter und unmäßiger Flegel namens Iro schlechte Verse zu meinem Lobe schrieb, in welchen ich direkt von Minos abstammte; wie er aber, als mein Vater in Ungnade fiel, andre Verse machte, worin ich nur mehr von Pasiphae und ihrem Liebsten herkam. Ja, das war ein tückischer Mensch, dieser Iro, und der mieseste Schuft der Insel.

Als ich fünfzehn war, schickte mich mein Vater zum Studium nach Rom. Ich kam in der Hoffnung dorthin, aller Wahrheiten teilhaftig zu werden; denn bis dahin hatte man mich das ganze Gegenteil gelehrt, wie es in dieser Welt, von China bis zu den Alpen, der Brauch ist. Monsignore Profundo, dem ich anbefohlen worden, war ein absonderlicher Mann und der schlimmste Gelehrte der Welt. Er sollte mich in die Kategorien des Aristoteles einführen und war drauf und dran, mich der Kategorie seiner Lustknaben einzugliedern: ich entwischte ihm gerade noch. Ich erlebte Prozessionen, Exorzismen und etliche Erpressungen. Ganz fälschlich wurde behauptet, Signora Olimpia, eine ungemein kluge Person, verkaufe allerlei, was man nicht verkaufen dürfe. Ich war in einem Alter, wo das alles mir äußerst spaßig vorkam. Eine junge Dame von sehr milden Sitten, Signora Fatelo genannt, ließ sich an, mich zu lieben. Sie wurde von den ehrwürdigen Patres Poignardini und Aconiti umworben, zwei jungen Brüdern eines Ordens, den es nicht mehr gibt: sie vereinigte die beiden, als sie mir ihre Gunst erwies; doch lief ich Gefahr, exkommuniziert und vergiftet zu werden. Sehr angetan von der Architektur von Sankt Peter reiste ich ab.

Ich ging nach Frankreich; es war die Zeit der Herrschaft Ludwigs des Gerechten. Das erste, was man mich fragte, war, ob ich zum Frühstück ein Stück des Marschalls d'Ancre speisen wollte, dessen Fleisch das Volk hatte rösten lassen und das sehr preiswert an alle, die es wollten, ausgeteilt wurde.

Dieser Staat wurde unausgesetzt von Bürgerkriegen verwüstet, einmal um einen Sitz im Kronrat, ein andermal um zwei Seiten strittigen Glaubenstextes. Seit über sechzig Jahren verheerte dieser Brand, bald schleichend, bald gewaltsam angefacht, das schöne Land. Das also waren die Freiheiten der gallikanischen Kirche. „Schade!" sagte ich, „dieses Volk ist von Natur doch freundlich: wer kann es seinem Wesen so entfremdet haben? Hier scherzt es, da macht es Bartholomäusnächte. Glücklich die Zeit, da es nur mehr scherzen wird!"

Ich ging nach England: dort riefen die gleichen Zwistigkeiten die gleichen Greuel hervor. Fromme Katholiken hatten zum Wohl der Kirche beschlossen, den König, die königliche Familie und das ganze Parlament mit Pulver in die Luft zu sprengen und England von seinen Ketzern zu befreien. Man zeigte mir den Platz, wo weiland Königin Maria, Tochter Heinrichs VIII., über fünfhundert ihrer Untertanen hatte verbrennen lassen. Ein irischer Priester versicherte mir, das sei eine sehr gute Tat gewesen: erstens, weil die Verbrannten Engländer waren; zweitens, weil sie nie Weihwasser genommen und nicht an das Loch des heiligen Patrick geglaubt hatten. Er wunderte sich höchlich, daß Königin Maria noch nicht heiliggesprochen war; er hoffte aber, es würde bald geschehen, wenn der Kardinal-Neffe ein wenig Muße hätte.

Ich ging nach Holland, in der Hoffnung, bei einem phlegmatischeren Volk mehr Friedfertigkeit zu finden. Als ich im Haag eintraf, schlug man einem würdigen Greis den Kopf ab. Es war das kahle Haupt des Premierministers Barnevelt, der sich um die Republik höchst verdient gemacht hatte. Mitleidvoll fragte ich, welches sein Verschulden gewesen sei und ob er den Staat verraten habe. „Er hat Schlimmeres getan", antwortete mir ein protestantischer Geistlicher im schwarzen Talar; „dieser Mann hat geglaubt, man könne sein Seelenheil ebensowohl durch gute Werke als durch den Glauben erwerben. Ihr werdet wohl einsehen, daß die Republik in Gefahr ist, wenn solche ketzerischen Gedanken um sich greifen, und daß es strenger Gesetze bedarf, um solche Gesinnungen zu unterdrücken." Ein weitsichtiger Politiker des Landes sagte seufzend zu mir: „Leider, Monsieur, wird diese gute Zeit nicht ewig währen; es ist nur Zufall, daß dieses Volk so glaubenseifrig ist; im Grunde seines Wesens neigt es zu dem gräßlichen Dogma der Toleranz, und eines Tages wird es ihm verfallen: da schaudert einen!" Nun, bis diese düstre Zeit der Mäßigung und Toleranz anbrechen würde, verließ ich eilends ein Land, wo die Glaubensstrenge durch keine Annehmlichkeit gemildert war, und schiffte mich ein nach Spanien.

Der Hof weilte in Sevilla, die Galeonen waren eingetroffen, alles schwelgte in Überfluß und Freude in der schönsten Jahreszeit. Am Ende einer Allee von Orangen- und Zitronenbäumen erblickte ich eine Art riesigen Kampfplatz, von gestuften Sitzen umringt, die kostbare Stoffe bedeckten. Der König, die Königin, die Infanten, die Infantinnen saßen sämtlich unter einem prächtigen Baldachin. Gegenüber der erlauchten Familie stand ein anderer, höherer Thron. Ich sagte zu einem meiner Gefährten: „Falls dieser Thron nicht Gott vorbehalten ist, weiß ich nicht, wozu er dienen könnte." Diese vorwitzigen Worte wurden von einem würdigen Spanier mitgehört und kamen mich teuer zu stehen. Indessen bildete ich mir ein, wir sollten einem Ringelstechen oder einem Stierkampf beiwohnen, als der Großinquisitor auf jenem Thron erschien und von dort herab den König und das Volk segnete.

Darauf zog eine Armee von Mönchen, je zwei zu zwei, vorüber, weiße, schwarze, graue, beschuhte, unbeschuhte, mit Bart, ohne Bart, mit spitzer Kapuze, ohne Kapuze; danach kam der Henker; dann sah man, inmitten von Häschern und Granden, ungefähr vierzig Menschen unter Säcken einhergehen, worauf Teufel und Flammen gemalt waren. Es waren Juden, die Moses nicht abschwören wollten, es waren Christen, die ihre Gevatterinnen geehelicht oder Unsere Liebe Frau von Atocha nicht angebetet hatten oder die sich nicht von ihrem Bargeld zugunsten der hieronimytischen Brüder hatten trennen wollen. Man sang gottesfürchtig sehr schöne Psalmen, worauf man all die armen Sünder auf kleinem Feuer verbrannte, wovon die ganze königliche Familie höchst erbaut schien.

Abends, als ich eben zu Bett gehen wollte, erschienen zwei Mitarbeiter der Inquisition mit der heiligen Hermandad bei mir: sie umarmten mich liebreich und führten mich ohne ein Wort der Erklärung in ein sehr kühles Verlies, das mit einer Strohmatte und einem schönen Kruzifix ausgestattet war. Dort weilte ich sechs Wochen, zu Ende derselben der ehrwürdige Pater Inquisitor mich zu sich bitten ließ: er schloß mich eine Weile mit durchaus väterlicher Liebe in die Arme; er sagte, er sei aufrichtig betrübt zu hören, daß ich so übel logiert sei; doch seien alle Räume des Hauses voll besetzt, aber ein andermal, hoffte er, sollte ich es annehmlicher haben. Darauf fragte er mich herzlich, ob ich wüßte, warum ich hier sei. Ich antwortete dem hochwürdigen Pater, ich sei es offenbar für eine meiner Sünden. „Nun, mein lieber Sohn, für welche Sünde denn? habt Vertrauen zu mir.“ Soviel ich grübelte, ich erriet es nicht; er half mir barmherzig auf die Sprünge.

Endlich entsann ich mich meiner vorwitzigen Worte. Ich kam mit einer Geißelung und einer Buße von dreißigtausend Realen davon. Man führte mich vor den Großinquisitor, ihm meine Reverenz zu erweisen: er war ein höflicher Mann und fragte mich, wie ich sein kleines Fest gefunden hätte. Ich sagte, es sei köstlich gewesen, und ging, meine Reisegefährten zu drängen, dieses Land, so schön es war, schleunigst hinter uns zu lassen. Sie hatten Zeit gehabt, sich über alle die großen Dinge zu unterrichten, welche die Spanier für die Religion vollbracht haben. Sie hatten die Memoiren des berühmten Bischofs Chiapa gelesen, denen zufolge man in Amerika zehn Millionen Ungläubige erwürgt oder verbrannt oder ertränkt hat, um sie zu bekehren. Mir dünkt, der Bischof übertrieb; doch selbst wenn man die Opfer auf fünf Millionen begrenzte, wäre das immer noch eine bewundernswerte Leistung.

Meine Reiselust war noch nicht versiegt. Ich war gesonnen,

meine Europafahrt in der Türkei zu beschließen; wir machten uns dorthin auf. Ich gelobte mir, bei Ansicht öffentlicher Festveranstaltungen keine Meinung mehr zu äußern. „Die Türken", sagte ich zu meinen Gefährten, „sind Ungläubige, also nicht getauft, also zweifellos viel grausamer als die ehrwürdigen Patres Inquisitoren. Hüten wir unsere Zunge, wenn wir bei den Mohammedanern sind."

So fuhr ich zu den Türken. Es überraschte mich wunderbar, daß es in der Türkei weit mehr christliche Kirchen gab als in Candia. Ich sah ganze Schwärme von Mönchen, die man frei zur Jungfrau Maria beten und Mohammed fluchen ließ, die einen griechisch, jene lateinisch, andre armenisch. „Wie gut diese Türken sind!" rief ich. Die griechischen und die römischen Christen in Konstantinopel waren sich todfeind; diese Sklavenseelen verfolgten sich gegenseitig wie Hunde, die sich auf den Straßen ineinander verbeißen, bis ihre Herren sie mit Stockschlägen auseinanderjagen. Derzeit beschirmte der Großwesir die Griechen. Der griechische Patriarch klagte mich an, mit dem römischen Patriarchen soupiert zu haben, und ich wurde vor dem vollzähligen Diwan zu hundert Stockschlägen auf die Fußsohlen verurteilt, ablösbar gegen fünfhundert Zechinen. Anderntags wurde der Großwesir erdrosselt; am Tag darauf verurteilte mich sein Nachfolger, der für die römische Partei stand und erst einen Monat später erdrosselt wurde, zu der gleichen Buße, weil ich mit dem griechischen Patriarchen soupiert hatte. Ich sah mich in der traurigen Zwangslage, weder die griechische noch die römische Kirche mehr zu besuchen. Um mich darüber zu trösten, mietete ich mir eine wunderschöne Tscherkessin, die im Beieinander das zärtlichste, in der Moschee das frömmste Geschöpf war. Im süßen Überschwang ihrer Liebe rief sie eines Nachts, als sie mich umfing: „Allah! Illah, Allah": dies sind heilige Worte der Türken: ich meinte indes, es seien Liebesworte, und rief ebenso zärtlich: „Allah, Illah, Allah!" – „Oh!" sagte sie, „der barmherzige Gott sei gelobt! nun seid Ihr Türke." Ich sagte, auch ich segnete ihn, daß er mir solche Kraft gegeben habe, und wähnte mich überglücklich. Den selbigen Morgen kam der Imam, um mich zu beschneiden; und als ich Schwierigkeiten machte, schlug der Kadi des Viertels, ein gesetzestreuer Mann, vor, mich zu pfählen: ich rettete meine Vorhaut und meinen Hintern mittels tausend Zechinen und floh nach Persien, entschlossen, keiner griechischen, keiner römischen Messe in der Türkei mehr beizuwohnen und in einer Liebesnacht nie mehr: „Allah, Illah, Allah!" zu rufen.

Als ich nach Isfahan kam, wurde ich gefragt, ob ich für den schwarzen oder für den weißen Hammel sei. Das sei mir gleich, sagte ich, wenn er nur zart wäre. Ich hätte wissen müssen, daß die Sekten des weißen Hammels und des schwarzen Hammels die Perser noch immer entzweiten. Man glaubte, ich wollte beide Sekten verspotten; dergestalt daß ich schon beim Betreten der Stadt eine bedrohliche Affäre am Hals hatte: es kostete mich abermals viele Zechinen, um mich der Hammel zu erwehren.

Ich drang bis China vor mit einem Dolmetsch, der mir versicherte, dort endlich könne man froh und frei leben. Die Tataren hatten das Land unterworfen, nachdem sie alles in Feuer und Blut erstickt hatten; und die ehrwürdigen Jesuitenpatres einerseits wie die ehrwürdigen Dominikanerpatres anderseits sagten, sie gewönnen dem Herrgott dort Seelen, ohne daß irgendwer etwas davon merkte. Nie sah man so eifrige Bekehrer: denn sie verfolgten sich wechselseitig; sie schrieben ganze Bände voll Verleumdungen nach Rom; sie schimpften einander ungetreu und pflichtvergessen wegen einer Seele. Insonders gab es unter ihnen einen furchtbaren Streit darüber, wie man die Reverenz machen sollte. Die Jesuiten wollten, daß die Chinesen ihre Väter und Mütter nach chinesischem Brauch grüßten, die Dominikaner wollten, sie täten es nach römischer Art. Es geschah mir, daß die Jesuiten mich für einen Dominikaner ansahen. Man denunzierte mich seiner tatarischen Majestät als päpstlichen Spion. Der Allerhöchste Rat beauftragte einen Ersten Mandarin, der einen Sergeanten anwies, der vier Sbirren des Landes befahl, mich zu verhaften und feierlichst zu binden. Nach hundertvierzig Kniefällen ward ich vor Seine Majestät geführt. Sie ließ mich fragen, ob ich ein päpstlicher Spion sei und ob jener Fürst wirklich kommen und ihn entthronen wolle. Ich antwortete, der Papst sei ein Priester von siebzig Jahren und wohne viertausend Meilen von Seiner heiligen tataro-chinesischen Majestät entfernt; er habe ungefähr zweitausend Soldaten, die mit einem Sonnenschirm auf Wache zögen; er wolle niemanden entthronen, so daß Seine Majestät in Frieden schlafen könne. Das war das am wenigsten düstere Abenteuer meines Lebens. Man wies mich nur nach Macao aus, von wo ich mich nach Europa einschiffte.

Vor der Küste von Golkonda mußte mein Schiff ausgebessert werden. Ich nützte die Zeit, um den Hof des großen Aurangseb zu besuchen, von dem man in der Welt Wunderdinge erzählte: er weilte gerade in Delhi. Mir wurde der Trost, ihn am Tag der prunkvollen Zeremonie zu erblicken, in welcher er das himmlische Geschenk des Sheriffs von Mekka empfing. Das war der Besen, mit dem man das Heilige Haus, die Kaaba oder Beit Allah, gekehrt hatte. Dieser Besen gilt als das Symbol, das allen Schmutz der Seele auskehrt. Aurangseb schien seiner nicht bedürftig; er war der frömmste Mann in Hindustan. Er hatte nur einen seiner Brüder erdrosselt und seinen Vater vergiftet. Zwanzig Radschahs und ebenso viele Omrahs waren zu Tode gefoltert worden; aber das zählte nicht, man sprach einzig von seiner Frömmigkeit. Man stellte ihm nur noch die heilige Majestät des Allerhöchsten Kaisers von Marokko, Mulei Ismail, zur Seite, der alle Freitag nach dem Gebet Köpfe rollen ließ.

Ich verlor dazu kein Wort; meine Reisen hatten mich gebildet, und ich wußte, daß es mir nicht anstand, zwischen zwei so erhabenen Herrschern zu entscheiden. Ein junger Franzose, mit dem zusammen ich wohnte, ließ es allerdings an Respekt gegen den indischen und den marokkanischen Kaiser fehlen. Er erkühnte sich zu der sehr unvorsichtigen Äußerung, es gäbe in Europa sehr fromme Herrscher, die ihre Staaten gut regierten und sogar in die Kirche gingen, ohne darum ihre Väter und Brüder zu ermorden und ihre Untertanen zu köpfen. Unser Dolmetscher übersetzte den Hindustani die ruchlosen Reden des jungen Mannes. Von meinen Erlebnissen belehrt, ließ ich eiligst meine Kamele satteln: wir machten uns davon, der Franzose und ich. Später habe ich erfahren, daß noch in derselben Nacht die Schergen des großen Aurangseb kamen, um uns zu verhaften, aber nur den Dolmetscher fanden. Er wurde auf offenem Platz hingerichtet, und alle Höflinge versicherten ohne Schmeichelei, daß sein Tod sehr gerecht war.

Mir blieb nur übrig, Afrika zu sehen, um die Annehmlichkeiten unseres Kontinents würdigen zu können. Ich sah es tatsächlich. Mein Schiff wurde von schwarzen Piraten gekapert. Unser Kapitän erhob laute Anklage; er fragte sie, warum sie das Völkerrecht so schmählich verletzten. Da antwortete der schwarze Kapitän: „Ihr habt lange Nasen, wir haben platte; eure Haare sind glatt, unsere Wolle ist kraus; ihr habt aschfarbene Haut, wir ebenholzfarbene; also sind wir nach den heiligen Gesetzen der Natur ewige Feinde. Ihr kauft uns auf den Märkten der guineischen Küste wie Lastvieh, um uns was weiß ich welche ebenso mühseligen wie lächerlichen Arbeiten aufzubürden. Ihr laßt uns unter den Schlägen von Ochsenziemern die Berge durchwühlen, um eine Art gelbe Erde zu gewinnen, die an sich nichts taugt und kaum eine gute ägyptische Zwiebel wert ist; darum machen wir, wo wir euch finden und die Stärkeren sind, euch zu unsern Sklaven und lassen euch unsre Felder beackern, oder wir schneiden euch Nase und Ohren ab."

Man fand einer so weisen Rede nichts zu erwidern. Ich beackerte das Feld einer alten Negerin, um mir Ohren und Nase zu erhalten. Man kaufte mich nach einem Jahr los. Ich hatte alles gesehen, was es Schönes, Gutes und Bewundernswertes auf der Erde gibt: ich beschloß, fortan daheim zu bleiben. Ich heiratete: ich wurde Hahnrei, und ich sah, daß dieser der süßeste Stand im Leben ist.

Candide
oder Der Optimismus

Aus dem Deutschen übersetzt
von Herrn Doktor Ralph samt den Bemerkungen,
die man in der Tasche des Doktors fand,
als er zu Minden im Jahre
des Heils 1759 starb.

Erstes Kapitel

Wie Candide in einem schönen Schloß aufwuchs und aus ihm verjagt wurde

In Westfalen lebte auf dem Schloß des Barons Thunder-ten-tronckh ein junger Mensch, dem die Natur die sanfteste Gesinnung verliehen hatte. Seine Gesichtszüge spiegelten sein Inneres wider. Ein gesundes Urteil verband sich bei ihm mit Arglosigkeit; aus diesem Grunde, glaube ich, wurde er Candide genannt. Die alten Bediensteten des Hauses vermuteten, er sei der Sohn der Schwester des Barons und eines guten, anständigen Edelmannes aus der Gegend, den das Fräulein niemals hatte heiraten wollen, weil er nur einundsiebzig Vorfahren nachweisen konnte und der Rest seines Stammbaums durch die Schuld der Zeit verlorengegangen war.

Der Baron war einer der mächtigsten Herren in Westfalen, denn sein Schloß besaß eine Tür und Fenster. Den großen Saal schmückte sogar eine Tapisserie. Die Hunde auf dem Hühnerhof stellten im Notfall eine Jagdmeute dar; die Stallknechte waren die Piköre; der Dorfgeistliche gab den Schloßkaplan ab. Alles nannte ihn „Euer Gnaden" und lachte über die Geschichten, die er zum besten gab.

Die Baronin, die etwa dreihundertfünfzig Pfund wog, stand dadurch in hohem Ansehen und machte die Honneurs des Hauses mit einer Würde, die ihr noch größeren Respekt einbrachte. Ihre Tochter Kunigunde war siebzehn Jahre alt, rotbackig, frisch, fett und appetitlich. Der Sohn des Barons schien in jeder Hinsicht des Vaters würdig zu sein. Der Hofmeister Pangloss war das Orakel des Hauses, und der kleine Candide lauschte seinen Unterweisungen mit der ganzen Zutraulichkeit seines Alters und Wesens.

Pangloss lehrte die metaphysisch-theologische Kosmolonigologie. Er wies aufs bewunderungswürdigste nach, daß es keine Wirkung ohne Ursache gäbe und daß in der bestmöglichen aller Welten das Schloß Seiner Gnaden des Herrn Baron das schönste aller möglichen Schlösser und die Frau Baronin die beste unter allen möglichen Baroninnen sei.

„Es ist erwiesen", sagte er, „daß die Dinge nicht anders sein können, als sie sind, denn da alles um eines Zwecks willen geschaffen ist, dient alles notwendigerweise dem besten Zweck. Bemerken Sie bitte, daß die Nasen geschaffen wurden, um Brillen zu tragen, so haben wir denn auch Brillen. Die Füße wurden sichtlich gemacht, um Schuhe zu tragen; und so haben wir Schuhe. Die Steine wurden gebildet, damit man sie zuhaue und daraus Schlösser baue, und so besitzt denn Seine Gnaden ein schönes Schloß; der größte Baron der Provinz muß am besten wohnen; und da die Schweine zum Essen gemacht sind, essen wir das ganze Jahr hindurch Schweinernes. Infolgedessen ist die Behauptung, es sei alles auf dieser Welt gut eingerichtet, eine Dummheit; vielmehr müßte man sagen, daß alles aufs beste eingerichtet ist."

Candide hörte aufmerksam zu und glaubte in aller Unschuld, was man ihm sagte; denn er fand Fräulein Kunigunde außerordentlich schön, obwohl er niemals so kühn war, es ihr zu gestehen. Er schloß, daß nach dem Glück, als Baron Thunder-ten-tronckh geboren zu sein, der zweite Grad des Glücks darin beruhe, Fräulein Kunigunde zu sein, der dritte, sie täglich zu sehen, und der vierte, Meister Pangloss, dem größten Philosophen der Provinz und also der ganzen Erde, zuhören zu können.

Eines Tages sah Kunigunde, die in der Nähe des Schlosses in dem Wäldchen spazierte, das man Park nannte, den Doktor Pangloss im Unterholz, wie er der Kammerjungfer ihrer Mutter, einer sehr hübschen und folgsamen kleinen Brünette, eine Lektion in experimenteller Physik erteilte. Da Fräulein Kunigunde ein großes Interesse für die Wissenschaften besaß, beobachtete sie atemlos die wiederholten Experimente, deren Zeuge sie wurde; sie sah deutlich den zureichenden Grund des Doktors, die Wirkungen und Ursachen, und kehrte ganz aufgewühlt und nachdenklich nach Hause zurück, erfüllt von dem Wunsch nach Gelehrsamkeit und von dem Gedanken, sie selber könne wohl der zureichende Grund des jungen Candide und dieser seinerseits der ihre werden.

Sie begegnete Candide, als sie ins Schloß zurückkam, und errötete; Candide errötete ebenfalls; sie wünschte ihm mit stockender Stimme einen guten Tag, und Candide sprach zu ihr, ohne zu wissen, was er sagte. Als man am nächsten Tag von der Tafel aufstand, befanden sich Kunigunde und Candide hinter einem Wandschirm; Kunigunde ließ ihr Taschentuch fallen, Candide hob es auf, sie ergriff in aller Unschuld seine Hand, der junge Mann küßte in aller Unschuld die Hand des Fräuleins mit ganz besonderer Lebhaftigkeit, Empfindung und Grazie; ihre Lippen trafen aufeinander, ihre Blicke entflammten, ihre Knie wankten, ihre Hände verirrten sich. Der Baron Thunder-ten-tronckh ging gerade an dem Wandschirm vorbei und jagte beim Anblick dieser Ursache und Wirkung Candide mit heftigen Tritten in den Hintern aus dem Schloß; Kunigunde fiel in Ohnmacht; sie wurde von der Frau Baronin geohrfeigt, sobald sie wieder zu sich gekommen war; und alles war tief betroffen in dem schönsten und angenehmsten aller möglichen Schlösser.

Zweites Kapitel

Was aus Candide bei den Bulgaren wurde

Candide, aus dem irdischen Paradies verjagt, wanderte lange, ohne zu wissen wohin. Er weinte, hob die Blicke gen Himmel oder wandte sie oft dem schönsten aller Schlösser zu, das die schönste aller Baronessen beherbergte; er legte sich, ohne zu Abend gegessen zu haben, mitten auf den Feldern zwischen zwei Furchen nieder; der Schnee fiel in großen Flocken. Der ganz durchfrorene Candide schleppte sich am nächsten Tag bis in die benachbarte Stadt namens Valdberghoff-trarbk-dikdorff, völlig mittellos und sterbend vor Hunger und Müdigkeit. Traurig blieb er vor der Tür einer Schenke stehen. Zwei blaugekleidete Männer bemerkten ihn. „Kamerad", sagte der eine, „da ist einmal ein gutgebauter junger Mann, der die erforderliche Größe hat." Sie gingen auf Candide zu und baten ihn sehr höflich, mit ihnen zu speisen. „Meine Herren", erwiderte Candide mit reizender Bescheidenheit, „Sie erweisen mir viel Ehre, aber ich besitze nichts, womit ich meine Zeche zahlen könnte." – „Ach", sagte einer der beiden Blauen, „Leute von Ihrem Aussehen und Ihrer Art brauchen nie zu zahlen: messen Sie nicht fünf Fuß und fünf Zoll?" – „Ja, meine Herren, das ist in der Tat mein Maß", sagte er und machte einen Kratzfuß. „Nun, nehmen Sie Platz; wir werden Sie nicht nur freihalten, sondern auch niemals dulden, daß es einem Mann wie Ihnen an Geld fehlt; die Menschen sind ja da, um einander zu helfen." – „Sie haben recht", sagte Candide, „das sagte auch Herr Pangloss immer, und ich sehe wohl, daß alles zum besten bestellt ist." Man bittet ihn, ein paar Taler anzunehmen, er nimmt sie und will einen Schuldschein ausschreiben; man erlaubt es ihm nicht, man setzt sich zu Tisch. „Haben Sie nicht eine große Liebe? . . ." – „O ja", antwortet er, „ich liebe Fräulein Kunigunde sehr." – „Nein", sagt einer der beiden Herren, „wir meinen, ob Sie nicht eine Vorliebe für den König der Bulgaren haben." – „Keineswegs", sagt er, „denn ich habe ihn nie gesehen." – „Wie! Aber er ist der charmanteste König, den man sich denken kann, und man sollte auf seine Gesundheit trinken." – „Aber sehr gern, meine Herren", und er trinkt. „Genug jetzt", sagt man ihm, „nun sind Sie die Stütze, der Helfer, der Beschützer, der Held der Bulgaren; Ihr Glück ist gemacht und Ihr Ruhm gesichert." Auf der Stelle legt man ihn in Eisen und bringt ihn zum Regiment. Man läßt ihn nach rechts und links kehrtmachen, den Ladestock heben und senken, anlegen, schießen, den Schritt beschleunigen und verabfolgt ihm dreißig Stockschläge; am nächsten Tag exerziert er ein bißchen weniger schlecht und erhält nur zwanzig Schläge; am übernächsten Tag gibt man ihm nur noch zehn, und seine Kameraden sehen ihn wie ein Wundertier an.

Candide, ganz verblüfft, konnte noch nicht ganz fassen, inwiefern er ein Held sein sollte. An einem schönen Frühlingstag fiel ihm ein spazierenzugehen, und so ging er vor sich hin in dem Glauben, es sei ein Vorrecht der Menschen wie der Tiere, sich zu ihrem Vergnügen ihrer Beine bedienen zu dürfen. Er hatte noch keine zwei Meilen zurückgelegt, als vier weitere Helden, ein jeder sechs Fuß hoch, ihn einholen, binden und in einen Kerker schleppen. Man fragte ihn von Rechts wegen, ob er lieber vor dem ganzen Regiment sechsunddreißigmal Spießruten laufen oder zwölf Bleikugeln auf einmal ins Gehirn haben wolle. Er konnte noch so lange von der Freiheit des Willens reden und daß er weder das eine noch das andere wünsche, er mußte eine Wahl treffen; er entschloß sich kraft der göttlichen Gabe, die man *Willensfreiheit* nennt, dazu, sechsunddreißigmal Spießruten zu laufen; er stand sie zweimal durch. Das Regiment zählte zweitausend Mann; das machte für ihn viertausend Rutenhiebe aus, die ihm, vom Nacken bis zum Hintern, Muskeln und Nerven bloßlegten. Als man zum drittenmal beginnen wollte, bat Candide, der nicht mehr konnte, ihm gütigerweise den Kopf zerschmettern zu wollen: ihm sollte die Gunst zuteil werden; man verbindet ihm die Augen, man läßt ihn niederknien. Der König der Bulgaren reitet in diesem Augenblick vorbei und fragt nach dem Verbrechen des armen Sünders; und da der König ein Mann von bedeutendem Geist war, begriff er aus allem, was er über Candide erfuhr, daß es sich um einen jungen, in den Dingen dieser Welt noch sehr unerfahrenen Metaphysiker handelte, und begnadigte ihn mit einer Milde, die in allen Zeitungen und durch alle Jahrhunderte hindurch gepriesen werden wird. Ein braver Wundarzt heilte Candide in drei Wochen mit Hilfe von Arzneien nach den Lehren des Dioskorides. Er hatte schon wieder ein wenig Haut und konnte gehen, als der König der Bulgaren dem König der Avaren Bataille lieferte.

Drittes Kapitel

Wie Candide von den Bulgaren weglief und was aus ihm wurde

Nichts war schöner, gewandter, glänzender, wohlgeordneter als die beiden Armeen. Die Trompeten, die Pfeifen, die Oboen, die Trommeln und Geschütze bildeten eine Harmonie, wie es sie nicht einmal in der Hölle gab.

Zuerst streckten die Kanonen etwa sechstausend Mann auf jeder Seite hin, dann befreiten die Musketen die beste aller Welten von etwa neun- bis zehntausend Schuften, die ihre Oberfläche beschmutzt hatten. Auch das Bajonett bildete den zureichenden Grund für den Tod einiger tausend Leute. Alles in allem konnte es sich wohl um dreißigtausend Seelen handeln. Candide, der wie ein Philosoph zitterte, versteckte sich während dieser heroischen Schlächterei, so gut er konnte.

Schließlich faßte er, während die beiden Könige, jeder in seinem Lager, ein Te Deum anstimmen ließen, den Entschluß, anderswo über Wirkungen und Ursachen nachzudenken. Er schritt über Haufen von Toten und Sterbenden hinweg und erreichte zuerst das nächste Dorf; es lag in Asche: es war ein avarisches Dorf, das die Bulgaren nach den Regeln des Völkerrechts niedergebrannt hatten. Hier sahen von Schüssen durchbohrte Greise zu, wie ihre niedergemachten Frauen starben und dabei ihre Kinder an die blutenden Brüste preßten; dort taten aufgeschlitzte junge Mädchen, die zuvor die natürlichen Bedürfnisse einiger Helden befriedigt hatten, den letzten Seufzer; andere wieder, zur Hälfte verbrannt, schrien, man möge ihnen den Gnadenstoß versetzen. Hirn war neben abgehackten Armen und Beinen über den Boden verspritzt.

Candide floh, so schnell er konnte, in ein anderes Dorf: es gehörte den Bulgaren, und die avarischen Helden hatten es auf die gleiche Weise behandelt. Candide, immer noch über zuckende Glieder weg oder durch Ruinen hin wandernd, ließ endlich, mit ein paar mageren Vorräten in seinem Quersack und ohne je Fräulein Kunigunde zu vergessen, die Szenerie des Krieges hinter sich.

Seine Vorräte gingen ihm aus, als er in Holland anlangte; da er aber gehört hatte, daß in diesem Lande alle Welt reich und überdies christlich sei, zweifelte er nicht, daß man ihn so gut wie im Schloß des Herrn Baron behandeln würde, ehe man ihn von dort um der schönen Augen des Fräulein Kunigunde willen weggejagt hatte.

Er bat mehrere würdige Personen um ein Almosen. Alle erwiderten, man werde ihn, wenn er so weitermache, in eine Besserungsanstalt einsperren, um ihm bessere Manieren beizubringen.

Darauf wandte er sich an einen Mann, der gerade eine Stunde lang vor einer großen Versammlung über Wohltätigkeit gesprochen hatte. Der Redner sah ihn mißtrauisch an und sagte: „Was macht Ihr hier? Seid Ihr hier um der guten Sache willen?“ – „Keine Wirkung ohne Ursache“, erwiderte Candide bescheiden, „alles ist notwendigerweise miteinander verknüpft und zum besten bestellt. Ich mußte von Fräulein Kunigundes Seite verjagt werden, mußte Spießruten laufen und muß nun um mein Brot betteln, bis ich mir welches verdienen kann; all das konnte gar nicht anders sein.“ – „Mein Freund“, sagte der Redner, „glaubt Ihr, daß der Papst der Antichrist ist?“ – „Ich habe davon noch nichts gehört“, erwiderte Candide, „aber ob er es nun ist oder nicht, ich brauche Brot.“ – „Du verdienst nicht, welches zu essen“, sagte der andere, „geh, Schurke, geh, Elender, und komm nie mehr in meine Nähe.“ Die Frau des Redners, die zum Fenster hinaussah und einen Mann erblickte, der bezweifelte, daß der Papst der Antichrist ist, goß ihm einen vollen . . . über den Kopf. Himmel, wohin führt doch religiöser Eifer bei den Damen!

Ein Mann, der nicht getauft war, ein guter Wiedertäufer namens Jacques, sah die grausame und schändliche Art, mit der man einen seiner Brüder, ein zweibeiniges, ungefiedertes Wesen, das eine Seele besaß, behandelte; er nahm ihn nach Hause mit, säuberte ihn, gab ihm Brot und Bier, schenkte ihm zwei Gulden und wollte ihm sogar die Arbeit in seinen Manufakturen für persische Stoffe, die man in Holland herstellt, beibringen. Candide, der ihm fast zu Füßen fiel, rief: „Meister Pangloss hatte es mir immer gesagt, daß in dieser Welt alles zum besten stünde, denn ich bin von Eurer außerordentlichen Großzügigkeit unendlich tiefer angerührt als von der Härte jenes Herrn im schwarzen Mantel und seiner Frau Gemahlin."

Am nächsten Tag begegnete ihm beim Spaziergang ein von Geschwüren bedeckter Bettler mit erloschenem Blick, zerfressener Nasenspitze, schiefem Mund und schwarzen Zähnen, der mit heiserer Stimme sprach, von einem heftigen Husten gequält wurde und bei jeden Anfall einen Zahn ausspuckte.

Viertes Kapitel

Wie Candide seinem alten Philosophielehrer, dem Doktor Pangloss, begegnete und was daraus wurde

Candide, mehr noch von Mitleid als von Widerwillen ergriffen, gab diesem gräßlichen Bettler die beiden Gulden, die er von seinem ehrlichen Wiedertäufer Jacques erhalten hatte. Das Phantom sah ihn starr an, brach in Tränen aus und fiel ihm um den Hals. Candide weicht entsetzt zurück. „Ach", sagt der eine zum anderen Elenden, „kennt Ihr Euern lieben Pangloss nicht mehr?" – „Was höre ich? Ihr, mein teurer Lehrer! Ihr, in diesem schrecklichen Zustand! Welch Unglück ist Euch denn widerfahren? Warum seid Ihr nicht mehr im schönsten aller Schlösser? Was ist aus Fräulein Kunigunde geworden, der Perle der Mädchen, dem Meisterwerk der Natur?" – „Ich kann nicht mehr", sagte Pangloss. Sogleich brachte Candide ihn in den Stall des Wiedertäufers, wo er ihm ein wenig Brot zu essen gab, und als Pangloss sich erholt hatte, fragte er: „Nun, und Kunigunde?" – „Sie ist tot", erwiderte der andere. Bei diesen Worten schwanden Candide die Sinne; sein Freund rief ihn mit ein wenig schlechtem Essig, der sich zufällig in dem Stall befand, wieder ins Leben zurück. Candide schlägt die Augen auf. „Kunigunde ist tot! Ach, beste aller Welten, wo bist du? Aber an welcher Krankheit starb sie? Sollte es daran gelegen haben, daß sie ansehen mußte, wie ich mit Fußtritten aus dem schönen Schloß ihres Herrn Vaters gejagt wurde?“ – „Nein“, sagte Pangloss, „ihr wurde der Bauch von bulgarischen Soldaten aufgeschlitzt, nachdem sie so oft wie nur möglich vergewaltigt worden war; dem Herrn Baron, der sie verteidigen wollte, wurde der Schädel eingeschlagen; die Frau Baronin hackte man in Stücke; meinen armen Zögling behandelte man geradeso wie seine Schwester; und was das Schloß betrifft, so blieb kein Stein auf dem anderen, keine Scheune blieb übrig, nicht ein Hammel, nicht eine Ente, nicht ein Baum; aber wir wurden gerächt, denn die Avaren verfuhren gleichermaßen mit einem benachbarten Herrensitz, der einem bulgarischen Edelmann gehörte.“

Bei diesen Worten fiel Candide von neuem in Ohnmacht; nachdem er aber zu sich gekommen war und gesagt hatte, was zu sagen war, erkundigte er sich nach Ursache und Wirkung und dem zureichenden Grunde, die Pangloss in einen so erbärmlichen Zustand versetzt hatten. „Ach“, versetzte der andere, „es ist die Liebe; die Liebe, die Trösterin des Menschengeschlechts, die Erhalterin der Alls, die Seele aller empfindenden Wesen, die zärtliche Liebe.“ – „Ach“, sagte Candide, „ich habe sie gekannt, diese Liebe, diese Herrscherin über die Herzen, diese Seele unserer Seele; sie hat mir nicht mehr eingebracht als einen Kuß und zwanzig Tritte in den Hintern. Wie hat diese schöne Ursache bei Euch eine so entsetzliche Wirkung nach sich ziehen können?“ Pangloss antwortete mit folgenden Worten: „Ach, mein lieber Candide! Ihr kanntet Paquette, die hübsche Zofe unserer erlauchten Baronin; in ihren Armen kostete ich die Wonnen des Paradieses, aus denen jene Höllenqualen hervorgingen, von denen Ihr mich verzehrt seht; sie war angesteckt, vielleicht ist sie schon tot. Paquette hatte dieses Geschenk von einem sehr gelehrten Franziskaner erhalten, der bis an die Quelle zurückgegangen war, denn er hatte es von einer alten Gräfin, die es von einem Rittmeister hatte, der es einer Marquise schuldete, die es von einem Pagen hatte, der es von einem Jesuiten erhielt, welcher es als Novize in direkter Linie von einem der Gefährten des Christoph Columbus hatte. Was mich angeht, so gebe ich es an niemand weiter, denn ich sterbe.“

„O Pangloss!“ rief Candide aus. „Das nenn ich mir einen seltsamen Stammbaum! Sollte nicht der Teufel an seinem Ursprung stehen?“ – „Keineswegs“, erwiderte der große Mann, „es war etwas Unverzichtbares in der besten der Welten, ein notwendiger Bestandteil: denn wenn Columbus nicht auf einer Insel Amerikas diese Krankheit aufgelesen hätte, die die Quelle der Zeugung vergiftet, die sogar die Zeugung selbst mitunter unmöglich macht und damit offenbar dem großen Zweck der Natur entgegensteht, hätten wir weder Schokolade noch Cochenille; dazu muß man bemerken, daß bis heute diese Krankheit unserem Kontinent eigentümlich ist, ebenso wie die Religionsstreitigkeiten. Türken, Inder, Perser, Chinesen, Siamesen, Japaner kennen sie noch nicht; aber es gibt einen zureichenden Grund, daß sie sie ihrerseits nach einigen Jahrhunderten kennen werden. Inzwischen hat sie bei uns prächtige Fortschritte gemacht, vor allem in den aus anständigen und wohlerzogenen Söldnern bestehenden mächtigen Armeen, die das Schicksal der Staaten entscheiden; man kann sicher sein, daß, wenn dreißigtausend Mann in Schlachtformation gegen ebenso viele Gegner kämpfen, es auf jeder Seite etwa zwanzigtausend Venerische gibt.“

„Dies ist in der Tat erstaunlich“, sagte Candide, „aber Ihr müßt Euch heilen lassen.“ – „Und wie sollte ich?“ sagte Pangloss. „Ich habe keinen Pfennig, mein Freund; und auf der ganzen Erdoberfläche kann man weder zur Ader gelassen werden noch ein Klistier bekommen, ohne zu bezahlen oder ohne jemand, der für einen bezahlt.“

Diese Worte brachten Candide zu einem Entschluß; er ging, warf sich seinem mildtätigen Wiedertäufer Jacques zu Füßen und malte ihm auf so ergreifende Weise den Zustand aus, in dem sich sein Freund befand, daß der gute Mann nicht einen Moment zögerte, Doktor Pangloss in seinem Hause aufnahm und ihn auf seine Kosten heilen ließ. Pangloss verlor durch die Kur lediglich ein Auge und ein Ohr. Er besaß eine schöne Handschrift und beherrschte vollendet die Arithmetik. Der Wiedertäufer Jacques machte ihn zu seinem Buchhalter. Da er nach zwei Monaten in Handelsgeschäften nach Lissabon reisen mußte, nahm er in seinem Schiff seine beiden Philosophen mit. Pangloss erklärte ihm, alles stünde so sehr zum Guten, daß es besser gar nicht sein könne. Jacques war nicht dieser Ansicht. „Es muß wohl sein", sagte er, „daß die Menschen die Natur etwas verdorben haben, denn sie sind nicht als Wölfe geboren und sind dennoch Wölfe geworden. Gott hat ihnen weder Vierundzwanzigpfünder noch Bajonette gegeben, und sie haben sich Bajonette und Kanonen gemacht, um einander zu vernichten. Ich könnte ebenso die Bankrotte anführen und die Justiz, die sich der Güter der Bankrotteure bemächtigt, um sie den Gläubigern vorzuenthalten." – „All das war unumgänglich", erwiderte der einäugige Doktor, „und das Mißgeschick der einzelnen bringt das allgemeine Wohl hervor, so daß, je mehr Mißgeschick der einzelne hat, das Ganze nur desto besser dasteht." Während er dies darlegte, verfinsterte sich der Himmel, die Winde begannen, aus allen vier Himmelsrichtungen zu wehen, und das Schiff wurde im Anblick des Hafens von Lissabon vom schrecklichsten aller Unwetter ergriffen.

Fünftes Kapitel

Sturm, Schiffbruch, Erdbeben und was aus Doktor Pangloss, Candide und dem Wiedertäufer Jacques wurde

Die Hälfte der Passagiere, geschwächt und den unvorstellbaren Ängsten ausgesetzt, die das Rollen eines Schiffes in den Nerven und sämtlichen in den verschiedensten Richtungen bewegten Säften des Körpers hervorruft, hatte nicht einmal mehr die Kraft, die Gefahr wirklich wahrzunehmen. Die andere Hälfte schrie und betete; die Segel waren zerfetzt, die Maste gebrochen, das Schiff leck geschlagen. Wer dazu imstande war, betätigte sich, keiner hörte auf den anderen, niemand führte das Kommando. Der Wiedertäufer half ein wenig beim Manövrieren; er stand auf dem Oberdeck; ein wütender Matrose schlägt ihn nieder, so daß er der Länge nach auf den Planken liegt; aber der Schlag, den der Matrose ihm versetzte, schüttelte ihn selber derart durch, daß er mit dem

Kopf voran vom Schiff stürzte. Er blieb an einem Teil des zerbrochenen Mastes hängen. Der gute Jacques eilt zu seiner Unterstützung, hilft ihm aufs Schiff zurückzuklettern und wird bei seiner Bemühung selber ins Meer geschleudert, wo der Matrose ihn umkommen läßt, ohne ihm auch nur einen Blick zu gönnen. Candide kommt herzu und sieht seinen Wohltäter noch einmal auftauchen und dann für immer versinken. Er will sich ihm nach ins Meer stürzen; der Philosoph Pangloss hindert ihn daran und beweist ihm, daß die Reede von Lissabon eigens gebaut wurde, damit der Wiedertäufer dort ertrinke. Während er dies a priori nachwies, bricht das Schiff auseinander, und alle kommen um mit Ausnahme von Pangloss, Candide und dem brutalen Matrosen, der den tugendhaften Wiedertäufer ertränkt hatte; der Schurke schwamm glücklich ans Ufer, wohin auch Pangloss und Candide auf einer Planke getragen wurden.

Als sie ein wenig zu sich selber gekommen waren, schlugen sie den Weg nach Lissabon ein; es blieb ihnen etwas Geld, mit dessen Hilfe sie sich vor dem Hunger zu erretten hofften, nachdem sie dem Unwetter entkommen waren.

Kaum haben sie, den Tod ihres Wohltäters beweinend, die Stadt betreten, als sie die Erde unter ihren Füßen beben fühlen; schäumend erhebt sich das Meer im Hafen und zerbricht die Schiffe, die vor Anker liegen. Wirbel von Flammen und Asche hüllen Straßen und Plätze ein; die Häuser stürzen zusammen, die Dächer werden von den Mauern gefegt, und die Mauern brechen auseinander; dreißigtausend Einwohner jeden Alters und Geschlechts werden unter den Trümmern erschlagen. Pfeifend und fluchend bemerkte der Matrose: „Hier wird etwas zu holen sein." – „Was könnte wohl der zureichende Grund für dieses Phänomen sein?" sagte Pangloss. „Der Jüngste Tag ist gekommen!" rief Candide aus. Der Matrose läuft sogleich zwischen den Trümmern umher, bietet dem Tod die Stirn, um Geld zu suchen, findet auch welches, steckt es ein, betrinkt sich und kauft, nachdem er seinen Rausch ausgeschlafen hat, die Gunst des ersten gutwilligen Mädchens, dem er in den Ruinen zerstörter Häuser zwischen Sterbenden und Toten begegnet. Pangloss hingegen zog ihn am Ärmel. „Mein Freund“, sagte er, „das ist nicht gut, Ihr verstoßt gegen die universelle Vernunft, Ihr wählt Eure Zeit schlecht.“ – „Verflucht!“ erwiderte der andere. „Ich bin Matrose und in Batavia geboren; auf vier Fahrten nach Japan bin ich viermal aufs Kruzifix getreten; da bist du an den Richtigen gekommen mit deiner universellen Vernunft!“

Einige Steinsplitter hatten Candide verwundet; er lag, von Trümmern bedeckt, auf der Straße. Er sagte zu Pangloss: „Ach, verschaff mir ein wenig Wein und Öl; ich sterbe.“ – „Dieses Erdbeben stellt nichts Neues dar“, erwiderte Pangloss, „die Stadt Lima in Amerika war im letzten Jahr ebensolchen Erdstößen ausgesetzt; gleiche Ursachen, gleiche Wirkungen: sicherlich führt eine unterirdische Schwefelader von Lima nach Lissabon.“ – „Nichts ist wahrscheinlicher“, sagte Candide, „aber gib mir um Gottes willen ein wenig Öl und Wein.“ – „Was heißt wahrscheinlich?“ entgegnete der Philosoph. „Ich behaupte, daß die .Sache bewiesen ist.“ Candide verlor das Bewußtsein, und Pangloss brachte ihm ein bißchen Wasser aus einem nahe gelegenen Springbrunnen.

Nachdem sie beim Durchsuchen von Ruinen einigen Mundvorrat gefunden hatten, kamen sie am nächsten Tag wieder etwas zu Kräften. Dann waren sie, wie auch die anderen, bemüht, Einwohnern, die dem Tode entkommen waren, ihr Los zu erleichtern. Ein paar Bürger, denen sie geholfen hatten, gaben ihnen ein so gutes Essen, wie es inmitten einer solchen Katastrophe nur sein konnte. Freilich war die Mahlzeit traurig; die Essenden begossen ihr Brot mit Tränen; aber Pangloss tröstete sie und versicherte ihnen, daß die Dinge gar nicht anders sein konnten. „Denn“, sagte er, „alles das ist nur zum Besten. Wenn es nämlich einen Vulkan in Lissabon gibt, konnte er nicht woanders sein, denn es ist unmöglich, daß die Dinge sich nicht dort befinden, wo sie sind. Alles nämlich ist gut, wie es ist.“

Ein kleiner dunkler Mann, ein Späher der Inquisition, der neben ihm saß, ergriff höflich das Wort und sagte: „Offenbar glaubt der Herr nicht an die Erbsünde; denn wenn alles zum besten steht, gibt es weder Sündenfall noch Strafe.“

„Ich bitte Eure Exzellenz in aller Demut um Vergebung“,

antwortete Pangloss noch höflicher, „aber Sündenfall und Fluch ereigneten sich notwendigerweise in der besten aller möglichen Welten." – „Der Herr glaubt also nicht an die Freiheit?" sagte der Späher. „Eure Exzellenz werden entschuldigen", sagte Pangloss, „die Freiheit kann durchaus neben der absoluten Notwendigkeit existieren; denn es war notwendig, daß wir frei seien; schließlich ist der determinierte Wille . . ." Pangloss war in der Mitte seines Satzes, als der Späher seinem Diener, der ihm Portwein oder Oportowein einschenkte, zunickte.

Sechstes Kapitel

Wie man ein schönes Autodafé zur Verhinderung von Erdbeben veranstaltete, und wie Candide eine Tracht Prügel erhielt

Nach dem Erdbeben, das drei Viertel von Lissabon zerstört hatte, hatten die Weisen des Landes kein wirksameres Mittel gefunden, um den totalen Ruin der Stadt zu verhindern, als dem Volk ein schönes Autodafé vorzuführen; von der Universität von Coimbra war entschieden worden, das Schauspiel einiger auf kleinem Feuer und unter großen Zeremonien verbrannter Leute sei ein nie versagendes geheimes Mittel, die Erde am Beben zu hindern.

So hatte man denn einen Mann aus der Provinz Biskaya ergriffen, der der Heirat mit seiner Gevatterin überführt war, sowie zwei Portugiesen, die ein Huhn gegessen und dabei den Speck weggeworfen hatten. Nun fesselte man nach dem Essen den Doktor Pangloss und seinen Schüler Candide, den einen, weil er gesprochen, den anderen, weil er mit dem Ausdruck der Billigung zugehört hatte: beide wurden gesondert in außerordentlich kühle Gemächer gebracht, in denen einen die Sonne nie belästigte. Acht Tage später kleidete man beide in einen Sanbenito und schmückte ihre Häupter mit Mitren aus Papier: die Mitra und der Sanbenito Candides waren mit abwärts gerichteten Flammen und Teufeln ohne Schwänze und Klauen bemalt; aber die Teufel von Pangloss besaßen Klauen und Schwänze, und die Flammen züngelten empor. So gekleidet, schritten sie in Prozession einher und hörten eine sehr pathetische Predigt an, auf die ein schöner, eintöniger Kirchengesang folgte. Candide wurde im Takt auf den Hintern geschlagen, während man sang; der Mann von der Biskaya und die beiden Männer, die auf keinen Fall hatten Speck essen wollen, wurden verbrannt und Pangloss gehängt, obwohl das eigentlich nicht üblich ist. Am gleichen Tage bebte die Erde mit entsetzlichem Donner von neuem.

Candide dachte voller Schrecken, sprachlos, außer sich, blutig und zitternd: „Wenn dies die beste aller möglichen Welten ist, wie müssen erst die anderen sein! Nun gut, ich wurde nur geprügelt, wie einst bei den Bulgaren. Aber Ihr, mein lieber Pangloss, größter aller Philosophen, mußte ich Euch denn hängen sehen, ohne zu wissen warum? Mein teurer Wiedertäufer, bester unter den Menschen, mußtet Ihr im Hafen ertränkt werden? Ach, Fräulein Kunigunde, Perle unter den Mädchen, mußte man Euch unbedingt den Bauch aufschlitzen?"

Er wollte gehen, während er sich mit Mühe aufrecht hielt, mit Predigt, Prügeln, Absolution und Segen wohlversehen, als eine Alte auf ihn zutrat und sagte: „Mein Sohn, faßt Mut, folgt mir."

Siebentes Kapitel

Wie eine Alte Candide pflegte, und wie er wiederfand, was er liebte

Candide faßte keineswegs Mut, aber folgte der Alten in eine Hütte. Sie gab ihm einen Topf mit Salbe zum Einreiben und ließ ihm etwas zu essen und zu trinken da; sie zeigte ihm ein kleines, ziemlich sauberes Bett; neben dem Bett lag ein vollständiger Anzug. „Eßt, trinkt, schlaft", sagte sie ihm, „und mögen sich unsere liebe Frau von Atocha, der heilige Antonius von Padua und der heilige Jakob von Compostella Eurer annehmen. Morgen komme ich wieder." Candide, immer noch erstaunt darüber, was er gesehen und erlitten hatte, vor allem aber über die Mildtätigkeit der Alten, wollte ihr die Hand küssen. „Nicht meine Hand müßt Ihr küssen“, sagte die Alte, „ich komme morgen wieder. Reibt Euch mit der Salbe ein, eßt und schlaft.“

Candide aß und schlief, all seinem Ungemach zum Trotz. Am nächsten Tag bringt ihm die Alte ein Frühstück, untersucht seinen Rücken, reibt ihn selber mit einer anderen Salbe ein; dann bringt sie ihm das Mittagessen; abends kommt sie wieder und bringt ihm das Abendbrot. Am übernächsten Tag wiederholte sie die gleichen Zeremonien. „Wer seid Ihr?“ fragte Candide immer wieder. „Wer hat Euch so viel Güte eingegeben? Wie kann ich Euch danken?“ Die gute Frau erwiderte kein einziges Wort; sie kam am Abend wieder und brachte nichts zu essen. „Kommt mit mir“, sagte sie, „und sprecht kein Wort.“ Sie faßt ihn unter dem Arm und führt ihn etwa eine viertel Meile weit durchs Land: sie erreichen ein vereinzeltes Haus, das von Gärten und Wassergräben umgeben ist. Die Alte klopft an eine kleine Tür. Man öffnet; sie führt Candide über eine verborgene Treppe in ein goldgeschmücktes Kabinett, läßt ihn sich auf ein mit Brokat bezogenes Sofa niedersetzen, schließt die Tür und geht. Candide glaubte zu träumen. Er betrachtete sein ganzes bisheriges Leben wie einen bösen und den gegenwärtigen Augenblick wie einen freundlichen Traum.

Die Alte kam bald wieder; sie stützte mit Mühe eine zitternde, majestätisch gewachsene, von Edelsteinen funkelnde verschleierte Frau. „Nehmt ihr den Schleier ab“, sagte die Alte zu Candide. Der junge Mann tritt näher; schüchtern hebt er den Schleier. Welch ein Augenblick! Welche Überraschung! Er glaubt Fräulein Kunigunde zu sehen; er sah sie in der Tat, sie war es selbst. Seine Kräfte schwinden, er kann nicht ein Wort hervorbringen, er fällt ihr zu Füßen. Kunigunde fällt auf das Sofa. Die Alte besprengt sie mit belebenden Wassern; die Sinne kehren ihnen zurück, sie reden einander an: zunächst nur abgebrochene Worte, einander sich kreuzende Fragen und Antworten, Seufzer, Tränen, Aufschreie. Die Alte empfiehlt ihnen, weniger Lärm zu machen, und läßt sie dann allein. „Wie! Ihr seid es“, sagt Candide, „Ihr seid am Leben! In

Portugal finde ich Euch wieder! Man hat Euch also nicht vergewaltigt? Man hat Euch nicht den Bauch aufgeschlitzt, wie mir der Philosoph Pangloss versichert hatte?" – „Doch, doch", sagt die schöne Kunigunde, „aber man stirbt nicht immer an diesen beiden Unfällen." – „Aber Euer Vater und Eure Mutter wurden getötet?" – „Das ist nur allzu wahr", sagt Kunigunde weinend. – „Und Euer Bruder?" – „Auch mein Bruder wurde umgebracht." – „Und aus welchem Grunde seid Ihr in Portugal? Und wie habt Ihr gewußt, daß ich hier bin? Und auf welch seltsame Weise habt Ihr mich in dieses Haus bringen lassen?" – „Ich werde Euch dies alles berichten", erwiderte die Dame, „aber Ihr müßt mir zuvor erzählen, was alles Euch seit dem unschuldigen Kuß geschah, den Ihr mir gabt, und den Fußtritten, die Ihr bekamt."

Candide gehorchte mit tiefem Respekt; und obwohl es ihm zunächst die Sprache verschlug, obwohl seine Stimme schwach war und zitterte, obwohl ihm das Rückgrat noch ein wenig schmerzte, erzählte er auf die naivste Weise alles, was er seit dem Moment ihrer Trennung erlebt hatte. Kunigunde hob die Augen gen Himmel; sie vergoß Tränen, als sie vom Tode des guten Wiedertäufers und des Pangloss hörte; danach richtete sie folgende Worte an Candide, der nicht eines überhörte und sie mit den Blicken verschlang.

Achtes Kapitel

Kunigundes Geschichte

„Ich lag in meinem Bett in tiefem Schlaf, als es dem Himmel gefiel, die Bulgaren in unser schönes Schloß von Thunder-ten-tronckh zu senden; sie brachten meinen Vater und meinen Bruder um und hauten meine Mutter in Stücke. Ein großer, sechs Fuß hoher Bulgare, der merkte, daß ich bei diesem Anblick das Bewußtsein verloren hatte, begann mich zu vergewaltigen; dies rief mich ins Leben zurück, ich kam wieder zu Sinnen, ich schrie, ich strampelte, ich biß, ich kratzte, ich wollte dem großen Bulgaren die Augen ausreißen, da ich nicht wußte, daß alles, was ihm Schloß meines Vaters geschah, durchaus üblich war: der rohe Kerl gab mir einen Messerstich in die linke Seite, von dem ich noch eine Narbe habe." – „Ach, ich hoffe sehr, sie sehen zu können", sagte der naive Candide. – „Ihr werdet sie sehen", sagte Kunigunde, „aber fahren wir fort." – „Fahrt fort", sagte Candide.

Sie nahm den Faden ihrer Geschichte wieder auf. „Ein bulgarischer Hauptmann trat ein, sah mich blutüberströmt sowie den Soldaten, der sich nicht stören ließ. Der Hauptmann geriet in Wut über den geringen Respekt, den ihm der rohe Bursche bezeigte, und tötete ihn auf meinem Körper. Danach ließ er mich verbinden und brachte mich als Kriegsgefangene in sein Quartier.

Ich wusch die wenigen Hemden, die er besaß, ich kochte für ihn; er fand mich, ich gebe es zu, sehr hübsch; und ich leugne nicht, daß er sehr gut aussah und eine weiße und zarte Haut hatte; er besaß übrigens wenig Geist, wenig Philosophie: man sah deutlich, daß er nicht von Doktor Pangloss erzogen worden war. Nach drei Monaten hatte er all sein Geld verloren und genug von mir und verkaufte mich an einen Juden namens Don Issachar, der in Holland und Portugal Handel trieb und die Frauen leidenschaftlich liebte. Dieser Jude verliebte sich sehr in mich, konnte mich aber nicht erobern; ich widerstand ihm besser als dem bulgarischen Soldaten. Eine Person von Ehre kann einmal genotzüchtigt werden, aber ihre Tugend festigt sich dadurch nur um so mehr.

Um mich nachgiebig zu machen, brachte mich der Jude in dieses Landhaus hier. Bis dahin hatte ich geglaubt, es gäbe nichts Schöneres auf Erden als das Schloß von Thunder-ten-tronckh; ich wurde eines Besseren belehrt.

Der Großinquisitor bemerkte mich eines Tages in der Messe, er betrachtete mich genau durch sein Glas und ließ mir sagen, er habe mit mir geheimer Angelegenheiten wegen zu reden. Ich wurde in seinen Palast gebracht; ich teilte ihm mit, wer ich bin; er stellte mir vor Augen, wie sehr es unter meiner Würde sei, einem Israeliten anzugehören. In seinem Namen schlug man Don Issachar vor, mich an Hochwürden abzutreten. Don Issachar, der Hofbankier und ein einflußreicher Mann ist, wollte darauf nicht eingehen. Der Inquisitor drohte ihm mit einem Autodafé. Schließlich schloß mein eingeschüchterter Jude einen Handel ab, demzufolge das Haus und ich beiden gemeinsam gehören sollten; der Jude sollte den Montag, Mittwoch und den Sabbat für sich haben, der Inquisitor die anderen Tage der Woche. Seit sechs Monaten besteht dieses Abkommen. Es ging dabei nicht ohne Zwist ab; denn oft herrschte Unklarheit, ob die Nacht vom Samstag auf den Sonntag dem Alten oder dem Neuen Bund zukäme. Was mich angeht, so widerstand ich bisher beiden, und ich glaube, daß ich aus diesem Grunde immer geliebt wurde.

Schließlich gefiel es dem Herrn Inquisitor, um die Strafe der Erdbeben von uns abzuwenden und Don Issachar einzuschüchtern, ein Autodafé zu zelebrieren. Er erwies mir die Ehre, mich dazu einzuladen. Ich bekam einen sehr guten Platz; zwischen Messe und Hinrichtung servierte man den Damen Erfrischungen. Um die Wahrheit zu sagen: ich wurde von Schrecken ergriffen, als ich die beiden Juden und den braven Kerl aus Biskaya, der seine Gevatterin geheiratet hatte, brennen sah; wie groß aber war meine Überraschung, mein Entsetzen, meine Verwirrung, als ich in einem Sanbenito und unter einer Mitra ein Antlitz erblickte, das dem des Pangloss glich! Ich rieb mir die Augen, ich blickte aufmerksam hin, ich sah ihn hängen; mir wurde ganz schwach. Kaum war ich wieder bei Bewußtsein, sah ich Euch nackt und bloß dastehen: das war die Höhe des Entsetzens, der Betroffenheit, des Schmerzes und der Verzweiflung. Ich sage Euch aufrichtig, Eure Haut ist noch weißer und von noch vollkommenerem Rosa als die meines bulgarischen Hauptmanns. Dieser Anblick verdoppelte die Gefühle, die mich bedrängten, die mich verzehrten. Ich schrie auf, ich wollte sagen: ‚Haltet ein, Barbaren!', aber meine Stimme versagte, meine Schreie wären nutzlos verhallt. Als man Euch kräftig ausgepeitscht hatte, sagte ich mir: ‚Wie ist es möglich, daß der liebenswürdige Candide und der weise Pangloss sich in Lissabon befinden, der eine, um hundert Geißelhiebe zu empfangen, der andere, um auf Befehl des Herrn Inquisitors, dessen Geliebte ich bin, gehängt zu werden? So hat mich denn Pangloss grausam getäuscht, als er mir sagte, es stünde alles zum besten in der Welt.'

Bestürzt, verwirrt, bald außer mir, bald bereit, vor Schwäche zu sterben, war ich erfüllt von der Erinnerung an die Ermordung meines Vaters, meiner Mutter, meines Bruders, an die Unverschämtheit des bösen bulgarischen Soldaten, an den Messerstich, den er mir gab, an meine Knechtschaft, mein Köchinnendasein, meinen bulgarischen Hauptmann, meinen widerlichen Don Issachar, meinen scheußlichen Inquisitor, an die Erhängung des Doktor Pangloss, das lange eintönige Miserere, währenddessen man Euch den Hintern versohlte, und vor allem an den Kuß, den ich Euch hinter einem Wandschirm an jenem Tag gab, da ich Euch zum letzten Male sah. Ich lobte Gott, der Euch durch so viele Prüfungen hindurch zu mir zurückgeführt hatte. Ich befahl meiner Alten, sich um Euch zu kümmern und Euch so bald wie möglich herzubringen. Sie erfüllte meinen Auftrag aufs beste; ich empfand die unsagbare Freude, Euch wiederzusehen, Euch anzuhören, zu Euch zu sprechen. Ihr müßt schrecklichen Hunger haben; ich habe einen mächtigen Appetit; laßt uns zu Abend essen."

Schon begeben sich beide zu Tisch; und nach dem Essen wechseln sie auf das schöne, bereits erwähnte Sofa hinüber; dort befanden sie sich, als Signor Don Issachar, einer der Hausherren, eintraf. Es war der Tag des Sabbat. Er kam, um seine Rechte wahrzunehmen und seiner zärtlichen Liebe Ausdruck zu geben.

Neuntes Kapitel

Was aus Kunigunde, Candide, dem Großinquisitor und einem Juden wurde

Dieser Issachar war der jähzornigste Hebräer, den man im Volk Israel seit der Babylonischen Gefangenschaft gesehen hatte.

„Wie", sagte er, „galiläische Hündin, ist es mit dem Herrn Inquisitor noch nicht genug? Muß auch noch dieser Schuft mit mir teilen?" Während er dies sagte, zieht er einen langen

Dolch, den er immer bei sich trug, und wirft sich in dem Glauben, die Gegenpartei sei unbewaffnet, auf Candide; aber unser guter Westfale hatte von der Alten zusammen mit dem vollständigen Anzug einen schönen Degen erhalten. Wenn auch von sanftem Wesen, zieht er ihn und streckt den Israeliten sogleich mausetot zu Boden, der schönen Kunigunde vor die Füße.

„Heilige Jungfrau!" rief sie aus. „Was soll aus uns werden? Ein Mann, umgebracht bei mir! Wenn die Polizei kommt, sind wir verloren." – „Wäre Pangloss nicht gehängt worden", sagte Candide, „würde er uns in dieser extremen Lage einen guten Rat geben, denn er war ein großer Philosoph. Mangels seiner wollen wir die Alte konsultieren." Sie drückte sich sehr vorsichtig aus und begann gerade ihre Meinung zu sagen, als eine andere kleine Tür aufging. Es war eine Stunde nach Mitternacht und der Beginn des Sonntags. Dieser Tag gehörte dem Herrn Inquisitor. Er tritt ein und sieht den verprügelten Candide mit dem Degen in der Hand, einen Toten am Boden, die erschrockene Kunigunde und die Alte beim Erteilen von Ratschlägen.

Hier nun das, was in diesem Augenblick in Candides Seele vorging und wie er überlegte: ‚Wenn dieser heilige Mann Hilfe herbeiruft, läßt er mich unausbleiblich verbrennen; er könnte Kunigunde gegenüber ebenso handeln; er hat mich ohne Erbarmen auspeitschen lassen; er ist mein Rivale; ich bin gerade beim Umbringen, da gibt es kein langes Zögern.' Diese Überlegung erfolgte klar und schnell; und ohne dem Inquisitor Zeit zu lassen, sich von seiner Überraschung zu erholen, durchbohrt er ihn von einem Ende zum andern und streckt ihn neben dem Juden zu Boden. „Also noch einer", sagte Kunigunde, „da ist keine Gnade mehr zu erhoffen; wir werden exkommuniziert, unsere letzte Stunde ist gekommen. Wie habt Ihr, der eigentlich so Sanfte, es nur angestellt, innerhalb von zwei Minuten einen Juden und einen Prälaten umzubringen?" – „Mein schönes Fräulein", erwiderte Candide, „wenn man verliebt und eifersüchtig ist und die Inquisition einen ausgepeitscht hat, kennt man sich selber nicht mehr."

Nun ergriff die Alte das Wort und sagte. „Im Stall stehen

drei andalusische Pferde mit Sätteln und Zaumzeug: möge der tapfere Candide sie zurüsten; die gnädige Frau hat Dublonen und Diamanten: besteigen wir schnell die Pferde, wenn ich mich auch nur auf einer Hinterbacke zu halten vermag, und reiten wir nach Cadix; wir haben das schönste Wetter der Welt, und es macht viel Vergnügen, in der nächtlichen Kühle zu reisen."

Sogleich sattelt Candide die drei Pferde. Kunigunde, die Alte und er legen hintereinander dreißig Meilen zurück. Während sie sich entfernten, erscheint die heilige Hermandad im Haus; man setzt Hochwürden in einer schönen Kirche bei und wirft Issachar auf den Schindanger.

Candide, Kunigunde und die Alte befanden sich bereits in der kleinen Stadt Avacena inmitten der Berge der Sierra Morena; und folgendermaßen redeten sie in einem Wirtshaus miteinander.

Zehntes Kapitel

In welchem traurigen Zustand Candide, Kunigunde und die Alte in Cadix ankommen und wie sie sich einschiffen

„Wer hat mir nur meine Dublonen und Diamanten gestohlen?" sagte Kunigunde weinend. „Wovon sollen wir leben? Was werden wir tun? Wo jetzt Inquisitoren und Juden hernehmen, die mir neue geben könnten?" – „Ach", sagte die Alte, „ich hege einen starken Verdacht gegen einen Franziskaner, der gestern in der gleichen Herberge wie wir in Badajoz übernachtete; Gott bewahre mich vor einem voreiligen Urteil, aber er betrat zweimal unsere Kammer und verließ lange vor uns das Haus." – „Ach ja", sagte Candide, „der gute Pangloss bewies mir oft, daß die Güter dieser Erde allen Menschen gemeinsam sind und jeder das gleiche Recht auf sie besitzt. Der Franziskaner hätte in Übereinstimmung mit diesen Grundsätzen uns etwas übriglassen sollen, damit wir unsere Reise beenden können. Es ist Euch also nichts geblieben, meine schöne Kunigunde?" – „Nicht ein Maravedí", sagte sie. – „Was sollen wir tun?“ sagte Candide. – „Verkaufen wir eines der Pferde“, sagte die Alte, „ich setze mich hinter das Fräulein, obwohl ich mich nur auf einer Hinterbacke halten kann, und so kommen wir nach Cadix.“

Im gleichen Gasthof wohnte ein Benediktinerprior; er kaufte das Pferd zu einem günstigen Preis. Candide, Kunigunde und die Alte ritten über Lucena, Chillas und Lebrixa weiter und erreichten schließlich Cadix. Hier rüstete man gerade eine Flotte aus und zog Truppen zusammen, um die hochwürdigen Jesuitenpadres von Paraguay zur Vernunft zu bringen. Man beschuldigte sie, einen ihrer Stämme in der Nähe der Stadt San Sacramento gegen die Könige von Spanien und Portugal aufgewiegelt zu haben. Candide, der bei den Bulgaren gedient hatte, führte das bulgarische Exerzierreglement vor dem General der kleinen Armee mit solcher Anmut, Schnelligkeit, Geschicklichkeit, Kühnheit und Behendigkeit aus, daß man ihm eine Kompanie Fußvolk unterstellte. So ist er denn Hauptmann; er schifft sich mit Fräulein Kunigunde, der Alten, zwei Dienern und den beiden andalusischen Pferden ein, die dem Herrn Großinquisitor von Portugal gehört hatten.

Während der ganzen Überfahrt besprachen sie lange die Philosophie des armen Pangloss. „Wir sind auf dem Weg in eine andere Welt“, sagte Candide, „sicher wird in ebendieser alles zum Guten stehen. Denn eigentlich hätte man schon Grund zu beklagen, was in der unseren in physischer und moralischer Hinsicht geschieht.“ – „Ich liebe Euch von ganzem Herzen“, sagte Kunigunde, „aber meine Seele ist noch voller Schrecken über all das, was ich gesehen und erlitten habe.“ – „Alles wird gut werden“, entgegnete Candide, „das Meer dieser neuen Welt ist bereits besser als die Meere unseres Europa; es ist ruhiger, und die Winde sind beständiger. Gewiß ist die neue Welt die beste aller möglichen Welten.“ – „Das wolle Gott!“ sagte Kunigunde. „Aber ich war so furchtbar unglücklich in der meinen, daß mein Herz sich jeder Hoffnung beinahe ganz verschließt.“ – „Ihr beklagt Euch“, sagte die Alte zu beiden, „ach, Euch ist nichts widerfahren, was meinem Unglück gleichkäme.“ Kunigunde hätte beinahe aufgelacht und fand die gute Frau drollig, die behauptete, unglücklicher zu sein als sie. „Ach“, sagte sie, „meine Gute, sofern Ihr nicht von zwei Bulgaren vergewaltigt wurdet, nicht zwei Messerstiche in den Bauch bekamt, sofern nicht zwei Eurer Schlösser zerstört wurden, vor Euren Augen nicht zwei Mütter und zwei Väter ermordet wurden, nicht zwei Eurer Liebhaber bei einem Autodafé vor Euren Augen ausgepeitscht wurden, kann ich nicht begreifen, wie Ihr über mich den Sieg davontragen wollt; kommt noch hinzu, daß ich eine geborene Baronesse mit zweiundsiebzig Vorfahren bin und als Köchin dienen mußte.“ – „Mein Fräulein“, erwiderte die Alte, „Ihr kennt nicht meine Herkunft; und wenn ich Euch meinen Hintern zeigen würde, würdet Ihr nicht so reden und in Eurem Urteil vorsichtiger sein.“ Diese Worte ließen in Kunigundes und Candides Herzen eine außerordentliche Neugier wach werden. Die Alte erzählte ihnen folgendes.

Elftes Kapitel

Geschichte der Alten

„Nicht immer hatte ich rotumränderte, blutunterlaufene Augen; meine Nase hing nicht immer auf mein Kinn herab, und ich war nicht immer Dienerin. Ich bin die Tochter des Papstes Urban X. und der Prinzessin von Palestrina.* Man zog mich bis zu meinem vierzehnten Jahr in einem Palast auf, für den sämtliche Schlösser Eurer deutschen Barone nicht einmal als Pferdeställe gut gewesen wären; und ein einziges meiner Kleider war mehr wert als alle Herrlichkeiten Westfalens zusammengenommen. Ich nahm an Schönheit, Anmut und Talenten zu. Vergnügungen, Respektsbezeugungen und Erwartungen umgaben mich. Schon flößte ich Liebe ein, meine Brust formte sich; und welche Brust! Weiß, fest, gewölbt wie die der Venus von Medici. Und welche Augen! Welche Wim-

* Man beachte die außerordentliche Diskretion des Autors; es gab bis heute keinen Papst namens Urban X.; er scheut sich, einem bekannten Papst eine illegitime Tochter zuzuschreiben. Welche Aufmerksamkeit! Welcher Herzenstakt!

pern! Welche schwarzen Augenbrauen! Welche Flammen sprühten in meinen Augen und ließen das Funkeln der Sterne verbleichen, wie mir die Hofdichter versicherten. Die Frauen, die mich ankleideten und entkleideten, fielen in Ekstase, wenn sie mich von vorn und hinten betrachteten, und alle Männer wären gern an ihrer Stelle gewesen.

Ich wurde mit einem herrschenden Fürsten von Massa-Carrara verlobt. Welch ein Fürst! Ebenso schön wie ich, von Sanftmut und allen angenehmen Eigenschaften gebildet, glänzend von Geist und von Liebe glühend. Ich liebte ihn, wie man zum erstenmal liebt, ich vergötterte ihn, ich war von ihm hingerissen. Die Vermählung wurde vorbereitet. Ein unerhörter Pomp, eine beispiellose Pracht entfalteten sich; da gab es ständig Feste, Ringelstechen, komische Opern; und ganz Italien schrieb Sonette zu meinen Ehren, von denen nicht eines etwas taugte. Mein höchstes Glück stand bevor, als eine alte Marquise, die die Mätresse meines Fürsten gewesen war, ihn zu einer Tasse Schokolade einlud. Er starb in weniger als zwei Stunden unter gräßlichen Zuckungen. Aber das ist nur eine Bagatelle. Meine Mutter wollte in ihrer Verzweiflung, wenn auch viel weniger betroffen als ich, sich auf einige Zeit von einem so unheilvollen Ort trennen. Sie hatte ein sehr schönes Gut in der Nähe von Gaeta. Wir bestiegen eine der landesüblichen Galeeren, die vergoldet war wie der Altar von St. Peter in Rom. Und schon stößt ein Korsar von Salé auf uns und entert uns. Unsere Soldaten verteidigen sich wie Soldaten des Papstes: sie fielen allesamt auf die Knie, warfen ihre Waffen weg und baten den Korsaren um Absolution in articulo mortis.

Sogleich zog man sie aus, daß sie nackt wie die Affen waren, desgleichen meine Mutter, unsere Ehrendamen und auch mich. Es ist bewunderungswürdig, mit welcher Schnelligkeit diese Herren die Leute ausziehen. Was mich aber in noch größeres Staunen versetzte, war der Umstand, daß sie uns den Finger in eine Stelle steckten, wo wir Frauen uns im allgemeinen nur Klistierspritzen einführen lassen. Diese Zeremonie erschien mir sehr seltsam: so urteilt man nun einmal, wenn man nie von zu Hause weggekommen ist. Ich begriff bald, daß sie das taten, um herauszubekommen, ob wir nicht an dieser Stelle ein paar Diamanten versteckt hatten: es ist ein seit undenklichen Zeiten etablierter Brauch unter den gesitteten Nationen, die die Meere befahren. Ich erfuhr, daß die Herren Malteserritter nie gegen diesen Brauch verstoßen, wenn sie Türken und Türkinnen in ihre Gewalt bekommen; es handelt sich um eine Bestimmung des Völkerrechts, gegen die nie verstoßen wurde.

Ich brauche Euch nicht zu sagen, wie hart es für eine junge Fürstin ist, mit ihrer Mutter als Sklavin nach Marokko verschleppt zu werden. Ihr könnt Euch zur Genüge vorstellen, was alles wir an Bord des Korsarenschiffes zu erdulden hatten. Meine Mutter war noch sehr schön; unsere Ehrendamen, unsere einfachen Kammerzofen besaßen mehr Reize, als man sie in ganz Afrika finden kann. Was mich betraf, so war ich entzückend, ich war die Schönheit und Anmut selbst und außerdem Jungfrau; ich blieb es nicht lange: jene Blüte, die dem schönen Fürsten von Massa-Carrara vorbehalten war, wurde mir von dem Korsarenkapitän geraubt. Er war ein scheußlicher Neger, der dazu noch glaubte, mir eine große Ehre zu erweisen. Gewiß mußten die Frau Fürstin von Palestrina und ich über eine beträchtliche Kraft verfügen, um all das auszuhalten, was wir bis zu unserer Ankunft in Marokko zu erdulden hatten. Aber lassen wir das; es handelt sich da um so übliche Dinge, daß man darüber nicht weiter zu reden braucht.

Marokko schwamm im Blut, als wir dort ankamen. Von den fünfzig Söhnen des Kaisers Muley Ismael besaß jeder seine eigene Partei: was nun fünfzig Bürgerkriege verursachte, Schwarze gegen Schwarze, Schwarze gegen Braune, Braune gegen Braune, Mulatten gegen Mulatten. Es fand eine unablässige Schlächterei im gesamten Reich statt.

Kaum hatte man uns ausgeschifft, als Schwarze einer der Partei meines Korsaren feindlichen Richtung auftauchten, um ihm seine Beute abzunehmen. Wir waren, nach den Diamanten und dem Gold, das Wertvollste, was er besaß. Ich wurde Zeuge eines Kampfes, wie Ihr in Euren europäischen Breiten ihn nie zu sehen bekommt. Die Völker des Nordens haben nicht so feuriges Blut. Sie haben nicht diese Gier nach

Frauen, wie sie in Afrika allgemein verbreitet ist. Es scheint, als ob Eure Europäer Milch in den Adern hätten; dagegen fließen Vitriol und Feuer in denen der Bewohner des Atlasgebirges und der umliegenden Länder. Man kämpfte mit der Raserei der Löwen, Tiger und Schlangen jener Gegend, um herauszubekommen, wem wir gehören sollten. Ein Maure packte meine Mutter am rechten Arm, der Leutnant meines Kapitäns hielt sie am linken Arm; ein maurischer Soldat ergriff sie an einem Bein, einer unserer Piraten am anderen. Unsere Mädchen wurden fast alle in einem Augenblick auf diese Weise von vier Soldaten hin und her gezerrt. Mein Kapitän hatte mich hinter seinem Rücken versteckt. Er hielt den Krummsäbel in der Faust und machte alles nieder, was sich seiner Wut widersetzte. Schließlich sah ich, wie alle unsere Italienerinnen und meine Mutter von den um sie streitenden Ungeheuern zerfetzt, in Stücke gehauen, massakriert wurden. Meine gefangenen Gefährten, jene, die sie gefangengenommen hatten, Soldaten, Matrosen, Schwarze, Braune, Weiße, Mulatten, und schließlich auch mein Kapitän, alles wurde umgebracht, und ich blieb sterbend auf einem Haufen von Toten liegen. Gleiche Szenen spielten sich, wie man weiß, im Umkreis von mehr als dreihundert Meilen ab, ohne daß man deshalb es an den von Mohammed angeordneten täglichen fünf Gebeten fehlen ließ.

Mit großer Mühe befreite ich mich aus der Masse so vieler aufeinanderliegender blutiger Leichen und schleppte mich unter einen hohen Orangenbaum am Rande eines nahen Baches; dort fiel ich vor Schrecken, Erschöpfung, Entsetzen, Verzweiflung und Hunger zu Boden. Bald darauf gaben sich meine bedrängten Sinne einem Schlummer hin, der mehr einer Ohnmacht als der Ruhe ähnelte. Ich lag in diesem Zustand von Schwäche und Empfindungslosigkeit zwischen Tod und Leben, als ich etwas auf mir lasten fühlte, das sich auf meinem Körper bewegte. Ich öffnete die Augen und erblickte einen Weißen von angenehmem Äußeren, der seufzte und zwischen den Zähnen hervorstieß: ‚O che sciagura d'essere senza c . . .!'

Zwölftes Kapitel

Fortsetzung der Mißgeschicke der Alten

Erstaunt und entzückt, die Sprache meiner Heimat zu hören, und nicht weniger überrascht von den Worten, die der Mann äußerte, erwiderte ich, es gäbe Schlimmeres als das Ungemach, das er beklagte. Ich unterrichtete ihn mit wenigen Worten von den Schrecknissen, die ich durchgemacht hatte, und sank wieder in meine Schwäche zurück. Er trug mich in ein benachbartes Haus, ließ mich zu Bett bringen und mir zu essen geben, bediente mich, tröstete mich, liebkoste mich, sagte mir, er habe noch nie etwas so Schönes gesehen wie mich und noch nie so sehr das vermißt, was ihm niemand wiedergeben konnte. ‚Ich kam in Neapel zur Welt', sagte er, ‚man verschneidet dort jährlich zwei- oder dreitausend Kinder; die einen sterben daran, die anderen bekommen eine Stimme, die schöner als die der Frauen ist, die dritten machen sich daran, Staaten zu regieren. Man operierte mich mit dem größten Erfolg, und ich wurde Sänger in der Kapelle der Frau Fürstin von Palestrina.' – ‚Meiner Mutter!' rief ich aus. – ‚Eurer Mutter!' rief er seinerseits unter Tränen. ‚Wie, solltet Ihr die junge Fürstin sein, die ich bis zum Alter von sechs Jahren unterrichtete und die damals bereits versprach, ebenso schön zu werden, wie Ihr jetzt seid?' – ‚Ich bin es; meine Mutter liegt vierhundert Schritte von hier, in Stücke gehauen unter einem Haufen von Toten ...'

Ich erzählte ihm alles, was mir widerfahren war; auch er erzählte mir seine Abenteuer und berichtete, wie er von einer christlichen Macht zum König von Marokko gesandt wurde. Er sollte mit diesem Monarchen einen Vertrag abschließen über die Lieferung von Pulver, Kanonen und Schiffen, die helfen sollten, den Handel anderer Christen zu vernichten. ‚Meine Mission ist erfüllt', sagte der brave Eunuch, ‚ich werde mich in Ceuta einschiffen und Euch nach Italien zurückbringen. Ma che sciagura d'essere senza c. . .!'

Ich dankte ihm und vergoß Tränen der Rührung; statt mich nach Italien zu bringen, brachte er mich nach Algier und verkaufte mich an den Dey dieser Provinz. Kaum war ich verkauft, als die Pest, die durch Afrika, Asien und Europa zog, mit großer Gewalt in Algier ausbrach. Ihr habt Erdbeben erlebt; aber, Fräulein, habt Ihr jemals die Pest gehabt?" – „Niemals", erwiderte die Baronesse.

„Hättet Ihr sie gehabt", fuhr die Alte fort, „würdet Ihr zugeben, daß sie ein Erdbeben weit übertrifft. Sie ist sehr verbreitet in Afrika; ich wurde von ihr befallen. Stellt Euch vor: welche Situation für die fünfzehnjährige Tochter eines Papstes, die innerhalb von drei Monaten Armut und Sklaverei durchgemacht hat, fast täglich vergewaltigt wurde, zusehen mußte, wie man ihre Mutter in Stücke hieb, Krieg und Hunger erduldete und an der Pest in Algier sterben sollte. Jedoch starb ich nicht an ihr. Dagegen kamen mein Eunuch und der Dey und fast der ganze Serail von Algier ums Leben.

Als das erste Wüten der schrecklichen Pest vorbei war, verkaufte man die Sklaven des Dey. Ein Händler erwarb mich und brachte mich nach Tunis; er verkaufte mich an einen anderen Händler, der mich nach Tripolis weiterverkaufte; von Tripolis wurde ich nach Alexandria, von Alexandria nach Smyrna, von Smyrna nach Konstantinopel verkauft. Schließlich wurde ich Eigentum eines Aga der Janitscharen, der bald abkommandiert wurde, um Asow gegen die russischen Belagerer zu verteidigen.

Der Aga, ein sehr galanter Mann, nahm seinen ganzen Serail mit und brachte uns in einem kleinen Fort an der Mäotischen See unter, das von zwei schwarzen Eunuchen und zwanzig Soldaten bewacht wurde. Man tötete Massen von Russen, aber sie zahlten es uns in gleicher Münze heim. Asow wurde gestürmt, und die Sieger achteten weder Geschlecht noch Alter; nur unser kleines Fort blieb übrig; die Feinde wollten uns aushungern. Die zwanzig Janitscharen hatten geschworen, sich nie zu ergeben. Das Übermaß des Hungers, dem sie ausgesetzt waren, zwang sie, aus Furcht, ihren Eid zu verletzen, unsere beiden Eunuchen zu verzehren. Nach einigen Tagen beschlossen sie, mit den Frauen gleichermaßen zu verfahren.

Wir hatten einen sehr frommen und mitleidigen Imam, der

ihnen eine schöne Predigt hielt und sie so überredete, uns nicht gänzlich umzubringen. ‚Schneidet', so sagte er, ‚jeder dieser Damen nur eine Hinterbacke ab, ihr werdet eine vorzügliche Mahlzeit genießen; wenn ihr wieder etwas braucht, werdet ihr nach ein paar Tagen ebensoviel haben; der Himmel wird euch eine solche Barmherzigkeit lohnen und euch helfen.'

Seine Beredsamkeit war beträchtlich; er überzeugte sie. Man nahm die schreckliche Operation an uns vor. Der Imam behandelte uns mit dem gleichen Balsam, den man bei eben beschnittenen Knaben anwendet. Alle waren wir dem Tode nahe.

Kaum hatten die Janitscharen die Mahlzeit beendet, zu der wir ihnen verholfen hatten, als die Russen auf flachen Booten anlegten; nicht ein Janitschare entkam. Die Russen schenkten dem Zustand, in dem wir uns befanden, keinerlei Beachtung. Überall gibt es französische Wundärzte: einer von ihnen, der sehr geschickt war, nahm uns in Pflege; er heilte uns, und ich werde mich mein ganzes Leben hindurch erinnern, daß er mir, sobald meine Wunden zugeheilt waren, gewisse Anträge machte. Im übrigen sagte er uns allen, wir sollten uns trösten; er versicherte uns, derartiges sei schon bei mehreren Belagerungen geschehen und das sei nun einmal Kriegsbrauch.

Sobald meine Gefährtinnen gehen konnten, ließ man sie nach Moskau aufbrechen. Ich wurde einem Bojaren zugeteilt, der mich zu seiner Gärtnerin machte und mir täglich zwanzig Peitschenhiebe verabreichte. Da aber dieser Herr nach zwei Jahren zusammen mit etwa dreißig anderen Bojaren wegen irgendeines Zwistes am Hofe gerädert wurde, zog ich aus diesem Abenteuer Gewinn; ich flüchtete; ich zog durch ganz Rußland; lange Zeit hindurch war ich Kellnerin in Riga, dann in Rostock, Wismar, Leipzig, Kassel, Utrecht, Leiden, Den Haag, Rotterdam: ich wurde in Elend und Schande alt, hatte nur noch die Hälfte eines Hinterns und dachte dabei stets daran, daß ich die Tochter eines Papstes bin; hundertmal wollte ich mich umbringen, aber ich lebte immer noch gern. Diese lächerliche Schwäche ist vielleicht eine unserer übelsten Eigenschaften: denn gibt es etwas Dümmeres, als ständig eine

Bürde tragen zu wollen, die man ständig abzuwerfen wünscht? Sich vor sich selber zu ekeln und doch an sich selber zu hängen? Schließlich die Schlange zu streicheln, die uns verschlingt, bis sie uns das Herz abgefressen hat?

Ich traf in den Ländern, die das Schicksal mich durchwandern ließ, und in den Gasthäusern, in denen ich diente, eine unglaubliche Anzahl von Leuten, die ihr Dasein verabscheuten, aber ich lernte nur zwölf kennen, die ihr Elend freiwillig selber beendeten: drei Neger, vier Engländer, vier Genfer und einen deutschen Professor namens Robeck. Schließlich wurde ich Bediente bei dem Juden Don Issachar; er gesellte mich Euch bei, mein schönes Fräulein; ich schloß mich Eurem Geschick an und war mehr mit Euern Erlebnissen als mit den meinen beschäftigt. Ich hätte Euch sogar von meinem Unglück nichts erzählt, wenn Ihr mich nicht ein wenig gereizt hättet und wenn es an Bord eines Schiffes nicht Brauch wäre, Geschichten zu erzählen, um sich die Zeit zu vertreiben. Schließlich, mein Fräulein, habe ich Erfahrung, ich kenne die Welt; bereitet Euch selber ein Vergnügen, bittet jeden Passagier, Euch seine Geschichte zu erzählen; und wenn es einen einzigen unter ihnen gibt, der nicht schon oft sein Leben verflucht hat, der sich nicht schon oft sagen mußte, er sei der unglücklichste aller Menschen, dann werft mich kopfüber ins Meer."

Dreizehntes Kapitel

Wie Candide gezwungen war, sich von der schönen Kunigunde und der Alten zu trennen

Sobald die schöne Kunigunde die Geschichte der Alten vernommen hatte, erwies sie ihr jede Höflichkeit, die man einer Person ihres Ranges und Verdienstes schuldig ist. Sie nahm den Vorschlag an; sie forderte alle Passagiere auf, den einen nach dem anderen, ihre Erlebnisse zu berichten. Candide und sie gestanden, daß die Alte recht hatte. „Es ist schade", sagte Candide, „daß der weise Pangloss im Gegensatz zu dem üblichen Brauch bei einem Autodafé gehängt wurde; er könnte uns wundervolle Dinge über die physischen und moralischen Übel sagen, die sich über Land und Meer ausbreiten, und ich fühlte mich stark genug, um wagen zu können, ihm bei allem Respekt einige Einwände entgegenzuhalten.“

Während nun jeder seine Geschichte erzählte, fuhr das Schiff weiter. Man legte in Buenos Aires an. Kunigunde, der Hauptmann Candide und die Alte suchten den Gouverneur Don Fernando d'Ibaraa y Figueora y Mascarenes y Lampourdos y Souza auf. Dieser Herr zeigte einen Stolz, wie er einem Manne mit so vielen Namen zukam. Er sprach zu den Leuten mit der nobelsten Herablassung und trug dabei die Nase so hoch, fuhr jeden so rücksichtslos an, redete in so imposantem Ton und stolzierte so erhaben einher, daß jeder, der mit ihm zu tun hatte, versucht war, ihn zu verprügeln. Er liebte die Frauen bis zur Wildheit. Kunigunde schien ihm das Schönste zu sein, was er je gesehen hatte. Als erstes fragte er sie, ob sie nicht die Frau des Hauptmanns sei. Die Art, wie er diese Frage stellte, beunruhigte Candide.

Er wagte nicht, sie als seine Frau zu bezeichnen, weil sie es in der Tat nicht war; er wagte nicht, sie seine Schwester zu nennen, weil sie es ebensowenig war; und obwohl diese Gefälligkeitslüge bei den Alten einst sehr in Mode gewesen war und bei den Zeitgenossen hätte nützlich sein können, war seine Seele zu rein, um die Wahrheit zu verleugnen. „Fräulein Kunigunde“, sagte er, „wird mir die Ehre erweisen, mich zu heiraten, und wir bitten Eure Exzellenz zu geruhen, uns miteinander zu vermählen.“

Don Fernando d'Ibaraa y Figueora y Mascarenes y Lampourdos y Souza zwirbelte seinen Schnurrbart, lächelte säuerlich und befahl dem Hauptmann Candide, seine Kompanie antreten zu lassen. Candide gehorchte; der Gouverneur blieb mit Fräulein Kunigunde allein. Er bekannte ihr seine leidenschaftliche Zuneigung und schwor, sie am nächsten Tag, kirchlich, oder auch anders, wie es ihr zusage, heiraten zu wollen. Kunigunde bat ihn um eine Viertelstunde Zeit, um sich bedenken, die Alte um ihren Rat bitten und sich entscheiden zu können.

Die Alte sagte zu Kunigunde: „Mein Fräulein, Sie besitzen

zweiundsiebzig Vorfahren und keinen Pfennig; nur von Euch hängt es ab, die Frau des bedeutendsten Edelmanns von Südamerika zu werden, der dazu einen sehr schönen Schnurrbart hat; habt Ihr es nötig, auf eine über jeden Verdacht erhabene Treue stolz zu sein? Ihr seid von den Bulgaren vergewaltigt worden; ein Jude und ein Inquisitor haben Eure Gunst besessen: Ungemach verleiht einem Rechte. Ich gestehe, daß ich, wäre ich an Eurer Stelle, nicht die mindesten Skrupel hätte, den Herrn Gouverneur zu heiraten und das Glück des Herrn Hauptmann Candide zu machen." Während die Alte mit jener Einsicht redete, die Alter und Erfahrung verleihen, sah man ein kleines Schiff in den Hafen einfahren; ein Alkalde und einige Alguazils waren an Bord.

Folgendes war geschehen:

Die Alte hatte sehr richtig vermutet, daß ein gewissenloser Franziskaner sich in der Stadt Badajoz Kunigundes Geld und Schmuck angeeignet hatte, als sie mit Candide zusammen in aller Eile geflohen war. Der Mönch hatte einige Steine an einen Juwelier verkaufen wollen. Der Händler erkannte sie als das Eigentum des Großinquisitors. Der Franziskaner gestand vor dem Erhängtwerden, daß er sie gestohlen hatte; er beschrieb die Personen und den Weg, den sie eingeschlagen hatten. Die Flucht Kunigundes und Candides war bereits bekannt. Man folgte ihnen nach Cadix; ohne Zeit zu verlieren, sandte man ihnen ein Schiff nach. Das Schiff war bereits im Hafen von Buenos Aires. Das Gerücht verbreitete sich, ein Alkalde werde an Land gehen und daß man die Mörder des Herrn Großinquisitors verfolge. Die kluge Alte begriff sofort, was zu tun war. „Ihr könnt nicht fliehen", sagte sie zu Kunigunde, „und Ihr habt nichts zu befürchten; nicht Ihr habt Hochwürden umgebracht; übrigens wird der Gouverneur, der Euch liebt, nicht dulden, daß man Euch ein Leid zufügt; bleibt also hier." Sie läuft auf der Stelle zu Candide. „Flieht", sagt sie, „oder Ihr werdet in einer Stunde verbrannt." Kein Augenblick war zu verlieren; aber wie sollte er sich von Kunigunde trennen, und wohin sollte er fliehen?

Vierzehntes Kapitel

Wie Candide und Cacambo von den Jesuiten in Paraguay aufgenommen wurden

Candide hatte aus Cadix einen Bedienten mitgebracht, wie man sie an den spanischen Küsten und in den Kolonien häufig findet. Er war zu einem Viertel Spanier und Sohn eines Mestizen aus Tucuman; er war Meßsänger, Sakristan, Matrose, Mönch, Bote, Soldat und Lakai gewesen. Er hieß Cacambo und liebte seinen Herrn sehr, weil dieser ein sehr guter Mann war. Er sattelte so schnell wie möglich die beiden andalusischen Pferde. „Auf, Herr, laßt uns dem Rat der Alten folgen; brechen wir auf und reiten wir, ohne uns umzusehen." Candide vergoß Tränen. „Ach, meine teure Kunigunde, muß ich Euch so verlassen, während der Herr Gouverneur gerade Eure Hochzeit zurüstet! Kunigunde, aus so weiter Ferne hierher geführt, was wird aus Euch werden?" – „Aus ihr wird, was aus ihr werden mag", sagte Cacambo, „die Frauen stehen sich nie selber im Wege; dafür sorgt Gott; laufen wir." – „Wohin führst du mich? Was machen wir ohne Kunigunde?" fragte Candide. – „Beim heiligen Jakob von Compostella", sagte Cacambo, „Ihr wolltet gegen die Jesuiten Krieg führen; laßt uns für sie Krieg führen: ich kenne die Wege zur Genüge, ich werde Euch in ihr Reich bringen, sie werden entzückt sein, einen Hauptmann zu haben, der auf bulgarisch exerzieren kann; Ihr werdet fabelhafte Reichtümer verdienen; kommt man in der einen Welt nicht auf seine Kosten, dann eben in einer anderen. Es macht viel Spaß, Neues zu sehen und zu tun."

„Du warst also schon in Paraguay?" fragte Candide. – „Und ob", sagte Cacambo, „ich war Pedell am Kollegium in Asunción und kenne das Reich der Padres wie die Straßen in Cadix. Diese Regierung ist etwas Wundervolles. Das Reich hat schon mehr als dreihundert Meilen Durchmesser; es besteht aus dreißig Provinzen. Die Padres besitzen alles und die Leute nichts; es ist ein Meisterwerk der Vernunft und der Gerechtigkeit. Was mich angeht, so kenne ich nichts Erhabeneres als die Padres, die hier gegen den König von Spanien und den König von Portugal Krieg führen und in Europa die Beichtväter dieser Könige sind; die hier Spanier umbringen und sie in Madrid gen Himmel senden: das entzückt mich einfach; gehen wir; Ihr werdet der glücklichste aller Menschen sein. Welche Freude werden die Padres empfinden, wenn sie erfahren, daß ein Hauptmann zu ihnen kommt, der auf bulgarisch exerzieren kann!"

Sobald sie am ersten Schlagbaum ankamen, sagte Cacambo dem Vorposten, daß ein Hauptmann den Herrn Kommandanten zu sprechen wünsche. Man benachrichtigte die Hauptwache. Ein paraguayischer Offizier lief zum Kommandanten, um ihm die Nachricht zu bringen. Candide und Cacambo wurden zunächst entwaffnet; man nahm ihnen ihre beiden andalusischen Pferde weg. Die beiden Fremden werden durch zwei Reihen von Soldaten hindurchgeführt; am Ende stand der Kommandant, den Dreispitz auf dem Kopf, mit zurückgeschlagenem Rock, den Degen an der Seite, das Sponton in der Hand. Er gab ein Zeichen; sogleich umstellen vierundzwanzig Soldaten die Ankömmlinge. Ein Sergeant sagte ihnen, daß sie zu warten hätten, der Kommandant könne nicht mit ihnen reden, der hochwürdige Pater Provinzial erlaube keinem Spanier, in seiner Abwesenheit den Mund aufzumachen und länger als drei Stunden im Lande zu bleiben. „Und wo ist der hochwürdige Pater Provinzial?" fragte Cacambo. – „Er nimmt die Parade ab, nachdem er seine Messe gelesen hat", erwiderte der Sergeant, „und ihr könnt ihm erst in drei Stunden die Sporen küssen." – „Aber", sagte Cacambo, „der Herr Hauptmann, der, wie ich selber, vor Hunger umkommt, ist keineswegs Spanier, er ist Deutscher; könnten wir nicht frühstücken, während wir Hochwürden erwarten?"

Der Sergeant ging sofort, um dem Kommandanten diese Worte mitzuteilen. „Gott sei Dank", sagte dieser Herr, „da er Deutscher ist, kann ich mit ihm reden; man bringe ihn in meine Laubhütte." Sogleich führt man Candide in einen aus Laub gebildeten Raum, der mit einem sehr hübschen Säulengang aus grüngoldenem Marmor versehen war und wo ein

Gitterwerk Papageien, Kolibris, Perlhühner und alle möglichen anderen sehr seltenen Vögel umschloß. Ein vorzügliches Frühstück stand in goldenen Gefäßen bereit; und während die Paraguayer auf freiem Feld in der Sonnenglut Mais aus hölzernen Näpfen aßen, betrat der hochwürdige Pater Kommandant die Laubhütte.

Er war ein sehr schöner junger Mann mit vollem, ziemlich weißem Gesicht und roten Backen, gewölbten Augenbrauen, lebhaftem Blick, roten Ohren, purpurnen Lippen, von stolzem Aussehen, wie es weder einem Spanier noch einem Jesuiten eigen ist. Man gab Candide und Cacambo ihre Waffen, die man ihnen weggenommen hatte, sowie auch die beiden andalusischen Pferde zurück; Cacambo gab ihnen neben der Laubhütte Hafer zu fressen, wobei er sie aus Furcht vor einer Überraschung nicht aus den Augen ließ.

Candide küßte zunächst den Rocksaum des Kommandanten, darauf begaben sie sich zu Tisch. „Ihr seid also Deutscher?" fragte der Jesuit in ebendieser Sprache. „Ja, ehrwürdiger Vater", sagte Candide. Während diese Worte fielen, blickten beide einander äußerst überrascht und mit einer Bewegung an, die sie nicht bemeistern konnten. „Und aus welchem Land in Deutschland seid Ihr?" fragte der Jesuit. „Aus der jämmerlichen Provinz Westfalen", sagte Candide, „ich wurde auf dem Schloß von Thunder-ten-tronckh geboren." — „O Himmel! Ist es möglich?" rief der Kommandant. „Welch ein Wunder!" rief Candide. „So seid Ihr es wirklich?" sagte der Kommandant. „Es ist nicht möglich", sagte Candide. Sie fallen beide auf ihre Stühle, sie umarmen sich, sie vergießen Ströme von Tränen. „Wie! Ihr seid es, ehrwürdiger Vater, Ihr, der Bruder der schönen Kunigunde, Ihr, der von den Bulgaren umgebracht wurde, Ihr, der Sohn des Herrn Baron, Ihr, nun Jesuit in Paraguay! Man muß schon zugeben, daß es in der Welt seltsam zugeht! Ach, Pangloss, Pangloss, wie würdet Ihr Euch freuen, wenn Ihr nicht gehängt worden wäret!"

Der Kommandant schickte die Negersklaven und Paraguayer, die ihnen die Becher aus Bergkristall füllten, hinaus. Tausendmal dankte er Gott und dem heiligen Ignatius; er schloß Candide in die Arme; ihre Gesichter waren in Tränen gebadet. „Ihr werdet noch verwunderter, noch ergriffener, noch mehr außer Euch sein", sagte Candide, „wenn ich Euch sage, daß Fräulein Kunigunde, Eure Schwester, die Ihr aufgeschlitzt glaubtet, bei bester Gesundheit ist." – „Wo?" – „Ganz in Eurer Nähe, bei dem Herrn Gouverneur von Buenos Aires; wohin ich kam, um gegen Euch Krieg zu führen." Jedes Wort, das sie während dieser langen Unterhaltung sprachen, häufte Wunder auf Wunder. Ihr ganzes Herz lag ihnen auf der Zunge, hörte aufmerksam mit ihren Ohren, leuchtete aus ihren Augen. Da sie Deutsche waren, saßen sie lange bei Tisch und warteten auf den Pater Provinzial; und folgendermaßen sprach der Kommandant zu seinem lieben Candide.

Fünfzehntes Kapitel

Wie Candide den Bruder seiner teuren Kunigunde umbrachte

„Ich werde mein ganzes Leben hindurch den schrecklichen Tag vor Augen haben, an dem ich sehen mußte, wie mein Vater und meine Mutter umgebracht wurden und man meine Schwester vergewaltigte. Als die Bulgaren abgezogen waren, blieb meine bezaubernde Schwester unauffindbar, und man legte meine Mutter, meinen Vater und mich sowie zwei Mägde und drei kleine Jungen, die ebenfalls ermordet worden waren, auf einen Karren, um uns in einer zwei Meilen vom Schloß meiner Väter entfernten Jesuitenkapelle beizusetzen. Ein Jesuit besprengte uns mit Weihwasser; es war fürchterlich salzig; ich bekam einige Tropfen in die Augen; der Pater bemerkte, daß meine Lider ein wenig zuckten; er legte mir die Hand aufs Herz und fühlte, daß es schlug; man kümmerte sich um mich, und nach drei Wochen war mir nichts mehr anzumerken. Ihr wißt, mein lieber Candide, daß ich sehr hübsch war, ich wurde noch hübscher; so faßte denn auch der ehrwürdige Vater Croust, der dem Hause vorstand, die zärtlichste Zuneigung zu mir; er gab mir das Gewand des

Novizen; einige Zeit darauf wurde ich nach Rom gesandt. Der Pater General brauchte junge deutsche Jesuiten. Die Herrscher von Paraguay nehmen sowenig wie möglich spanische Jesuiten auf; sie ziehen Ausländer vor, von denen sie glauben, sie besser unter Kontrolle halten zu können. Ich wurde vom Pater General für geeignet befunden, in diesem Weinberg zu arbeiten. Wir brachen auf, ein Pole, ein Tiroler und ich. Ich wurde bei der Ankunft mit einem Subdiakonat und einer Leutnantsstelle ausgezeichnet; heute bin ich Oberst und Priester. Den Truppen des Königs von Spanien bereiten wir einen gebührenden Empfang; ich kann dafür bürgen, daß sie exkommuniziert und geschlagen werden. Die Vorsehung schickt Euch her, um uns beizustehen. Aber ist es wirklich wahr, daß meine teure Schwester Kunigunde in der Nähe ist und sich beim Gouverneur von Buenos Aires befindet?" Candide schwor, es sei die reine Wahrheit. Ihre Tränen begannen von neuem zu fließen.

Der Baron wurde nicht müde, Candide zu umarmen; er nannte ihn seinen Bruder, seinen Retter. „Ach", sagte er, „mein lieber Candide, vielleicht werden wir gemeinsam in die Stadt einziehen und meine Schwester Kunigunde zurückholen können." – „Das ist mein sehnlichster Wunsch", sagte Candide, „denn ich wollte sie heiraten, und ich erhoffe es immer noch." – „Ihr, Unverschämter!" erwiderte der Baron. „Ihr habt die Frechheit, meine Schwester heiraten zu wollen, die zweiundsiebzig Vorfahren besitzt! Ich finde es unerhört von Euch, daß Ihr wagt, mir von so verwegenen Absichten zu sprechen." Candide erwiderte, ganz starr über diese Worte: „Ehrwürdiger Vater, alle Vorfahren der Welt können daran nichts ändern; ich entriß Eure Schwester den Armen eines Juden und eines Inquisitors; sie hat mir gegenüber genug Verpflichtungen, sie will mich heiraten. Meister Pangloss sagte mir immer, die Menschen seien gleich, und so werde ich sie ganz gewiß heiraten." – „Das werden wir schon sehen, du Schuft!" sagte der Jesuitenbaron von Thunder-ten-tronckh und versetzte ihm zugleich mit der flachen Klinge einen heftigen Schlag ins Gesicht. Candide zieht augenblicklich seinen Degen und bohrt ihn bis zum Griff dem Jesuitenbaron in den

Bauch; aber als er ihn, dampfend von Blut, herauszog, begann er zu weinen. „Ach, mein Gott“, sagte er, „ich habe meinen früheren Herrn, meinen Freund, meinen Schwager getötet. Ich bin der beste Mensch der Welt, und nun habe ich schon drei Leute umgebracht, von denen zwei sogar Geistliche sind.“

Cacambo, der an der Tür der Laubhütte Wache stand, eilte herbei. „Uns bleibt nichts weiter übrig, als unser Leben so teuer wie möglich zu verkaufen“, sagte ihm sein Herr, „sicher wird man in die Laubhütte kommen, wir müssen mit der Waffe in der Hand sterben.“ Cacambo, der schon ganz andere Dinge erlebt hatte, verlor keineswegs den Kopf; er nahm das Jesuitengewand, das der Baron trug, legte es Candide an, setzte ihm das Barett des Toten auf und half ihm aufs Pferd. Dies alles geschah in einem Augenblick. „Los im Galopp, Herr! Alle Welt wird Euch für einen Jesuiten halten, der Befehle überbringt. Und wir werden die Grenze passiert haben, ehe man uns nachsetzen kann.“ Schon stürmte er los, während er noch diese Worte sprach, und rief auf spanisch: „Platz, Platz für den hochwürdigen Vater Oberst.“

Sechzehntes Kapitel

Was den beiden Reisenden mit zwei Mädchen, zwei Affen und den Wilden widerfuhr, die man Ohrlöffel nennt

Candide und sein Bedienter befanden sich jenseits der Schlagbäume, und noch wußte niemand im Lager vom Tod des deutschen Jesuiten. Der umsichtige Cacambo hatte es sich angelegen sein lassen, seinen Reisesack mit Brot, Schokolade, Schinken, Obst und einigen Maß Wein zu füllen. Sie stießen mit ihren andalusischen Pferden in ein unbekanntes Land vor, in dem sie keine Straße zu entdecken vermochten. Schließlich zeigte sich ihnen eine schöne, von Bächen durchflossene Wiese. Unsere beiden Reisenden ließen ihre Pferde grasen. Cacambo schlägt seinem Herrn vor, etwas zu essen, und geht ihm mit gutem Beispiel voran. „Wie kannst du erwarten“, sagte Candide, „daß ich Schinken esse, nachdem ich den Sohn des Herrn Baron umgebracht habe und mich dazu verdammt weiß, die schöne Kunigunde in meinem Leben nie wieder zu sehen? Was könnte es mir nützen, meine elenden Tage zu verlängern, da ich sie doch nun fern von ihr in Reue und Verzweiflung dahinschleppen muß? Und was wird erst das Journal de Trévoux darüber schreiben!"

Während er so sprach, aß er nichtsdestoweniger weiter. Die Sonne begann zu sinken. Die beiden Verirrten hörten einige schwache Schreie, die klangen, als hätten Frauen sie ausgestoßen. Sie konnten nicht erkennen, ob es sich um Schmerzens- oder Freudenschreie handelte; aber sie standen eilig mit jener Unruhe und Furcht auf, die einem jeder Umstand in einem unbekannten Land einflößt. Die Rufe stammten von zwei völlig nackten Mädchen, die am Rande der Wiese leichtfüßig dahineilten, während zwei Affen sie verfolgten und in den Hintern bissen. Candide wurde von Mitleid erfaßt; er hatte bei den Bulgaren schießen gelernt und hätte in einem Gesträuch eine Haselnuß treffen können, ohne dabei die Blätter zu berühren. Er nimmt sein doppelläufiges spanisches Gewehr, drückt ab und tötet die beiden Affen.

„Gott sei gelobt, mein lieber Cacambo! Ich habe die beiden armen Wesen aus großer Gefahr gerettet; wenn ich eine Sünde beging, indem ich einen Inquisitor und einen Jesuiten umbrachte, so habe ich sie wohl wiedergutgemacht, indem ich zwei Mädchen das Leben rettete. Vielleicht sind es zwei Fräulein von Stande, und so könnte dieses Abenteuer hier zu unserem Vorteil ausschlagen."

Er wollte weiterreden, aber das Wort erstarb ihm auf den Lippen, als er bemerkte, daß die beiden Mädchen die beiden Affen zärtlich umarmten, über ihren Leichen in Tränen ausbrachen und die Luft mit den schmerzlichsten Schreien erfüllten. „So viel Herzensgüte erwartete ich nicht", sagte er schließlich zu Cacambo. Dieser entgegnete: „Herr, da habt Ihr ein Meisterwerk vollbracht; Ihr habt die Liebhaber dieser beiden Fräulein getötet." – „Ihre Liebhaber! Ist es denn möglich? Ihr scherzt, Cacambo. Wie soll ich Euch glauben?" – „Lieber Herr", erwiderte Cacambo, „immer versetzt Euch alles in Staunen. Warum findet Ihr es so merkwürdig, daß es in manchen Ländern Affen gibt, die die Gunst von Damen erlangen? Sie sind zu einem Viertel Menschen, wie ich zu einem Viertel Spanier bin." – „Ach", sagte Candide, „ich entsinne mich, von Meister Pangloss gehört zu haben, wie sich früher einmal ähnliche Vorfälle ereigneten und daß diese Paarungen Pane, Faune und Satyre hervorbrachten. Mehrere große Leute im Altertum sollen solche Geschöpfe gesehen haben; aber ich hielt das alles für Fabeln." – „Jetzt werdet Ihr Euch davon überzeugt haben", sagte Cacambo, „daß es sich um Tatsachen handelt, und Ihr seht, wie Leute sie sich zunutze machen, die keine bessere Erziehung genossen haben; was ich befürchte, ist, daß diese Damen uns in eine üble Lage bringen könnten."

Diese soliden Überlegungen veranlaßten Candide, die Wiese zu verlassen und in einem Wald zu verschwinden. Dort speiste er mit Cacambo; beide schliefen, nachdem sie den Inquisitor von Portugal, den Gouverneur von Buenos Aires und den Baron verflucht hatten, auf dem Moose ein. Als sie erwachten, merkten sie, daß sie sich nicht bewegen konnten; und zwar aus dem Grunde, weil die Ohrlöffel, die Bewohner dieses Landes, an welche sie von den beiden Damen verraten worden waren, sie während der Nacht mit Seilen aus Baumrinde gefesselt hatten. Sie waren von etwa fünfzig völlig nackten, mit Pfeilen, Keulen und Steinäxten bewaffneten Ohrlöffeln umgeben. Einige von diesen brachten einen großen Kessel mit Wasser zum Kochen, andere machten Bratspieße bereit, und alle schrien: „Ein Jesuit, ein Jesuit! Wir werden uns rächen und prächtig essen! Jesuitenbraten, Jesuitenbraten!"

„Ich hatte es Euch ja gesagt, lieber Herr", rief Cacambo traurig, „daß die beiden Mädchen uns einen üblen Streich spielen würden." Candide bemerkte den Kessel und die Bratspieße und rief: „Sicherlich werden wir gebraten oder gekocht werden. Ach, was würde Meister Pangloss sagen, wenn er sehen könnte, wie es um die reine Natur steht. Alles ist gut, meinetwegen, aber ich muß schon sagen, es ist schon grausam, Fräulein Kunigunde verloren zu haben und von den Ohrlöffeln am Spieß gebraten zu werden." Cacambo verlor nie den Kopf. „Verzweifelt nur nicht“, sagte er dem niedergeschlagenen Candide, „ich verstehe ein wenig das Kauderwelsch dieser Stämme, ich werde mit ihnen reden.“ – „Versäumt nicht“, sagte Candide, „ihnen die furchtbare Unmenschlichkeit vor Augen zu stellen, die darin liegt, Menschen zuzubereiten, und wie wenig christlich das ist.“

„Meine Herren“, sagte Cacambo, „Sie wollen also heute einen Jesuiten verzehren: nun gut; es ist nur recht und billig, seine Feinde derart zu behandeln. In der Tat lehrt uns das Naturrecht, unseren Nächsten zu töten, und danach verfährt man auf der ganzen Welt. Wenn *wir* nicht von dem Recht Gebrauch machen, ihn zu fressen, so nur deshalb, weil wir etwas anderes Gutes zu essen haben; aber Sie verfügen nicht über die gleichen Möglichkeiten wie wir; sicher ist es besser, seine Feinde zu verzehren, als die Früchte des Sieges den Raben und Krähen zu überlassen. Aber, meine Herren, Sie werden doch nicht Ihre Freunde fressen! Sie glauben, einen Jesuiten an den Spieß zu stecken, und dabei ist es Ihr Verteidiger, der Feind Ihrer Feinde, den Sie braten wollen. Was mich betrifft, so bin ich in Ihrem Land geboren; der Herr, den Sie da sehen, ist mein Dienstherr, der, weit davon entfernt, Jesuit zu sein, gerade einen Jesuiten umgebracht hat und dessen Gewänder trägt: deshalb haben Sie sich getäuscht. Um nachzuprüfen, was ich Ihnen sage, nehmen Sie sein Gewand, bringen Sie es an den ersten Schlagbaum des Reiches der Padres; fragen Sie, ob mein Herr nicht einen Jesuitenoffizier umgebracht hat. Sie brauchen dafür wenig Zeit; Sie können uns immer noch fressen, wenn Sie finden, daß ich Sie belogen habe. Wenn ich aber die Wahrheit gesagt habe, so kennen Sie nur allzugut die Grundsätze des Völkerrechts, die Sitten und Gesetze, um uns nicht Gnade widerfahren zu lassen.“

Die Ohrlöffel fanden diese Worte sehr vernünftig; sie entsandten zwei Notabeln, die in aller Eile die Wahrheit ermitteln sollten; die beiden Boten entledigten sich ihres Auftrags als Männer von Geist und kehrten bald mit froher Botschaft zurück. Die Ohrlöffel banden die beiden Gefangenen los, bezeugten ihnen jede nur mögliche Höflichkeit, boten ihnen Mädchen an, reichten ihnen Erfrischungen und geleiteten sie mit dem fröhlichen Ruf: „Er ist kein Jesuit, er ist kein Jesuit!" bis an die Grenzen ihres Staates.

Candide wurde nicht müde, über den Anlaß seiner Befreiung zu staunen. „Welch ein Volk", sagte er, „was für Menschen! Was für Sitten! Hätte ich nicht das Glück gehabt, dem Bruder von Fräulein Kunigunde meinen Degen durch den Leib zu jagen, so wäre ich unvermeidlich aufgefressen worden. Schließlich aber ist die reine Natur doch gut, da ja diese Leute, statt mich zu verzehren, mir tausendfach Freundlichkeiten erwiesen, sobald sie erfuhren, daß ich kein Jesuit bin."

Siebzehntes Kapitel

Ankunft Candides und seines Dieners im Lande Eldorado und was sie dort sahen

Als sie an den Grenzen der Ohrlöffel anlangten, sagte Cacambo zu Candide: „Ihr seht, daß diese Hemisphäre nicht besser ist als die andere. Glaubt mir, laßt uns auf dem kürzesten Weg nach Europa zurückkehren." – „Wie denn zurückkehren?" sagte Candide. „Und wohin gehen? Wenn ich in meine Heimat gehe, so morden dort Bulgaren und Avaren jedermann; wenn ich nach Portugal zurückkehre, werde ich verbrannt; wenn wir in diesem Land hier bleiben, setzen wir uns jeden Moment der Gefahr aus, auf einen Spieß gesteckt zu werden. Aber wie sich entschließen, jenen Teil der Welt zu verlassen, in dem Fräulein Kunigunde weilt?"

„Gehen wir nach Cayenne", sagte Cacambo, „wir werden dort Franzosen treffen, die in der ganzen Welt zu finden sind; sie werden uns helfen können. Gott wird vielleicht Erbarmen mit uns haben."

Es war nicht leicht, nach Cayenne zu gelangen: sie wußten zwar ungefähr, in welche Richtung sie zu gehen hatten; aber Berge, Flüsse, Abgründe, Räuber, Wilde bildeten überall schreckliche Hindernisse. Ihre Pferde gingen vor Erschöpfung zugrunde; ihre Vorräte waren aufgezehrt; sie nährten sich einen Monat lang von wilden Früchten. Schließlich gelangten sie an ein Flüßchen, an dessen Ufer Kokosbäume standen, welche ihr Leben und ihre Hoffnungen erhielten.

Cacambo, der ständig ebenso gute Ratschläge bereit hatte wie die Alte, sagte zu Candide: „Wir können nicht mehr, wir sind genug gewandert; ich sehe ein leeres Boot am Ufer, füllen wir es mit Kokosnüssen, setzen wir uns in die kleine Barke und lassen wir uns mit der Strömung treiben; ein Fluß führt immer zu einem bewohnten Ort. Wenn wir nichts Erfreuliches finden, so doch zumindest Neues." – „Gehen wir", sagte Candide, „vertrauen wir uns der Vorsehung an."

Sie fuhren ein paar Meilen zwischen teils blühenden, teils dürren, einmal flachen, ein andermal abschüssigen Ufern dahin. Der Fluß wurde immer breiter, schließlich verlor er sich unter einem Gewölbe schreckeneinflößender Felsen, die bis zum Himmel aufragten. Die beiden Reisenden besaßen die Kühnheit, sich den Fluten unter dieser Wölbung anzuvertrauen. Der an dieser Stelle eingeengte Fluß trug sie schrecklich reißend und tosend dahin. Nach vierundzwanzig Stunden erblickten sie wieder das Tageslicht; aber ihr Boot zerschellte an den Riffen; sie mußten sich eine ganze Meile weit von Felsen zu Felsen dahinschleppen; schließlich lag ein unermeßlicher Horizont vor ihnen, der von unübersteigbaren Bergen gesäumt war. Das Land war sowohl mit Zier- als auch mit Nutzpflanzen bebaut; überall war das Nützliche mit dem Angenehmen verbunden. Die Straßen waren voller Wagen oder vielmehr mit Wagen geschmückt, deren Formen und Material glänzten, die Männer und Frauen von einzigartiger Schönheit dahintrugen und geschwind von großen roten Hammeln gezogen wurden, welche an Schnelligkeit die schönsten Pferde von Andalusien, Tetuan und Mequinez übertrafen.

„Da haben wir einmal", sagte Candide, „ein Land, das besser ist als Westfalen." Er und Cacambo stiegen im ersten Dorf ab, das sie erreichten. Ein paar Dorfkinder, die in ganz zerrissenen Goldbrokat gekleidet waren, spielten am Dorfeingang mit Wurfscheiben. Unsere beiden Männer aus der anderen Welt vergnügten sich damit, ihnen zuzusehen: ihre Wurfscheiben waren ziemlich große runde Stücke von gelber, roter und grüner Farbe und hatten einen merkwürdigen Glanz. Die

Reisenden bekamen Lust, ein paar davon aufzuheben; es war Gold; es waren Smaragde und Rubine, von denen der geringste den schönsten Schmuck am Thron des Großmoguls abgegeben hätte. „Sicherlich", sagte Cacambo, „sind diese Kinder die Söhne des Königs dieses Landes, die gerade Werfen spielen." Der Lehrer des Dorfes tauchte in diesem Augenblick auf, um sie in die Schule zurückzuholen. „Das ist also", sagte Candide, „der Hofmeister der königlichen Familie."

Die zerlumpten Kinder hörten sofort mit dem Spiel auf und ließen ihre Wurfscheiben und alles, womit sie sich vergnügt hatten, am Boden liegen. Candide hebt die Gegenstände auf, läuft dem Hofmeister nach und bietet sie ihm demütig dar, wobei er ihm durch Zeichen zu verstehen gibt, daß die Königlichen Hoheiten ihr Gold und ihre Edelsteine vergessen hätten. Der Dorfschullehrer warf sie lächelnd wieder zu Boden, betrachtete einen Moment lang mit großer Verwunderung Candides Gesicht und ging weiter.

Die Reisenden verfehlten nicht, Gold, Rubine und Smaragde einzusammeln. „Wo sind wir?" rief Candide aus. „Die Kinder der Könige dieses Landes müssen sehr gut erzogen sein, wenn man ihnen beibringt, Gold und Edelsteine geringzuachten." Cacambo war ebenso erstaunt wie Candide. Schließlich kamen sie an das erste Haus im Dorf; es war wie ein europäischer Palast gebaut. Eine große Menge drängte sich an der Tür und mehr noch in den Räumen. Eine sehr angenehme Musik war zu vernehmen, und man verspürte einen köstlichen Geruch von Speisen. Cacambo näherte sich der Tür und hörte, daß man peruanisch sprach; es war seine Muttersprache: denn jedermann weiß, daß Cacambo in Tucuman zur Welt kam, und zwar in einem Dorf, in dem man nur diese Sprache spricht. „Ich werde Euch als Dolmetscher dienen", sagte er zu Candide, „treten wir ein, es ist ein Gasthaus."

Sogleich laden zwei Burschen und zwei Mädchen vom Personal, in goldene Gewänder gekleidet und mit Bändern im Haar, sie ein, sich an der Tafel niederzulassen. Man servierte vier Suppen, von denen jede mit zwei Papageien garniert war, einen gekochten zweihundertpfündigen Kondor, zwei geröstete Affen von außerordentlichem Wohlgeschmack, dreihundert Kolibris in einer Schüssel und sechshundert von anderer Sorte in einer zweiten; ferner ausgesuchte Ragouts und köstliches Gebäck; das alles lag auf Tellern aus einer Art Bergkristall. Die Burschen und Mädchen vom Personal schenkten verschiedene aus Zuckerrohr gemachte Liköre ein.

Die Gäste bestanden zur Hauptsache aus Händlern und Fuhrleuten, alle von außergewöhnlicher Höflichkeit, die an Cacambo mit größter Zurückhaltung einige Fragen richteten und die seinen auf eine Art beantworteten, die ihn zufriedenstellen mußte.

Als die Mahlzeit beendet war, glaubten Cacambo wie auch Candide, ihre Zeche reichlich zu zahlen, indem sie zwei jener großen Goldstücke, die sie aufgehoben hatten, auf den Tisch warfen. Wirt und Wirtin brachen in Gelächter aus und mußten sich lange den Bauch halten. Schließlich beruhigten sie sich. „Meine Herren", sagte der Wirt, „wir sehen wohl, daß Sie Fremde sind. Wir sind nicht gewohnt, welche bei uns zu sehen. Vergeben Sie uns, daß wir in Lachen ausbrachen, als sie uns Steine von unseren Landstraßen als Zahlung boten. Sicher besitzen Sie kein hiesiges Geld, aber man braucht auch keines, wenn man hier speist. Alle Gasthäuser, die zur Beförderung des Geschäftslebens errichtet wurden, werden von der Regierung unterhalten. Sie haben hier nicht gut gegessen, weil es ein armes Dorf ist; aber überall sonst werden Sie aufgenommen werden, wie es Ihnen zukommt." Cacambo übersetzte Candide die ganze Rede des Wirts, und Candide hörte sie mit der gleichen Verwunderung und Verwirrung, mit der sein Freund Cacambo sie wiedergab. „Was ist das nur für ein Land", sagten beide, „das der übrigen Welt unbekannt und wo die Natur so ganz anders ist als bei uns? Vielleicht ist es das Land, wo alles zum besten bestellt ist, denn es muß unbedingt eines von dieser Gattung geben. Und was auch immer Meister Pangloss sagte, ich bemerkte oft, daß in Westfalen alles sehr schlecht bestellt war."

Achtzehntes Kapitel

Was sie im Lande Eldorado sahen

Cacambo zeigte dem Wirt seine ganze Neugier; der Wirt sagte ihm: „Ich bin sehr unwissend und befinde mich dabei wohl; aber wir haben hier einen Greis, der früher am Hofe lebte und der weiseste und mitteilsamste Mann im ganzen Königreich ist."

Sogleich führt er Cacambo zu dem Alten. Candide spielte eine Person zweiten Ranges und begleitete seinen Bedienten. Sie traten in ein sehr einfaches Haus, denn die Tür war nur aus Silber und die Täfelungen aus Gold, aber diese waren so geschmackvoll gearbeitet, daß sie hinter den kostbarsten nicht zurückstanden. Das Vorzimmer war zwar bloß mit Rubinen und Smaragden ausgelegt; aber die Anordnung, in welcher sich alles befand, machte diese äußerste Einfachheit wieder wett.

Der Alte empfing die beiden Fremden auf einem mit Kolibrifedern gepolsterten Sofa und ließ ihnen Liköre in diamantenen Gläsern reichen; worauf er ihre Neugier mit folgenden Worten zufriedenstellte:

„Ich bin hundertzweiundsiebzig Jahre alt und hörte von meinem verstorbenen Vater, dem Stallmeister des Königs, von den erstaunlichen Umwälzungen in Peru, deren Zeuge er gewesen war. Das Königreich, in dem wir uns befinden, ist die alte Heimat der Inkas, die sie unvorsichtigerweise verließen, um sich einen Teil der Welt zu unterwerfen. Sie wurden schließlich von den Spaniern vernichtet.

Die königlichen Prinzen, die in ihrem Geburtsland blieben, waren klüger; sie beschlossen mit dem Einverständnis der Nation, daß kein Einwohner je unser kleines Königreich verlassen sollte; und das hat uns unsere Unschuld und unsere Glückseligkeit bewahrt. Die Spanier haben verworrene Vorstellungen von unserem Lande gehabt, sie nannten es Eldorado, und ein Engländer, welcher der Ritter Raleigh hieß, näherte sich ihm sogar vor etwa hundert Jahren; da wir aber von unübersteigbaren Felsen und von Schluchten umgeben sind, waren wir bisher immer vor der Raublust der europäischen Nationen geschützt, die eine unvorstellbare Gier nach den Steinen und dem Schlamm unseres Landes haben und uns, um dieser Dinge habhaft zu werden, bis auf den letzten Mann umbringen würden."

Die Unterhaltung währte lange; sie betraf die Regierungsform, die Sitten, die Frauen, die öffentlichen Schaustellungen und die Künste. Schließlich ließ Candide, der sich stets für die Metaphysik interessierte, durch Cacambo fragen, ob es in diesem Land eine Religion gäbe.

Der Greis errötete leicht. „Wie denn", sagte er, „könnt Ihr daran zweifeln? Haltet Ihr uns für undankbare Geschöpfe?" Cacambo erkundigte sich demütig, wie denn die Religion von Eldorado beschaffen sei. Der Greis errötete von neuem. „Kann es denn zwei Religionen geben?" sagte er. „Wir haben, glaube ich, die Religion aller Menschen: wir verehren Gott vom Abend bis zum Morgen." – „Verehrt Ihr nur einen einzigen Gott?" fragte Cacambo, der den Zweifeln Candides ständig als Dolmetscher diente. „Offenbar", sagte der Greis, „da es ja weder zwei noch drei noch vier gibt. Ich muß gestehen, daß die Leute aus Eurer Welt ziemlich seltsame Fragen stellen." Candide wurde nicht müde, den guten Greis weiter auszufragen; er wollte wissen, wie man in Eldorado zu Gott bete. „Wir beten gar nicht", sagte der gute, ehrwürdige Weise, „wir haben nichts von ihm zu verlangen; er hat uns alles gegeben, dessen wir bedürfen; unaufhörlich danken wir ihm." Candide war begierig, Priester zu sehen. Er ließ fragen, wo sie wären. Der gute Alte lächelte. „Meine Freunde", sagte er, „wir sind alle Priester. Der König und alle Familienoberhäupter stimmen feierlich jeden Morgen die Gesänge des Dankes an, und fünf- oder sechstausend Musiker begleiten sie dabei." – „Wie! Ihr habt keine Mönche, die lehren, disputieren, regieren, intrigieren und die Leute verbrennen, die nicht ihrer Ansicht sind?" – „Da müßten wir ja verrückt sein", sagte der Greis, „wir sind hier alle der gleichen Meinung, und wir verstehen gar nicht, was Ihr mit Euern Mönchen meint." Candide erfüllten diese Antworten immer wieder mit Entzücken, und er dachte: „Das ist ziemlich verschieden von Westfalen und vom Schloß des Herrn Barons. Hätte unser Freund Pangloss Eldorado gesehen, würde er nicht mehr gesagt haben, es gäbe nichts Besseres auf Erden als das Schloß Thunder-ten-tronckh; soviel steht fest: man muß eben reisen."

Nach dieser langen Unterhaltung ließ der gute Alte sechs Hammel vor eine Kutsche spannen und gab den beiden Reisenden zwölf seiner Domestiken mit, die sie zum Hof geleiten sollten. „Vergebt mir", sagte er, „wenn mein Alter mich der Ehre beraubt, Euch zu begleiten. Der König wird Euch auf eine Art und Weise empfangen, die Euch nicht unzufrieden stimmen wird, und Ihr werdet gewiß nachsichtig sein, wenn Euch einige von den Bräuchen des Landes mißfallen sollten."

Candide und Cacambo stiegen in die Kutsche; die sechs Hammel stürmten dahin, und in weniger als vier Stunden kam man vor dem Palast des Königs an, der an dem einen Ende der Hauptstadt gelegen war. Das Tor war zweihundertzwanzig Fuß hoch und hundert Fuß breit; man kann unmöglich das Material beschreiben, aus dem es gefertigt war. Man ersieht daraus zur Genüge, welche unerhörte Überlegenheit es gegenüber jenen Steinen und jenem Sand besitzen mußte, die wir als „Gold" und „Edelsteine" bezeichnen.

Zwanzig schöne Mädchen der Leibwache empfingen Candide und Cacambo, als sie aus dem Wagen stiegen, geleiteten sie in die Bäder und kleideten sie in Gewänder aus einem Gewebe, das aus Kolobriflaum gemacht war. Danach führten hohe Würdenträger und Würdenträgerinnen der Krone sie in die Gemächer Seiner Majestät, nach dem Landesbrauch zwischen zwei Reihen von je tausend Musikern. Als sie sich dem Thronsaal näherten, fragte Cacambo einen Großwürdenträger, wie man denn Seine Majestät begrüßen müsse, ob man sich auf die Knie oder auf den Bauch werfen solle; ob man dabei die Hände auf den Kopf oder auf den Hintern lege; ob man den Staub des Saales auflecken müsse; mit einem Wort, wie eigentlich die Zeremonie beschaffen sei. „Es ist Brauch", sagte der Großwürdenträger, „den König zu umarmen und auf beide Wangen zu küssen." Candide und Cacambo fielen

Seiner Majestät um den Hals, und er empfing sie so gnädig, wie man es sich nur vorzustellen vermag, und bat sie höflich zum Souper.

Inzwischen zeigte man ihnen die Stadt, die öffentlichen Gebäude, die bis zu den Wolken reichten, die mit tausend Säulen geschmückten Märkte, die Springbrunnen mit reinem Wasser, Rosenwasser, Zuckerrohrlikör, die ohne Unterbrechung auf den großen Plätzen flossen. Die Plätze waren mit einer Art von Gestein gepflastert, das einen der Gewürznelke und dem Zimt ähnlichen Duft verbreitete. Candide wollte den Justizpalast sehen. Man sagte ihm, so etwas gäbe es nicht, und man würde nie prozessieren. Er fragte, ob es Gefängnisse gäbe, und man sagte ihm, es gäbe keine. Was ihn noch mehr erstaunte und ihm große Freude machte, war der Palast der Wissenschaften, in dem er eine zweitausend Schritte lange Galerie erblickte, die voller mathematischer und physikalischer Instrumente war.

Nachdem man den ganzen Nachmittag hindurch ungefähr den tausendsten Teil der Stadt durchwandert hatte, brachte man sie zum König zurück. Candide ließ sich an der Tafel zwischen Seiner Majestät, seinem Bedienten Cacambo und mehreren Damen nieder. Nie zuvor hatte man besser gespeist, und nie zeigte jemand bei Tische mehr Geist als Seine Majestät. Cacambo übersetzte Candide die Bonmots des Königs, und trotz der Übersetzung blieben sie immer noch Bonmots. Von allem, was Candide in Staunen versetzte, war dieser Umstand nicht der geringste.

Diese Gastlichkeit genossen sie einen vollen Monat. Unzählige Male sagte Candide zu Cacambo: „Noch einmal, mein Freund, es stimmt, das Schloß, in dem ich zur Welt kam, kann es mit dem Land nicht aufnehmen, in dem wir uns befinden, aber schließlich ist Fräulein Kunigunde nicht da, und Ihr habt sicher irgendeine Geliebte in Europa. Wenn wir hier bleiben, werden wir dasselbe sein wie alle anderen; wenn wir dagegen in unsere Welt auch nur in Begleitung von zwölf mit den Steinen von Eldorado beladenen Hammeln zurückkehren, werden wir reicher sein als alle Könige zusammengenommen, werden wir keine Inquisitoren mehr zu fürchten haben und werden wir mit Leichtigkeit Fräulein Kunigunde zurückholen können.“

Diese Worte gefielen Cacambo. Man liebt derart, umherzureisen, sich vor den Seinen aufzuspielen, sich mit dem zu brüsten, was man auf seinen Reisen gesehen hat, daß die beiden Glücklichen beschlossen, nicht länger glücklich zu sein und Seine Majestät zu bitten, sie gehen zu lassen.

„Sie machen eine Dummheit“, sagte der König, „ich weiß wohl, daß mein Land gering ist; wenn es einem aber irgendwo einigermaßen gut geht, soll man bleiben, wo man ist. Natürlich habe ich kein Recht, Fremde zurückzuhalten; das wäre eine Tyrannei, die weder in unseren Bräuchen noch in unseren Gesetzen begründet ist: alle Menschen sind frei. Gehen Sie, wann immer Sie wollen, aber der Ausgang ist ziemlich schwierig. Es ist unmöglich, gegen die reißende Strömung zu rudern, mit der Sie wunderbarerweise hierhergekommen sind und die unter der Wölbung der Felsen fließt. Die Berge, die mein ganzes Reich umgeben, sind zehntausend Fuß hoch und steil wie Mauern; jeder von ihnen ist mehr als zehn Meilen breit; man kann von ihnen nur durch Schluchten herabsteigen. Da Sie aber unbedingt abreisen wollen, werde ich meinen Maschinenbauern befehlen, eine Maschine herzustellen, die Sie auf bequeme Weise befördern kann. Wenn man Sie auf die andere Seite des Gebirges gebracht hat, wird Sie niemand weiter begleiten können, denn meine Untertanen haben geschworen, niemals unsere Grenzen zu überschreiten, und sie sind zu klug, um ihren Eid zu brechen. Fordern Sie im übrigen alles von mir, was Sie gern haben wollen.“ – „Wir bitten Eure Majestät“, sagte Cacambo, „lediglich um ein paar Hammel, die mit Lebensmitteln, Steinen und dem Schmutz des Landes beladen sind.“ Der König lachte. „Ich begreife nicht recht“, sagte er, „welchen Geschmack Ihr Leute aus Europa an unserem gelben Schmutz findet, aber nehmt nur immer so viel davon mit, wie Ihr wollt, und mögt Ihr viel Vergnügen daran finden.“

Er erteilte seinen Ingenieuren auf der Stelle den Befehl, eine Maschine zu bauen, um die beiden merkwürdigen Männer aus dem Königreich zu hissen. Dreitausend gute Physiker arbeiteten an ihr. Sie war nach vierzehn Tagen fertig und kostete nicht mehr als zwanzig Millionen Pfund Sterling in Landeswährung. Man setzte Candide und Cacambo auf die Maschine; ferner zwei große rote gezäumte und gesattelte Hammel, die ihnen als Reittiere dienen sollten, sobald sie die Berge überwunden hätten, zwanzig Packhammel mit Lebensmitteln, dreißig weitere, die Geschenke trugen von allem, was das Land an besonders Merkwürdigem besaß, und fünfzig, die mit Gold, kostbaren Steinen und Diamanten beladen waren. Der König umarmte die beiden Vagabunden zärtlich.

Ihre Abreise und die erfindungsreiche Art, mit der sie und ihre Hammel hoch über die Berge gehißt wurden, boten ein schönes Schauspiel. Die Physiker verabschiedeten sich von ihnen, nachdem sie sie in Sicherheit gebracht hatten, und Candide hatte nun keinen anderen Wunsch und kein anderes Ziel, als Fräulein Kunigunde seine Hammel zu Füßen zu legen. „Wir haben“, sagte er, „genug, um den Gouverneur von Buenos Aires zu bezahlen, sofern man überhaupt für Fräulein Kunigunde einen Preis benennen kann. Gehen wir nach Cayenne, schiffen wir uns ein und sehen wir dann, welches Königreich wir uns kaufen können.“

Neunzehntes Kapitel

Was ihnen in Surinam widerfuhr, und wie Candide mit Martin Bekanntschaft schloß

Der erste Tag verlief ziemlich angenehm für unsere beiden Reisenden. Sie waren von dem Gedanken belebt, Schätze zu besitzen, wie sie Asien, Europa und Afrika zusammengenommen nicht vorweisen konnten. Candide schnitt voller Begeisterung den Namen Kunigundes in die Rinde der Bäume. Am zweiten Tag blieben zwei ihrer Hammel im Sumpf stecken und versanken mit ihrer Last; zwei andere Hammel starben einige Tage drauf vor Erschöpfung; sieben oder acht verhungerten in einer Wüste; andere wieder stürzten nach einigen Tagen in Abgründe. Schließlich blieben ihnen nach hundert

Marschtagen nur zwei Hammel übrig. „Mein Freund", sagte Candide zu Cacambo, „Ihr seht, wie vergänglich die Reichtümer dieser Welt sind; es gibt nichts Beständigeres außer der Tugend und dem Glück, Fräulein Kunigunde wiederzusehen." – „Zugegeben", sagte Cacambo, „aber es bleiben uns noch zwei Hammel mit größeren Schätzen, als sie der König von Spanien je besitzen wird, und ich sehe in der Ferne eine Stadt, von der ich vermute, daß es Surinam ist, das den Holländern gehört. Wir stehen am Ende unserer Leiden und am Beginn unserer Glückseligkeit."

Als sie sich der Stadt näherten, fanden sie einen Neger, der am Boden lag und nur noch zur Hälfte bekleidet war, nämlich mit einer halben Hose aus blauer Leinwand; dem armen Mann fehlte das linke Bein und die rechte Hand. „O mein Gott", sagte Candide auf holländisch, „was machst du da, mein Freund, in dem schrecklichen Zustand, in dem ich dich erblicke?" – „Ich warte auf meinen Gebieter, Herrn Vanderdendur, den berühmten Handelsmann", erwiderte der Neger. „Hat dir Herr Vanderdendur", sagte Candide, „so übel mitgespielt?" – „Ja", sagte der Neger, „das ist so der Brauch. Man gibt uns zweimal im Jahr eine Leinenhose als Bekleidung. Wenn wir in den Zuckerfabriken arbeiten und das Mühlwerk uns einen Finger abreißt, schneidet man uns die Hand ab. Wenn wir fliehen wollen, schneidet man uns das Bein ab; beide Fälle treffen auf mich zu. Um diesen Preis also eßt Ihr Zucker in Europa. Dabei sagte mir meine Mutter, als sie mich für zehn patagonische Taler an der Küste von Guinea verkaufte: ‚Mein liebes Kind, bete zu unseren Fetischen, verehre sie stets, sie werden dafür sorgen, daß dein Leben glücklich ist; du hast die Ehre, Sklave unserer weißen Herren zu sein, und wirst so deinem Vater und deiner Mutter Glück bringen.' Ach, ich weiß nicht, ob ich ihnen Glück gebracht habe, sie jedenfalls haben mir keines gebracht. Hunde, Affen und Papageien sind tausendmal weniger unglücklich als wir. Die holländischen Fetische, die mich bekehrten, sagen mir jeden Sonntag, daß wir alle, Weiße und Schwarze, Kinder Adams sind. Ich bin kein Genealoge; wenn diese Prediger aber die Wahrheit sagen, sind wir alle leibliche Vettern. Ihr werdet mir zugestehen, daß man seine Verwandten nicht gräßlicher behandeln kann."

„O Pangloss", rief Candide aus, „diese Greuel hast du dir nicht vorstellen können; nun denn, schließlich werde ich wohl auf deinen Optimismus verzichten müssen." – „Was heißt Optimismus?" sagte Cacambo. „Ach", sagte Candide, „das ist die Besessenheit, zu behaupten, alles sei gut, wenn es einem schlecht geht." Und er vergoß Tränen, während er den Neger betrachtete, und immer noch weinend zog er in Surinam ein.

Das erste, wonach sie fragen, ist, ob im Hafen nicht ein Schiff liege, das man nach Buenos Aires senden könnte. Der Mann, an den sie sich wandten, war gerade ein spanischer Schiffsherr, der sich erbot, mit ihnen einen ehrlichen Handel abzuschließen. Er bestellte sie in ein Gasthaus. Candide und der treue Cacambo erwarteten ihn dort mit ihren beiden Hammeln.

Candide, der das Herz auf der Zunge trug, erzählte dem Spanier all seine Abenteuer und gestand ihm, daß er Fräulein Kunigunde entführen wolle. „Ich werde mich hüten, Euch nach Buenos Aires zu bringen", sagte der Schiffspatron, „ich würde gehängt werden und Ihr dazu. Die schöne Kunigunde ist die Favoritin Seiner Gnaden." Candide war wie vom Blitz getroffen; er weinte lange; schließlich nahm er Cacambo beiseite. „Höre, mein lieber Freund", sagte er, „du mußt Folgendes tun. Wir haben jeder für fünf oder sechs Millionen Diamanten in der Tasche; du bist geschickter als ich; hole Fräulein Kunigunde aus Buenos Aires heraus. Wenn der Gouverneur gewisse Schwierigkeiten macht, gib ihm eine Million; wenn er nicht nachgibt, gib ihm zwei; du hast keinen Inquisitor umgebracht, man wird gegen dich keinen Argwohn hegen. Ich rüste ein anderes Schiff aus; ich werde in Venedig auf dich warten; das ist ein freies Land, wo man weder von Bulgaren noch von Avaren, Juden und Inquisitoren etwas zu befürchten hat." Cacambo stimmte diesem weisen Entschluß zu. Er war verzweifelt, sich von einem guten Herrn, der sein intimer Freund geworden war, trennen zu müssen; aber das Vergnügen, ihm nützlich sein zu können, war stärker als der Schmerz der Trennung. Sie umarmten einander unter Tränen. Candide legte ihm nahe, auf keinen Fall die gute Alte zu vergessen. Cacambo reiste noch am gleichen Tage ab: dieser Cacambo war wirklich ein ausgezeichneter Mann.

Candide blieb noch einige Zeit in Surinam und wartete auf einen anderen Schiffsherrn, der bereit wäre, ihn und seine beiden restlichen Hammel nach Italien zu bringen. Er stellte Bediente an und kaufte, was für eine lange Reise notwendig war. Schließlich stellte sich ihm Herr Vanderdendur vor, der Eigentümer eines großen Schiffes. „Wieviel verlangt Ihr dafür", fragte er diesen Mann, „wenn Ihr mich, meine Leute, mein Gepäck und diese beiden Hammel geradenwegs nach Venedig bringt?" Der Schiffsherr berechnete zehntausend Piaster. Candide überlegte nicht lange.

„Sieh mal an", dachte der schlaue Vanderdendur, „dieser Fremde gibt auf einmal zehntausend Piaster her! Er muß schon sehr reich sein." Er kam einen Augenblick später noch einmal zurück und erklärte, er könne nur für nicht weniger als zwanzigtausend fahren. „Nun gut! Ihr sollt sie haben", sagte Candide.

„So", dachte der Kaufmann, „dieser Mann gibt also zwanzigtausend Piaster ebenso leicht her wie zehntausend." Er kam noch einmal zurück und sagte, daß er ihn für weniger als dreißigtausend Piaster nicht nach Venedig bringen könne. „So sollt Ihr denn dreißigtausend haben", erwiderte Candide.

„Ei, ei", dachte der holländische Kaufmann wieder, „dreißigtausend Piaster machen dem Mann da nichts aus; sicherlich tragen die beiden Hammel ungeheure Schätze; dringen wir nicht weiter in ihn: lassen wir uns erst einmal die dreißigtausend Piaster auszahlen, später werden wir weiter sehen." Candide verkaufte zwei kleine Diamanten, von denen der geringere mehr wert war als alles Geld, das der Schiffsherr forderte. Er bezahlte ihn im voraus. Die beiden Hammel wurden verladen. Candide folgte in einem kleinen Boot, um das Schiff an der Reede zu besteigen. Der Schiffsherr nützt den Augenblick, hißt die Segel, fährt ab; der Wind steht günstig. Candide, vom Donner gerührt, erstarrt, verliert ihn bald aus den Augen. „Ach", ruft er aus, „dieser Streich ist der alten Welt würdig." Er kehrt, vom Schmerz vernichtet, ans Ufer zurück, denn schließlich hatte er ein Vermögen verloren, das zwanzig Monarchen hätte reich machen können.

Er begibt sich zum holländischen Richter; und da er ein wenig verwirrt ist, klopft er heftig an die Tür; er tritt ein, berichtet, was ihm widerfahren ist, und spricht ein wenig lauter als angebracht. Der Richter ließ ihn zunächst zehntausend Piaster für die Ruhestörung zahlen. Dann hörte er ihn geduldig an, versprach, seinen Fall zu prüfen, sobald der Kaufmann zurückgekehrt wäre, und ließ sich weitere zehntausend Piaster für die Konsultation bezahlen.

Dieser Vorgang brachte Candide vollends zur Verzweiflung. Er hatte zwar wahrhaftig schon tausendfach schlimmeres Ungemach erfahren, aber die Kaltschnäuzigkeit des Richters und des Schiffsherrn, der ihn beraubt hatte, ließ seine Galle überlaufen und ließ ihn in die schwärzeste Melancholie versinken. Die menschliche Bosheit stand ihm in all ihrer Häßlichkeit vor der Seele; nur traurige Gedanken stiegen in ihm auf. Schließlich nahm er, da gerade ein französisches Schiff nach Bordeaux in See stechen wollte und er keine diamantenbeladenen Hammel mehr zu verladen hatte, eine Schiffskabine zu einem angemessenen Preis und ließ in der Stadt bekanntmachen, daß er einem ehrlichen Mann Überfahrt, Nahrung und überdies zweitausend Piaster bezahlen würde, wenn er die Reise mit ihm machen wolle, vorausgesetzt, der Mann sei von seinem Leben aufs äußerste angewidert und der unglücklichste Mensch des Landes.

Es stellten sich ihm so viele Anwärter vor, daß eine ganze Flotte nicht für sie ausgereicht hätte. Da Candide unter den am meisten geeigneten wählen wollte, bestimmte er etwa zwanzig Personen, die ihm einigermaßen umgänglich zu sein schienen und alle den Anspruch erhoben, den Vorzug vor den anderen zu verdienen. Er versammelte sie in seinem Gasthof und lud sie zum Abendessen ein unter der Bedingung, daß ein jeder unter Eid getreulich seine Geschichte erzählen sollte, wobei er versprach, den zu wählen, der ihm der Beklagenswerteste und der mit seiner Lage zu Recht am meisten Unzufriedene zu sein schien. Die anderen sollten entschädigt werden.

Das Beisammensein dauerte bis vier Uhr morgens. Candide hörte sich alle ihre Erlebnisse an und erinnerte sich an das, was ihm die Alte auf der Reise nach Buenos Aires gesagt hatte, sowie der Wette, die sie eingegangen war, daß es nämlich auf dem Schiff nicht einen einzigen gäbe, den nicht ein schweres Unglück betroffen hätte. Bei jedem Abenteuer, das man ihm erzählte, dachte er an Pangloss. „Dieser Pangloss", sagte er sich, „wäre in arger Verlegenheit, wenn er jetzt sein System beweisen sollte. Ich wünschte, er wäre hier. Ganz sicherlich – wenn alles gut steht, so trifft das für Eldorado zu, aber nicht für den Rest der Welt." Schließlich entschied er sich für einen armen Gelehrten, der zehn Jahre lang für Amsterdamer Verleger gearbeitet hatte. Er fand, es gäbe keinen Beruf auf Erden, der einen mehr anwidern könne.

Dieser Gelehrte, im übrigen ein guter Mann, war von seiner Frau bestohlen, von seinem Sohn verprügelt und von seiner Tochter, die mit einem Portugiesen durchgegangen war, im Stich gelassen worden. Er hatte gerade die kleine Stelle, von der er lebte, verloren; und die Prädikanten von Surinam verfolgten ihn, weil sie ihn für einen Sozinianer hielten. Gewiß hatten die anderen zumindest ebensoviel Unglück gehabt wie er; aber Candide hoffte, daß der Gelehrte ihm während der Reise die Langeweile vertreiben würde. Alle anderen Bewerber fanden, Candide täte ihnen ein großes Unrecht an; aber er beschwichtigte sie, indem er jedem hundert Piaster gab.

Zwanzigstes Kapitel

Was Candide und Martin auf dem Meere zustieß

So schiffte sich denn der alte Gelehrte, der Martin hieß, gemeinsam mit Candide nach Bordeaux ein. Beide hatten viel gesehen und erlitten; und wenn das Schiff sogar von Surinam über das Kap der Guten Hoffnung nach Japan gesegelt wäre, so hätten sie doch auf der ganzen Reise genug Stoff gehabt für ihre Unterhaltungen über das moralisch und physisch Böse der Welt.

Jedoch hatte Candide viel vor Martin voraus, denn er hoffte immer noch auf ein Wiedersehen mit Fräulein Kunigunde, während Martin nichts mehr zu erhoffen hatte; außerdem besaß er Gold und Diamanten; und obwohl er hundert große rote, mit den herrlichsten Schätzen der Erde beladene Hammel verloren hatte und ihm die Schurkerei des holländischen Schiffsherrn immer noch auf dem Herzen lastete, neigte er dennoch, wenn er daran dachte, was er noch in den Taschen hatte, und wenn er von Kunigunde sprach, vor allem gegen Ende einer Mahlzeit, dazu, das System des Pangloss gutzuheißen.

„Aber Ihr, Herr Martin", sagte er zu dem Gelehrten, „was haltet Ihr von alldem? Was denkt Ihr vom moralischen und vom physischen Übel?" – „Herr", erwiderte Martin, „meine Priester beschuldigten mich, Sozinianer zu sein, aber in Wirklichkeit bin ich Manichäer." – „Ihr macht Euch über mich lustig", sagte Candide, „es gibt keine Manichäer mehr." – „Doch, mich nämlich", sagte Martin, „was soll ich tun, ich kann nicht anders denken." – „Ihr müßt den Teufel im Leibe haben", sagte Candide. „Er mischt sich so sehr in die Angelegenheiten dieser Welt ein", sagte Martin, „daß ich ihn durchaus im Leibe haben kann, wie übrigens jeder andere auch; aber ich muß gestehen, wenn ich diese Erdkugel, oder vielmehr dieses Erdkügelchen, betrachte, muß ich annehmen, Gott habe es irgendeinem bösartigen Wesen überlassen; ich nehme natürlich Eldorado aus. Ich habe kaum eine Stadt gesehen, die nicht den Ruin der Nachbarstadt gewünscht hätte, keine Familie, die nicht eine andere Familie hätte ausrotten wollen. Überall verabscheuen die Schwachen die Mächtigen, vor denen sie kriechen, und die Mächtigen behandeln sie wie eine Herde, deren Wolle und Fleisch man verkauft. Eine Million von Mördern in Formation verüben von einem bis zum anderen Ende Europas disziplinierten Mord und Raub, um ihr Brot zu verdienen und weil sie kein ehrenhafteres Gewerbe betreiben können; und in den Städten, die sich des Friedens zu freuen scheinen und wo die Künste in Blüte stehen, werden die Menschen von mehr Neid, Sorgen und Unruhe zerfressen, als es Heimsuchungen in einer belagerten Stadt gibt. Die verborgenen Leiden sind noch grausamer als die öffentlich sichtbaren. Mit einem Wort, ich habe so viel gesehen, so viel durchgemacht, daß ich Manichäer bin."

„Dennoch gibt es auch Gutes", entgegnete Candide. „Wohl möglich", sagte Martin, „nur ist es mir nicht bekannt."

Während sie so disputierten, hörte man Kanonendonner. Der Lärm wird von Augenblick zu Augenblick stärker. Jeder greift nach dem Fernglas. Man gewahrt zwei Schiffe, die in etwa drei Meilen Entfernung miteinander kämpfen. Der Wind brachte beide so nahe an das französische Schiff heran, daß man das Vergnügen hatte, den Kampf ganz bequem beobachten zu können. Schließlich gab eines der beiden Schiffe eine so tief und genau gezielte Salve ab, daß es das andere in den Grund bohrte. Candide und Martin sahen deutlich etwa hundert Menschen auf dem Deck des sinkenden Schiffes; alle hoben die Arme gen Himmel und stießen schreckliche Schreie aus; in einem Moment wurden sie alle vom Meer verschlungen.

„Da könnt Ihr sehen", sagte Martin, „wie die Menschen einander behandeln." – „Das stimmt", sagte Candide, „es liegt etwas Teuflisches in dieser Affäre." Während er so sprach, bemerkte er irgend etwas leuchtend Rotes neben ihrem eigenen Schiff. Man ließ eine Schaluppe ins Wasser, um nachzusehen, was es wohl sein könnte: es war einer seiner Hammel. Candide empfand größere Freude über diesen Hammel, als er Trauer verspürte beim Verlust der hundert anderen, die mit großen Diamanten von Eldorado beladen gewesen waren.

Der französische Kapitän bemerkte bald, daß der Kapitän des siegreichen Schiffes Spanier war und der des versenkten Schiffes ein holländischer Pirat; es war ebender, welcher Candide beraubt hatte. Die ungeheuren Reichtümer, deren der Schurke sich bemächtigt hatte, waren zugleich mit ihm vom Meere verschlungen worden, und nur ein einziger Hammel war übriggeblieben. „Ihr seht", sagte Candide zu Martin, „daß das Verbrechen manchmal seine Strafe erhält; diesen Schuft von holländischem Schiffsherrn traf das verdiente Los." – „Ja", sagte Martin, „aber mußten auch die

Passagiere, die sich auf dem Schiff befanden, umkommen? Gott bestrafte den Spitzbuben, der Teufel ertränkte die anderen."

Währenddem setzten das französische und das spanische Schiff ihre Fahrt fort, und Candide führte seine Unterhaltung mit Martin weiter. Sie disputierten vierzehn Tage ohne Unterbrechung, und am vierzehnten Tag waren sie ebensoweit wie am ersten. Aber immerhin unterhielten sie sich, teilten einander ihre Gedanken mit und trösteten sich gegenseitig. Candide streichelte seinen Hammel. „Da ich dich gefunden habe", sagte er, „werde ich wohl auch Kunigunde finden."

Einundzwanzigstes Kapitel

Candide und Martin nähern sich der Küste Frankreichs und philosophieren

Schließlich kam die französische Küste in Sicht. „Wart Ihr jemals in Frankreich, Herr Martin?" fragte Candide. „Ja", sagte Martin, „ich bereiste einige seiner Provinzen. Es gibt welche, wo die Hälfte der Einwohner verrückt ist, einige, wo man allzu durchtrieben ist, wieder andere, wo die Leute im allgemeinen ziemlich sanft und recht dumm sind, wieder andere, wo man den Schöngeist spielt; und in allen ist die Hauptbeschäftigung die Liebe, die zweite die üble Nachrede und die dritte das Reden von Albernheiten." – „Aber, Herr Martin, habt Ihr Paris gesehen?" – „Ja, ich war auch in Paris; es hat etwas von alledem; es ist ein Chaos, ein Gewühl, wo jedermann sein Vergnügen sucht und kaum jemand es findet, zumindest schien es mir so zu sein. Mein Aufenthalt dort war nur kurz; mir wurde, kaum angekommen, alles, was ich besaß, auf dem Jahrmarkt in St.-Germain von Strolchen gestohlen; man hielt mich selber für einen Dieb, und ich saß acht Tage im Gefängnis; danach wurde ich Korrektor in einer Druckerei; ich mußte etwas verdienen, um zu Fuß nach Holland zurückkehren zu können. Ich lernte die schreibende, die intrigierende und die fanatisierte Kanaille kennen. Man behauptet, es gäbe in dieser Stadt sehr höfliche Leute; ich will es gern glauben."

„Was mich betrifft, so empfinde ich keinerlei Neugier, Frankreich zu sehen", sagte Candide, „Ihr werdet leicht erraten, daß man, wenn man einen Monat in Eldorado verbracht hat, auf Erden nur noch Fräulein Kunigunde wiedersehen möchte. Ich werde sie in Venedig erwarten; wir werden Frankreich durchqueren, um nach Italien zu kommen; wollt Ihr mich nicht begleiten?" – „Sehr gern", sagte Martin, „man sagt, Venedig sei nur den edlen Venezianern günstig, man nehme aber dennoch Fremde sehr gut auf, wenn sie viel Geld haben; ich habe keins, Ihr habt welches, ich werde Euch überallhin folgen." – „Übrigens", sagte Candide, „glaubt Ihr, daß die Erde ursprünglich ein Meer war, wie es jenes dicke Buch behauptet, das dem Schiffskapitän gehört?" – „Ich glaube nichts davon", sagte Martin, „so wenig wie all die Phantastereien, die man uns seit einiger Zeit auftischt." – „Aber zu welchem Zweck wurde denn eigentlich diese Welt gemacht?" fragte Candide. „Um uns zur Raserei zu bringen", erwiderte Martin. „Wundert Ihr Euch nicht", fuhr Candide fort, „über die Liebe, die die beiden Mädchen aus dem Lande der Ohrlöffel, von denen ich Euch erzählte, für jene beiden Affen empfanden?" – „Nicht im mindesten", sagte Martin, „ich kann nicht einsehen, inwiefern diese Leidenschaft etwas Seltsames an sich haben soll; ich habe so viele außergewöhnliche Dinge erlebt, daß es für mich nichts Außergewöhnliches mehr gibt." – „Glaubt Ihr", sagte Candide, „daß die Menschen sich immer gegenseitig umgebracht haben, wie sie es heutzutage tun? Daß sie immer Lügner, Betrüger, Treulose, Undankbare, Räuber, Schwächlinge, Unbeständige, Feiglinge, Neidhammel, Freßsäcke, Trunkenbolde, Geizhälse, Streber, Blutsäufer, Verleumder, Wüstlinge, Fanatiker, Heuchler und Dummköpfe waren?" – „Glaubt Ihr", sagte Martin, „daß die Sperber immer Tauben gefressen haben, wenn sie welche kriegen konnten?" – „Ja, gewiß", sagte Candide. „Nun wohl", sagte Martin, „wenn die Sperber immer den gleichen Charakter hatten, warum wollt Ihr, daß die Menschen den ihren geändert haben sollen?" – „Ach", sagte Candide, „da gibt es doch wohl einen Unterschied, denn die freie Willensentscheidung ..." Während sie so philosophierten, kamen sie in Bordeaux an.

Zweiundzwanzigstes Kapitel

Was Candide und Martin in Frankreich widerfuhr

Candide hielt sich in Bordeaux nur so lange auf, als er brauchte, um ein paar Steine aus Eldorado zu verkaufen und sich einen guten zweisitzigen Wagen zu beschaffen; denn er konnte nicht mehr ohne seinen Philosophen Martin auskommen.

Er war nur sehr ärgerlich, sich von seinem Hammel trennen zu müssen, den er der Akademie der Wissenschaften in Bordeaux überließ, die als Thema für die Preisarbeit des Jahres bestimmte, herauszufinden, warum die Wolle dieses Hammels wohl rot sei; der Preis wurde einem Gelehrten aus dem Norden zugesprochen, der nach der Formel A plus B minus C dividiert durch Z nachwies, daß der Hammel rot sein und an Schafpocken eingehen müsse.

Jedoch sagten alle Reisenden, denen Candide in den Gasthöfen an den Landstraßen begegnete: „Wir wollen nach Paris." Dieser allgemeine Drang machte ihn schließlich neugierig, diese Hauptstadt kennenzulernen; sie lag nicht weit ab vom Weg nach Venedig.

Er erreichte sie am Faubourg St.-Marceau und glaubte im häßlichsten aller Dörfer von Westfalen zu sein.

Kaum war Candide in seiner Herberge, als er von einem leichten Unwohlsein befallen wurde, das auf seine Erschöpfung zurückzuführen war. Da er einen enormen Diamanten am Finger trug und man in seinem Gepäck eine mächtig schwere Kassette bemerkte, tauchten bei ihm sofort zwei Ärzte auf, nach denen er nicht verlangt hatte, einige intime Freunde, die ihm nicht mehr von der Seite wichen, und zwei Betschwestern, die ihm seine Suppen kochten. Martin sagte: „Ich entsinne mich, ebenfalls in Paris bei meiner ersten Reise krank gewesen zu sein; ich war sehr arm: so waren weder

Freunde noch Betschwestern, noch Ärzte um mich, und ich wurde gesund."

Jedoch verschlimmerte sich Candides Zustand infolge der Arzneien und Aderlässe beträchtlich. Ein Pfarrgehilfe aus dem Stadtviertel erschien und bat sanftmütig um einen Schein, zahlbar in der anderen Welt an den Überbringer; Candide lehnte ab. Die Betschwestern versicherten ihm, dies sei eine neue Mode; Candide erwiderte, er sei kein Mann nach der Mode. Martin wollte den Pfarrgehilfen aus dem Fenster werfen. Der Geistliche schwor, man werde Candide nicht beerdigen. Martin schwor, er werde den Geistlichen beerdigen, wenn er sie weiter belästige. Der Streit wurde hitzig; Martin ergriff den anderen bei den Schultern und warf ihn hinaus, was einen großen Skandal hervorrief und einen Prozeß nach sich zog.

Candide wurde wieder gesund; und während seiner Genesung hatte er eine sehr angenehme Gesellschaft zum Essen bei sich. Man spielte hoch. Candide war sehr erstaunt, daß er nie ein As bekam; Martin staunte nicht.

Unter denen, die ihm im Namen der Stadt aufwarteten, war ein kleiner Abbé aus Périgord, einer jener eifrigen, immer auf dem Sprung befindlichen, immer zu allen Diensten bereiten, frechen, schmeichlerischen, willfährigen Leute, die sich an die Fremden bei der Durchreise heranmachen, ihnen die Skandalgeschichten der Stadt erzählen und unbedingt für ihr Amüsement sorgen wollen. Dieser führte Candide und Martin zunächst in die Komödie. Man gab ein neues Trauerspiel. Candide saß neben einigen Schöngeistern. Das hinderte ihn nicht, bei manchen vollendet gespielten Szenen zu weinen. Einer der Klugschwätzer neben ihm sagte in der Pause: „Sie tun nicht gut daran zu weinen: diese Schauspielerin ist sehr schlecht; der Schauspieler, der mit ihr auftritt, ist noch schlechter; das Stück ist noch schlechter als die Schauspieler; der Autor kann kein Wort Arabisch, und dabei spielt das Stück in Arabien; außerdem ist er ein Mensch, der nicht an die angeborenen Ideen glaubt: ich bringe Ihnen morgen zwanzig Schriften gegen ihn." – „Wie viele Theaterstücke habt Ihr in Frankreich?" fragte Candide den Abbé; der antwortete: „Fünf- oder sechstausend.“ – „Das ist viel“, sagte Candide, „wie viele davon sind gut?“ – „Fünfzehn oder sechzehn“, versetzte der andere. „Das ist viel“, sagte Martin.

Candide war von einer Schauspielerin sehr angetan, die in einer ziemlich platten Tragödie, die man manchmal aufführt, die Königin Elisabeth gab. „Diese Schauspielerin“, sagte er zu Martin, „gefällt mir sehr; sie ähnelt ein bißchen Fräulein Kunigunde; ich würde mich freuen, mit ihr bekannt zu werden.“ Der Abbé aus dem Périgord bot ihm an, ihn bei ihr einzuführen. Candide, der in Deutschland aufgewachsen war, fragte nach der Etikette und wie man in Frankreich die Königinnen von England zu behandeln pflege. „Man muß da unterscheiden“, sagte der Abbé, „in der Provinz führt man sie ins Gasthaus; in Paris respektiert man sie, solange sie schön sind, und wenn sie tot sind, wirft man sie auf den Schindanger.“ – „Königinnen auf den Schindanger!“ sagte Candide. „In der Tat“, sagte Martin, „der Herr Abbé hat recht; ich war in Paris, als Fräulein Monime, wie man so sagt, aus diesem in ein anderes Leben einging; man verweigerte ihr, was die Leute hier ein ehrliches Begräbnis nennen, das heißt, mit sämtlichen Lumpen des Viertels auf einem scheußlichen Friedhof verfaulen zu dürfen; sie wurde ganz allein von ihrer Truppe an der Ecke der Rue de Bourgogne eingescharrt; was ihr sicher sehr schmerzlich war, denn sie dachte edel.“ – „Das ist wirklich unhöflich“, sagte Candide. „Was wollt Ihr“, sagte Martin, „so sind hier nun einmal die Leute. Stellt Euch alle nur möglichen Widersprüche, alle nur möglichen Unvereinbarkeiten vor, und Ihr findet sie in der Regierung, in den Gerichtssälen, den Kirchen, den Theatern dieser komischen Nation.“ – „Stimmt es, daß man in Paris immer lacht?“ fragte Candide. „Ja“, sagte der Abbé, „ja, aber vor Zorn; denn man beklagt sich über alles mit lautem Gelächter; lachend begeht man sogar die widerlichsten Untaten.“

„Wer ist“, fragte Candide, „dieses dicke Schwein, das mir so viel Schlechtes von dem Stück sagte, über das ich so viele Tränen vergoß, und von den Schauspielern, die mir so viel Vergnügen bereiteten?“ – „Eine Pest auf zwei Beinen“, antwortete der Abbé, „die ihr Leben damit verdient, über alle

Stücke und Bücher Schlechtes zu sagen; sie haßt jeden, dem etwas gelingt, so wie die Eunuchen die Genießenden hassen: es ist eine jener Literatenschlangen, die von Kot und Gift leben; ein Schmierant." – „Wen meint Ihr mit Schmierant?" fragte Candide. „Einen Zeilenschinder", sagte der Abbé, „einen Fréron."

So unterhielten sich Candide, Martin und der Mann aus dem Périgord auf der Treppe und sahen zu, wie die Leute das Theater verließen. „Obwohl ich große Eile habe, Fräulein Kunigunde wiederzusehen", sagte Candide, „möchte ich doch mit Fräulein Clairon zu Abend essen; denn ich fand sie entzückend."

Der Abbé war nicht der geeignete Mann, um sich Fräulein Clairon zu nähern, die nur in guter Gesellschaft verkehrte. „Sie ist für heute abend verabredet", sagte er, „aber ich werde die Ehre haben, Euch zu einer Dame von Rang zu geleiten, und dort werdet Ihr Paris kennenlernen, als lebtet Ihr schon vier Jahre hier."

Candide, der von Natur aus neugierig war, ließ sich zu der Dame bringen, die am Ende des Faubourg St.-Honoré wohnte; man war damit beschäftigt, Pharao zu spielen; zwölf trübsinnige Mitspieler hielten jeder ein Päckchen Karten in der Hand, das eselsohrige Register ihrer Mißgeschicke. Tiefes Schweigen herrschte, Blässe stand auf den Gesichtern der Spieler, Unruhe auf dem des Bankhalters, und die Dame des Hauses, die neben diesem unerbittlichen Bankhalter saß, bemerkte mit Luchsaugen jedes Paroli und jedes Zeichen, mit dem die Spieler bei siebenfachem Einsatz unerlaubt ihre Karten zu markieren suchten; sie ließ sie mit strenger, aber höflicher Aufmerksamkeit ihre Karten zurückbiegen, regte sich dabei aber keineswegs auf, aus Angst, ihre Kunden zu verlieren: die Dame ließ sich Marquise von Parolignac nennen. Ihre fünfzehnjährige Tochter saß unter den Spielern und zeigte mit einem Augenzwinkern jede Schwindelei der armen Leute an, die die Grausamkeiten des Zufalls wiedergutzumachen suchten. Der Abbé aus dem Périgord, Candide und Martin traten ein; niemand stand auf, niemand begrüßte sie, niemand gönnte ihnen einen Blick; alle waren zutiefst mit ihren Karten beschäftigt. „Die Frau Baronin von Thunder-ten-tronckh war höflicher", sagte Candide.

Währenddem beugte sich der Abbé zum Ohr der Marquise herab, die sich halb erhob und Candide mit einem graziösen Lächeln und Martin mit einem durchaus noblen Kopfnicken beehrte; sie ließ für Candide einen Stuhl und ein Spiel Karten herbeibringen, Candide verlor in zwei Partien fünfzigtausend Francs; worauf man sehr fröhlich speiste und sich alle Welt wunderte, daß Candide sich über seinen Verlust nicht weiter aufregte; die Lakaien sagten untereinander in ihrer Lakaiensprache: „Das muß irgend so ein englischer Mylord sein."

Das Souper war wie die meisten Soupers in Paris: zunächst Schweigen, dann ein Durcheinanderreden, daß man kein Wort mehr verstehen kann, meistens fade Witze, Gerüchte, dummes Geschwätz, ein bißchen Politik und viel üble Nachrede; man sprach sogar über neue Bücher. „Haben Sie", sagte der Abbé aus dem Périgord, „den Roman von Gauchat, Doktor der Theologie, gelesen?" – „Ja", antwortete einer der Gäste, „aber ich brachte es nicht fertig, ihn zu Ende zu lesen. Wir haben eine Masse unverschämter Machwerke, aber alle zusammengenommen können es nicht mit der Unverschämtheit von Gauchat, Doktor der Theologie, aufnehmen; ich habe so übergenug von dieser ungeheuren Flut widerwärtiger Bücher, die uns überschwemmt, daß ich begonnen habe, Pharao zu spielen." – „Und die ‚Vermischten Schriften' des Erzdiakons T..., was sagen Sie dazu?" fragte der Abbé. „Ach", sagte Frau von Parolignac, „so etwas Todlangweiliges! Wie ernsthaft er erzählt, was jedermann schon weiß! Wie schwerfällig er diskutiert, was nicht einmal wert ist, auch nur oberflächlich bemerkt zu werden! Wie geistlos er sich des Geistes anderer bemächtigt! Wie er verdirbt, was er bei anderen gestohlen hat! Wie er mich anekelt! Aber er wird mich nicht länger anekeln: es genügt, ein paar Seiten von dem Erzdiakon gelesen zu haben."

Bei Tisch saß ein Mann von Wissen und Geschmack, der allem zustimmte, was die Marquise sagte. Man sprach darauf von Tragödien; die Dame wollte wissen, warum es Tragödien gebe, die man manchmal aufführe, die man aber nicht lesen könne. Der Mann von Geschmack setzte auf vorzügliche Weise auseinander, daß ein Stück ein gewisses Interesse beanspruchen könne, ohne dabei aber wirklich Wert zu besitzen. Er bewies mit wenigen Worten, daß es nicht genüge, eine oder zwei Situationen zustande zu bringen, die man in fast allen Romanen findet und die die Zuschauer fast immer begeistern, vielmehr müsse man neu sein, ohne wunderlich zu werden, müsse man oft erhaben und immer natürlich sein. Man müsse das Menschenherz kennen und zum Reden bringen. Man müsse ein großer Dichter sein, ohne daß je eine Figur des Stücks wie ein Dichter wirke. Man müsse die Sprache vollendet beherrschen, sie rein, mit ständiger Harmonie sprechen, ohne daß der Reim je den Sinn des Gesagten beeinträchtige. „Wer auch immer", setzte er hinzu, „nicht alle diese Regeln beobachtet, kann eine oder zwei Tragödien verfassen, denen man im Theater applaudiert, aber er wird nie zu den guten Schriftstellern zählen; es gibt nur sehr wenige gute Trauerspiele; die einen sind gut geschriebene und wohlgereimte Idyllen in Dialogform; die anderen politische Überlegungen, die einen einschläfern, oder abstoßende Weitschweifigkeiten; wieder andere Hirngespinste von Verrückten in barbarischem Stil, ununterbrochenes Gerede, lange Anrufungen der Götter, weil man den Menschen nichts zu sagen weiß, falsche Maximen, schwülstige Gemeinplätze."

Candide hörte aufmerksam auf diese Worte und gewann eine hohe Meinung von dem Redenden; und da ihn die Marquise mit Bedacht neben sich Platz nehmen ließ, beugte er sich zu ihr hin und nahm sich die Freiheit, sie zu fragen, wer der Mann sei, der so gut zu reden wisse. „Ein Gelehrter", sagte die Dame, „der niemals spielt und den der Abbé manchmal zum Essen mitbringt; er kennt sich vollendet in Trauerspielen und Büchern aus und hat selber eine Tragödie geschrieben, die ausgepfiffen wurde, sowie ein Buch, das man nie außerhalb des Ladens seines Verlegers gesehen hat, ein Exemplar ausgenommen, das er mir widmete." – „Ein großer Mann", sagte Candide, „er ist ein zweiter Pangloss."

Darauf wandte er sich an ihn und sagte: „Sicher glauben Sie doch auch, daß alles in der physischen Welt und in der

Moral zum besten bestellt ist und gar nicht anders sein könnte?" – „Ich", erwiderte der Gelehrte, „glaube das durchaus nicht: ich finde, daß bei uns alles falsch läuft; daß niemand seinen Rang noch seine Aufgabe kennt, noch weiß, was er tut und was er tun muß, und daß mit Ausnahme des Essens, wo es einigermaßen fröhlich zugeht und einigermaßen Eintracht zu herrschen scheint, die ganze übrige Zeit mit albernen Streitigkeiten vergeht: Jansenisten gegen Molinisten, Juristen gegen Kirchenleute, Schriftsteller gegen Schriftsteller, Höflinge gegen Höflinge, Finanzleute gegen das Volk, Ehefrauen gegen Ehemänner, Verwandte gegen Verwandte; es ist ein ewiger Krieg."

Candide versetzte: „Ich habe Schlimmeres erlebt. Aber ein Weiser, der später das Unglück hatte, gehängt zu werden, brachte mir bei, daß alles ganz ausgezeichnet stehe; es handele sich um ein paar dunkle Stellen auf einem schönen Bild." – „Euer Gehängter machte sich über uns lustig", sagte Martin, „eure dunklen Stellen sind schreckliche Schandflecken." – „Es sind die Menschen, die die Schandflecken machen", sagte Candide, „und sie können es nicht bleibenlassen." – „Es ist also nicht ihre Schuld", sagte Martin. Die meisten Spieler, die von diesen Worten nichts verstanden, tranken; Martin diskutierte mit dem Gelehrten, und Candide erzählte der Dame des Hauses einen Teil seiner Abenteuer.

Nach dem Essen führte die Marquise Candide in ihr Kabinett und bat ihn, sich auf ein Kanapee zu setzen. „Nun", sagte sie, „Sie lieben also immer noch Fräulein Kunigunde von Thunder-ten-tronckh aufs innigste?" – „Ja, Madame", erwiderte Candide. Die Marquise versetzte darauf mit zärtlichem Lächeln: „Sie antworten wie ein junger Mann aus Westfalen; ein Franzose hätte gesagt: ‚Ich habe in der Tat Fräulein Kunigunde geliebt; aber seit ich Sie gesehen habe, Madame, fürchte ich, sie nicht mehr lieben zu können.'" – „Ach, Madame", sagte Candide, „ich antworte, wie Sie es wünschen." – „Ihre Leidenschaft für sie", sagte die Marquise, „begann, als Sie ihr Taschentuch aufhoben; ich will, daß Sie mein Strumpfband aufheben." – „Herzlich gern", sagte Candide und hob es auf. „Aber ich will auch, daß Sie es mir wieder umbinden", sagte die Dame, und Candide band es ihr um. „Sehen Sie", sagte die Dame, „Sie sind ein Fremder; manchmal lasse ich meine Pariser Liebhaber vierzehn Tage lang schmachten, aber Ihnen gebe ich mich schon in der ersten Nacht hin, denn man muß einem jungen Mann aus Westfalen gegenüber seinem Land Ehre machen." Die Schöne hatte zwei enorme Diamanten an beiden Händen ihres jungen Fremdlings bemerkt und spendete ihnen so aufrichtiges Lob, daß die Ringe von Candides Fingern auf die Finger der Marquise überwechselten.

Als Candide mit seinem Abbé aus dem Périgord nach Hause ging, verspürte er ein wenig Reue wegen seiner Untreue gegenüber Fräulein Kunigunde; der Herr Abbé empfand mit ihm; er hatte nur einen geringen Anteil an den fünfzigtausend Pfund, die Candide im Spiel verloren, sowie an dem Wert der beiden halb geschenkten, halb abgeforderten Brillanten. Sein Plan war, die Vorteile, die ihm die Bekanntschaft Candides einbringen konnte, so gut wie möglich zu nützen. Er sprach viel über Kunigunde; und Candide sagte ihm, er werde die Schöne, sobald er sie in Venedig treffen würde, wegen seiner Untreue um Verzeihung bitten.

Der Mann aus dem Périgord verdoppelte Höflichkeit und Aufmerksamkeiten und nahm ein zartes Interesse an allem, was Candide sagte, an allem, was er tat, an allem, was er tun wollte.

„Sie haben also", sagte er, „eine Verabredung in Venedig?" – „Ja, Herr Abbé", sagte Candide, „ich muß dort unbedingt Fräulein Kunigunde finden." So erzählte er denn, hingerissen, von dem reden zu können, was ihm am Herzen lag, seiner Gewohnheit nach einen Teil seiner Erlebnisse mit der illustren Westfalin.

„Ich nehme an", sagte der Abbé, „daß das Fräulein Kunigunde Geist besitzt und bezaubernde Briefe schreibt." – „Ich habe noch nie welche von ihr bekommen", sagte Candide, „denn stellen Sie sich vor, nachdem ich wegen meiner Liebe zu ihr aus dem Schlosse gejagt worden war, konnte ich ihr nicht schreiben; bald darauf erfuhr ich von ihrem Tode; später fand ich sie wieder, verlor sie und schickte ihr an einen

Ort, der zweitausendfünfhundert Meilen von hier entfernt ist, einen Eilboten, von dem ich ihre Antwort erwarte."

Der Abbé hörte aufmerksam zu und schien ein wenig nachdenklich zu sein. Er verabschiedete sich bald von den beiden Fremden, nachdem er sie zärtlich umarmt hatte. Am folgenden Tage erhielt Candide beim Erwachen einen Brief, der folgendermaßen lautete:

‚Mein teurer Herr Geliebter, seit acht Tagen liege ich krank in dieser Stadt; ich erfahre, daß Ihr hier seid. Ich würde in Eure Arme fliegen, wenn ich mich nur rühren könnte. Ich erfuhr von Eurer Durchreise in Bordeaux; dort ließ ich den treuen Cacambo und die Alte, die mir bald folgen sollen. Der Gouverneur von Buenos Aires hat mir alles genommen, aber mir bleibt Euer Herz. Kommt, Eure Gegenwart wird mir das Leben wiedergeben oder mich vor Lust sterben lassen.'

Dieser reizende, dieser unverhoffte Brief erfüllte Candide mit unaussprechlicher Freude; und die Krankheit seiner teuren Kunigunde bereitete ihm tiefen Schmerz. Hin und her gerissen zwischen diesen beiden Empfindungen, nimmt er sein Gold und seine Diamanten und läßt sich und Martin in den Gasthof bringen, in dem Fräulein Kunigunde wohnte. Bebend tritt er ein, sein Herz schlägt, seine Stimme bricht; er will die Vorhänge am Bett zur Seite schlagen, er will Licht herbeischaffen lassen. „Laßt das wohl bleiben", sagt die Bedienerin, „das Licht tötet sie"; und jählings zieht sie die Vorhänge zu. „Meine teure Kunigunde", sagte Candide unter Tränen, „wie geht es Euch? Wenn Ihr mich schon nicht sehen könnt, so redet zumindest." – „Sie kann nicht sprechen", sagte die Bedienerin. Nun streckt die Dame eine fleischige Hand durch den Vorhang, die Candide lange Zeit hindurch mit seinen Tränen begießt und später mit Diamanten füllt, wobei er noch einen Beutel mit Gold auf den Sessel legt.

Während er sich seiner Verzückung hingibt, erscheint ein Polizeioffizier, gefolgt von dem Abbé aus Périgord und einem Polizeitrupp. „Das also", sagte er, „sind die beiden verdächtigen Fremden?" Er läßt sie sofort festnehmen und befiehlt seinen tapferen Jungen, sie ins Gefängnis zu schleppen. „So behandelt man Reisende nicht in Eldorado", sagte Candide. „Ich bin mehr Manichäer als je zuvor", sagte Martin. „Werter Herr, wo bringt Ihr uns hin?" sagte Candide. „Ins Loch", sagte der Offizier.

Sobald Martin seine Kaltblütigkeit wiedererlangt hatte, äußerte er die Meinung, die angebliche Kunigunde sei eine Betrügerin, der Herr Abbé aus dem Périgord, der sich Candides Unschuld so schnell wie möglich zunutze gemacht hatte, ein Betrüger und der Offizier ein weiterer Betrüger, den man aber leicht loswerden könne.

Von diesem Rat erleuchtet, bietet Candide, um sich nicht den Maßnahmen der Justiz auszusetzen und im übrigen immer noch begierig, die wirkliche Kunigunde wiederzusehen, dem Polizeioffizier drei kleine Diamanten im Stückwert von etwa dreitausend Pistolen an. „Ach, lieber Herr", sagte der Mann mit dem Elfenbeinstab, „hättet Ihr auch alle nur vorstellbaren Verbrechen der Welt begangen – Ihr seid doch der anständigste Mann auf der Welt. Drei Diamanten! Jeder dreitausend Pistolen wert! Lieber Herr! Ich würde mich eher für Euch umbringen lassen, als Euch in ein Verlies zu befördern. Man verhaftet alle Fremden bei uns, aber laßt mich nur machen. Ich habe einen Bruder in Dieppe in der Normandie, dort bringe ich Euch hin. Und wenn Ihr für ihn auch noch einen Diamanten habt, so wird er sich Eurer annehmen wie ich selbst." – „Und warum werden alle Fremden festgenommen?" fragte Candide. Nun ergriff der Abbé aus dem Périgord das Wort und sagte: „Weil ein Lump aus dem Land Atrebatien dummes Zeug gehört hat und allein darum einen Königsmord beging, zwar nicht so, wie er im Mai 1610, sondern wie er im Dezember 1594 und in anderen Jahren und Monaten von anderen Lumpen begangen wurde, die ebenfalls dummes Zeug gehört hatten."

Nun erklärte der Polizeioffizier, worum es ging. „Ah, welche Ungeheuer!" rief Candide. „Wie! Solche Untaten bei einem Volk, das tanzt und singt! Könnte ich nicht schnellstens aus diesem Lande herauskommen, wo Affen Tiger reizen? In meiner Heimat habe ich Bären gesehen. Menschen traf ich nur in Eldorado. Bringt mich, Herr Polizeioffizier, in Gottes Namen nach Venedig, wo ich auf Fräulein Kunigunde warten muß." – „Ich kann Euch nur in die untere Normandie bringen", sagte der Häscher. Sogleich läßt er ihm die Fesseln abnehmen, spricht von einem Mißgriff, schickt seine Leute nach Hause und schafft Candide und Martin nach Dieppe, wo er sie seinem Bruder übergibt. An der Reede lag ein kleines holländisches Schiff. Der Normanne, der mit Hilfe von drei weiteren Diamanten zum hilfreichsten aller Menschen geworden war, bringt Candide und seine Leute an Bord des Schiffes, das gerade nach Portsmouth in England in See stach. Es war nicht der Weg nach Venedig; aber Candide glaubte der Hölle entkommen zu sein und hoffte darauf, bei erster Gelegenheit wieder den Weg nach Venedig einschlagen zu können.

Dreiundzwanzigstes Kapitel

Candide und Martin fahren an die englische Küste; was sie dort sehen

„Ach, Pangloss, Pangloss! Ach, Martin, Martin! Ach, meine teure Kunigunde! Was ist das schon für eine Welt!" sagte Candide an Bord des holländischen Schiffes. „Etwas ziemlich Verrücktes und ziemlich Abscheuliches", erwiderte Martin. „Ihr kennt England; ist man da ebenso verrückt wie in Frankreich?" – „Es handelt sich um eine andere Art von Verrücktheit", sagte Martin, „Ihr wißt, daß diese beiden Nationen einander wegen ein paar Morgen Schnee in der Gegend von Kanada bekriegen und daß sie für diesen feinen Krieg viel mehr ausgeben, als das ganze Kanada wert ist. Wenn ich Euch genau sagen soll, in welchem Land von den beiden man mehr Leute an die Kette legen müßte, so reichen dazu meine schwachen Kenntnisse nicht aus. Ich weiß nur, daß die Leute, die wir treffen werden, im allgemeinen sehr launisch sind."

Während sie sich so unterhielten, legten sie in Portsmouth an. Eine große Menge stand am Ufer und beobachtete aufmerksam einen ziemlich dicken Mann, der auf dem Oberdeck eines Kriegsschiffes mit verbundenen Augen kniete. Vier Soldaten, die ihm gegenüberstanden, schossen ihm jeder auf die friedlichste Art von der Welt drei Kugeln in den Schädel, und die ganze Versammlung ging äußerst zufrieden auseinander. „Was soll das alles bedeuten?“ fragte Candide. „Und wie heißt der Dämon, der überall seine Herrschaft ausübt?“ Er erkundigte sich, wer der dicke Mann gewesen sei, den man gerade so feierlich umgebracht hatte. „Es ist ein Admiral“, antwortete man ihm. „Und warum muß man diesen Admiral umbringen?“ – „Weil er“, sagte man, „nicht genug Leute umbringen ließ; er lieferte einem französischen Admiral eine Schlacht, und man fand heraus, er sei ihm nicht nahe genug auf den Leib gerückt.“ – „Aber“, sagte Candide, „der französische Admiral war von dem englischen Admiral ebenso weit entfernt wie der von ihm.“ – „Das ist nicht zu bestreiten“, versetzte man, „aber in diesem Land hier ist es gut, von Zeit zu Zeit einen Admiral umzubringen, um die anderen kühner zu machen.“

Candide war so betäubt und erschüttert von dem, was er gesehen und gehört hatte, daß er gar nicht erst an Land gehen wollte, sondern mit dem holländischen Schiffsherrn (selbst wenn dieser ihn wie jener andere in Surinam berauben sollte) einen Handel abschloß, demzufolge der Schiffsherr ihn ohne Verzug nach Venedig bringen würde.

Nach zwei Tagen war der Schiffsherr bereit. Man fuhr an den Küsten Frankreichs entlang; man segelte in Sichtweite an Lissabon vorbei, und Candide erbebte. Man fuhr in die Meerenge ein und ins Mittelmeer; schließlich legte man in Venedig an. „Gott sei gelobt!“ sagte Candide und umarmte Martin. „Hier werde ich die schöne Kunigunde wiedersehen. Ich zähle auf Cacambo wie auf mich selbst. Alles ist gut, alles geht gut, alles steht so gut, wie es überhaupt nur möglich ist.“

Vierundzwanzigstes Kapitel

Von Paquette und dem Bruder Giroflée

Sobald er in Venedig angekommen war, ließ er Cacambo in allen Wirtshäusern, in allen Cafés und bei allen Freudenmädchen suchen, fand ihn aber nirgends. Täglich versuchte er ihn auf jedem Schiff und auf jeder Barke zu entdecken: keine Nachricht von Cacambo. „Wie", sagte er zu Martin, „ich bin inzwischen von Surinam nach Bordeaux gereist, von Bordeaux nach Paris, von Paris nach Dieppe, von Dieppe nach Portsmouth, habe Portugal und Spanien umfahren, das ganze Mittelmeer durchquert, ein paar Monate in Venedig verbracht, und die schöne Kunigunde ist immer noch nicht da! Statt ihrer bin ich nur einem Flittchen und einem Abbé aus dem Périgord begegnet. Sicherlich ist Kunigunde tot, und mir bleibt nichts übrig, als zu sterben. Ach, es wäre besser gewesen, in dem Paradies Eldorado zu bleiben, als in dieses verdammte Europa zurückzukommen. Wie hattet Ihr doch recht, mein lieber Martin; alles ist nur Illusion und Beschwernis."

Er verfiel in die schwärzeste Melancholie und nahm nicht den geringsten Anteil an der Oper alla moda noch an den anderen Belustigungen des Karnevals; nicht eine Dame führte ihn auch nur im mindesten in Versuchung. Martin sagte: „Ihr seid wirklich ziemlich simpel, wenn Ihr glaubt, daß ein Mestizendiener mit fünf oder sechs Millionen in der Tasche Eure Mätresse am anderen Ende der Welt suchen und sie Euch nach Venedig bringen wird. Er wird sie selber behalten, sofern er sie findet. Wenn er sie nicht findet, nimmt er eine andere. Ich rate Euch, Euren Diener Cacambo und Eure Mätresse Kunigunde zu vergessen." Martin war nicht gerade tröstlich anzuhören. Candides Melancholie nahm zu, und Martin hörte nicht auf, ihm zu beweisen, daß es auf Erden wenig Tugend und wenig Glück gebe, ausgenommen vielleicht in Eldorado, wo niemand hingelangen konnte.

Während sie über dieses wichtige Thema disputierten und auf Kunigunde warteten, bemerkte Candide auf dem Markusplatz einen jungen Theatinermönch Arm in Arm mit einem Mädchen. Der Theatiner sah frisch, gut gepolstert und kräftig aus; seine Augen blitzten, sein Auftreten war sicher, er trug den Kopf hoch, sein Gang war stolz. Das Mädchen war hübsch und trällerte vor sich hin; sie sah ihren Theatiner verliebt an und kniff ihn von Zeit zu Zeit in die dicken Backen. „Wenigstens das werdet Ihr mir zugestehen", sagte Candide zu Martin, „daß diese Leute da glücklich sind. Bisher traf ich auf der ganzen bewohnbaren Erde, mit Ausnahme von Eldorado, nur Unglückliche; was aber dieses Mädchen und den Theatiner angeht, möchte ich wetten, daß sie sehr glückliche Geschöpfe sind." – „Ich wette, sie sind es nicht", sagte Martin. „Wir brauchen sie bloß zum Essen einzuladen", sagte Candide, „und Ihr werdet sehen, ob ich mich getäuscht habe."

Sogleich tritt er auf sie zu, grüßt sie höflich und bittet sie in seinen Gasthof, um gemeinsam mit ihnen Makkaroni, Rebhühner aus der Lombardei und Kaviar zu essen sowie Montepulciano, Lacrimae Christi, Zypern- und Samoswein zu trinken. Das Fräulein wurde rot, der Theatiner nahm an, und das Mädchen folgte, während sie Candide mit überraschten und verwirrten Augen, in die ein paar Tränen traten, betrachtete. Kaum waren sie in Candides Zimmer eingetreten, sagte sie: „Herr Candide erkennt also Paquette nicht mehr!" Bei diesen Worten sagte Candide, der sie bisher nicht aufmerksam angesehen hatte, weil er immer nur an Kunigunde dachte: „Ach, mein armes Kind, Ihr seid es also, die den Doktor Pangloss in den schönen Zustand versetzte, in dem ich ihn traf?" – „Leider, Herr, ich bin es selbst", sagte Paquette, „ich sehe, daß Ihr alles wißt. Ich erfuhr von dem entsetzlichen Unglück, das dem ganzen Haus der Frau Baronin und der schönen Kunigunde widerfahren ist. Ich schwöre Euch, mein Geschick war kaum weniger traurig. Ich war ganz unschuldig, als Ihr mir begegnetet. Ein Franziskaner, mein Beichtvater, verführte mich mit Leichtigkeit. Die Folgen waren fürchterlich; ich war gezwungen, das Schloß kurze Zeit, nachdem der Herr Baron Euch mit Fußtritten in den Hintern hinausgeworfen hatte, zu verlassen. Hätte ein berühmter Arzt nicht mit mir Mitleid gehabt, wäre ich gestorben. Aus Dankbarkeit war ich einige Zeit die Mätresse dieses Arztes. Seine Frau, bis zur Verrücktheit eifersüchtig, verprügelte mich täglich erbarmungslos; sie war eine Furie. Dieser Arzt war der häßlichste Mann, den man sich denken kann, und ich die unglückseligste aller Kreaturen, ständig wegen eines Mannes verprügelt, den ich nicht liebte. Ihr wißt, wie gefährlich es für eine zänkische Frau ist, mit einem Arzt verheiratet zu sein. Dieser, der von ihrer Aufführung schließlich genug hatte, gab ihr eines Tages, um sie von einem kleinen Schnupfen zu heilen, eine so wirksame Arznei, daß sie binnen zweier Stunden unter schrecklichen Zuckungen starb. Madames Verwandte strengten gegen den Herrn einen Kriminalprozeß an; er ergriff die Flucht, und mich steckte man ins Gefängnis. Meine Unschuld hätte mich nicht gerettet, wäre ich nicht ein bißchen hübsch gewesen. Der Richter ließ mich unter der Bedingung frei, daß er die Nachfolge des Arztes antreten würde. Ich wurde bald von einer Rivalin verdrängt, ohne Belohnung davongejagt und war gezwungen, dieses widerwärtige Gewerbe fortzusetzen, das Euch Männern so vergnüglich vorkommt und das für uns nur einen Abgrund an Elend bedeutet. Ich beschloß, mein Gewerbe in Venedig zu betreiben. Ach, wenn Ihr Euch vorstellen könntet, was es bedeutet, gezwungen zu sein, ohne Unterschied einem alten Händler, einem Advokaten, einem Mönch, einem Gondoliere, einem Abbé Zärtlichkeiten zu erweisen; jedem Schimpf, jeder Erpressung ausgesetzt zu sein; oft sich einen Rock borgen zu müssen, um ihn sich von einem ekelhaften Kerl hochheben zu lassen; von dem einen um das bestohlen zu werden, was man bei dem anderen verdient hat; Gerichtsbeamten Lösegeld zahlen zu müssen und nichts vor sich zu haben als ein entsetzliches Alter, ein Hospital und einen Misthaufen, dann würdet Ihr zu dem Schluß kommen, daß ich eines der unglücklichsten Geschöpfe auf der Welt bin."

So schüttete Paquette dem guten Candide in einem Zimmer in Martins Gegenwart ihr Herz aus. Martin sagte zu Candide: „Ihr seht, ich habe die Wette schon zur Hälfte gewonnen."

Bruder Giroflée war im Eßzimmer geblieben und trank einen Schluck, während er auf das Essen wartete. „Aber", sagte Candide zu Paquette, „Ihr saht doch so froh, so zufrieden aus, als ich Euch begegnete. Ihr sangt vor Euch hin, Ihr streicheltet den Theatiner mit so natürlicher Zuneigung; Ihr erschient mir ebenso glücklich, wie Ihr vorgebt unglücklich zu sein." – „Ach, Herr", erwiderte Paquette, „auch das ist eine jener Berufsmiseren. Gestern wurde ich von einem Offizier bestohlen und verprügelt, und heute muß ich mich gut gelaunt zeigen, um einem Mönch zu gefallen."

Mehr wollte Candide nicht hören; er gab zu, daß Martin recht gehabt hatte. Man begab sich mit Paquette und dem Theatiner zu Tisch, die Mahlzeit war ziemlich amüsant, und schließlich redete man ziemlich offen miteinander. „Ehrwürdiger Vater", sagte Candide zu dem Mönch, „Ihr scheint mir Euch eines Geschicks zu erfreuen, um das Euch alle Welt beneiden könnte; Gesundheit glänzt auf Euerm Gesicht, Eure Physiognomie zeigt jedem, daß Ihr glücklich seid; Ihr habt ein sehr hübsches Mädchen zu Eurer Unterhaltung und scheint sehr zufrieden mit Euerm Stand eines Theatiners zu sein."

„Bei meiner Ehre", sagte Bruder Giroflée, „ich wünschte, alle Theatiner lägen auf dem Meeresgrund. Hundertmal war ich in Versuchung, das Kloster in Brand zu stecken und selber Türke zu werden. Als ich fünfzehn Jahre alt war, zwangen mich meine Eltern, dieses ekelhafte Gewand anzulegen, um einem verdammten älteren Bruder, den Gott verderben möge, ein größeres Erbteil hinterlassen zu können. Eifersucht, Zwietracht und Wut herrschen im Kloster. Es stimmt, ich habe ein paar schlechte Predigten gehalten, die mir ein bißchen Geld einbrachten, von dem mir der Prior die Hälfte stiehlt: der Rest dient mir dazu, Mädchen auszuhalten; aber wenn ich abends ins Kloster zurückkehre, möchte ich mir den Schädel an den Wänden des Schlafraumes einrennen; und allen meinen Mitbrüdern geht es genauso."

Martin wandte sich mit seiner üblichen Gelassenheit Candide zu: „Nun", sagte er, „habe ich nicht die ganze Wette gewonnen?" Candide gab Paquette zweitausend und dem Bruder Giroflée tausend Piaster. „Ich bin sicher", sagte er, „daß sie damit glücklich sein werden." – „Das glaube ich durchaus nicht", sagte Martin, „vielleicht werdet Ihr sie mit diesen Piastern noch viel unglücklicher machen." – „Wie dem auch sei", sagte Candide, „etwas tröstet mich, ich sehe, daß man oft Leuten wiederbegegnet, die man nie wiederzutreffen meinte; es kann wohl sein, daß ich, nachdem ich meinen roten Hammel und Paquette wiedergefunden habe, nun auch Kunigunde treffe." – „Ich wünschte", sagte Martin, „sie würde eines Tages Euer Glück machen; aber das bezweifle ich stark." – „Ihr seid sehr hart", sagte Candide. „Weil ich das Leben kenne", sagte Martin.

„Aber seht Euch doch diese Gondolieri an", sagte Candide, „singen sie nicht unaufhörlich?" – „Ihr seht sie nicht zu Hause, mit ihren Frauen und Gören", sagte Martin. „Der Doge hat seine Sorgen, die Gondolieri haben die ihren. Es stimmt, alles in allem ist das Schicksal eines Gondolieri dem eines Dogen vorzuziehen, aber ich halte den Unterschied für so gering, daß er nicht weiter untersucht zu werden braucht."

„Man spricht", sagte Candide, „von dem Senator Pococurante, der in dem schönen Palast an der Brenta wohnt und Fremde gebührend empfängt. Man behauptet, er sei ein Mensch, der Kummer nie gekannt hat." – „So etwas Seltenes würde ich gern sehen", sagte Martin. Candide ließ den Herrn Pococurante sogleich um die Erlaubnis bitten, ihn am folgenden Tage aufsuchen zu dürfen.

Fünfundzwanzigstes Kapitel

Besuch bei dem Herrn Pococurante, einem edlen Venezianer

Candide und Martin fuhren mit einer Gondel auf der Brenta zum Palast des edlen Pococurante. Die Gärten waren gepflegt und mit schönen Marmorstatuen geschmückt; der Palast war ein wundervoller Bau. Der Herr des Hauses, ein sehr reicher Mann von etwa sechzig Jahren, nahm die beiden Neugierigen höflich, aber ohne Eifer auf, was Candide verwirrte und Martin keineswegs mißfiel.

Zunächst servierten zwei hübsche und gutgekleidete Mädchen Schokolade, die sie kräftig schäumen ließen. Candide konnte nicht umhin, ihre Schönheit, ihre angenehmen Sitten und ihre Geschicklichkeit zu loben. „Es sind recht nette Geschöpfe", sagte der Senator Pococurante, „ich lasse sie manchmal in meinem Bett schlafen, denn ich habe ziemlich genug von den städtischen Damen, von ihrer Koketterie, ihren Eifersüchteleien, ihren Streitigkeiten, ihren Launen, ihrer Kleinlichkeit, ihrem Hochmut, ihren Albernheiten und den Sonetten, die man für sie machen oder bestellen muß; aber, alles in allem, fangen auch die beiden Mädchen an, mich stark zu langweilen."

Candide ging nach dem Essen in einer langen Galerie spazieren und war von der Schönheit der Bilder überrascht. Er fragte, welcher Meister die beiden ersten gemalt habe. „Sie sind von Raffael", sagte der Senator, „ich kaufte sie vor ein paar Jahren aus Eitelkeit zu einem sehr hohen Preis; man sagt, daß es in Italien nichts Schöneres gibt, aber sie gefallen mir überhaupt nicht: die Farben sind ziemlich stark nachgedunkelt; die Figuren sind nicht genug abgerundet und treten nicht genügend hervor; die Gewänder ähneln in keiner Weise irgendwelchen Stoffen; in einem Wort, was immer man auch sagen möge, ich finde hier keinerlei wahre Wiedergabe der Natur. Ich liebe ein Bild nur dann, wenn ich auf ihm die Natur selbst zu sehen glaube. Aber es gibt gar keine von solcher Art. Ich besitze viele Bilder, doch ich sehe sie mir gar nicht mehr an."

Pococurante ließ in Erwartung der Mahlzeit ein Konzert geben. Candide fand die Musik köstlich. „Dieses Geräusch", sagte Pococurante, „kann einen eine halbe Stunde lang unterhalten; wenn es aber länger dauert, ermüdet es alle Welt, obwohl niemand es zuzugeben wagt. Die Musik ist heutzutage nichts weiter als die Kunst, technische Schwierigkeiten zu bewältigen, aber was nur schwierig ist, kann auf die Dauer nicht gefallen.

Mir würde vielleicht die Oper ein wenig mehr zusagen, hätte man nicht herausgefunden, wie man aus ihr ein Monstrum macht, was mich geradezu aufbringt. Höre sich schlechte Tragödien mit Musikbegleitung an, wer will, wo die Auftritte nur dazu da sind, um an falscher Stelle zwei oder drei lächerliche Lieder singen zu lassen, die die Kehle einer Sängerin zur Geltung bringen sollen; möge vor Vergnügen vergehen, wer will oder kann, wenn er einen Kastraten die Rolle des Caesar oder des Cato trällern hört und ihn ungeschickt auf den Brettern umherspazieren sieht; was mich betrifft, so habe ich seit langem auf diese Armseligkeiten verzichtet, die heute Italiens Ruhm begründen und für die Fürsten so viel bezahlen." Candide disputierte ein wenig, aber mit Zurückhaltung. Martin teilte voll und ganz die Ansicht des Senators.

Man setzte sich zu Tisch und ging nach einem ausgezeichneten Essen in die Bibliothek. Candide erblickte einen herrlich gebundenen Homer und lobte den erlauchten Gastgeber für seinen guten Geschmack. „Dies ist", sagte er, „ein Buch, das den großen Pangloss, den besten Philosophen Deutschlands, entzückte." – „Nicht mich", sagte Pococurante kalt, „man machte mich einmal glauben, ich würde bei seiner Lektüre Vergnügen empfinden; aber diese ständige Wiederholung von Kämpfen, die einander alle gleichen, diese Götter, die immer in Bewegung sind, aber nie etwas Entscheidendes tun, diese Helena, um die der Krieg geht und die kaum in Erscheinung tritt, dieses Troja, das man belagert und nicht einnimmt, all das verursachte mir tödliche Langeweile. Ich fragte mehrmals Gelehrte, ob sie sich bei dieser Lektüre ebenso langweilten wie ich. Alle aufrichtigen Leute gestanden mir, daß ihnen das Buch aus den Händen falle, daß man es aber stets in seiner Bibliothek haben müsse als ein Denkmal der Antike, ebenso wie jene verrosteten Münzen, die nicht mehr im Umlauf sind."

„Euer Exzellenz denken doch nicht etwa gleichermaßen von Vergil?" fragte Candide. „Ich gebe zu", sagte Pococurante, „daß das zweite, das vierte und das sechste Buch der ‚Aeneis' ausgezeichnet sind; was aber seinen frommen Aeneas, den starken Cloanthes, den Freund Achates, den kleinen Ascanius, den blöden König Latinus, die beschränkte Amata, die fade Lavinia angeht, so gibt es, glaube ich, nicht noch einmal etwas so Kaltes und dazu noch Unangenehmes. Ich ziehe Tasso vor und die Geschichten des Ariost, bei denen man im Stehen einschläft."

„Dürfte ich wohl fragen", sagte Candide, „ob es Ihnen nicht ein großes Vergnügen macht, Horaz zu lesen?" – „Es gibt bei ihm Maximen", sagte Pococurante, „aus denen ein Mann von Welt Vorteil ziehen kann und die, in energische Verse gedrängt, sich dem Gedächtnis leichter einprägen. Aber ich habe wenig für seine Reise nach Brindisi übrig und für seine Beschreibung eines schlechten Gastmahls und das Gekeif zwischen irgendeinem Pupilus, dessen Worte, wie er sagt, *voller Eiter* waren, und einem anderen, dessen Worte *Essig* waren. Ich habe nur mit äußerstem Widerwillen seine groben Verse gegen alte Weiber und Hexen gelesen; und ich verstehe nicht, welches Verdienst darin liegen soll, wenn er seinem Freund Maecenas mitteilt, er würde, falls dieser ihm den Rang eines lyrischen Dichters zuerkenne, mit erhabener Stirn die Sterne berühren. Dummköpfe bewundern alles bei einem Autor, der einen Namen hat. Ich lese nur für mich selber. Ich liebe nur das, was mir dienlich ist." Candide, den man dazu erzogen hatte, über nichts selbständig zu urteilen, war sehr verwundert über das, was er hörte; Martin fand die Denkart des Pococurante ziemlich vernünftig.

„Ach, sieh an, ein Cicero", sagte Candide, „diesen großen Mann, vermute ich, werden Sie nicht müde zu lesen." – „Ich lese ihn niemals", sagte der Venezianer, „was geht es mich an, ob er Rabirius oder Cluentius verteidigt hat? Ich habe genug an den Prozessen, in denen ich das Urteil fällen muß. Ich hätte mich noch leichter mit seinen philosophischen Werken abgefunden, als ich aber sah, daß er an allem zweifelt, schloß ich daraus, daß ich ebensoviel wisse wie er und daß ich niemand nötig hätte, um unwissend zu sein."

„Ach, seht, achtzig Bände gesammelter Werke einer Akademie der Wissenschaften", rief Martin, „darunter könnte Gutes sein." – „Es hätte sein können", sagte Pococurante, „wenn auch nur ein einziger Autor dieses Plunders wenigstens die Kunst erfunden hätte, Nadeln zu machen; aber in all diesen Büchern finden sich nur leere Systeme und nicht ein einziges nützliches Ding."

„Was sehe ich da an Theaterstücken", sagte Candide, „auf italienisch, spanisch, französisch!" – „Ja", sagte der Senator, „es sind dreitausend, und darunter nicht einmal drei Dutzend gute. Was diese Sammlungen von Predigten, die insgesamt nicht eine Seite Seneca wert sind, und all diese Riesenbände Theologie angeht, so schlage ich sie wohlgemerkt niemals auf, weder ich noch sonst jemand."

Martin bemerkte Regale mit vielen englischen Büchern. „Ich glaube", sagte er, „daß einem Republikaner die meisten dieser im Geist der Freiheit geschriebenen Werke gefallen müssen." – „Ja", erwiderte Pococurante, „es ist schön zu schreiben, was man denkt; es ist ein Vorrecht des Menschen. In unserem ganzen Italien schreibt man nur, was man nicht denkt; die das Land der Caesar und Antonius bewohnen, wagen ohne Erlaubnis eines Jakobinermönchs nicht, einen Gedanken zu haben. Ich wäre mit der Freiheit zufrieden, die die englischen Genien beseelt, würden nicht Fanatismus und Parteigeist alles wieder verderben, was diese kostbare Freiheit Schätzenswertes hat."

Candide, der einen Milton bemerkte, fragte ihn, ob er nicht diesen Autor als einen großen Mann betrachte. „Wen?" sagte Pococurante. „Diesen Barbaren, der zum ersten Kapitel der Schöpfungsgeschichte einen langen Kommentar in zehn Büchern aus schlechten Versen schreibt? Diesen groben Nachahmer der Griechen, der die Schöpfung entstellt und der, während Moses das ewige Wesen zeigt, wie es die Welt durch das Wort hervorbringt, den Messias aus einem himmlischen Schrank einen Zirkel holen läßt, um sein Werk zu entwerfen? Ich soll jemand schätzen, der Tassos Hölle und Teufel verdorben hat, der Luzifer bald als Kröte, bald als Zwerg verkleidet, der ihn hundertmal die gleichen Reden halten läßt, der ihn zwingt, über Theologie zu disputieren, der, indem er die komische Erfindung der Feuerwaffen bei Ariost auf ernsthafte Weise imitiert, die Teufel mit einer Kanone in den Himmel schießen läßt? Weder ich noch sonst jemand in Italien hat an diesen tristen Extravaganzen Gefallen finden können. Bei der Vermählung von Sünde und Tod und den Nattern, die die Sünde zur Welt bringt, muß sich jedermann, der ein wenig Geschmack hat, übergeben, und seine lange Beschreibung eines Hospitals kann höchstens einem Totengräber gefallen. Dieses dunkle, bizarre und widerliche Gedicht wurde bei seiner Veröffentlichung verachtet; ich behandle es heute, wie es in seiner Heimat von seinen Zeitgenossen behandelt wurde. Übrigens sage ich, was ich denke, und es kümmert mich wenig, ob andere ebenso denken." Diese Worte machten Candide traurig; er verehrte Homer, er liebte ein wenig Milton. „Ach", sagte er leise zu Martin, „ich fürchte, dieser Mann hat nur tiefste Verachtung für unsere deutschen Dichter übrig." – „Das würde nichts weiter schaden", sagte Martin. „O welch ein überlegener Mann", stieß Candide zwischen den Zähnen hervor, „welch großer Geist, dieser Pococurante! Nichts will ihm gefallen!"

Nachdem sie auf diese Weise alle Bücher durchgegangen waren, stiegen sie in den Garten hinab. Candide pries alle seine Schönheiten. „Ich kenne nichts ähnlich Geschmackloses", sagte der Hausherr, „alles das ist Spielerei; aber schon morgen werde ich einen nach einem besseren Entwurf anlegen lassen."

Als die beiden Neugierigen sich von Seiner Exzellenz verabschiedet hatten, sagte Candide zu Martin: „Ihr werdet mir zugestehen, daß dies der glücklichste aller Menschen ist, denn er steht über allem, was er besitzt." – „Seht Ihr nicht", sagte Martin, „daß ihn alles anekelt, was er hat? Platon sagte vor langer Zeit, nicht *die* Mägen seien die besten, die jede Nahrung verweigern." – „Aber", sagte Candide, „macht es nicht Freude, alles zu kritisieren, Mängel dort zu finden, wo andere Menschen Schönheiten zu sehen glauben?" – „Das will besagen", fuhr Martin fort, „daß es Vergnügen macht, nicht vergnügt zu sein?" – „Nun gut", sagte Candide, „es gibt also keinen Glücklichen außer mir, wenn ich erst Fräulein Kunigunde wiedersehe." – „Man tut immer gut daran, die Hoffnung nicht sinken zu lassen", sagte Martin.

Jedoch gingen Tage und Wochen dahin. Cacambo kam nicht wieder, und Candide war so in seinen Schmerz versunken, daß er nicht einmal daran dachte, daß Paquette und Bruder Giroflée nicht wiedergekommen waren, sei es auch nur, um sich bei ihm zu bedanken.

Sechsundzwanzigstes Kapitel

Wie Candide und Martin mit sechs Fremden speisten, und wer sie waren

Eines Abends, als Candide, von Martin gefolgt, sich mit den Fremden zu Tisch setzen wollte, die im gleichen Gasthaus wohnten, trat von hinten ein Mann mit rußfarbenem Gesicht an ihn heran, faßte ihn am Arm und sagte: „Macht Euch bereit, mit uns abzureisen. Versäumt es ja nicht!" Er dreht sich um und erblickt Cacambo. Nur Kunigundes Anblick hätte ihn mehr verwundern und ihm mehr gefallen können. Er wollte vor Freude verrückt werden. Er umarmt seinen teuren Freund. „Kunigunde ist bestimmt hier, wo ist sie? Bringe mich zu ihr, damit ich vor Freude mit ihr sterbe." – „Kunigunde ist nicht hier", sagte Cacambo, „sie ist in Konstantinopel." – „Himmel! In Konstantinopel! Aber wäre sie auch in China, ich fliege hin, gehen wir." – „Wir gehen nach dem Essen", fuhr Cacambo fort, „mehr kann ich Euch nicht sagen. Ich bin Sklave, mein Herr erwartet mich; ich muß ihn bei Tisch bedienen. Sagt kein einziges Wort. Eßt und haltet Euch bereit."

Candide, hin und her gerissen zwischen Freude und Schmerz, entzückt, seinen treuen Sendboten wiederzusehen, verwundert, ihn als Sklave zu sehen, von dem Gedanken erfüllt, seine Mätresse wiederzufinden, setzte sich bewegten Herzens und ergriffenen Gemüts zu Tisch. Neben ihm nahm Martin Platz, der alldem mit Gelassenheit zusah, sowie sechs Fremde, die den Karneval in Venedig verleben wollten.

Cacambo, der einem der Fremden einschenkte, näherte sich gegen Ende der Mahlzeit seinem Herrn und sagte ihm ins Ohr: „Sire, Eure Majestät können abreisen, wann Sie wünschen, das Schiff ist bereit." Nachdem er diese Worte gesprochen hatte, ging er hinaus. Die Tafelnden sahen ohne ein

Wort einander erstaunt an, als ein zweiter Bedienter auf seinen Herrn zutrat und sagte: „Sire, der Wagen Eurer Majestät steht in Padua, und die Barke ist bereit.“ Der Herr gab ihm ein Zeichen, und der Bediente ging. Alle Gäste blickten von neuem einander an, und die allgemeine Verwunderung verdoppelte sich. Ein dritter Diener näherte sich ebenfalls einem dritten Fremden und sagte: „Sire, glauben Sie mir, Eure Majestät können nicht länger hier bleiben. Ich werde alles vorbereiten.“ Und sogleich verschwand er.

Candide und Martin zweifelten nun nicht mehr daran, daß es sich um einen Maskenscherz handelte. Ein vierter Diener sagte zu dem vierten Herrn: „Eure Majestät können reisen, sobald es Majestät beliebt“, und ging wie die anderen. Der fünfte Bediente sagte dem fünften Herrn das gleiche. Aber der sechste sprach auf andere Weise zum sechsten Fremden, der neben Candide saß; er sagte: „Bei meinem Leben, Sire, man will Eurer Majestät keinen Kredit mehr geben, und mir auch nicht. Und wir könnten heute nacht beide leicht verhaftet werden, Sie und ich. Ich werde mich um meine Angelegenheiten kümmern. Leben Sie wohl.“

Nachdem alle Bedienten verschwunden waren, blieben die sechs Fremden, Candide und Martin in tiefem Schweigen zurück. Schließlich unterbrach Candide die Stille. „Meine Herren“, sagte er, „das nenne ich mir einen merkwürdigen Spaß: warum sind Sie alle Könige? Was mich angeht, so gebe ich zu, daß wir, ich und Martin, keine sind.“

Nun nahm Cacambos Herr mit ernster Miene das Wort und sagte auf italienisch: „Ich scherze keineswegs, ich heiße Achmed III. Ich war mehrere Jahre hindurch Großsultan; ich entthronte meinen Bruder; mein Neffe entthronte mich; man schnitt meinen Wesiren den Kopf ab; ich verbringe den Rest meines Lebens im alten Serail. Mein Neffe, der Großsultan Mahmoud, erlaubt mir manchmal, aus Gesundheitsgründen zu reisen, und ich kam her, um den Karneval in Venedig zu verleben.“

Ein junger Mann, der neben Achmed saß, sprach nach ihm und sagte: „Ich heiße Iwan; ich war Kaiser aller russischen Lande; ich wurde in der Wiege entthront, mein Vater und meine Mutter wurden eingesperrt, ich bin im Gefängnis aufgewachsen; man erlaubt mir manchmal, in Begleitung jener zu reisen, die mich bewachen, und ich kam, um den Karneval in Venedig zu verleben."

Der dritte sagte: „Ich bin Charles Edward, König von England. Mein Vater trat an mich seine Rechte auf das Königreich ab. Ich hatte zu kämpfen, um sie zu behaupten. Man riß achthundert meiner Gefolgsleute das Herz heraus und schlug es ihnen um die Ohren. Ich wurde ins Gefängnis geworfen. Ich gehe nach Rom, um dem König, meinem Vater, einen Besuch abzustatten. Er wurde vom Thron gestoßen wie ich und mein Großvater, und ich kam her, um den Karneval in Venedig zu verleben."

Nun nahm der vierte das Wort und sagte: „Ich bin der König der Polacken. Das Kriegsglück beraubte mich meiner angestammten Staaten. Mein Vater erlitt die gleiche Niederlage. Ich beuge mich der Vorsehung wie der Sultan Achmed, der Kaiser Iwan und der König Charles Edward, denen Gott ein langes Leben schenken möge, und ich kam, um den Karneval in Venedig zu verleben."

Der fünfte sagte: „Ich bin ebenfalls König der Polacken. Ich verlor zweimal mein Königreich. Aber die Vorsehung schenkte mir einen anderen Staat, in dem ich mehr Gutes tat, als alle Könige der Sarmaten zusammengenommen an den Ufern der Weichsel je tun konnten. Auch ich vertraue mich der Vorsehung an und kam, um den Karneval in Venedig zu verleben."

Nun blieb noch der sechste Monarch. „Meine Herren", sagte er, „ich bin kein so großer Herr wie Sie, aber schließlich war ich auch König. Ich heiße Theodor, man wählte mich zum König von Korsika; man redete mich mit ‚Eure Majestät' an, jetzt nennt man mich kaum noch ‚Herr'. Ich ließ Münzen prägen und habe keinen Heller mehr. Ich hatte zwei Staatssekretäre und habe kaum noch einen Diener. Ich saß auf einem Thron und lag dann lange Zeit in London im Gefängnis auf Stroh. Ich fürchte sehr, hier auf die gleiche Art behandelt zu werden, obwohl ich wie Eure Majestäten ebenfalls kam, um den Karneval in Venedig zu verleben."

Die fünf anderen Könige hörten diese Worte mit edler Teilnahme an. Jeder von ihnen gab dem König Theodor zwanzig Zechinen für Kleider und Hemden; Candide machte ihm einen Diamanten im Wert von zweitausend Zechinen zum Geschenk. „Wer ist eigentlich", fragten sich die fünf Könige, „dieser simple Privatmann, der imstande ist, hundertmal soviel zu geben wie jeder von uns, und es tatsächlich auch tut?"

Im Augenblick, da man vom Tisch aufstand, kamen in dem gleichen Gasthof vier durchlauchtigste Hoheiten an, die ebenfalls ihre Staaten durch die Launen des Kriegsglücks verloren hatten und den Rest des Karnevals in Venedig verleben wollten. Aber Candide schenkte den Neuankömmlingen gar keine Beachtung. Er war nur damit beschäftigt, seine teure Kunigunde in Konstantinopel wiederzutreffen.

Siebenundzwanzigstes Kapitel

Candides Reise nach Konstantinopel

Der treue Cacambo hatte bereits bei dem türkischen Schiffsherrn, der den Sultan Achmed nach Konstantinopel zurückbringen sollte, erreicht, daß er Candide und Martin an Bord nehmen würde. Beide gingen hin, nachdem sie sich vor Seiner elenden Hoheit zu Boden geworfen hatten. Candide sagte unterwegs zu Martin: „Nun haben wir also mit sechs entthronten Königen gespeist, und dazu habe ich noch einem von den sechs ein Almosen gegeben. Vielleicht gibt es viele andere noch unglücklichere Fürsten. Ich dagegen habe bloß hundert Hammel verloren und fliege in Kunigundes Arme. Mein lieber Martin, noch einmal: Pangloss hatte recht: alles ist gut." – „Ich wünschte, es wäre so", sagte Martin. „Aber", sagte Candide, „das nennt man ein ziemlich unwahrscheinliches Abenteuer, was uns in Venedig begegnete. Nie wurde gesehen noch gehört, daß sechs entthronte Könige im gleichen Wirtshaus miteinander speisten." – „Es ist nicht ungewöhnlicher", sagte Martin, „als die meisten Dinge, die uns passierten. Es ist durchaus üblich, daß Könige gestürzt werden; was nun die Ehre betrifft, die uns widerfuhr, indem wir mit ihnen speisten, so ist das eine Kleinigkeit, die keinerlei Beachtung verdient."

Kaum war Candide an Bord des Schiffes, als er seinem früheren Diener und Freund Cacambo um den Hals fiel. „Nun", sagte er, „was macht Kunigunde? Ist sie immer noch ein Wunder an Schönheit? Liebt sie mich immer noch? Wie geht es ihr? Du hast ihr doch sicher einen Palast in Konstantinopel gekauft?"

„Mein lieber Herr", erwiderte Cacambo, „Kunigunde spült am Ufer der Propontis Geschirr, und zwar bei einem Fürsten, der sehr wenig Geschirr besitzt. Sie ist Sklavin im Hause eines ehemaligen regierenden Herrn namens Ragotzki, dem der Großtürke täglich drei Taler in seinem Asyl gibt; was aber viel trauriger ist, sie hat ihre Schönheit eingebüßt und ist fürchterlich häßlich geworden." – „Ach was, schön oder häßlich", sagte Candide, „ich bin ein Ehrenmann, und meine Pflicht ist, sie immer zu lieben. Aber wie ist sie in einen so entsetzlichen Zustand geraten mit den fünf oder sechs Millionen, die du mitbrachtest?" – „Na", sagte Cacambo, „mußte ich etwa nicht zwei Millionen dem Señor Don Fernando d'Ibaraa y Figueora y Mascarenes y Lampourdos y Souza, Gouverneur von Buenos Aires, geben, um die Erlaubnis zu erhalten, Fräulein Kunigunde mitzunehmen? Und hat uns nicht ein Seeräuber tapfer um den ganzen Rest gebracht? Und hat uns dieser Seeräuber nicht nach dem Kap Matapan, nach Milo, Nicaria, Samos, Petra, zu den Dardanellen, nach Marmara und Scutari geschleppt? Kunigunde und die Alte dienen bei dem Fürsten, von dem ich sprach, und ich bin Sklave des abgesetzten Sultans." – „Welch entsetzliche Verkettung von Widrigkeiten!" sagte Candide. „Aber schließlich besitze ich noch ein paar Diamanten; ich werde Kunigunde mit Leichtigkeit freibekommen. Schade, daß sie so häßlich geworden ist."

Dann sagte er, indem er sich an Martin wandte: „Wer, denkt Ihr, ist am meisten zu beklagen – der Kaiser Achmed, der Kaiser Iwan, der König Charles Edward oder ich?" – „Ich habe keine Ahnung", sagte Martin, „ich müßte jedem ins Herz sehen können, um das herauszubekommen." – „Ach", sagte Candide, „wäre doch Pangloss hier, er wüßte es und würde es uns sagen.“ – „Ich weiß nicht“, sagte Martin, „mit welcher Waage Euer Pangloss das Unglück von Menschen hätte abwägen und ihre Schmerzen schätzen können. Alles, was ich vermuten kann, ist, daß es Millionen von Menschen auf Erden gibt, die hundertmal mehr zu bedauern sind als der König Charles Edward, der Kaiser Iwan und der Sultan Achmed.“ – „Das kann schon sein“, sagte Candide.

In wenigen Tagen langten sie auf dem Kanal an, der zum Schwarzen Meer führt. Candide kaufte zunächst Cacambo zu einem sehr hohen Preis los und bestieg, ohne Zeit zu verlieren, mit seinen Gefährten eine Galeere, um an die Gestade der Propontis zu eilen und Kunigunde zu suchen, wie häßlich sie auch immer sein mochte.

Unter dem Rudervolk befanden sich zwei Sträflinge, die sehr schlecht ruderten und denen der Galeerenführer von Zeit zu Zeit ein paar Hiebe mit dem Ochsenziemer über die nackten Schultern versetzte. Candide betrachtete sie aus einem natürlichen Mitgefühl etwas genauer als die anderen Galeerensklaven und näherte sich ihnen teilnahmsvoll. Einige Züge ihrer entstellten Gesichter schienen ihm eine gewisse Ähnlichkeit mit Pangloss und jenem unglücklichen Jesuiten, dem Baron, dem Bruder Fräulein Kunigundes, zu besitzen. Dieser Gedanke bewegte ihn und machte ihn traurig. Er betrachtete die beiden noch genauer. „In der Tat“, sagte er zu Cacambo, „hätte ich nicht selber Meister Pangloss hängen sehen und nicht das Unglück gehabt, den Baron umzubringen, ich würde glauben, sie seien es, die auf dieser Galeere rudern.“

Bei der Erwähnung des Barons und des Pangloss stießen die beiden Sträflinge einen lauten Schrei aus, erstarrten auf ihrer Bank und ließen die Ruder sinken. Der Galeerenführer lief herbei, und die Schläge mit dem Ochsenziemer fielen dichter. „Hört auf, hört auf, lieber Herr“, rief Candide, „ich gebe Euch so viel Geld, wie Ihr haben wollt.“ – „Wie! Es ist Candide!“ sagte der eine Sträfling. „Wie! Es ist Candide!“ sagte der andere. „Ist es ein Traum?“ sagte Candide. „Wache ich? Bin ich auf dieser Galeere? Ist dies der Herr Baron, den ich umgebracht habe? Ist das Meister Pangloss, den ich hängen sah?" – „Wir sind's! Wir sind's!" antworteten sie. „Wie! Ist das also der große Philosoph?" sagte Martin. „Nun, Herr Galeerenführer", sagte Candide, „wieviel Lösegeld wollt Ihr für den Herrn Baron von Thunder-ten-tronckh, einen der ersten Barone des Reichs, und Herrn Pangloss, den tiefsten Metaphysiker Deutschlands, haben?" – „Christenhund", erwiderte der Galeerenführer, „da diese beiden Hunde von christlichen Sträflingen Barone und Metaphysiker sind, was in ihrer Heimat offenbar einen hohen Rang bedeutet, wirst du mir fünfzigtausend Zechinen zahlen." – „Ihr bekommt sie. Bringt uns wie der Blitz nach Konstantinopel, und Ihr werdet auf der Stelle bezahlt werden. Aber nein, bringt mich zuerst zu Fräulein Kunigunde."

Der Galeerenführer hatte bereits beim ersten Angebot Candides den Bug des Schiffes zur Stadt hin gewandt und ließ schneller rudern, als ein Vogel die Lüfte durchschneidet.

Hundertmal umarmte Candide den Baron und Pangloss. „Und wie kommt es, daß ich Euch nicht umbrachte, mein lieber Baron? Und Ihr, mein teurer Pangloss, wie ist es möglich, daß Ihr am Leben seid, nachdem Ihr doch gehängt wurdet? Und warum seid Ihr beide in der Türkei auf einer Galeere?" – „Ist es wahr, daß sich meine liebe Schwester in diesem Lande befindet?" fragte der Baron. „Ja", antwortete Cacambo. „So sehe ich denn meinen lieben Candide wieder", rief Pangloss aus. Candide stellte ihnen Martin und Cacambo vor. Alle umarmten einander, alle redeten gleichzeitig. Die Galeere flog dahin, schon waren sie im Hafen. Man ließ einen Juden kommen, dem Candide für fünfzigtausend Zechinen einen Diamanten im Wert von hunderttausend verkaufte und der bei Abraham schwor, daß er dafür nicht mehr geben könne. Candide zahlte auf der Stelle das Lösegeld für den Baron und Pangloss. Dieser warf sich seinem Befreier zu Füßen und benetzte sie mit Tränen; der andere dankte ihm mit einem Kopfnicken und versprach, ihm das Geld bei der ersten Gelegenheit zurückzugeben. „Aber ist es denn möglich, daß meine Schwester in der Türkei ist?" fragte er. „Nichts ist möglicher", erwiderte Cacambo, „da sie ja bei einem transsylvanischen Fürsten das Geschirr spült." Sogleich ließ man zwei Juden kommen. Candide verkaufte noch weitere Diamanten. Und alle fuhren in einer zweiten Galeere weiter, um Kunigunde zu befreien.

Achtundzwanzigstes Kapitel

Was Candide, Kunigunde, Pangloss, Martin etc. widerfuhr

„Verzeiht noch einmal“, sagte Candide zum Baron, „verzeiht, Ehrwürdiger Vater, daß ich Euch einen Degenstoß quer durch den Leib versetzte.“ – „Reden wir nicht mehr davon“, sagte der Baron, „ich war ein wenig heftig, das muß ich zugeben; da Ihr aber wissen wollt, aus welchem Grunde Ihr mich auf einer Galeere antraft, will ich Euch sagen, daß ich, nachdem der Bruder Apotheker des Kollegiums meine Wunde geheilt hatte, von einer Schar von Spaniern angegriffen und entführt wurde; man brachte mich ins Gefängnis nach Buenos Aires zur Zeit, da meine Schwester die Stadt gerade verlassen hatte. Ich verlangte, zum Pater General nach Rom zurückkehren zu können. Ich wurde zum Kaplan des französischen Botschafters in Konstantinopel ernannt. Noch keine acht Tage war ich in dieser Stellung, als ich gegen Abend einem sehr hübschen Itschoglan begegnete. Es war sehr heiß: der junge Mann wollte baden. Ich nahm die Gelegenheit wahr und badete auch. Ich wußte nicht, daß es ein Kapitalverbrechen darstellt, wenn man einen Christen völlig nackt in Gesellschaft eines jungen Moslems findet. Ein Kadi ließ mir hundert Stockschläge auf die Fußsohlen verabreichen und verurteilte mich zu den Galeeren. Ich glaube nicht, daß je eine schrecklichere Ungerechtigkeit begangen wurde. Aber ich würde gern wissen, warum meine Schwester in der Küche eines zu den Türken geflüchteten Fürsten von Transsylvanien arbeitet.“

„Und Ihr, mein teurer Pangloss“, sagte Candide, „wie kommt es, daß ich Euch wiedersehe?“ – „Es stimmt“, sagte Pangloss, „Ihr habt mich hängen sehen; natürlich sollte ich verbrannt werden; aber Ihr entsinnt Euch gewiß, daß es heftig regnete, als man mich braten wollte: das Gewitter war so gewaltig, daß man es aufgeben mußte, das Feuer anzuzünden; ich wurde gehängt, weil es nicht anders ging: ein Chirurg kaufte meinen Körper, brachte mich in seine Wohnung und begann mich zu sezieren. Er machte mir zuerst einen Kreuzschnitt vom Nabel bis zum Schlüsselbein. Schlechter als ich konnte man gar nicht gehängt worden sein. Der Vollstrecker der hohen Werke der heiligen Inquisition, ein Unterdiakon, verbrannte zwar die Leute aufs beste, war aber das Hängen nicht gewöhnt: der Strick war feucht und rutschte schlecht, er war verknotet, kurz, ich atmete noch: der Kreuzschnitt entlockte mir einen so lauten Schrei, daß mein Chirurg auf den Rücken fiel. Im Glauben, er sei dabei, den Teufel zu zersägen, ergriff er in seiner Todesangst die Flucht und fiel dabei noch die Treppe hinunter. Seine Frau lief bei dem Lärm aus einem Nebenzimmer herbei; sie sah mich ausgestreckt auf dem Tisch mit einem Kreuzschnitt liegen, hatte noch mehr Angst als ihr Mann, flüchtete und fiel über ihn. Als sie ein wenig zu sich gekommen waren, hörte ich, wie die Arztfrau sagte: ‚Mein Guter, warum seziert Ihr auch einen Ketzer? Wißt Ihr nicht, daß diese Leute immer den Teufel im Leibe haben? Ich werde schnell einen Priester holen, um ihn auszutreiben.‘ Ich erbebte bei diesen Worten, raffte die Kräfte, die mir verblieben waren, zusammen und rief: ‚Habt Mitleid!‘ Schließlich faßte der portugiesische Barbier wieder Mut; er flickte meine Haut zusammen; seine Frau pflegte mich; nach vierzehn Tagen war ich wieder auf den Beinen. Der Barbier besorgte mir eine Stellung als Lakai bei einem Malteserritter, der nach Venedig reiste; da aber mein Herr nichts hatte, womit er mich bezahlen konnte, trat ich in den Dienst eines venezianischen Kaufmanns und folgte ihm nach Konstantinopel.

Eines Tages hatte ich den Einfall, in eine Moschee einzutreten. Nur ein alter Imam war da sowie eine junge, sehr hübsche Gläubige, die ihre Paternoster hersagte; ihr Busen war völlig entblößt: zwischen ihren Brüsten steckte ein schöner Strauß Tulpen, Rosen, Anemonen, Ranunkeln, Hyazinthen und Aurikeln; sie ließ den Strauß fallen; ich hob ihn auf und steckte ihn ihr mit respektvollem Eifer wieder an. Ich hielt mich damit so lange auf, daß der Imam wütend wurde, und als er bemerkte, daß ich Christ war, rief er um Hilfe. Man brachte mich zum Kadi, der mir hundert Stockhiebe auf die Fußsohlen versetzen ließ und mich auf die Galeeren schickte. Ich wurde genau auf der gleichen Galeere und derselben Ruderbank angekettet wie der Herr Baron. Es gab auf dieser Galeere vier junge Leute aus Marseille, fünf neapolitanische Priester und zwei Mönche aus Korfu, die uns sagten, daß dergleichen Dinge täglich vorkämen. Der Herr Baron behauptete, ihm sei größeres Unrecht geschehen als mir; ich wieder behauptete meinerseits, es sei eher zulässig, einer Frau einen Blumenstrauß wieder an den Busen zu stecken, als nackt mit einem Itschoglan zusammen zu sein. Wir disputierten unaufhörlich und erhielten täglich zwanzig Hiebe mit dem Ochsenziemer, als die Verkettung der Ereignisse in dieser Welt Euch auf unsere Galeere führte und Ihr uns loskauftet."

„Nun wohl, mein lieber Pangloss", sagte Candide, „als Ihr gehängt, seziert, mit Schlägen überschüttet wurdet und als Ihr auf der Galeere rudern mußtet, dachtet Ihr da immer noch, daß alles in der Welt zum besten bestellt sei?" – „Ich bin immer noch meiner ursprünglichen Ansicht", antwortete Pangloss, „denn schließlich bin ich Philosoph: ein Widerruf kommt mir nicht zu, da Leibniz nicht Unrecht gehabt haben kann und da im übrigen die prästabilierte Harmonie ebenso wie der erfüllte Raum und die immaterielle Substanz das Schönste ist, was es auf der Welt gibt."

Neunundzwanzigstes Kapitel

Wie Candide Kunigunde und die Alte wiederfand

Während Candide, der Baron, Pangloss, Martin und Cacambo einander ihre Erlebnisse berichteten, über die zufälligen und nicht zufälligen Ereignisse dieser Welt Überlegungen anstellten, über Wirkung und Ursache, über das moralische und physische Übel, Freiheit und Notwendigkeit und über die

Tröstungen, die man auf den Galeeren in der Türkei erfahren kann, diskutierten, legten sie am Gestade der Propontis beim Haus des Fürsten von Transsylvanien an. Das erste, was sie erblickten, waren Kunigunde und die Alte, die Handtücher zum Trocknen aufhängten.

Bei diesem Anblick erbleichte der Baron. Der zärtliche Liebhaber Candide wich, als er seine schöne Kunigunde mit geschwärztem Gesicht, blutunterlaufenen Augen, eingetrockneter Brust, faltigen Wangen und roten, aufgesprungenen Armen erblickte, von Schrecken erfaßt drei Schritte zurück und trat dann, wie es sich gehört, wieder auf sie zu. Sie umarmte Candide und ihren Bruder; man umarmte die Alte: Candide kaufte beide los.

In der Nähe lag ein kleiner Pachthof. Die Alte schlug Candide vor, ihn zu bewirtschaften, bis die ganze Truppe eine bessere Möglichkeit fände. Kunigunde wußte nicht, daß sie häßlich geworden war. Niemand hatte sie davon in Kenntnis gesetzt: sie erinnerte Candide an sein Versprechen in einem so bestimmten Ton, daß der gute Candide nicht zu widersprechen wagte. Er teilte also dem Baron mit, daß er seine Schwester zu heiraten gedenke. „Ich werde nie", sagte der Baron, „eine solche Selbsterniedrigung meiner Schwester noch eine solche Unverschämtheit von Eurer Seite dulden; eine derartige Infamie wird man mir nie vorwerfen können: daß nämlich die Kinder meiner Schwester nicht in ein deutsches Ordensstift eintreten können. Nein, meine Schwester wird niemals jemand außer einem Reichsfreiherrn heiraten." Kunigunde warf sich ihm zu Füßen und benetzte sie mit Tränen; er blieb unerbittlich. „Dummkopf", sagte ihm Candide, „ich habe dich von der Galeere geholt, dein Lösegeld und das deiner Schwester bezahlt; sie spülte hier Geschirr, sie ist häßlich, ich bin so gutmütig, sie zu meiner Frau zu machen, und du willst dich dem noch entgegenstellen! Ich könnte dich noch einmal umbringen, wenn ich meinem Zorn freien Lauf lassen würde." – „Du kannst mich noch einmal umbringen", sagte der Baron, „aber solange ich lebe, wirst du meine Schwester nicht heiraten."

Dreißigstes Kapitel

Schluß

Candide hatte im Grunde seines Herzens nicht die geringste Lust, Kunigunde zu heiraten. Aber die besondere Unverschämtheit des Barons veranlaßte ihn, die Ehe zu schließen, und Kunigunde drängte ihn so heftig, daß er sein einmal gegebenes Wort halten mußte. Er beriet sich mit Pangloss, Martin und dem treuen Cacambo. Pangloss fertigte eine schöne Denkschrift an, in der er nachwies, daß der Baron keinerlei Rechte auf seine Schwester hätte und daß sie mit Candide, allen Gesetzen des Reichs gemäß, eine morganatische Ehe eingehen könnte. Martin kam zu dem Schluß, man sollte den Baron ins Meer werfen. Cacambo schlug vor, ihn dem Galeerenführer zurückzugeben und ihn wieder auf die Galeere zu bringen; dann könnte man ihn mit dem ersten besten Schiff nach Rom zum Pater General schicken. Diesen Rat fand man sehr gut; die Alte stimmte ihm zu; der Schwester des Barons sagte man nichts davon; die Sache wurde zu einem niedrigen Preis durchgeführt, und man hatte so das Vergnügen, einen Jesuiten zu foppen und gleichzeitig einen deutschen Baron für seinen Hochmut zu strafen.

Es wäre ganz natürlich, zu glauben, daß Candide nach so vielem Mißgeschick, mit seiner Mätresse verheiratet und in Gesellschaft des Philosophen Pangloss, des Philosophen Martin, des umsichtigen Cacambo und der Alten, und dazu noch im Besitz so vieler Diamanten aus der Heimat der alten Inkas, das angenehmste Leben der Welt führte; aber er wurde von den Juden so angeführt, daß ihm nur sein kleiner Pachthof blieb; seine Frau, die täglich häßlicher wurde, zeigte sich zänkisch und unverträglich; die Alte war kränklich und wurde noch launischer als Kunigunde. Cacambo, der im Garten tätig war und das Gemüse, das er zog, in Konstantinopel verkaufte, war mit Arbeit überlastet und verfluchte sein Geschick. Pangloss war verzweifelt, nicht auf einer deutschen Universität glänzen zu können. Was Martin betraf, so war er fest davon überzeugt, daß man überall gleichermaßen schlecht dran sei; er schickte sich in alles mit Geduld. Candide, Martin und Pangloss disputierten manchmal über Metaphysik und Moral. Oft sah man vor den Fenstern des Pachthofs mit Effendis, Paschas und Kadis beladene Schiffe vorbeifahren, die nach Lemnos, Mytilene und Erzerum ins Exil geschickt wurden. Man gewahrte andere Kadis, andere Paschas, andere Effendis, die den Platz der Verstoßenen einnahmen und dann ihrerseits verstoßen wurden. Man erblickte sauber in Stroh gewickelte Köpfe, die der Hohen Pforte präsentiert werden sollten. Diese Wahrnehmungen belebten ihre angeregten Unterhaltungen; und wenn man nicht diskutierte, war ihre Langeweile so übermäßig stark, daß die Alte eines Tages ganz offen sagte: „Ich möchte wissen, was schlimmer ist – hundertmal hintereinander von Negerpiraten vergewaltigt zu werden, eine Hinterbacke abgeschnitten zu bekommen, bei den Bulgaren Spießruten zu laufen, bei einem Autodafé ausgepeitscht und gehängt zu werden, seziert zu werden, auf einer Galeere zu rudern, kurz, alles Elend zu erleben, das wir alle samt und sonders durchgemacht haben, oder aber hier zu sitzen und nichts zu tun?" – „Das ist eine wesentliche Frage", sagte Candide.

Diese Worte gaben Anlaß zu weiteren Überlegungen, und vor allem Martin kam zu dem Schluß, der Mensch sei dazu geboren, in Ruhelosigkeit oder aber in der Lethargie der Langeweile zu leben. Candide war damit nicht einverstanden, aber er konnte auch nichts anderes sagen. Pangloss gestand, er habe stets schrecklich gelitten; da er aber einmal gesagt habe, alles stünde zum besten, würde er dabei bleiben, wenn er auch nicht mehr daran glaube.

Ein Umstand trug endgültig dazu bei, Martin in seinen verabscheuenswürdigen Grundsätzen zu bestärken, Candide mehr als je zuvor schwanken zu lassen und Pangloss in Verlegenheit zu bringen. Eines Tages erschienen nämlich auf dem Pachthof Paquette und Bruder Giroflée in jämmerlichem Zustand; sie hatten ihre dreitausend Piaster schnell verbraucht, waren auseinandergegangen, hatten sich wieder versöhnt, sich entzweit, waren ins Gefängnis gekommen, waren geflüchtet, und schließlich war Bruder Giroflée Türke geworden. Paquette betrieb überall ihr Gewerbe weiter und verdiente dabei nicht das mindeste mehr. „Ich hatte es vorausgesagt“, sagte Martin zu Candide, „daß Eure Geschenke sich bald in Luft auflösen und die beiden nur noch unglücklicher machen würden. Ihr und Cacambo besaßt Millionen von Piastern und seid nicht glücklicher als Bruder Giroflée und Paquette.“ – „Sieh einer an“, sagte Pangloss zu Paquette, „der Himmel führt Euch also zu uns zurück, mein armes Kind! Wißt Ihr auch, daß Ihr mich die Nasenspitze, ein Auge und ein Ohr gekostet habt? Schön seht Ihr aus! Ach ja, was ist schon diese Welt ...“ Dieses neue Erlebnis veranlaßte sie, mehr als je zuvor zu philosophieren.

In der Gegend lebte ein sehr berühmter Derwisch, der als bester Philosoph der Türkei galt. Sie wollten seinen Rat erbitten. Pangloss trat als Wortführer auf und sagte: „Meister, wir kommen, um Euch zu fragen, aus welchem Grunde ein so merkwürdiges Tier wie der Mensch geschaffen wurde.“

„Was geht dich das an?“ sagte der Derwisch. „Ist das deine Angelegenheit?“ – „Aber, ehrwürdiger Vater“, sagte Candide, „es gibt entsetzlich viel Böses auf Erden.“ – „Was liegt daran“, sagte der Derwisch, „ob es Böses oder Gutes gibt? Wenn Seine Hoheit ein Schiff nach Ägypten schickt, stört es ihn, ob sich die Mäuse auf dem Schiff wohl befinden oder nicht?“ – „Was sollte man also tun?“ fragte Pangloss. „Schweigen“, sagte der Derwisch. „Ich hoffte“, sagte Pangloss, „mit Euch ein wenig über Wirkung und Ursache, über die beste aller möglichen Welten, über den Ursprung des Bösen, über die Natur der Seele und die prästabilierte Harmonie diskutieren zu können.“ Bei diesen Worten schlug ihnen der Derwisch die Tür vor der Nase zu.

Während dieser Unterhaltung war bekannt geworden, daß man in Konstantinopel gerade zwei Wesire des hohen Gerichts und den Mufti erwürgt und mehrere ihrer Freunde gepfählt hatte. Diese Katastrophe erregte einige Stunden hindurch überall großes Aufsehen. Als Pangloss, Candide und Martin auf den kleinen Pachthof zurückkehrten, begegneten sie einem freundlichen Greis, der vor seiner Tür in einer Laube von Orangenbäumen die frische Luft genoß. Pangloss, der ebenso neugierig wie diskutierfreudig war, fragte ihn nach dem Namen des Muftis, den man gerade erdrosselt hatte. „Ich habe keine Ahnung", sagte der gute Mann, „und ich kannte übrigens nie den Namen eines Muftis noch irgendeines Wesirs. Ich weiß nicht das mindeste von dem Ereignis, von dem Ihr sprecht. Ich vermute, daß im allgemeinen Leute, die sich mit öffentlichen Angelegenheiten befassen, umkommen, manchmal auf elende Weise, und daß sie es sogar verdienen; aber ich frage nie nach dem, was in Konstantinopel passiert; ich begnüge mich damit, die Früchte des Gartens, den ich bearbeite, in Konstantinopel verkaufen zu lassen." Nachdem er dies gesagt hatte, ließ er die Fremden in sein Haus eintreten. Seine beiden Töchter und seine zwei Söhne boten ihnen mehrere Sorten Sorbet an, die sie selber herstellten, Kaimak, mit eingemachten Zedratschalen gewürzt, Orangen, Zitronen, Limonen, Ananas, Pistazien sowie einen Mokka, der nicht mit dem schlechten Kaffee aus Batavia und von den Inseln vermischt war. Darauf parfümierten die beiden Töchter des guten Muselmans die Bärte von Candide, Pangloss und Martin.

„Ihr müßt", sagte Candide zu dem Türken, „ein großes und herrliches Gut besitzen." – „Ich habe nur zwanzig Morgen Land", antwortete der Türke, „ich bearbeite sie mit meinen Kindern. Die Arbeit hält drei große Übel von uns fern: die Langeweile, das Laster und die Not."

Während Candide auf seinen Pachthof zurückkehrte, dachte er tief über die Worte des Türken nach. Er sagte zu Pangloss und Martin: „Dieser gute Greis hat sich, scheint mir, ein Schicksal bereitet, das bei weitem dem der sechs Könige vorzuziehen ist, mit denen wir die Ehre hatten zu speisen." – „Größe", sagte Pangloss, „ist, den Berichten aller Philosophen zufolge, etwas sehr Gefährliches: denn schließlich wurde Eglon, König der Moabiter, von Aod ermordet; Absalom wurde an den Haaren aufgehängt und von drei Lanzen durchbohrt; der König Nadab, Sohn des Jerobeam, wurde von Baesa umgebracht; der König Ela von Zambri; Ahasja von Jehu; Athalia von Jojada; die Könige Joachim, Jechonia, Zedekia gerieten in die Sklaverei. Ihr wißt, wie Kroesus, Astyages, Darius, Dionys von Syrakus, Pyrrhus, Perseus, Hannibal, Jugurtha, Ariovist, Caesar, Pompejus, Nero, Otho, Vitellius, Domitian, Richard II. von England, Eduard II., Heinrich VI., Richard III., Maria Stuart, Karl I., die drei Heinriche von Frankreich, der Kaiser Heinrich IV. umkamen. Ihr wißt ..." – „Ich weiß auch", sagte Candide, „daß wir in unserem Garten arbeiten müssen." – „Ihr habt recht", sagte Pangloss, „denn als der Mensch in den Garten Eden gesetzt wurde, geschah dies ut operaretur eum, auf daß er ihn bebaue, was beweist, daß der Mensch nicht zum Ausruhen geschaffen wurde." – „Arbeiten wir, ohne zu philosophieren", sagte Martin, „denn das ist das einzige Mittel, das Leben erträglich zu machen."

Die ganze kleine Gesellschaft folgte dieser löblichen Absicht; jeder machte sich daran, seine Talente zu entfalten. Das kleine Stück Boden brachte viel ein. Kunigunde war wirklich sehr häßlich; aber sie wurde eine ausgezeichnete Kuchenbäkkerin; Paquette stickte; die Alte kümmerte sich um die Wäsche. Sogar Bruder Giroflée machte sich nützlich; er erwies sich als ein sehr guter Tischler und wurde sogar ein ehrlicher Mann; und Pangloss sagte manchmal zu Candide: „Alle Ereignisse sind in der besten aller möglichen Welten miteinander verknüpft; denn wäret Ihr schließlich nicht um der Liebe zu Fräulein Kunigunde willen mit ordentlichen Tritten in den Hintern aus einem schönen Schloß gejagt worden, hätte man Euch nicht vor die Inquisition gebracht, hättet Ihr nicht Amerika zu Fuß durchwandert, dem Baron einen tüchtigen Degenstoß versetzt und alle Eure Hammel aus dem guten Land Eldorado eingebüßt, dann würdet Ihr hier jetzt nicht eingemachte Zedratfrüchte und Pistazien essen." – „Wohl gesprochen", versetzte Candide, „aber wir haben in unserem Garten zu arbeiten."

Die Geschichte von dem guten Brahmanen

Ich traf auf meinen Reisen einen alten Brahmanen, einen sehr weisen, geistvollen und hochgelehrten Mann; dazu war er reich und mithin noch weiser: denn da ihm nichts mangelte, mußte er niemand betrügen. Seine Familie war trefflich verwaltet von drei schönen Frauen, die sich bestrebten, ihn zu erfreuen; und wenn er sich nicht mit seinen Frauen vergnügte, trieb er Philosophie.

Nahe seinem Hause, das schön, ausgeziert und von zauberischen Gärten umgeben war, hauste eine alte Inderin, fromm, beschränkt und bettelarm.

Eines Tages sagte der Brahmane zu mir: „Ich wollte, ich wäre nie geboren." Ich fragte ihn, warum. Da antwortete er: „Ich habe nun vierzig Jahre studiert, es sind vierzig verlorene Jahre; ich lehre andere, und ich weiß nichts: dieser Zustand erfüllt meine Seele mit so viel Demütigung und Ekel, daß mir das Leben unerträglich ist. Ich bin geboren, ich lebe im Zeitlichen, aber ich weiß nicht, was Zeit ist; ich befinde mich an einem Punkt zwischen zwei Ewigkeiten, wie unsre Weisen sagen, aber ich habe nicht die mindeste Vorstellung von der Ewigkeit. Ich bin aus Materie zusammengesetzt; ich denke, aber ich habe nie ausfinden können, wie das Denken entsteht; ich weiß nicht, ob meine Auffassung als eine simple Fähigkeit in mir ist wie Gehen oder Verdauen, ob ich etwa mit dem Kopf denke, wie ich mit den Händen greife. Nicht allein der Ursprung meines Denkens ist mir verborgen, ich kenne auch den Ursprung meiner Bewegungen nicht: ich weiß nicht, warum ich bin. Indessen stellt man mir alltäglich Fragen über alle diese Punkte: da heißt es antworten; ich weiß nichts

Rechtes zu sagen; ich rede viel und bin über mich selbst bestürzt und beschämt, wenn ich gesprochen habe.

Noch schlimmer wird es, wenn man mich fragt, ob Brahma von Wischnu gezeugt wurde oder ob beide ewig sind. Gott ist mein Zeuge, daß ich das im mindesten nicht weiß, und so tritt es in meinen Antworten zutage. ‚Ehrwürdiger Vater', drängt man mich, ‚lehrt uns, warum das Böse die Welt überflutet.' Ich bin in der gleichen Not wie die Frager: manchmal sage ich, in der Welt sei alles aufs beste eingerichtet; aber wer im Krieg um seine Habe gebracht und verstümmelt worden ist, glaubt es nicht; und ich auch nicht; ich ziehe mich, entmutigt in meiner Wißbegier und meiner Unwissenheit, zurück. Ich lese unsere alten Bücher, und sie erhöhen meine Verworrenheit. Ich spreche mit meinen Kollegen: die einen antworten mir, man solle das Leben genießen und um die Menschen sich nicht bekümmern; die andern dünken sich, etwas zu wissen, und verlieren sich in ausschweifiges Gefasel; all das vermehrt das schmerzliche Gefühl, unter dem ich leide. Ich bin manchmal am Verzweifeln, wenn ich bedenke, daß nach all meinem Forschen ich weder weiß, woher ich komme, noch was ich bin, noch wohin ich gehe, noch was einst aus mir wird."

Der Zustand des guten Mannes bereitete mir wahre Besorgnis: niemand war vernünftiger noch aufrichtiger als er. Ich begriff, daß, je klarer sein Verstand und je empfindsamer sein Herz, er desto unglücklicher wurde.

Am selben Tag besuchte ich das alte Weib, das in seiner Nachbarschaft wohnte: ich fragte sie, ob es sie je betrübt habe, nicht zu wissen, wie ihre Seele beschaffen sei. Sie verstand nicht einmal meine Frage: sie hatte nie in ihrem Leben über einen der Punkte nachgedacht, die den Brahmanen quälten; sie glaubte von ganzem Herzen an die Verwandlungen Wischnus, und wofern sie nur zuzeiten aus dem Ganges Wasser bekam, um sich zu waschen, wähnte sie sich das glückseligste unter den Weibern.

Betroffen über die Zufriedenheit dieser armen Kreatur, ging ich zu meinem Philosophen und sagte: „Schämt Ihr Euch nicht, unglücklich zu sein, derweilen vor Eurer Tür ein alter Automat, der über nichts nachdenkt, froh dahinlebt?" – „Ihr habt recht", erwiderte er; „ich habe mir hundertmal gesagt, daß ich glücklich leben würde, wäre ich so beschränkt wie meine Nachbarin, und gleichwohl wollte ich solches Glück nicht."

Diese Antwort meines Brahmanen machte mir einen tieferen Eindruck als alles übrige; ich prüfte mich selbst und fand, daß ich in der Tat unter der Bedingung, dumm zu sein, nicht glücklich sein wollte.

Ich trug die Sache andern Philosophen vor, und sie waren mit mir einig. „Dennoch", sagte ich, „liegt ein strikter Widerspruch in dieser Weise zu denken: denn worum handelt es sich am Ende? Um das Glücklichsein. Was gilt es da, Verstand zu haben oder nicht zu haben? Mehr noch: wer mit seinem Dasein zufrieden ist, ist sehr gewiß, zufrieden zu sein; aber wer denkt, ist sich nicht so gewiß, richtig zu denken. Es ist also klar", sagte ich, „daß man auf die Vernunft verzichten müßte, sofern diese Vernunft uns irgend Unbehagen schafft." Alle waren mit mir einig, und doch fand ich keinen, der den Handel eingehen wollte, um seines Glückes willen dumm zu sein. Daraus schloß ich, daß, so hoch wir das Glücklichsein schätzen, wir die Vernunft noch höher schätzen.

Aber denkt man hierüber nach, erscheint es sehr unvernünftig, die Vernunft dem Glück vorzuziehn. Wie also ist dieser Widerspruch zu erklären? Wie alle andern auch. Es ist ein weites Feld.

Der Weiße und der Schwarze

Jeder im Lande Candahar kennt das Abenteuer des jungen Rustan. Er war der einzige Sohn eines Mirza: was bei uns, sagen wir, ein Marquis oder in Deutschland ein Baron wäre. Der Mirza, sein Vater, hatte ein schickliches Vermögen. Der junge Rustan sollte ein Fräulein seines Standes, eine Mirzessin heiraten. Das war beider Familien sehnlichster Wunsch. Er sollte seinen Eltern eine Stütze sein, seine Frau glücklich machen und es selber mit ihr werden.

Aber ach! er hatte die Prinzessin von Kaschmir auf der Messe in Kabul gesehen, der größten Messe der Welt, die unvergleichlich stärker besucht wird als die von Basra und Astrachan; weshalb der alte Fürst von Kaschmir samt seiner Tochter zur Messe angereist war.

Aus seiner Schatzkammer waren die zwei kostbarsten Stücke verschwunden: zum ersten ein daumengroßer Diamant, in welchen das Bildnis seiner Tochter geschnitten war vermöge einer Kunst, die damals die Inder beherrschten und die seither verloren ist; zum zweiten ein Wurfspieß, der von selber traf, was er sollte: was bei uns ja nichts Ungewöhnliches ist, es aber in Kaschmir war.

Die zwei Kleinode hatte ein Fakir Seiner Hoheit gestohlen; er hatte sie der Prinzessin gebracht und gesagt: „Hütet diese beiden Stücke sorgsam; Euer Schicksal hängt davon ab." Damit ging er und ward nie mehr gesehn. Untröstlich, wie er war, beschloß der Fürst von Kaschmir, sich auf der Messe von Kabul umzuschauen, ob unter den Händlern, die aus aller Herren Länder dort zusammenströmten, nicht einer seinen Diamanten und seinen Wurfspieß hätte. Er nahm seine Tochter auf alle seine Reisen mit. Sie hielt indes den Diamanten wohlgeborgen in ihrem Gürtel; den Wurfspieß aber, den sie nicht so gut verstecken konnte, hatte sie in Kaschmir sorglich in ihrem großen chinesischen Schrein verwahrt.

Rustan und die Prinzessin sahen einander in Kabul; sie liebten sich mit dem ganzen Freimut ihrer Jugend und der ganzen Glut ihrer Rasse. Zum Unterpfand ihrer Liebe gab ihm die Prinzessin den Diamanten, und Rustan versprach ihr beim Abschied, insgeheim zu ihr nach Kaschmir zu kommen.

Der junge Mirza hatte zwei Günstlinge, die bei ihm Sekretär, Stallmeister, Haushofmeister und Kammerdiener waren. Der eine hieß Topaz: er war schön, wohlgestalt und weiß wie eine Tscherkessin, sanft und ergeben wie ein Armenier und weise wie ein Parse. Der andere hieß Eben: der war ein wunderschöner Neger, regsamer und findiger als Topaz, und nichts dünkte ihn schwierig. Rustan teilte ihnen seinen Vorsatz zu reisen mit. Topaz, mit dem behutsamen Eifer eines Dieners, der nicht mißfallen will, suchte ihn umzustimmen, stellte ihm alles vor, was er da wagte. Wollte er zwei Familien in großen Kummer stürzen? Seinen Eltern einen Dolch ins Herz bohren? Rustan wurde schwankend; doch Eben bestärkte ihn wieder und zerstreute all seine Bangigkeit.

Dem jungen Mann fehlte das Geld für eine so weite Reise. Der weise Topaz hätte nicht geduldet, daß er welches borgte; und Eben baute dem vor. Unbemerkt ließ er für den Diamanten seines Herrn ein falsches, völlig gleiches Stück anfertigen, legte es an seinen Platz und verpfändete den echten Stein für etliche tausend Rupien bei einem Armenier.

Als der Marquis seine Rupien erhielt, war alles für die Reise fertig. Man belud einen Elefanten mit dem Gepäck und stieg zu Pferde. Topaz sagte zu seinem Herrn: „Ich habe mir erlaubt, Euch vor Eurer Unternehmung zu warnen; nun ich gewarnt habe, gilt es zu gehorchen; ich gehöre Euch an, ich liebe Euch, ich werde Euch bis ans Ende der Welt folgen: aber laßt uns unterwegs das Orakel fragen, das wir zwei Parasangen weit von hier finden.“ Rustan willigte ein. Das Orakel sprach: „Gehst du nach Osten, wirst du nach Westen kommen.“ Rustan verstand die Antwort nicht. Topaz beharrte, daß sie nichts Gutes bedeute. Der stets gefällige Eben überzeugte ihn, daß sie nur günstig sei.

In Kabul gab es abermals ein Orakel; sie gingen hin. Das Orakel von Kabul gab zur Antwort: „Wo du besitzt, wirst du nicht besitzen; wo du siegst, wirst du nicht siegen; wo du Rustan bist, wirst du nicht Rustan sein." Dieses Orakel mutete noch unverständlicher als das andre an. „Hütet Euch", sagte Topaz. – „Befürchtet nichts", sagte Eben; und wie man sich denken kann, hatte dieser Diener stets recht vor seinem Herrn, da er seine Leidenschaft und Hoffnung ermutigte.

Hinter Kabul durchquerte man einen großen Wald, man lagerte sich im Gras zum Essen und ließ die Pferde weiden. Man schickte sich an, den Elefanten zu entladen, der den Mundvorrat und das Geschirr trug, als man bemerkte, daß Topaz und Eben nicht bei der kleinen Karawane waren. Man ruft sie; der Wald hallt wider von den Namen Eben und Topaz. Die Diener suchen sie überall und schicken Ruf auf Ruf in die Runde; sie kehren wieder, ohne sie gefunden, ohne Antwort gehört zu haben. „Wir haben nur einen Geier gesehen", meldeten sie Rustan, „der mit einem Adler kämpfte und ihm alle Federn ausriß." Der Bericht von diesem Kampf reizte Rustans Neugier; er eilte zu Fuß nach dem Ort, entdeckte weder Geier noch Adler, aber sah, wie sein Elefant, noch unter seiner ganzen Ladung, von einem mächtigen Nashorn angefallen wurde. Einer kämpfte mit seinem Horn, der andre mit dem Rüssel. Das Nashorn ließ bei Rustans Erscheinen ab; man führte den Elefanten zurück, aber da waren die Pferde verschwunden. „Was für seltsame Dinge stoßen einem auf Reisen durch Wälder zu!" rief Rustan. Die Diener waren bestürzt, aber der Herr war verzweifelt, daß er mit einem Schlag seine Pferde, seinen teuren Neger und den weisen Topaz verloren hatte, für den er doch immer Freundschaft hegte, obwohl er nie seiner Meinung war.

Er tröstete sich in der Hoffnung, bald bei der schönen Prinzessin von Kaschmir zu sein, als er einen großen gestreiften Esel erblickte, dem ein kräftiger, widerwärtiger Grobian hundert Stockschläge gab. Nichts ist so schön, so kostbar und so leichtfüßig als Esel von dieser Rasse. Der Gestreifte erwiderte die immer härteren Hiebe des Tölpels mit Hufschlägen, die eine Eiche entwurzelt hätten. Der junge Mirza ergriff mit vollem Recht Partei für den wunderbaren Esel. Der Lümmel entfloh, indem er dem Esel zurief: „Das wirst du mir büßen." Der Esel dankte seinem Befreier in seiner Sprache, näherte sich ihm, ließ sich liebkosen und liebkoste ihn. Rustan besteigt ihn, nachdem er sich gesättigt hat, und begibt sich mit seinen Dienern, die teils zu Fuß gehen, teils noch auf dem Elefanten sitzen, auf den Weg nach Kaschmir.

Kaum saß er auf dem Esel, als das Tier nach Kabul umkehrte, anstatt der Straße nach Kaschmir zu folgen. Sein Herr zerrte und riß am Zügel, er drückte mit den Knien, gab die Sporen, lockerte die Leine oder straffte sie, peitschte rechts, peitschte links, das eigenwillige Tier lief unbeirrbar zurück nach Kabul.

Rustan schwitzte, schlug um sich, rieb sich auf, als ein Kamelhändler des Weges kam und zu ihm sagte: „Herr, was habt Ihr für einen störrischen Esel; der führt Euch ja, wohin Ihr gar nicht wollt; wenn Ihr ihn mir gebt, lasse ich Euch vier Kamele nach Eurer Wahl." Rustan dankte der Vorsehung, daß sie ihm einen so guten Tausch ermöglicht hatte. „Topaz hatte völlig unrecht zu sagen, meine Reise würde unglücklich verlaufen", sagte er sich. Er besteigt das schönste Kamel, drei andere folgen; er holt seine Karawane ein und wähnt sich auf dem Weg seines Glücks.

Kaum hat er vier Parasangen zurückgelegt, als er an einen tiefen, breiten, gebieterischen Strom kommt, der von schaumweißen Felsen herniederstürzt. Beide Ufer fielen so steil ab, daß der Blick geblendet war und der Mut verzagte; kein Mittel, da hinüberzugelangen, keins, nach rechts oder links auszuweichen. „Ich beginne zu fürchten", sagte Rustan, „daß Topaz recht hatte, meine Reise zu verurteilen, und ich großes Unrecht, sie anzutreten; wäre er doch bei mir, er wüßte gewiß guten Rat. Und hätte ich Eben noch, er würde mich trösten und fände einen Ausweg: aber keiner ist bei mir." Seine Bedrängnis vermehrte sich durch die Ratlosigkeit seiner Truppe: die Nacht war finster, man brachte sie unter Klagen hin. Endlich schläferten Erschöpfung und Mutlosigkeit den verliebten

Reisenden ein. Wie er bei Tagesanbruch erwacht, erblickt er eine schöne Brücke von Marmor, die sich von einem Ufer zum andern über den Fluß spannt.

Da schrien sie alle vor Freude und Staunen. „Ist das möglich? ist das ein Traum? o welch ein Wunder! welch ein Zauber! Sollen wir uns hinüberwagen?“ Die ganze Truppe fiel auf die Knie, erhob sich, lief zu der Brücke, küßte die Erde, schaute zum Himmel auf, streckte die Hände vor, setzte zitternd den ersten Fuß, setzte den zweiten, schritt vorwärts, raste; und Rustan sagte: „Der Himmel ist mir günstig: Topaz hat gesponnen; die Orakel hatten Gutes zu bedeuten; Eben hatte recht; aber warum ist er nicht bei mir!“

Kaum war die Truppe über den Strom, sieh, da stürzte die Brücke mit furchtbarem Tosen in die Tiefe. „Wie gut! wie gut!“ rief Rustan aus; „Gott sei gelobt! der Himmel sei gesegnet! er will nicht, daß ich in mein Land zurückkehre, wo ich doch nur ein geringer Edelmann sein konnte; er will, daß ich meine Liebe freie. Dann bin ich Prinz von Kaschmir; also werde ich, im Besitz meiner Geliebten, nicht besitzen meine kleine Grafschaft in Candahar. Ich werde Rustan sein und nicht sein, denn ich werde ja ein hoher Fürst; damit erklärt sich ein Großteil des Orakels eindeutig zu meinen Gunsten, der Rest wird sich von selbst erklären; wie glücklich ich bin! Aber warum ist Eben nicht bei mir? Ich vermisse ihn tausendmal mehr als Topaz.“

Er ritt noch viele Parasangen in der größten Leichtigkeit dahin; aber zum Tagesende erhob sich eine Gebirgskette, steiler als ein Festungswall und höher als der Turm von Babel, wäre er vollendet worden, unüberwindlich vor der furchterstarrten Karawane.

Alle riefen: „Gott will, daß wir hier zugrunde gehen! Er hat die Brücke nur zerstört, um uns jegliche Hoffnung auf Rückkehr zu nehmen: er hat das Gebirge nur aufgetürmt, um uns jeglichen Weg vorwärts zu versperren. O Rustan! o unglücklicher Graf! Nie werden wir Kaschmir sehen, nie werden wir nach Candahar heimkehren!“

In Rustans Seele folgten die heißeste Reue, die tiefste Entmutigung auf seinen unmäßigen Jubel, auf die Hoffnungen, an denen er sich berauscht hatte. Er war nun weit entfernt, die Voraussagen zu seinem Vorteil auszulegen. „O Gott! o himmlischer Vater! oh, daß ich meinen Freund Topaz verlieren mußte!"

Wie er diese Worte unter Schluchzen und bittren Tränen im Kreis seines verzweifelten Gefolges sprach, sieh, da tut sich das Gebirge auf, ein langer gewölbter Hohlgang, den hunderttausend Fackeln erhellen, zeigt sich den geblendeten Augen; und Rustan schreit auf, und seine Leute fallen auf die Knie und sinken vor Staunen auf den Rücken und schreien Wunder und sagen: „Rustan ist der Günstling Wischnus, der Liebling Brahmas; er wird der Herr der Welt werden." Rustan glaubte es, er war außer sich, über sich selbst entzückt. „Ach! Eben, mein geliebter Eben! Wo seid Ihr? Ach, daß Ihr nicht Zeuge all dieser Wunder sein könnt! Daß ich Euch verloren habe! Schöne Prinzessin von Kaschmir, wie bald werde ich Euch wiedersehen?"

Er zieht mit seinen Dienern, seinem Elefanten, seinen Kamelen durch das Berggewölbe, an dessen Ende er eine blumenbesäte, mit Bächen gesäumte Wiese betritt: und zu Ende der Wiese sind Baumalleen bis ins Unendliche; und zu Ende der Alleen ein Fluß, an dem entlang tausend Landhäuser in köstlichen Gärten stehen. Er hört überall Gesang und Instrumentenspiel; er sieht überall tanzen; er eilt über eine der Brükken über den Fluß; er fragt den ersten Mann, den er trifft, wie dieses schöne Land heißt.

Der Mann, an den er sich gewandt, antwortete: „Ihr seid im Land Kaschmir; Ihr seht seine Bewohner in Freude und Lustbarkeit; denn wir feiern die Hochzeit unserer schönen Prinzessin, die sich mit Herrn Barbabu vermählt, dem ihr Vater sie anverlobt hat; Gott beschere ihnen ewige Glückseligkeit!" Bei diesen Worten schlug Rustan besinnungslos nieder, und der Herr aus Kaschmir glaubte, er leide an Epilepsie; er ließ ihn in sein Haus tragen, wo er lange ohne Bewußtsein lag. Man holte die beiden tüchtigsten Ärzte des Kantons; sie fühlten dem Kranken den Puls, der, als er wieder ein wenig zu Besinnung kam, Seufzer ausstieß, die Augen rollte und ein ums andre Mal rief: „Topaz, Topaz, Ihr hattet recht!"

Der eine Arzt sagte zu dem Herrn aus Kaschmir: „Ich erkenne an dem Akzent des jungen Mannes, daß er aus Candahar stammt – ihm bekommt die Luft dieses Landes nicht; man muß ihn heimbringen; ich sehe an seinen Augen, daß er wahnsinnig geworden ist; vertraut ihn mir an, ich werde ihn in sein Vaterland zurückführen und ihn heilen." Der andere Arzt versicherte, er sei nur aus Kummer krank, man müsse ihn zur Hochzeit der Prinzessin führen und tanzen lassen. Während sie berieten, gewann der Kranke seine Kräfte wieder; beide Ärzte wurden beurlaubt, und Rustan blieb mit seinem Wirt allein.

„Edler Herr", sagte er, „ich bitte Euch um Vergebung, daß ich vor Euch ohnmächtig wurde, ich weiß, daß das nicht höflich ist; ich flehe Euch an, nehmt meinen Elefanten zum Dank für die Güte, mit welcher Ihr mich beehrt habt." Er erzählte ihm darauf alle seine Abenteuer, hütete sich indes, ihm den Gegenstand seiner Reise zu nennen. „Aber, im Namen Wischnus und Brahmas", sagte er, „unterrichtet mich, wer dieser glückliche Barbabu ist, der die Prinzessin von Kaschmir heiratet; warum ihr Vater ihn zum Schwiegersohn erwählt und warum die Prinzessin ihn als Gatten angenommen hat." – „Junger Herr", sagte der Mann aus Kaschmir, „die Prinzessin hat Barbabu durchaus nicht angenommen; im Gegenteil, sie verharrt in Trauer, während die ganze Provinz mit Freuden ihre Hochzeit feiert; sie hat sich in den Turm ihres Palastes eingeschlossen; sie will keine der Lustbarkeiten sehen, die man für sie veranstaltet." Als Rustan diese Worte hörte, fühlte er sich wie neugeboren; die prächtigen Farben, die der Schmerz aus seinem Antlitz vertrieben hatte, blühten wieder auf. „Aber sagt mir doch", fuhr er fort, „warum der Fürst von Kaschmir seine Tochter unbedingt einem Barbabu geben will, den sie nicht will."

„Das ist eben der Punkt", antwortete der Mann aus Kaschmir. „Wußtet Ihr, daß unser erlauchter Fürst einen großen Diamanten und einen Wurfspieß verloren hatte, die ihm sehr am Herzen lagen?" – „Ah, ich weiß es wohl", sagte Rustan. „Nun", sagte der Gastgeber, „in seiner Verzweiflung, von seinen beiden Kleinoden nichts zu hören, nachdem er sie lange auf der ganzen Erde hatte suchen lassen, hat unser Fürst seine Tochter demjenigen versprochen, der ihm das eine oder andre wiederbrächte. Da ist ein Herr Barbabu gekommen, hat den Diamanten vorgezeigt, und morgen heiratet er die Prinzessin."

Rustan erbleichte, stammelte seinen Dank, nahm Urlaub von seinem Wirt und eilte auf seinem Dromedar nach der Hauptstadt, wo die Zeremonie statthaben sollte. Er trifft im Palast des Fürsten ein; er sagt, er habe Wichtiges mitzuteilen; er bittet um eine Audienz; man antwortet ihm, der Fürst sei mit den Vorbereitungen zur Hochzeit beschäftigt. „Eben deswegen", sagte er, „muß ich ihn sprechen." Er drängt so sehr, daß er vorgelassen wird. „Hoher Herr", sagt er, „Gott kröne all eure Tage mit Ruhm und Herrlichkeit! Euer Schwiegersohn ist ein Gauner."

„Wie, ein Gauner! was wagt Ihr da zu sagen? Spricht man so zu einem Fürsten von Kaschmir über den Schwiegersohn, den er erwählt hat?" – „Ja, ein Gauner", versetzte Rustan; „und um es Eurer Hoheit zu beweisen, bringe ich Euch hier Euren Diamanten zurück."

Ganz erstaunt hielt der Fürst die beiden Diamanten nebeneinander; und da er sich kaum darin auskannte, konnte er nicht sagen, welcher der richtige war. „Hier sind zwei Diamanten", sagte er, „aber ich habe nur eine Tochter; ich bin in einer verzwickten Lage!" Er ließ Barbabu kommen und fragte ihn, ob er ihn nicht getäuscht hätte. Barbabu schwor, er habe seinen Diamanten von einem Armenier gekauft; der andre sagte nicht, von wem er seinen hatte, aber er schlug einen Ausweg vor: er wollte, wenn es Seiner Hoheit gefiele, gegen seinen Nebenbuhler kämpfen. „Es genügt nicht, daß Euer Schwiegersohn einen Diamanten vorzeigt", sagte er; „er muß auch Beweise seiner Tapferkeit vorzeigen: findet Ihr nicht gut, daß der, der den andern tötet, die Prinzessin heiratet?" – „Sehr gut", antwortete der Fürst, „das wird den Hof sehr ergötzen; schlagt euch schnell, ihr beiden: der Sieger soll die Waffen des Besiegten haben, wie in Kaschmir Brauch, und dann soll er meine Tochter heiraten."

Die beiden Anwärter gehen sogleich in den Hof. Auf der

Treppe waren eine Elster und ein Rabe. Der Rabe schrie: „Schlagt euch! schlagt euch!“ Die Elster: „Schlagt euch nicht!“ Der Fürst fand das zum Lachen; die beiden Rivalen gaben kaum darauf acht: sie eröffneten den Kampf; alle Höflinge bildeten einen Kreis um sie. Die Prinzessin, die sich immer noch in ihrem Turm einschloß, wollte nicht zu dem Schauspiel kommen; sie ahnte nicht, daß ihr Geliebter in Kaschmir war, und hegte so große Abscheu vor Barbabu, daß sie nichts sehen mochte. Der Kampf verlief auf das beste; Barbabu wurde glatt erschlagen, und die Leute waren entzückt darüber, weil er häßlich war und Rustan so schön; das entscheidet fast immer über die öffentliche Gunst.

Der Sieger legte das Kettenhemd, die Schärpe und den Helm des Besiegten an und zog mit dem ganzen Hof bei Fanfarenklang unter die Fenster seiner Geliebten. Alle riefen: „Schöne Prinzessin, kommt und seht Euren schönen Gemahl, der seinen häßlichen Nebenbuhler erschlagen hat!“ Ihre Frauen wiederholten ihr diese Worte. Die Prinzessin steckte leider den Kopf zum Fenster hinaus, und da sie die Rüstung eines Mannes erkannte, den sie verabscheute, lief sie voll Verzweiflung zu ihrem chinesischen Schrein und ließ den verhängnisvollen Wurfspieß los, der ihren geliebten Rustan, dem Panzer zum Trotz, durchbohrte; er stieß einen lauten Schrei aus, und an dem Schrei meinte die Prinzessin die Stimme ihres unglückseligen Liebsten zu erkennen.

Sie läuft herbei mit zerrauftem Haar, den Tod im Auge und im Herzen. Rustan war ihrem Vater schon blutüberströmt in die Arme gesunken. Sie erblickt ihn: O Augenblick! o Anblick! o Wiedersehn, dein Schmerz, deine Zärtlichkeit, dein Schrecken sind nicht auszudrücken! Sie wirft sich über ihn, sie küßt ihn. „So empfängst du“, sprach sie, „die ersten und die letzten Küsse deiner Geliebten und deiner Mörderin.“ Sie zieht die Waffe aus der Wunde, stößt sie in ihr Herz und stirbt über dem Heißgeliebten. Der erschütterte Vater, seiner Sinne nicht mächtig und wie sie dem Tod nahe, müht sich vergebens, sie ins Leben zurückzurufen; sie war nicht mehr; er verflucht die verhängnisvolle Waffe, bricht sie in Stücke, wirft die zwei unseligen Diamanten weit von sich; und während man seiner Tochter statt ihrer Hochzeit die Totenfeier bereitet, läßt er den blutenden Rustan, der noch Lebenszeichen gab, in seinen Palast tragen.

Man legt ihn auf ein Bett. Das erste, was er zu beiden Seiten seines Sterbelagers erblickt, sind Topaz und Eben. Seine Überraschung gab ihm ein wenig Kraft zurück. „Ah! Grausame, ihr", sagte er, „warum habt ihr mich verlassen? Vielleicht wäre die Prinzessin noch am Leben, wenn ihr dem unglücklichen Rustan beigestanden hättet." – „Ich habe Euch keinen Augenblick verlassen", sagte Topaz. „Ich war immer bei Euch", sagte Eben. „Wie, was sagt ihr? Wie könnt ihr meine letzten Augenblicke betrüben?" antwortete Rustan mit ersterbender Stimme. „Ihr dürft mir glauben", sagte Topaz; „Ihr wißt, daß ich diese verhängnisvolle Reise nie gutgeheißen habe, denn ich sah ihre grausigen Folgen voraus. Ich war der Adler, der gegen den Geier kämpfte und gerupft ward; ich war der Elefant, der das Gepäck forttrug, um Euch zur Umkehr in die Heimat zu zwingen; ich war der gestreifte Esel, der Euch gegen Euren Willen zu Eurem Vater zurücktrug; ich habe Eure Pferde auseinandergejagt; ich habe den Strom gebildet, der Euch hinderte weiterzuziehen; ich habe das Gebirge aufgetürmt, das Euch den so unheilvollen Weg sperrte; ich war der Arzt, der Euch die Heimatluft anriet; ich war die Elster, die Euch vor dem Kampf gewarnt hat." – „Und ich", sagte Eben, „war der Geier, der den Adler rupfte; das Nashorn, das hundertmal auf den Elefanten eindrang, der Lümmel, der den gestreiften Esel schlug; der Händler, der Euch die Kamele ließ, um in Euren Untergang zu rennen; ich habe die Brücke erbaut, über die Ihr geschritten seid; ich habe den Tunnel gegraben, durch den Ihr zogt; ich bin der Arzt, der Euch zusprach, zu gehen; der Rabe, der Euch zum Kampf ermunterte."

„Ach! Erinnere dich der Orakel!" sagte Topaz: „*Gehst du nach Osten, wirst du nach Westen kommen.*" – „Ja", sagte Eben, „man bestattet die Toten hier mit dem Antlitz gen Westen: das Orakel sprach klar, warum hast du es nicht verstanden? Du hast besessen, aber du besaßest nicht: denn du hattest den Diamanten, aber er war falsch, und du wußtest es nicht. Du bist der Sieger, aber du stirbst; du bist Rustan und hörst auf, es zu sein: alles ist erfüllt."

Wie er so sprach, bedeckten vier weiße Flügel den Leib von Topaz und vier schwarze Flügel den von Eben. „Was sehe ich?" rief Rustan. Zugleich sprachen Topaz und Eben: „Du siehst deine zwei Genien." – „Oho! meine Herren", sagte der unglückliche Rustan, „was hattet Ihr mit mir zu tun? Und wozu zwei Genien für einen armen Menschen?" – „Das ist ein Gesetz", sagte Topaz, „jeder Mensch hat zwei Genien, das hat als erster Plato gesagt, und andere haben es später wiederholt; du siehst, daß es die Wahrheit ist: ich, der zu Dir spricht, bin dein guter Genius, und meine Aufgabe war, bis zum letzten Augenblick deines Lebens über dich zu wachen; ich habe sie getreu erfüllt." – „Aber", sagte der Sterbende, „wenn es deine Pflicht war, mir zu dienen, bin ich folglich von weit höherer Art als du; und wie kannst du wagen, dich meinen guten Geist zu nennen, da du zugelassen hast, daß ich in allem fehlging, was ich unternahm, und mit meiner Geliebten elendiglich umgekommen bin?" – „Ja, das war dein Schicksal", sagte Topaz. „Wenn das Schicksal doch alles ist", sagte der Sterbende, „wozu dann ein Genius? Und du, Eben, mit deinen vier schwarzen Flügeln, bist also mein böser Geist?" – „Ihr sagt es", antwortete Eben. „Dann warst du auch der böse Geist meiner Prinzessin?" – „Nein, sie hatte ihren eigenen, aber ich habe ihm pünktlich sekundiert." – „Verruchter Eben, du, da du so abgrundschlecht bist, kannst du ja wohl nicht demselben Herrn unterstehen wie Topaz? Ihr seid die Geschöpfe zwei verschiedener Urmächte, einer guten und einer bösen, nicht wahr?" – „Das folgt nicht notwendig daraus", sagte Eben, „aber das ist das große Problem." – „Ein gütiges Wesen", sagte der Sterbende, „kann unmöglich einen so unheilvollen Geist geschaffen haben." – „Ob möglich, ob unmöglich", versetzte Eben, „die Sache ist, wie ich dir sage." – „Ach!" sagte Topaz, „mein armer Freund, merkst du nicht, wie der Erzschelm dich reizt, um dein Blut zu erhitzen und deine Todesstunde zu beschleunigen?" – „Geh, ich bin mit dir kaum zufriedener als mit ihm", sagte der traurige Rustan; „er gibt wenigstens zu, daß er mir übelwollte; du aber, der mich vorgeblich verteidigt hat, hast mir in nichts genützt." – „Ich bin tief betrübt darüber", sagte der gute Genius. „Ich auch", sagte der Sterbende; „aber dahinter steckt etwas, was ich nicht verstehe." – „Ich auch nicht", sagte der arme gute Geist. „Ich werde es in einem Augenblick erfahren", sagte Rustan. „Das werden wir sehen", sagte Topaz. Da verschwand alles. Rustan war wieder im Haus seines Vaters, das er nicht verlassen, und lag in seinem Bett, wo er eine Stunde geschlafen hatte.

Er schreckt auf, er ist in Schweiß gebadet und ganz verstört; er betastet sich, er ruft, er schreit, er läutet. Sein Kammerdiener Topaz, in Nachtmütze, eilt gähnend herbei. „Bin ich tot, oder lebe ich?" ruft Rustan; „und meine schöne Prinzessin von Kaschmir, wird sie doch genesen . . .?" – „Träumt der gnädige Herr?" antwortete Topaz kalt.

„Ah!" rief Rustan, „wo ist Eben, das Ungeheuer mit seinen vier schwarzen Flügeln? Er ist schuld an meinem grausamen Tod." – „Gnädiger Herr, ich habe ihn oben schnarchen lassen: wünscht Ihr, daß ich ihn rufe?" – „Der Schurke! Sechs volle Monate schon hat er mir zugesetzt; er hat mich zu dieser verhängnisvollen Messe von Kabul geführt; er hat mir den Diamanten entwendet, den die Prinzessin mir schenkte; er allein hat meine Reise, den Tod meiner Prinzessin und den Stoß des Wurfspießes verursacht, an dem ich in der Blüte meiner Jugend sterben muß."

„Beruhigt Euch", sagte Topaz, „Ihr seid nie in Kabul gewesen; es gibt keine Prinzessin von Kaschmir; ihr Vater hat von je nur zwei Söhne gehabt, die zur Zeit auf dem Kolleg sind. Ihr habt nie einen Diamanten besessen; die Prinzessin kann nicht tot sein, weil sie nie geboren wurde; und Ihr seid bei bester Gesundheit."

„Wie! es ist nicht wahr, daß du mir im Tod beigestanden hast am Bett des Fürsten von Kaschmir? Hast du mir nicht gesagt, du seist, um mich vor so viel Unglück zu schützen, Adler, Elefant, Esel, Arzt und Elster gewesen?" – „Gnädiger Herr, das habt Ihr alles geträumt: unsere Vorstellungen hängen im Schlaf so wenig von uns ab als im Wachen. Gott hat gewollt, daß diese Kette von Ideen durch Euren Kopf gehe, offenbar zu Eurer Belehrung, damit Ihr Nutzen daraus zieht."

„Du spottest meiner", sagte Rustan; „wie lange habe ich geschlafen?" – „Erst eine Stunde, gnädiger Herr." – „Ha! verwünschter Räsoneur, was glaubst du, wie ich binnen einer Stunde vor einem halben Jahr auf der Messe in Kabul gewesen, von dort zurückgekommen, die Reise nach Kaschmir gemacht haben und nach Barbabu und der Prinzessin selbst gestorben sein soll?" – „Herr, nichts ist einfacher und alltäglicher, Ihr hättet sogar in viel weniger Zeit eine Weltreise machen und viel mehr Abenteuer bestehen können.

Ist es nicht so, daß Ihr den Abriß der persischen Geschichte von Zoroaster in einer Stunde lesen könnt? Indes umfaßt dieser Abriß achthunderttausend Jahre. Alle diese Ereignisse ziehen eins nach dem andern an unsern Augen in einer Stunde vorbei; also werdet Ihr mir einräumen müssen, daß es Brahma ebenso leicht ist, sie alle auf den Zeitraum einer Stunde zusammenzudrängen wie auf den Zeitraum von achthunderttausend Jahren auszudehnen; das ist genau dasselbe. Stellt Euch vor, die Zeit kreise auf einem Rad, dessen Durchmesser unendlich ist. Unter diesem unendlich großen Rad sind eine unzählige Menge von Rädern, die eins in das andre greifen; das Rad im Mittelpunkt ist unmerklich klein und macht eine unendliche Zahl von Umdrehungen in genau derselben Zeit, in der das große Rad eine einzige macht. Demnach könnten sämtliche Ereignisse seit Anfang der Welt bis an ihr Ende in noch weniger als dem Hunderttausendstel einer Sekunde nacheinander ablaufen; und man kann sogar sagen, daß dem so ist."

„Das verstehe ich nicht", sagte Rustan. „Wenn Ihr wollt", sagte Topaz, „ich habe einen Papagei, der es Euch leicht begreiflich machen kann. Er ist einige Zeiten vor der Sintflut geboren und mit in der Arche gewesen; er hat viel erlebt; dabei ist er noch keine anderthalb Jahre alt: er wird Euch seine Geschichte erzählen – sie ist hochinteressant."

„Lauft und holt Euren Papagei", sagte Rustan; „er soll mich unterhalten, bis ich wieder einschlafen kann." – „Er ist bei meiner Schwester, der Nonne", sagte Topaz; „aber ich hole ihn, Ihr sollt zufrieden sein; sein Gedächtnis ist getreu, er erzählt einfach, ohne bei jeder Gelegenheit Geist zeigen zu wollen, und ohne Phrasen." – „Desto besser", sagte Rustan, „so lobe ich mir Geschichten." Man brachte ihm den Papagei, der folgendermaßen sprach.

NB: Fräulein Catherine Vadé hat die Erzählung des Papageis unter den Manuskripten ihres seligen Vetters Antoine Vadé, dem Autor dieser Geschichte, nie finden können, was in Betracht der Zeit, die dieser Papagei gelebt hat, ein wahrer Jammer ist.

Jeannot und Colin

Glaubwürdige Leute haben Jeannot und Colin noch auf der Schulbank in Issoire gesehn, einer Stadt in der Auvergne, die ob ihres Kollegs und ihrer Kochkessel weltberühmt ist. Jeannot war der Sohn eines sehr erfolgreichen Maultierhändlers, Colin schuldete sein Leben einem rechtschaffenen Landmann der Umgegend, der mit vier Maultieren das Erdreich pflügte und am Jahresende, wenn er Bürgersteuer, Nebensteuer, Beistandssteuer, Salzsteuer (einen Sou pro Pfund), dazu Kopfsteuer und sämtliche Ertragssteuern entrichtet hatte, sich nicht eben reich fand.

Für Auvergnaten waren Jeannot und Colin ungemein hübsch; sie mochten sich sehr und hatten kleine Geheimnisse, kleine Vertraulichkeiten miteinander, deren man immer gern gedenkt, wenn man sich im späteren Leben begegnet.

Ihre Schulzeit neigte dem Ende zu, da brachte ein Schneider für Jeannot ein dreifarbenes Samtgewand nebst einer exquisiten Lyoner Seidenweste und einen Brief an Herrn de La Jeannotière. Colin bewunderte das Gewand und war nicht neidisch; aber Jeannot nahm ein hoffärtiges Gebaren an, das Colin betrübte. Von nun an studierte Jeannot nicht mehr, sondern begaffte sich im Spiegel und verachtete jedermann. Wenig später kommt mit der Post ein Kammerdiener samt einem Brief an den Herrn Marquis de La Jeannotière: der Herr Vater berief seinen Herrn Sohn nach Paris. Jeannot bestieg die Kutsche und reichte Colin mit höchst gnädigem Gönnerlächeln die Hand. Colin fühlte sich nichtig und weinte. Jeannot fuhr im Gepränge seiner Herrlichkeit davon.

Den wißbegierigen Lesern sei berichtet, daß Herr Jeannot,

der Vater, durch Geschäfte ziemlich schnell ein ungeheures Vermögen gemacht hatte. Wie man große Vermögen macht, fragt ihr? Nun, Glück muß man haben. Herr Jeannot war wohlgestalt, seine Frau nicht minder, und knusprig war sie auch noch. Sie fuhren nach Paris wegen eines Prozesses, der sie ruinierte, aber das Glück, das die Menschen je nach Laune erhebt oder erniedrigt, führte sie mit der Gattin des Verwalters der Armeespitäler zusammen, welcher ein Mann von so großem Talent war, daß er sich rühmen durfte, in einem Jahr mehr Soldaten umgebracht zu haben, als eine Kanone in zehnen umbringt. Jeannot gefiel der Dame; Jeannots Frau gefiel dem Herrn. Jeannot war bald Teilhaber des Unternehmens; andere Geschäfte schlossen sich an. Sowie man erst im Fahrwasser ist, darf man sich getrost treiben lassen, und im Handumdrehn ist ein riesiges Vermögen beisammen. Die armen Schlucker, die euch vom Land aus zusehen, wie ihr mit vollen Segeln fahrt, machen große Augen; sie begreifen nicht, wie ihr es geschafft habt; sie beneiden euch ungescheut und kritzeln gegen euch Broschüren, die ihr nicht lest. Dieses begegnete Jeannot, dem Vater, der rasch Herr de la Jeannotière war und, als er sich sechs Monate darauf einen Marquistitel gekauft hatte, den Herrn Marquis, seinen Sohn, aus der Schule holte, um ihn in Paris in die vornehme Welt einzuführen.

Der anhängliche Colin sandte seinem einstigen Freund einen liebreichen Brief und schrieb ihm diese Zeilen, um ihm zu gratulieren. Der kleine Marquis gab keine Antwort: Colin grämte sich krank.

Als erstes gaben Vater und Mutter dem jungen Marquis einen Hofmeister: der Hofmeister war ein Stutzer, also verstand er nichts, also konnte er seinen Zögling nichts lehren. Der gnädige Herr wollte, daß sein Sohn Latein lerne, die gnädige Frau wollte es nicht. Sie wählten sich zum Schiedsrichter einen Schriftsteller, welcher derzeit für gefällige Werke berühmt war. Er wurde zum Diner geladen. Der Hausherr hob also zu sprechen an: „Monsieur, da Sie Latein können und ein Mann vom Hofe sind ..." – „Ich und Latein, Monsieur! Kein Wort kann ich", erwiderte der Schöngeist, „und habe es nicht bereut; es ist doch klar, daß man seine Muttersprache weit besser beherrscht, wenn man seinen Fleiß nicht zwischen ihr und fremden Sprachen zersplittert. Sehen Sie unsere Damen an, sie haben einen angenehmeren Witz als die Männer; ihre Briefe zeigen hundertmal mehr Anmut; und sie überragen uns nur, weil sie kein Latein können."

„Ah! hatte ich nicht recht?" sagte Madame. „Ich will, daß mein Sohn ein geistreicher Mann wird, daß er in der Welt Erfolg hat; und Sie hören es, wenn er Latein könnte, wäre er verloren. Spielt man, ich bitte Sie, Komödien und Opern auf lateinisch? Verteidigt man sich lateinisch, wenn man prozessiert? Spricht man im Bett Latein?" Von ihren Argumenten verblüfft, gestand Monsieur sein Unrecht ein, und es ward beschlossen, der junge Marquis sollte seine Zeit nicht mit Cicero, Horaz und Vergil vergeuden. Aber was sollte er sonst lernen? denn etwas lernen sollte er immerhin; könnte man ihm nicht ein wenig Geographie beibringen? „Wozu wäre die ihm nütze?" sagte der Hofmeister. „Wenn der Herr Marquis nach seinen Gütern reist, kennen die Postillone die Straßen, oder? Sie werden ihn bestimmt nicht irreführen. Im Reisewagen braucht man keinen Kompaß, und von Paris nach der Auvergne fährt man sehr bequem, ohne zu wissen, auf welchem Breitengrad man sich bewegt."

„Sie haben recht", sagte der Vater; „aber ich habe von einer schönen Wissenschaft gehört, die, glaube ich, Astronomie heißt." – „Erbarmen!" sagte der Hofmeister; „richtet man sein Betragen in der Welt nach den Sternen? Soll der Herr Marquis sich quälen, eine Sonnenfinsternis zu berechnen, wenn er sie auf den Punkt genau im Jahrbuch findet, das ihm obendrein alle wichtigen Feste, das Alter des Mondes und sämtlicher Prinzessinnen Europas nennt?"

Madame war ganz der Ansicht des Hofmeisters. Der kleine Marquis war außer sich vor Freude, der Vater ratlos. „Was aber soll mein Sohn denn lernen?" fragte er. „Liebenswürdig zu sein", antwortete der um Rat gebetene Hausfreund; „beherrscht er den Kodex, der Mitwelt zu gefallen, kann er alles: und diese Kunst wird er bei seiner Frau Mutter erlernen, ohne daß der eine oder andre die mindeste Last damit hat."

Für diese Worte umarmte Madame den entzückenden Ignoranten und sagte: „Man sieht doch gleich, Monsieur, daß Sie der klügste Mann von der Welt sind; Ihnen wird mein Sohn die beste Erziehung verdanken: mir dünkt indes, es sollte ihm dienlich sein, sich in der Geschichte ein wenig auszukennen." – „Wozu, Verehrteste?" antwortete er; „angenehm und nützlich ist doch immer nur die Geschichte des Tages. Alle alte Geschichte ist, wie ein Schöngeist sagt, nichts als ausgemachte Fabel; und die moderne ist ein Chaos, das man nicht entwirren kann. Was schert es Ihren Herrn Sohn, daß Karl der Große die zwölf Pairs von Frankreich instituiert und daß sein Nachfolger gestottert hat."

„Wohlgesprochen!" rief der Hofmeister: „man erstickt den Geist der Kinder unter einem Haufen unnützer Kenntnisse; aber die abgeschmackteste Wissenschaft überhaupt, die wohl jedweden Genius tötet, dünkt mir, ist die Geometrie. Diese alberne Wissenschaft hat Flächen, Linien und Punkte zum Gegenstand, die es in der Natur gar nicht gibt. Da zieht man im Geist durch den Punkt, in dem eine Gerade einen Kreis berührt, hunderttausend Kurven, obschon in der Wirklichkeit nicht ein Strohhalm hindurchpaßt. Die Geometrie ist, aufrichtig gesagt, ein schlechter Witz."

Monsieur und Madame verstanden nicht recht, was der Hofmeister meinte; aber sie waren ganz seiner Ansicht.

„Ein Edelmann wie der Herr Marquis", fuhr er fort, „darf sich das Hirn nicht über solch nichtigen Studien ausdörren. Braucht er einmal einen tüchtigen Geometer, der ihm einen Plan seiner Güter herstellt, läßt er sie für sein Geld ausmessen. Will er das Alter seines Adels erforschen, der in die fernsten Zeiten zurückreicht, läßt er einen Benediktiner rufen. Ebenso ist es mit den Künsten. Ein hochwohlgeborener junger Herr muß nicht Maler noch Musiker, noch Architekt oder Bildhauer sein; vielmehr trachtet er, daß diese Künste blühen, indem er sie durch seinen Reichtum ermutigt. Es ist unstrittig mehr wert, sie zu fördern, als sie zu üben; es genügt, daß der Herr Marquis Geschmack hat; den Künstlern ziemt, für ihn zu werken; und es heißt ganz zu Recht, die Vornehmen (die sehr reich sind, meine ich) können alles, ohne etwas gelernt zu haben, weil sie auf die Dauer tatsächlich über alles urteilen lernen, was sie bestellen und bezahlen."

Da nahm der reizende Ignorant das Wort und sagte: „Sie haben sehr richtig bemerkt, Madame, daß das große Ziel des Menschen ist, in der Gesellschaft Ansehn zu erlangen. Nun, aufrichtig, erreicht man das je durch die Wissenschaft? Ist man in guter Gesellschaft je darauf verfallen, über Geometrie zu reden? Fragt man je einen Edelmann, welches Gestirn sich heute mit der Sonne erhebt? Will man beim Souper wissen, wann Chlodio, der Merowinger, den Rhein überschritt?" – „Nein, wahrlich nicht!" rief die Marquise de La Jeannotière, die ihrer Reize halber bisweilen in die schöne Welt gelangt war; „und mein Herr Sohn soll seinen Geist nicht im Studium all dieses Trödels ersticken; nur, was soll er lernen? Denn es ist immer gut, wenn ein junger Edelmann bei Gelegenheit glänzen kann, wie mein Herr Gemahl sagt. Ich erinnere mich, von einem Abbé gehört zu haben, die angenehmste Wissenschaft sei etwas, dessen Namen ich vergessen habe, aber was mit einem H begann." – „Mit einem H, Madame? vielleicht die Hydrologie?" – „Hydrologie, nein, von so was hat er nicht gesprochen; ich sage Ihnen doch, es begann mit einem H und endete auf ik." – „Ah, ich verstehe, Madame, Sie meinen die Heraldik: das ist in der Tat eine sehr profunde Wissenschaft; nur ist sie aus der Mode, seit man seine Wappen nicht mehr an die Kutschentür malen läßt; aber früher, als die Stände wohlunterschieden waren, war das die nützlichste Sache der Welt. Es wäre übrigens ein endloses Studium: Sie finden heutzutage keinen Barbier mehr, der nicht sein Wappen hätte; und Sie wissen, was gemein wird, hat seinen Wert verloren." Kurz, nachdem man das Für und Wider der Wissenschaften erwogen hatte, ward beschlossen, der Herr Marquis solle tanzen lernen.

Die allmächtige Natur hatte ihm ein Talent verliehen, das sich bald mit großartigem Erfolg entfaltete: er sang sehr nett Chansons. Der Zauber seiner Jugend zuzüglich dieser hohen Gabe ließen ihn für einen überaus hoffnungsvollen Jüngling gelten. Die Damen liebten ihn; und da er den Kopf voller Lieder hatte, machte er für seine Mätressen selbst etwelche. Er plünderte das eine Vundeville für „Bacchus und Amor", das andere für „Tag und Nacht", das dritte für „Freud und Leid"; da seine Verse indes immer ein paar Füße zu viel oder zu wenig hatten, ließ er sie mittels zwanzig Louisdor pro Lied verbessern und wurde in der „Année littéraire" neben La Fare, Chaulieu, Hamilton, Sarrasin und Voiture genannt.

Die Frau Marquise wähnte nun, Mutter eines Dichters zu sein, und gab den Pariser Schöngeistern Soupers. Der Kopf des Jünglings war bald verdreht; er erwarb die Kunst zu reden, ohne zu verstehen, was er sagte, und vervollkommnete sich in der Gewohnheit, ein Taugenichts zu sein. Als sein Vater ihn so redekundig fand, bereute er bitter, daß er ihn nicht hatte Latein lernen lassen, er hätte ihm anders ein hohes Richteramt gekauft. Die Mutter, erhabenerer Regungen inne, bemühte sich um ein Regiment für ihren Sohn; der übte derweil die Liebe. Die Liebe ist manchmal teurer als ein Regiment. Er gab viel aus, während seine Eltern noch mehr ausgaben, um auf großem Fuß zu leben.

Eine vornehme junge Witwe aus der Nachbarschaft, die nur ein mäßiges Auskommen hatte, fand sich gern bereit, den großen Reichtum des Paares de La Jeannotière in Sicherheit zu bringen, indem sie sich ihn mittels Ehelichung des jungen Marquis übereignete. Sie lockte ihn in ihr Haus, ließ sich verehren, ließ ihn ahnen, daß er ihr nicht gleichgültig sei, führte ihn sacht, wohin sie wollte, bezauberte ihn, unterjochte ihn mühelos. Bald lobte, bald beriet sie ihn, wurde des Vaters und der Mutter beste Freundin. Eine alte Nachbarin schlug die Heirat vor; die Eltern, vom Glanz dieser Verbindung geblendet, nahmen den Vorschlag freudig an: sie gaben ihren einzigen Sohn ihrer besten Freundin. Der junge Marquis würde eine Frau heiraten, die er anbetete und die ihn liebte; die Freunde des Hauses beglückwünschten ihn; man ging an die Abfassung des Ehekontrakts, bestellte die Hochzeitsgewänder und -gedichte.

Eines Morgens saß er der reizenden Braut, welche Liebe, Achtung und Freundschaft ihm zu eigen geben sollte, zu Füßen; in zärtlicher, angeregter Unterhaltung genossen sie der Vorboten ihres Glücks und verabredeten sich auf ein köstliches Leben, als ein Kammerdiener der Frau Mutter ganz verstört hereinstürzt. „Schöne Neuigkeiten“, sagt er; „Gerichtsvollzieher räumen Monsieur und Madame das Haus; alles ist von Gläubigern beschlagnahmt; man spricht von Leibeshaftung, und ich werde Klage einreichen müssen, daß ich an meinen Lohn komme.“ – „Holla“, sagt der Marquis, „wollen doch sehn, wollen doch schauen, was das Theater soll.“ – „Ja“, sagt die Witwe, „bestrafen Sie diese Schurken, eilen Sie.“ Er eilt, er tritt ins Haus; sein Vater saß bereits im Gefängnis: die Diener waren fort samt allem, was sie raffen konnten. Seine Mutter saß hilflos, trostlos weinend, allein; ihr war nichts als die Erinnerung ihres Reichtums, ihrer Schönheit, ihrer Torheiten und ihrer närrischen Verschwendung geblieben.

Als der Sohn mit der Mutter ausgiebig geweint hatte, sagte er: „Verzweifeln wir nicht; die junge Witwe liebt mich innig; sie ist großherziger als reich, ich bürge für sie; ich eile zu ihr und werde sie Ihnen zuführen.“ Kehrt er also zu der Geliebten zurück und findet sie in trautem Geplauder mit einem sehr liebenswürdigen jungen Offizier. „Sie, Herr de La Jeannotière? Was suchen Sie hier? Läßt man seine Mutter im Stich? Gehen Sie zu der armen Frau, sagen Sie ihr, ich bliebe ihr stets wohlgesinnt: ich bräuchte eine Zofe und würde ihr den Vorzug geben.“ – „Mein Junge, du scheinst mir trefflich gewachsen“, sagt der Offizier; „wenn du willst, tritt in meine Kompanie ein, sollst einen guten Posten haben.“

Fassungslos, Zorn im Herzen, eilte der Marquis zu seinem einstigen Hofmeister, klagte sein Leid an seinem Busen und fragte ihn um Rat. Der schlug ihm vor, so wie er Hofmeister für Kinder zu werden. „Wehe! ich kann ja nichts, Sie haben mich nichts gelehrt und sind der Anfang meines Unglücks.“ Und er schluchzte, als er so sprach. „Schreiben Sie Romane“, riet ihm ein Schöngeist, der zugegen war; „das ist ein ausgezeichneter Broterwerb in Paris.“

Verzweifelter denn je, lief der junge Mann zu dem Beichtvater seiner Mutter: einem sehr einflußreichen Theatiner, der nur Damen der höchsten Kreise beriet; kaum erblickte der ihn, so stürzte er herzu. „Mein Gott! Herr Marquis, wo haben Sie

Ihre Kutsche? Wie geht es der verehrten Marquise, Ihrer Frau Mutter?" Der arme Unglückliche erzählte ihm das Unglück seiner Familie. Je mehr er es enthüllte, desto ernster, gleichmütiger, gewichtiger wurde der Theatiner: „Mein Sohn, dies alles ist Gottes Wille; Reichtum verdirbt das Herz; Gott hat Ihrer Mutter also die Gnade gezeigt, sie ganz an den Bettelstab zu bringen?" – „Ja, Monsieur." – „Um so besser, sie darf ihres Seelenheils gewiß sein." – „Aber bis dahin, ehrwürdiger Vater, muß in dieser Welt doch Hilfe zu finden sein?" – „Mit Gott, mein Sohn; eine Hofdame erwartet mich."

Dem Marquis wollten die Sinne schwinden; seine Freunde behandelten ihn beinahe ebenso; an einem halben Tag lernte er die Menschen besser kennen als in seinem ganzen bisherigen Leben.

Wie er nun so niedergeschmettert vor Gram dastand, sah er ein altmodisches Gefährt daherrollen, eine Art bedachter Karren mit Ledervorhängen zu seiten, gefolgt von vier großen, hochbeladenen Leiterwagen. In dem Gefährt saß ein grob gekleideter junger Mann; sein frisches rundes Antlitz strahlte Sanftmut und Fröhlichkeit aus. Eine brünette kleine Frau, nicht fein, aber ansehnlich, wurde neben ihm hin und her geschuckelt. Das Ding fuhr nicht eben wie der Wagen eines Stutzers. Der Reisende hatte Zeit genug, den reglosen, in seinen Schmerz versunkenen Marquis zu betrachten. „Ei, mein Gott!" rief er aus, „mir dünkt, das ist Jeannot!" Bei seinem Namen hebt der Marquis die Augen, der Wagen hält. „Es ist Jeannot, es ist Jeannot!" Der quicke kleine Mann macht einen Satz und eilt, seinen einstigen Freund zu umarmen. Jeannot erkannte Colin; Scham und Tränen bedeckten sein Antlitz. „Du hast nichts mehr von mir wissen wollen", sagte Colin, „aber du magst getrost ein hoher Herr sein, ich habe dich immer lieb." Jeannot, verwirrt und gerührt, erzählte ihm schluchzend einen Teil seiner Geschichte. „Komm mit und erzähle mir den Rest im Gasthaus, wo ich logiere", sagte Colin; „umarme meine kleine Frau und laß uns miteinander essen."

Sie gehen alle drei zu Fuß, die Wagen folgen. „Was ist das für ein großer Aufzug? Gehört das euch?" – „Ja, das gehört alles mir und meiner Frau. Wir kommen eben vom Land; ich leite eine gute Eisenblech- und Kupfermanufaktur. Ich habe die Tochter eines reichen Kaufmanns geheiratet, der mit Gebrauchsgerät für Groß und Klein handelt; wir arbeiten viel; Gott segnet uns; wir haben unsern Stand nicht gewechselt; wir sind glücklich, wir werden unserem Freund Jeannot helfen. Sei kein Marquis mehr; alle Titel dieser Welt sind nichts gegen einen guten Freund. Komm mit zurück aufs Land, ich bringe dir das Gewerbe bei, es ist nicht gar so schwer; du wirst mein Teilhaber, und dann leben wir fröhlich in dem Erdenwinkel, wo wir geboren sind."

Jeannot, tief bewegt, fühlte sich zwischen Schmerz und Freude, zwischen Liebe und Scham hin- und hergerissen, und er sagte sich im stillen: „Alle meine feinen Freunde haben mich verraten, und Colin, den ich verachtet habe, kommt als einziger mir zu Hilfe. Welch eine Lehre!" Colins Seelengüte entfaltete in Jeannots Herz den guten Keim, den die Welt noch nicht erstickt hatte. Er fühlte, daß er Vater und Mutter nicht preisgeben durfte. „Wir werden für deine Mutter sorgen", sagte Colin; „und was deinen guten Papa im Gefängnis betrifft, so verstehe ich mich ein wenig aufs Geschäftliche; wenn seine Gläubiger sehen, er hat nichts mehr, sind sie mit wenigem zufrieden; ich nehme die Sache in die Hand." Colin brachte es zuwege, den Vater aus dem Gefängnis zu befreien. Jeannot kehrte mit seinen Eltern in die Heimat zurück, wo sie ihren früheren Beruf wiederaufnahmen. Er heiratete Colins Schwester, die von gleicher Gemütsart wie der Bruder war und ihn also sehr glücklich machte. Und Jeannot, der Vater, und Jeannotte, die Mutter, und Jeannot, der Sohn, sahen, daß man das Glück nicht in der Eitelkeit findet.

Das Naturkind

Eine wahre Geschichte
aus den hinterlassenen Schriften des Paters Quesnel

Erstes Kapitel

Wie der Prior Unserer Lieben Frau vom Berge und sein Fräulein Schwester einem Huronen begegneten

Eines Tages verließ Sankt Dunstan, Ire von Geburt und Heiliger von Beruf, Irland auf einem kleinen Berg, der zur Küste Frankreichs trieb, und gelangte auf diesem Gefährt in die Bucht von Saint-Malo. An Land gestiegen, segnete er seinen Berg, welcher sich mehrmals tief vor ihm verneigte und auf demselben Weg nach Irland zurückkehrte, auf dem er gekommen war.

Dunstan gründete in der Gegend eine kleine Priorei und nannte sie Priorei vom Berge. So heißt sie heute noch, wie jeder weiß.

Im Jahre 1689, am Abend des 15. Juli, erging sich der Abt von Kerkabon, Prior Unserer Lieben Frau vom Berge, mit seiner Schwester, dem Fräulein von Kerkabon, am Meeresstrand, um frische Luft zu schöpfen. Der Prior, ein wenig schon an Jahren, war ein sehr guter Kirchenmann, geliebt von seinen Nachbarn wie einst von seinen Nachbarinnen. Großes Ansehen hatte ihm namentlich die Tatsache verschafft, daß er der einzige Pfründer der Gegend war, den man nicht nach jeder Tafelei unter Amtsbrüdern in sein Bett tragen mußte. Er verstand recht viel von Theologie, und wenn er des heiligen Augustinus müde war, so erbaute er sich am Rabelais; daher sagte ihm alle Welt nur Gutes nach.

Fräulein von Kerkabon, die nie verheiratet gewesen, wiewohl sie große Lust dazu hatte, war mit ihren fünfundvierzig noch recht frisch. Sie hatte ein gutes und empfindsames Wesen; sie liebte das Vergnügen, und sie war fromm.

Der Prior sah auf das Meer hinaus und sagte zu seiner Schwester: „O Welt! Hier ging nun im Jahre 1669 unser armer Bruder mit unserer lieben Schwägerin, Frau von Kerkabon, seiner Gemahlin, an Bord der Fregatte ‚Die Schwalbe', um in Kanada zu dienen. Wäre er nicht getötet worden, so könnten wir noch hoffen, ihn wiederzusehen."

„Glauben Sie wirklich", sagte Fräulein von Kerkabon, „daß unsere Schwägerin von den Irokesen verspeist wurde, wie man uns erzählt hat? Sicher ist eins: wäre sie nicht verspeist worden, so wäre sie nach Hause zurückgekehrt. Ich werde sie mein Leben lang beweinen. Sie war eine bezaubernde Frau; und unser Bruder, der ein geistreicher Mann war, hätte bestimmt sein Glück gemacht."

Wie sich nun beide gerührt in solchen Erinnerungen verloren, sahen sie ein kleines Schiff, von der Flut getragen, in die Rance-Mündung einlaufen: es waren Engländer, die einige Produkte ihres Landes verkaufen wollten. Sie sprangen ans Ufer, ohne den Prior noch sein Fräulein Schwester zu beachten, die über diese Respektlosigkeit sehr schockiert war.

Ganz anders ein wohlgestalter junger Mann, der mit einem Sprung über die Köpfe seiner Kameraden hinweg plötzlich vor Fräulein von Kerkabon stand. Er begrüßte sie mit einem Kopfnicken; den Brauch, eine Verbeugung zu machen, kannte er nicht. Seine Gestalt und sein Aufzug erregten die Aufmerksamkeit des Bruders wie der Schwester: barhäuptig, die Beine nackt, die Füße in leichten Sandalen, der Kopf geschmückt von langem, geflochtenem Haar, ein kleines Wams eng um die feine, sonst bloße Taille, die Miene kriegerisch und sanft. In der einen Hand hielt er eine kleine Flasche mit Barbados-Wasser, in der anderen eine Art Beutel, in dem sich ein Becher sowie vortrefflicher Schiffszwieback befanden. Er sprach ein sehr verständliches Französisch. Er bot dem Fräulein von Kerkabon und ihrem Herrn Bruder von seinem Barbados-Wasser an, trank mit ihnen und schenkte neu ein, alles auf so einfache und natürliche Weise, daß Bruder und Schwester bezaubert waren. Sie erboten sich, ihm gefällig zu sein, und fragten ihn, wer er sei und wohin er reise. Der junge Mann antwortete, das wisse er nicht, er sei nur neugierig und habe sehen wollen, wie die Küsten Frankreichs beschaffen seien; so sei er gekommen und werde wohl bald zurückfahren.

Da der Herr Prior am Akzent erkannte, daß der Fremde kein Engländer war, nahm er sich die Freiheit, ihn zu fragen, aus welchem Land er stamme. „Ich bin Hurone", antwortete der junge Mann.

Fräulein von Kerkabon war erstaunt und entzückt, als sie erfuhr, daß der höfliche junge Mann Hurone sei, und bat ihn sogleich zum Abendessen; er ließ sich nicht zweimal bitten, und so gingen sie alle drei zusammen zur Priorei Unserer Lieben Frau vom Berge.

Das kleine runde Fräulein verschlang ihn mit ihren Äuglein und sagte von Zeit zu Zeit zu dem Prior: „Dieser Junge hat eine Haut wie Lilien und Rosen! Wirklich eine schöne Haut für einen Huronen!" – „Sie haben recht, Schwester", sagte der Prior. Sie stellte hundert Fragen Schlag auf Schlag, und der Reisende antwortete stets sehr zutreffend.

Schnell war die Neuigkeit von dem Huronen herum. Die gute Gesellschaft des Kantons eilte zum Abendessen in die Priorei. Der Abt von Saint-Yves kam mit seinem Fräulein Schwester, einem sehr hübschen und wohlerzogenen jungen Mädchen aus der niederen Betragne. Auch der Amtmann und der Steuereinnehmer waren mit ihren Frauen bei dem Souper. Der Fremde wurde zwischen Fräulein von Kerkabon und Fräulein von Saint-Yves gesetzt. Alle schauten ihn voll Bewunderung an, alle sprachen und fragten auf einmal; der Hurone nahm es gelassen hin. Es schien, als habe er sich die Devise von Lord Bolingbroke zu eigen gemacht: „Nihil admirari". Als ihm der viele Lärm schließlich doch zuviel wurde, sagte er recht sanft, aber zugleich entschieden: „Meine Herren, in meinem Land redet einer nach dem anderen; wie soll ich Ihnen antworten, wenn Sie mich daran hindern, Sie zu verstehen?" Vernunft läßt die Menschen immer für einen Augenblick in sich gehen: es entstand ein tiefes Schweigen. Der Amtmann, welcher stets die Fremden mit Beschlag belegte, in wessen Hause er auch war, und zudem der größte Frager der Provinz, riß den Mund einen halben Fuß weit auf und sagte:

„Mein Herr, wie heißen Sie?“ – „Man hat mich immer das Naturkind genannt“, erwiderte der Hurone, „und man hat mir diesen Namen in England bestätigt, weil ich stets naiv sage, was ich denke, wie ich auch all das tue, was ich will.“

„Wie sind Sie denn als gebürtiger Hurone nach England gekommen?“ – „Man hat mich dort hingebracht; ich wurde in einem Gefecht von den Engländern gefangengenommen, nachdem ich mich ganz gut geschlagen hatte. Die Engländer schätzen die Tapferkeit, weil sie selber tapfer sind und genauso anständig wie wir; als sie nun fragten, ob sie mich meinen Eltern zurückgeben sollten oder ob ich mit nach England kommen wolle, entschied ich mich fürs zweite, denn ich sehe von Natur aus leidenschaftlich gern fremde Länder.“

„Aber mein Herr“, sagte der Amtmann in seinem aufgeblasenen Ton, „wie konnten Sie Vater und Mutter so im Stich lassen?“ – „Weil ich weder Vater noch Mutter je gekannt habe“, sagte der Fremde. Die Gesellschaft war gerührt, und alle riefen: „Weder Vater noch Mutter!“ – „Wir werden ihm Vater und Mutter sein“, sagte die Hausherrin zu ihrem Bruder, dem Prior. „Wie interessant doch der Herr Hurone ist!“ Das Naturkind dankte ihr mit vornehmer, selbstbewußter Herzlichkeit und gab ihr zu verstehen, daß es ihm an nichts fehle.

„Ich bemerke, Herr Naturmensch“, sagte der Amtmann gewichtig, „daß Sie besser Französisch sprechen, als es einem Huronen zukommt.“ – „Ein Franzose“, antwortete das Naturkind, „den wir zu der Zeit, da ich noch ein kleines Kind war, in der Huronei gefangen hatten und für den ich alsbald Freundschaft empfand, lehrte mich seine Sprache; ich lerne sehr rasch, was ich lernen will. Als ich nach Plymouth kam, traf ich dort einen von euren französischen Flüchtlingen, die ihr, ich weiß nicht warum, Hugenotten nennt; er hat mich in der Kenntnis eurer Sprache ein Stück weitergebracht; und sowie ich gelernt hatte, mich verständlich auszudrücken, kam ich euer Land besuchen; denn ich habe die Franzosen ganz gern, solange sie nicht zu viele Fragen stellen.“

Trotz dieses kleinen Fingerzeigs fragte ihn der Abt von Saint-Yves, welche der drei Sprachen ihm am besten gefiele:

Huronisch, Englisch oder Französisch. „Huronisch natürlich", antwortete das Naturkind. „Na so was!" rief Fräulein von Kerkabon; „und ich hatte immer gedacht, das Französische sei die schönste aller Sprachen, nach dem Niederbretonischen!"

Nun wurde das Naturkind um die Wette gefragt, wie man auf huronisch „Tabak" sage, und er antwortete: „taya"; wie man „essen" sage, und er antwortete: „essenten". Fräulein von Kerkabon wollte unbedingt wissen, wie man „den Hof machen" ausdrücke, er antwortete: „trovander"* und meinte, wohl nicht ganz ohne Grund, daß diese Wörter genausoviel wert seien wie die französischen und englischen Wörter, die ihnen entsprechen. „Trovander" schien allen Gästen sehr hübsch.

Der Prior, der in seiner Bibliothek eine huronische Grammatik besaß, welche der ehrwürdige Rekollektenpater Sagar Théodat, ein berühmter Missionar, ihm geschenkt hatte, ging für einen Augenblick vom Tisch, um in ihr nachzuschlagen. Ganz atemlos vor Rührung und Freude kam er zurück; er verkündete, das Naturkind sei tatsächlich ein Hurone. Man ereiferte sich ein wenig über die Vielzahl der Sprachen und kam zu dem Schluß, ohne den Zwischenfall mit dem Turm von Babel spräche heute die ganze Welt französisch.

Der fragesüchtige Amtmann, der dem Fremden gegenüber bis dahin etwas mißtrauisch gewesen war, empfand nun tiefe Achtung für ihn; er sprach ihn höflicher an als vorher, was das Naturkind aber gar nicht bemerkte.

Fräulein von Saint-Yves war sehr begierig zu erfahren, wie man im Land der Huronen jemandem den Hof mache. „Indem man", so antwortete der Naturmensch, „schöne Taten vollbringt, um Personen wie Ihnen zu gefallen." Alle Gäste klatschten voll Verwunderung. Fräulein von Saint-Yves wurde rot und war sehr zufrieden. Fräulein von Kerkabon errötete gleichfalls, aber sie war nicht so zufrieden: es kränkte sie ein bißchen, daß das Kompliment nicht ihr galt; aber sie war eine so herzensgute Person, daß ihre Zuneigung für den Huronen dadurch überhaupt nicht getrübt wurde. Sie fragte

* Alle diese Wörter sind in der Tat huronisch.

ihn sehr freundlich, wie viele Geliebte er in der Huronei gehabt habe. „Eine einzige", sagte das Naturkind, „Fräulein Abacaba, die gute Freundin meiner teuren Amme; das Schilfrohr ist nicht gerader, das Hermelin nicht weißer, das Lamm ist nicht so sanft, der Adler nicht so stolz und der Hirsch nicht so leichtfüßig, wie Abacaba es war. Eines Tages jagte sie in unserer Nachbarschaft, etwa fünfzig Meilen von unserem Wohnplatz entfernt, einen Hasen; ein schlecht erzogener Algonkin, der hundert Meilen von da zu Hause war, kam und nahm ihr den Hasen weg. Wie ich das erfuhr, flog ich hin, streckte den Algonkin mit einem Keulenschlag zu Boden und legte ihn, an Händen und Füßen gefesselt, vor meiner Geliebten nieder. Die Verwandten Abacabas wollten ihn fressen, aber mir hat diese Art von Festschmaus nie gelegen; ich gab ihm die Freiheit wieder, und er wurde mein Freund. Abacaba war von meinem Vorgehen so gerührt, daß sie mir vor allen ihren Liebhabern den Vorzug gab. Sie würde mich noch heute lieben, wäre sie nicht von einem Bären gefressen worden: ich habe den Bären bestraft und lange sein Fell getragen, aber getröstet hat es mich nicht."

Bei diesem Bericht empfand Fräulein von Saint-Yves eine geheime Freude darüber, daß das Naturkind nur eine einzige Geliebte gehabt hatte und daß Abacaba nicht mehr unter den Lebenden weilte; doch war ihr nicht ganz klar, worin der Grund ihrer Freude lag. Alles blickte auf das Naturkind; man lobte ihn sehr dafür, daß er seine Gefährten zurückgehalten hatte, einen Algonkin zu fressen.

Den unerbittlichen Amtmann, der seine Fragewut nicht unterdrücken konnte, trieb die Neugier schließlich so weit, daß er sich erkundigte, welcher Religion der Herr Hurone sei. Ob er sich für die anglikanische oder die gallikanische oder für die hugenottische entschieden habe. „Ich gehöre meiner Religion an", sagte er, „wie Sie der Ihren." – „Ach herrje!" schrie die Kerkabon, „ich sehe schon, diese unglückseligen Engländer haben nicht einmal daran gedacht, ihn zu taufen!"

„Mein Gott", sagte Fräulein von Saint-Yves, „wie ist es denn möglich, daß die Huronen keine Katholiken sind? Haben denn die ehrwürdigen Jesuitenväter sie nicht alle bekehrt?" Das Naturkind versicherte ihr, daß man in seinem Land niemanden bekehre; daß noch nie ein echter Hurone seine Meinung geändert habe, ja daß es in seiner Sprache nicht einmal ein Wort gebe, das „Unbeständigkeit" bedeute. Dies letztere gefiel Fräulein von Saint-Yves ganz ausnehmend.

„Taufen, ja taufen werden wir ihn", sagte die Kerkabon zum Prior; „Sie, lieber Bruder, werden diese Ehre haben, und ich will unbedingt seine Patin sein. Der Herr Abt von Saint-Yves wird ihn übers Taufbecken halten; es wird eine glanzvolle Feier werden, die ganze Niederbretagne wird davon reden, und es wird eine große Ehre für uns sein." Die ganze Gesellschaft stimmte der Hausherrin bei, alle Gäste schrien: „Taufen werden wir ihn!" Das Naturkind erwiderte, in England ließe man die Leute nach ihrem Geschmack leben. Er gab zu verstehen, daß ihm der Vorschlag überhaupt nicht gefalle und daß das Gesetz der Huronen zumindest ebenso gut sei wie das der Niederbretonen; schließlich meinte er, er werde am nächsten Morgen wieder abfahren. Man trank seine Flasche Barbados zu Ende; danach ging alles zu Bett.

Nachdem man das Naturkind auf sein Zimmer geleitet hatte, konnten Fräulein von Kerkabon und ihre Freundin, Fräulein von Saint-Yves, sich nicht enthalten, durch das große Schlüsselloch zu spähen, um zu sehen, wie ein Hurone schläft. Sie sahen, daß er die Bettdecke auf den Boden gebreitet hatte und dort ruhte in der schönsten Pose der Welt.

Zweites Kapitel

Der Hurone, genannt Naturkind, wird von seinen Verwandten erkannt

Nach seiner Gewohnheit erwachte das Naturkind mit der Sonne, beim ersten Schrei des Hahns, den man in England wie in der Huronei die Morgentrompete nennt. Er war nicht wie die gute Gesellschaft, die sich faul im Bett rekelt, bis die Sonne die Hälfte ihres Laufs zurückgelegt hat, jene Gesellschaft, die weder schlafen noch aufstehen kann, die, dahindämmernd zwischen Leben und Tod, so viele kostbare Stunden vergeudet und die sich noch beklagt, daß das Leben zu kurz sei.

Er hatte schon zwei, drei Meilen hinter sich, er hatte bereits dreißig Stück Wild mit dem ersten Schuß niedergestreckt, als er bei der Rückkehr den Herrn Prior Unserer Lieben Frau vom Berge mit seiner taktvollen Schwester antraf, wie sie in Nachtmützen in ihrem Gärtchen spazierengingen. Er schenkte ihnen die ganze Jagdbeute und zog darauf aus seinem Hemd eine Art kleinen Talisman, den er stets um den Hals trug: er bat sie, ihn zum Zeichen seiner Dankbarkeit für die freundliche Aufnahme als Geschenk anzunehmen. „Es ist das Wertvollste, was ich besitze“, sagte er. „Man hat mir versichert, daß ich so lange glücklich sein werde, wie ich diesen kleinen Firlefanz an mir trage. Ich schenk es Ihnen, damit Sie Ihr Leben lang glücklich sind.“

Der Prior und sein Fräulein Schwester lächelten gerührt ob der Naivität des Naturkindes. Das Geschenk bestand aus zwei recht unbeholfen gemalten Bildnissen, die mit einem ziemlich speckigen Lederriemen zusammengebunden waren.

Fräulein von Kerkabon fragte ihn, ob es in der Huronei Maler gebe. „Nein“, sagte der Naturmensch, „ich habe dieses seltene Stück von meiner Amme; ihr Mann hatte es erbeutet, als er einige Franzosen ausraubte, die gegen uns Krieg geführt hatten. Mehr weiß ich darüber nicht.“

Der Prior betrachtete aufmerksam die Porträts; er wurde rot und blaß, er erbebte, seine Hände begannen zu zittern. „Bei Unserer Lieben Frau vom Berge“, rief er, „das ist doch das Gesicht meines Bruders, des Hauptmanns, und seiner Frau!“ Das Fräulein Schwester besah die Bilder mit gleicher Erregung und kam zu dem gleichen Schluß. Beide waren ergriffen von Verwunderung und einer mit Schmerz gemischten Freude; beide waren bewegt und weinten; ihr Herz klopfte; sie stießen Seufzer aus; sie rissen sich die Bilder aus den Händen, wohl zwanzigmal in der Sekunde nahm jeder sie und gab sie zurück; sie verschlangen die Bildnisse und den Huronen mit ihren Augen; sie fragten ihn einer nach dem andern und auch beide zugleich, an welchem Ort, zu welcher Zeit, wie überhaupt diese Miniaturen in die Hände seiner Amme gelangt seien; sie verglichen, sie überschlugen die Zeit seit der Abreise des Hauptmanns; sie entsannen sich der Nachricht, er sei bis ins Land der Huronen gelangt, wie auch daran, daß sie seitdem nie wieder etwas von ihm gehört hatten.

Das Naturkind hatte ihnen gesagt, er habe weder Vater noch Mutter gekannt. Der Prior, der ein kluger Mann war, bemerkte, daß das Naturkind ein wenig Bartwuchs zeigte, und er wußte sehr wohl, daß die Huronen so etwas nicht haben. „Sein Kinn ist geflaumt, also ist er der Sohn eines Europäers. Mein Bruder und meine Schwägerin sind nach der Expedition gegen die Huronen im Jahre 1669 nie wieder aufgetaucht. Mein Neffe muß damals noch an der Brust gelegen haben. Die huronische Amme hat ihm das Leben gerettet und ihm die Mutter ersetzt." So kamen nach hundert Fragen und hundert Antworten der Prior und seine Schwester endlich zu dem Schluß, daß der Hurone ihr eigener Neffe sei. Sie umarmten ihn unter Tränen. Das Naturkind lachte, denn er konnte sich nicht vorstellen, daß ein Hurone der Neffe eines niederbretonischen Priors sein sollte.

Inzwischen kam die ganze Gesellschaft in den Garten herunter. Herr von Saint-Yves, der ein großer Physiognom war, verglich die beiden Porträts mit dem Gesicht des Naturkindes; er machte sehr geschickt darauf aufmerksam, daß er die Augen von der Mutter, Stirn und Nase vom seligen Herrn Hauptmann von Kerkabon habe und Wangen, in denen von beiden etwas zu finden sei.

Fräulein von Saint-Yves, die weder den Vater noch die Mutter je gesehen hatte, versicherte, das Naturkind gliche ihnen aufs Haar. Alle bewunderten die Vorsehung und die Fügung der Dinge dieser Welt. Am Ende war man so fest überzeugt von der Herkunft des Naturkindes, daß er selbst sich bereit fand, der Neffe des Herrn Prior zu sein, wobei er meinte, dieser sei ihm als Onkel genauso lieb wie ein andrer.

Man begab sich nun zu einem Dankgottesdienst in die Kirche Unserer Lieben Frau vom Berge, während der Hurone unbewegten Gesichts sich im Hause mit Trinken vergnügte.

Die Engländer, die ihn gebracht hatten und die nun wieder unter Segel gehen wollten, kamen und sagten, es sei Zeit zum Aufbruch. „Offenbar“, entgegnete er ihnen, „habt ihr nicht eure Onkel und Tanten wiedergefunden: ich bleibe hier; fahrt nach Plymouth zurück, ich schenke euch all meine Sachen, ich brauche nichts mehr auf dieser Welt, ich bin ja der Neffe eines Priors.“ Die Engländer gingen unter Segel und machten sich herzlich wenig Gedanken darüber, ob das Naturkind nun Verwandte in der niederen Bretagne habe oder nicht.

Nachdem der Onkel, die Tante und die Gesellschaft das Tedeum gesungen hatten, nachdem der Amtmann das Naturkind noch einmal mit Fragen überschüttet hatte, nachdem man alles gesagt hatte, was Staunen, Freude, Zuneigung hervorbringen können, gelangten der Prior vom Berge und der Abt von Saint-Yves zu dem Schluß, daß man das Naturkind so schnell wie möglich taufen lassen müsse. Aber bei einem großen Huronen von zweiundzwanzig Jahren geht das nicht wie bei einem Kind, dessen Seele man erneuert, ohne daß es etwas davon merkt. Er mußte Unterricht haben, und das schien schwierig: denn der Abt von Saint-Yves war der Auffassung, ein Mensch, der nicht in Frankreich geboren sei, habe keinen gesunden Menschenverstand.

Der Prior machte die Gesellschaft darauf aufmerksam, daß das Naturkind, sein Neffe, wenn er auch tatsächlich nicht das Glück gehabt habe, in der Niederbretagne geboren zu werden, doch Geist besäße; das könne man aus allen seinen Antworten ersehen, und die Natur habe ihn sowohl väterlicher, als auch mütterlicherseits gewiß wohl versehen.

Man fragte ihn zunächst, ob er je ein Buch gelesen habe. Er sagte, er habe Rabelais in der englischen Übersetzung und einige Sachen von Shakespeare gelesen, die er auswendig wisse; er habe diese Bücher beim Kapitän des Schiffes gefunden, das ihn von Amerika nach Plymouth brachte, und sie hätten ihm sehr gefallen. Der Amtmann versäumte nicht, ihn über diese Bücher auszufragen. „Ich gestehe Ihnen“, sagte das Naturkind, „einiges glaubte ich erraten zu können, das übrige habe ich nicht verstanden.“

Der Abt von Saint-Yves dachte bei sich, daß er selbst auch

immer so gelesen habe und daß es den meisten Menschen kaum anders gehe. „Sie haben gewiß die Bibel gelesen", sagte er zu dem Huronen. „Keineswegs, Herr Abt; sie war nicht unter den Büchern meines Kapitäns; ich habe noch nie etwas von ihr gehört." – „Da sieht man wieder, wie diese verdammten Engländer sind", rief Fräulein von Kerkabon, „von einem Stück von Shakespeare, einem Plumpudding und einer Flasche Rum machen sie mehr Gewese als von den fünf Büchern Mosis. Darum haben sie auch nie einen bekehrt in Amerika. Bestimmt sind sie von Gott verflucht; und so werden wir ihnen in allernächster Zeit auch Jamaika und Virginia wegnehmen."

Wie dem auch sei, man ließ den geschicktesten Schneider von Saint-Malo kommen, um das Naturkind von Kopf bis Fuß einzukleiden. Die Gesellschaft trennte sich, und der Amtmann ging anderswo seine Fragen stellen. Fräulein von Saint-Yves drehte sich im Gehen mehrmals nach dem Naturkind um, und er erwies ihr tiefere Verbeugungen, als er je in seinem Leben gemacht hatte.

Der Amtmann stellte, bevor er sich empfahl, dem Fräulein von Saint-Yves einen langen Dämel von Sohn vor, der gerade die Schule beendet hatte; doch sie sah ihn kaum an, so beschäftigt war sie mit des Huronen Höflichkeit.

Drittes Kapitel

Der Hurone, genannt Naturkind, wird bekehrt

Wie der Prior nun sah, daß er schon etwas betagt war und Gott ihm zu seinem Trost einen Neffen sandte, setzte er sich in den Kopf, daß er diesem seine Pfründe überlassen könnte, sofern es nur gelang, ihn zu taufen und zum Priester zu machen.

Das Naturkind besaß ein ausgezeichnetes Gedächtnis. Die Kernigkeit niederbretonischer Organe, gefestigt durch das Klima Kanadas, hatte seinen Kopf so stark gemacht, daß er fast nichts spürte, wenn man draufschlug; und was man hineingab, ging nicht mehr verloren: er hatte noch nie etwas vergessen. Seine Auffassungsgabe war äußerst lebhaft und scharf, denn da seine Kindheit nicht wie die unsere von nutz- und sinnlosen Dingen belastet worden war, ging alles ungetrübt in sein Gehirn hinein. Der Prior beschloß also, ihm das Neue Testament zu geben. Das Naturkind verschlang es mit großem Vergnügen; da er aber nicht wußte, zu welcher Zeit und in welchem Lande all die in dem Buche berichteten Abenteuer sich zugetragen hatten, so zweifelte er nicht im mindesten, daß ihr Schauplatz die Niederbretagne sei; und er schwor, er werde dem Kaïphas und dem Pilatus Nase und Ohren abschneiden, wenn er diesen Halunken je begegnen sollte.

Entzückt von so vortrefflichen Anlagen, klärte ihn der Onkel in kurzer Zeit auf; er lobte seinen Eifer, machte ihm aber begreiflich, daß der gar nicht nötig sei, da jene Leute vor ungefähr sechzehnhundertundneunzig Jahren gestorben wären. Das Naturkind konnte bald das ganze Buch auswendig. Manchmal stellte er verzwickte Fragen, die den Prior in große Bedrängnis brachten: nicht selten mußte er den Abt von Saint-Yves konsultieren, der, da er auch keine Antwort wußte, einen niederbretonischen Jesuiten kommen ließ, um die Bekehrung des Huronen zu vollenden.

Endlich wirkte die Gnade; der Naturmensch versprach, Christ zu werden; er war fest überzeugt, daß er zunächst beschnitten werden müsse, denn, so sagte er, „in dem Buch, das man mir zu lesen gab, bin ich keiner Person begegnet, die es nicht gewesen ist; folglich ist klar, daß ich meine Vorhaut opfern muß, je eher, desto besser." Er fragte niemanden: er ließ gleich den Dorfbarbier kommen und bat ihn, die Operation vorzunehmen, in der Gewißheit, es werde dem Fräulein von Kerkabon und der ganzen Gesellschaft eine unendliche Freude bereiten, wenn die Sache erst einmal erledigt wäre. Der Gevatter, der diese Operation noch nie gemacht hatte, verständigte die Familie, die Zeter und Mordio schrie. Die gute Kerkabon erzitterte bei dem Gedanken, ihr Neffe, der beherzt und tatenlustig schien, könnte sich auf sehr ungeschickte Weise selbst operieren, mit all den möglichen traurigen Folgen, für die sich die Damen aus Gutherzigkeit stets interessieren.

Der Prior setzte dem Huronen den Kopf zurecht; er bewies ihm, daß die Beschneidung nicht mehr Mode, daß die Taufe viel milder und bekömmlicher und daß das Gesetz der Gnade nicht wie das Gesetz der Strenge sei. Das Naturkind, das viel gesunden Menschenverstand und einen aufrechten Charakter besaß, stritt mit ihm, gestand aber dann seinen Irrtum ein, was in Europa bei Leuten, die sich streiten, ziemlich selten vorkommt; schließlich versprach er, sich taufen zu lassen, wann man wolle.

Zuvor aber mußte gebeichtet werden; und das war das schwierigste. Das Naturkind trug stets das Buch bei sich, das ihm sein Onkel gegeben hatte. Er fand darin nicht, daß auch nur ein einziger Apostel gebeichtet hätte, und das machte ihn sehr störrisch. Der Prior schloß ihm den Mund, indem er ihm in der Epistel des heiligen Jakobus des Jüngeren jene Worte zeigte, die den Ketzern soviel Kummer bereiten: „Bekennet einer dem andern seine Sünden." Der Hurone ward stille und ging zu einem Rekollektenpater beichten. Als er fertig war, zog er den Pater aus dem Beichtstuhl, und seinen Mann immer fest im Griff, setzte er sich selbst an dessen Stelle und ließ ihn vor sich niederknien: „Nun los, mein Freund, es ist gesagt: ‚Bekennet einer dem anderen seine Sünden.' Ich habe dir meine erzählt, und du kommst hier nicht heraus, bevor du mir deine erzählt hast." Mit diesen Worten drückte er sein mächtiges Knie gegen die Brust seines Gegenübers. Der Pater brüllt, daß die Kirche widerhallt. Man stürzt auf den Lärm herbei, man erblickt den Taufzögling, wie er den Mönch im Namen des heiligen Jakobus des Jüngeren durchbeutelt. Die Freude, einen huronischen und englischen Niederbretonen taufen zu können, war jedoch so groß, daß man über diese Sonderbarkeiten hinwegsah. Viele Theologen meinten sogar, die Beichte sei nicht nötig, da die Taufe ja alles aufwiege.

Man einigte sich mit dem Bischof von Saint-Malo auf einen bestimmten Tag. Der Bischof, der, wie man leicht ermessen kann, sich geschmeichelt fühlte, einen Huronen taufen zu dürfen, kam in einer prächtigen Kutsche, gefolgt von seiner

Geistlichkeit. Gott preisend, zog Fräulein von Saint-Yves ihr schönstes Kleid an und ließ eine Friseuse aus Saint-Malo kommen, damit sie bei der Zeremonie glänzen könne. Der fragewütige Amtmann eilte mit allen Leuten aus der Gegend herbei. Die Kirche war prächtig geschmückt. Doch als man den Huronen brauchte, um ihn zum Taufbecken zu führen, war er nicht zu finden.

Der Onkel und die Tante suchten ihn überall. Man glaubte, er sei wie gewöhnlich auf der Jagd. Alle Gäste durchstreiften die benachbarten Wälder und Dörfer: keine Spur vom Huronen.

Man begann zu fürchten, er möchte nach England zurückgekehrt sein. Man entsann sich seiner Worte, er liebe dieses Land sehr. Der Prior und seine Schwester waren überzeugt, daß man dort niemand taufe, und zitterten für die Seele ihres Neffen. Der Bischof war bestürzt, er war drauf und dran, wieder abzureisen; der Prior und der Abt von Saint-Yves waren verzweifelt; der Amtmann fragte alle Passanten mit seiner üblichen Wichtigtuerei aus. Fräulein von Kerkabon weinte. Fräulein von Saint-Yves weinte nicht, aber sie stieß tiefe Seufzer aus, die von ihrer Neigung für die heiligen Sakramente zu zeugen schienen. Traurig gingen beide unter den Weiden und an dem Schilf entlang, die das Flüßchen Rance säumen, als sie inmitten des Flusses plötzlich eine große, recht helle Gestalt bemerkten, die die Hände über der Brust gekreuzt hielt. Sie stießen einen lauten Schrei aus und wandten sich ab. Doch da die Neugier alsbald den Sieg über jede andere Erwägung davontrug, schlüpften sie vorsichtig ins Schilf; und als sie ganz sicher waren, daß keiner sie sah, beschlossen sie nachzuschauen, was da vor sich ging.

Viertes Kapitel

Das Naturkind wird getauft

Der Prior und der Abt, die herbeigeeilt waren, fragten den Naturmenschen, was er da mache. „Ja Gott, ich warte auf die Taufe, meine Herren! Seit einer Stunde stehe ich bis zum

Hals im Wasser; es ist nicht anständig, mich so lange frieren zu lassen.“

„Mein lieber Neffe“, sagte der Prior gerührt, „diese Art der Taufe ist in der Niederbretagne nicht üblich. Ziehen Sie sich wieder an und kommen Sie.“ Als Fräulein von Saint-Yves das hörte, sagte sie leise zu ihrer Gefährtin: „Was meinen Sie, Mademoiselle, ob er sich wohl gleich wieder anzieht?“

Der Hurone indessen entgegnete dem Prior: „Diesmal werden Sie mir nichts einreden, wie kürzlich; ich habe seitdem genau nachgelesen, und ich bin ganz sicher, daß man sich nicht anders taufen läßt. Der Eunuch der Königin Kandake wurde in einem Bach getauft. Da zeigen Sie mir erst einmal in dem Buch, das Sie mir gaben, daß man es je anders gemacht hätte. Ich werde entweder überhaupt nicht getauft oder im Fluß!“ Vergebens hielt man ihm vor, die Bräuche hätten sich geändert. Der Naturmensch war hartköpfig, denn er war Bretone und Hurone. Immer wieder kam er auf den Eunuchen der Königin Kandake zurück. Und obwohl sein Fräulein Tante und Fräulein von Saint-Yves, die ihn von den Weiden her beobachtet hatten, ihm mit vollem Recht hätten sagen können, daß es ihm schlecht anstehe, einen so beschaffenen Menschen zum Vergleiche anzuführen, so taten sie es dennoch nicht; so groß war ihr Taktgefühl. Der Bischof kam persönlich mit ihm reden, was etwas heißen will, aber er konnte nichts ausrichten: der Hurone disputierte wider den Bischof.

„Zeigen Sie mir in dem Buch, das mir mein Onkel gegeben hat“, sagte er zu ihm, „einen einzigen Mann, der nicht im Fluß getauft wurde, und ich tu alles, was Sie wollen.“

Die verzweifelte Tante hatte bemerkt, daß ihr Neffe, als er zum erstenmal eine Verbeugung machte, dem Fräulein von Saint-Yves eine tiefere erwiesen hatte als jeder anderen Person der Gesellschaft, ja daß er nicht einmal dem Bischof jene mit Herzlichkeit gemischte Achtung erwiesen hatte, die er dem schönen Fräulein entgegenbrachte. So faßte sie den Entschluß, sich in dieser großen Verlegenheit an Fräulein von Saint-Yves zu wenden; sie bat sie, sie möge doch ihr Ansehen darauf verwenden, daß der Hurone sich auf dieselbe Art taufen ließe wie die Bretonen; denn sie glaubte nicht, daß ihr

Neffe je Christ werden könne, wenn er darauf bestand, im fließenden Wasser getauft zu werden.

Fräulein von Saint-Yves errötete aus heimlicher Freude darüber, daß ihr ein so wichtiger Auftrag zuteil wurde. Bescheiden trat sie an den Naturmenschen heran, und während sie ihm auf ganz und gar vornehme Weise die Hand drückte, sagte sie zu ihm: „Wollen Sie nicht etwas für mich tun?"; dabei schlug sie die Augen nieder und dann mit rührender Anmut wieder auf. „Ach, alles, was Sie wollen, mein Fräulein, alles, was Sie mir befehlen, Wassertaufe, Feuertaufe, Bluttaufe, nichts schlage ich Ihnen ab." Fräulein von Saint-Yves hatte die Ehre, mit zwei Worten zu erreichen, was weder der Eifer des Priors noch die wiederholten Fragen des Amtmanns, ja nicht einmal die Beweisgründe des Bischofs hatten bewirken können. Sie fühlte ihren Triumph, aber sie fühlte noch nicht sein ganzes Ausmaß.

Die Taufe wurde erteilt und empfangen mit aller Schicklichkeit, aller Pracht, aller Annehmlichkeit, die nur möglich sind. Der Onkel und die Tante traten an den Herrn Abt von Saint-Yves und seine Schwester die Ehre ab, das Naturkind übers Taufbecken zu halten. Fräulein von Saint-Yves strahlte vor Freude darüber, daß sie Taufpatin war. Sie wußte nicht, welchem Zwange dieser hohe Titel sie unterwarf; sie nahm die Ehre an, ohne ihre fatalen Folgen zu kennen.

Da es noch nie eine Zeremonie gab, der nicht ein großes Festmahl gefolgt wäre, so setzte man sich gleich nach der Taufe zu Tisch. Die Spötter in der Niederbretagne meinten, man dürfe seinen Wein nicht taufen. Der Prior sagte, nach Salomo erfreue der Wein des Menschen Herz. Der Bischof fügte hinzu, daß dem Patriarchen Juda geheißen ward, seinen Esel an den Weinstock zu binden und seinen Mantel ins Blut der Reben zu tauchen; es sei doch sehr traurig, daß man dies in der Niederbretagne nicht tun könne, der Gott den Weinstock versagt habe. Jeder versuchte, etwas Geistvolles über die Taufe des Naturkindes zu sagen und der Taufpatin einige Artigkeiten. Der immer noch fragesüchtige Amtmann fragte den Huronen, ob er seinen Versprechen treu bleiben werde. „Wie sollte ich meinen Versprechen denn untreu werden", antwortete der Hurone, „wo ich sie doch Fräulein von Saint-Yves in die Hand gegeben habe?“

Der Hurone erhitzte sich; er trank viel auf die Gesundheit seiner Patin. „Wär ich von Ihrer Hand getauft worden“, sagte er, „ich fühl es, das kalte Wasser, das man mir auf den Schopf goß, hätte mich verbrannt.“ Der Amtmann fand das zu poetisch; er wußte ja nicht, wie verbreitet Allegorien in Kanada sind. Die Taufpatin dagegen war sehr zufrieden.

Man hatte dem Täufling den Namen Herkules gegeben. Der Bischof von Saint-Malo fragte immer wieder, was das für ein Schutzheiliger sei, von dem er noch nie etwas gehört habe. Der Jesuit, der sehr gelehrt war, erklärte ihm, das sei ein Heiliger, der zwölf Wunder vollbracht habe. Es gebe noch ein dreizehntes, das soviel wert sei wie die anderen zwölf zusammen, doch sei es für einen Jesuiten nicht schicklich, darüber zu reden; es handelte sich darum, daß er in einer einzigen Nacht fünfzig Mädchen in Frauen verwandelt hatte. Ein Witzbold unter den Gästen brachte dieses Wunder nachdrücklich zur Sprache. Alle Damen schlugen die Augen nieder und schlossen aus den Gesichtszügen des Naturmenschen, daß er seines Namensheiligen würdig sei.

Fünftes Kapitel

Das Naturkind ist verliebt

Es läßt sich nicht verhehlen, daß seit jener Taufe und jenem Festschmaus das Fräulein von Saint-Yves von dem leidenschaftlichen Wunsche ergriffen war, der Herr Bischof möchte sie noch einmal mitwirken lassen bei irgendeinem schönen Sakrament mit dem Herrn Naturmenschen Herkules. Indes, da sie wohlerzogen und sehr bescheiden war, wagte sie nicht, sich ihre zarten Empfindungen selber ganz einzugestehen; und entschlüpfte ihr einmal ein Blick, ein Wort, eine Geste, ein Gedanke, so hüllte sie all dies in einen unendlich liebenswerten Schleier von Schamhaftigkeit. Sie war zärtlich, lebhaft und brav.

Sowie der Bischof abgereist war, begegneten sich das Naturkind und Fräulein von Saint-Yves, wobei sie gar nicht merkten, daß sie einander suchten. Sie redeten miteinander, ohne sich vorher überlegt zu haben, was sie sich sagen würden. Das Naturkind sagte zunächst, daß es sie von ganzem Herzen liebe und daß die schöne Abacaba, auf die er in seinem Land ganz verrückt gewesen sei, nicht an sie heranreiche. Das Fräulein antwortete ihm in ihrer gewohnten Bescheidenheit, er solle so schnell wie möglich mit dem Herrn Prior, seinem Onkel, und seinem Fräulein Tante darüber reden; sie ihrerseits werde ihrem lieben Bruder, dem Abt von Saint-Yves, ein Wort darüber sagen, und sie hoffe auf allseitige Zustimmung.

Hierauf entgegnete das Naturkind, daß es niemandes Zustimmung brauche; es schiene ihm ausgesprochen lächerlich, andere zu fragen, was man selber tun solle; wenn zwei sich einig seien, brauche es keinen Dritten, um sie auszusöhnen. „Ich frage keinen", sagte er, „wenn ich Lust habe, zu essen oder zu jagen oder zu schlafen; wohl weiß ich, daß es in der Liebe nicht schlecht ist, wenn man das Einverständnis der Person hat, auf die man aus ist; aber da ich weder in meinen Onkel noch in meine Tante verliebt bin, brauche ich mich in dieser Angelegenheit auch nicht an sie zu wenden; und, glauben Sie mir, auch Sie können ohne den Herrn Abt von Saint-Yves auskommen."

Man kann sich vorstellen, daß die schöne Bretonin alle Findigkeit ihres Köpfchens darauf verwandte, ihrem Huronen die Begriffe des Anstands beizubringen. Sie wurde sogar böse und gleich drauf wieder gut. Nun, man weiß nicht, wie dieses Gespräch ausgegangen wäre, hätte nicht, als der Tag sich neigte, der Abt seine Schwester wieder mit in die Abtei genommen. Das Naturkind ließ seinen Onkel und seine Tante, die von der Feier und dem langen Festmahl ein wenig müde waren, zu Bette gehen. Er verbrachte einen Teil der Nacht damit, Verse in huronischer Sprache für seine Angebetete zu schreiben: man muß wissen, daß es kein Land auf der Welt gibt, wo die Liebe nicht die Verliebten zu Dichtern macht.

Am nächsten Morgen, nach dem Frühstück, wandte sich der Onkel in Gegenwart von Fräulein Kerkabon, die ganz gerührt war, mit folgenden Worten an ihn: „Der Himmel sei gepriesen, daß Sie, mein lieber Neffe, die Ehre haben, Christ und Niederbretone zu sein. Aber das genügt nicht; ich spüre das Alter kommen; mein Bruder hat nur ein kleines Stück Land hinterlassen, das sehr wenig wert ist; ich habe eine schöne Priorei: wenn Sie nur Subdiakon werden wollten, wie ich hoffe, so werde ich Ihnen meine Priorei resignieren, und Sie werden ein schönes Leben haben, nachdem Sie der Trost meiner alten Tage gewesen sind."

Das Naturkind erwiderte: „Mein Onkel, ich wünsche Ihnen das Allerbeste; leben Sie, so lange Sie können. Ich weiß weder, was ein Subdiakon ist, noch, was resignieren heißt; aber alles ist mir recht, wenn ich nur Fräulein von Saint-Yves bekommen kann." – „Mein Gott, lieber Neffe, was reden Sie da? Sie lieben also dieses schöne Fräulein bis zum Wahnsinn?" – „Ja, lieber Onkel." – „Ach, lieber Neffe, es ist unmöglich, daß Sie sie heiraten." – „Es ist sehr wohl möglich, lieber Onkel; denn erstens hat sie mir beim Abschied die Hand gedrückt, und zweitens hat sie mir versprochen, mich zum Manne zu erbitten; ich werde sie ganz gewiß heiraten." – „Das ist unmöglich, sage ich Ihnen, sie ist doch Ihre Patin; es ist eine schreckliche Sünde für eine Patin, wenn sie ihrem Patenkind die Hand drückt; und es ist nicht erlaubt, seine Patin zu heiraten; göttliches wie menschliches Recht verbieten das." – „Bei Gott, lieber Onkel, Sie machen sich über mich lustig; warum sollte es verboten sein, seine Patin zu heiraten, wenn sie jung und hübsch ist? In dem Buch, das Sie mir gegeben haben, habe ich nichts darüber gelesen, daß es schlecht sei, Mädchen zu heiraten, die jemandem zur Taufe verholfen haben. Ich merke jeden Tag, daß man hier unendlich viele Dinge tut, die nicht in Ihrem Buche stehen, und daß man nichts tut von dem, was wirklich darin steht: ich muß Ihnen sagen, daß mich das wundert und ärgert. Wenn man meine Taufe zum Vorwand nimmt, mir die schöne Saint-Yves vorzuenthalten, dann, das sage ich Ihnen, entführe ich sie und mache die Taufe rückgängig."

Der Prior war bestürzt; seine Schwester weinte. „Lieber Bruder", sagte sie, „es darf nicht sein, daß unser Neffe sich in

Verdammnis bringt; unser Heiliger Vater der Papst kann ihm Dispens gewähren, und dann kann er auf christliche Weise glücklich werden mit dem, was er liebt." Das Naturkind umarmte seine Tante. „Wer ist denn dieser bezaubernde Mann, der mit soviel Güte den Jungen und Mädchen hilft, die sich lieben? Ich will gleich zu ihm."

Man erklärte ihm, wer der Papst sei, und das Naturkind wunderte sich noch mehr als vorher. „Kein Wort von all dem steht in Ihrem Buch, lieber Onkel; ich weiß, was reisen heißt, ich kenne das Meer; wir sind hier an der Küste des Ozeans; und da sollte ich Fräulein von Saint-Yves verlassen, um die Erlaubnis, sie zu lieben, von einem Mann zu erbitten, der vierhundert Meilen von hier am Mittelmeer wohnt und dessen Sprache ich nicht verstehe! Das ist doch unglaublich lächerlich. Ich gehe jetzt auf der Stelle zum Abt von Saint-Yves, der wohnt nur eine Meile von hier, und ich versichere Ihnen, daß ich meine Geliebte noch heute heiraten werde."

Wie er noch sprach, trat der Amtmann ein und fragte ihn wie üblich, wohin er wolle. „Ich gehe heiraten", meinte das Naturkind und eilte davon; eine Viertelstunde später schon war er bei seiner schönen und teuren Niederbretonin, die noch schlief. „Ach, Bruder!" sagte Fräulein von Kerkabon zum Prior, „nie werden Sie aus unserem Neffen einen Subdiakon machen."

Der Amtmann war sehr ärgerlich über diesen Aufbruch; denn er wollte, daß sein eigener Sohn die Saint-Yves heirate; und dieser Sohn war noch dümmer und unerträglicher als der Vater.

Sechstes Kapitel

Das Naturkind eilt zu seiner Geliebten und gerät in Zorn

Kaum angekommen, hatte der Naturmensch, nachdem er von einer alten Bedienten den Weg zur Kammer seiner Geliebten erfragt, auch schon die schlecht verriegelte Tür aufgedrückt und war mit einem Sprung am Bett. Fräulein von

Saint-Yves, aus dem Schlaf geschreckt, hatte geschrien: „Was! Sie sind's! Ach, Sie sind's! Hören Sie auf! Was machen Sie denn!" Er hatte geantwortet: „Ich heirate Sie." Und er hätte sie tatsächlich geheiratet, wenn sie sich nicht gewehrt hätte mit aller Ehrbarkeit einer Person, die Erziehung im Leibe hat.

Der Naturmensch verstand keinen Spaß, er fand alle diese Ziererereien äußerst ungehörig. „So was gab es nicht bei Fräulein Abacaba, meiner ersten Geliebten; Sie sind nicht ehrlich, Sie haben mir die Hochzeit versprochen und wollen nicht Hochzeit machen; das heißt die einfachsten Regeln des Anstands verletzen; aber ich werde Sie lehren, Wort zu halten, und ich werde Sie auf den Pfad der Tugend zurückbringen."

Der Naturmensch besaß eine furchtlose Männlichkeit, würdig seines Patrons Herkules, dessen Namen man ihm bei der Taufe gegeben hatte; er wollte sie gerade in ihrem vollen Ausmaß zur Anwendung bringen, als auf die schrillen Schreie des in puncto Tugend etwas zurückhaltenderen Fräuleins der weise Abt von Saint-Yves mit seiner Gouvernante, einem alten frommen Hausdiener und einem Priester des Kirchspiels herbeieilte. Dieser Anblick mäßigte den Mut des Angreifers. „Aber mein Gott, lieber Nachbar", sagte der Abt, „was tun Sie denn da?" – „Meine Pflicht", antwortete der junge Mann, „ich erfülle meine Versprechen, die heilig sind."

Fräulein von Saint-Yves brachte sich errötend wieder in Ordnung. Man führte den Naturmenschen in ein anderes Zimmer. Der Abt hielt ihm die Ungeheuerlichkeit seines Verhaltens vor. Der Naturmensch berief sich auf die Privilegien des Naturrechts, das er genau kannte. Der Abt wollte beweisen, daß das positive Recht eindeutig den Vorrang haben müsse und daß ohne die unter den Menschen getroffenen Abmachungen das natürliche Recht fast nie auf etwas anderes hinausliefe als auf ein natürliches Banditentum. „Man braucht", so sagte er, „Notare, Priester, Zeugen, Kontrakte, Dispense." Der Naturmensch antwortete ihm mit dem Gedanken, den die Wilden immer vorgebracht haben: „Da sind Sie wohl recht unehrliche Leute, wenn es zwischen Ihnen solcher Vorsichtsmaßnahmen bedarf."

Der Abt hatte einige Mühe, mit diesem Argument fertig zu werden. „Ich gebe zu", sagte er, „es gibt unter uns viele Unzuverlässige und Schurken; und es gäbe deren ebensoviel unter den Huronen, wenn diese in einer großen Stadt zusammen wohnten. Aber es gibt auch weise, ehrliche, aufgeklärte Seelen, und diese Männer haben die Gesetze geschaffen. Je anständiger ein Mann ist, desto mehr muß er sich ihnen fügen: so gibt man den Lasterhaften ein Beispiel; sie achten die Zügel, die die Tugend sich selber anlegt."

Diese Antwort beeindruckte den Naturmenschen. Es ist schon gesagt worden, daß er einen scharfen Verstand besaß. Man besänftigte ihn mit schmeichelhaften Worten, man machte ihm Hoffnung: dies sind die beiden Fallen, in denen die Menschen beider Hemisphären sich fangen; man führte ihm sogar Fräulein von Saint-Yves vor, nachdem sie ihre Toilette beendet hatte. Alles ging mit dem größten Anstand vor sich. Aber trotz aller Schicklichkeit bewirkten die funkelnden Blicke des Naturmenschen Herkules noch immer, daß seine Angebetete die Augen niederschlug und daß die Gesellschaft erzitterte.

Man hatte die allergrößte Mühe, ihn zu seinen Verwandten zurückzuschicken. Wiederum mußte man auf den Einfluß der schönen Saint-Yves zurückgreifen; je mehr sie ihre Macht über ihn fühlte, desto mehr liebte sie ihn. Sie erreichte, daß er ging, und war sehr betrübt darüber; als er schließlich fort war, beschloß der Abt, der nicht nur Mademoiselles sehr viel älterer Bruder, sondern auch ihr Vormund war, sein Mündel den stürmischen Nachstellungen dieses schrecklichen Liebhabers zu entziehen. Er befragte den Amtmann, der, da er immer noch seinen Sohn mit der Schwester des Abtes verheiraten wollte, ihm riet, das arme Mädchen ins Kloster zu stecken. Das war ein furchtbarer Schlag: schon ein kühles Mädchen, das man ins Kloster steckte, würde aus dem Häuschen geraten, aber für eine Liebende, zumal eine so zurückhaltende und zärtliche Liebende, war es ein Grund zur Verzweiflung.

Wieder beim Prior angelangt, erzählte der Naturmensch alles mit seiner gewohnten Unbefangenheit. Er mußte sich dieselben Vorhaltungen anhören, die seinen Verstand ein wenig, seine Sinne überhaupt nicht beeindruckten; als er aber am nächsten Morgen wieder zu seiner Geliebten wollte, um mit ihr über das natürliche und das positive Recht zu diskutieren, teilte ihm der Amtmann mit unverhohlener Freude mit, daß sie in einem Konvent sei. „Na gut, da geh ich eben in dieses Konvent diskutieren", antwortete der Naturmensch. „Das geht nicht", sagte der Amtmann; er erklärte ihm des langen und breiten, was ein Konvent oder Convent sei, daß letzteres Wort vom lateinischen conventus käme, was „Zusammenkunft" bedeute; der Hurone konnte nicht begreifen, warum er bei solcher Zusammenkunft nicht zugelassen werden konnte. Wie er erfuhr, daß diese Zusammenkunft eine Art Gefängnis sei, in dem man die Mädchen eingesperrt halte, eine bei den Huronen und bei den Engländern unbekannte entsetzliche Sache, da wurde er genauso wütend wie seinerzeit sein Namenspatron Herkules, als ihm Eurytos, der König von Oichalia, nicht weniger grausam als der Abt von Saint-Yves, seine Tochter, die schöne Iole, verweigerte, die nicht weniger schön war als die Schwester des Abtes. Er wollte das Kloster in Brand stecken und seine Geliebte entführen oder sich mit ihr verbrennen. Fräulein von Kerkabon war so entsetzt, daß sie mehr denn je alle Hoffnung fahrenließ, ihr Neffe möchte Subdiakon werden; und unter Tränen sagte sie, er habe seit der Taufe den Teufel im Leib.

Siebentes Kapitel

Das Naturkind schlägt die Engländer zurück

Versunken in tiefen und finsteren Trübsinn, ging das Naturkind in der Nähe des Meeresstrandes umher, seine doppelläufige Flinte auf der Schulter, sein großes Jagdmesser an der Seite; von Zeit zu Zeit schoß er auf einige Vögel und war oft versucht, auf sich selber zu schießen; aber noch liebte er das Leben, wegen Fräulein von Saint-Yves. Bald verwünschte er seinen Onkel, seine Tante, die ganze Niederbretagne und seine Taufe; bald pries er sie, da sie ihn diejenige hatten finden lassen, die er liebte. Bald faßte er den Entschluß, das Kloster anzuzünden, bald gab er ihn wieder auf aus Angst, er könnte seine Geliebte mit verbrennen. Die Fluten des Ärmelkanals werden von Ost- und von Westwinden nicht heftiger aufgewühlt, als sein Herz es war von so vielen einander widerstreitenden Regungen.

Er ging mit großen Schritten, ohne zu wissen wohin, als er den Klang der Trommel hörte. Er sah von fern eine Menge Volks, dessen eine Hälfte zum Strande hinlief, während die andere von dort entfloh.

Tausendfältiges Geschrei erhebt sich auf beiden Seiten; Neugier und Mut treiben ihn augenblicks zu dem Ort, von dem das Geschrei kommt: in vier Sätzen ist er da. Der Milizhauptmann, der mit ihm beim Prior getafelt hat, erkennt ihn auf der Stelle; er eilt mit offenen Armen auf ihn zu: „Ah, das Naturkind! Er wird für uns kämpfen." Und die Soldaten, die schon vor Angst schlotterten, fassen sich wieder und schreien ebenfalls: „Das Naturkind! das Naturkind!"

„Meine Herren", sagte dieser, „was geht hier vor? Warum sind Sie so erregt? Hat man Ihre Geliebten ins Kloster gesteckt?" Da schrien hundert Stimmen auf einmal durcheinander: „Sehen Sie nicht die Engländer kommen?" – „Na und?" erwiderte der Hurone, „das sind brave Leute; sie haben mir nie zugemutet, Subdiakon zu werden; sie haben mir auch nicht die Geliebte weggenommen."

Der Milizhauptmann erklärte ihm, die Engländer hätten vor, die Abtei vom Berge zu plündern, den Wein seines Onkels zu trinken und vielleicht Fräulein von Saint-Yves zu entführen; das kleine Schiff, mit dem er selbst in der Bretagne gelandet wäre, sei nur gekommen, um die Küste zu erkunden; sie begingen feindselige Handlungen, ohne dem König von Frankreich den Krieg erklärt zu haben, und die Provinz sei in Gefahr. „Oha, wenn es so ist, dann verletzen sie das Naturrecht; laßt mich nur machen, ich habe lange unter ihnen gelebt, ich kenne ihre Sprache, ich werde mit ihnen reden; ich glaube nicht, daß sie so schlechte Absichten haben."

Während dieses Gesprächs näherte sich das englische Geschwader. Unser Hurone eilt ihm entgegen, wirft sich in einen

Kahn, langt am Admiralsschiff an, steigt hinauf und fragt, ob es wahr ist, daß sie das Land verwüsten wollen ohne ordentliche Kriegserklärung. Der Admiral und die ganze Mannschaft brachen in schallendes Gelächter aus, gaben ihm Punsch zu trinken und schickten ihn zurück.

Das Naturkind war gekränkt und dachte nur noch daran, wie er sich gut schlüge gegen seine früheren Freunde, für seine Landsleute und den Herrn Prior. Die Edelleute der Gegend eilten von allen Seiten herbei, er schloß sich ihnen an; man hatte ein paar Kanonen, er lädt sie, er zielt, er schießt sie eine nach der anderen ab. Die Engländer gehen an Land, er eilt ihnen entgegen, er tötet drei mit eigener Hand, er verletzt sogar den Admiral, der sich über ihn lustig gemacht hatte. Seine Tapferkeit hebt den Mut der ganzen Truppe; die Engländer gehen wieder an Bord, und nun hallte die ganze Küste wider von Siegesgeschrei. „Es lebe der König! Es lebe das Naturkind!" Jeder umarmte ihn, jeder beeilte sich, das Blut von einigen leichten Wunden zu stillen, die er davongetragen hatte. „Ach", sagte er, „wenn Fräulein von Saint-Yves hier wäre, sie würde mir eine Kompresse auflegen."

Der Amtmann, der sich während des Kampfes in seinem Keller versteckt hatte, kam ihn beglückwünschen wie die anderen. Er erschrak jedoch sehr, als er Herkules, das Naturkind, zu einem Dutzend bereitwilliger junger Leute, die um ihn herumstanden, sagen hörte: „Meine Freunde, es will nicht viel heißen, daß wir die Abtei vom Berge befreit haben; jetzt gilt es, ein Mädchen zu befreien." Die heißblütigen jungen Leute fingen bei diesen Worten sogleich Feuer. Schon folgte ihm alles in Menge, schon ging es zum Kloster. Hätte der Amtmann nicht auf der Stelle den Milizhauptmann verständigt, wäre man nicht der fröhlichen Truppe sogleich gefolgt, so war es geschehen. Man brachte das Naturkind zu seinem Onkel und seiner Tante zurück, die ihn mit Tränen der Rührung überschwemmten.

„Ich sehe wohl, daß Sie nie Subdiakon oder Prior sein werden", sagte der Onkel zu ihm, „Sie werden Offizier sein, noch tapferer als mein Bruder, der Hauptmann, und wahrscheinlich so bettelarm wie er." Und Fräulein von Kerkabon weinte immer noch, während sie ihn umarmte und sagte: „Er wird sich in den Tod stürzen wie mein Bruder; da wäre es schon besser, er würde Subdiakon."

Während des Gefechts hatte das Naturkind eine dicke Börse voller Guineen vom Boden aufgehoben, die wahrscheinlich der Admiral hatte fallen lassen. Er zweifelte nicht, daß er damit die ganze Niederbretagne kaufen und vor allem Fräulein von Saint-Yves zu einer großen Dame machen könne. Alles riet ihm, nach Versailles zu reisen, um dort den Lohn für seine Dienste zu empfangen. Der Milizhauptmann, die hohen Offiziere überhäuften ihn mit Bescheinigungen. Onkel und Tante billigten die Reise des Neffen. Es war gewiß, daß er ohne Schwierigkeiten dem König vorgestellt werden würde: das allein schon würde ihm in der Provinz ein gewaltiges Ansehen verschaffen. Die beiden guten Leute legten zu der englischen Börse noch ein beträchtliches Geschenk von ihren eigenen Ersparnissen hinzu. Das Naturkind sagte sich bei sich selber: „Wenn ich beim König bin, werde ich ihn um die Hand von Fräulein von Saint-Yves bitten, und er wird mich gewiß nicht abweisen." Also brach er auf, unter dem Beifall des ganzen Kantons, erdrückt unter Umarmungen, überströmt von den Tränen seiner Tante, gesegnet von seinem Onkel und mit den besten Empfehlungen seinerseits an die schöne Saint-Yves.

Achtes Kapitel

Das Naturkind geht an den Hof. Unterwegs speist er mit einigen Hugenotten

Das Naturkind fuhr bis Saumur mit der Landkutsche, denn es gab damals keine andere Reisegelegenheit. Als er in Saumur ankam, wunderte er sich, die Stadt fast menschenleer zu finden und dazu mehrere Familien, die gerade im Aufbruch waren. Man sagte ihm, daß Saumur sechs Jahre zuvor noch über fünfzehntausend Seelen zählte und daß es gegenwärtig nicht einmal sechstausend seien. Er versäumte nicht, abends im Gasthof die Rede darauf zu bringen. Es saßen mehrere Protestanten mit am Tisch; die einen beklagten sich bitter, andere bebten vor Zorn, wieder andere sagten unter Tränen:

„. . . Nos dulcia linquimus arva,
Nos patriam fugimus."

Das Naturkind, das nicht Lateinisch konnte, ließ sich diese Worte erklären, welche bedeuten: Wir verlassen unsere süßen Gefilde, wir fliehen unser Vaterland.

„Und warum fliehen Sie Ihr Vaterland, meine Herren?" – „Weil verlangt wird, daß wir den Papst anerkennen." – „Und warum sollten Sie ihn nicht anerkennen? Sie haben wohl keine Patinnen, die Sie heiraten wollen? Man hat mir nämlich gesagt, daß er die Genehmigung dazu gibt." – „Ach, mein Herr, dieser Papst sagt, er habe über das Gut der Könige zu bestimmen!" – „Aber, meine Herren, von welcher Zunft seid ihr denn?" – „Wir sind zumeist Tuchmacher und Fabrikanten." – „Wenn euer Papst sagt, er habe über eure Tuche und Fabriken zu bestimmen, dann tut ihr sehr gut daran, ihn nicht anzuerkennen; aber was die Könige angeht, so ist es ihre Angelegenheit; was mischt ihr euch da ein?" Darauf ergriff ein kleiner Mann in Schwarz das Wort und legte sehr gelehrt auseinander, welches die Klagen der Gesellschaft waren. Er sprach mit soviel Nachdruck von der Aufhebung des Edikts von Nantes, er beklagte mit so erschütternden Worten das Geschick von fünfzigtausend Flüchtlingsfamilien und fünfzigtausend weiteren, die durch die Dragoner bekehrt worden waren, daß der Naturmensch nun auch Tränen vergoß. „Wie kommt es nur", sagte er, „daß ein so großer König, dessen Ruhm bis zu den Huronen gedrungen ist, sich auf solche Weise so vieler Herzen beraubt, die ihn geliebt, und so vieler Arme, die ihm gedient hätten?"

„Weil man ihn getäuscht hat, wie die anderen großen Könige", antwortete der Mann in Schwarz. „Man hat ihm eingeredet, er brauche nur ein Wort zu sagen, und schon dächten alle wie er, und er könne uns die Religion wechseln lassen, wie sein Musiker Lully im Handumdrehen die Bühnenbilder seiner Opern wechseln läßt. Nicht genug, daß er fünf-, sechshunderttausend sehr nützliche Untertanen verliert, er macht sie sich auch noch zu Feinden; und König Wilhelm, der gegenwärtig Herrscher von England ist, hat mehrere Regimenter aus denselben Franzosen gebildet, die für ihren Monarchen gekämpft haben würden."

„Ein solches Unglück ist um so erstaunlicher, als der herrschende Papst, dem Ludwig XIV. einen Teil seines Volkes opfert, sein erklärter Feind ist. Sie liegen beide schon seit neun Jahren heftig miteinander im Streit. Der ging so weit, daß Frankreich endlich hoffte, nun werde das Joch zerbrochen, das das Land seit so vielen Jahrhunderten diesem Ausländer unterwirft, und es werde ihm vor allem kein Geld mehr gegeben werden, was bei den Angelegenheiten dieser Welt die Hauptsache ist. Folglich ist klar, daß man diesen großen König sowohl im Hinblick auf seine wahren Interessen als auch im Hinblick auf das Maß seiner Macht getäuscht und daß man seine Großherzigkeit mißbraucht hat."

Das Naturkind, dem die Sache mehr und mehr zu Herzen ging, fragte, was für Franzosen das seien, die in solcher Weise einen den Huronen teuren Monarchen täuschten. „Es sind die Jesuiten", antwortete man ihm, „und ganz besonders Pater de La Chaise, der Beichtvater Seiner Majestät. Wir wollen hoffen, daß Gott sie eines Tages dafür straft und daß sie verjagt werden, so wie sie heute uns verjagen. Gibt es ein Unglück, das dem unseren gleicht? Herr von Louvois schickt uns von allen Seiten Jesuiten und Dragoner auf den Hals."

„Oh, wie gut", rief das Naturkind, das nicht mehr an sich halten konnte, „daß ich gerade auf dem Wege nach Versailles bin, um den verdienten Lohn für meine Dienste zu empfangen; ich werde mit diesem Herrn von Louvois reden: man hat mir gesagt, daß er es ist, der von seinem Sekretariat aus den Krieg führt. Ich werde mit dem König reden, ich werde ihm die Wahrheit enthüllen; es ist unmöglich, sich dieser Wahrheit zu versagen, wenn man sie fühlt. Ich kehre bald zurück, um Fräulein von Saint-Yves zu heiraten, und ich lade Sie alle zur Hochzeit ein." Die guten Leute hielten ihn daraufhin für einen großen Herrn, der inkognito mit der Landkutsche reist. Einige hielten ihn für den Hofnarren des Königs.

Unter den Tischgästen befand sich ein verkleideter Jesuit, ein Spion des ehrwürdigen Paters de La Chaise. Er pflegte ihm über alles Bericht zu geben, und der Pater unterrichtete dann Herrn von Louvois. Der Spion schrieb. Das Naturkind und der Brief trafen fast zur gleichen Zeit in Versailles ein.

Neuntes Kapitel

Ankunft des Naturkindes in Versailles. Sein Empfang bei Hofe

Das Naturkind entsteigt dem Nachttopf* im Küchenhofe. Er fragt Sänftenträger, zu welcher Stunde der König zu sprechen sei. Die Träger lachen ihn aus wie seinerzeit der englische Admiral. Er behandelte sie genauso, er schlug sie; sie wollten es ihm heimzahlen, und die Sache wäre blutig ausgegangen, wäre nicht gerade ein Leibwächter vorbeigekommen, der bretonischer Edelmann war und das Pack beiseite schob.

„Mein Herr", sagte der Reisende, „Sie scheinen mir ein braver Mann zu sein, ich bin der Neffe des Herrn Priors Unserer Lieben Frau vom Berge. Ich habe einige Engländer getötet, ich will jetzt mit dem König reden. Bitte führen Sie mich in sein Zimmer." Der Leibwächter, entzückt, einem Helden aus seiner Provinz zu begegnen, der offenbar mit den Gebräuchen des Hofes nicht vertraut war, belehrte ihn, daß man nicht so zum König gelange und daß man durch Herrn von Louvois vorgestellt werden müsse. „Gut, dann führen Sie mich zu diesem Herrn von Louvois, der mich dann gewiß zu Seiner Majestät bringen wird." – „Es ist noch schwieriger", entgegnete der Leibwächter, „zu Herrn von Louvois zu gelangen als zu Seiner Majestät. Aber ich werde Sie zu Herrn Alexandre bringen, dem Ersten Staatsbeamten für das Kriegswesen: das ist ebenso gut, als ob Sie mit dem Minister sprä-

* So wird die Kutsche von Paris nach Versailles genannt, die wie ein überdachter kleiner Karren aussieht.

chen." Sie gingen also zu diesem Herrn Alexandre, dem Ersten Staatsbeamten, und wurden nicht vorgelassen; er hatte geschäftlich mit einer Dame des Hofes zu tun, und es war angewiesen worden, niemand hereinzulassen. „Na schön", sagte der Leibwächter, „noch ist nichts verloren, gehen wir zum Ersten Beamten von Herrn Alexandre: das ist ebenso gut, als ob Sie mit Herrn Alexandre selber sprächen."

Der Hurone folgte ihm ganz erstaunt; eine halbe Stunde lang blieben sie in einem kleinen Vorzimmer sitzen. „Was soll das alles?" sagte das Naturkind, „ist denn in diesem Land alle Welt unerreichbar? Es ist ja viel leichter, sich in der Niederbretagne gegen die Engländer zu schlagen, als in Versailles an die Leute heranzukommen, mit denen man zu reden hat." Er vertrieb sich die Langeweile, indem er seinem Landsmann seine Liebesgeschichte erzählte. Aber der Glockenschlag rief den Leibwächter auf seinen Posten zurück. Sie verabredeten sich für den folgenden Tag; das Naturkind blieb noch eine weitere halbe Stunde in dem Vorzimmer sitzen, während der er über Fräulein von Saint-Yves nachsann sowie über die Schwierigkeit, mit Königen und Ersten Beamten zu reden.

Endlich erschien der hohe Herr. „Mein Herr", sagte das Naturkind, „wenn ich so lange damit gewartet hätte, die Engländer zurückzuschlagen, wie Sie mich auf meine Audienz haben warten lassen, dann würden dieselben gegenwärtig die Niederbretagne ganz nach Belieben verheeren." Die Worte überraschten den Beamten. Schließlich fragte er den Bretonen: „Was wünschen Sie?" – „Belohnung", sagte der, „hier meine Papiere." Und er breitete alle seine Bescheinigungen aus. Der Beamte las, und dann sagte er, man werde ihm wahrscheinlich die Erlaubnis zum Kauf einer Leutnantsstelle gewähren. „Was! ich soll Geld dafür geben, daß ich die Engländer zurückgeschlagen habe? ich soll für das Recht zahlen, mich für Sie töten zu lassen, während Sie hier in aller Ruhe Ihre Audienzen geben? Ich glaube, Sie scherzen. Ich will eine Reiterkompanie umsonst. Ich will, daß der König Fräulein von Saint-Yves aus dem Kloster holt und sie mir zur Frau gibt. Ich will beim König zugunsten von fünfzigtausend Familien vorsprechen, die ich ihm zurückzugeben vorhabe. Kurz, ich will mich nützlich machen; da soll man mich einsetzen und mich befördern."

„Wie heißen Sie denn, mein Herr, daß Sie so laut reden?" – „Oho", sagte das Naturkind, „Sie haben meine Zertifikate gar nicht gelesen? So also wird hier verfahren! Ich heiße Herkules von Kerkabon; ich bin getauft, ich wohne im ‚Blauen Zifferblatt', und ich werde mich beim König über Sie beschweren." Der Erste Beamte kam wie die Leute in Saumur zu dem Schluß, daß der Mann nicht ganz richtig im Kopfe sei, und beachtete ihn nicht weiter.

Am selben Tag hatte der ehrwürdige Pater de La Chaise, Beichtvater Ludwigs XIV., den Brief seines Spions erhalten, worin dieser den Bretonen Kerkabon beschuldigte, er sei den Hugenotten innerlich gewogen und verdamme das Verhalten der Jesuiten. Herr von Louvois seinerseits hatte einen Brief des fragewütigen Amtmanns bekommen, welcher das Naturkind als einen Halunken beschrieb, der Klöster anzünden und Mädchen entführen wolle.

Nach einem Spaziergang in den Gärten von Versailles, bei dem er sich langweilte, und nach einem eines Huronen und Niederbretonen würdigen Abendessen war das Naturkind mit der süßen Hoffnung zu Bett gegangen, er werde am nächsten Morgen den König sehen, Fräulein von Saint-Yves zur Frau bekommen, mindestens eine Reiterkompanie erhalten und der Verfolgung der Hugenotten ein Ende bereiten. In so schmeichelhaften Gedanken wiegte er sich, als Gendarmen in sein Zimmer traten. Sie beschlagnahmten zunächst seine doppelläufige Flinte und seinen großen Säbel.

Hierauf verschaffte man sich eine gründliche Übersicht über sein Bargeld und brachte ihn dann in das Schloß, das König Karl V., Sohn Johanns II., nahe der Rue Saint-Antoine an der Porte des Tournelles hat erbauen lassen.

Wie groß unterwegs die Verwunderung des Naturkindes war, das mögen Sie sich selbst ausmalen. Zunächst hielt er das Ganze für einen Traum. Er war wie betäubt; doch plötzlich wurde er von einer Wut ergriffen, die seine Kräfte verdoppelte: er packt zwei seiner Begleiter, die bei ihm in der Kutsche saßen, an der Gurgel und wirft sie zur Tür hinaus, stürzt selbst hinterher und reißt einen dritten mit, der ihn festhalten wollte. Vom Schwung wird er zu Boden gerissen, man bindet ihn, man setzt ihn wieder in den Wagen. „Das also hat man davon", sagte er, „wenn man die Engländer aus der Niederbretagne verjagt! Was würdest du sagen, schöne Saint-Yves, wenn du mich in diesem Zustand sähest?"

Schließlich langt man bei der Unterkunft an, die ihm bestimmt war. Man trägt ihn in aller Stille in den Raum, in dem er eingesperrt werden sollte, wie man einen Toten auf den Friedhof trägt. In dem Raum befand sich schon ein alter Einsiedler aus Port-Royal namens Gordon, der hier seit zwei Jahren schmachtete. „Da seht", sagte der Oberste von den Bütteln zu ihm, „ich bring Euch Gesellschaft." Und sogleich wurden die schweren Riegel wieder vor die dicke Tür geschoben, die mit breiten Eisen beschlagen war. Die beiden Gefangenen waren von der übrigen Welt getrennt.

Zehntes Kapitel

Das Naturkind ist mit einem Jansenisten in der Bastille eingesperrt

Herr Gordon war ein rüstiger, heiterer Greis, der zwei große Dinge verstand: Unglück zu ertragen und Unglückliche zu trösten. Er trat mit offener und teilnehmender Miene auf seinen Gefährten zu und sagte zu ihm, indem er ihn umarmte: „Wer Sie auch immer sind, der Sie nun meine Gruft teilen; seien Sie gewiß, daß ich mich stets hintansetzen will, um Ihre Qual zu mildern in dem Höllenloch, in das wir hier gestürzt sind. Beten wir zur Vorsehung, die uns hierhergeführt hat, leiden wir in Ergebenheit und Hoffnung." Solche Worte hatten auf die Seele des Naturkindes die Wirkung jener englischen Tropfen, welche einen Sterbenden ins Leben zurückrufen und ihm die Augen wieder öffnen zu erstauntem Blick.

Gordon drängte ihn nicht, den Grund seines Unglücks zu nennen, aber nachdem die ersten höflichen Worte gewechselt waren, flößte er durch die Sanftheit seiner Rede und infolge des Interesses, das zwei Unglückliche aneinander nehmen, dem Naturkind den Wunsch ein, sein Herz zu öffnen und die Bürde loszuwerden, die es bedrückte; doch er konnte den Grund seines Unglücks nicht erraten: das Ganze erschien ihm wie eine Wirkung ohne Ursache, und der gute Gordon war genauso verwundert wie er selbst.

„Gott muß Großes mit Ihnen vorhaben", sagte der Jansenist zu dem Huronen, „wenn er Sie vom Ontariosee nach England und Frankreich geführt hat, wenn er Sie in der Niederbretagne hat taufen und danach hierherbringen lassen zu Ihrem Heil." – „Ach", erwiderte das Naturkind, „ich glaube, mit meinem Schicksal hat sich allein der Teufel befaßt. Meine Landsleute in Amerika hätten mich nie mit der Barbarei behandelt, die ich erdulde: sie können sich so etwas gar nicht vorstellen. Man nennt sie Wilde; es sind grobschlächtige Ehrenmänner; die Leute in diesem Land aber sind hochfeine Schurken. Ich wundere mich, ehrlich gesagt, sehr darüber, daß ich aus einer anderen Welt kommen mußte, um in dieser hinter vier Riegeln mit einem Priester zusammen eingesperrt zu werden; aber ich denke an die unendlich vielen Menschen, die aus der einen Hemisphäre weggehen, um sich in der anderen umbringen zu lassen, oder die unterwegs schiffbrüchig werden und von den Fischen gefressen werden. Gottes gnadenreiche Vorsehung für alle diese Leute ist mir dunkel."

Man schob ihnen das Essen durch ein Klappfenster herein. Das Gespräch drehte sich um die Vorsehung, um die königlichen Haftbefehle und um die Kunst, nicht dem Mißgeschick zu erliegen, dem ein jeder in dieser Welt ausgesetzt ist. „Seit zwei Jahren bin ich hier", sagte der Alte, „ohne anderen Trost als mich selbst und ein paar Bücher; ich habe nicht einen Augenblick böse Laune gehabt."

„Ja, Herr Gordon", rief der Naturmensch, „da lieben Sie eben nicht Ihre Patin! Wenn Sie, wie ich, Fräulein von Saint-Yves kennen würden, wären Sie schon verzweifelt." Bei diesen Worten konnte er seine Tränen nicht zurückhalten, und danach fühlte er sich ein wenig erleichtert. „Aber", sagte er,

„warum erleichtern uns eigentlich die Tränen? Ich denke, sie müßten genau das Gegenteil bewirken." – „Mein Sohn, alles an uns ist körperlich", sagte der gute Alte, „jede Ausscheidung tut dem Körper wohl, und alles, was ihn erleichtert, erleichtert auch die Seele; wir sind die Maschinen der Vorsehung."

Das Naturkind, das, wie wir schon wiederholt gesagt haben, große Geistesgaben besaß, dachte lange über diese Idee nach, die ihm ganz aus seinem Inneren zu kommen schien. Schließlich fragte er seinen Gefährten, warum seine Maschine seit zwei Jahren hinter vier Riegeln sei. „Wegen der wirksamen Gnade", antwortete Gordon. „Ich gelte nämlich für einen Jansenisten: ich habe Arnauld und Nicole gekannt; die Jesuiten haben uns verfolgt. Wir glauben, daß der Papst nur ein Bischof ist wie jeder andere, und das ist der Grund, weshalb Pater de La Chaise vom König, seinem Beichtkind, den Befehl erwirkt hat, mir ohne alle juristische Formalitäten das kostbarste Gut zu rauben, das der Mensch besitzt, die Freiheit."

„Merkwürdig", sagte das Naturkind, „alle Unglücklichen, denen ich begegnet bin, sind unglücklich wegen des Papstes. Von Ihrer wirksamen Gnade, das gebe ich zu, verstehe ich nichts; aber ich halte es für eine große Gnade, daß Gott mir in meinem Unglück einen Mann geschickt hat wie Sie, der in mein Herz Tröstungen gießt, deren ich mich unfähig glaubte."

Von Tag zu Tag wurde die Unterhaltung interessanter und lehrreicher. Die Seelen der beiden Gefangenen verbanden sich einander. Der Alte wußte vieles, und der Junge wollte vieles lernen. Einen Monat später schon studierte er die Geometrie und verschlang sie förmlich. Gordon gab ihm die „Physik" von Rohault zu lesen, die noch Mode war, und er war klug genug, nichts als Ungewißheiten darin zu finden.

Danach las er den ersten Band der „Suche nach der Wahrheit". Dies neue Licht erleuchtete ihn. „Wie!" sagte er, „unsere Einbildungskraft und unsere Sinne täuschen uns so sehr? Wie! die Gegenstände bilden nicht unsere Vorstellungen, und wir können sie uns nicht selbst geben?" Als er den zweiten

Band gelesen hatte, war er nicht mehr so zufrieden, und er schloß, daß es leichter ist, zu zerstören als aufzubauen.

Sein Kollege wunderte sich, daß ein junger Grünschnabel auf so einen Gedanken kam, der eigentlich nur geübten Geistern ansteht; er bekam große Achtung vor seinem Verstand und schloß sich noch enger an ihn an.

„Ihr Malebranche", sagte eines Tages das Naturkind zu ihm, „scheint mir die Hälfte seines Buches mit der Vernunft, die andere mit seiner Phantasie und seinen Vorurteilen geschrieben zu haben."

Einige Tage danach fragte ihn Gordon: „Was denken Sie eigentlich von der Seele, von der Art, wie wir unsere Gedanken erhalten, von unserem Willen, von der Gnade, vom freien Willen?" – „Nichts", erwiderte das Naturkind. „Wenn ich etwas dächte, dann dies: Wir stehen in der Macht des Ewigen Wesens wie Gestirne und Naturgewalten; es tut alles in uns, wir sind kleine Rädchen in dem unendlichen Getriebe, dessen Seele es ist; es wirkt durch allgemeine Gesetze und nicht durch Besonderes: das allein scheint mir begreiflich, alles andere liegt für mich in tiefem Dunkel."

„Aber, mein Sohn, das hieße Gott zum Urheber der Sünde machen!"

„Aber, mein Vater, Ihre wirksame Gnade macht Gott gleichermaßen zum Urheber der Sünde: denn sicher ist, daß alle, denen diese Gnade verweigert würde, sündigen müßten; und ist nicht derjenige, der uns dem Bösen ausliefert, der Urheber des Bösen?"

Diese schlichte Frage brachte den guten Mann in große Verlegenheit; er fühlte, daß er sich vergebens bemühte, aus dieser Klemme herauszukommen; und er häufte so viele Worte übereinander, die einen Sinn zu haben schienen und doch keinen hatten (nach Art der Lehre von Gottes direktem Beistande), daß er dem Naturkind leid tat. Die Frage rührte offensichtlich an den Ursprung von Gut und Böse; und so mußte der arme Gordon nacheinander die Büchse der Pandora, das von Ahriman durchbohrte Ei des Ormuzd, die Feindschaft zwischen Tiphon und Osiris und schließlich die Erbsünde bemühen, und so tappten beide in tiefer Finsternis umher, ohne sich je zu finden. Indessen lenkte dieser Roman der Menschenseele ihren Blick von ihrem eigenen Unglück ab; durch einen seltsamen Zauber verminderte die Fülle des über die Welt verbreiteten Ungemachs das Gefühl für die eigenen Leiden: sie wagten nicht zu klagen, wo alles litt.

Aber in der Stille der Nacht verdrängte das Bild der schönen Saint-Yves alle Gedanken über Metaphysik und Moral aus dem Kopf ihres Liebhabers. Er erwachte mit tränenfeuchten Augen, und der alte Jansenist vergaß seine wirksame Gnade, vergaß den Abt von Saint-Cyran und Jansenius, um einen jungen Mann zu trösten, den er im Stand der Todsünde glaubte.

Nach ihren Lesestunden und Erörterungen redeten sie wieder von ihren Mißgeschicken, und nach solchem zwecklosen Reden lasen sie wieder gemeinsam oder jeder für sich allein. Der Geist des jungen Mannes entwickelte sich immer kräftiger. Besonders in der Mathematik wäre er sehr weit gekommen, wenn ihn Fräulein von Saint-Yves nicht immer wieder abgelenkt hätte.

Er las Geschichtsbücher, sie machten ihn traurig. Die Welt erschien ihm zu gemein und erbärmlich. In der Tat ist die Geschichte ein einziges Bild von Verbrechen und Unglück. Die Menge der unschuldigen und friedfertigen Menschen gerät auf dieser weiten Bühne stets aus dem Blickfeld. Die Hauptfiguren sind verderbte Ehrgeizlinge. Es scheint, die Geschichtsschreibung gefällt nur in der Art wie die Tragödie, die verkümmert, wenn sie nicht durch Leidenschaften, Frevel und große Verhängnisse belebt wird. Klio braucht den Dolch wie Melpomene.

Obwohl die Geschichte Frankreichs genauso voller Greuel ist wie alle anderen, erschien sie ihm doch so widerlich in ihren Anfängen, so trocken in ihrer Mitte, so unbedeutend schließlich, selbst zu Zeiten Heinrichs IV., so bar aller großen Denkwürdigkeiten, so unbeteiligt an allen schönen Entdekkungen, die anderen Nationen zum Ruhme gereichen, daß er gegen die Langeweile ankämpfen mußte bei der Lektüre all jener haarklein beschriebenen nichtigen Nöte eines verlorenen Weltwinkels.

Gordon dachte wie er. Beide lachten sie vor Mitleid, wenn die Rede war von den Herrschern von Fezensac, Fesansaguet und Astarac. Solcherart Lektüre war in der Tat höchstens für deren Erben interessant, falls sie welche hatten. Die großen Zeiten der Römischen Republik machten ihn eine Zeitlang gleichgültig gegen den übrigen Teil der Welt. Das Schauspiel des siegreichen Rom, das den Nationen Gesetze gab, erfüllte seine Seele ganz. Er begeisterte sich an der Betrachtung dieses Volkes, das siebenhundert Jahre lang von der Begeisterung für Freiheit und Ruhm beherrscht war.

So vergingen Tage, Wochen, Monate, und er hätte sich glücklich gewähnt an diesem Ort der Verzweiflung, wäre nicht die Liebe gewesen.

Sein gutes Herz dachte auch voll Wehmut an den guten Prior Unserer Lieben Frau vom Berge und an die zartsinnige Kerkabon. Was werden sie denken, sagte er sich oft, wenn sie nichts von mir hören? Sie werden mich für undankbar halten. Dieser Gedanke quälte ihn; er bedauerte jene, die ihn liebten, viel mehr als sich selbst.

Elftes Kapitel

Wie das Naturkind seine Gaben entfaltet

Lektüre macht die Seele groß, und ein aufgeklärter Freund tröstet sie. Unser Gefangener genoß beide Vorzüge, von denen er vorher nichts geahnt hatte. „Ich bin fast versucht“, meinte er, „an Metamorphosen zu glauben, denn ich bin von einem Tier in einen Menschen verwandelt worden.“ Von einem Teil seines Geldes, über das man ihn verfügen ließ, stellte er sich eine erlesene Bibliothek zusammen. Sein Freund ermunterte ihn, seine Gedanken schriftlich niederzulegen. Folgendes schrieb er über die alte Geschichte:

„Ich stelle mir vor, die Völker sind lange Zeit so gewesen wie ich, sie haben sich erst sehr spät der Bildung zugewandt, sie waren Jahrhunderte hindurch nur mit dem gerade verfließenden Augenblick beschäftigt, sehr wenig mit der Vergangenheit und nie mit der Zukunft. Ich habe fünf- oder sechshundert Meilen in Kanada durchmessen und nicht ein einziges Denkmal angetroffen; keiner weiß dort, was sein Urahn gemacht hat. Sollte dies vielleicht der Naturzustand des Menschen sein? Der Menschenschlag dieses Erdteils hier scheint mir dem des anderen überlegen. Er hat seit mehreren hundert Jahren sein Wesen durch Künste und Wissenschaften entwikkelt. Ist dies so, weil er einen Bart am Kinn hat und weil Gott den Amerikanern den Bart verwehrte? Das glaube ich nicht; denn die Chinesen haben fast keinen Bart, und doch pflegen sie die Künste seit über fünftausend Jahren. Denn wenn ihre Annalen mehr als viertausend Jahre umspannen, so muß dieses Volk schon seit über fünfzig Jahrhunderten vereinigt gewesen sein und in Blüte gestanden haben.

Eins überrascht mich besonders an der alten Geschichte Chinas: fast alles darin ist wahrscheinlich und natürlich. Ich bewundere sie, weil nichts Wunderbares in ihr vorkommt. Warum haben alle anderen Völker ihre Ursprünge mit Legenden erklärt? Die alten Chronisten der Geschichte Frankreichs, die gar nicht so sehr alt sind, lassen die Franzosen von einem Francus, Sohn Hektors, abstammen. Die Römer leiteten ihren Ursprung von einem Phrygier ab, obwohl in ihrer Sprache nicht ein einziges Wort vorkam, das auch nur den leisesten Anklang an die Sprache Phrygiens aufwies. Die Götter hätten, so hieß es, zehntausend Jahre in Ägypten gewohnt und die Teufel in Skythien, wo sie die Hunnen gezeugt hätten. Vor Thukydides sehe ich nur Romane, die dem ‚Amadis' gleichen, nur daß sie viel weniger interessant sind. Da gibt es auf Schritt und Tritt Erscheinungen, Orakel, Wunder, Zauberei, Verwandlungen, bedeutungsvolle Träume, und von ihnen hängt dann das Geschick der größten Reiche und der kleinsten Ländchen ab: hier finden sich redende Tiere, da Tiere, die man anbetet, Götter werden in Menschen verwandelt und Menschen in Götter. Nein, wenn schon Märchen, dann sollen sie wenigstens Gleichnisse der Wahrheit sein. Ich liebe die Märchen der Philosophen, ich lache über die der Kinder, und ich hasse die der Betrüger."

Eines Tages stieß er auf eine Geschichte des Kaisers Justinian. Darin stand, die Apädeuten von Konstantinopel hätten in sehr schlechtem Griechisch ein Edikt gegen den größten Feldherrn des Jahrhunderts herausgegeben, weil dieser Held in der Hitze des Gesprächs folgende Worte gesprochen hatte: „Die Wahrheit strahlt durch ihr eigenes Licht; man erleuchtet die Hirne nicht mit den Flammen von Scheiterhaufen." Die Apädeuten versicherten, dieser Ausspruch sei Ketzerei, rieche nach Ketzerei, und allein das gegenteilige Axiom sei katholisch, allgemeingültig und griechisch: „Man erleuchtet die Hirne allein mit der Flamme der Scheiterhaufen; die Wahrheit kann nicht strahlen durch ihr eigenes Licht." In gleicher Weise verdammten diese Linnenträger mehrere Aussprüche des Feldherrn und erließen ein Edikt.

„Was!" rief das Naturkind, „Edikte von solchen Leuten erlassen?" – „Es sind gar keine Edikte, es sind Gegenedikte, über die sich in Konstantinopel alles lustig macht, allen voran der Kaiser; er war ein weiser Herrscher, der es verstanden hatte, die linnentragenden Apädeuten so weit zu zügeln, daß sie nur noch Gutes tun konnten. Er wußte, daß diese Herren und mehrere andere Pfaffen mit ihren Einsprüchen die Geduld seiner kaiserlichen Vorgänger in viel gewichtigeren Fragen ermüdet hatten."

„Das hat er richtig gemacht", sagte das Naturkind, „man muß die Pfaffen stützen und sie zügeln."

Er schrieb noch viele Gedanken auf, die den alten Gordon bestürzten. Wie! sagte er bei sich selbst, da habe ich fünfzig Jahre darauf verwandt, mich zu bilden, und ich fürchte, daß ich nicht an den natürlichen Menschenverstand dieses halbwilden Kindes heranreichen werde! Ich erzittere bei dem Gedanken, mit allem Fleiß Vorurteile gestärkt zu haben; er dagegen hört allein auf die schlichte Natur.

Der brave Alte besaß einige jener kleinen kritischen Schriften, jener periodischen Broschüren, in denen Leute, die unfähig sind, selbst etwas hervorzubringen, die Produktionen der anderen bekritteln, in denen ein Visé einen Racine und ein Faydit einen Fénelon verunglimpft. Das Naturkind überflog einiges davon. „Diese Leute kommen mir vor", sagte er, „wie gewisse Fliegen, die ihre Eier in den Hintern der schönsten

Pferde legen: die hindert's nicht am Laufen." Kaum eines Blickes würdigten die beiden Philosophen diesen Abschaum der Literatur.

Bald lasen sie gemeinsam die Grundlagen der Astronomie; das Naturkind ließ einen Himmelsglobus kommen: dieses großartige Schauspiel entzückte ihn. „Wie hart ist es", sagte er, „daß ich den Himmel erst jetzt zu erkennen beginne, wo mir das Recht genommen ist, ihn zu betrachten! Jupiter und Saturn rollen in jenen unendlichen Räumen; Millionen Sonnen erleuchten Milliarden von Welten; und in dem Erdenwinkel, in den ich geworfen bin, gibt es Leute, die mich, ein sehendes und denkendes Wesen, all dieser Welten berauben, die mein Auge erreichen könnte, und auch jener, in der mich Gott geboren werden ließ. Das Licht, für das ganze All gemacht, ist verloren für mich. Man verbarg es mir nicht in jenen nördlichen Breiten, in denen ich Kindheit und Jugend verbrachte! Ohne Sie, mein lieber Gordon, wäre ich hier im Nichts."

Zwölftes Kapitel

Was das Naturkind von Theaterstücken hält

Der junge Naturmensch glich einem jener kräftigen Bäume, die, unfruchtbarem Boden entsprossen, in kurzer Frist ihre Wurzeln und ihre Zweige entfalten, wenn sie in guten Boden verpflanzt werden; ungewöhnlich nur, daß das Gefängnis ein solcher Boden war.

Unter den Büchern, die die Stunden der beiden Gefangenen ausfüllten, befanden sich Gedichte, Übersetzungen griechischer Tragödien, einige Stücke des französischen Theaters. Die Verse, in denen von Liebe die Rede war, versetzten die Seele des Naturkindes zugleich in Freude und Schmerz. Sie sprachen ihm alle von seiner teuren Saint-Yves. Die Fabel von den beiden Tauben traf ihn ins Herz; wie fern lag jede Hoffnung auf Rückkehr zu seinem Taubenschlag.

Molière bezauberte ihn. Er lehrte ihn die Sitten der Hauptstadt und des ganzen Menschengeschlechts kennen. „Welcher seiner Komödien geben Sie den Vorzug?" – „Dem ‚Tartüff', ohne Zögern." – „Ich denke wie Sie", sagte Gordon; „ein Tartüff hat mich in dieses Loch gebracht, und vielleicht sind andere Tartüffs an Ihrem Unglück schuld. Wie finden Sie diese griechischen Tragödien?" – „Gut für die Griechen", sagte das Naturkind. Als er aber die moderne „Iphigenie" las, „Phädra", „Andromache", „Athalie", da geriet er in helle Begeisterung, er seufzte, er weinte und kannte sie schon auswendig, bevor ihn die Lust ankam, sie zu lernen.

„Lesen Sie ‚Rodogune'", sagte Gordon zu ihm, „man sagt, es sei das Meisterstück der Theaterkunst; die anderen Stücke, die Ihnen soviel Vergnügen gemacht haben, sind wenig daneben."

Gleich bei der ersten Seite sagte der junge Mann zu ihm: „Das ist nicht vom selben Autor." – „Woran merken Sie das?" – „Das weiß ich noch nicht, aber diese Verse gehen mir weder ins Ohr noch ins Herz." – „Oh, die Verse, das will nichts besagen", erwiderte Gordon. Das Naturkind erwiderte: „Warum macht man dann welche?"

Nachdem er das Stück sehr aufmerksam gelesen hatte, allein in der Absicht, Vergnügen daran zu empfinden, sah er seinen Freund trockenen und erstaunten Auges an und wußte nicht, was er sagen sollte. Schließlich, gedrängt zu sagen, was er empfunden habe, sagte er dies: „Den Anfang habe ich kaum verstanden; die Mitte hat mich empört; die letzte Szene hat mich tief bewegt, obwohl sie mir wenig wahrscheinlich vorkommt; keine der Personen hat mich angezogen, und ich habe keine zwanzig Verse behalten, wo ich sie doch alle behalte, wenn sie mir gefallen."

„Immerhin gilt dieses Stück für das beste, das wir haben." – „Wenn das stimmt", erwiderte das Naturkind, „dann geht es dem Stück vielleicht wie sehr vielen Leuten, die ihren Rang nicht verdienen. Schließlich ist dies aber auch eine Frage des Geschmacks, und der meine ist sicher noch nicht recht ausgebildet: ich kann mich irren; aber Sie wissen, daß ich gewohnt bin, zu sagen, was ich denke oder vielmehr was ich fühle. So vermute ich fast, daß an den Urteilen der Menschen oft Täuschungen, Mode, Launen beteiligt sind. Ich habe gesprochen, wie die Natur es mir sagt; möglich, daß bei mir die Natur sehr unvollkommen ist; aber ebenso möglich ist es, daß die meisten Menschen bisweilen wenig auf sie hören." Daraufhin zitierte er einige Verse aus der „Iphigenie", von denen sein Herz voll war; und obwohl er gar nicht gut deklamierte, legte er soviel Wahrheit und Gefühl in seinen Vortrag, daß er den alten Jansenisten zu Tränen rührte. Später las er den „Cinna"; dabei weinte er nicht, aber er war voll Bewunderung.

Dreizehntes Kapitel

Die schöne Saint-Yves geht nach Versailles

Während unser Pechvogel mehr Erleuchtung als Trost gewann; während seine so lange verschütteten Gaben sich so geschwind und kräftig entfalteten; während die sich in ihm vervollkommnende Natur ihn für die Unbilden des Schicksals entschädigte, was geschah da mit dem Herrn Prior und seiner guten Schwester und mit der eingesperrten schönen Saint-Yves? Einen Monat lang war man besorgt, und als der dritte Monat kam, wurden alle von tiefer Betrübnis erfaßt; falsche Vermutungen, haltlose Gerüchte schufen Aufregung; nach sechs Monaten hielt man ihn für tot. Schließlich erfuhren Herr und Fräulein von Kerkabon durch einen alten Brief, den ein Leibwächter des Königs in die Bretagne geschickt hatte, daß ein junger Mann, der dem Naturkind ähnlich war, eines Abends in Versailles angekommen, aber noch in derselben Nacht entführt worden sei und daß seit dieser Zeit niemand mehr etwas von ihm gehört habe.

„Schrecklich", sagte Fräulein von Kerkabon, „unser Neffe wird irgendeine Dummheit gemacht und sich Unannehmlichkeiten zugezogen haben. Er ist jung, er ist Niederbretone, er kann nicht wissen, wie man sich bei Hofe benehmen muß. Lieber Bruder, ich habe Versailles und Paris noch nie gesehen; dies ist eine gute Gelegenheit, vielleicht finden wir unseren armen Neffen wieder; er ist der Sohn unseres Bruders, es ist unsere Pflicht, ihm beizustehen. Und wer weiß, vielleicht gelingt es uns am Ende doch noch, ihn zum Subdiakon zu machen, wenn sich das Feuer der Jugend gelegt hat? Er hatte viel Veranlagung für die Wissenschaft. Erinnern Sie sich noch, wie er über das Alte und das Neue Testament räsonierte? Wir sind für seine Seele verantwortlich; wir haben ihn taufen lassen; seine teure Geliebte Saint-Yves verbringt ihre Tage unter Tränen. Wir müssen wirklich nach Paris. Wenn er in einem jener abscheulichen Freudenhäuser steckt, von denen man mir soviel berichtet hat, dann werden wir ihn herausholen.“ Der Prior war von den Worten seiner Schwester gerührt. Er ging zum Bischof von Saint-Malo, der den Huronen getauft hatte, und bat ihn um Schutz und Rat. Der Prälat billigte die Reise. Er gab dem Prior Empfehlungsschreiben für den Pater de La Chaise, Beichtvater des Königs und oberster Würdenträger des Königreichs; für den Erzbischof von Paris, Harlay, und für den Bischof von Meaux, Bossuet.

Schließlich reisten Bruder und Schwester ab; aber in Paris angelangt, kamen sie sich verloren vor wie in einem riesigen Labyrinth, ohne rettenden Faden, ohne Ausweg. Ihre Reisekasse war mäßig gefüllt; jeden Tag brauchten sie Kutschgeld, um auf Entdeckung auszufahren, und sie entdeckten nichts.

Zuerst sprach der Prior beim ehrwürdigen Pater de La Chaise vor: der hatte Fräulein Du Tron bei sich und konnte keine Priore empfangen. Er klopfte beim Erzbischof an: der Prälat regelte hinter verschlossener Tür mit der schönen Madame de Lesdiguières Kirchenangelegenheiten. Er eilte zum Landhaus des Bischofs von Meaux: dieser war gerade dabei, gemeinsam mit Fräulein von Mauléon die mystische Liebe von Madame Guyon zu untersuchen. Indessen gelang es ihm, sein Anliegen bei diesen beiden Prälaten vorzubringen; alle beide erklärten ihm, daß sie sich für seinen Neffen nicht verwenden könnten, da er nicht Subdiakon sei.

Endlich wurde er auch bei dem Jesuiten vorgelassen. Dieser empfing ihn mit offenen Armen, versicherte ihm, daß er ihn stets ganz besonders geschätzt habe, wiewohl er noch nie etwas von ihm gehört hatte. Er beteuerte, daß die Gesellschaft Jesu sich stets mit den Niederbretonen verbunden gefühlt habe. „Aber“, sagte er, „sollte Ihr Neffe vielleicht das Unglück haben, Hugenotte zu sein?" – „Ganz gewiß nicht, Hochwürden." – „Ist er vielleicht Jansenist?" – „Ich kann Hochwürden versichern, daß er kaum Christ ist. Wir haben ihn erst vor etwa elf Monaten getauft." – „Das ist gut, das ist gut, wir werden uns um ihn kümmern. Bringt Ihre Pfründe viel ein?" – „Oh, sehr wenig, und mein Neffe kostet uns viel Geld." – „Gibt es Jansenisten in Ihrer Gegend? Geben Sie nur gut acht, mein lieber Herr Prior, sie sind gefährlicher als Hugenotten und Atheisten." – „Wir haben keine, Hochwürden, man weiß in Unserer Lieben Frau vom Berge gar nicht, was das ist, der Jansenismus." – „Also gut; gehen Sie nun, es gibt nichts, was ich nicht für Sie täte." Er verabschiedete den Prior sehr herzlich und dachte nicht mehr an ihn.

Die Zeit verging, der Prior und seine gute Schwester verzweifelten.

Währenddessen betrieb der verdammte Amtmann eifrig die Heirat seines langen Tölpels von Sohn mit der schönen Saint-Yves, die man eigens dazu aus dem Kloster geholt hatte. Sie liebte ihr teures Patenkind immer noch ebenso heiß, wie sie den angebotenen Ehemann verabscheute. Die Beleidigung, daß man sie ins Kloster gesteckt hatte, vermehrte ihre Leidenschaft; der Befehl, den Sohn des Amtmanns zu heiraten, machte das Maß voll. Schmerz, Zärtlichkeit und Abscheu wühlten ihre Seele auf. Die Liebe eines jungen Mädchens ist, wie man weiß, viel findiger und kühner als die Freundschaft eines alten Priors und einer Tante von über fünfundvierzig Jahren. Außerdem hatte sie sich in ihrem Kloster vortrefflich gebildet vermittels der Romane, welche sie heimlich las.

Die schöne Saint-Yves entsann sich des Briefes, den ein Leibwächter in die Niederbretagne geschickt und von dem man in der Provinz gesprochen hatte. Sie beschloß, selber in Versailles Erkundigungen einzuziehen, sich den Ministern zu Füßen zu werfen, falls ihr Mann im Gefängnis sein sollte, wie es hieß, und Gerechtigkeit für ihn zu erlangen. Irgendeine geheime Ahnung sagte ihr, daß man einem hübschen jungen Mädchen am Hofe nichts abschlägt; doch sie wußte nicht, welcher Preis dafür zu zahlen war.

Einmal entschlossen, faßt sie Trost, wird sie ruhig, weist sie ihren dummen Freier nicht mehr ab; sie empfängt freundlich den abscheulichen Schwiegervater, ist zärtlich zu ihrem Bruder, verbreitet frohe Stimmung im Haus; dann, am Tag, der für die Hochzeit bestimmt ist, reist sie heimlich um vier Uhr morgens mit ihren kleinen Hochzeitsgeschenken und allem ab, was sie hat zusammenraffen können. Sie hatte dies so umsichtig vorbereitet, daß sie schon gute zehn Meilen weit weg war, als man gegen Mittag in ihre Kammer trat. Groß waren Überraschung und Bestürzung. Der fragewütige Amtmann stellte an diesem Tag mehr Fragen als die ganze Woche davor; der Freiersmann wurde noch dümmer, als er je gewesen war. Der Abt von Saint-Yves faßte im Zorn den Entschluß, seiner Schwester auf der Stelle nachzureisen. Der Amtmann und sein Sohn wollten ihn begleiten. So führte das Geschick fast den ganzen betroffenen Kanton der Niederbretagne nach Paris.

Die schöne Saint-Yves konnte sich natürlich denken, daß man ihr folgen würde. Sie war zu Pferde; auf geschickte Art fragte sie die Postreiter aus, ob sie nicht einem dicken Abt, einem riesigen Amtmann und einem jungen Einfaltspinsel begegnet wären, die nach Paris eilten. Als sie am dritten Tag erfuhr, daß sie nicht weit wären, schlug sie einen anderen Weg ein und hatte Glück und Geschick genug, nach Versailles zu gelangen, während man sie vergeblich in Paris suchte.

Aber wie sollte sie sich in Versailles verhalten? Jung, schön, ohne Berater, ohne Unterstützung, unbekannt, allen Gefahren ausgesetzt, wie sollte sie es da wagen, einen Leibwächter des Königs zu suchen? Sie verfiel darauf, sich an einen Jesuiten niederen Ranges zu wenden; es gab nämlich welche für alle Stände, genau wie Gott, so sagten sie, den verschiedenen Tierarten verschiedenes Futter gegeben hatte. So hatte er dem König seinen Beichtvater gegeben, den alle Pfründenbewerber das „Haupt der gallikanischen Kirche" nannten; danach kamen die Beichtväter der Prinzessinnen; die Minister hatten keine: so dumm waren sie nicht. Es gab die Jesuiten für das Hofgesinde, darunter insbesondere die Jesuiten der Kammerzofen, durch welche man die Geheimnisse ihrer Herrinnen erfuhr, und das war keine niedere Beschäftigung. Die schöne Saint-Yves wandte sich an einen dieser letzten, welcher sich Pater Jedemseins nannte. Sie beichtete ihm, stellte ihm ihre Erlebnisse, ihre Lage, die Gefahr dar, in der sie sich befand, und beschwor ihn, sie bei irgendeiner frommen, guten Frau unterzubringen, wo sie Schutz vor allen Versuchungen finden könnte.

Der Pater Jedemseins brachte sie zur Frau eines Tafeloffiziers, welche eines seiner ergebensten Beichtkinder war. Kaum war sie dort, fing sie an, sich um das Vertrauen und die Freundschaft dieser Frau zu bemühen; sie erkundigte sich nach dem bretonischen Leibwächter und ließ ihn zu sich bitten. Sobald sie von ihm erfahren hatte, daß ihr Geliebter abgeführt worden war, nachdem er mit einem Ersten Beamten gesprochen hatte, eilte sie zu diesem Beamten hin: der Anblick einer schönen Frau erweichte sein Gemüt, denn man muß zugeben, daß Gott die Frauen nur geschaffen hat, um die Männer zu zähmen.

Der gerührte Federfuchser gestand ihr alles. „Ihr Geliebter ist seit fast einem Jahr in der Bastille, und ohne Sie würde er vielleicht sein ganzes Leben lang dort sein." Die zarte Saint-Yves fiel in Ohnmacht. Als sie wieder zu sich gekommen war, sagte der Federfuchser zu ihr: „Ich habe nicht genug Einfluß, um Gutes zu tun; all meine Macht beschränkt sich darauf, hin und wieder Böses anzurichten. Wenn Sie mir glauben wollen, dann gehen Sie zu Herrn von Saint-Pouange, der Gutes und Böses tut, dem Vetter und Günstling des Herrn von Louvois. Dieser Minister hat zwei Seelen: Herr von Saint-Pouange ist die eine, Madame du Belloy die andere; aber die ist im Augenblick nicht in Versailles; es bleibt Ihnen nichts anderes übrig, als den Gönner zu erweichen, den ich Ihnen bezeichnet habe."

Schwankend zwischen ein wenig Freude und heftigem Schmerz, zwischen einiger Hoffnung und düsteren Befürchtungen, verfolgt von ihrem Bruder, voll Anbetung für ihren Geliebten, ihre Tränen trocknend und neue vergießend, zitternd, schwach und neuen Mut schöpfend, eilte die schöne Saint-Yves zu Herrn von Saint-Pouange.

Vierzehntes Kapitel

Geistige Fortschritte des Naturkindes

Das Naturkind machte rasche Fortschritte in den Wissenschaften, besonders in der Wissenschaft vom Menschen. Der Grund für die schnelle Entwicklung seines Geistes lag fast ebensosehr darin, daß er unter Wilden aufgewachsen war, wie in seinen guten Anlagen. Denn da er in seiner Kindheit nichts gelernt hatte, hatte er auch keine Vorurteile gelernt. Da sein Verstand nicht durch den Irrtum verkrümmt worden war, war er ganz gerade geblieben. Er sah die Dinge, wie sie sind, während wir wegen der Ideen, die man uns in der Kindheit eingibt, sie unser ganzes Leben lang so sehen, wie sie nicht sind. „Ihre Verfolger sind Scheusale", sagte er zu seinem Freund Gordon. „Ich beklage Sie, weil Sie verfolgt werden, aber ich beklage Sie auch, weil Sie Jansenist sind. Jede Sekte scheint mir ein Sammelpunkt des Irrtums. Sagen Sie, gibt es Sekten in der Geometrie?" – „Nein, mein liebes Kind", antwortete seufzend der gute Gordon, „alle Menschen sind einer Meinung über die Wahrheit, wenn sie bewiesen ist, aber sie sind sehr geteilter Ansicht über die unbeweisbaren Wahrheiten." – „Sagen Sie lieber, über die unbeweisbaren Irrlehren. Wenn in dem Haufen von Argumenten, die sie seit so vielen Jahrhunderten wiederkäuen, auch nur eine einzige Wahrheit gesteckt hätte, so hätte man sie gewiß entdeckt; und alle Welt wäre wenigstens über diesen einen Punkt einer Meinung. Wenn diese Wahrheit notwendig wäre, wie es die Sonne für die Erde ist, so würde sie leuchten wie diese. Es ist eine Absurdität, eine Beleidigung des Menschengeschlechts, ein Frevel gegen das unendliche und höchste Wesen, zu behaupten, es gebe eine für den Menschen notwendige Wahrheit, und Gott habe sie ihm verborgen."

Alles, was dieser junge Naseweis sagte, den die Natur erleuchtet hatte, machte einen tiefen Eindruck auf den Geist des unglücklichen alten Gelehrten. „Sollte es wirklich wahr sein", rief er aus, „daß ich mich für bloße Hirngespinste ins Unglück gestürzt habe? Meines Unglücks bin ich mir viel sicherer als der wirksamen Gnade. Ich habe mein Leben hingebracht mit Überlegungen über die Freiheit Gottes und des Menschengeschlechts, und die meine habe ich dabei verloren; weder der heilige Augustinus noch der heilige Prosper werden mich aus dem Abgrund herausholen, in dem ich mich befinde."

Das Naturkind konnte nicht umhin zu bemerken: „Soll ich Ihnen in kühnem Vertrauen etwas sagen? Wer sich wegen eitler Schulweisheiten der Verfolgung aussetzt, scheint mir wenig weise; die Verfolger aber halte ich für Ungeheuer."

Die beiden Gefangenen waren sich sehr einig über die Ungerechtigkeit ihrer Gefangenschaft. „Ich bin hundertmal mehr zu bedauern als Sie", sagte das Naturkind; „ich bin frei geboren, frei wie die Luft; ich besaß zwei Leben, die Freiheit und den Gegenstand meiner Liebe: beide nimmt man mir. Wir sind beide in Ketten, ohne zu wissen, warum, und können auch nicht danach fragen. Ich habe zwanzig Jahre lang als Hurone gelebt; man sagt, das seien Barbaren, weil sie sich an ihren Feinden rächen; aber sie haben niemals ihre Freunde unterdrückt. Kaum hatte ich meinen Fuß auf den Boden Frankreichs gesetzt, da habe ich schon mein Blut für dieses Land vergossen. Ich habe vielleicht eine Provinz gerettet, und zum Dank bin ich lebendig begraben in diesem Loch, in dem ich ohne Sie vor Wut gestorben wäre. Es gibt also keine Gesetze in diesem Land? Man verurteilt die Menschen, ohne sie anzuhören! In England gibt es das nicht. Ach ja, nicht gegen die Engländer hätte ich kämpfen sollen ..." So konnte die in ihm keimende Philosophie die im ersten ihrer Rechte beleidigte Natur nicht besänftigen und ließ seinem gerechten Zorn freien Lauf.

Sein Leidensgenosse widersprach ihm nicht. Abwesenheit vergrößert stets die ungestillte Liebe, und die Philosophie vermindert sie nicht. Er sprach ebensooft von seiner teuren Saint-Yves wie von Moral und Metaphysik. Je mehr sich seine Gefühle klärten, desto mehr liebte er. Er las einige neue Romane; wenige fand er darunter, die ihm seinen Seelenzustand beschrieben hätten. Er fühlte, daß sein Herz stets über das hinausging, was er las. „Ach“, sagte er, „fast alle diese Autoren besitzen nur Witz und Kunstfertigkeit.“ Schließlich wurde der gute Jansenistenprediger unmerklich zum Vertrauten seiner Herzensdinge. Vorher kannte er die Liebe nur als eine Sünde, deren man sich in der Beichte anklagt. Nun lernte er sie kennen als ein ebenso hochsinniges wie zartes Gefühl, das die Seele nicht nur zu erschlaffen, sondern sie auch zu erheben und manchmal sogar Tugenden hervorzubringen vermag. Am Ende, o höchstes Wunder, bekehrte ein Hurone einen Jansenisten.

Fünfzehntes Kapitel

Die schöne Saint-Yves widersteht heiklen Anträgen

Die schöne Saint-Yves, die noch zärtlicher empfand als ihr Geliebter, ging also zu Herrn von Saint-Pouange, begleitet von der Freundin, bei der sie wohnte, beide unter ihren Hauben verborgen. Das erste, was sie an der Tür sah, war ihr Bruder, der Abt von Saint-Yves, wie er gerade heraustrat. Sie bekam einen Schreck, doch die fromme Freundin beruhigte sie. „Gerade weil man gegen Sie gesprochen hat, müssen Sie jetzt reden. Glauben Sie mir, in diesem Land haben immer die Ankläger recht, wenn man sich nicht beeilt, ihre Absichten zu vereiteln. Im übrigen wird Ihr bloßes Erscheinen, oder ich müßte mich sehr täuschen, viel größeren Eindruck machen als die Worte Ihres Bruders.“

Wenn man einer leidenschaftlich Verliebten auch nur ein wenig Mut macht, wird sie kühn. Die Saint-Yves ging zur Audienz hinein. Ihre Jugend, ihr Liebreiz, ihre sanften, von einigen Tränen benetzten Augen zogen alle Blicke an. Jeder Höfling des Unterministers vergaß für einen Augenblick das Zauberbild der Macht, um das der Schönheit zu betrachten. Saint-Pouange ließ sie in ein Kabinett eintreten; sie sprach bewegt und mit Anmut. Saint-Pouange fühlte sich angerührt. Sie zitterte, er beruhigte sie. „Kommen Sie heute abend wieder“, sagte er zu ihr, „Ihr Anliegen verdient es, daß man darüber nachdenkt und es in Ruhe bespricht; hier sind jetzt zu viele Leute; die Audienzen werden zu eilig erledigt: ich muß mich gründlicher mit Ihnen unterhalten über alles, was Sie angeht." Darauf lobte er ihre Schönheit und ihre Treue und empfahl ihr, um sieben Uhr abends wiederzukommen.

Sie war pünktlich da, die fromme Freundin begleitete sie auch diesmal, blieb aber draußen im Salon und las im „Christlichen Lehrmeister", während der Saint-Pouange und die schöne Saint-Yves sich in einem hinteren Kabinett unterhielten. „Können Sie sich vorstellen, mein Fräulein", sagte er zunächst, „daß Ihr Bruder von mir einen geheimen Haftbefehl gegen Sie haben wollte? Natürlich würde ich eher einen ausstellen, der ihn selber in die Niederbretagne zurückbeförderte." – „Ach, mein Herr, da ist man wohl in Ihrem Amt recht freigebig mit Haftbefehlen, wenn die Leute schon aus den fernsten Gegenden des Königreichs kommen, um sich welche zu erbitten wie Pensionen? Ich möchte beileibe keinen gegen meinen Bruder haben. Ich habe zwar allen Grund, mich über ihn zu beklagen, aber ich achte die Freiheit jedes Menschen; und ich bitte um die eines Mannes, den ich heiraten will, eines Mannes, dem der König die Verteidigung einer Provinz verdankt, der sich dem König nützlich machen kann und der der Sohn eines in seinem Dienste gefallenen Offiziers ist. Wessen wird er angeklagt? Wie hat man ihn so grausam behandeln können, ohne ihn anzuhören?"

Da zeigte ihr der Unterminister den Brief des Jesuitenspions und den des hinterhältigen Amtmanns. „Wie? Solche Ungeheuer gibt es auf der Welt? und so will man mich zwingen, den lächerlichen Sohn eines lächerlichen und boshaften Mannes zu heiraten? und auf solche Angaben hin entscheidet man hier über das Geschick der Bürger!" Sie warf sich ihm zu Füßen, sie bat schluchzend um die Freiheit des ehrlichen Mannes, der sie anbetete. In diesem Zustand erschienen ihre Reize im vorteilhaftesten Lichte. Sie war so schön, daß Saint-Pouange, alle Scham verlierend, ihr zu verstehen gab, sie werde ihr Ziel erreichen, wenn sie zuerst ihm gewährte, was sie ihrem Liebsten vorbehielt. Die erschreckte und verwirrte Saint-Yves tat lange so, als ob sie nicht verstünde; man mußte deutlicher werden. Ein erstes vorsichtiges Wort zog ein stärkeres nach sich, gefolgt von einem nächsten, das noch beredter war. Man bot nicht nur den Widerruf des königlichen Haftbefehls, sondern auch Belohnung, Geld, Ehren, Stellungen; und je mehr man versprach, um so stärker wurde der Wunsch, nicht abgewiesen zu werden.

Die schöne Saint-Yves weinte, von Tränen halb erstickt, saß sie halb zurückgelehnt auf einem Sofa; sie konnte kaum glauben, was sie sah und was sie hörte. Saint-Pouange seinerseits warf sich vor ihr auf die Knie. Er war nicht unansehnlich und hätte ein weniger befangenes Herz vielleicht nicht so widerstrebend gefunden. Aber die Saint-Yves vergötterte ihren Liebsten und glaubte, es sei ein schreckliches Verbrechen, wenn sie ihn verriete, um ihm zu dienen. Saint-Pouange verdoppelte seine Bitten und seine Versprechungen: schließlich verstieg er sich bis zu der Erklärung, es gebe nur dieses einzige Mittel, den Mann aus dem Gefängnis zu holen, für den sie ein so heftiges und zärtliches Interesse hege. Das seltsame Gespräch zog sich in die Länge. Die fromme Dame im Vorzimmer mit ihrem „Christlichen Lehrmeister" sagte sich: „Mein Gott, was machen die da wohl seit zwei Stunden? Noch nie hat Herr von Saint-Pouange eine so lange Audienz gegeben; vielleicht hat er dem armen Mädchen alles abgeschlagen; denn offensichtlich bittet sie ihn immer noch."

Schließlich trat ihre Freundin ganz durcheinander aus dem Privatkabinett, unfähig, ein Wort hervorzubringen, tief in Gedanken über das Wesen der Großen und der Halbgroßen, die so leichtfertig die Freiheit der Männer und die Ehre der Frauen opfern.

Auf dem ganzen Rückweg sagte sie nicht ein Wort. Bei der Freundin angekommen, brach sie in Tränen aus und erzählte ihr alles. Die fromme Dame bekeuzigte sich ein übers andere Mal. „Meine liebe Freundin, da müssen Sie gleich morgen den Pater Jedemseins befragen, unseren Beichtvater; Herr von Saint-Pouange hört sehr auf ihn; mehrere seiner Dienstmädchen gehen bei ihm zur Beichte, er ist ein frommer und zugänglicher Mann, und zu seinen Beichtkindern zählen auch

Damen von Adel: vertrauen Sie sich ihm an; ich halt es ebenso und bin immer gut dabei gefahren. Wir armen Frauen, wir brauchen einfach die Führung durch einen Mann." – „Nun gut, meine liebe Freundin, dann will ich morgen zu Pater Jedemseins gehen."

Sechzehntes Kapitel

Sie fragt einen Jesuiten um Rat

Sobald die schöne, niedergeschlagene Saint-Yves bei ihrem guten Beichtvater war, vertraute sie ihm an, daß ein mächtiger Lüstling ihr den Vorschlag mache, dem Mann, den sie vor Gott und den Menschen heiraten wolle, aus dem Gefängnis zu verhelfen, und daß er für seine Gefälligkeit einen hohen Preis verlange. Sie empfinde schrecklichen Abscheu gegen eine solche Untreue, und wenn es sich bei dem Ganzen nur um ihr eigenes Leben handelte, so würde sie es lieber opfern, als sich hinzugeben.

„Was für ein abscheulicher Sünder!" sagte Pater Jedemseins. „Sie sollten mir durchaus den Namen dieses gemeinen Menschen nennen: bestimmt ist es irgendein Jansenist; ich werde ihn Seiner Hochwürden dem Pater de La Chaise melden, der dafür sorgen wird, daß er an jenen Ort kommt, wo sich gegenwärtig das teure Wesen befindet, welches Sie heiraten wollen."

Nach langer Verwirrung und heftigem Zögern nannte das arme Mädchen ihm schließlich den Saint-Pouange.

„Monseigneur de Saint-Pouange!" rief der Jesuit. „Ja, dann, meine Tochter, dann ist es etwas ganz anderes. Er ist der Vetter des größten Ministers, den wir je gehabt haben, ein feiner Mann, ein Beschützer der guten Sache, ein guter Christ; er kann einen solchen Gedanken gar nicht gehabt haben, da müssen Sie etwas falsch verstanden haben." – „Ach, mein Vater, ich habe nur zu gut verstanden; ich bin verloren, was ich auch tue; ich habe nur die Wahl zwischen Unglück und Schande: entweder bleibt mein Geliebter lebendig begraben, oder ich mache mich unwürdig weiterzuleben. Ich kann ihn nicht zugrunde gehen lassen, und ich kann ihn nicht retten."

Pater Jedemseins suchte sie mit folgenden milden Worten zu beruhigen:

„Zum ersten, meine Tochter, verwenden Sie nie den Ausdruck ‚mein Geliebter', er hat etwas Weltliches an sich, das Gott verletzen könnte; sagen Sie ‚mein Mann'; denn obwohl er's noch nicht ist, so betrachten Sie ihn doch als solchen, und nichts ist ehrbarer.

Zum zweiten, obgleich er in Gedanken, in der Hoffnung Ihr Mann ist, ist er's doch nicht in Wirklichkeit: folglich würden Sie auch keinen Ehebruch begehen, jene ungeheure Sünde, welche man stets soweit wie möglich vermeiden sollte.

Zum dritten sind unsere Taten nicht schuldhaft böse, wenn unsere Absicht rein ist, und nichts ist reiner als die Absicht, Ihren Mann zu befreien.

Zum vierten gibt es Beispiele im heiligen Altertum, die Ihr Handeln wunderbar erleuchten können. Der heilige Augustin berichtet, daß unter dem Prokonsulat des Septimius Acyndinus, im Jahre 340 unseres Heils, ein armer Mann, der dem Kaiser nicht geben konnte, was des Kaisers ist, zum Tode verurteilt wurde, wie es sich gehört, trotz des Grundsatzes: Wo nichts ist, hat der Kaiser sein Recht verloren. Es ging dabei um ein Pfund Gold; nun aber hatte der Verurteilte eine Frau, in die Gott Schönheit und Klugheit gelegt. Ein alter Geldsack versprach, er wolle der Dame ein Pfund Gold und sogar noch mehr geben, unter der Bedingung, daß sie mit ihm die schmutzige Sünde beginge. Die Dame glaubte, nichts Böses zu tun, wenn sie so das Leben ihres Mannes rettete. Der heilige Augustin billigt nachdrücklich ihre großmütige Ergebung. Zwar betrog der alte Geldsack sie, und vielleicht wurde ihr Mann darum nicht weniger gehenkt; aber sie hatte alles getan, was in ihrer Macht stand, um sein Leben zu retten.

Seien Sie gewiß, meine Tochter: wenn ein Jesuit Ihnen den heiligen Augustin zitiert, dann muß dieser Heilige schon vollkommen recht haben. Ich rate Ihnen zu nichts; Sie sind klug; es ist anzunehmen, daß Sie Ihrem Mann nützlich sein werden. Herr von Saint-Pouange ist ein Ehrenmann, er wird Sie nicht betrügen: das ist alles, was ich Ihnen sagen kann; ich werde Gott für Sie bitten, und ich hoffe, daß alles zu Seinem höchsten Ruhme vonstatten gehen wird."

Die schöne Saint-Yves, von den Worten des Jesuiten nicht weniger entsetzt als von den Anträgen des Unterministers, kehrte gänzlich verstört zu ihrer Freundin zurück. Sie war versucht, sich durch den Tod zu erlösen von dem grauenhaften Gedanken, den angebeteten Geliebten in einer schrecklichen Gefangenschaft lassen zu müssen, und von der Schande, ihn zu befreien um den Preis des Kostbarsten, das sie besaß und das allein diesem unglücklichen Geliebten gehören sollte.

Siebzehntes Kapitel

Sie gibt sich aus Tugend hin

Sie bat ihre Freundin, sie möchte sie töten; aber diese Frau, die nicht weniger nachsichtig war als der Jesuit, redete noch deutlicher auf sie ein als dieser. „Leider", sagte sie, „kommen an diesem so liebenswürdigen, so galanten und so berühmten Hofe Geschäfte kaum auf eine andere Weise zustande. Die bescheidensten wie die hervorragendsten Stellungen sind oft nur um den Preis gegeben worden, den man von Ihnen fordert. Hören Sie, Sie haben meine Freundschaft und mein Vertrauen gewonnen; ich will Ihnen etwas gestehen: wenn ich so heikel gewesen wäre wie Sie, besäße mein Mann heute nicht den kleinen Posten, von dem er lebt; er weiß es, und weit entfernt, böse darüber zu sein, sieht er in mir seine Wohltäterin und betrachtet sich als mein Geschöpf. Glauben Sie denn, daß alle, die an der Spitze der Provinzen oder gar der Armeen gestanden haben, ihre Ehre und ihr Vermögen allein ihren Leistungen verdankten? So manch einer verdankt sie seiner Frau Gemahlin. Ämter und Würden des Krieges wurden durch Liebe beantragt, und die Entscheidung fiel auf den Mann der Schönsten.

Sie sind in einer viel verheißungsvolleren Lage; es geht darum, Ihren Geliebten wieder ans Tageslicht zu bringen und ihn zu heiraten; das ist eine heilige Pflicht, die Sie erfüllen müssen. Die schönen und großen Damen, die ich erwähnte, hat man nie getadelt; Ihnen wird man Beifall zollen, man wird sagen, daß Sie sich nur aus einem Übermaß an Tugend eine Schwäche erlaubt haben."

„Oh, was für eine Tugend!" rief die schöne Saint-Yves, „welch Labyrinth von Freveln! welch ein Land! und wie ich die Menschen erkennen lerne! Ein Pater de La Chaise und ein lächerlicher Amtmann bringen meinen Liebsten ins Gefängnis, meine Familie verfolgt mich, und wenn man mir in meinem Unglück die Hand entgegenstreckt, so nur, um mir die Ehre zu rauben. Ein Jesuit hat einen ehrlichen Mann zugrunde gerichtet, ein anderer Jesuit will mich zugrunde richten; ich bin von lauter Fallen umstellt, und von einem Augenblick auf den anderen werde ich ins Elend hinabsinken! Ich muß mich töten oder mit dem König reden; ich werde mich ihm zu Füßen werfen, wenn er zur Messe geht oder ins Theater."

„Man wird Sie nicht heranlassen", sagte ihre gute Freundin, „und wenn Sie das Unglück haben sollten, doch zu reden, dann könnten Herr von Louvois und der hochwürdige Pater de La Chaise Sie für den Rest Ihrer Tage in der Tiefe eines Klosters lebendig begraben."

Während die brave Frau dergestalt die Verwirrung der verzweifelten Seele noch mehrte und ihr den Dolch ins Herz senkte, kommt ein Bote von Herrn de Saint-Pouange mit einem Brief und zwei schönen Ohrgehängen. Saint-Yves wies alles weinend von sich; doch die Freundin nahm es.

Sobald der Bote fort ist, liest unsere Vertraute den Brief, in welchem man den beiden Freundinnen ein kleines Souper für den Abend anträgt. Saint-Yves schwört, sie werde nicht hingehen. Die Fromme will ihr die beiden Diamantgehänge anprobieren. Saint-Yves duldete es nicht. Sie kämpfte mit sich den ganzen Tag. Schließlich aber läßt sie sich, allein ihren Liebsten vor Augen, besiegt, fortgezogen, ohne zu wissen, wohin man sie bringt, zu dem verhängnisvollen Souper führen. Nichts hatte sie bestimmen können, sich mit den Ohrgehängen zu schmücken; die Vertraute nahm sie mit und legte sie ihr gegen ihren Willen an, bevor man sich zu Tisch setzte. Saint-Yves war so verwirrt, so verstört, daß sie sich die Quälerei gefallen ließ; und der Hausherr sah darin ein sehr günstiges Vorzeichen. Gegen Ende des Mahls zog sich die Vertraute diskret zurück. Nun wies der Hausherr den Widerruf des Haftbefehls, den königlichen Gnadenbrief über eine beträchtliche Belohnung, das Patent über eine Kompanie vor und sparte nicht mit Versprechungen. „Ach", sagte Saint-Yves zu ihm, „wie sehr würde ich Sie lieben, wenn Sie nicht so sehr geliebt werden wollten!"

Schließlich, nach langem Widerstand, nach Schluchzen, Schreien, Tränen, vom Kampf geschwächt, verwirrt, ermattet, hieß es sich ergeben. Ihr einziger Trost bestand darin, daß sie sich fest vornahm, nur an das Naturkind zu denken, solange der Herzlose unerbittlich die Notlage ausnutzen würde, in die sie geraten war.

Achtzehntes Kapitel

Sie befreit ihren Geliebten und einen Jansenisten

Im Morgengrauen eilte sie nach Paris, die Verfügung des Ministers in der Tasche. Es läßt sich schwer beschreiben, was während dieser Reise in ihrem Herzen vorging. Man stelle sich eine tugendhafte und edle Seele vor, gedemütigt durch ihre Schmach, berauscht von zärtlichen Gefühlen, zerrissen von Gewissensbissen über den Verrat am Geliebten, erfüllt von der Freude, den Angebeteten befreien zu dürfen! Ihre Bitternisse, ihre Kämpfe, ihr Erfolg mischten sich in alle ihre Gedanken. Das war nicht mehr jenes einfache Mädchen mit dem engen Gesichtskreis, den provinzielle Erziehung hinterläßt. Die Liebe und das Unglück hatten sie geformt. Das Gefühl war in ihr ebenso gewachsen wie der Verstand im Kopfe ihres vom Unglück verfolgten Geliebten. Die Mädchen lernen das Fühlen leichter als die Männer das Denken. Ihr Abenteuer war lehrreicher für sie gewesen als vier Jahre Kloster.

Ihre Kleidung war von äußerster Schlichtheit. Mit Grauen

dachte sie an den Aufzug, in dem sie vor ihrem verhängnisvollen Wohltäter erschienen war; die diamantenen Ohrgehänge hatte sie ihrer Freundin gelassen, ohne sie auch nur anzusehen. Verwirrt und verzückt, das Naturkind vergötternd und sich selbst hassend, gelangte sie endlich zum Tor

des finstern Schlosses, jenes Orts der Rache,
wo Schuld oft büßt' und Unschuld unter einem Dache.

Als sie aus dem Wagen steigen sollte, versagten ihr die Kräfte; man half ihr; klopfenden Herzens, mit feuchten Augen und gesenkter Stirn ging sie hinein. Man stellt sie dem Gouverneur vor; sie will etwas sagen, die Stimme versagt ihr; sie zeigt ihre Verfügung vor und bringt dabei kaum ein paar Worte heraus. Der Gouverneur mochte seinen Gefangenen gern; er war sehr froh über dessen Befreiung. Sein Herz war nicht hart geworden wie das einiger ehrenwerter Kerkermeister, seiner Kollegen, die, da sie nur an den Lohn dachten, der mit der Bewachung ihrer Gefangenen verbunden war, da sie ihre Einkünfte auf ihre Opfer gründeten und vom Unglück anderer lebten, insgeheim eine abscheuliche Freude über die Tränen der Unglücklichen empfanden.

Er läßt den Gefangenen in seine Wohnung kommen. Die beiden Liebenden sehen sich, und beide fallen in Ohnmacht. Die schöne Saint-Yves blieb lange reglos und ohne Leben; der andere gewann alsbald seine Beherztheit zurück. „Offenbar ist das Ihre Frau Gemahlin", sagte der Gouverneur zu ihm; „Sie hatten mir gar nicht gesagt, daß Sie verheiratet sind. Man schreibt mir, daß Sie ihrem edlen Bemühen Ihre Befreiung verdanken." – „Ach, ich bin nicht wert, seine Frau zu sein", sagte die schöne Saint-Yves mit bebender Stimme und fiel von neuem in Ohnmacht.

Als sie wieder zu sich gekommen war, zeigte sie, immer noch zitternd, den Gnadenbrief über die Belohnung und das schriftliche Versprechen einer Kompanie. Das Naturkind, ebenso erstaunt wie gerührt, schien aus einem Traum zu erwachen, um in einen anderen zu fallen. „Warum wurde ich hier eingesperrt? wie haben Sie mich herausgekriegt? wo sind die Unmenschen, die mich hineingebracht haben? Sie sind eine Göttin, die vom Himmel herabsteigt, um mir zu helfen."

Die schöne Saint-Yves senkte den Blick, sah ihren Geliebten an, errötete und wandte gleich darauf ihre tränenfeuchten Augen ab. Schließlich sagte sie ihm alles, was sie wußte, und alles, was sie erduldet hatte, mit Ausnahme dessen, was sie am liebsten für immer vergessen hätte und was ein anderer als das Naturkind, weltkundiger und besser über die Bräuche bei Hof unterrichtet, leicht selber erraten haben würde.

„Ist es möglich, daß ein elender Schurke wie dieser Amtmann die Macht gehabt hat, mir die Freiheit zu stehlen? Ach, ich sehe schon, es gibt Menschen, die wie die niedrigsten Tiere sind; und alle können sie schaden. Doch wie ist es möglich, daß ein Mönch, ein Jesuit, der der Beichtvater des Königs ist, ebensoviel zu meinem Unglück beigetragen hat wie dieser Amtmann, obwohl ich mir gar nicht vorstellen kann, unter welchem Vorwand dieser abscheuliche Halunke mich verfolgt hat? Hat er mich für einen Jansenisten ausgegeben? Wie aber haben Sie sich meiner erinnern können? Ich verdiente es ja nicht, ich war ja damals nur ein Wilder. Wie! ohne Rat, ohne Hilfe haben Sie die Reise nach Versailles unternommen? Sie sind erschienen, und man hat meine Ketten zerbrochen! So liegt also in der Schönheit und in der Tugend ein unbezwinglicher Zauber, der eiserne Tore sprengt und eherne Herzen erweicht!"

Bei dem Wort Tugend fing die schöne Saint-Yves zu schluchzen an. Sie wußte nicht, wie tugendhaft sie war bei dem Verbrechen, das sie sich vorwarf.

Und so fuhr ihr Geliebter fort: „Engel, der Sie meine Ketten zerbrochen haben, wenn Sie (was ich noch immer nicht ganz begreife) soviel Einfluß besitzen, daß man mir Gerechtigkeit widerfahren ließ, dann sorgen Sie doch dafür, daß auch einem alten Manne Gerechtigkeit wird, der als erster mich das Denken gelehrt hat so wie Sie mich das Lieben. Das Unglück hat uns vereint; ich liebe ihn wie einen Vater; ich kann weder ohne Sie noch ohne ihn leben."

„Noch einmal soll ich denselben Menschen, der ...!" – „Ja, alles will ich Ihnen verdanken, und nie will ich einem anderen etwas verdanken als Ihnen: schreiben Sie diesem mächtigen Mann; überschütten Sie mich mit Ihren Wohltaten, vollenden Sie, was Sie begonnen haben, vollenden Sie Ihr Wunder." Sie fühlte, daß sie tun mußte, was ihr Geliebter forderte: sie wollte schreiben, aber die Hand gehorchte ihr nicht. Sie fing den Brief dreimal an, sie zerriß ihn dreimal; schließlich schrieb sie ihn zu Ende, und die beiden Liebenden brachen auf, nachdem sie den alten Märtyrer der wirksamen Gnade umarmt hatten.

Die glückliche und tiefunglückliche Saint-Yves wußte, wo ihr Bruder wohnte; dorthin fuhr sie; ihr Geliebter nahm Wohnung im selben Haus.

Kaum waren sie da, als ihr Beschützer ihr schon die Verfügung über die Freilassung des guten Gordon sandte und sie um ein Rendezvous für den folgenden Tag bat. So war für jede ehrenhafte und edle Tat, die sie vollbrachte, ihre Schande der Preis. Sie sah voll Abscheu auf diese Gewohnheit, Unglück und Glück der Menschen zu verkaufen. Sie gab den Freilassungsbefehl ihrem Geliebten und verweigerte das Rendezvous mit einem Wohltäter, den sie nicht wiedersehen konnte, ohne vor Schmerz und Scham zu sterben. Das Naturkind konnte sich von ihr nur trennen, um einen Freund zu befreien: er eilte zu ihm. Während er diese Pflicht erfüllte, dachte er über die seltsamen Fügungen dieser Welt nach und bewunderte die wackere Tugend eines jungen Mädchens, dem zwei Unglückliche mehr verdankten als ihr Leben.

Neunzehntes Kapitel

Das Naturkind, die schöne Saint-Yves und ihre Verwandten sind vereint

Die großmütige und verehrungswürdige Treulose war nun mit ihrem Bruder, dem Abt von Saint-Yves, dem guten Prior Vom Berge und Fräulein von Kerkabon zusammen. Alle waren gleichermaßen erstaunt, aber ihre Lage und ihre Gefühle waren sehr verschieden. Der Abt von Saint-Yves bereute weinend sein Unrecht zu Füßen seiner Schwester, und sie verzieh ihm. Der Prior und seine sanfte Schwester weinten auch, aber aus Freude. Der niederträchtige Amtmann und sein unausstehlicher Sohn störten diese rührende Szene nicht. Bei der ersten Nachricht von der Befreiung ihres Feindes waren sie abgereist; sie hatten es eilig, ihre Dummheit und ihre Angst in der Provinz zu begraben.

Von hundert verschiedenen Gefühlen bewegt, warteten die vier Personen darauf, daß der junge Mann zurückkäme mit dem Freund, den er befreien sollte. Der Abt von Saint-Yves wagte nicht, vor seiner Schwester die Augen zu erheben. Die gute Kerkabon sagte: „So werde ich meinen lieben Neffen wiedersehen!" – „Sie werden ihn wiedersehen", sagte die bezaubernde Saint-Yves, „aber er ist nicht mehr derselbe; seine Haltung, sein Ton, sein Denken, sein Geist, alles an ihm ist verändert. Er ist jetzt ein genauso ernst zu nehmender Mann, wie er früher naiv und weltfremd war. Er wird die Ehre und der Trost Ihrer Familie sein; ach, warum kann ich nicht auch die Ehre der meinen sein!" – „Sie sind aber auch nicht mehr dieselbe", bemerkte der Prior, „was ist Ihnen denn zugestoßen, daß Sie sich so verändert haben?"

Mitten in diesem Gespräch trifft das Naturkind ein, an der Hand seinen Jansenisten. Da wandelte sich die Szene und wurde noch interessanter. Es begann mit den zärtlichen Umarmungen durch den Onkel und die Tante. Der Abt von Saint-Yves kniete fast nieder vor dem Naturkind, das gar kein Naturkind mehr war. Die beiden Liebenden sprachen miteinander durch Blicke, die all die Gefühle ausdrückten, von denen sie durchdrungen waren. Freude und Dankbarkeit strahlten auf seiner Stirn; Verlegenheit lag in ihrem zärtlichen und ein wenig verwirrten Blick. Man war erstaunt, daß sie Schmerz in soviel Freude mischte.

Der alte Gordon wurde in wenigen Augenblicken der ganzen Familie lieb und teuer. Er hatte mit dem jungen Gefangenen das gleiche Unglück geteilt, und das gab ihm hohe Rechte. Seine Befreiung verdankte er den beiden Liebenden; das allein söhnte ihn mit der Liebe aus; die Schärfe seiner früheren Auffassungen schwand aus seinem Herzen: er war zum

Menschen gewandelt wie der Hurone. Jeder erzählte vor dem Abendessen seine Erlebnisse. Die beiden Äbte und die Tante lauschten wie Kinder, wenn sie Geistergeschichten hören, und wie Menschen, die sich alle für großes Unglück interessieren. „Ach, es ist schlimm", sagte Gordon, „wohl mehr als fünfhundert tugendhafte Menschen liegen heute in solchen Ketten, wie Fräulein von Saint-Yves sie zerbrochen hat: wer weiß schon von ihrer Pein. Es finden sich genug Hände, um auf die Menge der Unglücklichen einzuschlagen, doch selten eine Hand, die ihnen hilft." Dieser so wahre Gedanke verstärkte seine Empfindungen und seine Dankbarkeit: er verdoppelte den Triumph der schönen Saint-Yves; man bewunderte die Größe und die Festigkeit ihrer Seele. In die Bewunderung mischte sich jene Achtung, die man unwillkürlich für eine Person empfindet, von der man annimmt, sie habe Einfluß bei Hofe. Doch hin und wieder sagte der Abt von Saint-Yves: „Wie hat es meine Schwester nur angestellt, so schnell solchen Einfluß zu kriegen?"

Man wollte sich zeitig zu Tische setzen. Auf einmal erscheint die gute Freundin aus Versailles, ohne zu ahnen, was inzwischen geschehen ist. Sie fuhr sechsspännig vor, und man kann sich denken, wem die Karosse gehörte. Sie tritt herein mit der gewichtigen Miene einer vielbeschäftigten Hofdame, grüßt die Gesellschaft flüchtig und zieht die schöne Saint-Yves beiseite. „Warum lassen Sie so lange auf sich warten? Kommen Sie mit; hier Ihre Diamanten, die hatten Sie vergessen." Das konnte sie nicht so leise sagen, daß das Naturkind es nicht gehört hätte; er sah die Diamanten; der Bruder schwieg bestürzt; der Onkel und die Tante empfanden nur das Staunen einfacher Leute, die solche Pracht noch nie gesehen hatten. Der junge Mann, den ein Jahr Übung ans Nachdenken gewöhnt hatte, dachte unfreiwillig nach und schien einen Augenblick verwirrt. Seine Geliebte bemerkte es, tödliche Blässe überzog ihr schönes Gesicht, ein Schauder ergriff sie, sie vermochte kaum aufrecht zu bleiben. „Oh, Madame", sagte sie zu ihrer fatalen Freundin, „Sie haben mich vernichtet! Sie geben mir den Tod." Diese Worte drangen dem Naturkind tief ins Herz; aber er hatte schon gelernt, sich zu beherrschen; er sagte nichts dazu, aus Furcht, seine Geliebte vor ihrem Bruder bloßzustellen; doch er erbleichte wie sie.

Bestürzt über die Veränderung, die sie auf dem Gesicht ihres Geliebten wahrgenommen, zieht Saint-Yves die Frau aus dem Zimmer in einen kleinen Gang, wirft ihr die Diamanten vor die Füße. „Nicht die haben mich verführt, das wissen Sie; aber der, der sie mir geschenkt hat, wird mich nie wiedersehen." Die Freundin hob sie wieder auf, und Saint-Yves fügte hinzu: „Soll er sie zurücknehmen oder sie Ihnen schenken; gehen Sie, damit ich mich nicht mehr vor mir selber schäme." Die Abgesandte fuhr schließlich wieder ab, ohne die Gewissensbisse zu begreifen, deren Zeuge sie geworden war.

Die schöne Saint-Yves war ganz niedergeschlagen, und da sie in ihrem Innern einen Aufruhr spürte, der ihr den Atem benahm, war sie genötigt, zu Bett zu gehen; um niemand zu beunruhigen, sagte sie nichts von ihrer Unpäßlichkeit, und unter dem Vorwand, sie sei erschöpft, bat sie um die Erlaubnis, sich ausruhen zu dürfen, doch erst nachdem sie die Gesellschaft durch tröstende und schmeichelnde Worte beruhigt und ihrem Geliebten Blicke zugeworfen hatte, die seine Seele in Brand setzten.

Das Abendessen ohne ihre belebende Gegenwart war anfangs traurig, aber von jener anziehenden Traurigkeit, die fesselnde und nützliche Gespräche hervorbringt, welche soviel mehr wert sind als jene leichtfertige Fröhlichkeit, die immer gesucht wird und die doch gewöhnlich nichts anderes ist als ein lästiger Lärm.

Gordon zeichnete in wenigen Worten die Geschichte des Jansenismus und des Molinismus, der Verfolgungen der einen Partei durch die andere und der Hartnäckigkeit beider. Das Naturkind tadelte beide und bedauerte die Menschen, die, nicht zufrieden mit all dem durch ihre wirklichen Interessen entfachten Streit, sich neue Leiden zufügen um eingebildeter Interessen und unbegreiflicher Hirngespinste willen. Gordon erzählte, der andere urteilte; die Gäste hörten bewegt zu und gewannen neue Erkenntnisse. Man sprach über die lange Dauer unserer Leiden und die Kürze des Lebens. Man bemerkte, mit jedem Beruf sei ein Laster und eine Gefahr verbunden; und vom Fürsten bis hinab zum letzten Bettler scheine alles die Natur anzuklagen. Warum fänden sich so viele Menschen bereit, für so wenig Geld zum Häscher, zum Büttel, zum Henker anderer zu werden? Mit wie unmenschlicher Gleichgültigkeit billige ein Mann in Amt und Würden die Vernichtung einer Familie, und mit wie noch barbarischerer Freude führten Söldner sie aus!

„In meiner Jugend", sagte der brave Gordon, „lernte ich einen Verwandten des Marschalls von Marillac kennen, der sich, da er in seiner Provinz wegen der Sache dieses berühmten Unglücklichen verfolgt wurde, unter einem angenommenen Namen in Paris versteckt hielt. Er war ein alter Mann von zweiundsiebzig Jahren. Seine Frau, die ihn begleitete, war ungefähr gleichen Alters. Sie hatten einen Leichtfuß von Sohn gehabt, der mit vierzehn Jahren aus dem Elternhaus weggelaufen war: erst Soldat, dann Deserteur, war er alle Stufen der Liederlichkeit und des Elends hinabgesunken: schließlich stand er unter einem falschen Adelsnamen in der Leibwache des Kardinals Richelieu (denn dieser Geistliche hatte genau wie Mazarin eine Leibwache), und er hatte in dieser Büttelgarde den Rang eines Arretierleutnants erlangt. Dieser Abenteurer wurde beauftragt, den Alten und seine Frau zu verhaften, und er erledigte das mit der ganzen Härte eines Mannes, der seinem Herrn gefallen will. Wie er sie wegführte, hörte er die beiden Opfer klagen über die lange Reihe von Schicksalsschlägen, die sie von der Wiege an erlitten hatten. Zu den schlimmsten Schicksalsschlägen zählten der Vater und die Mutter die Verirrungen und den Verlust ihres Sohnes. Der erkannte sie und führte sie gleichwohl ins Gefängnis, wobei er ihnen versicherte, der Dienst für Seine Eminenz gehe allem übrigen vor. Seine Eminenz belohnte seinen Eifer.

Ich habe erlebt, wie ein Spion des Paters de La Chaise seinen eigenen Bruder verriet in der Hoffnung auf eine kleine Pfründe, die er dann doch nicht bekam; und ich habe ihn sterben sehen, nicht vor Reue, sondern vor Kummer darüber, daß der Jesuit ihn betrogen hatte.

Mein Amt als Beichtvater, das ich lange ausgeübt habe, hat mir Einblick in das Leben der Familien gegeben; ich habe kaum welche erlebt, die nicht von Kümmernissen erdrückt waren, während sie für die Außenwelt die Maske des Glücks aufsetzten und in Freude zu schwimmen schienen; und ich habe immer festgestellt, daß großes Leid die Frucht unserer zügellosen Begierden ist."

„Was mich angeht", meinte das Naturkind, „so denke ich, daß eine edle, dankbare und empfindungsfähige Seele glücklich leben kann; und ich sehe voll Zuversicht einem ungetrübten Glück mit der schönen und großmütigen Saint-Yves entgegen. Denn ich nehme doch an", so fügte er hinzu, indem er sich mit freundschaftlichem Lächeln ihrem Bruder zuwandte, „daß Sie mich nicht wieder abweisen werden wie im vergangenen Jahr, und ich selbst werde es wohl auch schicklicher anstellen."

Der Abt zerfloß in Entschuldigungen für das in der Vergangenheit Vorgefallene und in Beteuerungen ewiger Zuneigung.

Der Onkel Kerkabon sagte, das würde der schönste Tag seines Lebens werden. Die gute Tante geriet in Begeisterung, und unter Freudentränen rief sie: „Ich hatte es Ihnen ja vorher gesagt, daß Sie nie Subdiakon werden würden! Dieses Sakrament ist viel besser als das andere; wollte Gott, auch mir wäre die Ehre zuteil geworden! so aber werde ich eure Mutter sein." Hierauf pries alles um die Wette die zarte Saint-Yves.

Ihr Geliebter hatte das Herz zu voll von dem, was sie für ihn getan hatte, er liebte sie zu sehr, als daß der Zwischenfall mit den Diamanten einen beherrschenden Eindruck auf ihn gemacht hätte. Aber die Worte, die er nur zu gut gehört hatte: „Sie geben mir den Tod", schreckten ihn noch insgeheim und vergällten ihm all seine Freude, während das Lob auf seine schöne Geliebte seine Liebe noch mehrte. Schließlich redeten alle nur noch von ihr; man sprach von dem Glück, das die beiden Liebenden verdienten; man richtete sich darauf ein, gemeinsam in Paris zu leben; man schmiedete Pläne für Reichtum und Aufstieg; man gab sich all jenen Hoffnungen hin, die der leiseste Schimmer von Glück so leicht erweckt. Aber tief in seinem Herzen sagte irgend etwas dem Naturkind, daß dies alles Illusion war. Er las noch einmal die Versprechungen mit der Unterschrift Saint-Pouanges und die Patente mit der Unterschrift Louvois'; man beschrieb ihm die beiden Männer, wie sie waren oder wie man sie sich vorstellte. Jeder redete über die Minister und über die Regierung mit jener Freiheit beim Tischgespräch, die man in Frankreich für die kostbarste aller Freiheiten auf Erden hält.

„Wenn ich König von Frankreich wäre", sagte das Naturkind, „dann würde ich mir den folgenden Kriegsminister aussuchen: einen Mann von höchstem Adel; denn er gibt dem Adel Befehle. Ich würde verlangen, daß er selbst Offizier gewesen ist, daß er von der Pike auf gedient hat, daß er wenigstens Generalleutnant wäre und würdig, Marschall von Frankreich zu sein: denn muß er nicht selber gedient haben, um besser alle Einzelheiten des Dienstes zu kennen? und werden die Offiziere nicht hundertmal lieber einem Kriegsmanne gehorchen, der wie sie seinen Mut bewiesen hat, als einem Schreibtischmenschen, der die Operationen eines Feldzuges sich allenfalls vorstellen kann, wie klug er auch immer sein mag? Ich wäre nicht böse, wenn mein Minister freigebig wäre, und würde auch mein königlicher Schatzmeister dadurch bisweilen in Verlegenheit gebracht. Er sollte eine leichte Hand haben, und er sollte sich sogar durch Heiterkeit des Geistes auszeichnen, jene Eigenschaft eines über den Dingen stehenden Mannes, die der Nation so sehr gefällt und die alle Pflichten weniger beschwerlich macht." Er wünschte sich einen so veranlagten Minister, weil er immer wieder bemerkt hatte, daß ein frohes Gemüt unvereinbar ist mit Grausamkeit.

Der Herr von Louvois wäre vielleicht von den Wünschen des Naturkindes nicht sehr erbaut gewesen; seine Meriten waren von anderer Art.

Aber während man bei Tische saß, nahm die Krankheit des Mädchens eine unheilvolle Wendung; ihr Blut hatte sich erhitzt, ein verzehrendes Fieber hatte sie ergriffen, sie litt und klagte doch nicht, weil sie die Freude der Gäste nicht trüben wollte.

Ihr Bruder, wissend, daß sie nicht schlief, ging an ihr Bett; er erschrak über ihren Zustand. Alles eilte herbei, der Geliebte als erster nach dem Bruder. Er war von ihnen allen gewiß am meisten besorgt und erregt, aber er hatte es gelernt, Zurückhaltung mit all den glücklichen Gaben zu verbinden, die die Natur ihm verliehen hatte, und das rasche Erfassen des Schicklichen begann bei ihm die Oberhand zu gewinnen.

Man ließ sogleich einen Arzt aus der Nachbarschaft kommen. Es war einer von denen, die ihre Kranken im Laufschritt untersuchen, die die Krankheit, die sie vor sich haben, mit der zuletzt gesehenen verwechseln und blinde Handwerkelei in eine Wissenschaft tragen, der alle Reife eines gesunden und überlegten Urteils nicht ihre Ungewißheit und ihre Gefahren zu nehmen vermag. Er verschlimmerte das Übel durch die Hast, mit der er ein Mittel verschrieb, das gerade Mode war. Ja, Moden gibt es auch in der Medizin! Diese Manie war in Paris nur allzu verbreitet.

Die Traurigkeit der Saint-Yves trug mehr noch als der Arzt dazu bei, die Krankheit gefährlich zu machen. Die Seele brachte den Körper um. Die vielen Gedanken, die sie erregten, trugen ein schlimmeres Gift in ihre Adern als das heftigste Fieber.

Zwanzigstes Kapitel

Die schöne Saint-Yves stirbt, und was darauf folgt

Man rief einen anderen Arzt: der nun, anstatt der Natur zu helfen und sie wirken zu lassen in einem jungen Mädchen, in dem alle Organe das Leben zurückriefen, war nur darauf aus, das Gegenteil von dem zu tun, was sein Kollege getan hatte. Binnen zwei Tagen wurde die Krankheit tödlich. Das Gehirn, welches man für den Sitz des Verstandes hält, wurde ebenso heftig in Mitleidenschaft gezogen wie das Herz, das, wie es heißt, der Sitz der Leidenschaften ist.

„Welcher unbegreifliche Mechanismus hat die Organe dem Gefühl und den Gedanken unterworfen? Wie kann eine einzige schmerzliche Vorstellung den Lauf des Blutes durcheinanderbringen, wie trägt wiederum das Blut seine Unordnung in den menschlichen Verstand? Welches ist jenes unbekannte und doch mit Bestimmtheit existierende Fluidum, das, schneller und wirksamer als das Licht, in weniger als einem Augenblick durch alle Kanäle des Lebens dahinfliegt, Empfindungen auslöst, Erinnerung, Trauer oder Freude, Vernunft oder Taumel hervorbringt, schreckensvoll an das erinnert, was man vergessen möchte, und aus einem denkenden Wesen bald einen Gegenstand der Bewunderung, bald einen Anlaß zu Mitleid und Tränen macht?"

Das sagte der gute Gordon; und eine so natürliche Überlegung, wie Menschen sie selten anstellen, schmälerte keineswegs sein Mitgefühl; denn er gehörte nicht zu jenen unglückseligen Philosophen, die sich bemühen, gefühllos zu sein. Er war vom Geschick dieses jungen Mädchens gerührt wie ein Vater, der sein geliebtes Kind langsam sterben sieht. Der Abt von Saint-Yves war verzweifelt, der Prior und seine Schwester vergossen Ströme von Tränen. Wer aber könnte den Zustand ihres Geliebten beschreiben? Keine Sprache hat Worte für solches Übermaß an Schmerz; die Sprachen sind allzu unvollkommen.

Die Tante hielt, der Ohnmacht nahe, den Kopf der Sterbenden in ihren schwachen Armen; ihr Bruder kniete am Fußende des Betts; ihr Geliebter drückte ihre Hand, die er mit Tränen netzte, und schluchzte: er nannte sie seine Wohltäterin, seine Hoffnung, sein Leben, sein halbes Ich, seine Geliebte, seine Gemahlin. Bei dem Wort „Gemahlin" seufzte sie, sah ihn unsagbar zärtlich an und stieß plötzlich einen Entsetzensschrei aus; dann, in einem jener Augenblicke, in denen die Ermattung und Erschöpfung der Sinne und aussetzender Schmerz der Seele ihre Freiheit und Kraft wiedergeben, rief sie: „Ich Ihre Gemahlin! Ach, teurer Geliebter, dieser Name, dieses Glück, dieser Lohn waren nicht mehr für mich bestimmt; ich sterbe, und ich habe es verdient. O Abgott meines Herzens! o Sie, den ich höllischen Dämonen geopfert habe, es ist geschehen, ich bin bestraft, leben Sie glücklich." Diese zärtlichen und furchtbaren Worte konnten nicht verstanden werden; aber sie trugen Schrecken und Rührung in aller Herzen; sie hatte den Mut, sich zu erklären. Jedes Wort ließ die Anwesenden vor Erstaunen, Schmerz und Mitleid erbeben. Alle waren sich einig im Abscheu gegen den Mächtigen, der ein furchtbares Unrecht nur durch ein Verbrechen behoben und die achtbarste Unschuld gezwungen hatte, dabei mitzutun.

„Wer? Sie schuldig?" sagte ihr Geliebter; „nein, Sie sind es nicht; Schuld kann es nur im Herzen geben, Ihres aber gehört der Tugend und mir."

Dieses Bekenntnis bekräftigte er mit Worten, die die schöne Saint-Yves ins Leben zurückzubringen schienen. Sie fühlte sich getröstet, und sie war erstaunt, daß sie noch geliebt wurde. Der alte Gordon hätte sie verdammt zu der Zeit, da er nur Jansenist war; aber nun, weise geworden, achtete er sie und weinte.

Inmitten so vieler Tränen und Ängste, während die Not des teuren Mädchens aller Herzen erfüllte, während alles tief betroffen war, wird die Ankunft eines Hofkuriers gemeldet. „Ein Kurier! von wem? und warum?" Er kam vom Beichtvater des Königs mit einem Brief an den Prior Vom Berge; doch nicht Pater de La Chaise hatte ihn geschrieben, sondern Bruder Vadbled, sein Kammerdiener, ein zu jener Zeit sehr bedeutender Mann, derselbe, der den Erzbischöfen die Wünsche des hochwürdigen Vaters übermittelte, der Audienzen gewährte, der Pfründen versprach, der ab und zu auch Haftbefehle ausstellen ließ. Er schrieb dem Abt Vom Berge, Hochwürden seien über die Erlebnisse seines Neffen informiert worden, bei dessen Inhaftierung habe es sich lediglich um ein Versehen gehandelt, solche kleinen Zwischenfälle kämen öfters vor, man solle weiter kein Aufhebens davon machen, und endlich schicke es sich, daß er, der Prior, ihm am folgenden Tage seinen Neffen vorstelle, und er solle auch den guten Gordon mitbringen; er, Bruder Vadbled, werde sie bei Hochwürden und bei Monsieur de Louvois einführen, welcher in seinem Vorzimmer ein Wort zu ihnen zu sagen gedenke.

Er fügte hinzu, die Geschichte des Naturkindes sowie sein Kampf gegen die Engländer seien dem König berichtet worden; der König werde gewiß geruhen, ihn beim Gang in den Spiegelsaal zu bemerken, und ihm vielleicht sogar zunicken. Der Brief endete mit der schmeichelhaften Aussicht, daß alle Damen des Hofes es sich würden angelegen sein lassen, seinen Neffen zu ihrer Morgentoilette zu bitten, daß mehrere von ihnen zu ihm sagen würden: „Guten Tag, Herr Naturmensch" und daß beim Abendessen des Königs mit Gewißheit von ihm die Rede sein werde. Der Brief war gezeichnet „Ihr geneigter Vadbled, Jesuitenbruder".

Der Prior hatte den Brief laut vorgelesen. Sein Neffe, so wütend er war, bezähmte für einen Augenblick seinen Zorn und sagte nichts zu dem Überbringer; er wandte sich vielmehr an seinen Leidensgenossen und fragte ihn, was er von diesem Stil halte. Gordon antwortete: „So also geht man mit Menschen um. Wie mit Affen! Man schlägt sie, und man läßt sie tanzen." Der Naturmensch wurde wieder ganz er selbst, wie dies bei starken Seelenregungen immer vorkommt, riß den Brief in Stücke und warf sie dem Boten ins Gesicht. „Das ist meine Antwort." Sein Onkel war entsetzt, er sah im Geiste Blitz und Donner und zwanzig Haftbefehle auf den Neffen niederfahren. Er machte sich schnell an die Abfassung eines Briefes, in dem er, so gut er konnte, entschuldigte, was er für mangelnde Selbstbeherrschung eines jungen Mannes hielt und was doch der Ausbruch einer großen Seele war.

Aber viel schmerzlicherer Kummer ergriff alle Herzen. Die schöne und glücklose Saint-Yves fühlte ihr Ende schon nahen; sie war ruhig, aber es war jene schreckliche Ruhe der erschöpften Natur, die nicht mehr die Kraft zum Widerstand hat. „O mein teurer Geliebter", sagte sie mit ersterbender Stimme, „der Tod straft mich für meine Schwachheit; aber ich sterbe mit dem Trost, Sie frei zu sehen. Ich habe Sie geliebt, als ich Sie verriet, und ich liebe Sie in diesem Augenblick des Abschieds für immer."

Sie bemühte sich nicht um eitle Gefaßtheit; sie trachtete nicht nach dem armseligen Ruhm, der ein paar Nachbarn sagen lassen würde: „Sie ist tapfer gestorben." Wer kann mit zwanzig Jahren den Liebsten, das Leben und was man die Ehre nennt verlieren, ohne im Herzen wund und traurig zu sein? Sie fühlte das Schaudervolle ihrer Lage und teilte es durch jene ersterbenden Worte und Blicke mit, die uns so mächtig anrühren. Und wie die anderen weinte sie in den Augenblicken, da zu weinen sie die Kraft hatte.

Mögen andere das glanzvolle Sterben jener zu preisen suchen, die fühllos in die Vernichtung hineingehen: so enden die Tiere. Wir sterben nur dann wie sie, wenn uns Alter oder Krankheit ihnen ähnlich gemacht, indem sie unsere Sinne abstumpften. Wer einen tiefen Verlust erleidet, empfindet tiefes Weh; es unterdrücken heißt die Eitelkeit bis in die Arme des Todes mit hinübernehmen.

Als der bittere Augenblick gekommen war, brachen alle in Klage und Tränen aus. Das Naturkind verlor das Bewußtsein. Starke Seelen haben, wenn sie zartfühlend sind, viel heftigere Empfindungen als andere. Der gute Gordon kannte ihn zu gut, als daß er nicht hätte fürchten müssen, er werde, kaum wieder zu sich gekommen, sich selber den Tod geben. Man brachte alle Waffen beiseite; der unglückliche junge Mann merkte es; ohne Tränen, ohne Seufzer, ohne alle Erregung sagte er zu seinen Verwandten und zu Gordon: „So glaubt ihr, es gibt irgend jemand auf der Welt, der das Recht und die Macht hätte, mich daran zu hindern, daß ich meinem Leben ein Ende setze?“ Gordon hütete sich weislich, ihm die langweiligen Gemeinplätze darzulegen, mit denen man zu beweisen sucht, daß es niemand gestattet sei, seine Freiheit zu nutzen, um sich auszulöschen, wenn einem furchtbar weh ist; daß man sein Haus nicht verlassen dürfe, wenn man nicht mehr darin wohnen kann; daß der Mensch auf Erden sei wie der Soldat auf seinem Posten: als ob es dem Wesen aller Wesen darauf ankäme, ob ein Gebilde aus ein paar Partikeln Materie hier oder dort ist; haltlose Gründe, die eine überlegte und entschlossene Verzweiflung verachtet und auf die Cato nur mit dem Dolchstoß antwortete.

Das finstere und furchtbare Schweigen des Naturkindes, sein düsterer Blick, sein bebender Mund, das Erzittern seines Leibes trugen in die Seele derer, die ihn so sahen, jene Mischung von Mitleid und Schrecken, die alle Kräfte der Seele fesselt und, jede wohlgesetzte Rede hindernd, sich nur in stockenden Worten äußert. Die Gastgeberin und ihre Familie waren herbeigeeilt; man sorgte sich ob seiner Verzweiflung, man ließ ihn nicht aus den Augen, man verfolgte jede seiner Bewegungen. Schon war der erkaltete Leib der schönen

Saint-Yves hinausgetragen in einen Raum zu ebener Erde, fern dem Blick ihres Geliebten, der sie noch zu suchen schien, obschon er nicht mehr imstande war, auch nur das geringste wahrzunehmen.

Inmitten dieser Szenen des Todes, während der Leichnam an der Tür aufgebahrt liegt, während zwei Priester neben einem Weihwasserkessel zerstreut Gebete aufsagen, während Vorübergehende zum Zeitvertreib ein paar Tropfen Weihwasser auf die Bahre sprengen, während andere gleichgültig vorübergehen, während die Verwandten weinen und ein Liebender nahe daran ist, sich das Leben zu nehmen, kommen Herr de Saint-Pouange und die Freundin aus Versailles an.

Seine flüchtige Begierde, nur einmal befriedigt, war zur Liebe geworden. Die Zurückweisung seiner Wohltaten hatte ihn gekränkt. Ein Pater de La Chaise hätte nie daran gedacht, in dieses Haus zu kommen; aber Saint-Pouange, der das Bild der schönen Saint-Yves täglich vor sich sah, der darauf brannte, eine Leidenschaft zu besänftigen, die durch eine einzige Erfüllung in sein Herz den Stachel des Begehrens gesenkt hatte, zögerte nicht, von sich aus eine Frau aufzusuchen, die er vielleicht nicht dreimal hätte wiedersehen wollen, wenn sie von selber gekommen wäre.

Er steigt aus seiner Karosse; das erste, was er sieht, ist eine Bahre; er wendet den Blick ab mit dem verständlichen Widerwillen eines Mannes, der nur dem Vergnügen lebt, der glaubt, man müsse ihm jeglichen Anblick ersparen, der ihn an die Betrachtung menschlichen Elends erinnern könnte. Er will die Treppe hinauf. Die Frau aus Versailles fragt aus Neugier, wen man da beerdigen wolle. Man nennt den Namen des Fräuleins von Saint-Yves. Bei diesem Namen erbleicht sie und stößt einen Schrei des Entsetzens aus; Saint-Pouange dreht sich um; Überraschung und Schmerz erfüllen seine Seele. Der gute Gordon steht da, Tränen in den Augen. Er unterbricht seine traurigen Gebete, um dem Hofmanne das furchtbare Ereignis mitzuteilen. Er spricht mit jener überlegenen Würde, die Schmerz und Tugend dem Menschen verleihen. Saint-Pouange war seinem Wesen nach keineswegs bösartig; der Wirbel der Geschäfte und der Vergnügungen hatte seine

Seele fortgerissen, die noch nicht zu sich selbst gefunden hatte. Er war noch fern vom Alter, das gewöhnlich das Herz der Staatsdiener verhärtet. So hörte er Gordon gesenkten Blickes an und vergoß darüber einige Tränen, über die er sich wunderte: er lernte die Reue kennen.

„Ich möchte unbedingt", sagte er, „den außergewöhnlichen Menschen kennenlernen, von dem Sie mir erzählt haben; er rührt mich fast ebenso wie das unschuldige Opfer, dessen Tod ich verschuldet habe." Gordon folgte ihm in das Zimmer, in dem der Prior, die Kerkabon, der Abt von Saint-Yves und einige Nachbarsleute den von neuem bewußtlosen jungen Mann ins Leben zurückzurufen suchten.

„Ich bin schuld an Ihrem Unglück", sagte der Unterminister, „ich werde mein Leben darauf verwenden, es wiedergutzumachen." Der erste Gedanke, der dem Naturkind kam, war, ihn umzubringen und sich selber danach. Nichts wäre angebrachter gewesen. Aber er war waffenlos und wurde streng überwacht. Saint-Pouange stieß sich nicht an der Ablehnung, die begleitet war von den Vorwürfen, der Verachtung und dem Abscheu, die er verdient hatte und die man ihm nicht ersparte. Die Zeit besänftigte alles. Monsieur de Louvois gelang es schließlich, aus dem Naturkind einen ausgezeichneten Offizier zu machen, der seitdem unter einem anderen Namen in Paris und in der Armee aufgetaucht ist, unter dem Beifall aller ehrbaren Leute, und der als Krieger wie als Philosoph sich gleich unerschrocken erwies.

Von seinem Erlebnis sprach er nie ohne Seufzen; und doch war es ihm ein Trost, davon zu reden. Die Erinnerung an die schöne Saint-Yves bewahrte er bis zu seinem Lebensende. Der Abt von Saint-Yves und der Prior bekamen jeder eine schöne Pfründe; der guten Kerkabon war es lieber, ihren Neffen in militärischen Ehren zu sehen denn als Subdiakon. Die fromme Freundin aus Versailles behielt die Diamantohrringe und bekam noch ein schönes Geschenk. Pater Jedemseins kriegte Schachteln voll Schokolade, Kaffee, Kandiszucker und Zitronat, dazu die „Meditationen" des hochwürdigen Paters Croiset sowie eine in Maroquinleder gebundene Sammlung von Heiligenleben. Der gute Gordon lebte bis zu seinem

Ende mit dem Naturkind in inniger Freundschaft; auch er bekam eine Pfründe und vergaß für immer die wirksame und die mitwirkende Gnade. Zu seiner Devise wählte er den Spruch: Zu irgendwas ist Unglück gut. Doch viele anständige Menschen in der Welt haben wohl eher gesagt: Unglück taugt zu nichts!

Der Vierzigtalermann

Mir hat ein alter Mann, der immer beklagt, was ist, und rühmt, was war, gesagt: „Frankreich, mein Freund, ist nicht mehr so reich wie unter Heinrich IV. Warum? Weil der Boden nicht mehr so gut bebaut wird; weil es auf dem Land an Menschen fehlt und weil, wegen der Verteuerung der Tagelöhner, viele Bauern ihre Äcker brachliegen lassen."

„Woher kommt dieser Mangel an Arbeitskräften?"

„Daher, daß jeder, der ein wenig Geschick hat, Sticker, Ziseleur, Uhrmacher, Seidenweber, Anwalt oder Theologe geworden ist. Daher, daß der Widerruf des Edikts von Nantes ein großes Loch ins Königreich gerissen hat; daß die Nonnen und Bettler sich vervielfacht haben und, endlich, daß jeder, wie er konnte, der mühseligen Landarbeit entflohen ist, für die Gott uns doch geschaffen hat und die wir zum Schimpf gemacht haben, so gescheit sind wir!

Eine weitere Ursache unserer Armut liegt in unseren neuen Bedürfnissen. Wir zahlen unsern Nachbarn vier Millionen für den einen, fünf oder sechs für den andern Artikel, um uns etwa ein stinkendes Pulver, das aus Amerika kommt, in die Nasen zu stopfen; Kaffee, Tee, Schokolade, Cochenille, Indigo, Gewürze kosten uns über sechzig Millionen im Jahr. Das alles war zur Zeit Heinrichs IV. unbekannt, ausgenommen die Gewürze, deren Verbrauch aber weit geringer war. Wir verbrennen hundertmal mehr Kerzen und beziehen über die Hälfte unseres Wachses aus dem Ausland, weil wir unsere Bienenzucht vernachlässigen. Wir sehen hundertmal mehr Diamanten in den Ohren, am Hals, an den Händen der Bürgerinnen in Paris und in den andern großen Städten, als sämtliche Damen am Hof Heinrichs IV., einschließlich der Königin, besaßen. Fast alle diese überflüssigen Dinge müssen mit flüssigem Geld bezahlt werden.

Bedenken Sie vor allem, daß wir auf das Stadthaus über fünfzehn Millionen Zinsen an Ausländer zahlen, daß aber Heinrich IV., als er bei seiner Thronbesteigung insgesamt zwei Millionen auf dieses noch nicht existente Haus vorfand, einen Teil davon weise zurückzahlte, um den Staat von dieser Last zu befreien.

Bedenken Sie weiter, daß während unserer Bürgerkriege die mexikanischen Schätze nach Frankreich flossen, weil Don Felipe el Discreto Frankreich kaufen wollte, daß aber seit jener Zeit die Kriege mit dem Ausland uns um die Hälfte unseres Geldes erleichtert haben.

Dies sind einige der Ursachen unserer Armut. Wir verbergen sie hinter gelacktem Tafelwerk und der Kunstfertigkeit der Modehändler: wir sind arm mit Geschmack. Es gibt sehr reiche Finanziers, Unternehmer, Kaufleute; auch ihre Kinder und Schwiegerkinder sind sehr reich; im allgemeinen aber ist es die Nation nicht."

Die Ausführungen des Alten, ob gut, ob schlecht, haben auf mich tiefen Eindruck gemacht: und da der Pfarrer meines Sprengels, der mir seit je freundschaftlich gesonnen ist, mich in Mathematik und Geschichte ein wenig unterrichtet hat, beginne ich nachzudenken – eine Seltenheit in meiner Provinz. Ich weiß nicht, ob der alte Mann in allem recht hat; aber da ich sehr arm bin, fällt es mir nicht schwer zu glauben, daß ich viele Gefährten habe.*

* Madame de Maintenon, die ja in jeder Hinsicht eine sehr verständige Frau war, sieht man von der Sache ab, in welcher sie ihren Beichtvater, den ränke- und prozeßsüchtigen Abbé Gobelin, konsultierte – Madame de Maintenon, sage ich, stellt in einem ihrer Briefe die Haushaltrechnung ihres Bruders und seiner Frau um 1680 auf. Das Ehepaar hatte die Miete für ein angenehmes Haus zu zahlen; es beschäftigte zehn Bediente, hatte vier Pferde, zwei Kutscher und alle Tage ein gutes Diner. Madame de Maintenon schätzt das Ganze auf neuntausend Francs pro Jahr und setzt für Spiel, Theater, Launen und Repräsentation von Monsieur und Madame dreitausend Livres an.

Heute brauchte man ungefähr vierzigtausend Livres, um in Paris ein solches Leben zu führen; zur Zeit Heinrichs IV. erforderte es sechstausend. Dieses Beispiel belegt zur Genüge, daß der alte Mann durchaus nicht faselt.

Ich freue mich sehr, der Welt bekanntzugeben, daß ich ein Stück Land mein eigen nenne, das mir bare vierzig Taler einbrächte, lägen nicht die Steuern darauf.

Jüngst erschienen gewisse Verordnungen von Hand einiger Leute, die zu ihrem Zeitvertreib den Staat aus der Kaminecke regieren. Eingangs dieser Verordnungen heißt es, die gesetzgebende und ausführende Gewalt sei auf Grund göttlichen Rechts Miteigentümerin meines Ackers, und ich schuldete ihr mindestens die Hälfte dessen, was ich verzehre. Vor diesem Riesenmagen der gesetzgebenden und ausführenden Gewalt schlug ich drei Kreuze. Was wäre, wenn dieser Gewalt, die über die Grundordnung der Gesellschaft wacht, mein Land ganz gehörte? Das zweite wäre noch göttlicher als das erste.

Der Herr Finanzminister weiß, daß ich bisher insgesamt zwölf Livres gezahlt habe; daß schon das eine sehr drückende Last für mich war und daß ich sie nicht hätte tragen können, hätte Gott mir nicht die geniale Gabe verliehen, Weidenkörbe zu flechten, vermittels derer ich mich über Wasser hielt. Wie also könnte ich dem König plötzlich zwanzig Taler zahlen?

Die neuen Minister sagen ferner in ihrer Präambel, es dürfe einzig der Grundbesitz besteuert werden, weil alles von der Erde komme, sogar der Regen, und daß mithin nur die Früchte der Erde steuerpflichtig seien.

Während des letzten Krieges kam einer ihrer Gerichtsbeamten zu mir und forderte als meinen Steueranteil drei Sester Korn und einen Sack Bohnen im Wert von zwanzig Talern, um den Krieg zu unterstützen, dessen Sinn ich nie begriffen habe, da ich immer nur gehört hatte, mein Land hätte in diesem Krieg nichts zu gewinnen, nur viel zu verlieren. Da ich nun weder Getreide noch Bohnen, noch Geld hatte, ließ mich die gesetzgebende und ausführende Gewalt ins Gefängnis werfen und führte den Krieg ohne mich, so gut es ging.

Als ich aus meinem Kerker kam und nur noch Haut und Knochen war, traf ich einen pausbäckigen, rosigen Mann in einer sechsspännigen Kutsche; er hatte sechs Lakaien und zahlte ihnen jedem das Doppelte meiner Einkünfte als Lohn.

Sein Haushofmeister, ebenso rosig wie er, hatte zweitausend Francs Gehalt und stahl ihm jährlich zwanzigtausend. Seine Mätresse kostete ihn vierzigtausend Taler im halben Jahr; ich hatte ihn zu einer Zeit gekannt, als er noch weniger hatte als ich: er gestand, um mich zu trösten, er befände sich derzeit im Genuß von vierhunderttausend Livres Zinsrente. „Also zahlen Sie dem Staat davon zweihunderttausend", sagte ich, „um den gewinnbringenden Krieg zu unterstützen, den wir führen; denn ich, der ich gerade auf hundertzwanzig Livres komme, muß die Hälfte davon abführen."

„Ich", sagte er, „ich soll den Staat unterstützen! Sie machen Witze, mein Freund; ich habe einen Onkel beerbt, der in Cadiz und Surat acht Millionen verdient hat; ich besitze keinen Zipfel Land, mein ganzes Vermögen ist in Verträgen und Aktien angelegt: ich schulde dem Staat nichts; Sie aber müssen die Hälfte Ihres Einkommens abführen, weil Sie Grundbesitzer sind. Ist Ihnen denn nicht klar, daß der Finanzminister, wenn er von mir ein paar Zuschüsse fürs Vaterland fordern wollte, ein Esel wäre, der nicht rechnen kann? Es kommt doch alles von der Erde; Geld und Papiere sind nur Tauschmittel: anstatt beim Pharao hundert Sester Getreide, hundert Rinder, tausend Hammel und zweihundert Säcke Hafer auf eine Karte zu setzen, spiele ich mit Gold, das diese häßlichen Produkte vertritt. Begreifen Sie nicht, daß es doppelte Abgabe wäre, wenn man von mir noch einmal Geld verlangte, nachdem diese Produkte bereits besteuert worden sind? Daß das zweimal das gleiche fordern hieße? Mein Onkel hat in Cadiz für zwei Millionen von eurem Weizen und für zwei Millionen Stoffe aus eurer Wolle verkauft: er hat in beiden Geschäften über hundert Prozent verdient. Selbstverständlich ist dieser Gewinn aus bereits besteuerten Landerträgen erzielt worden: was mein Onkel bei euch für zehn Sous aufgekauft hat, hat er für über fünfzig Francs in Mexiko verkauft; und abzüglich der Unkosten ist er mit acht Millionen zurückgekommen.

Sie müssen einsehen, daß es eine furchtbare Ungerechtigkeit wäre, wollte man auf die zehn Sous, die er Ihnen gezahlt hat, ein paar Heller von ihm zurückfordern. Wenn zwanzig Neffen wie ich, deren Onkel in der guten Zeit acht Millionen

Gewinn in Mexiko, Buenos Aires, Lima, Surat oder Pondychéry gemacht haben, dem Staat bei dringlichen Bedürfnissen des Vaterlandes nur jeder zweihunderttausend Francs leihen wollten, wären das vier Millionen: welch ein Graus! Nein, nein, zahlen Sie, mein Freund, der Sie in Frieden eines klaren und baren Einkommens von vierzig Talern genießen; dienen Sie redlich dem Vaterland und kommen Sie ab und zu zum Mittagessen mit meiner Dienerschaft."

Diese einleuchtenden Worte gaben mir viel zu denken, aber trösteten mich mitnichten.

Gespräch mit einem Mathematiker

Es kommt vor, daß man jemand nichts erwidern kann, obwohl man ihm nicht zustimmt. Man ist erschlagen, ohne überzeugt zu sein. Man spürt im Grund der Seele einen Zweifel, eine Abwehr, die uns zu glauben hindert, was man uns bewiesen hat. Ein Mathematiker beweist uns, daß man durch den Berührungspunkt eines Kreises und einer Tangente unendlich viele Kurven ziehen kann, nur keine Gerade: eure Augen, euer Verstand sagen euch das Gegenteil. Der Mathematiker erklärt euch allen Ernstes, das sei ein Unendliches zweiter Ordnung. Ihr schweigt und wendet euch völlig ratlos ab, ohne eine klare Vorstellung zu haben, ohne etwas zu begreifen und ohne etwas zu entgegnen.

Ihr fragt einen Mathematiker, der euch glaubwürdiger erscheint, und er lüftet euch den Schleier. „Wir nehmen etwas an", sagt er, „was es in der Natur nicht gibt, Linien, die eine Länge, aber keine Breite haben: es ist physikalisch unmöglich, daß eine wirkliche Linie eine andere durchdringt. Weder eine wirkliche Kurve noch eine wirkliche Gerade paßt zwischen zwei wirklichen Geraden, die sich berühren, hindurch: das sind nur Denkspiele, ideelle Gaukelbilder; aber die wirkliche Geometrie ist die Kunst, die wirklichen Dinge zu messen."

Ich war mit der Auskunft dieses weisen Mathematikers sehr zufrieden und fing in meinem Unglück an zu lachen, daß es selbst in der Wissenschaft, die man die „hohe“ nennt, Scharlatanerie gibt.

Mein Mathematiker war ein philosophischer Bürger, der bisweilen in meiner Kate mit mir zu plaudern geruhte. „Monsieur“, sagte ich, „sie haben versucht, die Pariser Flachköpfe über das größte Interesse des Menschen, die Dauer des menschlichen Lebens, aufzuklären. Das Ministerium hat erst durch Sie erfahren, was es den Leibrentiers, entsprechend den verschiedenen Altersstufen, zahlen muß. Sie haben vorgeschlagen, die Häuser der Stadt mit Wasser zu versorgen und uns endlich von der Schande und Albernheit zu befreien, daß man alleweil nach Wasser schreien hört und Frauen unter einem krummen Joch zwei Eimer Wasser von zusammen dreißig Pfund nach dem vierten Stock zu dem Besteller hinaufschleppen sieht. Erweisen Sie mir, wenn es beliebt, die Freundschaft, mir zu sagen, wieviel zweihändige und zweibeinige Tiere es derzeit in Frankreich gibt.“

Der Mathematiker: Es sollen rund zwanzig Millionen sein, und ich halte diese Rechnung* so lange für wahrscheinlich, bis man sie nachgeprüft hat; was sehr einfach wäre, nur bisher noch nicht geschehen ist, weil man nicht immer an alles denkt.

Der Vierzigtalermann: Wieviel Morgen Bodenfläche hat Frankreich nach Ihrer Schätzung?

Der Mathematiker: Hundertdreißig Millionen, wovon Wege, Städte, Dörfer, Ödflächen, Heide, Sümpfe, Sand, unfruchtbare Gebiete, unnütze Klöster, mehr angenehme als nützliche Lustgärten, Brachland und magerer, schlecht bebauter Boden nahezu die Hälfte einnehmen. Man könnte die Nutzfläche also auf fünfundsiebzig Millionen Morgen ansetzen; aber rechnen wir achtzig Millionen: man kann fürs Vaterland nie genug tun.

Der Vierzigtalermann: Wie hoch schätzen Sie den durchschnittlichen Jahresertrag eines Morgens an Getreide, Säme-

* Sie ist durch die Denkschriften der Oberaufseher bewiesen, die Ende des 17. Jahrhunderts angefertigt und mit der 1753 auf Befehl des Herrn Grafen von Argenson vorgenommenen Zählung nach Haushalten und insonders mit dem sehr exakten Werk von Herrn von Mezence abgestimmt wurden, das unter Aufsicht des Herrn Intendanten von La Michaudière, einem unserer aufgeklärtesten Männer, entstand.

reien, Wein; Fischen, Holz, Metall, Vieh, Früchten, Wolle, Seide, Milch, Öl, abzüglich aller Unkosten, ohne die Steuern?

Der Mathematiker: Nun, wenn jeder Morgen fünfundzwanzig Livres einbringt, ist das viel; aber rechnen wir dreißig Livres, um unsere Mitbürger nicht zu entmutigen. Es gibt Morgen, deren Erträge man auf dreihundert Livres schätzt; und es gibt welche, die drei Livres bringen. Das mittlere Proportionale zwischen drei und dreihundert ist dreißig: denn, nicht wahr, drei verhält sich zu dreißig wie dreißig zu dreihundert. Wenn es freilich viele Morgen zu dreißig Livres gäbe und sehr wenige zu dreihundert, ginge unsere Rechnung nicht auf; aber wie gesagt, seien wir nicht kleinlich.

Der Vierzigtalermann: Nun gut, und wieviel erbringen die achtzig Millionen Morgen in Geldwert?

Der Mathematiker: Die Rechnung ist leicht gemacht: das ergibt nach dem heutigen Tageskurs zwei Milliarden und vierhundert Millionen Livres im Jahr.

Der Vierzigtalermann: Ich habe gelesen, Salomon habe für sich allein fünfundzwanzig Milliarden bares Geld besessen; aber gewiß sind in Frankreich, das doch viel größer und reicher sein soll als Salomons Land, nicht zwei Milliarden vierhundert Millionen Bargeld im Umlauf.

Der Mathematiker: Das ist eben das Geheimnis: es kursieren im Königreich gegenwärtig etwa neunhundert Millionen, und dieses Geld, das von Hand zu Hand geht, reicht zur Bezahlung aller Waren und aller Arbeitsleistungen aus; derselbe Taler kann tausendmal aus der Tasche des Bauern in die des Schankwirts oder des Steuerbeamten wandern.

Der Vierzigtalermann: Ich verstehe. Aber Sie haben gesagt, wir sind zwanzig Millionen Einwohner, Männer und Frauen, Greise und Kinder: wieviel macht das für jeden?

Der Mathematiker: Hundertzwanzig Livres oder vierzig Taler.

Der Vierzigtalermann: Sie haben mein Einkommen genau erraten: ich habe vier Morgen, und errechnet man den Durchschnitt aus den Ruhe- und den Ertragsjahren, bringen sie mir hundertzwanzig Livres ein; das ist wenig.

Das heißt also, wenn jeder, wie im goldenen Zeitalter, den

gleichen Anteil hätte, kämen auf jeden nur fünf Louisdor im Jahr?

Der Mathematiker: Nicht mehr, und das nach unserer ein wenig großzügigen Rechnung. Ja, so liegen die Dinge einmal. Leben und Einkommen sind sehr begrenzt: in Paris lebt man durchschnittlich zweiundzwanzig bis dreiundzwanzig Jahre; durchschnittlich hat jeder höchstens hundertzwanzig Livres pro Jahr zu beanspruchen: das heißt, Ihre Nahrung, Kleidung, Miete und Einrichtung müssen von diesen hundertzwanzig Livres bestritten werden.

Der Vierzigtalermann: O weh! was habe ich Ihnen getan, daß Sie mir Geld und Leben so beschneiden? Ist das wahr, daß ich nur dreiundzwanzig Jahre zu leben habe, sofern ich meinen Mitmenschen nicht ein paar stehle?

Der Mathematiker: Das ist unstreitig in der schönen Stadt Paris so; aber von diesen dreiundzwanzig Jahren muß man mindestens zehn Jahre für die Kindheit abziehen: denn die Kindheit ist eine Vorstufe, ist die Vorhalle des Gebäudes, ist der Baum, der noch keine Früchte trägt, ist die Dämmerung eines Tages. Ziehen Sie von den dreizehn verbleibenden Jahren die Zeit für Schlaf und Langeweile ab, also mindestens die Hälfte: dann bleiben sechseinhalb Jahre, die Sie in Kummer, Schmerzen, einiger Freude und Hoffnung erleben.

Der Vierzigtalermann: Erbarmen! nach Ihrer Rechnung bleiben einem keine drei Jahre eines erträglichen Daseins.

Der Mathematiker: Das ist nicht meine Schuld. Die Natur kümmert sich sehr wenig um den einzelnen. Es gibt Insekten, die leben nur einen Tag, aber die Gattung stirbt nicht. Die Natur ist wie die großen Fürsten, die den Tod von vierhunderttausend Menschen für nichtig achten, vorausgesetzt, sie erreichen ihr erhabenes Ziel.

Der Vierzigtalermann: Vierzig Taler und drei Jahre zu leben! Welchen Ausweg sehen Sie gegen zwei solche Flüche?

Der Mathematiker: Was die Lebensdauer betrifft, müßte man in Paris die Luft reinigen, die Menschen müßten weniger essen, mehr Leibesübungen machen, die Mütter müßten ihre Kinder stillen, man dürfte nicht mehr so töricht sein, sich vor Impfungen zu fürchten: das alles habe ich bereits gesagt; und was das Geld anlangt, kann man nur heiraten und Jungen und Mädchen zeugen.

Der Vierzigtalermann: Wie! um besser zu leben, soll ich meine Not mit der eines andern verbinden?

Der Mathematiker: Fünf oder sechs Nöte zusammen ergeben eine ganz erträgliche Existenz. Schaffen Sie sich eine brave Frau, nur zwei Jungen und zwei Mädchen an, das macht siebenhundertzwanzig Livres für Ihren kleinen Haushalt, vorausgesetzt, daß es gerecht zugeht und jeder hundertzwanzig Livres Einkommen hat. Die Kinder, solange sie klein sind, kosten Sie fast nichts; und werden sie groß, sind sie Ihnen eine Stütze; ihre gegenseitige Hilfe schützt Sie vor fast allen Ausgaben, und Sie leben sehr glücklich als Philosoph, vorausgesetzt, daß jene Herren, die den Staat regieren, nicht so grausam sind, jedem von Ihnen zwanzig Taler im Jahr abzupressen; aber das Unglück ist, daß wir ja nicht mehr im goldenen Zeitalter leben, wo die Menschen, die von Geburt alle gleich sind, alle den gleichen Anteil an den nahrhaften Früchten der noch nicht bebauten Erde hatten. Heute fehlt viel, daß auf jedes Geschöpf mit zwei Händen und zwei Füßen hundertzwanzig Livres zum Leben kommen.

Der Vierzigtalermann: Ach, Sie richten uns zugrunde. Sie sagten doch eben, in einem Land mit achtzig Millionen Morgen ziemlich guten Bodens und zwanzig Millionen Einwohnern kämen auf jeden hundertzwanzig Livres, und jetzt nehmen Sie sie uns wieder weg!

Der Mathematiker: Ich ging von den Bedingungen des goldenen Zeitalters aus, aber man muß nach dem eisernen Zeitalter rechnen. Viele Einwohner haben nur zehn Taler Einkommen, andere nur vier oder fünf, und es gibt über sechs Millionen Menschen, die gar nichts besitzen.

Der Vierzigtalermann: Aber die sind doch in drei Tagen verhungert!

Der Mathematiker: Keineswegs: die andern, die ihren Anteil mit besitzen, lassen sie für sich arbeiten und teilen mit ihnen; so wird der Theologe, der Zuckerbäcker, der Apotheker, der Prediger, der Schauspieler, der Anwalt, der Kutscher bezahlt. Sie haben gemeint, Sie seien zu beklagen, weil

Sie nur hundertzwanzig Livres im Jahr ausgeben können, vielmehr nur hundertacht wegen Ihrer zwölf Francs Steuern; aber denken Sie an die Soldaten, die ihr Blut fürs Vaterland hingeben: sie verfügen bei vier Sous am Tag über nur dreiundsiebzig Livres und leben ganz lustig in Kasernenstuben zusammen.

Der Vierzigtalermann: Also hat ein Ex-Jesuit mehr als das fünffache Einkommen eines Soldaten. Dabei haben die Soldaten dem Staat unter den Augen des Königs bei Fontenoy, Lawfeldt und während der Belagerung von Freiburg mehr Dienste geleistet, als Seine Hochwürden Pater La Valette ihm je erwiesen hat.

Der Mathematiker: Unstreitig; auch hat jeder frei gewordene Jesuit mehr auszugeben, als er im Kloster gekostet hat: einige haben sogar viel Geld damit verdient, daß sie Broschüren gegen das Parlament geschrieben haben wie die hochwürdigen Patres Patouillet und Nonotte. Es schlägt sich in dieser Welt jeder durch, wie er kann: der eine als Leiter einer Stoff- oder Porzellanmanufaktur; der andere leitet die Oper; dieser schreibt die Kirchenzeitung, jener ein bürgerliches Trauerspiel oder einen Roman im englischen Geschmack; damit unterhält er den Papierhersteller, den Tintenhändler, den Buchhändler, den Bücherausträger, die ohne ihn betteln gehen müßten. Es ist also letztlich nur die Rückzahlung der hundertzwanzig Livres an die, die nichts haben, wodurch der Staat gedeiht.

Der Vierzigtalermann: Ein herrliches Gedeihen!

Der Mathematiker: Anders geht es nicht: in allen Ländern lebt der Arme vom Reichen. Das ist der einzige Antrieb für Gewerbe und Handel. Je regsamer eine Nation, desto mehr verdient sie am Ausland. Könnten wir vom Ausland jährlich zehn Millionen Handelsbilanz einheimsen, ergäbe das in zwanzig Jahren zweihundert Millionen mehr im Staat: das wären zehn Francs mehr pro Kopf, das heißt, die Händler würden jeden Armen zehn Francs mehr verdienen lassen, in der Hoffnung, noch höhere Gewinne zu erzielen; aber der Handel hat seine Grenzen wie die Fruchtbarkeit der Erde: sonst ginge der Aufstieg ins Unendliche; außerdem ist nicht gewährleistet, daß unsere Handelsbilanz immer günstig ist: es gibt Zeiten, wo wir zusetzen.

Der Vierzigtalermann: Ich habe viel von Bevölkerungspolitik reden hören. Wenn wir uns nun entschlössen, doppelt soviel Kinder zu zeugen als bisher, wenn unser Vaterland doppelt so stark bevölkert wäre, wenn wir vierzig Millionen Einwohner statt zwanzig hätten, was wäre dann?

Der Mathematiker: Dann könnte jeder durchschnittlich nur zwanzig Taler ausgeben, oder der Boden müßte doppelt soviel Ertrag bringen als bisher, oder es gäbe doppelt soviel Arme, oder man müßte das Doppelte produzieren und vom Ausland das Doppelte einnehmen, oder man müßte die halbe Nation nach Amerika schicken, oder eine Hälfte der Nation müßte die andre fressen.

Der Vierzigtalermann: Begnügen wir uns also mit unsern zwanzig Millionen Menschen und unsern hundertzwanzig Livres pro Kopf, verteilt, wie es Gott gefällt; aber das ist eine traurige Situation, und Ihr eisernes Zeitalter ist reichlich hart.

Der Mathematiker: Keine Nation ist besser daran, viele schlechter. Glauben Sie, der Norden wäre reich genug, um jedem Einwohner hundertzwanzig Livres zuzuteilen? Wenn die Hunnen, Goten, Vandalen und Franken so viel gehabt hätten, wären sie nicht aus ihrer Heimat ausgewandert und mit Feuer und Schwert in andre Länder eingedrungen.

Der Vierzigtalermann: Wenn man Sie so reden hört, ist man fast überzeugt, daß man mit seinen hundertzwanzig Francs noch glücklich sein kann.

Der Mathematiker: Wenn Sie glauben würden, Sie seien glücklich, wären Sie es.

Der Vierzigtalermann: Man kann sich nicht einbilden zu sein, was man nicht ist, sofern man nicht verrückt ist.

Der Mathematiker: Ich sagte Ihnen doch, um es besser zu haben und um glücklicher zu sein, sollten Sie sich eine Frau nehmen; allerdings will ich gleich hinzusetzen, daß sie auch hundertzwanzig Francs Grundeinkommen haben müßte wie Sie, das heißt vier Morgen, den Morgen zu zehn Talern. Die alten Römer hatten nur jeder drei. Wenn Ihre Kinder fleißig sind, können sie durch Arbeit für andre jedes ebensoviel verdienen.

Der Vierzigtalermann: Also können sie nur dadurch zu Geld kommen, daß andere es loswerden.

Der Mathematiker: Das ist ein Gesetz, das für alle Nationen gilt; man atmet sogar nur um den Preis.

Der Vierzigtalermann: Und dann müßten meine Frau und ich jeder unsere halbe Ernte der gesetzgebenden und ausführenden Gewalt ausliefern, und die neuen Staatsminister würden uns den halben Lohn für unsern Schweiß und den halben Lebensunterhalt unserer armen Kinder wegholen, ehe sie ihr Brot selbst verdienen können! Nun sagen Sie mir doch, wieviel Geld schaffen unsere neuen Minister nach göttlichem Recht in des Königs Kassen.

Der Mathematiker: Sie zahlen zwanzig Taler auf vier Morgen, die Ihnen vierzig einbringen. Der reiche Mann, der vierhundert Morgen hat, zahlt nach dem neuen Tarif zweitausend Taler, und die achtzig Millionen Morgen bringen dem König zwölfhundert Millionen Francs oder vierhundert Millionen Taler im Jahr.

Der Vierzigtalermann: Das erscheint mir undurchführbar und unmöglich.

Der Mathematiker: Sie haben vollkommen recht, und diese Unmöglichkeit ist eine mathematische Demonstration des fundamentalen Mangels an Überlegung bei unsern neuen Ministern.

Der Vierzigtalermann: Ist es denn nicht auch eine ungeheure Ungerechtigkeit, mir die Hälfte meines Getreides, meines Hanfs, meiner Schafwolle usw. wegzunehmen und überhaupt keinen Beitrag von denen zu verlangen, die zehn-, zwanzig- oder dreißigtausend Livres Zinsen schlagen aus meinem Hanf, den sie zu Leinwand verarbeiten lassen; aus meiner Wolle, aus der sie Tuch herstellen; aus meinem Getreide, das sie weit teurer verkaufen, als sie es mir bezahlt haben?

Der Mathematiker: Die Ungerechtigkeit dieser Regelung ist ebenso offenkundig, wie ihre Rechnung irrig ist. Die Industrie muß begünstigt werden; aber die blühende Industrie müßte Abgaben an den Staat entrichten. Diese Industrie hat

Ihnen sicher auch einen Teil von Ihren hundertzwanzig Livres weggenommen und sich angeeignet, indem sie Ihnen Ihre Hemden und Ihren Anzug zwanzigmal teurer verkauft, als die Sachen Sie gekostet hätten, hätten Sie sie selbst hergestellt. Der Manufakturbesitzer, der sich auf Ihre Kosten bereichert hat, mußte freilich seinen Arbeitern, die ja von sich aus nichts besitzen, einen Lohn zahlen; aber er hat jedes Jahr eine Summe für sich zurückbehalten, die ihm schließlich dreißigtausend Livres Zinsen eingebracht hat: er hat dieses Vermögen also auf Ihre Kosten erworben; Sie können ihm Ihre Produkte aber niemals so teuer verkaufen, um sich für das, was er an Ihnen verdient hat, zu entschädigen: denn sobald Sie Ihre Produkte zu verteuern versuchten, ließe er sie zu günstigerem Preis aus dem Ausland kommen. Ein Beweis dieser Tatsache ist, daß er immer Besitzer seiner dreißigtausend Livres Zinsen bleibt, während Sie bei Ihren hundertzwanzig Livres bleiben – oft nicht einmal soviel – und nie höher kommen können.

Es wäre also nur recht und billig, wenn das sehr einträgliche Gewerbe mehr zahlen müßte als der kleine Landmann. Genauso ist es mit den Einnehmern der öffentlichen Steuern. Zwölf Francs betrug Ihre Steuer, bevor unsere großen Minister Ihnen zwanzig Taler aufbürdeten. Von diesen zwölf Francs behielt der Steuereinnehmer zehn Sous für sich. Wenn Ihre Provinz fünfhunderttausend Seelen hat, hat der Mann zweihundertfünfzigtausend Francs im Jahr verdient. Mag er fünfzig davon ausgegeben haben, so hat er in zehn Jahren immerhin zwei Millionen gutgemacht. Es wäre nur gerecht, wenn er entsprechend besteuert würde, sonst ist alles verdreht und auf den Kopf gestellt.

Der Vierzigtalermann: Ich danke Ihnen, daß Sie diesen Finanzier besteuert haben, das tut meiner Einbildung wohl; aber da er seinen Wohlstand so wacker vermehrt hat – was kann ich tun, um mein kleines Vermögen auch ein wenig zu erweitern?

Der Mathematiker: Ich habe Ihnen doch gesagt, indem Sie heiraten, arbeiten und versuchen, aus Ihrem Boden ein paar Garben mehr zu holen als bisher.

Der Vierzigtalermann: Nun, nehmen wir an, ich hätte gut

gearbeitet; die ganze Nation hätte dasselbe getan; die gesetzgebende und ausführende Gewalt hätte einen höheren Tribut eingestrichen: wieviel hätte die Nation am Jahresende gewonnen?

Der Mathematiker: Gar nichts; falls sie nicht günstige Auslandsgeschäfte machen konnte; aber die Menschen hätten besser gelebt. Jeder hätte verhältnismäßig mehr Kleider, Hemden, Möbel als vorher. Der Geldumlauf im Staat wäre reichlicher; die Löhne wären mit der Zeit gestiegen im Verhältnis etwa zur Masse der Getreidegarben, der Schafwolle, der Rinds-, Wild- und Ziegenhäute, die man verarbeitet hätte, der Weintrauben, die in die Pressen gewandert wären. Man hätte dem König mehr Produktenwerte in Geld gezahlt, und der König wieder hätte allen, die er beschäftigt, mehr bezahlen können; aber es gäbe keinen Taler mehr im Königreich.

Der Vierzigtalermann: Und was bliebe dem Machtapparat am Jahresende übrig?

Der Mathematiker: Nichts, wie gesagt; das geht jedem Machtapparat so: er häuft keine Schätze an; er wird ernährt, gekleidet, logiert, möbliert, so wie jeder einzelne je nach seinem Stand; denn wenn er sie hortet, entreißt er dem Geldumlauf eben das, was er anhäuft; er hat so viele unglücklich gemacht, wievielmal vierzig Taler er in seine Truhen gesteckt hat.

Der Vierzigtalermann: Dann wäre der große Heinrich IV. also ein Schuft, ein Dieb, ein Räuber gewesen: denn man hat mir erzählt, daß er in der Bastille über fünfzig Millionen nach unserer heutigen Währung aufgehäuft hatte?

Der Mathematiker: Er war ein ebenso guter, ebenso kluger wie tapferer Mann. Er stand im Begriff, einen gerechten Krieg zu führen, und indem er zweiundzwanzig Millionen nach seiner Währung in seinem Tresor speicherte und weitere zwanzig ausstehen hatte, die er zirkulieren ließ, ersparte er seinem Volk über hundert Millionen, die es gekostet hätte, hätte er diese weise Vorsorge nicht getroffen. Er hat sich auf diese Art moralisch des Erfolgs gegen einen Feind versichert, der nicht die gleichen Maßregeln getroffen hatte. Die Wahrscheinlichkeitsrechnung stand wunderbar zu seinen Gunsten.

Diese gespeicherten zweiundzwanzig Millionen beweisen, daß es im Königreich einen Überschuß an Bodenerträgnissen im Wert von zweiundzwanzig Millionen gab: also litt niemand Not.

Der Vierzigtalermann: Mein alter Mann hat mir also richtig gesagt, daß man unter der Verwaltung des Herzogs von Sully verhältnismäßig reicher war als unter den neuen Ministern, die die Einheitssteuer eingeführt und mir zwanzig von vierzig Talern weggenommen haben. Nun sagen Sie mir doch, gibt es auf der Welt noch ein anderes Land, das dieser schönen Wohltat der Einheitssteuer genießt?

Der Mathematiker: Unter den reichen nicht. Die Engländer, die ja kaum je lachen, haben lauthals gelacht, als sie hörten, daß schlaue Leute diese Maßnahme bei uns vorgeschlagen haben. Die Chinesen fordern eine Abgabe von allen Handelsschiffen, die Kanton anlaufen; die Holländer müssen in Nagasaki zahlen, wenn sie in Japan unter der Vortäuschung, keine Christen zu sein, empfangen werden wollen; bei den Lappen und Samojeden gibt es tatsächlich eine Einheitssteuer in Form von Marderfellen; die Republik San Marino zahlt den Zehnten nur, um den Staat in seinem Glanz zu erhalten.

Es gibt in unserm Europa eine für ihre Rechtlichkeit und Tapferkeit berühmte Nation, die keine Steuer zahlt: das sind die Schweizer. Aber wie geht das zu: dieses Volk hat sich selbst an die Stelle der Herzöge von Österreich und Zähringen gesetzt; die kleinen Kantone sind demokratisch, aber sehr arm; jeder Einwohner zahlt eine bescheidene Summe für die Bedürfnisse der kleinen Republik. In den reichen Kantonen hat man dem Staat den Zins zu entrichten, den früher die Erzherzöge von Österreich und die Großgrundbesitzer forderten: die protestantischen Kantone sind im Verhältnis doppelt so reich wie die katholischen, weil dort der Staat die Besitztümer der Mönche innehat. Die einstigen Untertanen der österreichischen Erzherzöge, der Herzöge von Zähringen und der Mönche sind heute dem Vaterland verpflichtet; sie zahlen diesem Vaterland die gleichen Zehnten, die gleichen Rechts- und Belehnungsgebühren, die sie ihren ehemaligen Herren zahlten; und da die Schweizer gemeinhin sehr wenig Handel treiben, wird der Handel keiner Belastung unterworfen, sieht man von kleinen Zollrechten ab: die Männer verhandeln ihre Tapferkeit an ausländische Mächte und verkaufen sich für einige Jahre, was auf unsere Kosten einiges Geld in ihr Land bringt; und das ist ein ebenso einmaliges Beispiel in der zivilisierten Welt wie die von unsern neuen Gesetzgebern geplante Steuer.

DER VIERZIGTALERMANN: Also werden die Schweizer nicht nach göttlichem Recht um die Hälfte ihres Einkommens geplündert; und wer vier Kühe hat, muß nicht zwei dem Staat geben?

DER MATHEMATIKER: Nein, ganz gewiß nicht. In dem einen Kanton gibt man von dreizehn Tonnen Wein eine ab und trinkt zwölf selber. In dem andern Kanton gibt man den zwölften Teil her und trinkt elf.

DER VIERZIGTALERMANN: Ach, daß ich Schweizer wäre! Verflucht sei diese widerrechtliche Einheitssteuer, die mich an den Bettelstab bringt! Aber sind drei- oder vierhundert Steuern, deren Namen ich nicht einmal behalten und aussprechen kann, gerechter und ehrenhafter? Hat es je einen Gesetzgeber gegeben, der bei der Gründung eines Staates auf den Einfall kam, königliche Räte einzusetzen, die Kohlen nachwiegen, Weinfässer eichen, Holz nachmessen, Schweine beschauen, gesalzene Butter kontrollieren? eine Armee von Spitzbuben zu unterhalten, zweimal so groß wie die Alexanders, die unter dem Befehl von sechzig Generälen das Land zu Kontribution zwingen, alle Tage deutlich bekundete Siege davontragen, Gefangene machen und sie manchmal sogar in luftiger Höhe oder auf einem kleinen Brettergerüst opfern wie die alten Skythen, wie mein Pastor mir erzählt hat?

War eine solche Steuergesetzgebung, gegen die so viele Klagen sich erhoben und die so viele Tränen forderte, etwa besser als die neue, die mit einem Schlag frank und frei die Hälfte meines Lebensunterhalts einstreicht? Ich fürchte, unter den alten Finanzgesetzen hat man mir alles in allem gar drei Viertel weggenommen.

DER MATHEMATIKER: Iliacos intra muros peccatur et extra. Est modus in rebus. Caveas ne quid nimis.

DER VIERZIGTALERMANN: Ich habe ja ein wenig Geschichte und Mathematik gelernt, aber Latein kann ich nicht.

DER MATHEMATIKER: Das bedeutet ungefähr: „Das Unrecht liegt in den Extremen. Man halte in allem die Mitte. Niemals zuviel."

DER VIERZIGTALERMANN: Ja, niemals zuviel, das trifft meine Situation; aber ich habe nicht genug.

DER MATHEMATIKER: Ja, Sie werden vor Hunger zugrunde gehen, ich auch und der Staat auch, wenn die neue Steuerverwaltung auch nur zwei Jahre währt; aber man muß hoffen, daß Gott mit uns Erbarmen hat.

DER VIERZIGTALERMANN: Man hofft sein ganzes Leben lang und stirbt in Hoffnung. Leben Sie wohl, Herr Mathematiker; Sie haben mich aufgeklärt, aber mein Herz blutet.

DER MATHEMATIKER: Die Frucht trägt Wissen oft.

Abenteuer mit einem Karmeliter

Als ich dem Akademiker von der Akademie der Wissenschaften für die Aufklärung gedankt hatte, ging ich davon wie benommen, pries die Vorsehung, aber knurrte zwischen den Zähnen die traurigen Worte: „Nur zwanzig Taler zum Leben und nur zweiundzwanzig Jahre zu leben!" Ach, wäre unser Leben noch kürzer, da es so unglücklich ist!

Bald stand ich vor einem prächtigen Gebäude. Ich verspürte Hunger; ich besaß nicht einmal den hundertzwanzigsten Teil der Summe, die einem jeden rechtens zusteht; aber als ich hörte, daß dieser Palast das Kloster der unbeschuhten Karmeliter sei, faßte ich große Hoffnung und sagte mir: „Da diese Heiligen so demütig sind, barfuß zu gehen, werden sie auch barmherzig sein und mir zu essen geben."

Ich läutete; ein Karmeliter erschien: „Was willst du, mein Sohn?" – „Brot, ehrwürdiger Vater; die neuen Verordnungen haben mir alles genommen." – „Mein Sohn, wir betteln selbst; wir haben nichts zu geben." – „Wie! Euer heiliger Orden gebietet euch, unbeschuht zu gehen, aber Ihr habt ein fürstliches Haus und verweigert mir ein Essen!" – „Freilich, mein Sohn, gehen wir ohne Schuhe und Strümpfe: das spart ungemein; aber wir frieren an den Füßen nicht mehr als an den Händen; und wenn unser heiliger Orden uns geboten hätte, mit nacktem Hintern zu gehen, frören wir auch am Hintern nicht. Und was unser schönes Haus betrifft – es hat uns nicht viel gekostet, weil etliche Häuser in derselben Straße uns hunderttausend Livres einbringen." – „Ah, sieh an! Ihr laßt mich verhungern und habt hunderttausend Livres Einnahmen! Also gebt ihr der neuen Regierung fünfzigtausend davon ab?" – „Gott bewahre uns, auch nur einen Heller zu bezahlen! Einzig das Produkt der Erde, die mit arbeitsamen, schwieligen Händen bebaut und mit Tränen gewässert worden ist, schuldet der gesetzgebenden und ausführenden Gewalt Tribut. Die Almosen, die wir zusammengebettelt haben, haben uns in den Stand gesetzt, diese Häuser zu erbauen, die uns hunderttausend Livres im Jahr einbringen; aber da diese Almosen von den Früchten der Erde kommen, die ja schon besteuert worden sind, dürfen sie doch nicht ein zweites Mal besteuert werden: durch sie sind die Getreuen geheiligt, die sich arm und uns reich gemacht haben, und wir lassen nicht nach, um Almosen zu bitten und den Faubourg Saint-Germain zu Abgaben zu nötigen, um neuerdings Getreue zu heiligen." Hiermit schloß der Karmeliter mir die Tür vor der Nase.

Ich ging zur Kaserne der grauen Musketiere; ich erzählte einem der Herren die Geschichte: sie setzten mir ein gutes Essen vor und schenkten mir einen Taler. Einer schlug vor, gleich hinzugehen und das Kloster in Brand zu stecken; aber ein klügerer Musketier machte ihm klar, daß die Zeit noch nicht reif ist, und hieß ihn noch zwei, drei Jahre warten.

Audienz beim Finanzminister

Ich ging samt meinem Taler und einer Bittschrift zum Herrn Finanzminister, der diesen Tag Audienz gab.

Das Vorzimmer war voll von Leuten aller Art. Da gab es vor allem noch feistere Gesichter, noch dickere Bäuche, noch stolzere Mienen, als mein Mann mit den acht Millionen hatte.

Ich wagte nicht, ihnen näher zu treten; ich sah sie, aber sie sahen mich nicht.

Ein Mönch, ein dicker Zehntherr, hatte einen Prozeß gegen Bürger angestrengt, die er *seine Bauern* nannte. Er hatte schon mehr Einkommen als die Hälfte seiner Pfarrkinder zusammen, und überdies war er der Lehnsherr. Er behauptete, seine Vasallen, die unter unsäglicher Mühsal ihr Heideland in Weinberge verwandelt hatten, schuldeten ihm den zehnten Teil ihres Weins, was eingerechnet der Arbeitslöhne, der Rebenpfähle, der Fässer und der Keller über ein Viertel ihrer Ernte ausmachte. „Aber da der Zehnte", sagte er, „göttliches Recht ist, fordere ich auch das Viertel der Erträge meiner Bauern im Namen Gottes." Der Minister sagte: „Ich sehe, wie barmherzig Ihr seid!"

Da entgegnete ein Generalsteuerpächter, ein äußerst hilfsbereiter Mann: „Exzellenz, das Dorf kann diesem Mönch nichts geben: denn, da ich seinen Pfarrkindern im letzten Jahr zweiunddreißig Steuern auf ihren Wein abgezwackt und sie dann noch verdammt habe, das zuviel Getrunkene zu bezahlen, sind sie vollständig ruiniert. Ich habe ihr Vieh und ihre Möbel verkaufen lassen, und sie stehen immer noch in meiner Schuld. Ich widersetze mich den Ansprüchen des ehrwürdigen Paters."

„Sie sind zu Recht sein Rivale", erwiderte der Minister; „ihr liebt euren Nächsten gleichermaßen und erbaut mich alle beide."

Ein Dritter, auch Mönch und Grundherr, dessen Bauern dem Recht der toten Hand unterlagen, erwartete einen Urteilsspruch, der ihm den Besitz eines Pariser Müßiggängers übereignen sollte, der aus Unachtsamkeit ein Jahr und einen Tag in einem Haus gewohnt hatte, das dieser Dienstbarkeit unterworfen ist und im Bereich des Priesters liegt; nach Jahresablauf war der Mann dort gestorben. Der Mönch forderte das gesamte Hab und Gut des Parisers, und das nach göttlichem Recht.

Der Minister fand das Herz dieses Priesters nicht minder gerecht und liebreich als das der beiden andern.

Ein Vierter, ein Domäneninspektor, legte eine schöne

Denkschrift vor, worin er sich gegen den Anwurf verwahrte, zwanzig Familien zu Bettlern gemacht zu haben. Sie hatten ihre Onkel oder Tanten oder Brüder oder Vettern beerbt; die Erbrechte waren zu bezahlen. Der Domänenherr bewies ihnen großherzig, daß sie ihre Erbschaft nicht hoch genug eingeschätzt hätten, daß sie viel reicher waren, als sie glaubten, und nachdem er sie folglich zur Zahlung des Dreifachen verurteilt, sie durch die hohen Kosten ruiniert und die Familienväter ins Gefängnis gebracht hatte, kaufte er ihre besten Besitzungen, ohne einen Pfennig dafür zu bezahlen.

Der Finanzminister sagte (in ein wenig bitterem Ton, zugegeben): „Euge! Inspektor bone et fidelis; quia supra pauca fuisti fidelis, Generalsteuerpächter te constituam."* Zu dem Oberaufseher der Gesuche, der neben ihm stand, sagte er indes leise: „Wir müssen diesen heiligen und weltlichen Blutsaugern wohl endlich den Kropf leeren: es ist höchste Zeit, das Volk vor ihnen zu retten, denn ohne unsere Sorge und Gerechtigkeit kann es bald nur noch im Jenseits leben."**

Männer von höchster Genialität unterbreiteten ihm Projekte. Der eine schlug vor, den Witz zu besteuern. „Da wird jedermann schleunigst zahlen", sagte er, „weil keiner für einen Esel gelten will." Der Minister sagte: „Ich befreie Sie schon jetzt von der Steuer."

Ein anderer riet, die Einheitssteuer auf Lieder und Lachen auszudehnen, da die Nation die lustigste der Welt sei und sich mit einem Lied über alles hinwegtröste; aber der Minister wandte ein, daß man seit einiger Zeit kaum mehr lustige Lieder singe, und er befürchtete, um der Steuer zu entgehen, könnten die Leute gar zu ernst werden.

Kam ein weiser, wackerer Bürgersmann und wollte darlegen, wie der König dreimal soviel bekäme, wenn er das Volk dreimal sowenig zahlen ließe. Der Minister empfahl ihm, rechnen zu lernen.

* Ich ließ mir diese Worte von einem Vierzigtalergelehrten übersetzen: sie haben mich erfreut.

** Der nahezu gleiche Fall hat sich in der Provinz zugetragen, wo ich lebe; der Domäneninspektor wurde zur Rückerstattung gezwungen, aber nicht bestraft.

Ein fünfter wollte dem König *aus reiner Freundschaft* beweisen, daß er zwar nur fünfundsiebzig Millionen einnehmen könne, ihm davon aber zweihundertfünfundzwanzig leihen wolle. „Sie werden mir das Vergnügen machen", sagte der Minister, „wenn wir die Staatsschulden bezahlt haben."

Endlich kam ein Gehilfe des neuen Steuergesetzgebers, der die gesetzgebende Gewalt auf Grund göttlichen Rechts zur Miteigentümerin all unseres Bodens macht und damit dem König zwölfhundert Millionen Einnahmen sichert. Ich erkannte in ihm den Mann, der mich ins Gefängnis gebracht hatte, weil ich meine zwanzig Taler nicht bezahlen konnte. Ich fiel dem Herrn Finanzminister zu Füßen und bat ihn um Gerechtigkeit; er brach in lautes Gelächter aus und sagte, man habe mir einen bösen Streich gespielt. Er befahl den Witzbolden, mir hundert Taler Entschädigung zu zahlen, und befreite mich für den Rest meines Lebens von der Bürgersteuer. Da sagte ich: „Gott segne Sie, Exzellenz!"

Brief an den Vierzigtalermann

Obschon ich dreimal so wohlhabend bin als Sie, das heißt dreihundertsechzig Livres oder Francs Einkommen habe, schreibe ich Ihnen von gleich zu gleich, ohne den Dünkel großen Vermögens auszuspielen.

Ich habe die Geschichte Ihres Unglücks und der Gerechtigkeit des Herrn Finanzministers gegen Sie gelesen; ich beglückwünsche Sie dazu; aber leider las ich eben „Der Bürger als Finanzmann", wiewohl der Titel mir Abscheu einflößte und vielen Leuten widersprüchlich erscheint. Dieser Landsmann nimmt Ihnen zwanzig Francs von Ihren Erträgen und mir sechzig: er gesteht jedem Einwohner des Landes nur hundert Francs zu; aber zum Ausgleich bläht ein anderer nicht minder berühmter Mann unser Einkommen zu hundertfünfzig Francs auf; wie ich sehe, hat Ihr Mathematiker das richtige Mittel gewählt. Er gehört nicht zu jenen wunderbaren Herren, die Paris durch einen Federzug mit einer Million Einwohnern bevölkern und Euch fünfzehnhundert Millionen klingende Münze im Königreich umlaufen lassen, nach alledem, was wir in unsern letzten Kriegen verloren haben.

Da Sie ein begieriger Leser sind, werde ich Ihnen den „Bürger als Finanzmann" leihen; aber glauben Sie ihm nicht in allem: da zitiert der Verfasser das Testament des großen Ministers Colbert und weiß nicht, daß es das alberne Machwerk eines gewissen Gatien de Courtilz ist; er zitiert den „Zehnten" von Marschall Vauban und weiß nicht, daß er von einem gewissen Boisguilbert ist; er zitiert das Testament des Kardinals Richelieu und weiß nicht, daß es von einem Abbé Bourzeis ist. Er beruft sich auf einen Satz, den angeblich der Kardinal geschrieben hätte, nämlich, daß man dem Soldaten höheren Sold zahlt, wenn das Fleisch teurer wird. Dabei ist das Fleisch unter seinem Ministerium sehr viel teurer geworden, aber der Sold der Soldaten ist durchaus nicht gestiegen: was neben hundert anderen Dingen beweist, daß dieses Buch, das bei seinem Erscheinen für untergeschoben erkannt und später erst dem Kardinal zugesprochen wurde, ebensowenig von seiner Feder stammt, als die Testamente des Kardinals Alberoni und des Marschalls von Belle-Isle deren Werke sind.

Mißtrauen Sie Ihr Leben lang allen Testamenten und Theorien: ich bin ihnen zum Opfer gefallen so wie Sie. Wenn die modernen Solone und Lykurgen sich über Sie lustig gemacht haben, so haben unsere neuen Triptolemosse meiner noch mehr gespottet, und hätte mich eine kleine Erbschaft nicht herausgerissen, wäre ich elend zugrunde gegangen.

Ich habe hundertzwanzig Morgen Ackerfläche in der schönsten Landschaft und den undankbarsten Boden. Der Morgen wirft, abzüglich aller Kosten, nur eben einen Taler ab. So wie ich in der Zeitung gelesen hatte, ein berühmter Agrikulteur habe ein neues Sägerät erfunden und seinen Boden nach Streifen bebaut, so daß er mit weniger Saat mehr erntete, lieh ich mir eilends Geld, kaufte eine solche Maschine und ackerte in Streifen; ich habe meine Mühe und mein Geld genauso vergebens aufgewandt wie der berühmte Agrikulteur, der auch nicht mehr in Streifen sät.

Mein Unglück wollte es, daß ich die „Zeitung für den

Landwirt" las, die in Paris bei Boudot erscheint. Ich stieß auf die Erfahrung eines findigen Parisers, der zum reinen Vergnügen seinen Garten fünfzehnmal pflügen ließ und, statt Tulpen zu setzen, Weizen säte; er hatte eine überreiche Ernte. Ich borgte mir noch einmal Geld. „Ich brauche nur dreißigmal zu pflügen", sagte ich mir, „dann ernte ich doppelt soviel als der würdige Pariser, der sich seine landwirtschaftlichen Grundsätze in der Oper und im Theater gebildet hat; und dann bin ich vermittels seiner Lehren und seines Beispiels reich."

Nun ist schon viermal Pflügen in meinem Land ein Unding; das strenge Klima, die plötzlichen Witterungsumschläge verwehren es; und da ich ja betrüblicherweise mit der Maschine gesät hatte wie der berühmte Agrikulteur, von dem ich sprach, hatte ich mein Gespann verkaufen müssen. Ich lasse meine hundertzwanzig Morgen also dreißigmal von sämtlichen Pflügen pflügen, die es auf vier Meilen in der Runde gibt. Dreimal Pflügen kostet je Morgen zwölf Livres, das ist der feste Preis; es sollten dreißig Gänge je Morgen sein; das Pflügen kostete mich für jeden Morgen hundertzwanzig Livres: der Arbeitslohn für meine hundertzwanzig Morgen war also vierzehntausendvierhundert Livres. Meine Ernte, die auf meinem verfluchten Boden in einem normalen Jahr auf dreihundert Sester kommt, stieg tatsächlich auf dreihundertdreißig, die, bei zwanzig Livres je Sester, mir sechstausendsechshundert Livres einbrachten: ich hatte siebentausendachthundert Livres eingebüßt; aber ich hatte das Stroh.

Ich wäre ruiniert, vernichtet gewesen, hätte nicht ein großer Arzt eine alte Tante von mir ins Jenseits befördert, da er in der Medizin so gescheit war wie ich in der Landwirtschaft.

Wer sollte glauben, daß ich abermals schwach wurde und mich von Boudots „Journal" verführen ließ? Schließlich hatte der Mann ja nicht meinen Untergang geschworen. Ich las in seinem Blatt, man brauchte nur viertausend Francs anzulegen, um viertausend Livres Zinsen auf Artischocken zu erzielen: sicher wird Boudot mir in Artischocken wiederbringen, was ich durch ihn an Getreide eingebüßt habe. Nun, meine viertausend Francs waren ausgegeben, und meine Artischokken haben die Feldratten gefressen. Ich wurde in meinem Kanton verlacht wie der Teufel von Papefiguière.

Ich schrieb Boudot einen Brief voll donnernder Vorwürfe. Statt einer Antwort machte sich der Schuft in seinem Blatt auf meine Kosten lustig. Unklugerweise bestritt er mir, daß die Karaiben rot auf die Welt kämen; ich mußte ihm eine Beglaubigung eines ehemaligen königlichen Bevollmächtigten von Guadeloupe schicken, daß die Karaiben von Gott so rot geschaffen sind wie die Neger schwarz. Aber dieser kleine Triumph änderte nichts daran, daß ich die ganze Erbschaft meiner Tante bis auf den letzten Sou los war, weil ich den neuen Systemen zu sehr vertraut hatte. Noch einmal also, lieber Herr, hüten Sie sich vor den Scharlatanen.

Neue Kümmernisse infolge neuer Systeme

(Dieses kleine Stück ist den Aufzeichnungen eines alten Einsiedlers entnommen)

Da es, wie ich sehe, gute Landsleute gibt, die sich den Spaß gemacht haben, den Staat zu regieren und sich an die Stelle des Königs zu setzen; da andere sich Triptolemos und Ceres wähnten, sei festgehalten, daß es noch kühnere gibt, die sich mir nichts, dir nichts an die Stelle Gottes gesetzt und das Universum mit ihrer Feder erschaffen haben, wie Gott es einst durch das Wort erschuf.

Einer der ersten, der sich meiner Anbetung empfahl, war ein Nachfahre des Thales, genannt Telliamed, der mich belehrte, daß Gebirge und Menschen aus den Wassern des Meeres entstanden sind. Im Anfang gab es lauter schöne Wassermenschen, die später zu Amphibien wurden. Ihr schöner Gabelschwanz verwandelte sich in Schenkel und Beine. Ich war noch ganz von Ovids „Metamorphosen" und einem andern Buch erfüllt, worin dargestellt wird, daß das Menschengeschlecht Bastard einer Affenrasse sei: da galt es mir gleich, von einem Fisch oder einem Affen abzustammen.

Mit der Zeit erfaßten mich aber Zweifel an dieser Abstammungslehre und sogar an diesem Ursprung der Gebirge. „Wie", sagte Telliamed zu mir, „Sie wissen nicht, daß die Meeresströmungen, die ständig rechts und links zehn bis zwölf Fuß hoch Sand ablagern, im Laufe unzähliger Jahrhunderte Gebirge von zwanzigtausend Fuß Höhe geschaffen haben, die nicht aus Sand sind? Verstehen Sie doch, das Meer muß einmal den ganzen Erdball bedeckt haben. Der Beweis ist, daß man auf dem Sankt Bernhard Schiffsanker gefunden hat, die dort schon mehrere Jahrhunderte lagen, bevor die Menschen Schiffe bauten. Stellen Sie sich vor, daß die Erde eine Glaskugel ist, die lange Zeit ganz von Wasser umschlossen war."

Je mehr er in mich drang, desto ungläubiger wurde ich. Da sagte er: „Ja haben Sie denn nicht die Muschelerde in der Touraine gesehen, sechsunddreißig Meilen vom Meer entfernt? Das ist eine Anhäufung von Muscheln, mit denen man die Erde düngt wie mit Mist. Nun, wenn das Meer im Lauf der Zeiten eine ganze Muschelschicht sechsunddreißig Meilen weit vom Ozean abgelagert hat, warum soll es dann auf unserer Glaskugel nicht mehrere Jahrhunderte lang dreitausend Meilen hoch gewesen sein?"

„Herr Telliamed", sagte ich, „es gibt Leute, die machen am Tag fünfzehn Meilen zu Fuß; aber sie schaffen keine fünfzig. Ich glaube nicht, daß mein Garten aus Glas ist; und was Ihre Muschelerde betrifft, so bezweifle ich noch, ob das eine Ablagerung von Meermuscheln ist. Es könnte durchaus sein, daß es nur eine Schicht kleiner Kalksteine ist, die leicht die Gestalt von Muschelfragmenten annehmen, so wie es Steine gibt, die wie Zungen aussehen und durchaus keine Zungen sind; oder wie Sterne, aber keine Sterne sind; wie eingerollte Schlangen, aber keine Schlangen sind; wie Schamteile des schönen Geschlechts, aber doch wohl keine Teile von Damen sind. Es gibt Dendriten, das heißt Steine, die wie Bäume und Häuser aussehen, ohne daß diese kleinen Steine je Häuser und Eichen gewesen wären.

Wenn das Meer so viele Muschelschichten in der Touraine abgelagert hätte, warum hätte es dann die Bretagne, die Normandie, die Picardie und viele andere Küsten ausgelassen? Ich befürchte, dieser so hochgerühmte Muschelkalk stammt ebensowenig vom Meer wie die Menschen. Und wenn das Meer das Festland sechsunddreißig Meilen weit überflutet hätte, heißt das noch lange nicht, daß es dreitausend oder nur dreihundert hoch gestanden wäre und daß alle Gebirge aus dem Wasser entstanden sind. Man kann ebensogut sagen, der Kaukasus habe das Meer wie das Meer habe den Kaukasus geschaffen."

„Aber, Herr Ungläubiger, was antworten Sie mir auf die versteinerten Austern, die man auf dem Gipfel der Alpen entdeckt hat?"

„Ich antworte Ihnen, Herr Schöpfer, daß ich auf dem Mont Cenis weder versteinerte Austern noch Schiffsanker gefunden habe. Ich antworte Ihnen, was schon anderswo gesagt worden ist, daß man Austernschalen (die leicht versteinern) in großen Entfernungen vom Meer finden kann, so wie man römische Münzen hundert Meilen von Rom entfernt ausgegraben hat; und ich will eher glauben, daß die Jakobsbrüder ein paar Schalen bei Sankt Moritz haben liegenlassen, als mir einzubilden, das Meer hätte den Sankt Bernhard erschaffen.

Muschelschalen gibt es überall; aber könnten das nicht eher Reste von Schalen- und Krustentieren unserer Seen und Flüsse als von den kleinen Meerestieren sein?"

„Herr Ungläubiger, ich werde Sie in der Welt, die ich zu schaffen gedenke, zum Gespött machen."

„Wie beliebt, Herr Schöpfer; jeder ist Herr in seiner Welt; aber Sie machen mich niemals glauben, daß die, auf der wir leben, aus Glas ist, noch daß einige Muscheln der Beweis sind, daß das Meer die Alpen und den Taurus hervorgebracht hat. Sie wissen, daß es in den amerikanischen Gebirgen keine Muscheln gibt. Offenbar haben nicht Sie jene Hemisphäre erschaffen, sondern sich mit der Erschaffung der Alten Welt begnügt: was auch genug ist."

„Aber Verehrtester, wenn man bisher keine Muscheln in Amerikas Gebirgen entdeckt hat, *wird man welche entdecken.*"

„Sieh an, so spricht ein Schöpfer, der sein Geheimnis kennt und seiner Sache sicher ist. Ich überlasse Ihnen, wenn Sie wollen, Ihren Muschelkalk, lassen Sie mir meine Berge. Im übrigen bin ich der sehr demütige und sehr gehorsame Diener Ihrer Vorsehung.“

Zu der Zeit, als ich mich bei Telliamed unterrichtete, machte ein als Mensch verkappter irischer Jesuit – übrigens ein tüchtiger Forscher mit guten Mikroskopen – Aale aus Mutterkornmehl. Darauf bezweifelte man nicht mehr, daß man aus gutem Weizenmehl Menschen machen könnte. Sogleich formte man organische Teilchen, um Menschen zusammenzusetzen. Warum nicht? Der große Mathematiker Fatio hatte in London Tote auferweckt: ebensoleicht konnte man in Paris Lebewesen aus organischen Teilchen machen; aber da Needhams neue Aale betrüblicherweise verschwunden waren, verschwanden auch die neuen Menschen und flüchteten sich zu den Monaden, die sie mitten in der durchsichtigen, kugeligen, geriffelten Materie trafen.

Nicht daß diese Schöpfer von Systemen der Naturforschung nicht große Dienste erwiesen hätten; Gott bewahre mich, ihre Arbeiten geringzuschätzen! Man hat sie mit Alchimisten verglichen, die, als sie Gold machen wollten (was man nicht machen kann), gute Heilmittel oder zumindest sehr merkwürdige Dinge entdeckten. Man kann ein selten verdienstvoller Mann sein und über die Entstehung der Tiere und den Aufbau des Erdballs sich dennoch täuschen.

Die zu Menschen gewordenen Fische und zu Bergen gewordenen Wasser hatten mir schließlich nicht so übel mitgespielt wie Herr Boudot. Ich begnügte mich friedlich damit, zu zweifeln, als ein Lappländer mich unter seine Fittiche nahm. Er war ein großer Philosoph, der den Leuten nur nie verzieh, wenn sie nicht seiner Meinung waren. Zuerst einmal sollte ich klar in die Zukunft sehen, indem ich meine Seele exaltierte. Ich machte so gründliche Anstrengungen zur Exaltation, daß ich darüber krank wurde; aber er heilte mich, indem er mich von Kopf bis Fuß mit Pechharz einrieb. Kaum war ich imstande zu laufen, schlug er mir eine Reise in südliche Gefilde vor, um Riesenköpfe zu sezieren und daran endlich die Beschaffenheit der Seele deutlich zu erkennen. Ich vertrug aber das Meer nicht; da hatte er die

Güte, mich zu Lande dorthin zu bringen. Er ließ ein tiefes Loch in den Erdball graben: das Loch führte geradewegs zu den Patagoniern. Wir gingen auf die Reise; ich brach mir zu Eingang des Loches ein Bein; man hatte große Not, mir das Bein wieder einzurichten: es bildete sich dort eine Schwiele, die mich sehr erleichtert hat.

Ich habe von alledem schon in einer meiner Streitschriften gesprochen, um die Welt, die diesen großen Dingen ja so große Aufmerksamkeit schenkt, zu unterrichten. Ich bin schon alt; manchmal wiederhole ich meine Geschichten gern, um sie desto besser den Köpfen der kleinen Jungen einzutrichtern, für die ich seit so langem arbeite.

Heirat des Vierzigtalermannes

Als der Vierzigtalermann sich viele Kenntnisse und ein kleines Vermögen erworben hatte, heiratete er ein hübsches Mädchen, das hundert Taler Rente hatte. Bald war seine Frau schwanger. Er ging zu seinem Mathematiker und fragte ihn, ob sie einen Jungen oder ein Mädchen bekämen. Der Mathematiker antwortete, Hebammen und Kammerfrauen wüßten das gemeiniglich; aber Naturforscher, die wohl eine Sonnenfinsternis vorherberechnen könnten, seien darüber nicht so aufgeklärt.

Dann wollte er wissen, ob sein Sohn oder seine Tochter schon eine Seele hätte. Der Mathematiker sagte, das sei nicht sein Fach, da möge er mit dem Theologen des Sprengels reden.

Der Vierzigtalermann, der nun ein Mann mit wenigstens zweihundert Talern war, fragte, wo sein Kind sich befände. „In einem kleinen Beutel“, sagte sein Freund, „zwischen Blase und Mastdarm.“ – „Himmlischer Vater!“ rief er, „die unsterbliche Seele meines Sohnes wäre geboren und behaust zwischen Urin und noch Schlimmerem?“ – „Ja, mein lieber Nachbar, auch die Seele eines Kardinals hat keine andere Wiege gehabt; und dabei spielt man sich groß auf und hat seinen Dünkel!“

„Ach, Herr Gelehrter, können Sie mir nicht sagen, wie die Kinder entstehen?"

„Nein, mein Freund; aber, wenn Sie wollen, sage ich Ihnen, was die Philosophen sich ausgedacht haben, das heißt, wie die Kinder nicht entstehen.

Zum ersten, der ehrwürdige Pater Sanchez in seinem hervorragenden Werk ‚De Matrimonio' ist ganz der Ansicht des Hippokrates; er glaubt, wie einen Glaubensartikel, daß die flüssigen Vehikel des Mannes und der Frau aufeinanderstürzen und sich vereinigen und daß das Kind im Moment dieser Vereinigung empfangen wird; und er ist von diesem naturwissenschaftlichen System, das zum theologischen geworden ist, so überzeugt, daß er in Kapitel XXI des zweiten Bandes prüft, utrum virgo Maria semen emiserit in copulatione cum Spirito Sancto."

„Ach, lieber Herr, ich habe Ihnen doch gesagt, ich verstehe kein Latein; erklären Sie mir das Orakel des Paters Sanchez auf französisch."

Der Mathematiker übersetzte ihm den Text, und beide schüttelten sich vor Graus.

Der Neuvermählte fand Sanchez über die Maßen albern, war indes mit Hippokrates sehr zufrieden; und er war zuversichtlich, daß sein Weib alle von diesem Arzt geforderten Bedingungen erfüllt hätte, um ein Kind zustande zu bringen.

„Leider gibt es aber viele Frauen", sagte sein Nachbar, „die keine Flüssigkeit absondern, die nur mit Widerwillen die Umarmungen ihrer Gatten ertragen und trotzdem Kinder davon bekommen. Das allein entscheidet gegen Hippokrates und Sanchez.

Überdies besteht große Wahrscheinlichkeit, daß die Natur in den gleichen Fällen immer nach den gleichen Prinzipien verfährt: es gibt viele Tiergattungen, die sich ohne Begattung fortpflanzen, wie Schuppenfische, Austern, Blattläuse. Die Naturforscher mußten also den Zeugungsmechanismus suchen, der allen Tieren gemeinsam ist. Der berühmte Harvey, der als erster den Blutkreislauf nachgewiesen hat und würdig war, das Geheimnis der Natur zu entdecken, glaubte, es bei den Hennen gefunden zu haben: sie legen Eier; er folgerte daraus, daß die Frauen auch Eier legen. Böse Zungen behaupten, daß die Bürger und sogar Hofleute ihre Frau oder Geliebte deshalb ‚mein Hühnchen' nennen, und man sagt, alle Frauen seien kokett, weil sie möchten, daß alle Hähne sie schön finden. Trotz dieser Spötteleien änderte Harvey seine Ansicht nicht, und es sprach sich in ganz Europa herum, daß wir aus einem Ei kommen."

Der Vierzigtalermann: Aber Sie haben doch gesagt, die Natur bleibe sich immer gleich, sie verfahre im gleichen Fall immer nach dem gleichen Prinzip: Frauen, Stuten, Eselinnen, Aalweibchen legen doch keine Eier; Sie spotten meiner.

Der Mathematiker: Sie legen keine Eier nach außen, aber nach innen; sie haben Eierstöcke wie die Vögel; Stuten, Aalweibchen haben auch welche. Ein Ei löst sich vom Eierstock und wird in der Gebärmutter ausgebrütet. Denken Sie an die Schuppenfische, die Frösche: sie stoßen Eier aus, die das Männchen befruchtet. Bei den Walen und anderen Meerestieren der Art schlüpfen die Jungen im Uterus aus dem Ei. Milben, Schaben, die widerlichsten Insekten entwickeln sich sichtlich aus einem Ei: alles kommt aus einem Ei; und unsere Erde ist ein großes Ei, das alle andern birgt.

Der Vierzigtalermann: Ja, wahrhaftig, dieses System hat alle Zeichen der Wahrheit; es ist einfach, es ist einheitlich, es wird den Augen an mehr als der halben Tierheit vorgeführt, es gefällt mir sehr, ich will kein anderes: die Eier meiner Frau sind mir sehr lieb und teuer.

Der Mathematiker: Dieses System ist man auf die Dauer leid geworden; man hat die Kinder auf andere Weise entstehen lassen.

Der Vierzigtalermann: Warum, dieses ist doch so natürlich?

Der Mathematiker: Weil man behauptet hat, unsere Frauen hätten keinen Eierstock, sondern nur kleine Drüsen.

Der Vierzigtalermann: Mir schwant, die Leute, die das andere System aufgebracht haben, wollten nur die Eier schlechtmachen.

Der Mathematiker: Das mag wohl sein. Zwei Holländer kamen auf den Einfall, die Samenflüssigkeit des Mannes und die mehrerer Tiere unter dem Mikroskop zu untersuchen, und sie meinten darin schon fertig gebildete Tiere wahrzunehmen, die sich mit unfaßlicher Geschwindigkeit bewegten. Sie haben sie auch im Sperma des Hahns entdeckt. Also schloß man, daß die Männchen alles machten und die Weibchen gar nichts; sie dienten nur mehr dazu, den Schatz zu tragen, den das Männchen ihnen anvertraut hat.

DER VIERZIGTALERMANN: Das ist aber seltsam. Es will mir nicht einleuchten, daß diese kleinen Tiere, die so behende in einer Flüssigkeit herumsausen, in den Eiern der Vögel dann ganz regungslos sein sollen – und genauso regungslos, sieht man von ein paar Purzelbäumen ab, all die neun Monate im Bauch der Frau; das dünkt mir nicht folgerichtig. Das ist, soweit ich es beurteilen kann, nicht der Gang der Natur. Wie sind denn, bitte schön, diese Männlein beschaffen, die so gut in der Flüssigkeit schwimmen können, von der Ihr spracht?

DER MATHEMATIKER: Wie Würmchen. Ein Arzt namens Andry insonders hat überall Würmer gesehen und wollte Harveys System unbedingt zerstören. Wäre es nicht unmöglich gewesen, hätte er den Blutkreislauf abgestritten, weil ein andrer ihn entdeckt hatte. Schließlich machten zwei Holländer und Herr Andry mittels Onanie und mikroskopischer Untersuchungen den Menschen zu einer Raupe. Zuerst sind wir ein Wurm wie sie; dann verpuppen wir uns in unserer Hülle in neun Monaten zu einer regelrechten Larve. Und wie die Raupe Schmetterling wird, werden wir Menschen: da haben Sie unsere Metamorphosen.

DER VIERZIGTALERMANN: Soso. Und ist man dabei geblieben? Oder hat es wieder eine neue Art gegeben?

DER MATHEMATIKER: Man hat sich geekelt, eine Raupe zu sein. Da hat ein ungemein spaßiger Philosoph in seiner „Physischen Venus“ auseinandergesetzt, daß die Anziehungskraft die Kinder mache. Die Sache geht so vor sich: wenn der Samen in die Gebärmutter eingedrungen ist, zieht das rechte Auge das linke Auge an, das in seiner Eigenschaft als Auge sich mit ersterem vereinigen will; aber da trifft es unterwegs auf die Nase, die es weiter zu wandern hindert und zwingt, sich links niederzulassen. Ebenso geht es mit den Armen, den

Lenden, den Beinen. Schwierig zu erklären ist nach dieser Hypothese nur die Ansiedlung der Brustdrüsen und der Hinterbacken. Dem Schöpfer gesteht dieser große Philosoph überhaupt keine Absicht bei der Bildung der Lebewesen zu; er denkt gar nicht daran, daß das Herz zur Aufnahme und Verteilung des Blutes, der Magen zum Verdauen, die Augen zum Sehen, die Ohren zum Hören geschaffen sein könnten: das mutet ihn zu vulgär an; alles ist Anziehung.

Der Vierzigtalermann: Der Obernarr! Ich hoffe nur, daß niemand sich auf eine so abwegige Idee eingelassen hat.

Der Mathematiker: Man hat viel darüber gelacht; aber das Traurige dabei ist, daß dieser Tor es den Theologen gleichmachte, die alle unerbittlich verfolgen, die sie zum Lachen gebracht haben.

Andere Philosophen haben sich anderes ausgedacht, hatten aber kein größeres Glück: da ist es nicht mehr der Arm, der den Arm sucht; nicht mehr die Lende, die der andern Lende nachläuft; es sind kleine Moleküle, winzige Teilchen von Armen und Schenkeln, die sich aneinandersetzen. Vielleicht wird man nach so viel nutzlos vertaner Zeit endlich doch zu den Eiern zurückkehren müssen.

Der Vierzigtalermann: Wie mich das freut! Aber was ist am Ende bei all diesen Streitereien herausgekommen?

Der Mathematiker: Der Zweifel. Wäre das Problem unter Theologen verhandelt worden, hätte es Exkommunikationen und Blutvergießen gegeben; aber unter Naturwissenschaftlern ist der Frieden bald geschlossen: jeder hat mit seiner Frau geschlafen, ohne im entferntesten an ihren Eierstock noch an ihre Fallopischen Trompeten zu denken. Die Frauen sind schwanger geworden, ohne auch nur zu fragen, wie dieses Mysterium sich vollzieht. Genauso säen Sie Ihr Korn und wissen nicht, wie das Korn in der Erde keimt.

Der Vierzigtalermann: O doch, das weiß ich! Man hat mir vor langer Zeit gesagt: es geschieht durch Fäulnis. Aber mich kommt manchmal die Lust an, über alles zu lachen, was man mir erzählt hat.

Der Mathematiker: Das ist eine sehr gesunde Lust. Ich rate Ihnen, an allem zu zweifeln, außer daran, daß die Winkelsumme eines Dreiecks zwei rechte Winkel ergibt oder daß Dreiecke, die die gleiche Basis und die gleiche Höhe haben, einander gleich sind, oder an andern Tatsachen der Art, wie zum Beispiel, daß zwei und zwei vier ist.

Der Vierzigtalermann: Ja, ich glaube, es ist sehr weise zu zweifeln; und ich merke, daß ich wißbegierig bin, seit ich wohlhabend bin und Muße habe. Ich möchte, wenn mein Wille meinen Arm oder mein Bein in Bewegung setzt, die Triebfeder entdecken, durch die mein Wille sie bewegt: denn sicher gibt es eine. Ich bin manchmal tief verwundert, daß ich meine Augen öffnen und schließen, aber nicht meine Ohren verdrehen kann. Ich denke, aber ich würde zu gern einmal hineinsehen ... hier oben ... mein Denken mit dem Finger berühren. Das müßte sehr kurios sein. Ich grüble, ob ich aus eigenem Vermögen denke, ob Gott mir meine Vorstellungen gibt, ob meine Seele in sechs Wochen oder an einem Tag in meinen Körper eingezogen ist, wie sie sich in mein Hirn eingenistet hat; ob ich auch denke, wenn ich tief schlafe und wenn ich döse. Ich zerbreche mir den Kopf darüber, wie ein Körper einen andern hervorbringen kann. Meine Empfindungen wundern mich nicht minder: ich finde etwas Göttliches darin, insonders in Freude und Lust.

Manchmal habe ich versucht, mir einen sechsten Sinn zu erdenken, aber es ist mir nie gelungen. Die Mathematiker wissen doch all diese Dinge; haben Sie die Güte und belehren Sie mich.

Der Mathematiker: Ach! Darüber wissen wir genauso wenig wie Sie; wenden Sie sich an die Sorbonne.

Der Vierzigtalermann ist Vater geworden und räsoniert über die Mönche

Als der Vierzigtalermann Vater eines Knaben geworden war, begann er, sich für einen Mann von einigem Gewicht im Staat anzusehen; er gedachte, dem König mindestens zehn durchweg nützliche Untertanen in die Welt zu setzen. Er war der beste Korbflechter weit und breit, und seine Frau war eine großartige Schneiderin. Sie war in der Nachbarschaft eines großen Klosters aufgewachsen, das hunderttausend Francs Zinsrente hatte. Ihr Mann fragte mich eines Tages, warum jene paar Herren so viele Male vierzig Taler verschlängen. „Sind sie dem Vaterland nützlicher als ich?" – „Nein, mein lieber Nachbar." – „Dienen sie wie ich der Bevölkerung des Landes?" – „Nein, zumindest anscheinend nicht." – „Bebauen sie die Erde? Verteidigen sie den Staat, wenn er angegriffen wird?" – „Nein, sie beten für Sie." – „Gut. Dann bete ich für sie, und wir teilen.

Wie viele solcher nützlichen Menschen, ob Männer, ob Frauen, leben nach Ihrer Schätzung in den Klöstern des Königreichs?"

„Nach den Berichten der Oberaufseher zu Ende des vergangenen Jahrhunderts waren es ungefähr neunzigtausend."

„Nach unserer Rechnung dürften sie, bei vierzig Talern pro Kopf, nur über zehn Millionen achthunderttausend Livres verfügen: wieviel haben sie tatsächlich?"

„Es geht in die fünfzig Millionen, die Messen und Sammlungen der Bettelmönche eingerechnet, die ja in Wirklichkeit eine beträchtliche Steuer für das Volk sind. Der Bettelbruder eines Pariser Klosters brüstete sich einmal öffentlich, sein Bettelsack sei seine achtzigtausend Livres Rente wert."

„Sehen wir, was fünfzig Millionen, auf neunzigtausend geschorene Köpfe verteilt, für jeden ergeben."

„Fünfhundertfünfundfünfzig Livres."

„Das ist eine beachtliche Summe für eine zahlreiche Gemeinschaft, wo die Ausgaben durch die Menge der Verbraucher sich sogar vermindern: denn es kostet viel weniger, wenn zehn Personen zusammen leben, als wenn jeder seine Wohnung und seinen Tisch für sich hat."

„Also haben die Ex-Jesuiten, denen man heute vierhundert Livres Pension zahlt, bei diesem Handel tatsächlich verloren?"

„Ich glaube nicht: sie leben fast alle bei Verwandten, die sie unterstützen; etliche lesen für Geld die Messe, was sie vorher nicht getan haben; andere sind Beichtväter geworden; wieder andere werden von Betschwestern ausgehalten; so hat sich jeder aus der Affäre gezogen, und wahrscheinlich gibt es heute wenige, die ihre alten Ketten wiederhaben wollen, nachdem sie einmal an der Welt und der Freiheit Geschmack gewonnen haben. Das Klosterleben, was immer man darüber sagt, ist durchaus nicht beneidenswert. Es ist eine genugsam erwiesene Erkenntnis, daß Mönche Menschen sind, die zusammenkommen, ohne sich zu kennen, zusammen leben, ohne sich zu lieben, und sterben, ohne betrauert zu werden."

„Sie meinen demnach, man täte ihnen einen großen Gefallen, wenn man allen die Kutte auszöge?"

„Sie hätten dabei zweifellos viel zu gewinnen und der Staat noch mehr; man gäbe dem Vaterland Bürger und Bürgerinnen zurück, die ihre Freiheit tollkühn geopfert haben in einem Alter, wo einem die Gesetze die Verfügung über ein Kapital verbieten, das zehn Sous abwirft; man würde diese Leichen aus ihren Grüften befreien: es gäbe eine echte Auferstehung. Ihre Gebäude würden in Stadthäuser, Spitäler, öffentliche Schulen oder Manufakturen verwandelt; die Bevölkerung würde größer, alle Gewerbe wären besser bestellt. Wenigstens die Zahl dieser freiwilligen Opfer könnte man verringern, wenn man die Zahl der Novizen begrenzen wollte: das Vaterland hätte mehr nützliche und weniger unglückliche Menschen. Das ist die Ansicht aller Staatsbeamten, es ist der einmütige Wunsch der Öffentlichkeit, seit die Köpfe aufgeklärt sind. Das Beispiel Englands und so vieler anderer Staaten ist der offenkundige Beweis für die Notwendigkeit dieser Reform. Was finge England heute an, wenn es statt vierzigtausend Seeleuten vierzigtausend Mönche hätte? Je zahlreicher die Gewerbe geworden sind, desto notwendiger braucht es arbeitsame Untertanen. In den Klöstern sind gewiß viele Talente begraben, die für den Staat verloren sind. Damit ein Land blüht, braucht es so wenig Geistliche und so viele Handwerker als irgend möglich. Die Unwissenheit und Barbarei unserer Vorväter darf uns keine Regel mehr geben, sondern muß uns Warnung sein, das zu tun, was sie mit unserer Aufgeklärtheit an unserer Stelle getan hätten."

„Sie wollen die Mönche also nicht aus Haß abschaffen? Vielmehr aus Mitleid mit ihnen und aus Liebe zum Vaterland? Ich denke wie Sie. Ich wollte niemals, daß mein Sohn Mönch würde; und wenn ich denken müßte, ich zeugte Kinder fürs Kloster, schliefe ich nicht mehr mit meiner Frau."

„Welchen guten Familienvater jammert es nicht, wenn er seinen Sohn oder seine Tochter für die Gesellschaft verloren sieht? Das nennt sich ‚die Welt fliehen'; aber ein Soldat, der flieht, wo es kämpfen heißt, wird bestraft. Wir alle sind Soldaten des Staates; wir stehen im Sold der Gesellschaft, und wir sind Deserteure, wenn wir sie im Stich lassen. Was sage ich? Mönche sind Kindsmörder, die eine ganze Nachkommenschaft umbringen. Diese neunzigtausend Eingegitterten, die auf lateinisch jaulen oder säuseln, könnten dem Staat jeder zwei Untertanen bringen: das sind hundertsechzigtausend Menschen, die sie in ihrem Samen vernichten. In hundert Jahren geht der Verlust ins Ungeheuerliche: das ist bewiesen.

Wie aber konnte das Mönchtum so überhandnehmen? Weil die Regierungen seit Konstantin fast überall verabscheuungswürdig und absurd waren; weil schon das Römische Reich mehr Mönche als Soldaten hatte; weil es allein in Ägypten hunderttausend gab; weil sie von Arbeit und Steuern befreit waren; weil die Oberhäupter der barbarischen Völker, die das Reich zerstörten und Christen wurden, um Christen zu beherrschen, die grausigste Tyrannei übten; weil man massenweise in die Klöster strömte, um dem Wüten dieser Tyrannen zu entgehen, und man sich in die eine Sklaverei lieber begab, um der andern zu entfliehn; weil die Päpste, indem sie so viele verschiedene Orden von heiligen Nichtstuern einsetzten, sich ebenso viele Untertanen innerhalb anderer Staaten schufen; weil ein Bauer sich lieber ‚Ehrwürdiger Vater' nennen läßt und den Segen austeilt, als hinterm Pflug zu gehen; weil er nicht weiß, daß der Pflug würdiger ist als die Kutte; weil er lieber auf Kosten der Dummen lebt als von ehrlicher Arbeit; und endlich, weil er nicht weiß, daß er als Mönch unglücklich wird und in Langweile und Reue erstickt."

„Auf denn, Schluß mit den Mönchen, um ihres und unseres Glückes willen. Und da kränkt es mich, daß ich den Lehnsherrn meines Dorfes, Vater von vier Jungen und drei Mädchen, sagen höre, wenn seine Töchter nicht Nonnen werden, weiß er nicht, wie er seine Kinder alle unterbringen soll."

„Dieses nur zu oft wiederholte Argument ist unmenschlich, unpatriotisch und gesellschaftsfeindlich.

Allemal, wenn man von einem Lebensstand, welcher er auch sei, sagen kann: wenn jedermann diesen Stand annähme, wäre die Menschheit verloren, ist bewiesen, daß dieser Stand nichts taugt und daß jeder, der ihn ergreift, der Menschheit nach Kräften schadet.

Wenn alle Jungen und Mädchen ins Kloster gingen, würde die Welt aussterben: also ist das Klosterwesen dadurch allein der menschlichen Natur feind, ungeachtet der gräßlichen Mißstände, die es so manches Mal hervorgebracht hat."

„Könnte man das gleiche nicht von den Soldaten sagen?"

„Gewiß nicht: denn wenn jeder Bürger Waffen trägt, so wie früher in allen Republiken, vor allem in der römischen, ist er ein um so besserer Bauer; der verheiratete Bürger Soldat kämpft für Frau und Kinder. Gebe Gott, daß alle Bauern Soldaten und verheiratet wären: sie wären hervorragende Staatsbürger. Aber ein Mönch taugt als solcher nur dazu, den Lebensunterhalt seiner Mitmenschen zu verschlingen. Das ist eine unbestrittene Tatsache."

„Aber die Töchter, lieber Herr, die Töchter der armen Edelleute, die sich nicht verheiraten können, was soll aus ihnen werden?"

„Aus ihnen – das hat man tausendmal gesagt – soll werden, was die Töchter in England, Schottland, Irland, in der Schweiz, in Holland, halb Deutschland, in Schweden, Norwegen, Dänemark, in der Tartarei, der Türkei, in Afrika und fast der ganzen übrigen Welt werden; sie werden viel bessere Gattinnen, viel bessere Mütter, wenn man, wie in Deutschland, sich einmal daran gewöhnen wird, eine Frau auch ohne Mitgift zu nehmen. Eine sparsame, fleißige Hausfrau erwirtschaftet einem Hause mehr als die Tochter eines Finanziers, die mehr Geld für überflüssiges Zeug hinauswirft, als sie ihrem Mann als Einstand eingebracht hat.

Es muß Häuser geben, wohin die Alten, Kranken, Mißgestalteten sich zurückziehen können. Aber der abscheulichste

Mißbrauch macht, daß diese Stifte nur der Jugend und den wohlgebildeten Personen offenstehen. Entgegen allen Gesetzen der Scham läßt man die Novizen beiderlei Geschlechts im Kloster als erstes ihre Nacktheit ausstellen; man mustert sie aufmerksam von vorn und von hinten. Wollte eine bucklige Alte ins Kloster, würde man sie mit Schimpf fortjagen, falls sie nicht eine dicke Mitgift hätte. Was sage ich? Eine jede Nonne muß eine Mitgift einbringen, sonst ist sie der Abhub des Klosters. Nie hat man einen unduldbareren Mißbrauch gesehn."

„Lassen Sie, lieber Herr, ich schwöre Ihnen, meine Töchter werden keine Nonnen. Sie sollen spinnen, nähen, klöppeln, sticken, sich nützlich machen lernen. Ich sehe die Klostergelübde als ein Attentat gegen das Vaterland und einen selber an. Nur erklären Sie mir bitte, wie es sein kann, daß einer meiner Freunde, im Widerspruch zur ganzen Menschheit, behaupten kann, die Mönche seien für die Bevölkerung eines Staates überaus nützlich, weil sie ihre Gebäude besser instand hielten als die Edelleute und ihre Äcker besser bebauten?"

„Ei! wer ist denn dieser Freund, der eine so absonderliche Behauptung wagt?"

„Es ist der ‚Menschenfreund', vielmehr der Freund der Mönche."

„Er ist ein Witzbold; er weiß nur zu gut, daß zehn Familien, die jede fünftausend Livres Rente aus Grundbesitz haben, hundertmal, tausendmal nützlicher sind als ein Kloster, das ein Einkommen von fünfzigtausend Livres einheimst und immer noch einen geheimen Schatz hat. Er rühmt die schönen Bauten der Mönche, und gerade die ärgern den Bürger: sie sind der Gegenstand der Klagen ganz Europas. Das Gelübde der Armut verdammt die Pracht; wie das Gelübde der Demut dem Hochmut widerspricht und wie das Gelübde, sein Geschlecht auszulöschen, wider die Natur ist."

„Ich fange an zu glauben, daß man Büchern gründlich mißtrauen sollte."

„Man sollte mit ihnen verfahren wie mit den Menschen: die vernünftigsten auswählen, sie prüfen und nur von Tatsachen sich überzeugen lassen."

Es ist einen Monat her, da kam der Vierzigtalermann zu mir und hielt sich vor Lachen die Seiten, er lachte so aus vollem Halse, daß auch ich zu lachen anfing, ohne zu wissen, worum es ging: so stark ist der Nachahmungstrieb im Menschen! so sehr beherrscht uns der Instinkt! so ansteckend sind große Gemütsbewegungen!

> Ut ridentibus arrident, ita flentibus adflent
> Humani vultus.*

Als er genug gelacht hatte, erzählte er mir, er habe eben einen Mann getroffen, der sich Obergeheimschreiber des Heiligen Stuhls nannte, und dieser Mann schicke eine dicke Geldsumme dreihundert Meilen weit an einen Italiener, im Namen eines Franzosen, der vom König ein kleines Lehen erhalten hätte, aber dieser Franzose könne sich der Wohltaten des Königs nie erfreuen, ohne daß er diesem Italiener das erste Jahr seine Einkünfte gäbe.

„Die Sache ist durchaus wahr", sagte ich, „aber durchaus nicht so spaßig. An solchen kleinen Abgaben verliert Frankreich ungefähr vierhunderttausend Francs im Jahr; und seit den etwa zweieinhalb Jahrhunderten, die dieser Brauch währt, haben wir bereits achtzig Millionen nach Italien getragen."

„Barmherziger Gott!" rief er, „wievielmal vierzig Taler! Dieser Italiener hat uns also vor zweieinhalb Jahrhunderten unterjocht und uns zu diesem Tribut gezwungen?"

„Oh, früher", sagte ich, „hat er uns weit lästigere abgefordert. Dieser ist eine Bagatelle im Vergleich zu dem, was er unserer armen Nation und den andern armen Nationen Europas lange Zeit abgenommen hat." Dann erzählte ich ihm, wie diese heiligen Usurpationen zustande gekommen waren. Er kennt sich ein wenig aus in der Geschichte; er hat gesunden Menschenverstand: er begriff schnell, daß wir einmal Sklaven waren, denen noch ein kleines Stück der Kette anhängt. Er

* Der Jesuit Sanadon setzte „adsunt" statt „adflent". Ein Kenner des Horaz behauptet, deshalb habe man die Jesuiten verjagt.

sprach lange voll Kraft gegen diesen Mißbrauch; aber mit welcher Hochachtung für die Religion im allgemeinen! Wie verehrte er die Bischöfe! wie wünschte er ihnen viele vierzig Taler, damit sie sie in ihren Diözesen für gute Werke verwenden könnten!

Er wünschte auch, daß alle Landpfarrer so viele vierzig Taler hätten, daß sie mit Anstand leben könnten. „Es ist traurig", sagte er, „daß ein Geistlicher gezwungen ist, mit einem Pfarrkind um drei Garben Korn zu streiten, und von der Provinz nicht gehörig bezahlt wird. Es ist schändlich, daß diese Herrn immer im Prozeß mit ihren Lehnsherrn liegen. Diese ewigen Streitereien um angebliche Rechte, um den Zehnten, zerstören die Achtung, die man ihnen schuldet. Der unglückliche Landmann, der schon den Vorgesetzten seinen Zehnten und die zwei Sous pro Livre und die Bürgersteuer und die Kopfsteuer und den Loskauf für die Einquartierung von Soldaten, nachdem er aber Soldaten in Quartier hatte, usw. usw. bezahlt hat, dieser Unglückliche, sage ich, dem der Pfarrer noch den Zehnten seiner Ernte nimmt, sieht ihn nicht mehr für seinen Hirten, sondern seinen Würger an, der ihm das bißchen Fell, das ihm geblieben ist, auch noch abreißt. Denn wenn man ihm nach göttlichem Recht die zehnte Garbe wegnimmt, sieht er die teuflische Grausamkeit, daß man ihm nicht anrechnet, was es ihn gekostet hat, bis diese Garbe gewachsen war. Was bleibt ihm und seiner Familie? Jammer, Not, Entmutigung, Verzweiflung; und er geht vor Mühsal und Elend zugrunde. Wenn der Pfarrer von der Provinz bezahlt würde, wäre er der Trost seiner Pfarrkinder, statt daß sie ihn als ihren Feind ansehn."

Der aufrechte Mann war sehr bewegt, als er diese Worte sprach; er liebt sein Vaterland und stellt das Allgemeinwohl über alles. Wie oft hörte ich ihn sagen: „Was für eine Nation könnten wir sein, wenn man nur wollte!"

Ich ging mit ihm, um mir seinen Sohn anzusehen, dem die schmucke, reinliche Mutter die volle weiße Brust gab. Das Kind war allerliebst. „Ach!" sagte der Vater, „da bist du nun und hast nur dreiundzwanzig Jahre zu leben und darfst nur auf vierzig Taler Anspruch erheben!"

Das Produkt der Außenglieder ist gleich dem Produkt der Innenglieder; aber zwei Säcke gestohlenes Korn sind für die, die sie gestohlen haben, nicht dasselbe wie ihr Tod für den Bestohlenen.

Der Prior von***, dem zwei seiner Knechte zwei Sester Korn gestohlen hatten, hat die zwei Übeltäter hängen lassen. Die Hinrichtung hat ihn mehr gekostet, als seine ganze Ernte ihm eingebracht hat, und seither findet er keinen Knecht mehr.

Hätten die Gesetze geboten, daß der, der seinem Herrn Korn stiehlt, sein Leben lang mit Eisen um die Füße und einer Schelle am Halseisen dessen Acker bebauen müßte, hätte der Prior viel gewonnen.

Man muß vor Verbrechen abschrecken: ja, unbedingt; aber Zwangsarbeit und fortwährende Schande wirken stärker als der Galgen.

Vor ein paar Monaten wurde in London ein Missetäter zur Verbannung nach Amerika verurteilt, wo er mit den Negern auf den Zuckerplantagen arbeiten sollte. Wie in vielen andern Ländern dürfen die Verbrecher in England dem König ein Gnadengesuch einreichen, um entweder volle Begnadigung oder Strafmilderung zu erwirken. Dieser bat in seinem Gesuch, gehängt zu werden: er führte an, daß er jegliche Arbeit wie den Tod hasse und lieber eine Minute gewürgt sein als sein Leben lang Zucker pflanzen wolle.

Andre mögen anders denken – jeder nach seinem Geschmack; aber es ist schon oft gesagt worden, und man muß es wiederholen, daß ein Gehenkter zu nichts mehr nütze ist und daß Strafen doch nützlich sein sollten.

Vor einigen Jahren wurden in der Tartarei zwei junge Leute zum Pfählen verurteilt, weil sie mit der Mütze auf dem Kopf einer Prozession von Lamas zugesehen hatten. Der Kaiser von China, ein sehr geistvoller Mann, sagt, er hätte sie verurteilt, drei Monate lang barhäuptig mit der Prozession mitzuziehen.

Strafen müssen im richtigen Verhältnis zu den Delikten stehen, hat der Marquis Beccaria gesagt; aber die die Gesetze gemacht haben, waren keine Mathematiker.

Wenn der Abbé Guyon, wenn Cogé oder die Ex-Jesuiten Nonotte und Patouillet oder der Prediger La Beaumelle jämmerliche Schmähschriften verfassen, die weder wahr noch vernünftig, noch witzig sind – laßt ihr sie dann hängen, wie der Prior von*** seine beiden Knechte, mit der Begründung, daß Verleumdung schlimmer ist als Diebstahl?

Verdammt ihr Fréron auch nur zur Galeere, weil er den guten Geschmack beleidigt und sein Leben lang gelogen hat, in der Hoffnung, den Schankwirt bezahlen zu können?

Ließet ihr Herrn Larcher an den Pranger stellen, weil er so furchtbar langatmig ist, weil er Irrtum auf Irrtum gehäuft hat, weil er nie die Grade von Wahrscheinlichkeit zu unterscheiden wußte, weil er behauptet, in einer großen Stadt des Altertums, die berühmt ist für ihre strenge Ordnung und ihre eifersüchtigen Ehemänner, in Babylon kurzum, wo die Frauen von Eunuchen gehütet wurden, hätten alle Prinzessinnen aus Frömmigkeit ihre Gunst öffentlich im Tempel für Geld an die Fremden verkauft? Begnügen wir uns, ihn an Ort und Stelle zu schicken, damit er sein Glück versuche; seien wir in allem maßvoll; setzen wir ein Verhältnis zwischen Vergehen und Strafe.

Verzeihen wir dem armen Jean-Jacques, daß er nur schreibt, um sich zu widersprechen, daß er, nachdem sein Stück auf einem Pariser Theater ausgepfiffen wurde, diejenigen verflucht, die hundert Meilen von dort welche spielen lassen; daß er Beschützer sucht, die er dann vor den Kopf stößt; daß er gegen alle Romane wettert und selbst Romane schreibt, worin der Held ein dummer Hauslehrer ist, der Almosen von einer Schweizerin empfängt, der er ein Kind gemacht hat, und sein Geld in einem Pariser Bordell verjubelt; lassen wir ihn in dem Glauben, er habe Fénelon und Xenophon übertroffen, wenn er einen vornehmen jungen Mann im Tischlerhandwerk erzieht: diese ausgefallenen Platitüden verdienen keinen Haftbefehl; es genügt die Heilanstalt bei guten Brühen, Aderlaß und Diät.

Ich verabscheue Drakons Gesetze, die Verbrechen und

Sünden, Bosheit und Narrheit gleichermaßen bestraften. Behandeln wir den Jesuiten Nonotte, der nur an Dummheiten und Beleidigungen schuldig ist, nicht, wie man mit den Jesuiten Malagrida, Oldcorn, Garnet, Guignard und Gueret verfuhr und mit dem Jesuiten Le Tellier hätte verfahren sollen, der seinen König betrogen und Frankreich in furchtbare Wirren gestürzt hat. Unterscheiden wir grundsätzlich in jedem Prozeß, jedem Streit, jeder Zwistigkeit den Angreifer vom Opfer, den Unterdrücker vom Unterdrückten. Offensivkrieg ist Tyrannenart; wer sich verteidigt, ist ein gerechter Mann.

Während ich diesen Überlegungen nachhing, kam der Vierzigtalermann, ganz in Tränen aufgelöst, zu mir. Ich fragte ihn bewegt, ob sein Sohn, der doch noch dreiundzwanzig Jahre leben sollte, gestorben sei. „Nein“, sagte er, „dem Kleinen geht es gut; und meiner Frau auch; aber ich bin als Zeuge gegen einen Müller vernommen worden, den man der Folter ersten und zweiten Grades unterzogen hat und der sich dann als unschuldig erwies; ich habe mit angesehen, wie er ohnmächtig wurde, als sie seine Qualen verschärften; ich habe seine Knochen knacken hören; ich höre jetzt noch seine Schreie und sein Heulen, es verfolgt mich; ich weine vor Mitleid und zittere vor Grausen.“ Da weinte und zitterte auch ich, denn dergleichen ergreift mich unsäglich.

Mein Gedächtnis rief mir das entsetzliche Schicksal der Familie Calas zurück: die tugendhafte Mutter im Eisen, ihre verzweifelten Töchter flüchtig, ihr Haus geplündert; der ehrbare Familienvater unter der Folter zerbrochen, im Todeskampf auf dem Rad, in den Flammen gestorben; ein Sohn in Ketten geschmiedet, vor die Richter geschleift, und der eine sagt zu ihm: „Wir haben Ihren Vater gerädert, jetzt rädern wir Sie.“

Ich erinnerte mich der Familie Sirven, die ein Freund von mir im eisbedeckten Gebirge fand, als sie vor der Verfolgung eines ebenso ungerechten wie unwissenden Richters geflohen war. „Dieser Richter“, erzählte er mir, „hat die ganze unschuldige Familie zur Hinrichtung verurteilt, da er ohne den mindesten Schein eines Beweises für erwiesen hielt, daß der Vater und die Mutter, unter Mithilfe ihrer zwei Töchter, die dritte Tochter erwürgt und ertränkt hätten, damit sie nicht zur Messe ginge." Ich sah in solchen Urteilen das Unmaß der Dummheit, der Ungerechtigkeit und Barbarei.

Wir beklagten die Begrenztheit der menschlichen Natur, der Vierzigtalermann und ich. Ich hatte die Rede eines Generalstaatsanwalts der Dauphiné in der Tasche, die auf diese lebenswichtigen Dinge sich in Teilen einließ; ich las ihm folgende Stellen daraus vor:

„Gewiß, es waren wahrhaft große Menschen, die es als erste wagten, ihresgleichen zu regieren und sich die Bürde des allgemeinen Wohlergehens aufzulasten; die für das Wohl, das sie den Menschen schaffen wollten, sich ihrer Undankbarkeit aussetzten und für die Ruhe ihres Volkes auf die eigene Ruhe verzichteten; die sozusagen sich zwischen die Menschen und die Vorsehung stellten, um ihnen durch ihre Tüchtigkeit ein Glück zu erwirken, das diese ihnen verweigert zu haben schien.

. . . .

Welcher für seine Pflichten, für die Menschlichkeit auch nur ein wenig empfindliche Richter könnte diese Ansichten unterstützen? Kann er, mit sich allein in seinem Kabinett, die Augen auf diese Papiere, unglückselige Dokumente des Verbrechens oder der Unschuld, richten, ohne vor Grauen und Mitleid zu erbeben? Muß ihn nicht dünken, er höre aus diesen schicksalhaften Akten klagende Stimmen, die ihn drängen, über das Los eines Bürgers, eines Gatten, eines Vaters, einer Familie zu entscheiden? Welcher barmherzige Richter (wenn er auch nur mit einem einzigen Kriminalprozeß belastet wäre) kann so unbarmherzig sein und kaltblütig an einem Gefängnis vorübergehen? Muß er sich nicht sagen, das bin also ich, der einen wie mich an diesem widerwärtigen Ort festhält, womöglich meinesgleichen, meinen Mitbürger, einen Menschen schlichthin! Ich bin es, der ihn Tag um Tag gefesselt hält, der die verhaßten Türen vor ihm verschließt! Vielleicht hat Verzweiflung sich seiner Seele bemächtigt; er schleudert meinen Namen mit Flüchen zum Himmel, und eines Tages zeugt er gegen mich vor dem Ewigen Richter, der uns beide sieht und uns beide einst richten wird.

. . . .

Hier stellt sich meinen Augen schlagartig ein entsetzliches Schauspiel dar; der Richter ist es leid, durch Worte zu ermitteln; er will durch Foltern ans Ziel: ungeduldig in seinen Untersuchungen, gereizt vielleicht von ihrer Fruchtlosigkeit, läßt er Fackeln, Ketten, Schraubstöcke und alle zur Qual erfundenen Instrumente bringen. Ein Henker mischt sich in die Aufgaben des Gerichts und beschließt durch Gewalt ein Verhör, das frei begonnen hatte.

Süße Philosophie, die du die Wahrheit nicht anders suchst als durch Achtsamkeit und Geduld, hattest du dir erwartet, daß man sich in deinem Jahrhundert noch solcher Instrumente bedienen würde, um sie zu entdecken?

Ist es wirklich wahr, daß unsere Gesetze diese unbegreifliche Methode billigen und daß der Brauch sie heiligt?

....

Ihre Gesetze sind wie ihre Vorurteile; die öffentlichen Strafen sind genauso grausam wie die privaten Rachen, und ihre Vernunftakte sind kaum minder barmherzig als die Akte ihrer Leidenschaften. Was aber ist die Ursache dieses seltsamen Widerspruchs? Nun, unsere Vorurteile sind alt, und unsere Moral ist neu; wir lassen uns von unseren Gefühlen ebensosehr hinreißen, wie wir unsern Verstand mißachten; die Gier auf Lustbarkeiten hindert uns, über unsere Bedürfnisse nachzudenken, und wir haben es eiliger, zu leben, als über uns nachzudenken; mit einem Wort, unsre Sitten sind umgänglich, aber nicht gut; wir sind höflich, aber nicht einmal menschlich."

Diese Stücke aus einer Rede, die die Eloquenz der Menschlichkeit diktiert hatte, erfüllten das Herz meines Freundes mit süßem Trost. Er bewunderte sie, er war ergriffen und rief in seinem Überschwang: „Ein Meisterwerk in der Provinz! Und ich habe immer gehört, es gäbe auf der Welt nur Paris!"

„Nur in Paris", sagte ich, „macht man komische Opern; aber es gibt heute in den Provinzen viele Richter, die mit gleicher Tugend denken und sich mit gleicher Kraft ausdrücken. Früher waren die Sprachrohre der Justiz und der Moral nur lächerlich. Doktor Tölpel redete vor Gericht und Harlekin von der Kanzel. Aber endlich ist die Philosophie gekommen und hat gesagt: ‚Sprecht vor der Öffentlichkeit nur, wenn ihr neue und nützliche Wahrheiten zu sagen habt, und sagt sie einzig mit der Eloquenz des Empfindens und der Vernunft.‘ – ‚Aber wenn wir nichts Neues zu sagen wissen?‘ haben die Schwätzer gerufen. ‚Dann schweigt‘, hat die Philosophie gesagt; ‚all dieses hohle mechanische Gerede, das nichts als Phrasen drischt, ist wie das Feuer in der Johannisnacht, das man an dem Tag des Jahres entzündet, da man den mindesten Bedarf hat, sich zu wärmen: es erfreut keinen und hinterläßt nicht einmal Asche.‘

Möge ganz Frankreich gute Bücher lesen. Aber trotz der Fortschritte des menschlichen Geistes liest man sehr wenig; und von denen, die sich manchmal unterrichten wollen, können die meisten kaum lesen. Meine Nachbarn und Nachbarinnen spielen nach dem Abendessen ein englisches Spiel, das auszusprechen mich einige Mühe kostet, denn es heißt wisk. Etliche gute Bürger, etliche sture Köpfe, die sich helle Köpfe dünken, sagen einem mit gewichtiger Miene, Bücher seien zu nichts nütze. Ach, ihr guten Welschen, wißt ihr nicht, daß ihr von lauter Büchern regiert werdet? Wißt ihr nicht, daß das Zivilrecht, das Kriegsrecht und das Evangelium Bücher sind und daß ihr in ständiger Abhängigkeit von ihnen lebt? Lest, klärt euch auf; nur durch Lesen stärkt man seine Seele; Unterhaltung zerstreut sie, Spielen macht sie eng."

„Ich habe sehr wenig Geld", sagte der Vierzigtalermann; „aber wenn ich je zu einem kleinen Wohlstand gelange, kaufe ich mir Bücher bei Marc-Michel Rey."

Von der Lustseuche

Der Vierzigtalermann lebte in einem kleinen Kanton, wo seit hundertfünfzig Jahren keine Soldaten in Garnison waren. Die Sitten in diesem entlegenen Erdenwinkel waren rein wie die Luft. Man wußte nicht, daß anderswo die Liebe von einem zerstörerischen Gift infiziert sein kann, daß Generationen schon im Keim verseucht sind und daß die Natur, im Widerspruch zu sich selber, Zärtlichkeit und Freude zu Grausen und Entsetzen machen kann; man gab sich der Liebe mit der Sicherheit der Unschuld hin. Truppen kamen, und alles wurde anders.

Zwei Leutnants, der Feldprediger, ein Korporal und ein jüngst rekrutierter Soldat, der frisch vom Priesterseminar kam, genügten, in knapp drei Monaten zwölf Dörfer zu vergiften. Zwei Basen des Vierzigtalermannes fanden sich mit Eiterpusteln bedeckt; ihre schönen Haare fielen ihnen aus; ihre Stimmen wurden rauh; die Lider ihrer starren, erloschenen Augen nahmen Leichenfarbe an und schlossen sich nicht mehr zur Erholung der erlahmten Glieder, die von innerer Fäulnis zernagt wurden, so wie es dem Araber Hiob erging, obschon Hiob diese Krankheit nie gehabt hat.

Der Stabsarzt des Regiments, ein Mann mit großer Erfahrung, war genötigt, bei der Regierung Hilfe anzufordern, um all die Mädchen des Landes zu heilen. Der Kriegsminister, stets geneigt, dem schönen Geschlecht beizustehen, schickte eine Schar junger Feldschere, die mit einer Hand verdarben, was sie mit der andern gutmachten.

Da las der Vierzigtalermann die philosophische Geschichte von Candide, die Doktor Ralph aus dem Deutschen übersetzt hat und die einleuchtend beweist, daß alles zum besten steht und es in der besten aller *möglichen* Welten absolut *unmöglich* ist, daß die Lustseuche, die Pest, Steine, Blasengrieß, die Skrofeln, das Steuergericht und die Inquisition bei der Erschaffung der Welt nicht vorgesehen waren, dieser Welt, die einzig für den Menschen geschaffen ist, den Herrn über die Tiere und das Ebenbild Gottes, dem er offensichtlich wie ein Wassertropfen dem andern gleicht.

Er las in der wahren Geschichte von Candide, daß der berühmte Doktor Pangloss bei der Behandlung ein Auge und ein Ohr verloren hatte. „O weh!“ sagte er, „werden meine zwei Basen, meine zwei armen Basen auch einäugig und ohrlos?“ – „Nein“, sagte der Doktor tröstend; „die Deutschen haben ungeschickte Hände; bei uns werden die Mädchen schnell, sicher und angenehm geheilt.“

Wirklich wurden die zwei hübschen Basen das Übel los,

nur hatten sie sechs Wochen lang den Kopf wie ein Ballon geschwollen, verloren die Hälfte ihrer Zähne, weil ihnen die Zunge einen halben Fuß heraushing, und starben ein halbes Jahr darauf an der Schwindsucht.

Während der Behandlung räsonierten der Vetter und der Stabsarzt so miteinander:

Der Vierzigtalermann: Wie ist es möglich, Herr Stabsarzt, daß die Natur eine so notwendige Freude mit so gräßlichen Qualen verquickt hat, so viel Elend mit so viel Lust, und daß es gefährlicher ist, ein Kind zu machen, als einen Menschen zu töten? Ist es wenigstens wahr, daß wir uns damit trösten können, daß diese Geißel sich ein wenig vermindern und allmählich weniger gefährlich werden wird?

Der Stabsarzt: Im Gegenteil, sie breitet sich mehr und mehr im ganzen christlichen Europa aus; sie ist bis nach Sibirien vorgedrungen; ich habe über fünfzig Menschen daran sterben sehen, sogar einen großen Armeegeneral und einen sehr weisen Staatsminister. Wenige Schwachbrüstige widerstehen der Krankheit und dem Heilmittel. Die zwei Schwestern, die Pocken und die Syphilis, haben sich noch fester als die Mönche verschworen, die Menschheit zu vernichten.

Der Vierzigtalermann: Ein Grund mehr, die Mönche abzuschaffen, damit sie, wieder Männer, das Übel ein wenig auswetzen können, das die zwei Schwestern anrichten. Sagen Sie mir bitte, ob die Tiere auch die Lustseuche haben.

Der Stabsarzt: Weder Pocken noch Lustseuche, noch Mönche sind ihnen bekannt.

Der Vierzigtalermann: Man muß also eingestehen, daß sie in dieser besten aller Welten glücklicher und klüger sind als wir.

Der Stabsarzt: Das habe ich nie bezweifelt; sie haben viel weniger Krankheiten als wir: ihr Instinkt ist weit sicherer als unsere Vernunft; nie quälen sie sich über Gegenwart oder Zukunft.

Der Vierzigtalermann: Sie sind Leibarzt eines französischen Botschafters in der Türkei gewesen: gibt es die Lustseuche in Konstantinopel?

Der Stabsarzt: Die Franken haben sie in die Vorstadt

Pera eingeschleppt, denn da wohnen sie. Ich habe dort einen Kapuziner gesehen, der von ihr zerfressen war wie Pangloss: aber sie ist nicht in die Stadt eingedrungen: die Franken schlafen dort fast nie. Es gibt kaum öffentliche Mädchen in dieser riesigen Stadt. Jeder reiche Mann hat tscherkessische Sklavinnen, die immer gehütet, immer überwacht werden und deren Schönheit nicht gefährlich werden kann. Die Türken nennen die Syphilis die christliche Seuche, und sie erhöht ihre große Verachtung für unsere Theologie; aber dafür haben sie die Pest, eine ägyptische Krankheit, um die sie sich wenig bekümmern und die zu bekämpfen sie sich keine Mühe geben.

Der Vierzigtalermann: Wann, glauben Sie, kam die Plage nach Europa?

Der Stabsarzt: Als Christof Columbus von seiner ersten Reise zurückkehrte, von unschuldigen Völkern, die weder Habgier noch Krieg kannten – im Jahr 1494 ungefähr. Diese schlichten und gerechten Völker litten seit undenklicher Zeit unter diesem Übel, so wie die Araber und Juden die Lepra hatten und die Ägypter die Pest. Das erste, was bei dieser Eroberung der Neuen Welt für die Spanier herauskam, war die Syphilis; sie verbreitete sich schneller als das mexikanische Silber, das erst lange nachher in Europa zirkulierte. Der Grund dafür ist, daß es damals in allen Städten schöne öffentliche Häuser, bordels genannt, gab, die von der Regierung eingerichtet worden waren, um die Ehre der Damen zu schützen. Die Spanier trugen den Virus in diese privilegierten Häuser, aus denen die Fürsten und Bischöfe sich Mädchen holten, wie sie sie brauchten. Man hat festgestellt, daß siebenhundertachtzehn Mädchen dem Konzil von Konstanz zu Diensten standen, das so gottesfürchtig Jan Hus und Hieronymus von Prag verbrennen ließ.

Man kann sich hiernach vorstellen, mit welcher Geschwindigkeit das Übel sich in alle Länder fraß. Der erste Edelmann, der daran starb, und zwar im Jahr 1499, war der höchst erlauchte und höchst ehrwürdige Bischof und Vizekönig von Ungarn, den Bartolomeo Montanagua, der große Arzt aus Padua, nicht heilen konnte. Gualtieri versichert, daß der Erzbischof von Mainz, Berthold von Henneberg, „angesteckt von der Lustseuche, seinen Geist aufgab im Jahr 1504". Man weiß, daß unser König Franz I. daran starb. Heinrich III. holte sie sich in Venedig; aber bei ihm kam der Jakobiner Jacques Clément der Wirkung der Krankheit zuvor.

Das Pariser Parlament, seit je besorgt um das Allgemeinwohl, war das erste, das bereits 1497 eine Verordnung gegen die Lustseuche ergehen ließ. Es verbot allen Syphilitikern, bei Strafe des Todes durch den Strang, in Paris zu bleiben; aber da es nicht leicht war, den Bürgern und Bürgerinnen gerichtlich nachzuweisen, daß sie sich vergingen, hatte diese Verordnung nicht mehr Erfolg als alle, die später gegen das Brechmittel erlassen wurden; und dem Parlament zum Trotz erhöhte sich die Zahl der Schuldigen immer mehr. Hätte man sie aufgeklärt, anstatt sie aufzuhängen, gäbe es die Plage heute nicht mehr; aber daran hat man leider nie gedacht.

Der Vierzigtalermann: Ist es wirklich wahr, was ich im „Candide" gelesen habe, daß, wenn zwei Armeen von je dreißigtausend Mann aufeinander zumarschieren, mit Sicherheit auf jeder Seite zwanzigtausend Verseuchte stehen?

Der Stabsarzt: Das ist nur allzu wahr. Das gleiche haben wir unter den Abgängern der Sorbonne. Nun, was sollen die jungen Studenten auch machen, wenn die Natur lauter und kräftiger zu ihnen spricht als die Theologie? Ich kann Ihnen schwören, daß meine Kollegen und ich verhältnismäßig mehr junge Priester als junge Offiziere behandelt haben.

Der Vierzigtalermann: Gibt es denn gar kein Mittel, diese Krankheit auszurotten, die Europa verheert? Man hat doch schon versucht, das Gift der Blattern zu vermindern, kann man gegen die Syphilis nicht auch etwas versuchen?

Der Stabsarzt: Es gibt nur ein Mittel, daß nämlich alle Fürsten Europas sich verbündeten wie zur Zeit Gottfrieds von Bouillon. Und gewiß wäre ein Kreuzzug gegen die Syphilis viel vernünftiger als die, die man damals unseligerweise gegen Saladin, Melik el Saleh und die Albigenser geführt hat. Und es wäre weit besser, sich zusammenzutun, um den gemeinsamen

Feind der Menschheit zu bekämpfen, als dauernd auf den günstigsten Moment zu lauern, die Erde zu verwüsten und die Felder mit Toten zu bedecken, um seinem Nachbarn zwei oder drei Städte und ein paar Dörfer wegzunehmen. Ich spreche gegen mein Interesse: denn Krieg und Seuchen machen mich reich; aber man muß vor allem Mensch sein, dann erst Stabsarzt.

So bildete sich der Vierzigtalermann *Geist und Herz,* wie man so sagt. Er beerbte nicht nur seine zwei Basen, die nach sechs Monaten starben; ihm fiel auch noch die Erbschaft eines entfernten Verwandten zu, der Pächter der Armeelazarette gewesen war und sich reichlich daran gemästet hatte, die verwundeten Soldaten bei Diät zu halten. Dieser Mann hatte nie heiraten wollen; dafür hatte er einen recht hübschen Harem. Er scherte sich um keinen Verwandten, lebte in Völlerei und starb in Paris an Verdauungsstörung. Ein, wie man sieht, dem Staat äußerst nützlicher Mann.

Unser neugebackener Philosoph war genötigt, nach Paris zu fahren, um die Erbschaft seines Verwandten anzutreten. Zuerst machten die Domänenpächter sie ihm streitig. Aber er hatte das Glück, seinen Prozeß zu gewinnen, und war großzügig genug, den Armen seines Kantons, die ihren Anteil von vierzig Talern nicht hatten, einen Teil der Hinterlassenschaft des reichen Kauzes abzutreten. Wonach er seine große Leidenschaft zu befriedigen begann, sich eine Bibliothek aufzubauen.

Er las alle Morgen, machte sich Auszüge, und abends fragte er die Gelehrten aus, etwa, in welcher Sprache die Schlange zu unserer Urmutter gesprochen hatte; ob die Seele im weißen Hirnmark oder in der Zirbeldrüse wohnt; ob Sankt Petrus fünfundzwanzig Jahre in Rom gelebt hat; welcher besondere Unterschied zwischen Thron und Herrschaft besteht und warum die Neger platte Nasen haben. Im übrigen nahm er sich vor, nie den Staat regieren und keine Broschüren gegen neue Stücke schreiben zu wollen. Man nannte ihn Herr André; das war sein Taufname. Alle, die ihn kennengelernt haben, rühmen seine Bescheidenheit und seine sowohl erworbenen als angeborenen Qualitäten. Er hat sich auf seinem alten, vier Morgen großen Land ein bequemes Haus gebaut. Sein Sohn kommt bald in die Schule; aber er will, daß er das Collège d'Harcourt besucht, nicht das Collège Mazarin, weil dort Professor Cogé ist, welcher Schmähschriften schreibt, und weil ein Gymnasiallehrer keine Schmähschriften schreiben sollte.

Frau André hat ihm ein sehr hübsches Mädchen geboren, das er mit einem Gerichtsrat zu verheiraten hofft, sofern der Mensch nicht die Krankheit hat, die der Stabsarzt im christlichen Europa ausrotten will.

Großer Streit

Während Herr André in Paris weilte, brach dort ein großer Streit aus. Es ging darum, ob Mark Aurel ein anständiger Mensch gewesen und ob er nun in der Hölle oder im Fegefeuer sei oder aber im Vorhimmel seiner Auferstehung harre. Alle ehrenhaften Leute nahmen für Mark Aurel Partei. Sie sagten: „Mark Aurel ist immer gerecht, nüchtern, keusch und wohltätig gewesen. Sicher hat er im Paradies keinen so schönen Platz wie der heilige Antonius; denn alles muß im Verhältnis stehn, wie wir gesehen haben; aber bestimmt schmort die Seele des Kaisers Mark Aurel nicht in der Hölle am Spieß. Wenn sie im Fegefeuer ist, muß man sie dort herausholen; man braucht nur Messen für ihn zu lesen. Die Jesuiten haben nichts mehr zu tun; sollen sie für den Seelenfrieden des Marcus Aurelius dreitausend Messen lesen; damit verdienen sie, bei fünfzehn Sous das Stück, zweitausendzweihundertfünfzig Livres. Im übrigen schuldet man einem gekrönten Haupt Respekt; man hat es nicht leichtfertig zu verdammen."

Die Widersacher dieser guten Leute behaupteten hingegen, man dürfe Marcus Aurelius keine Zugeständnisse machen; er sei ein Ketzer gewesen; die Karpokratianer und die Alogen seien längst nicht so schlimm gewesen wie er; er sei ohne Beichte gestorben; man müsse ein Exempel statuieren;

es wäre gut, ihn zu verdammen, um die Kaiser von China und von Japan, von Persien, der Türkei und von Marokko, die Könige von England, Schweden, Dänemark, Preußen, den Statthalter von Holland und die Stadtschultheißen des Berner Kantons, die so wenig zur Beichte gingen wie einst Kaiser Mark Aurel, endlich Lebensart zu lehren; und daß es schließlich ein unerhörtes Vergnügen sei, Urteile gegen tote Herrscher zu erlassen, da man zu ihren Lebzeiten keine gegen sie erlassen darf, um seine Ohren nicht einzubüßen.

Der Streit wurde so bitterernst, wie einst der zwischen den Ursulinerinnen und den Annunziatinnen, die darum stritten, welche von ihnen weichgekochte Eier zwischen den Schenkeln tragen könnten, ohne daß sie zerbrächen. Man befürchtete ein Schisma wie zur Zeit der hundertundein Märchen der Mutter Gans und gewisser Wechselbriefe, dem Überbringer zahlbar im Jenseits. So ein Schisma ist eine furchtbare Sache: es bedeutet Meinungsverschiedenheit, und bis zu diesem bösen Augenblick hatten doch alle Menschen das gleiche gedacht.

Herr André, als bewußter Staatsbürger, bat die Anführer beider Parteien zum Essen. Er ist einer der besten Gesellschafter, die man sich denken kann; sein Wesen ist freundlich und rege, seine Fröhlichkeit nicht lärmig; er ist ungezwungen und offen; er gehört nicht zu denen, die mit ihrem Geist den der andern scheinbar erschlagen wollen; das Ansehen, das er sich erworben hat, ist einzig seiner Liebenswürdigkeit, seiner Mäßigung und seinem runden Antlitz zuzuschreiben, das vollkommen vertrauenswürdig aussieht. Bei ihm hätten ein Korse und ein Genueser, ein Genfer Bürgervertreter und ein Vetorechtler, ein Mufti und ein Erzbischof fröhlich miteinander gespeist. Er ließ die ersten Schläge, zu denen die Streithähne ausholten, geschickt verebben, indem er das Gespräch ablenkte und eine sehr gute Geschichte erzählte, die Verdammende und Verdammte gleicherweise erfreute. Und als sie erst ein wenig berauscht waren, ließ er sie unterschreiben, daß die Seele des Kaisers Mark Aurelius in statu quo, das heißt: ich weiß nicht wo verbleiben solle, bis eine endgültige Entscheidung sich fände.

Friedlich kehrten die Seelen der Doktoren nach dem Souper in ihre Vorhimmel zurück: und alles war beruhigt. Dieses Abkommen trug dem Vierzigtalermann große Ehre ein; und jedesmal, wenn zwischen gelehrten und nichtgelehrten Leuten ein sehr scharfer, hartnäckiger Streit ausbrach, sagte man zu den Parteien: „Meine Herrn, gehen Sie zu Herrn André soupieren."

Ich weiß zwei erbitterte Fraktionen, die sich großen Kummer zuzogen, weil sie nie bei Herrn André gespeist haben.

Der verjagte Schurke

Herrn Andrés Ruf, Streitigkeiten mittels guter Soupers schlichten zu können, führte ihm eine Woche darauf einen sonderbaren Besucher zu. Ein schwarzer Mann in schäbigen Kleidern, mit krummem Rücken, seitlich eingezogenem Kopf, verstörtem Blick und sehr schmutzigen Händen bat ihn, seine Feinde und ihn zum Souper zu laden.

„Wer sind Ihre Feinde", sagte Herr André, „und wer sind Sie?" – „Ach, mein Herr", sagte er, „ich gestehe ja, daß man mich für einen jener Wichte hält, die zum Brotverdienst Schmähschriften verfassen und immer ‚Gott, Gott, Gott, Religion, Religion' schreien, um irgendeine kleine Pfründe zu erhaschen. Man klagt mich an, religiöse Bürger, die aufrichtigsten Verehrer der Gottheit, die ehrenwertesten Leute des Königreichs verleumdet zu haben. Freilich, in der Hitze des Schreibens entschlüpfen Leuten meines Gewerbes oft kleine Unachtsamkeiten, die man für grobe Irrtümer nimmt, und Fehlgriffe, die man als schamlose Lügen erachtet. Unser Eifer wird für eine widerliche Mischung aus Schurkerei und Fanatismus angesehen. Man versichert, wenn wir die Leichtgläubigkeit einiger alter Törinnen auch übertölpelten, seien wir doch immer die Verachtung und der Abscheu aller ehrlichen Leute, die lesen können.

Meine Feinde sind die wichtigsten Mitglieder der berühmtesten Akademien Europas, hochgeehrte Schriftsteller, wohltätige Bürger. Ich habe jüngst ein Werk herausgebracht, das ich ‚Antiphilosophisches Wörterbuch' genannt habe. Ich hatte die besten Absichten, aber keiner hat mein Buch kaufen wollen. Wem ich es schenkte, der hat es ins Feuer geworfen und gesagt, es sei nicht nur vernunftwidrig, sondern auch unchristlich und sehr unehrenhaft."

„Nun", sagte Herr André, „dann ahmen Sie die nach, denen Sie Ihr Buch geschenkt haben; werfen Sie es ins Feuer, und damit sei die Sache begraben. Ich lobe Ihre Reue sehr; aber ich kann Sie unmöglich zum Souper mit klugen Leuten laden, denn sie können gar nicht Ihre Feinde sein, weil sie nie etwas von Ihnen lesen werden."

„Könnten Sie, bester Herr", sagte der Mucker, „mich nicht wenigstens mit den Verwandten des seligen Herrn von Montesquieu aussöhnen, dessen Andenken ich geschmäht habe, um den ehrwürdigen Pater Routh zu verherrlichen, der ihn in seinen letzten Stunden belagert hat und aus seinem Sterbezimmer verjagt werden mußte?"

„Zum Donnerwetter!" sagte Herr André, „der ehrwürdige Pater Routh ist lange tot; gehen Sie mit dem soupieren!"

Ja, Herr André kann sehr barsch sein, wenn er es mit dieser böswilligen und dummen Spezies zu tun bekommt. Er spürte, daß der Heuchler bei ihm mit verdienstvollen Leuten nur soupieren wollte, um einen Streit zu stiften und sie hernach zu verleumden, um Schriften mit neuen Lügen gegen sie loszulassen. Er jagte ihn aus seinem Haus, so wie Routh aus der Wohnung des Präsidenten Montesquieu verjagt worden war.

Man kann Herrn André nicht so leicht hintergehen. So schlicht und einfältig er war, als er noch der Vierzigtalermann war, so vorsichtig ist er geworden, seit er die Menschen kennt.

Herrn Andrés gesunder Menschenverstand

Wie hat sich Herrn Andrés Verstand entfaltet, seit er eine Bibliothek hat! Er lebt mit seinen Büchern wie mit Menschen; er wählt aus und fällt nie auf Namen herein. Welch eine

Freude, sich zu unterrichten und seine Seele zu erweitern für nur einen Taler und ohne seine Stube zu verlassen!

Er preist sich glücklich, in einer Zeit geboren zu sein, da die menschliche Vernunft sich zu vervollkommnen beginnt.

„Wie unglücklich wäre ich", sagt er, „wenn ich im Jahrhundert der Jesuiten Garasse und Guignard, der Doktoren Boucher, Aubry und Guincestre leben müßte oder zu einer Zeit, als man Gegner der Aristotelischen Kategorien zur Galeere verurteilte."

Die Armut hatte Herrn Andrés Seelenkräfte geschwächt, der Wohlstand hat ihnen die Spannkraft wiedergegeben. Es gibt Tausende Andrés auf der Welt, denen nur eine kleine Drehung des Glücksrads fehlt, auf daß Menschen von wahrem Verdienst aus ihnen werden.

Er ist heute über alle europäischen Dinge unterrichtet und insonders über die Fortschritte des menschlichen Geistes.

„Mir dünkt", sagte er letzten Dienstag zu mir, „als ob die Vernunft in kleinen Tagreisen mit ihren vertrauten Freundinnen, der Erfahrung und der Toleranz, von Norden nach Süden wandert. Ackerbau und Handel begleiten sie. Sie hat sich in Italien vorgestellt; aber die Index-Kongregation hat sie verstoßen. Alles, was sie tun konnte, war, heimlich ein paar ihrer Boten dorthin zu senden, die nicht ablassen, Gutes zu wirken. Noch ein paar Jahre, und das Land der Scipionen wird nicht mehr das Land der vermummten Harlekine sein.

In Frankreich hat sie von Zeit zu Zeit grausame Feinde, aber auch so viele Freunde, daß sie bei uns am Ende noch Premierminister wird.

Als sie sich in Bayern und Österreich vorstellte, traf sie zwei, drei dicke Köpfe unter Perücken an, die sie mit blöden und erstaunten Augen ansahen. ‚Gnädigste', sagten sie, ‚wir haben nie von Ihnen gehört; wir kennen Sie nicht.' – ‚Meine Herrn', hat sie geantwortet, ‚mit der Zeit werden Sie mich schon kennen- und liebenlernen. Ich bin sehr willkommen in Berlin, in Moskau, in Kopenhagen und Stockholm. Schon vor langem bekam ich durch Beglaubigungsschreiben von Locke, Gordon, Trenchard, Mylord Shaftesbury und vielen andern in England meinen Bürgerschaftsbrief. Sie werden ihn mir eines Tages auch geben. Ich bin die Tochter der Zeit und erhoffe mir alles von meiner Mutter.'

Als sie über die Grenze nach Spanien und Portugal kam, hat sie Gott gedankt, daß die Scheiterhaufen der Inquisition nicht mehr gar so oft brannten; sie hat große Hoffnung gefaßt, als sie sah, daß man die Jesuiten vertrieb, nur hat sie befürchtet, daß man ein Land, das man von den Füchsen reinigt, den Wölfen aussetzt.

Sollte sie einmal einen neuen Versuch machen, nach Italien vorzudringen, wird sie wahrscheinlich sich zuerst in Venedig niederlassen und im Königreich Neapel verweilen, trotz aller Verflüssigungen in jenem Lande, die ihr Zustände verursachen. Man behauptet, sie kenne ein unfehlbares Geheimmittel, um die Bänder einer Krone zu lösen, die, weiß ich wie, sich in eine Tiara verwickelt haben, und um zu verhindern, daß Zelter vor Mauleseln den Kratzfuß machen."

Kurzum, Herrn Andrés Unterhaltung erfreut mich sehr; und je öfter ich ihn sehe, desto lieber wird er mir.

Von einem guten Souper bei Herrn André

Gestern haben wir zusammen mit einem Doktor der Sorbonne, mit Herrn Pinto, einem berühmten Juden, mit dem Kaplan der reformierten Kirche des niederländischen Gesandten, mit dem Sekretär des griechisch-orthodoxen Fürsten Gallitzin, mit einem kalvinistischen Schweizer Hauptmann, mit zwei Philosophen und drei geistreichen Damen zu Abend gespeist.

Das Essen zog sich sehr lange hin, und doch wurde so wenig über Religion gestritten, als ob keiner der Gäste je eine gehabt hätte: ja, so höflich sind wir geworden; so sehr fürchtet man, seine Brüder bei einem Souper zu betrüben! Nicht so der Professor Cogé, die Ex-Jesuiten Nonotte, Patouillet, Rotalier und all die Kreaturen dieser Gattung: dieses Gesindel sagt euch mehr Dummheiten in einer zweiseitigen Schmähschrift, als die beste Pariser Gesellschaftsrunde an angenehmen und lehrreichen Dingen bei einem vierstündigen Festmahl sagen kann. Und das Seltsame ist, daß sie nie wagen würden, jemandem ins Gesicht zu sagen, was sie schamlos drucken.

Das Gespräch drehte sich zuerst um einen Scherz aus den „Persischen Briefen", worin der Ausspruch mehrerer ernsthafter Persönlichkeiten wiedergegeben wird, daß die Welt nicht allein immer schlechter wird, sondern sich auch immer mehr entvölkert; so daß, wenn das Sprichwort „Je mehr Narren, desto mehr wird gelacht" auf einiger Wahrheit beruht, das Lachen bald von der Erde verschwinden dürfte.

Der Doktor von der Sorbonne versicherte, daß die Welt sich tatsächlich auf beinahe nichts vermindert hätte. Er zitierte den Pater Petau, der darlegt, daß ein einziger Sohn Noahs (ich weiß nicht, war es Sem oder Japhet) in weniger als dreihundert Jahren aus seinem Leib eine Anzahl von Kindern gezeugt habe, die sich im Jahr 285 nach der Sintflut auf sechshundertdreiundzwanzig Milliarden sechshundertzwölf Millionen dreihundertachtundfünfzigtausend Gerechte belief.

Herr André fragte, warum es zur Zeit Philipps des Schönen, also ungefähr dreihundert Jahre nach Hugo Capet, nicht auch sechshundertdreiundzwanzig Milliarden königliche Prinzen gegeben hätte? „Weil der Glauben abgenommen hat", sagte der Doktor der Sorbonne.

Man sprach viel vom hunderttorigen Theben und von der Million Soldaten, die mit zwanzigtausend Kriegswagen aus diesen Toren kamen. „Halt, halt", sagte Herr André, „seit ich angefangen habe zu lesen, argwöhne ich, daß derselbe Geist, von dem Gargantua stammt, früher alle Geschichte geschrieben hat."

„Aber schließlich", sagte einer der Gäste, „waren Theben, Memphis, Babylon, Ninive, Troja, Seleukia wirklich große Städte, nur gibt es sie nicht mehr." – „Gewiß", sagte der Sekretär des Fürsten Gallitzin; „und Moskau, Konstantinopel, London, Paris, Amsterdam, Lyon, das größer ist als Troja, alle die Städte in Frankreich, Deutschland, Spanien und im Norden waren damals Wüsten."

Der Schweizer Hauptmann, ein sehr gebildeter Mann, erzählte uns, als seine Vorfahren ihre Berge und ihre Schluchten verlassen wollten, um sich, wie rechtens, eines angenehmeren Gebietes zu bemächtigen, habe Cäsar mit eigenen Augen die Anzahl jener Auswanderer gesehen und geschätzt, daß es dreihundertachtundsechzigtausend samt Greisen, Frauen und Kindern waren. „Heute hat allein der Kanton Bern so viele Einwohner: das ist nicht ganz die halbe Schweiz, und ich weiß, daß die dreizehn Kantone über siebenhundertzwanzigtausend Seelen haben, einschließlich der gebürtigen Schweizer, die im Ausland dienen oder Handel treiben. Hiernach, meine Herren Gelehrten, stellen Sie Ihre Berechnungen und Systeme auf, die einen werden so falsch sein wie die andern."

Darauf berührte man die Frage, ob die römischen Bürger zur Zeit Cäsars reicher waren als die Pariser Bürger zur Zeit des Herrn Silhouette.

„Ah! das geht mich an", sagte Herr André, „ich bin lange der Vierzigtalermann gewesen; ich glaube schon, daß die römischen Bürger mehr hatten. Diese berühmten Räuber im Großmaßstab hatten die schönsten Länder Asiens, Afrikas und Europas geplündert. Sie lebten überaus glanzvoll von den Früchten ihrer Raubzüge; und doch gab es in Rom Bettler. Und ich bin überzeugt, daß es unter diesen Welteroberern viele Menschen gab, die nur ihre vierzig Taler Einkommen hatten so wie ich."

„Wußten Sie", sagte ein Gelehrter von der Akademie der Inschriften und der schönen Literatur, „daß Lukullus für jedes seiner Gastmähler im Saal des Apollo neununddreißigtausenddreihundertzweiundsiebzig Livres und dreizehn Sous nach unserer Währung ausgab? Aber daß Atticus, der berühmte Epikuräer Atticus, für seine Tafel im ganzen Monat nicht mehr als zweihundertfünfunddreißig tourische Livres aufwandte?"

„Wenn dem so ist", sagte ich, „wäre er würdig, der ‚Bruderschaft der Knauser' vorzustehen, die es neuerdings in Italien gibt. Ich habe diese unglaubhafte Anekdote wie Sie bei Florus gelesen; aber wahrscheinlich hat Florus nie bei Atticus soupiert, oder sein Text ist wie so viele andere von den Kopisten verstümmelt worden. Niemals wird Florus mich davon überzeugen, daß der Freund Cäsars und Pompeius', Ciceros und Antonius', die oft bei ihm tafelten, dabei mit nicht einmal zehn Louisdor im Monat auskam.

Und so schreibt man nun Geschichte!"

Frau André nahm das Wort und sagte zu dem Gelehrten, es sollte ihr großes Vergnügen bereiten, wenn er ihren Tisch für zehnmal so viel bestellen wollte.

Ich bin überzeugt, daß dieser Abend bei Herrn André gut einen Monat des Atticus gekostet hat; und die Damen bezweifelten stark, daß es in Rom angenehmere Soupers gab als in Paris. Die Unterhaltung war sehr heiter, wiewohl ein wenig gelehrt. Es wurde weder über die neue Mode noch über die Schwächen des Nächsten, noch über die Skandalchronik des Tages gesprochen.

Das Thema Luxus wurde gründlich durchgenommen. Man fragte, ob es der Luxus gewesen sei, der das Römische Reich zerstört hat, und es wurde bewiesen, daß die zwei Reiche im Osten und im Westen einzig an Glaubensstreitigkeiten und an den Mönchen zugrunde gingen. Als Alarich Rom einnahm, war man tatsächlich nur mit theologischen Disputationen befaßt; und als Mohammed II. Konstantinopel nahm, verteidigten die Mönche weit eifriger das Ewige Licht von Tabor, das sie in ihrem Bauchnabel beschauten, als die Stadt gegen die Türken.

Einer unserer Gelehrten machte eine Bemerkung, die mich sehr beschäftigte: nämlich, daß diese beiden großen Reiche ausgelöscht sind, aber daß die Werke von Vergil, Horaz, Ovid die Zeiten überdauern.

Es war nur ein Sprung vom Jahrhundert des Augustus zum Jahrhundert Ludwigs XIV. Eine Dame fragte, warum heute kaum mehr geniale Werke geschaffen würden, obschon es doch viel Geist und Begabung gebe.

Herr André antwortete, weil man sie halt im vergangenen Jahrhundert gemacht habe. Die Antwort war spitzfindig und dennoch wahr; sie wurde ausgeführt. Darauf fiel man hart über einen Schotten her, der sich angemaßt hatte, Geschmacksregeln aufzustellen und die wunderbarsten Stellen bei Racine zu kritisieren, ohne französisch zu können.* Noch strenger wurde ein Italiener namens Denina herangenommen, der den „Geist der Gesetze“ verlästert hat, ohne ihn zu verstehen, und am meisten das bemäkelte, was man an diesem Werk am höchsten schätzt.

Dies erinnerte an die Verachtung, mit der Boileau die Kunst Tassos verschrien hatte. Einer der Gäste meinte, Tasso samt seinen Fehlern stehe ebenso hoch über Homer wie Montesquieu mit seinen noch größeren Fehlern über dem Plunder von Grotius. Man empörte sich über diese ungerechten Kritiken, die von nationalem Haß und Vorurteilen diktiert seien. Herr Denina wurde abgetan, wie er es verdiente und wie es allen Pedanten vor gescheiten Leuten ergeht.

Sehr scharfsinnig wurde angemerkt, daß die meisten literarischen Werke des gegenwärtigen Jahrhunderts, nicht anders als die Gespräche, sich um die Prüfung der Meisterwerke des vergangenen Jahrhunderts drehen. Unser Verdienst ist, ihr Verdienst zu erörtern. Wir sind wie enterbte Kinder, die die Habe ihrer Väter aufrechnen. Man räumte ein, daß die Philosophie sehr große Fortschritte gemacht hat, daß aber Sprache und Stil ein wenig herabgekommen sind.

Es ist das eigene aller Unterhaltung, von einem Gegen-

* Dieser Herr Home, ein großer schottischer Richter, lehrt, wie die Helden einer Tragödie mit Witz sprechen sollen; und er führt dafür ein bemerkenswertes Beispiel aus der Tragödie „Heinrich IV.“ des göttlichen Shakespeare an. Der göttliche Shakespeare läßt Mylord Falstaff, Chef der Gerichtsbarkeit, der den Ritter John Coleville gefangengenommen hat, diesen dem König übergeben mit den Worten: „Hier ist er, und hier überliefere ich ihn; und ich ersuche Euer Gnaden, laßt es mit den übrigen Taten des heutigen Tages aufzeichnen, oder bei Gott, ich will mir sonst eine besondere Ballade darauf schaffen, mit meinem eigenen Bildnis oben drüber, dem Coleville die Füße küssen soll. Wenn ich zu dieser Maßregel genötigt werde, und Ihr nehmt Euch nicht alle wie vergoldete Zweihellerstücke gegen mich aus, und ich überscheine Euch nicht am lichten Himmel des Ruhmes so sehr, wie der Vollmond die glimmernden Funken des Firmaments, die sich wie Nadelköpfe gegen ihn ausnehmen, so glaubt keinem Edelmann mehr auf sein Wort.“

Diesen absurden, schauerlichen Galimathias, wie er bei dem göttlichen Shakespeare nur zu häufig ist, schlägt Herr Home als Muster guten Geschmacks und geistreicher Sprache in der Tragödie vor. Dafür findet Herr Home Racines „Iphigenie“ und „Phädra“ unsäglich albern.

stand zum andern zu wechseln. All diese Gegenstände der Wißbegier, der Wissenschaft und des Geschmacks traten bald in den Hintergrund vor dem großen Schauspiel, das die Kaiserin von Rußland und der König von Polen der Welt gegeben hatten. Sie hatten jüngst in einem weit größeren Teil der Erde, als das Römische Reich je umfaßte, die unterdrückte Menschlichkeit aufgerichtet und Gewissensfreiheit gewährt. Dieser Dienst an der Menschheit, dieses Beispiel für so viele Höfe, die sich politisch klug wähnen, wurde nach Gebühr gefeiert. Man trank auf das Wohl der Kaiserin, des philosophischen Königs und des philosophischen Primas und wünschte ihnen viele Nachahmer. Sogar der Doktor von der Sorbonne bewunderte sie: denn auch in dieser Körperschaft gibt es einige sehr vernünftige Leute, wie es einst helle Köpfe selbst unter den Böotiern gab.

Der russische Sekretär setzte uns mit dem Bericht über all die großen Einrichtungen in Erstaunen, die man in Rußland schuf. Man fragte, warum die Leute lieber die Geschichte Karls XII. läsen, der sein Leben lang nur zerstört hat, als die Geschichte Peters des Großen, der seines darangesetzt hatte aufzubauen. Wir schlossen, daß Schwäche und Leichtfertigkeit die Ursachen dieser Vorliebe sind; daß Karl XII. der Don Quichote des Nordens war, während Peter sein Solon gewesen ist; daß oberflächliche Köpfe ein tollköpfiges Heldentum dem Weitblick eines Gesetzgebers vorziehen; daß die Einzelheiten einer Stadtgründung sie weniger erfreuen als die Verwegenheit eines Mannes, der allein mit seinen Domestiken zehntausend Türken trotzt; und endlich, daß die meisten Leser sich lieber ergötzen als lernen wollen. So erklärt sich auch, daß gegen hundert Frauen, die „Tausendundeine Nacht" lesen, nur eine steht, die zwei Kapitel Locke liest.

Worüber sprach man nicht alles bei diesem Mahl, dessen ich mich lange erinnern werde! Es mußte wohl endlich auch ein Wort über die Akteurs und Aktricen fallen, das ewige Thema der Tischgespräche in Versailles wie in Paris. Man stimmte überein, daß große Schauspieler so selten sind wie große Dichter. Das Essen endete mit einem hübschen kleinen Lied, das einer der Gäste den Damen darbrachte. Und ich gestehe, das Gastmahl des Plato hätte mir kein größeres Vergnügen bereitet als das bei Herrn und Frau André.

Unsere Stutzer und Stutzerinnen hätten sich zweifellos bei uns gelangweilt: sie meinen, die gute Gesellschaft zu sein; aber in der guten Gesellschaft soupieren weder Herr André noch ich.

Der weiße Stier

Aus dem Altsyrischen übersetzt von Herrn Mamaki,
Dolmetscher für orientalische Sprachen
des Königs von England

Erstes Kapitel

Wie Prinzessin Amaside einem Ochsen begegnet

Prinzessin Amaside, Tochter des Amasis, König von Tanis in Ägypten, wandelte samt ihrer Damenschar den Weg nach Pelusium. Sie ging in tiefer Traurigkeit dahin; Tränen rannen aus ihren schönen Augen. Nun, man kennt die Ursache ihres Kummers und weiß, wie sie sich fürchtete, dem König, ihrem Vater, durch ebendiesen Kummer zu mißfallen. Der greise Mambres, einstiger Magier und Eunuch des Pharaonen, war bei ihr, wie er sie kaum je verließ. Er hatte sie auf die Welt kommen sehen, hatte sie aufgezogen und sie alles gelehrt, was eine schöne Prinzessin von den ägyptischen Wissenschaften wissen durfte. Amasidens Verstand kam ihrer Schönheit gleich; sie war so reich an Gefühl, an Zärtlichkeit, wie sie entzückend war, aber diese Empfindsamkeit kostete sie viele Tränen.

Die Prinzessin war vierundzwanzig, der Magier Mambres an dreizehnhundert Jahre alt. Bekanntlich war er es, der mit dem großen Moses den berühmten Streit hatte, worin der Sieg lange zwischen den beiden mächtigen Philosophen schwankte. Daß Mambres unterlag, geschah einzig, weil der Himmel seinen Gegner sichtlich begünstigte: es brauchte der Götter, um einen Mambres unterzukriegen.

Amasis hatte ihn zum Oberhofmeister seiner Tochter ernannt, und er versah dieses Amt mit seiner gewohnten Weisheit: die schöne Amaside rührte ihn mit ihren Seufzern. „Oh, mein Liebster! mein schöner junger, mein geliebter Herr!“ klagte sie dann und wann; „oh, größter Sieger, du; vollkommenster, schönster unter allen Männern! Seit fast sieben Jahren, ach, bist du wie vom Erdboden verschwunden! Welcher Gott hat dich deiner liebreichen Amaside entrissen? Du bist nicht tot, das sagen alle gelehrten Propheten in Ägypten; aber für mich bist du tot, ich stehe allein in der Welt, und die Welt ist mir wüst und leer. Welches unfaßliche Wunder hat dich von deinem Thron und deiner Liebsten verbannt? deinem Thron! dem höchsten auf Erden, aber was sagt das: von mir, mir, die dich vergöttert, o mein geliebter Ne . . .!" Fast hätte sie weitergesprochen. Doch: „Hütet Euch, den verhängnisvollen Namen zu nennen!" fiel der weise Mambres, einstiger Eunuch und Magier der Pharaonen, ihr ins Wort. „Womöglich verrät Euch eine Eurer Damen. Gewiß sind Euch alle ergeben, und gewiß dienen alle schönen Damen den hohen Leidenschaften schöner Prinzessinnen besonders gern; aber schließlich kann eine Plaudertasche, sogar eine Verräterin darunter sein. Ihr wißt, der König, Euer Vater, wiewohl er Euch liebt, hat geschworen, Euch den Kopf abzuschlagen, sobald Ihr den schrecklichen Namen, der Euch immerfort auf der Zunge sitzt, aussprecht. Weint und schweigt. Das ist ein hartes Gebot, aber Ihr wurdet in der ägyptischen Weisheit ja nicht erzogen, um nicht Herrin Eurer Zunge zu sein. Denkt an Harpokrates, einen unserer höchsten Götter – er hat immer den Finger auf dem Mund." Da schluchzte die schöne Amaside und sagte kein Wort mehr.

Wie sie so schweigsam ans Nilufer kam, sah sie von fern unter flußumspültem Gehölz eine Alte in grauen Lumpen auf einer Anhöhe sitzen. Bei sich hatte sie eine Eselin, einen Hund und einen Bock. Vor ihr lag eine Schlange, die aber keine gewöhnliche war, denn ihre Augen glänzten so süß wie feurig; ihr Angesicht war so edel wie anziehend; ihre Haut schimmerte in den kräftigsten und sanftesten Farben. Ein riesiger Fisch, der halb aus dem Fluß auftauchte, nahm in der Gesellschaft nicht zum wenigsten wunder. Auf einem Zweig saßen ein Rabe und eine Taube. Und all diese Geschöpfe schienen in recht angeregter Unterhaltung befindlich.

„Wehe!" sagte die Prinzessin bei sich, „sicher reden all die Leute da von ihrer Liebe, nur mir ist verboten, den Namen meiner Liebe auszusprechen!"

Die Alte hielt eine leichte, hundert Ellen lange Stahlkette in Händen, woran ein Stier gebunden war, der auf der Wiese weidete. Es war ein weißer Stier, sein Leib wie gedrechselt, seidenweich, elegant sogar, was sehr selten ist. Seine Hörner waren von Elfenbein. Nie ward ein so schönes Geschöpf seiner Gattung gesehen. Der Stier der Pasiphae und der, in dessen Gestalt Jupiter die kleine Europa entführte, waren diesem herrlichen Tier nicht zu vergleichen. Die bezaubernde Färse sogar, in welche Isis verwandelt wurde, wäre seiner kaum würdig gewesen.

Sowie er die Prinzessin erblickte, rannte er auf sie zu mit dem Ungestüm eines jungen Araberhengstes, der über die weiten Ebenen und Flüsse der alten Saana der prächtigen Stute zustürmt, die sein Herz begehrt und für die seine Ohren sich spitzen. Die Alte gab sich alle Mühe, ihn zurückzuhalten; die Schlange, schien es, wollte ihn mit ihrem Gezisch erschrecken; der Hund verfolgte ihn und biß ihn in die schönen Waden; die Eselin querte seinen Weg und versetzte ihm Hufschläge, damit er umkehre. Der große Fisch hob sich aus dem Nil und drohte, ihn zu verschlingen; der Bock verharrte in Bangen und Furcht; der Rabe flatterte dem Stier ums Haupt, als wollte er ihm die Augen aushacken. Nur die Taube flog ihm voll Neugier nach und ermunterte ihn mit süßem Gurren.

Dieses ungewöhnliche Schauspiel versetzte Mambres in ernste Gedanken. Unterdes war der weiße Stier, Kette samt Hüterin mit sich fortreißend, auch schon bei der Prinzessin, die Staunen und Furcht ergriff. Er wirft sich vor ihr nieder, küßt ihr die Füße, weint Tränen, schaut sie mit Augen an, darin Schmerz und Freude in nie gewesener Mischung herrschten. Er wagte nicht zu brüllen, um die schöne Amaside nicht zu erschrecken. Sprechen konnte er nicht. Ein sanfter Gebrauch seiner Stimme, wie ihn der Himmel manchen Tieren gewährt hat, war ihm versagt; aber alles, was er tat, war beredsam. Er gefiel der Prinzessin sehr. Sie spürte, wie eine kleine Kurzweil den bittersten Gram einige Zeit vertreiben kann. „Welch ein liebenswertes Tier!“ sagte sie; „ach, hätte ich es in meinem Stall!“

Bei diesen Worten beugte der Stier seine vier Knie und küßte die Erde. „Er versteht mich!“ rief die Prinzessin; „er bekundet mir, daß er mir gehören will. Ach, himmlischer Magier, himmlischer Eunuch, macht mir die Freude und kauft mir diesen schönen Cherub*; verhandelt mit der Alten, der er ja wohl gehört. Ich will dieses Tier haben; verwehrt mir diesen unschuldigen Trost doch nicht.“ Alle Hofdamen vereinten ihre inständigen Bitten mit denen der Prinzessin. Mambres ließ sich rühren und ging, mit der Alten zu reden.

Zweites Kapitel

Wie der weise Mambres, vormals Zauberer der Pharaonen, ein altes Weib wiedererkennt und von diesem erkannt wird

„Gnädigste“, begann er, „Ihr wißt, daß Jungfern, und insonders Prinzessinnen, Abwechslung brauchen. Die Tochter des Königs ist in Euren Stier vernarrt; bitte, verkauft ihn uns, wir zahlen bar.“

„Edler Herr“, antwortete die Alte, „das kostbare Tier gehört mir nicht. Ich und all die schönen Tiere, die Ihr seht, sind nur seine Wächter und verpflichtet, alles, was er tut, zu beobachten und darüber Bericht abzustatten. Gott behüte, daß ich dieses unschätzbare Tier je verkaufen wollte!“

Bei dieser Antwort durchzuckten Mambres einige wirre Lichter, die er aber nicht gleich zu ordnen vermochte. Er betrachtete die Alte in dem grauen Gewand genauer. „Verehrteste“, sagte er dann, „entweder täusche ich mich, oder ich habe Euch schon irgendwann gesehen.“ – „Ich täusche mich nicht“, sagte die Alte, „ich habe Euch, Edler Herr, vor siebenhundert Jahren auf meiner Reise von Syrien nach Ägypten kennengelernt, ein paar Monate nach Trojas Untergang, als Hiram in Tyrus und Nepherkheres über das alte Ägypten herrschten.“

„Ah, Verehrteste“, rief der Greis, „dann seid Ihr die er-

* Cherub bedeutet auf chaldäisch und syrisch: Ochse.

lauchte Zauberin von Endor." – „Und Ihr, Edler Herr", sagte die Zauberin und umarmte ihn, „seid der große Mambres von Ägypten."

„O unverhofftes Wiedersehen! o denkwürdiger Tag! o himmlischer Ratschluß!" sagte Mambres. „Zweifellos begegnen wir einander nicht ohne ein Gebot der allmächtigen Vorsehung auf dieser Uferwiese am Nil vor der herrlichen Stadt Tanis. Also Ihr seid das, Gnädigste, die Ihr an Eurem kleinen Jordan so hochberühmt und die Erste Dame der Welt seid, was die Beschwörung von Schatten anbetrifft." – „Und Ihr, Edler Herr, seid der Hochberühmte, der Stäbe in Schlangen, den Tag in Finsternis und Flüsse in Blut verwandeln kann." – „Ja, Verehrteste; aber mein hohes Alter hat meinen Geist und meine Macht geschwächt. Ich weiß nicht, von wem Ihr diesen schönen weißen Stier habt und wer die Tiere sind, die ihn unter Eurer Leitung überwachen." Die Alte sammelte sich, hob die Augen gen Himmel und sprach also:

„Mein teurer Mambres, wir sind vom selben Gewerbe; aber mir ist ausdrücklich verboten worden, Euch zu verraten, was für ein Stier dies ist. Ich darf Euch indes über die andern Tiere Auskunft geben. Ihr werdet sie leicht an ihren Zeichen erkennen. Die Schlange ist dieselbe, die Eva verführt hat, einen Apfel zu essen und ihrem Mann davon abzugeben. Die Eselin ist dieselbe, die in einem Hohlweg zu Bileam, Eurem Zeitgenossen, sprach. Der Fisch, der immer den Kopf aus dem Wasser steckt, ist derselbe, der vor ein paar Jahren den Jonas verschlang. Der Hund ist jener, der dem Engel Raphael und dem jungen Tobias folgte, als sie zur Zeit des großen Salmanassar nach Rages in Medien zogen. Der Bock ist derselbe, der alle Sünden eines Volkes auf sich nimmt. Der Rabe und die Taube waren beide in Noahs Arche, ein großes Ereignis, eine Weltkatastrophe, von der nur fast die ganze Welt noch nichts weiß! Nun seid Ihr im Bilde. Nur über den Stier erfahrt Ihr nichts."

Mambres hatte ehrerbietig zugehört. Jetzt sagte er: „Der Ewige enthüllt, was Er will, wem Er will, erhabene Zauberin. All diese Tiere, die mit Euch den weißen Stier hüten, sind einzig Eurem großherzigen und angenehmen Volk bekannt, das seinerseits fast der ganzen Welt unbekannt ist. Die Wunder, die Ihr und Eure Landsleute und die ich und die meinen vollbracht haben, werden falschen Weisen eines Tages viel Anlaß zu Zweifel und Anstoß sein. Aber bei den wahren Weisen, die in einem kleinen Teil der Erde sich auf Seher verlassen, werden sie zum Glück ja Glauben finden, und mehr braucht es nicht."

Wie er so sprach, zupfte ihn die Prinzessin am Ärmel und fragte: „Mambres, kauft Ihr mir meinen Stier nicht?" Der Magier grübelte so versunken, daß er keine Antwort gab; und Amaside weinte.

Sie wandte sich selbst an die Alte und sprach: „Ach, meine Gute, ich beschwöre Euch bei dem Teuersten, was Ihr auf Erden habt, Eurem Vater, Eurer Mutter, Eurer Amme, die ja hoffentlich noch leben, verkauft mir Euren Stier und dazu die Taube, die ihm so zugetan scheint. Eure andern Tiere will ich nicht; aber ich bin imstande und falle in Zustände, wenn Ihr mir diesen wunderbaren weißen Stier nicht verkauft, denn er wäre alle Freude meines Lebens."

Die Alte küßte ehrerbietig den Saum ihres Gazekleides und sagte: „Prinzessin, mein Stier ist nicht verkäuflich, Euer erlauchter Magier weiß Bescheid. Alles, was ich für Euch tun kann, ist, daß ich ihn alle Tage vor Eurem Palast auf die Weide führe; da könntet Ihr ihn liebkosen, ihm Zuckerplätzchen geben, ihn tanzen lassen, wie Euch beliebt. Aber er darf diesen Tieren, die mich begleiten und die Pflicht haben, über ihn zu wachen, nie aus den Augen kommen. Wenn er nicht ausreißt, tun sie ihm nichts; aber wenn er seine Kette noch einmal zu sprengen versucht wie eben, als er Euch sah – dann wehe ihm! dann bürge ich nicht für sein Leben. Der große Fisch, den Ihr da seht, würde ihn unweigerlich verschlucken und über drei Tage im Bauch behalten, oder die Schlange, die Euch vielleicht ganz sanft und liebenswürdig anmutet, versetzte ihm einen tödlichen Biß."

Der weiße Stier, der alles, was die Alte sagte, genau verstand, aber nicht sprechen konnte, stimmte allem unterwürfig bei. Er legte sich vor ihr nieder, brüllte zart und blickte inniglich zu Amaside auf, als wollte er sagen: „Besucht mich ab und zu auf der Wiese." Da nahm die Schlange das Wort und sagte: „Prinzessin, ich rate Euch, blindlings zu befolgen, was Fräulein von Endor Euch vorgeschlagen hat." Die Eselin mußte auch ihr Wort dazugeben und schloß sich der Meinung der Schlange an. Amaside war betrübt, daß Schlange und Eselin so gut sprechen konnten, während ein schöner Stier, der so edle, zärtliche Gefühle hatte, diese nicht in Worte fassen durfte. „Ach! ist es am Hof denn anders!" seufzte sie leise; „da sieht man alle Tage schöne Herrn, die mit niemandem sprechen können, und Gimpel, die in aller Dreistigkeit schwatzen."

„Diese Schlange ist kein Gimpel", sagte Mambres; „täuscht Euch da nicht. Sie ist vielleicht das höchstgeschätzte Wesen auf Erden."

Der Tag ging zur Neige, die Prinzessin war zur Heimkehr genötigt, nachdem sie fest versprochen hatte, anderntags zur gleichen Stunde wiederzukommen. Bei ihren Damen nahm das Wundern kein Ende; denn sie hatten nichts, was sie gesehen und gehört, verstanden. Mambres grübelte. Die Prinzessin dachte daran, wie die Schlange die Alte „Fräulein" genannt hatte, schloß daraus voreilig, daß sie Jungfrau sei, und verspürte einige Betrübnis, es selber noch zu sein: eine ehrenwerte Betrübnis, die sie sorglich verhehlte wie den Namen ihres Liebsten.

Drittes Kapitel

Wie die schöne Amaside eine geheime Unterredung mit einer schönen Schlange hatte

Die schöne Prinzessin gebot ihren Damen Geheimhaltung über alles, was sie gesehen hatten. Sie versprachen sie sämtlich und hielten tatsächlich einen ganzen Tag Wort. Man wird sich denken können, daß Amaside diese Nacht wenig schlief. Ein unbegreiflicher Zauber rief ihr immerfort das Bild ihres schönen Stiers zurück. Sowie sie ungestört mit dem weisen Mambres reden konnte, sagte sie: „O Weiser! dieses Tier verdreht mir den Kopf." – „Mir zerbricht es den meinigen", sagte Mambres. „Ich sehe klar, daß dieser Cherub weit über seiner Gattung steht. Ich spüre, daß dahinter ein großes Geheimnis steckt, aber mir schwant ein Unheil. Euer Vater Amasis ist hitzig und argwöhnisch; diese ganze Sache erfordert von Euch die größte Vorsicht."

„Ach!" sagte die Prinzessin, „ich hege zu viel Neugier, um vorsichtig zu sein; das ist die einzige Leidenschaft, die sich in meinem Herzen mit der für meinen verlorenen Liebsten vereint. Ach, warum darf ich nicht wissen, was es mit diesem weißen Stier auf sich hat, der in mir eine so unerhörte Wirrnis erzeugt?" – „Prinzessin", antwortete Mambres, „ich habe Euch ja gestanden, daß meine Wissenschaft abnimmt, je älter ich werde; aber ich müßte mich sehr täuschen, wenn die Schlange nicht weiß, was Ihr so begierig wissen möchtet. Sie ist klug, sie drückt sich tadellos aus, sie ist es seit langem gewohnt, sich in die Dinge von Damen einzumischen." – „Aha", sagte Amaside, „dann ist sie wohl sicher die schöne ägyptische Schlange, die, wenn sie ihren Schwanz ins Maul nimmt, das Symbol der Ewigkeit ist und die die Welt erhellt, sowie sie die Augen öffnet, und sie verdunkelt, wenn sie sie schließt." – „Nein, Hoheit." – „Dann ist es die Schlange des Äskulap?" – „Die schon gar nicht." – „Dann ist es Jupiter in Gestalt einer Schlange?" – „Aber nein." – „Ah, ich weiß, es ist Euer Stab, den Ihr einst in eine Schlange verwandelt habt?" – „Nein, nein, nein, Hoheit; aber alle diese Schlangen sind von derselben Familie. Diese hier genießt in ihrem Land hohen Ruhm: sie gilt für die klügste, die es je gab. Wendet Euch an sie. Doch ich warne Euch, es ist ein höchst gefährliches Unterfangen. Ich an Eurer Stelle ließe ja den Stier, die Eselin, die Schlange, den Fisch, den Bock, den Raben und die Taube, wo sie sind. Aber die Leidenschaft reißt Euch hin; alles, was ich dazu tun kann, ist, Mitleid zu haben und zu zittern."

Die Prinzessin beschwor ihn, ihr ein Stelldichein mit der Schlange zu verschaffen. Mambres, der gutmütig war, willigte ein; und nachdem er gründlich nachgesonnen, suchte er seine Hexe auf. Er stellte ihr die Laune seiner Prinzessin so einschmeichelnd vor, daß er sie überzeugte.

Die Alte sagte also, Amaside dürfe nur bitten; die Schlange

habe beste Lebensart, sei sehr zuvorkommend gegen Damen; sie erwarte sich gar nichts Besseres, als ihnen dienstbar zu sein, und werde gewiß zum Treffen kommen.

Der alte Magier brachte der Prinzessin die günstige Antwort; aber er befürchtete noch immer ein Unglück und hörte nicht auf zu grübeln. „Ihr wollt mit der Schlange sprechen, Prinzessin; Ihr sollt es, wann es Eurer Hoheit beliebt. Aber vergeßt nicht, daß man ihr viel schmeicheln muß, denn ein jedes Geschöpf steckt voller Eigenliebe, und dieses ganz besonders. Man sagt ja, sie wurde einmal wegen unmäßigem Vorwitz von einem schönen Ort verbannt." – „Davon habe ich nie gehört", sagte die Prinzessin. „Das will ich glauben", sagte der Greis. Und dann erzählte er ihr, welche Gerüchte über die berühmte Schlange früher einmal umgegangen waren. „Aber wie sonderbar immer ihr Abenteuer gewesen sein mag, Hoheit, Ihr könnt ihr das Geheimnis nur durch Schmeichelei entlocken. In einem Nachbarland soll sie den Frauen einst einen kapitalen Streich gespielt haben; es geschähe ihr recht, wenn jetzt eine Frau sie verführte." – „Ich werde mein Möglichstes tun", sagte die Prinzessin.

Sie machte sich also samt ihren Hofdamen und ihrem guten, weisen Eunuchen auf den Weg. Die Alte weidete den weißen Stier in einiger Entfernung. Mambres ließ Amaside volle Freiheit und ging mit seiner Hexe plauschen. Die Ehrendame schwätzte mit der Eselin; die Gesellschaftsdamen ergötzten sich mit dem Bock, dem Hund, dem Raben und der Taube; und der Riesenfisch, der alle in Schrecken hielt, tauchte auf Geheiß der Alten im Nil unter.

Sogleich begab sich die Schlange zur schönen Amaside ins Gehölz, und sie hatten folgende Unterredung.

Die Schlange: Ihr glaubt nicht, Hoheit, wie sehr mir die Ehre schmeichelt, die Eure Hoheit mir zu erweisen geruhen.

Die Prinzessin: Verehrtester, Euer großer Ruf, die Feinheit Eures Angesichts und der Glanz Eurer Augen haben mich unschwer bestimmt, um diese Unterredung mit Euch zu ersuchen. Nach öffentlichen Verlautbarungen (falls sie nicht trügen), weiß ich, daß Ihr im Himmelreich einmal ein hoher Herr wart.

Die Schlange: Gewiß, Hoheit, hatte ich dort einen ziemlich bedeutenden Posten inne. Man behauptet ja, ich sei ein verstoßener Günstling: dieses Gerücht kam zuerst in Indien auf.* Die Brahmanen haben als erste eine lange Geschichte meiner Abenteuer verfaßt. Ich bezweifle nicht, daß es eines Tages im Norden einen Dichter geben wird, der das bizarrste Versepos daraus macht; offen gestanden, ist mehr damit auch nicht anzufangen. Aber ich bin nicht derart heruntergekommen, daß mir auf diesem Erdenrund nicht noch ein sehr beachtliches Gebiet obläge. Ich könnte fast sagen, die ganze Erde gehört mir.

Die Prinzessin: Ich glaube es gern, Verehrtester, denn es heißt, Ihr hättet die Gabe, alles zu erobern, was Ihr wollt, und gefallen heißt herrschen.

Die Schlange: Ich merke, Prinzessin, wenn ich Euch so ansehe und Euch lausche, daß diese Herrschaft, die man mir über so viele Seelen zugesteht, Ihr über mich ausübt.

Die Prinzessin: Ihr seid, glaube ich, ein liebenswerter Sieger. Man sagt, Ihr hättet Euch allerhand Damen unterworfen, angefangen bei unserer Urmutter, deren Namen ich vergessen habe.

Die Schlange: Man tut mir unrecht: ich gab ihr den besten Rat der Welt. Sie ehrte mich mit ihrem Vertrauen. Meine Meinung war, daß sie und ihr Mann sich mit der Frucht vom Baum der Erkenntnis randvoll stopfen sollten. Ich meinte, dem Herrn aller Dinge damit einen Gefallen zu tun. Ein Baum von solcher Notwendigkeit für die Menschheit dünkte mir nicht gepflanzt, um ungenutzt dazustehen. Sollte der Herr für Ignoranten und Toren gewirkt haben? Ist der Verstand nicht geschaffen, um aufgeklärt, um vervollkommnet zu werden? Muß man Gut und Böse nicht kennen, um das eine zu tun und das andre zu meiden? Es ist keine Frage, daß man mir Dank geschuldet hätte.

Die Prinzessin: Indes sagt man, es sei Euch übel bekommen. Offenbar rührt aus jener Zeit die Unsitte, daß man so

* Es waren tatsächlich die Brahmanen, die als erste sich eine Umwälzung im Himmel vorstellten, und diese Fabel diente lange danach der Sage vom Krieg der Riesen gegen die Götter und etlichen andern Sagen zum Gerüst.

viele Diener bestraft, wenn sie gute Ratschläge geben, und daß so viele wirkliche Gelehrte und große Geister verfolgt werden, wenn sie Dinge schreiben, die der Menschheit nützlich sind.

Die Schlange: Dieses Märchen müssen meine Feinde Euch erzählt haben, Hoheit. Sie plärren überall herum, ich sei bei Hof schlecht angeschrieben. Ein Beweis für mein sehr großes Ansehen dort oben ist, daß sie selbst eingestehen, daß ich im Rat war, als es den biederen Hiob zu prüfen galt, und daß ich abermals gerufen wurde, als man beschloß, einen gewissen winzigen König namens Ahab zu betölpeln*: ich allein wurde mit diesem edlen Auftrag betraut.

Die Prinzessin: Ach, Herr, ich kann mir gar nicht vorstellen, daß Ihr imstande seid, jemanden zu betölpeln. Aber da Ihr noch immer in Diensten steht, darf ich Euch eine Bitte vortragen? Ich hoffe, ein so liebenswürdiger Herr wird sie mir nicht abschlagen.

Die Schlange: Euer Wunsch ist mir Befehl, schöne Dame. Was gebietet Ihr?

Die Prinzessin: Ich beschwöre Euch, sagt mir, was es mit dem schönen weißen Stier auf sich hat, für den ich unbegreifliche Gefühle in mir entdecke, die mich so zärtlich stimmen wie ängstigen. Man sagte mir, Ihr würdet geruhen, mich zu unterrichten.

Die Schlange: Neugier, Hoheit, ist der menschlichen Natur notwendig, und insonders Eurem liebenswerten Geschlecht: ohne sie siechte man in der schmählichsten Unwissenheit dahin. Ich habe die Neugier der Damen stets, so gut ich irgend konnte, befriedigt. Man klagt mich fälschlich an, diese Gefälligkeit nur erzeigt zu haben, um dem Herrn aller Dinge übelzutun. Ich schwöre Euch, es wäre mein vornehmstes Ziel, Euch zu dienen; aber die Alte hätte Euch warnen müssen, daß die Enthüllung des Geheimnisses einige Gefahr für Euch birgt.

* Erstes Buch von den Königen, Kap. 22, Vers 20-22: „Und der Herr sprach: Wer will Ahab überreden, daß er hinaufziehe und falle zu Ramoth in Gilead? . . . Da ging ein Geist heraus und trat vor den Herrn und sprach: Ich will ihn überreden. Der Herr sprach zu ihm: . . . Du sollst ihn überreden und sollst's ausrichten; gehe aus und tue also!"

Die Prinzessin: Ach, das macht mich noch neugieriger.

Die Schlange: Daran erkenne ich alle schönen Damen, denen ich je Dienste erwies.

Die Prinzessin: Wenn Ihr empfindsam seid, wenn alle Geschöpfe sich gegenseitige Hilfe schulden, wenn Ihr Mitleid mit einer Unglücklichen habt, weist mich nicht ab.

Die Schlange: Ihr zerreißt mir das Herz; Ihr sollt Euren Willen haben; aber unterbrecht mich nicht.

Die Prinzessin: Ich verspreche es.

Die Schlange: Es war einmal ein junger König, schön wie ein Bildnis, verliebt, geliebt ...

Die Prinzessin: Ein junger König! schön wie ein Bildnis, verliebt, geliebt! und von wem? und wer war dieser König? wie alt war er? was ist aus ihm geworden? wo ist er jetzt? wo ist sein Reich? wie ist sein Name?

Die Schlange: Da unterbrecht Ihr mich, kaum daß ich angefangen habe. Hütet Euch: wenn Ihr Euch nicht besser zu beherrschen wißt, seid Ihr verloren.

Die Prinzessin: Ach, verzeiht, es soll nicht mehr vorkommen; fahrt bitte fort.

Die Schlange: Dieser große König, der liebenswerteste und tapferste unter allen Männern, überall siegreich, wo er nur seine Waffen einsetzte, träumte oft, wenn er schlief; und wenn er seine Träume vergessen hatte, wollte er, daß seine Magier sich ihrer entsannen und ihm sagten, was er geträumt hatte, sonst ließ er sie alle aufhängen, das ist nur zu gerecht. Nun ist es bald sieben Jahre her, daß er einen schönen Traum träumte, den er beim Erwachen vergessen hatte; und als ein junger Jude, ein sehr erfahrener Mensch, ihm seinen Traum gedeutet hatte, wurde dieser liebenswürdige König plötzlich in einen Ochsen* verwandelt; denn ...

Die Prinzessin: Ach, das ist mein geliebter Nebu ...

Sie vollendete den Namen nicht; sie sank ohnmächtig nieder. Mambres, der von weitem gelauscht hatte, sah sie fallen und meinte, sie sei tot.

* Im ganzen Altertum wurden die Begriffe Ochse und Stier gleichbedeutend verwendet.

Viertes Kapitel

Wie man den Ochsen opfern und die Prinzessin entzaubern wollte

Wehklagend läuft Mambres herzu. Die Schlange ist gerührt: sie kann nicht weinen, aber sie zischt im Trauerton. „Sie ist tot!" ruft sie. Die Eselin wiederholt: „Sie ist tot!" Der Rabe spricht es nach; alle andern Tiere scheinen schmerzbewegt, ausgenommen der Fisch des Jonas, der seit je unerbittlich war. Die Ehrendame, die Hofdamen kommen und raufen sich die Haare. Der weiße Stier, der abseits geweidet hat, läuft auf ihr Wehgeschrei dem Wäldchen zu und zieht die Alte unter solchem Gebrüll mit sich fort, daß das Echo lange davon widerhallt. Vergebens gossen sämtliche Damen ihre Duftwässer aus Rosen, Nelken, Myrthen, Mandelblüten, Paradieskörnern, Zimt, Ingwer und Muskat, ihren Balsam von Mekka und grauem Amber über die hinscheidende Amaside aus. Sie gab kein Lebenszeichen; doch kaum, daß sie den schönen weißen Stier an ihrer Seite fühlte, kam sie frischer, schöner und lebhafter zu sich denn je. Hundertfach küßte sie das herrliche Tier, das sein Haupt sehnsüchtig auf ihren alabasternen Leib senkte. Sie nennt ihn: „Mein Herr, mein König, mein Herz, mein Leben." Sie schlingt ihre elfenbeinernen Arme um den schneeigen Hals. So eng schmiegt sich das leichteste Hälmchen nicht an Bernstein, der Weinstock nicht an die Ulme, der Efeu nicht an Eichen an. Man hörte das süße Gemurmel ihrer Seufzer; man sah ihre Augen bald funkelnd in zärtlichem Feuer, bald umflort von den kostbaren Tränen, die aus Liebe fließen.

Man mag sich vorstellen, wie verblüfft Amasidens Ehrendame und ihre Gesellschaftsdamen schauten. Sowie sie im Palast waren, erzählten sie alle ihren Liebhabern die sonderbare Begebenheit, und zwar jede ein wenig anders, so daß deren Merkwürdigkeit sich erhöhte und die Geschichte wie eh und je in großer Mannigfalt erschien.

Kaum hatte Amasis, König von Tanis, davon gehört, entflammte sein königliches Herz in gerechtem Zorn. So zürnte

Minos, als er hörte, daß sein Weib Pasiphae ihre zärtliche Gunst dem Vater des Minotaurus gewährte. So erbebte Juno, als sie sah, wie Jupiter, ihr Gemahl, die schöne Kuh Io, Tochter des Flusses Inachos, umarmte. Amasis ließ die schöne Amaside in ihre Kammer sperren und stellte eine Wache von schwarzen Eunuchen vor ihre Tür; dann rief er seinen geheimen Rat zusammen.

Der große Magier Mambres hatte dort den Vorsitz, aber kein so hohes Ansehn mehr wie ehedem. Alle Staatsdiener erklärten, der weiße Stier sei ein Hexer. Dabei war es umgekehrt: er war verhext; aber bei Hof täuscht man sich immer in so delikaten Angelegenheiten.

Man beschloß mit Stimmenmehrheit, die Prinzessin solle exorziert und der weiße Stier mitsamt der Alten geopfert werden.

Der weise Mambres wollte der Meinung des Königs und des Rats nicht widersprechen. Ihm oblag das Recht, Exorzismen vorzunehmen; er konnte sie unter einem sehr plausiblen Grund aufschieben. Der Gott Apis war in Memphis gestorben. Ein göttlicher Ochse stirbt wie ein andrer auch. Es war in Ägypten verboten, jemand zu exorzieren, bis ein anderer Ochse gefunden war, der den Verstorbenen ersetzte.

Also wurde im Rat festgesetzt, daß man die Ernennung des neuen Gottes in Memphis abwarten müsse.

Der gute alte Mambres spürte, welche Gefahr seiner teuren Prinzessin drohte: er wußte, wer ihr Geliebter war. Die zwei Silben, die ihr entschlüpft waren, hatten dem Weisen das ganze Geheimnis enthüllt.

Die Dynastie* von Memphis gehörte damals den Babyloniern: dies war der Überrest ihrer einstigen Eroberungen, die sie unter dem größten König der Welt gemacht hatten, dessen Todfeind Amasis war. Mambres mußte seine ganze Weisheit aufbieten, um sich bei so vielen Schwierigkeiten klug zu benehmen. Wenn König Amasis den Geliebten seiner Tochter entdeckte, war sie des Todes; er hatte es geschworen. Der

* Dynastie bedeutet schlechthin Macht. So kann man sich dieses Wortes bedienen, trotz Larchers Haarspaltereien. Dynastie kommt von dem phönikischen „dunast“, und Larcher ist ein Ignorant, der weder Phönikisch noch Syrisch, noch Koptisch kann.

große, der schöne, der junge König, den sie liebte, hatte ihren Vater entthront, denn er hatte sein Königreich Tanis erst seit diesen rund sieben Jahren wieder, da man nicht wußte, was aus dem vergötterten Herrscher, dem Sieger und Idol der Völker, dem zärtlichen, großherzigen Liebhaber der entzükkenden Amaside geworden war. Wiederum, wenn man den Stier opferte, würde unfehlbar auch die schöne Amaside vor Gram sterben.

Was sollte Mambres unter so dornigen Umständen machen? Er sucht nach Verlassen der Ratsversammlung seine teure Ziehtochter auf und sagt: „Mein schönes Kind, ich werde alles für Euch tun; aber ich wiederhole Euch, wenn Ihr je den Namen Eures Geliebten aussprecht, verliert Ihr den Kopf."

„Ach, was gilt mir mein Kopf", sagte die schöne Amaside, „wenn ich ihn nicht an ihn schmiegen darf, Nebukad ...! Mein Vater ist ein sehr garstiger Mensch! Nicht allein, daß er mich dem schönen Fürsten, den ich vergöttere, nicht gegeben hat, er hat ihm obendrein den Krieg erklärt; und als mein Geliebter ihn besiegt hatte, hat er es fertiggebracht, ihn in einen Ochsen zu verwandeln. Hat es je abscheulichere Bosheit gegeben? Wenn mein Vater nicht mein Vater wäre – ich weiß nicht, was ich ihm täte."

„Nicht Euer Vater hat ihm diesen schlimmen Streich gespielt", sagte der weise Mambres, „vielmehr ein Mann aus Palästina, einer unserer alten Feinde, ein Bewohner eines jener vielen kleinen Länder, die Euer erlauchter Geliebter bezwungen hat, um sie zu zivilisieren. Solche Verwandlungen dürfen Euch nicht verwundern; Ihr wißt doch, daß ich früher noch viel schönere gemacht habe: damals waren solche Verwandlungen gang und gäbe, nur heutzutage staunen die Weisen darüber. Die wahre Geschichte, die wir beide miteinander gelesen haben, hat uns zum Beispiel gelehrt, daß Lykaon, der König von Arkadien, ein Wolf wurde. Die schöne Kallisto, seine Tochter, wurde eine Bärin; Io, die Tochter des Inachos, unsere verehrungswürdige Isis, eine Kuh; Daphne ward ein Lorbeerbaum; Syrinx eine Flöte. Die schöne Edith, Weib des Lot, des besten, zärtlichsten Vaters, den es je gab – ist sie in unserer Nachbarschaft nicht gar zu einer sehr schönen und sehr pikanten Salzsäule erstarrt, die alle Merkmale ihres Geschlechts bewahrt und jeden Monat regelmäßig ihre Tage* hat, wie die großen Männer, die sie gesehen haben, bestätigen. Ich war als junger Mensch Zeuge dieser Verwandlung. Ich habe gesehen, wie fünf mächtige Städte am trockensten, dürrsten Ort der Welt plötzlich zu einem schönen See wurden. In meiner Jugend gab es Metamorphosen auf Schritt und Tritt.

Endlich, Hoheit, sofern Beispiele Euren Gram lindern können, erinnert Euch, daß Venus die Kerasten auch in Ochsen verwandelt hat." – „Ich weiß", sagte die unglückliche Prinzessin, „aber trösten Beispiele? Wenn mein Liebster gestorben wäre, könnte der Gedanke mich trösten, daß alle Menschen sterben?" – „Euer Leid kann enden", sagte der Weise; „und da Euer zärtlicher Liebster ein Ochse geworden ist, kann der Ochse auch wieder Mensch werden. Was mich angeht, ich will in einen Tiger oder ein Krokodil verwandelt werden, wenn ich das bißchen Macht, das ich noch habe, nicht für eine Prinzessin einsetze, die der Anbetung der ganzen Erde würdig ist, für die schöne Amaside, die ich aufgezogen habe auf meinen Knien und die das verhängnisvolle Geschick so schweren Prüfungen unterzieht."

Fünftes Kapitel

Wie der weise Mambres sich weise betrug

Als der göttliche Mambres der Prinzessin alles gesagt hatte, was sie trösten sollte, aber durchaus nicht tröstete, begab er sich ungesäumt zu der Alten. „Genossin", sagte er, „unser Gewerbe ist schön, aber nicht ungefährlich; Euch droht, gehängt zu werden, und Eurem Ochsen, daß man ihn

* Tertullian sagt in seinem Gedicht „Sodom":

Dicitur et vivens alio sub corpore sexus
Munificos solito dispungere sanguine menses.

Der heilige Irenäus, Buch 4, sagt: „Per naturalia ea quae sunt consuetudinis feminae ostendens."

verbrennt oder ersäuft oder schlachtet. Ich weiß nicht, was man mit Euren andern Tieren vorhat, denn wiewohl ich Prophet bin, weiß ich doch wenig; verbergt indes sorglich die Schlange und den Fisch; möge der eine den Kopf nicht aus dem Wasser stecken, der andre nicht aus seinem Loch kriechen. Ich will den Ochsen in meinen Stall auf dem Lande stellen; dort sollt Ihr bei ihm sein, da Ihr sagt, Euch sei verboten, ihn aus dem Auge zu lassen. Der Sühnbock kann bei der Gelegenheit als Sündenbock dienen; wir werden ihn samt allen Sünden der Truppe in die Wüste schikken; an das Verfahren ist er gewöhnt, es macht ihm nichts aus; und bekanntlich kann alles eingerenkt werden, wo sich ein Bock findet. Ich bitte Euch nur, mir jetzt den Hund des Tobias zu leihen, der einen sehr guten Windhund abgibt, die Eselin des Bileam, die flinker läuft als ein Dromedar, den Raben und die Taube aus der Arche, die sehr schnell fliegen. Ich will sie in einer Angelegenheit von höchstem Gewicht als Boten nach Memphis schicken."

Die Alte entgegnete dem Magier: „Edler Herr, Ihr sollt nach Belieben über den Hund des Tobias, die Eselin des Bileam, den Raben und die Taube aus der Arche und den Sühnbock verfügen; aber mein Ochse darf nicht in einem Stall schlafen. Denn es steht geschrieben, daß er an eine stählerne Kette gebunden sein muß und unter dem Tau des Himmels liegen und naß werden und Gras fressen soll wie die Rinder und bei dem Wild hausen.* Er ist mir anvertraut, ich muß gehorchen. Was sollten Daniel, Hesekiel und Jeremia von mir denken, wenn ich meinen Ochsen jemand anderem übergäbe? Wie ich sehe, kennt Ihr nun das Geheimnis dieses kostbaren Tieres. Ich muß mir nicht vorwerfen, es Euch offenbart zu haben. Ich werde ihn weit wegführen aus diesem unreinen Land, nach dem See Sirbon, fern den Grausamkeiten des Königs von Tanis. Mein Fisch und meine Schlange werden mich verteidigen: ich fürchte niemand, so ich dem Herrn diene."

Der weise Mambres erwiderte also: „Meine Gute, der Wille des Herrn geschehe! Wenn ich unsern weißen Stier nur

* Daniel, Kap. 5.

wiederfinde, was verschlägt es mir, ob er am See Sirbon, am See Möris oder am See Sodom ist; ich will ihm nur Gutes und Euch auch. Aber warum habt Ihr Daniel, Hesekiel und Jeremia genannt?“

„Ach, edler Herr“, sagte die Alte, „Ihr wißt so gut als ich, welchen Anteil sie an dieser großen Affäre hatten. Aber ich darf keine Zeit verlieren; ich will nicht gehängt werden; ich will nicht, daß mein Ochse verbrannt oder ersäuft oder aufgefressen wird. Ich gehe fort nach dem See Sirbon über Kanopos samt meiner Schlange und meinem Fisch. Lebt wohl!“

Der Stier folgte ihr tief versonnen, nachdem er dem wohltätigen Mambres den schuldigen Dank bekundet hatte.

Der weise Mambres befand sich in furchtbarer Besorgnis. Er sah voraus, daß Amasis, König von Tanis, in seiner Wut über die närrische Leidenschaft seiner Tochter für dieses Tier und des Glaubens, daß sie verhext sei, den unglückseligen Stier überall verfolgen würde und daß er dann unweigerlich auf öffentlichem Platz in Tanis als Hexer verbrannt oder dem Fisch des Jonas ausgeliefert oder geröstet oder bei Tisch serviert werden würde. Er wollte, um welchen Preis immer, der Prinzessin diese Unannehmlichkeit ersparen.

Er schrieb in heiligen Lettern auf ägyptischem Papier, das damals noch nicht sehr verbreitet war, einen Brief an den Oberpriester von Memphis, seinen Freund. Hier sein Brief im Wortlaut:

„Licht der Welt, Stellvertreter der Isis, des Osiris und des Horus, Oberhaupt der Beschnittenen, Ihr, dessen Altar wie rechtens über alle Throne erhaben ist; wie ich erfahre, ist Euer göttlicher Ochse Apis gestorben. Ich kann Euch einen andern zur Verfügung stellen. Kommt schnell mit Euren Priestern, um ihn anzuerkennen, ihn anzubeten und dem Stall Eures Tempels zuzuführen. Mögen Isis, Osiris und Horus Euch in ihrer heiligen und würdigen Obhut bewahren wie Euch, Ihr Herren Priester von Memphis, in ihrer heiligen Obhut!

Euer ergebener Freund
Mambres.“

Er machte von diesem Brief vorsichtshalber vier Abschriften und schloß sie in ein Futteral aus härtestem Ebenholz ein. Dann rief er die vier Eilboten, die er sich erwählt hatte (also die Eselin, den Hund, den Raben und die Taube), und sagte zu der Eselin: „Ich weiß, mit welcher Treue Ihr Bileam, meinem Gevatter, gedient habt; dient so auch mir. Kein Pelikan gleicht Euch im Lauf; geht hin, teure Freundin, gebt meinen Brief dem Adressaten selbst und kehrt wieder." Die Eselin antwortete: „Wie ich Bileam gedient habe, werde ich auch Euch, Ehrwürden, dienen; ich gehe und kehre wieder." Der Weise steckte ihr den Ebenholzstab ins Maul, und sie lief davon wie der Blitz.

Dann hieß er den Hund des Tobias vortreten und sagte: „Treuer Hund und schnell im Lauf wie Achill, der Leichtfüßige, ich weiß, was Ihr für Tobias, Sohn des Tobias, getan, als Ihr und der Engel Raphael ihn begleitet habt von Ninive nach Rages in Medien und von Rages nach Ninive und er seinem Vater zehn Talente* wiederbrachte, die Vater Tobias, der Sklave, dem Sklaven Gabelus geliehen hatte; denn diese Sklaven waren sehr reich. Bestellt mir diesen Brief, der kostbarer ist als zehn Silbertalente." Der Hund antwortete ihm: „Edler Herr, getreu, wie ich einst dem Gesandten Raphael gefolgt bin, will ich auch Euren Auftrag ausführen." Mambres steckte ihm den Brief in die Schnauze. Alsdann sprach er ebenso zu der Taube. Sie antwortete ihm: „Edler Herr, wie ich einst jenen Zweig in die Arche getragen habe, werde ich Euch die Antwort bringen." Sie nahm den Brief in ihren Schnabel. Im Nu waren alle drei dem Blick entschwunden.

Nun sprach er zu dem Raben: „Ich weiß, daß Ihr den großen Propheten Elia** ernährt habt, als er sich verborgen hielt an dem so weltberühmten Bach Krith. Ihr habt ihm Tag um Tag gutes Brot und fette Hühner gebracht; ich verlange von Euch nur, diesen Brief nach Memphis zu bringen."

Da sprach der Rabe also: „Freilich, Herr, habe ich dem großen Propheten Elia, dem Thisbiter, alle Tage zu Essen gebracht, habe ihn auch in einem feurigen Wagen mit vier feuri-

* Zwanzigtausend französische Silbertaler nach heutiger Währung.

** Erstes Buch von den Königen, Kap. 17.

gen Rossen davor in die Atmosphäre aufsteigen sehen, obschon das unüblich ist; aber ich behielt die Hälfte des Essens immer für mich. Ich will Euern Brief gern bestellen, sofern Ihr mir zwei gute Mahlzeiten pro Tag zusichert und ich für meine Bestellung im voraus bar bezahlt werde."

Da sprach Mambres zornig zu dem Tier: „Du Vielfraß und Bösewicht, nun wundert mich nicht mehr, daß Apoll dich, den einst Schwanenweißen, schwarz gemacht hat wie einen Maulwurf, als du in Thessaliens Ebene die schöne Koronis verraten hast, die unglückliche Mutter des Äskulap. Sage mir doch, aßest du auch alle Tage Rindslende und Hühner, als du zehn Monate in der Arche warst?" – „O Herr, da haben wir sehr gut gespeist", erwiderte der Rabe. „Es gab zweimal täglich Gebratenes für alle Geflügelten meiner Gattung, die sich von Fleisch ernähren, als da sind Geier, Milan, Adler, Bussard, Ohreule, Sperber, Falke, Kauz und die unzählige Fülle der Raubvögel. Noch viel üppiger war der Tisch für Löwen, Leoparden, Tiger, Panther, Luchse, Hyänen, Wölfe, Bären, Füchse, Marder und alle vierbeinigen Fleischfresser bestellt. In der Arche lebten acht Auserwählte, die einzigen Menschen, die es damals auf Erden gab, und die waren fortwährend beschäftigt mit der Sorge um unsere Tafel und unsere Garderobe; das waren: Noah und sein Weib, die kaum über sechshundert Jahre zählten, dazu ihre drei Söhne nebst deren drei Weibern. Es war ein Vergnügen, zu sehen, mit welcher Sorgfalt, welcher Reinlichkeit unsere acht Domestiken mehr als viertausend Tischgäste mit bestem Appetit verköstigten, ungeachtet der ungeheuren Mühen, die zehn- bis zwölftausend andere Personen verursachten, vom Elefanten und der Giraffe bis hin zu den Seidenraupen und Fliegen. Mich wundert nur, daß die Völker der Erde unsern Ernährer Noah, der doch ihrer aller Stammvater ist, gar nicht kennen; aber was geht das mich an. Ich habe schon einmal einer ähnlichen Veranstaltung* unter dem König Xisuthros von Thrakien beige-

* Berosus, ein chaldäischer Autor, berichtet tatsächlich, daß dem König von Thrakien Xisuthros ein gleiches Abenteuer widerfuhr: es war sogar noch wunderbarer, denn seine Arche war 5 Stadien lang und 2 breit. Unter den Gelehrten gab es einen großen Streit darüber, welche die ältere ist, die von Xisuthros oder die von Noah.

wohnt. Solche Sachen passieren von Zeit zu Zeit zur Belehrung der Raben. Kurzum, ich will gut essen und sehr gut in barem Geld bezahlt werden."

Der weise Mambres hütete sich wohl, einem so anspruchsvollen und geschwätzigen Vogel seinen Brief anzuvertrauen. Sie trennten sich beiderseits sehr verstimmt.

Indes galt es, über den schönen Stier auf dem laufenden zu bleiben und die Spur der Alten und der Schlange nicht zu verlieren. Mambres befahl gewitzten und verläßlichen Dienern, ihnen zu folgen; er aber begab sich, unablässig seinen Überlegungen nachhängend, in einer Sänfte nach dem Ufer des Nils.

„Wie kann es sein", sprach er bei sich, „daß diese Schlange Herr über beinahe die ganze Erde ist, wie sie sich rühmt und wie so viele Gelehrte bestätigen, und daß sie dennoch einem alten Weib gehorcht? Wie kann sie ab und zu in den Rat dort oben einberufen werden, da sie auf der Erde kreucht? Warum fährt sie vermöge ihrer einzigartigen Kraft den Menschen in die Leiber, und warum behaupten so viele Weise, sie mit Worten daraus vertreiben zu können? Wie endlich soll sie bei einem kleinen Nachbarvolk die Menschheit ins Verderben gestürzt haben, wenn die Menschheit gar nichts davon weiß? Ich bin sehr alt, ich habe mein Leben lang studiert: aber hierin sehe ich Ungereimtes die Fülle und weiß es nicht zu vereinen. Ich könnte nicht einmal erklären, was ich selbst erlebt habe, noch jene großen Dinge, die ich einst vollbrachte, noch die, deren Zeuge ich war. Alles wohlerwogen, beginne ich zu argwöhnen, daß diese Welt aus lauter Widersprüchen besteht: ‚Rerum concordia discors', wie einst mein Lehrer Zoroaster in seiner Sprache sagte."

Während er diesen metaphysischen Fragen nachhing, die dunkel waren wie alle Metaphysik, legte ein Schiffer, mit einem Trinklied auf den Lippen, einen kleinen Nachen am Ufer an. Mambres sah drei würdige Männer ihm entsteigen, die notdürftig in schmutzige, zerrissene Lumpen gehüllt waren, aber unter dieser Uniform der Armut das hoheitsvollste, erhabenste Wesen bargen. Es waren Daniel, Hesekiel und Jeremia.

Sechstes Kapitel

Wie Mambres drei Propheten traf und ihnen ein gutes Essen vorsetzte

Diese drei großen Männer mit dem prophetischen Licht im Angesicht erkannten in dem weisen Mambres, an den paar Blitzen des gleichen Lichts, die ihm verblieben waren, den Kollegen und warfen sich vor seiner Sänfte nieder. Mambres erkannte auch, daß sie Propheten waren, aber mehr an ihren Kleidern als an den feurigen Blitzen, die aus ihren erhabenen Häuptern schossen. Er dachte sich gleich, daß sie um Neuigkeiten von dem weißen Stier hierherkamen; und er stieg mit seiner gewohnten Besonnenheit aus seinem Gefährt und schritt ihnen mit soviel Höflichkeit als Würde entgegen. Er hob sie auf, ließ Zelte aufstellen und ein Mahl bereiten, dessen die Propheten nach seinem Urteil hochbedürftig waren.

Er ließ auch die Alte dazubitten, die erst fünfhundert Schritte weit gekommen war. Sie folgte der Einladung und kam mit ihrem weißen Stier an der Leine.

Man servierte zwei Suppen, eine Krebssuppe und eine Bouillon à la reine; die Vorspeisen waren eine Pastete aus Karpfenzungen, Schmerl- und Hechtleber, Hühnchen mit Pistazien, junge Täubchen mit Trüffeln und Oliven, zwei Truthähnchen in Krebsbrühe mit Blätterpilzen und Morcheln und ein Ragout. An Gebratenem gab es junge Fasane, Rebhühner, Haselhühner, Wachteln und Fettammern nebst vier Salaten. In der Mitte stand ein Tafelaufsatz von erlesenstem Geschmack. Nichts war köstlicher als die Zwischengerichte; nichts großartiger, nobler und einfallsreicher als der Nachtisch.

Übrigens gab der taktvolle Mambres sehr acht, daß bei dieser Speisenfolge ja kein Stück Gekochtes, Gebratenes oder etwa Zunge vom Rind unterkam, damit der unglückselige Monarch, der dem Mahl von weitem beiwohnte, nicht glaubte, man wolle ihn kränken.

Der große, unglückliche Fürst mampfte Gras nahe dem Zelt. Nie hatte er die verhängnisvolle Umwälzung, die ihn für sieben Jahre seines Thrones beraubt hatte, bitterer empfunden. „Wehe!“ sprach er bei sich, „dieser Daniel, der mich in einen Stier verwandelt hat, und diese prophetische Hexe, die mich bewacht, speisen aufs allerbeste; und ich, der Herrscher Asiens, fresse Heu und saufe Wasser.“

Man trank viel Wein von Engedi, Tadmor und Schiras. Als die Propheten und die Zauberin ein wenig berauscht waren, plauderte man schon vertrauter als bei den ersten Gängen. „Ich muß gestehen“, sagte Daniel, „so gut habe ich nicht gespeist, als ich in der Löwengrube saß.“ – „Wie, Herr, Ihr habt in einer Löwengrube gesteckt?“ sagte Mambres; „und wieso wurdet Ihr nicht gefressen?“ – „Aber“, sagte Daniel, „wißt Ihr nicht, daß Löwen keine Propheten fressen?“ – „Was mich betrifft“, sagte Jeremia, „ich habe mein Leben lang am Hungertuch genagt; ich habe noch nie ein gutes Essen gehabt bis auf diesen Tag. Wenn ich noch einmal auf die Welt käme und meinen Beruf frei wählen dürfte, so gestehe ich, ich würde hundertmal lieber Finanzminister oder Bischof in Babel werden als Prophet in Jerusalem.“

Hesekiel sagte: „Mir wurde einmal geheißen, dreihundertneunzig Tage hintereinander auf der linken Seite zu schlafen und all die Zeit lang nur Brot aus Gerste, Hirse, Spelt, Bohnen und Weizen zu essen, belegt mit ... das sage ich lieber nicht. Alles, was mir zugestanden wurde, war, daß es nur Kuhmist zu sein brauchte.* Ich gestehe, die Küche bei Herrn Mambres ist feiner. Aber das Prophetengewerbe muß wohl auch gute Seiten haben, da Tausende sich drin versuchen.“

„Übrigens“, sagte Mambres, „erklärt mir doch, wen Ihr mit Euren Ohola und Oholiba meint, die so viel Wert auf Pferde und Esel legten.“ – „Ach!“ antwortete Hesekiel, „das sind so die Blüten der Rhetorik.“

Nach diesen Herzensergießungen kam Mambres auf den Kern der Sache. Er fragte die drei Pilgrime, warum sie in das Land des Königs von Tanis gekommen waren. Daniel nahm das Wort: er sagte, seit Nebukadnezars Verschwinden tobe im Reich Babel der Aufruhr; man verfolge höfischen Bräu-

* Heşekiel, Kap. 4.

chen gemäß alle Propheten; sie fristeten mühsam ihr Leben, sähen bald Könige vor sich knien, bald drohten ihnen hundert Peitschenhiebe; und schließlich seien sie gezwungen gewesen, nach Ägypten zu fliehen, um nicht gesteinigt zu werden. Hesekiel und Jeremia sprachen auch sehr lange in einem sehr schönen Stil, den man nur kaum verstehen konnte. Die Hexe hatte derweil stets ein Auge auf ihren Stier. Der Fisch des Jonas wachte im Nil vor dem Zelt, und die Schlange verlustierte sich im Grase.

Nach dem Kaffee wandelte man am Nil auf und ab. Da stieß der weiße Stier, als er die drei Propheten, seine Feinde, erblickte, ein entsetzliches Gebrüll aus; er stürzte sich ungestüm auf sie, stieß sie mit seinen Hörnern, und da Propheten immer nur Haut und Knochen sind, hätte er sie wohl gänzlich durchbohrt und ihnen das Leben genommen; aber der Herr aller Dinge, der alles sieht und allem abhilft, verwandelte sie auf der Stelle in Elstern; und sie fuhren fort zu reden wie zuvor. Das gleiche geschah später den Pieriden, so genau hat die Sage die Geschichte nachgeahmt.

Dieser neuerliche Zwischenfall rief im Geist des weisen Mambres neue Überlegungen hervor. „Siehe", sprach er, „da sind drei große Propheten zu Elstern geworden: das soll uns lehren, nicht zuviel zu reden und immer ein schickliches Maß einzuhalten." Er schloß, daß Weisheit mehr als Beredsamkeit sei, und grübelte wie gewohnt, als ein großes, schreckliches Schauspiel seine Blicke ablenkte.

Siebentes Kapitel

Der König von Tanis kommt. Seine Tochter und der Stier sollen geopfert werden

Staubwirbel erhoben sich von Süden gen Norden. Man hörte Trommeln, Trompeten, Pfeifen, Psalter, Zithern und Leiern erschallen; etliche Schwadronen und etliche Bataillone zogen heran, und Amasis, König von Tanis, führte sie an auf einem Roß mit scharlachroter, goldgestickter Schabracke;

und die Herolde riefen: „Man ergreife den weißen Stier, man binde ihn, stürze ihn in den Nil und werfe ihn dem Fisch des Jonas zum Fraß vor; denn der König, mein gerechter Herr, will an dem weißen Stier rächen, daß er seine Tochter verzaubert hat."

Der gute Mambres überlegte heftiger denn je. Er sah wohl, daß der verschlagene Rabe dem König alles gemeldet hatte und daß die Prinzessin große Gefahr lief, den Kopf zu verlieren. Er sagte zur Schlange: „Mein lieber Freund, eilt und tröstet die schöne Amaside, meine Ziehtochter; sagt ihr, sie solle nichts befürchten, was auch immer geschieht, und erzählt ihr Märchen, um ihre Unruhe zu bannen, denn Märchen hören alle Mädchen gern, und nur mit Märchen hat man in der Welt Erfolg."

Dann warf er sich vor Amasis, König von Tanis, nieder und sprach: „O König, Euch sei ewiges Leben beschert! Der weiße Stier muß geopfert werden, denn Eure Majestät hat immer recht; aber der Herr aller Dinge hat gesagt: Dieser Stier soll von dem Fisch des Jonas erst gefressen werden, wenn Memphis einen Gott zum Ersatz für seinen verstorbenen gefunden hat. Dann mögt Ihr Rache nehmen, und Eure Tochter wird entzaubert werden, denn sie ist besessen. Ihr seid zu fromm, um den Geboten des Herrn aller Dinge nicht zu gehorchen."

Amasis, König von Tanis, sann nach; dann sprach er: „Der Ochse Apis ist tot: Gott sei seiner Seele gnädig! Wann, meint Ihr, wird man einen andern Ochsen gefunden haben, der über das fruchtbare Ägypten herrscht?" – „Sire", sagte Mambres, „mir genügen acht Tage." Der König, der sehr gottesfürchtig war, sagte: „Sie sind dir gewährt, und ich will diese acht Tage hierbleiben; danach werde ich den Verführer meiner Tochter opfern." Und er ließ seine Zelte, seine Köche und Musikanten kommen und harrte acht Tage aus an diesem Ort, wie es geschrieben steht bei Manetho.

Die Alte war verzweifelt, daß der Stier, über den sie wachen sollte, nur noch acht Tage zu leben hatte. Sie ließ dem König alle Nächte Geister der Schattenwelt erscheinen, um ihn von seinem grausamen Entschluß abzubringen. Aber der

König wußte morgens nichts mehr von den Geistern, die er des Nachts gesehen, genauso wie Nebukadnezar seine Träume vergessen hatte.

Achtes Kapitel

Wie die Schlange der Prinzessin Märchen erzählte, um sie zu trösten

Unterdes erzählte die Schlange der schönen Amasis Märchen, um ihren Schmerz zu lindern. Sie berichtete, wie sie einst ein ganzes Volk vom Biß gewisser kleiner Schlangen geheilt hatte, indem sie sich nur von einer Stange herab zeigte. Sie erzählte ihr von den Eroberungen eines Helden, der einen so schönen Gegensatz bildete zu Amphion, dem Erbauer Thebens in Böotien. Dieser Amphion lockte mit dem Klang seiner Violine Mauersteine an: ein Rigodon und ein Menuett genügten ihm, um eine Stadt zu erbauen; der andre aber zerstörte eine Stadt mit dem Schall des Bockshorns; er ließ einunddreißig sehr mächtige Könige hängen in einem Ländchen von vier mal vier Meilen; er ließ vom Himmel dicke Steine regnen auf ein feindliches Bataillon, das vor ihm floh; und als er sie derweise ausgerottet hatte, hielt er die Sonne und den Mond im vollen Mittag an, um sie noch einmal auszurotten zwischen Gibeon und Ajalon auf dem Weg nach Beth Horon, nach dem Beispiel des Bacchus, der Sonne und Mond auf seiner Reise nach Indien angehalten hatte.

Die Klugheit, die jede Schlange braucht, verbot ihr, der schönen Amaside von dem mächtigen Bastard Jephtha zu erzählen, der seiner Tochter das Haupt abschlug, weil er eine Schlacht gewonnen hatte; es hätte zu großen Schrecken in das Herz der schönen Prinzessin gesenkt; aber sie erzählte ihr die Abenteuer des gewaltigen Simson, der tausend Philister mit dem Gebiß eines Esels erschlug, dreihundert Füchse mit den Schwänzen aneinanderband und einem Mädchen in die Netze ging, das weniger schön, weniger zärtlich und treu war als die liebliche Amaside.

Sie erzählte ihr die unglückliche Liebesgeschichte von Sichem und der gefälligen sechsjährigen Dina, die glücklicheren Liebeserlebnisse von Boas und Ruth, von Juda mit seiner Schwiegertochter Thamar, von Lot mit seinen beiden Töchtern, die nicht wollten, daß die Menschheit ausstirbt, von Abraham und Jakob mit ihren Mägden, von Ruben mit seiner Mutter, von David und Bathseba, vom großen König Salomo, kurz, alles, was einer schönen Prinzessin den Schmerz vertreiben konnte.

Neuntes Kapitel

Wie die Schlange sie durchaus nicht tröstete

„All diese Geschichten langweilen mich", sagte die schöne Amaside, denn sie hatte Verstand und Geschmack. „Sie taugen zu nichts anderm, als bei den Iren von dem verrückten Abbadie oder bei den Welschen von dem Schwätzer d'Houteville kommentiert zu werden. Die Märchen, die man der Urahne von der Urahne meiner Großmutter erzählen konnte, sind nichts mehr für mich, die ich von dem weisen Mambres erzogen wurde und den ‚Versuch über die menschliche Vernunft' des ägyptischen Philosophen Locke und die ‚Witwe von Ephesus' gelesen habe. Ich will, daß eine Geschichte sich auf Wahrscheinlichkeit gründe und nicht immer wie ein Traum hergeht. Sie soll nicht platt und nicht abwegig sein. Und vor allem müssen geübte Augen unter dem Schleier der Fabel irgendeine gute Wahrheit entdecken können, die dem Gewöhnlichen entschlüpft. Ich bin der Sonnen und Monde, denen irgendein altes Weib nach Wunsch gebietet, der tanzenden Berge, der Flüsse, die quellwärts fließen, und der Toten, die auferstehen, satt; aber wenn diese Abgeschmacktheiten gar noch in einem geschwollenen, unverständlichen Stil geschrieben sind, widert mich das furchtbar an. Ihr wißt, wie sehr ein Mädchen, das befürchten muß, ihr Liebster werde von einem dicken Fisch verschlungen und sie selbst vom eigenen Vater enthauptet, einer Zerstreuung bedarf; aber bemüht Euch, mich nach meinem Geschmack zu zerstreuen."

„Da bürdet Ihr mir eine sehr schwierige Aufgabe auf", antwortete die Schlange. „Früher hätte ich Euch etliche ziemlich angenehme Viertelstunden bereiten können; aber seit einiger Zeit habe ich an Phantasie und Gedächtnis verloren. Ach, wo ist die Zeit hin, da ich die Mädchen ergötzte! Aber laßt sehen, ob ich mich Euch zu Gefallen nicht einer moralischen Geschichte entsinnen kann.

Vor fünfundzwanzigtausend Jahren saßen König Gnaof und Königin Patra auf dem Thron des hunderttorigen Theben. König Gnaof war sehr schön und Königin Patra noch schöner; aber sie konnten keine Kinder kriegen. König Gnaof setzte einen Preis aus für die beste Lehrmethode, wie das Königsgeschlecht fortzupflanzen sei.

Die medizinische Fakultät und die chirurgische Akademie verfaßten hervorragende Traktate zu dieser gewichtigen Frage: nicht eine hatte Erfolg. Man schickte die Königin in die Bäder; sie ließ Novenen lesen; sie spendete viel Geld für den Tempel des Jupiter Ammon, von dem das Ammoniak stammt: alles vergebens. Endlich trat ein fünfundzwanzig Jahre junger Priester vor den König und sagte: ‚Sire, ich glaube, ich kann die Beschwörung vollbringen, die erzeugt, was Eure Majestät so sehnlich wünschen. Ich muß nur ungestört zum Ohr Eurer gnädigen Frau Gemahlin sprechen; und wenn sie dann nicht fruchtbar wird, will ich gehängt sein.' – ‚Ich nehme Euren Vorschlag an', sagte König Gnaof. Man ließ die Königin und den Priester nur eine Viertelstunde allein. Die Königin wurde schwanger, und der König wollte den Priester hängen."

„Mein Gott!" sagte die Prinzessin, „ich sehe, wo das hinauswill: die Geschichte ist gar zu alltäglich; ich möchte fast sagen, sie verletzt mein Schamgefühl. Erzählt mir eine wirklich wahre, wirklich erwiesene und wirklich moralische Geschichte, wie ich noch keine gehört habe, um mir ‚*Geist und Herz*' zu bilden, wie der ägyptische Professor Linro sagt."

„Hier ist eine, Hoheit", sagte die schöne Schlange, „besser erwiesen kann keine sein:

Es waren einmal drei Propheten, alle drei gleich ehrgeizig und ihres Gewerbes leid. Ihr Wahn war, König zu werden:

denn vom Propheten zum König ist es nur ein Schritt, und der Mensch trachtet immer, sämtliche Stufen der Glücksleiter zu erklimmen. Im übrigen waren ihre Geschmäcker, ihre Freuden grundverschieden. Der erste hielt am liebsten seinen versammelten Brüdern wunderbare Reden, daß sie ihm Beifall klatschten; der zweite war in die Musik vernarrt, der dritte liebte die Frauen leidenschaftlich. Eines Tages kam der Engel Ituriel zu ihnen, als sie bei Tische saßen und über die Annehmlichkeiten des Königtums sprachen.

‚Der Herr aller Dinge', sprach der Engel, ‚schickt mich zu Euch, um Eure Beharrlichkeit zu belohnen. Ihr sollt nicht allein König sein, sondern auch Eure besonderen Leidenschaften immer befriedigen können. Euch, erster Prophet, mache ich zum König in Ägypten, und Ihr werdet immer Rat halten, und der soll Eurer Beredsamkeit und Weisheit Beifall klatschen. Ihr, zweiter Prophet, sollt über Persien herrschen und immer göttliche Musik hören. Und Euch, dritter Prophet, ernenne ich zum König von Indien und gebe Euch eine bezaubernde Herrin, die nie von Eurer Seite weichen soll.'

Der, dem Ägypten zugeteilt war, berief als erstes seinen geheimen Rat ein, der nur aus zweihundert Weisen bestand. Er hielt ihnen, der Etikette gemäß, eine lange Rede, die sehr viel Beifall fand, und der Monarch genoß die süße Genugtuung, sich an Lobpreisungen zu berauschen, die von keiner Lobhudelei verdorben waren.

Auf den geheimen Rat folgte der Rat für auswärtige Angelegenheiten. Er war weit zahlreicher; und eine neuerliche Rede erhielt noch mehr Applaus. So ging es fort mit allen übrigen Räten. Die Freuden und der Ruhm des Prophetenkönigs von Ägypten währten ohne Pause. Der Ruf seiner Beredsamkeit drang in alle Welt.

Der Prophetenkönig von Persien ließ sich zuerst eine italienische Oper vorspielen, wo die Chöre von fünfzehnhundert Kastraten gesungen wurden. Ihre Stimmen rührten seine Seele bis ins Mark, wo sie behaust ist. Auf diese Oper folgte eine zweite, auf die zweite eine dritte, und so ohne Unterlaß fort.

Der König von Indien schloß sich mit seiner Geliebten ein

und genoß mit ihr vollkommene Wollust. Er betrachtete es als sein höchstes Glück, sie immerfort zu lieben, und beklagte das traurige Los seiner zwei Kollegen, deren einer andauernd Reden halten, der andere dauernd in der Oper sitzen mußte.

Alle drei hörten nach wenigen Tagen vom Fenster her, wie Holzfäller aus einer Wirtschaft kamen, um im nächsten Wald Holz zu schlagen, ein jeder mit einer süßen Freundin im Arm, die er nach Belieben wechseln konnte. Unsere Könige baten Ituriel, doch bitte beim Herrn aller Dinge ein gutes Wort für sie einzulegen – sie wollten Holzfäller werden."

„Ich weiß nicht", unterbrach ihn die liebliche Amaside, „ob der Herr aller Dinge ihrem Gesuch stattgab, auch kümmert es mich wenig; aber ich weiß genau, daß ich von niemand nichts verlangte, wenn ich einmal allein mit meinem Liebsten eingeschlossen wäre, mit meinem geliebten Nebukadnezar."

Die Gewölbe des Palastes hallten von dem großen Namen wider. Zuerst hatte Amaside nur Ne, dann Nebu, dann Nebuka gesagt; aber schließlich riß die Leidenschaft sie hin, sie sprach den verhängnisvollen Namen bis zu Ende aus, trotz des Schwurs, den sie dem König, ihrem Vater, geleistet hatte. Alle Damen im Palast wiederholten „Nebukadnezar", und der schurkische Rabe verfehlte nicht, es dem König zu hinterbringen. Das Gesicht des Amasis, König von Tanis, wurde finster, weil sein Herz voll Finsternis war. Und so kam es, daß die Schlange, das klügste und spitzfindigste aller Tiere, abermals einer Frau Übles zufügte, wo sie glaubte, ihr gutzutun.

Sofort ließ der zürnende Amasis seine Tochter Amaside von zwölf seiner Schergen abholen, wie sie ja stets bereitstehen, alle Barbareien auszuführen, die ein Machthaber befiehlt, und die zur Begründung dann sagen: „Dafür werden wir bezahlt."

Zehntes Kapitel

Wie man der Prinzessin den Kopf abschlagen wollte und wie man ihn nicht abschlug

Sowie die Prinzessin, am ganzen Leibe zitternd, im Lager ihres königlichen Vaters eintraf, sprach er zu ihr: „Meine Tochter, Ihr wißt, alle Prinzessinnen, die ihren königlichen Vätern nicht gehorchen, müssen sterben, anders ist ein Königreich nicht zu regieren. Ich habe Euch verboten, den Namen Eures Liebhabers Nebukadnezar zu nennen, der mein Todfeind ist, der mich vor rund sieben Jahren entthront hat und seither wie vom Erdboden verschwunden ist. Ihr habt an seiner Statt einen weißen Stier erwählt, und Ihr habt ‚Nebukadnezar' geschrien! Es ist nur gerecht, daß ich Euch den Kopf abschlage."

Die Prinzessin antwortete: „Mein Vater, Euer Wille geschehe; aber gebt mir Zeit, meine Jungfrauenschaft zu beweinen." – „Das ist nur gerecht", sagte König Amasis; „das ist ein ungeschriebenes Gesetz bei allen aufgeklärten und klugen Fürsten. Ich lasse Euch den ganzen Tag Zeit, Eure Jungfrauenschaft zu beweinen, da Ihr sagt, Ihr habt sie noch. Aber morgen, am achten Tag meines Freilagers, will ich den weißen Stier dem Fisch zum Fraß vorwerfen, und um neun Uhr vormittags schlage ich Euch den Kopf ab."

Die schöne Amaside wandelte also am Nil entlang und beweinte im Kreis ihrer Hofdamen, was von ihrer Unschuld übrig war. Der weise Mambres ging sinnend neben ihr und zählte die Stunden und Augenblicke. „Nun ja, mein lieber Mambres", sagte sie, „Ihr habt die Wasser des Nils in Blut verwandelt, wie das ja üblich ist, aber Ihr könnt das Herz meines Vaters Amasis, König von Tanis, nicht wandeln! Werdet Ihr zulassen, daß er mir morgen früh um neun den Kopf abschlägt?" – „Das", antwortete der sinnende Mambres, „hängt von der Geschwindigkeit meiner Boten ab."

Anderntags, sowie die Schatten der Obelisken und Pyramiden auf dem Erdboden die neunte Stunde anzeigten, fesselte man den weißen Stier, um ihn dem Fisch des Jonas vorzuwerfen, und brachte dem König sein großes Schwert. „Wehe! wehe!“ sprach Nebukadnezar tief in seinem Herzen, „ich, der König, bin seit fast sieben Jahren ein Ochse, und kaum habe ich meine Liebste wieder, soll ein Fisch mich verdauen.“

Nie hatte der weise Mambres so viel nachgedacht. Er war seinen traurigen Gedanken ganz hingegeben, als er von fern alles erblickte, worauf er gewartet hatte. Eine unübersehbare Menge nahte. Hoch über ihr wurden die Gestalten der Isis, des Osiris und des Horus, auf einem Gerüst von Gold und Edelsteinen vereint, von hundert Senatoren aus Memphis getragen, und diesen vorauf schritten hundert Jungfrauen, die das heilige Sistrum spielten. Viertausend Priester mit geschorenen, blumenbekränzten Köpfen ritten jeder auf einem Nilpferd. Weiter hinten erschienen in gleichem Gepränge das Lamm von Theben, der Hund von Bubastis, die Katze des Phöbus, das Krokodil der Arsinoe, der Bock des Mendes und sämtliche niederen Gottheiten der Ägypter, die alle dem großen Ochsen, dem großen Gott Apis, der mächtig ist wie Isis, Oriris und Horus zusammen, ihre Verehrung erweisen wollten.

Inmitten all dieser Halbgötter trugen vierzig Priester einen riesigen Korb mit heiligen Zwiebeln, die zwar nicht ganz und gar Götter waren, aber sehr ähnlich aussahen.

Zu beiden Seiten dieses Götteraufgebots, dem unzählig viel Volk sich zugesellte, marschierten vierzigtausend Krieger, den Helm auf dem Kopf, den Säbel an der linken Seite, den Köcher über der Schulter, den Bogen in der Hand.

Der Priesterchor aber sang mit einer Harmonie, welche die Seele erschütterte und rührte:

Unser Ochse ist begraben,
Wir werden einen schönren haben.

Und in jeder Pause erschollen Sistrum, Kastagnetten, baskische Trommeln, Psalter, Dudelsack, Harfen und Leiern.

Elftes Kapitel

Wie die Prinzessin ihren Ochsen bekam

Von diesem Schauspiel überrascht, schlug Amasis, König von Tanis, seiner Tochter den Kopf nicht ab; er legte sein Schwert wieder ins Futteral. Mambres sprach zu ihm: „Großer König! das Gebot der Umstände hat sich gewandelt; Eure Majestät muß mit gutem Beispiel vorangehen. Bindet, o König, eigenhändig und sogleich den weißen Stier los und betet ihn als erster an!“ Amasis gehorchte und warf sich mit seinem ganzen Volk nieder. Der Hohepriester von Memphis reichte dem neuen Ochsen Apis die erste Handvoll Heu. Prinzessin Amaside bekränzte seine schönen Hörner mit Girlanden von Rosen, Anemonen, Ranunkeln, Tulpen, Nelken und Hyazinthen. Sie nahm sich die Freiheit, ihn zu küssen, aber mit tiefem Respekt. Die Priester streuten Palmen und Blumen auf den Rückweg nach Memphis. Und der weise Mambres, in Gedanken wie immer, sagte leise zu seinem Freund, der Schlange: „Daniel hat diesen Mann zum Ochsen gemacht, aber durch mich wird der Ochse zum Gott.“

Man kehrte in derselben Ordnung zurück nach Memphis. Ganz verstört folgte der König von Tanis dem Aufmarsch. Mambres, die Miene heiter und gesammelt, schritt an seiner Seite. Die Alte kam aus dem Wundern nicht heraus; mit ihr zogen die Schlange, der Hund, die Eselin, der Rabe, die Taube und der Sühnbock. Der große Fisch kam aus dem Nil. Daniel, Hesekiel und Jeremia in Elsterngestalt beschlossen den Zug.

Als man an die Grenze des Reiches kam, die nicht allzu weit war, nahm König Amasis Urlaub von dem Ochsen Apis und sprach zu seiner Tochter: „Tochter, kehren wir in unsern Staat zurück, auf daß ich Euch den Kopf abschlage, wie es in meinem königlichen Herzen beschlossen ist, weil Ihr den Namen Nebukadnezars, meines Feindes, ausgesprochen habt, der mich vor sieben Jahren entthront hat. Wenn ein Vater geschworen hat, seiner Tochter den Kopf abzuschlagen, muß er seinen Schwur erfüllen, sonst fährt er für ewig zur Hölle, und ich will aus Liebe zu Euch nicht verdammt sein." Die schöne Prinzessin antwortete dem König Amasis also: „Mein teurer Vater, schlagt den Kopf ab, wem Ihr wollt, aber nicht mir. Ich bin auf dem Gebiet der Isis, des Osiris, des Horus und des Apis; ich werde meinen schönen weißen Stier nicht verlassen; ich werde ihn den ganzen Weg lang küssen, bis ich seine Gottwerdung im großen Stall der heiligen Stadt Memphis mit angesehen habe: das ist eine verzeihliche Schwäche bei einer hochgeborenen Jungfrau."

Kaum hatte sie diese Worte gesprochen, da rief der Stier Apis: „Meine geliebte Amaside, ich will dich mein Leben lang lieben!" Das war das erstemal, daß man Apis in Ägypten sprechen hörte, wiewohl man ihn seit viertausend Jahren verehrte. Die Schlange und die Eselin schrien: „Die sieben Jahre sind um!" Und die drei Elstern wiederholten: „Die sieben Jahre sind um!" Alle ägyptischen Priester hoben die Hände gen Himmel. Plötzlich sah man, wie der Gott seine zwei Hinterbeine verlor; seine zwei Vorderbeine verwandelten sich in Menschenbeine; zwei schöne runde Arme, muskulös und weiß, lösten sich aus seinen Schultern; sein Stiermaul wich dem Antlitz eines wunderbaren Helden; er wurde wieder der schönste Mann auf Erden und sprach: „Ich will lieber Amasidens Geliebter als ein Gott sein. Ich bin Nebukadnezar, König der Könige."

Diese neuerliche Verwandlung erstaunte alle Welt außer dem denkgewohnten Mambres. Aber was keinen überraschte, war, daß Nebukadnezar auf der Stelle die schöne Amaside im Kreis dieser riesigen Versammlung heiratete.

Er überließ seinem Schwiegervater das Königreich Tanis und setzte schöne Stiftungen für die Eselin, die Schlange, den Hund, die Taube und sogar für den Raben, die drei Elstern und den großen Fisch aus; er zeigte damit der ganzen Welt, daß er nicht nur triumphieren, sondern auch vergeben konnte. Die Alte bekam eine hohe Rente. Der Sühnbock wurde für einen Tag in die Wüste geschickt, damit er für alle bisherigen Sünden büße; worauf er zur Belohnung zwölf Ziegen bekam. Der weise Mambres kehrte in seinen Palast zurück, um nachzudenken. Nebukadnezar, nachdem er ihn umarmt hatte, herrschte friedlich über die Reiche Memphis, Babel, Damaskus, Baalbek, Tyrus, Syrien, Kleinasien, Skythien, die Landschaften Schiras, Mesech, Tubal, Madai, Gog, Magog, Java, Sogdiana, Baktriana und Indien nebst den Inseln.

Die Völker dieses Riesenreiches schrien alle Morgen: „Es lebe der große Nebukadnezar, König der Könige, weil er kein Ochse mehr ist!" Und seitdem war es Brauch in Babel, daß jedesmal, wenn ein Herrscher, der von seinen Satrapen oder von seinen Magiern, oder von seinen Schatzmeistern, oder von seinen Frauen gröblich hintergangen worden war, seine Fehler endlich erkannte und sein schlechtes Benehmen korrigierte, das ganze Volk vor seiner Tür schrie: „Es lebe unser großer König, daß er kein Ochse mehr ist!"

Anhang

Victor Klemperer

Voltaire und seine kleinen Romane

I

Voltaire wurde am 21. November 1694 in Paris geboren und ist in Paris am 30. Mai 1778 gestorben, beinahe buchstäblich erstickt unter dem Übermaß der auf ihn gehäuften Ehrungen. Fast sein ganzes letztes Vierteljahrhundert hindurch war er nicht dort gewesen, nicht einmal heimlich und gelegentlich; mit solchen verstohlenen Abstechern hatte er sich lange Jahre seiner Reifezeit begnügen müssen, entscheidende Jugendeindrücke hatte ihm das rund dreijährige englische Exil eingetragen. Dennoch ist er immer, in seinem ganzen Wesen und bis zum letzten Atem- und Federzug, Pariser gewesen, Sohn einer Kapitale also, die noch heute, ungeachtet aller regionalistischen und sonstigen Entwicklungen entschiedener als alle anderen Hauptstädte der Welt, das Leben ihres gesamten Landes repräsentiert und die zu Voltaires Zeit den kaum bestrittenen Anspruch erhob und erheben durfte, die geistige Hauptstadt der zivilisierten Welt zu sein. (Seit dem Westfälischen Frieden war anstelle des früheren Latein das von der Pariser *Academie Française* genormte Französisch zur Sprache der internationalen Verträge geworden.) Seine Kindheitseindrücke waren noch bestrahlt vom Glanz des Sonnenkönigtums, dessen Trübung eben erst begann. Man könnte Voltaires gesamtes ungeheures Lebenswerk auf den einen Nenner bringen, daß es auf die fundamentale Zerstörung dieses Königtums gerichtet war; aber mit kaum geringerem Recht kann man sagen, daß niemand das Jahrhundert Ludwigs XIV. bedeutsamer verherrlicht hat als gerade Voltaire. Er glaubte als Siebziger (im „Mann mit den vierzig Talern") feststellen zu müssen, „daß die meisten literarischen Arbeiten des gegenwärtigen Jahrhunderts sich ... mit den Meisterwerken aus dem vergangenen Jahrhundert beschäftigten. Unser Verdienst ist es, über das Verdienst dieser Werke zu sprechen, und wir gleichen darin den enterbten Kindern, die den Besitz ihrer Väter überschlagen.“ Gleich darauf – es ist die Wiedergabe eines Gesprächs – „wurde allgemein zugegeben, daß die Philosophie große Fortschritte gemacht hat, daß aber Sprache und Stil etwas gelitten hätten“. Da im Auf und Ab der gleichen Abendunterhaltung mit Nachdruck darauf hingewiesen wird, daß Rom und Byzanz, „diese beiden großen Reiche zerstört wurden, während die Werke Vergils, Horaz' und Ovids noch heute bestehen“, so ist es klar, mit einem wie großen Teil seiner Seele Voltaire, der sich selber als Dichter fühlt und von seinen Zeitgenossen als Dichter bewundert wird, an eben der Epoche und der Gesellschaft hängt, auf deren Überwindung sein gesamtes Schaffen, bald bewußt, bald unbewußt, abzielt. Das Widersprüchliche seiner Natur tritt keineswegs nur auf ästhetischem Gebiet zutage; immer wieder ist er zugleich oder in Stimmungswechsel konservativ, ja beinahe reaktionär und fortschrittlich, ja beinahe revolutionär. Voltaire ist listenreich verschlagen, er kann, meist augenzwinkernd, aber mit eiserner Stirn, lügen, wo es um die Sicherung seiner immer exponierten Person und die Schmuggelware seiner Schriften geht; aber im Ausdruck seiner Gedanken und Gefühle ist er durchweg erstaunlich ehrlich; den Leser und, vor allem, sich selber belügt er nie, er kokettiert nie mit einem Mehr an Edelmut oder an Verworfenheit, als ihm wirklich zu eigen ist, nie mit einer ungebrochenen Einheitlichkeit seines Wesens, er ist immer, im Allzumenschlichen und Menschlichen, in Eitelkeit und Bescheidenheit, in Glauben und Zweifel, durchaus offenherzig, er spielt bis zuletzt gern und glänzend Komödie, aber er ist niemals Komödiant. Das unterscheidet ihn wohltuend von seinem großen Gegenspieler J.-J. Rousseau.

François Marie Arouet – den Autornamen Voltaire legte er sich 1718 zu – war der Sohn eines angesehenen bürgerlichen Notars, der die Interessen hochgestellter Adelsfamilien vertrat, und einer adligen Mutter, die er schon mit sieben Jahren verlor. Er kam in das aristokratische Jesuitengymnasium *Lous le Grand.* Daß bedeutende und begüterte Bürgerliche in den Adel aufstiegen und hohe Verwaltungsposten erhielten, war üblich; aber der Feudaladel war ihnen an Ansehen weit überlegen, sie erkannten das durchaus an, bemühten sich, feudale Lebensformen (als Gutsbesitzer) anzunehmen, und waren weitaus mehr darauf bedacht, sich der Aristokratie anzugleichen als ihre Herkunft vom Bürgertum zu betonen. Schon der Knabe Arouet wußte genau, daß er mit den adligen Klassenkameraden keineswegs gleichberechtigt war, daß er irgendwie Besonderes leisten mußte, wenn er geachtet sein wollte. Seine Sonderleistung bestand vorläufig aus Witz und geistreicher Frechheit. Es war die Zeit des ludovizischen Niedergangs; auf allen lastete die wirtschaftliche Zerrüttung des Staates, auf der privilegierten Gesellschaft die engherzige Frömmelei des alten Königs. Gleich nach Ludwigs Tod trat eine weitreichende Zügellosigkeit ans Licht. In den frühesten Versen des Gymnasiasten Arouet ist die Gesinnung der Régence gewissermaßen antizipiert.

Bei den Jesuiten, in deren Händen damals fast der gesamte höhere Schulunterricht Frankreichs lag, lernte Voltaire viel Latein, weniger Griechisch, noch weniger Französisch – das war ihm eingeboren und wurde durch den Lateinunterricht eher diszipliniert als geschädigt –, am wenigsten Naturwissenschaftliches und moderne Geschichte, vor allem Weltläufigkeit und selbstverständliche Hinnahme des gesellschaftlichen Vorgangs der Aristokratie. Man kann den Kampf gegen alle kirchlichen Institutionen und Fesseln geradezu als den Hauptinhalt seines Lebenswerkes bezeichnen, und so fehlt es darin auch nicht an reichlicher Verhöhnung der Jesuiten; aber einigen seiner Lehrer hat er durchaus Freundschaft bewahrt, und alles in allem waren ihm, eben um jener weltzugekehrten Geschmeidigkeit willen, die Jesuiten lieber als ihre sittenreineren, intransigenteren Feinde, die Jansenisten. Als der Orden 1764 in Frankreich verboten wurde, schrieb er ihm ein fragwürdiges Kompliment. Man werde, heißt es im „Potpourri“, wenig durch dieses Verbot gewinnen, da ja die Jansenisten, diese „blindwütigen, unerbittlichen Schwärmer", im Lande blieben und Halunken nicht so gefährlich seien wie Fanatiker. „O ne peut jamais faire entendre raison à un énergumène; les fripons l'entendant: Halunken kann man zur Vernunft bringen, einen Rasenden nie."

Als Gymnasiast fand er schon Zugang zum Temple-Kreis. Das war eine adlige Gesellschaft – man kann nicht oft genug betonen, wie sehr es Voltaire zeitlebens zur Aristokratie zog –, deren Auflehnung gegen die offizielle Moral teils in Freigeistigkeit, teils auch nur in materialistischem, mehr oder minder zynischem Lebensgenuß bestand. Der Regent sympathisierte in Gesinnung wie auch Lebensführung stark mit diesen *libertins*, in denen beginnendes Rokoko und beginnende Aufklärung vorhanden ist, aber er hielt naturgemäß streng darauf, daß seiner Person nichts Anstößiges nachgesagt würde. Voltaire, den sein Vater gern in einem ernsthaften Beruf gesehen hätte und so einmal für kurze Zeit bei der französischen Gesandtschaft in Holland, danach in einem Anwaltsbüro unterbrachte, glänzte mit allerhand Versen und Anzüglichkeiten literaten- und bohemehaft im Temple und verbrannte sich mehrfach den Mund. Zuerst kam er mit einer Verbannung nach Sully-sur-Loire davon; gut aufgenommen in der Gesellschaft des Herzogs von Sully, vertrug er diese Strafe leicht. Dann aber, wahrscheinlich schuldlos, einiger böser Verleumdungen des Regenten bezichtigt, kam er 1718 für volle elf Monate in die Bastille. Es war keine schwere Haft, er konnte für sich arbeiten – aber er saß doch gefangen, und ohne daß ihm ein Prozeß gemacht war; Gedanken über die Rechtlosigkeit des französischen Untertans und gar des bürgerlichen mußten ihm kommen und kamen ihm vorderhand nur merkwürdig wenig quälend. Er war um diese Zeit über das bloß Spielerische und winzig Nichtige seiner „flüchtigen Poesien", der *poésies fugitives*, mit ihren Komplimenten und Sticheleien hinaus und von seinem Lebensthema erfaßt. Seine erste Tragödie, der „Ödipus", lag nach mehrjährigem Tasten fertig vor und wurde noch im selben Jahre gleich nach seiner Haftentlassung aufgeführt; er arbeitete an seiner „Henriade", dem Epos, das fast das ganze Jahrhundert hindurch beinahe als seine größte dichterische Leistung angesehen wurde, um dann mit halbem Recht als sein unselbständigstes und langweiligstes Werk beiseite gelassen zu werden und zu verstauben.

Er war ein echter Dramatiker, auch ein wirklicher auf Bühnenwirkung bedachter Theatraliker, er hat sechzig Jahre lang Stück um Stück geschrieben, hat sich als Regisseur, wiederholt auch als Mitspieler um die einzelnen, meist erfolgreichen, häufig international erfolgreichen, bemüht, und gleich im ersten, dem „Ödipus" eben, liegt ihre Bedeutung, ihre Größe wie ihre Schwäche, klar am Tage. Ödipus, das antike Schicksalsdrama, ist im 17. Jahrhundert von dem alternden, nach neuen Formen tastenden Corneille interessant, aber nicht sonderlich glücklich nachgedichtet worden. Voltaire, der den höchsten Ausdruck französischer Klassik in Racines Werken findet und mit Corneille selten ganz zufrieden ist, sucht sich sowohl dem antiken Vorbild wie der reinsten Form französischer Klassik eng anzuschmiegen. Er ist in allem Sprachlichen wie technisch Dramatischen durchaus Epigone. Eine Tragödie hat in allem Wesentlichen genauso auszusehen, wie sie in den Meisterwerken Corneilles und Racines aussieht. Es mußten also ihre Helden, wenn nicht selber Könige, so doch altadliger, vielleicht gar göttlicher Herkunft sein und im Staat die höchsten Posten militärischer und ziviler Gewalt bekleiden. Sie mußten ihrer Würde gemäß eine gehobene Sprache führen, in ihrem *stile noble* war jedes konkrete Alltagswort verboten, beispielsweise ein Pferd immer nur ein Roß oder Renner, nie ein bloßes Pferd oder gar ein Gaul; sie mußten sich im Vers, dem regelmäßigen Alexandriner, ausdrücken. Die Handlung mußte im Lauf eines Tages und an einem mehr oder minder weitherzig und abstrakt angenommenen unveränderten Bühnenort ablaufen.

Die theatergeschichtliche Entwicklung besteht für Frankreich im 18. Jahrhundert darin, daß bürgerliche Menschen und Konflikte, für die vordem nur der Schwank und das Lustspiel Bühnenraum gewährten, allmählich, auf dem Weg über die *comédie larmoyante*, die in Deutschland „weinerliches Lustspiel" genannt wurde, sich in ernster und tragischer Dramatik und in der realistischen Prosa der Umgangssprache entfalteten. Voltaire, dem, wie gesagt, die spezifisch dramatische Begabung im Blut lag, hat sich auch auf diesem Gebiet betätigt, so mit der „Nanine“, einem sanften Rührstück in anmutigen Kurzversen, hinter dem Richardsons Romankunst überdeutlich steht, so in dem kräftigeren Prosastück „L'Écossaise“, das durch die Polemik gegen Fréron, Voltaires erbittertsten und ebenso erbittert bekämpften publizistischen Gegner, ein Sonderinteresse behalten hat. Aber diese und ähnliche Theaterproduktion hat Voltaire doch immer nur als ein leichteres Nebenbei seiner Kunst betrachtet. Zu seinen eigentlichen Ruhmestaten als Dichter zählte er nur die klassisch gebauten Tragödien, auch stand es ihm, genau wie den Ästhetikern des 17. Jahrhunderts, unverbrüchlich fest, daß die Tragödie als Gattung jeder Art von Komödie überlegen sei.

Sofort im „Ödipus“, ja krasser als später, offenbarte sich nun seine Eigenart den klassischen Vorbildern gegenüber: er folgte ihnen, aber er machte aus der Bühne die Kanzel der Aufklärung, er predigte ihre Lehrsätze, vor allem die ihm wichtigste Tendenz der Befreiung von kirchlichen Fesseln. Im „Ödipus“ trat dies schülerhaft hervor: ein Schicksalstück, das ganz auf dem antiken Götterglauben, auf dem Glauben an die Heiligkeit ihrer Priester und ihrer dunklen Orakel beruht, und da mitten hineingestellt, in schneidenden Versen hervorbrechend, der Zweifel an der Ehrlichkeit der Kultträger, an der Wahrheit ihrer für göttlich ausgegebenen Offenbarungen! Mit einem Schlage machte dies Wagnis den vordem kaum bekannten Literaten berühmt und berüchtigt.

Die neue Tendenz in der Form der klassisch französischen Tragödie verabreicht: das ist die Formel, die für buchstäblich alle Trauerspiele Voltaires gilt, und da das ganze 18. Jahrhundert hindurch eben diese klassische Form neben und über allen Theaterneuerungen in Frankreich selbst und international höchste Geltung besaß, so ist ein kaum hoch genug einzuschätzender Anteil sowohl an Voltaires persönlicher Berühmtheit wie an der Ausbreitung der Aufklärungsideen gerade seinen heute so achselzuckend beurteilten Tragödien zuzuweisen.

Diese wenig berechtigte Geringschätzung hat doppelten Grund.

Einmal wirkt der von Voltaire selber heraufbeschworene Vergleich mit Shakespeare. Voltaire lernt dessen Werk in England kennen, er bringt den ihm Wesensfremden mit scheuer Bewunderung und ohne tiefgreifendes Verständnis als erster und einigermaßen warnend seinen Landsleuten zur Kenntnis und wendet sich später gegen eine um sich greifende Shakespearomanie, die seinen klassischen Geschmack verletzt. Für sich selber gewinnt er auch eine gewisse Freiheit den klassisch französischen Vorschriften der Orts- und Zeiteinheit und der Bühnenleere gegenüber, aber sonderlich weit geht diese Freiheit nicht; Voltaire braucht sie auch durchaus nicht erst von Skakespeare zu erlernen, die französische Oper des 17. Jahrhunderts gibt ihm genügende Anregung dazu. Thematisch berührt sich sein innigstes Drama, die „Zaïre", mit dem „Othello". Aber im „Othello" geht es allein um die eifersüchtige Leidenschaft eines ungebrochen fühlenden naiven Menschen, um die Tragödie der Liebe allein, während man es in der „Zaïre" mit zwei höchst intellektuellen und keineswegs nur von ihrer wechselseitigen Liebe bewegten Naturen zu tun hat: auf dem Mann lastet die Verantwortung des Herrschers und Reformators, auf dem Mädchen religiöser Zweifel. Da wird ein simplistischer Vergleich der beiden Dramen nach Sprache, Denkart und Fühlweise zum Unfug. In einem anderen Stück, der „Semiramis", ließ es sich Voltaire einfallen, Hamlets Vatergespenst auf die taghelle französische Bühne zu stellen. Das wurde ihm besonders in Deutschland zum Verderben: Lessings „Hamburgische Dramaturgie" hat es in ihrem Kampf gegen das regelhafte französische Theater für viele Generationen deutscher Gymnasiasten prachtvoll lächerlich gemacht, worüber dann vergessen wurde, daß Semiramis selber eine wirkliche und bedeutende Persönlichkeit ist, die sich auf dichterischem Gebiet in nicht allzu großem Abstand neben Corneilles Cléopatra und Racines Athalie sehen lassen kann und in der Realität ein wenig die russische Katharina antizipiert.

Und dies ist das zweite allgemeinere Moment, worunter

der Ruhm des Tragikers Voltaire leidet. Immer wieder ist ihm vorgeworfen worden, er habe keine Menschen gestaltet, seine Helden seien Figuren ohne Eigenleben, seien durchweg nur Sprachrohr seiner Aufklärungspredigten. Das aber trifft nur, und auch da nicht gänzlich, auf seine Altersschöpfungen zu. In seinen vielen reifen dramatischen Dichtungen – ich nenne aus der Fülle beinahe aufs Geratewohl die „Alzire", den „Orphelin de Chine", die „Mérope" – kommen die Charaktere, das Menschliche und Privatmenschliche kaum überwuchert von der nie fehlenden Humanitäts- und Toleranzpredigt zu ihrem Recht. Eine merkwürdige düstere Sonderstellung nimmt der „Mahomet" ein; hier soll nicht wie sonst Sympathie für den Helden, sondern Abscheu vor ihm erregt werden. Mahomet, der Religionsstifter, ist für Voltaire der absolute Menschheitsfeind, der bewußte Betrüger und Verbrecher aus äußerster Herrschsucht. In seinem Haß gegen klerikalen Fanatismus wird Voltaire unweigerlich und auf jedem Schaffensgebiet selber zum blinden Fanatiker, wo er unmittelbar oder verschleiert Offenbarungsreligion und Priestertum bekämpft. Dabei bleibt er zeitlebens Deist, in dieser unverbindlichen Gottgläubigkeit mit Rousseau und dessen Bekenntnis des savoyischen Vikars durchaus einig.

Entschiedener noch als seiner gesamten Dramatik gegenüber macht sich der Umschwung von zeitgenössischer Ergriffenheit zu kalter Ablehnung durch die Nachwelt im Punkte der „Henriade", des in der Bastille entstandenen, danach in England umgearbeiteten Heldengedichts, bemerkbar. Die Nachwelt ermüdet hier ein Allzuviel an Überaltertem und Nachgeahmtem, die Zeitgenossen (bis in das 19. Jahrhundert hinein) bewunderten ein erregend Neues. Es war seit der Renaissance ein unerfüllter Wunsch der Franzosen, ein *grand poème*, ein Nationalepos in der Art der Virgilischen „Äneis" zu besitzen. Voltaire übertrug Zug um Zug das heidnisch römische Vorbild ins christlich Französische. Ganz wie Äneas hatte Heinrich von Navarra auf seinem Weg zum Königsthron Seesturm und Liebesnot zu erleiden, in der Fremde seine Vorgeschichte zu berichten, mit dem Jenseits in Berührung zu kommen usw. usw. Es war ein ständiges Transponieren, das längst erkältend und bisweilen, so etwa mit seinen allegorischen Gestalten anstelle der alten Gottheiten, ungewollt parodistisch wirkt. Aber es war doch bei alledem, auf zwanglos pathetischen Versen wohltönend hinrollend, das Epos vom Aufstieg des geliebtesten französischen Königs, des ritterlichen Kriegshelden und Galans, der sich nicht hochmütig vom Volk absonderte, der nur kämpfte, um den Frieden zu gewinnen, der sein Hugenottentum aufgab und sich vom Katholizismus seiner Ahnen und der überwiegenden Mehrheit seiner Nation erleuchten ließ, um den grauenvollen Bürger- und Religionskrieg zu beenden und ganz und gar Friedensfürst und Kulturbringer zu sein. Und da sich in diese Darstellung mischten oder unter ihr sichtbar wurden die Ideen der Humanität und der konfessionslos „natürlichen" Religion, da sich gelegentlich auch, anachronistisch und kunstvoll, Anspielungen auf den neuesten Fortschritt der naturwissenschaftlichen Erkenntnis hinzufand, so ist es begreiflich, daß das Publikum ungleich mehr die ausgeströmte Wärme als den Frost des Werkes empfand. –

Kaum erschüttert durch die lange Haft und gestützt auf sein literarisches Ansehen, setzte Voltaire sein gesellschaftliches Leben eine Zeitlang fort. Dann, 1725, kam es zu einer Katastrophe, die ungemeine Folgen für Voltaires Leben und, man kann beinahe sagen, für die allgemeine Geschichte des Jahrhunderts hatte. Ein Aristokrat aus großer Familie fühlte sich von dem bürgerlichen Literaten beleidigt, ließ ihn von seinen Dienern auf offener Straße verprügeln und sorgte dafür, daß der Genugtuung Fordernde erst in die Bastille gesperrt und dann ausgewiesen wurde. Voltaire ging für drei Jahre nach England, und die in französischer Sprache 1734 erschienenen „Lettres anglaises" sind das hauptsächliche literarische Ergebnis seines Aufenthalts.

Die Bemerkung von der jahrhundertverändernden Bedeutung dieses Exils oder dieses einen Buches bedarf gleichermaßen der Einschränkung und der entschiedenen Unterstreichung. Geistige und persönliche Kontakte zwischen Frankreich und England, einen Austausch von angesehenen Emigranten gab es schon vor Voltaires Verbannung; ein paar gebildete Leute der obersten Pariser Gesellschaftsschicht wußten einiges von den politischen Zuständen, von der Naturwissenschaft und Philosophie der Engländer. Voltaire wurde nicht etwa als hilfloser Robinson an eine gänzlich fremde Küste gespült; er konnte ein wenig Englisch, er war mit Empfehlungen versehen, die ihn mit der besten englischen Gesellschaft, Menschen des Hofes, Adligen, kommerziellen und agrarischen Großbürgern, in Verbindung brachten. Es war eine stark französisierte Gesellschaft; unvermischtes, unpoliertes Engländertum war in tieferen Sozialschichten zu Hause, und dorthin ist er kaum gelangt. Dies zur Einschränkung; Voltaire ist nicht der erste Englandentdecker für seine Zeitgenossen, und er entdeckt auch nicht das ganze, das spezifisch englische England – wie er denn mit Shakespeare nicht allzuviel anzufangen weiß. Und dennoch muß man seine „Briefe" als ein europäisches Fanal im Sinn des Bastillesturmes, als den Anfang einer neuen Epoche bewerten. Die „englischen" Briefe heißen auch die „philosophischen" („Lettres anglaises ou philosophiques"). In ihrem Zentrum steht die klare und eindringliche Darstellung des englischen Sensualismus und Empirismus, wonach alle Erkenntnis auf der Sinneserfahrung beruht, der Gedankenwelt Bacons, Lockes und Newtons. Indem dies realistische Denken mit dem abstrahierenden und konstruierenden Rationalismus des Franzosen Descartes zusammenstößt, entsteht das geistige Explosivgemisch, das sich fünfzig Jahre später in der Französischen Revolution entladen wird. Voltaire ist Philosoph genau in jenem Spezialsinn, den das Französische des 18. Jahrhunderts mit dem Titel eines *philosophe* verbindet. Danach ist man Philosoph, nur wenn man zur sensualistischen Richtung gehört, aber man ist es auch dann, wenn man auf dem philosophischen Fachgebiet selber nicht schöpferisch tätig ist, sondern dieser Gesinnung auf irgendeinem Gebiet der Wissenschaft oder der Kunst oder der Politik oder der Technik Ausdruck verleiht. Voltaire ist nirgends fachlicher Weiterbildner der Aufklärungsphilosophie, die heute als ein englisch-französisches Gemeinschaftswerk vor uns liegt; aber er ist auf allen kulturellen Gebieten *philosophe.* Die um den eigentlich philosophischen Kern gelagerten Kapitel zeigen die Erweiterung seines Blickes und seiner Interessen.

Da ist diese merkwürdig und manchmal unheimlich andere Literatur der Engländer. Gewiß, es geht nichts über die französische Klassik – aber immerhin existieren auch andere Dichtungsmöglichkeiten, und die Ahnung vom vielfältigen Wesen der Weltliteratur taucht in ihm auf; da ist der englische Welthandel, die englische Verfassung, die unbehinderte Betätigung mannigfacher religiöser Sekten. Sein Interesse an der Historie vertieft sich. Wenn die „Geschichte Karls XII." noch ein abenteuerliches Einzelschicksal malt, so wird Voltaire später als Historiker den Nachdruck auf die Geistes-, die Kultur- und Wirtschaftsgeschichte der Völker legen. Daß er für seine Person zum politischen Liberalen wird, ist selbstverständlich; weniger begreiflich ist, daß er trotz der erlittenen Mißhandlungen keineswegs eine wirkliche innere Auflehnung gegen das französische Herrschafts- und Gesellschaftssystem kennt. Bis in sein Alter wird es ihm so gehen: ein König, ein Hof, eine glänzende Adelsgesellschaft – er kann das alles nicht entbehren, er kritisiert und verspottet es, aber es bleibt seine immer wieder ersehnte Welt.

Voltaire ist ein glänzender Feuilletonist, jeder Gebildete kann ihn lesen (in Deutschland hat er an Lessing einen sehr großen, nicht sehr dankbaren Schüler). Seine „Briefe" erregten sofort starkes Aufsehen und wurden als staatsgefährlich verboten. Man hatte ihm die Rückkehr aus der Verbannung erlaubt; jetzt drohte neue Verhaftung. Da fand er Sicherheit und Betreuung bei Emilie du Châtelet auf Schloß Cirey an der lothringischen Grenze. Man muß sich erinnern, daß das 18. Jahrhundert in Frankreich immer beides ist: das Jahrhundert des Rokokos und der Aufklärung. Die *belle Emilie* war eine große Dame, dem Erotischen sehr und unbedenklich geneigt, dabei geistig hochtalentiert, mit gründlicher Bildung und eigenen Leistungen auf dem Felde der Mathematik und Physik. Sie hatte aus kühler Ehe zwei Kinder, sie war 1733 beim Beginn ihres Bündnisses mit Voltaire siebenundzwanzig Jahre alt. Erst war es ein Liebesverhältnis, dann wurde es für lange Zeit ein enges und herzliches Freundschafts- und auch

Arbeitsbündnis. Man lebte auf Cirey in gutem Einverständnis zu dritt, Voltaire, schon recht begütert, hatte eigene Wohnung und steuerte zum allgemeinen Haushalt bei. Seine Stellung zur französischen Öffentlichkeit war prekär; bei ununterbrochener ruhmvoller Produktion konnten ihm große Ehrungen nicht vorenthalten werden, er wurde Mitglied der Akademie, er wurde Hofhistoriograph und königlicher Kammerherr; auf der andern Seite war er immer wieder in Gefahr, als Religions- und Staatsfeind neue Verfolgung zu erleiden. Dann war es gut, wenn er sich in Cirey verborgen hielt, bis das Unwetter vorüber oder von Emilie abgelenkt war. In diesen glücklichen vollen sechzehn Jahren entstand eine Reihe seiner besten Theaterwerke, er schrieb, von Emilie auf dem ihm fremden Felde unterstützt, eingehend über den Physiker Newton, er arbeitete an seinen bedeutendsten Geschichtswerken, dem „Jahrhundert Ludwigs XIV." und dem als eine Universalkulturgeschichte geplanten „Essai sur les mœurs", er spann in getragenen lehrhaften Versen seine ethischen und religiösen Grundmeinungen aus und verspottete in den glänzenden und witzigen, nur allzu vielen und den Witz schließlich zu Tode hetzenden Strophen der „Pucelle" weniger die Persönlichkeit der Jungfrau von Orléans als seine Feindin, die Kirche.

Voltaires glücklichste Zeit fand ein tragikomisches Ende: Ein neuer, jugendlicher Liebhaber der Marquise, Offizier und Dichter, tauchte auf; sie brachte ein Kind von ihm zur Welt und starb im Wochenbett. Voltaire hat in der Folgezeit Saint-Lambert warme Freundschaft gehalten, von Emilie bis zu seinem Tod immer nur mit größter Liebe und Verehrung gesprochen.

Innerlich vereinsamt, nahm er ein Jahr nach ihrem Tode die wiederholte Einladung Friedrichs II. nach Berlin an. Schon als Kronprinz hatte Friedrich ihn verehrt, man stand im Briefwechsel, kannte sich längst persönlich; jetzt sollte Voltaire ein besonderes Schmuckstück des jungen Kulturzentrums werden. Diese preußische Episode in Voltaires Leben, festlich und freundschaftlich im Sommer 1750 beginnend, böse endend im Frühjahr 1753 mit einer Flucht des in Ungnade Gefallenen, die noch dramatisiert wird durch seine mehrwöchige widerrechtliche Gefangenhaltung in Frankfurt am Main, ist peinlich nicht nur für Voltaire und Friedrich, sondern auch für viele Historiker und Literarhistoriker, die sich seitdem bis in die jüngste Vergangenheit hinein damit befaßt haben. Denn immer, je nach der nationalen oder weltanschaulichen Position des Schreibenden, werden Licht und Schatten ohne Gerechtigkeit auf die beiden großen Widersacher verteilt. Bald ist Voltaire nur ein eitler, überheblicher und gehässiger Mensch, bald Friedrich nur ein Tyrann und mittelmäßig begabter Duodezfürst, wie sie im Deutschland des 18. Jahrhunderts häufig vorkommen. In Wahrheit haben Voltaire und Friedrich vor und auch bald nach dem Zusammenstoß ihre geistige Verbundenheit und Kongenialität durchaus richtig empfunden – nur im engen Beisammensein gab es Reibungen, die sich durch höfische Zwischenträgereien ständig verschärften. Geldgeschäfte, wie sie Voltaire mit ruhiger Selbstverständlichkeit von jeher machte, um zu wirtschaftlicher Unabhängigkeit zu gelangen, mehr noch die Spottschrift gegen Maupertuis, den Präsidenten der Berliner Akademie – auf die Friedrich stolz war –, der von Voltaires fürchterlichem Witz übel zugerichtet wurde: dies waren die äußeren Anlässe des Zerwürfnisses, das aus der eigenwilligen Reizbarkeit der beiden Charaktere entsprang.

Voltaire hatte von Jugend an nach höfischer Position gestrebt. Freiheit hatte er immer nur auf kirchlichem Gebiet verlangt, monarchische Regierungsform war ihm nicht eigentlich zuwider. Er war am katholischen Hofe Frankreichs nie zu vollem Erfolg und völliger Sicherheit gekommen. Daß es ihm nun auch bei dem Ketzer Friedrich nicht glückte, bedeutete ihm bitterste Enttäuschung.

Trotzdem versucht er noch einmal, in Versailles festen Fuß zu fassen oder in anderer höfischer Umgebung unterzukommen. Es gelingt ihm nicht. Er ist jetzt der berühmteste, international berühmte Autor Frankreichs, er verfügt über ein großes Vermögen; aber eine wirkliche Sicherheit für seine Person gibt es nicht. Da entschließt er sich, sozusagen ein eigenes kleines Fürstentum zu gründen, er wird Gutsbesitzer, halb auf

Schweizer, halb auf französischem Boden; wenn man ihn verfolgt, kann er sich über die Grenze retten „von Fuchsloch zu Fuchsloch, vor Königen und Armeen". Der Besitzerwerb beginnt in der Mitte der fünfziger Jahre; seit 1760 residiert er endgültig auf Schloß Ferney, unmittelbar an der Genfer Grenze. Er ist jetzt Mitte der Sechzig und nicht sonderlich gesund; man könnte meinen, dies sei nun sein Ruhesitz, er werde den Grandseigneur und Landesvater seiner Bauern und sonstigen Untertanen spielen – das hat er auch sehr ernstlich und mit Erfolg getan –, dazu allenfalls sich in seinem Ruhm sonnen, sich der Unterhaltung der zahlreichen Gäste widmen, oft sehr erlauchter Gäste, die förmlich zu ihm pilgern – und auch damit hat er sich ausgiebig beschäftigt. Aber dies alles ist doch nur das Nebenbei. Nie in seinem ganzen Leben hat dieser immer Unermüdliche eine so rastlose Tätigkeit entfaltet wie in den letzten zwei Jahrzehnten, eine so fieberhafte und eigentlich im Kern veränderte.

Man muß diese Veränderung richtig verstehen. Voltaire hat sich immer in erster Linie als Dichter empfunden. Er hat Verse und Versdramen geschrieben, lange bevor er als Prosaist hervortrat. Vom Verseschreiben und Dramenschreiben wird er nie ablassen, bis zu seinem Tode nicht, aber in den Jahren der Cirey-Zeit und auch der Berliner ist er in sehr hohem Maße Historiker gewesen. Und jetzt tritt an die Stelle der Historie eine ununterbrochen strömende Journalistik im buchstäblichen Wortsinn, das heißt eine Produktion, die sich unmittelbar auf den Tag richtet, unmittelbar aktuell wirken will. Die Kirche hat er immer bekämpft; aber jetzt führt er diesen Kampf mit einer haßerfüllten Leidenschaft sondergleichen. In Paris hat sich seit dem Erscheinen der Enzyklopädie und um dieses Sammelunternehmen herum eine förmliche Partei der *philosophes* gebildet, Stabsquartier des Unternehmens ist Diderots Haus. Aber Voltaire ist nicht nur, wie wir heute sagen würden, „Korrespondierendes Mitglied" von besonderem Ansehen, auch nicht nur eine Art väterlichen Oberhaupts. Sondern als das Erscheinen des Riesenwerkes Jahre hindurch verboten ist und nur im geheimen, im Manuskript fortgesetzt wird, wirft Voltaire von sich aus ganze Bände in die Lücke, und weiterhin begleitet er die Enzyklopädie mit vielbändigen „Fragen zur Enzyklopädie". Und dann: Das große Lexikon ist nicht nur Angriffswaffe gegen die bestehende Staats- und Gesellschaftsordnung, es muß auch notwendigerweise aus verlegerischen Gründen ein wirkliches allgemeines Konversationslexikon sein. So liegt hier der Sprengstoff, auf den es ankommt, sorgfältig in einer Menge unschuldiger Materie eingebettet. Voltaire dagegen ist unabhängig, wirtschaftlich und in seiner Person: So kann er unverhüllt und konzentriert von der Sache der Aufklärung handeln. Und endlich und entscheidend: Die Sache der Aufklärung hat sich für ihn mehr und mehr in einem einzigen Punkt zusammengedrängt. Immer ist ihm der Kampf gegen die Kirche ungleich wichtiger gewesen als jede andere Auflehnung; jetzt führt er ihn mit einer furchtbaren, fanatischen Einseitigkeit. Das *Écr. l'inf.* (*écrasons l' infâme*, rotten wir die schmachvolle aus!) ist die Geheimparole unter seinen Briefen an die Freunde. Die *Infâme* ist nicht die Religion an sich, er selber ist niemals Atheist gewesen, sondern die Kirche als weltliche Institution und weltliche Macht, die sich dem Patriarchen von Ferney unmittelbar in der französischen Gesetzgebung vor Augen stellt.

Früher hat er gern die Greuel der Inquisition, die Bluttaten der Konquistadoren in Historie und Dichtung behandelt. Jetzt ergreift es ihn, mit welcher Grausamkeit in seinem Vaterland, in seinem aufgeklärten Jahrhundert nach gültigem Strafrecht gefoltert, verstümmelt, gemordet wird, vor allem dort, wo ein Vergehen gegen die Kirche vorliegt oder auch nur von weitem in Frage kommt. Zu der Fülle der rein literarischen und philosophischen Artikel, die zu *Dictionnaires* gesammelt oder als Broschüren erscheinen, treten jetzt sozusagen Schriftsätze eines leidenschaftlichen Advokaten. Voltaire nimmt sich einzelner Fälle an, er läßt es nicht bei bloßen Publikationen bewenden, sondern bemüht sich auf jede Weise, läßt alle seine Verbindungen spielen, um Hilfe zu schaffen.

Und hier ergibt sich eine schöne Erweiterung seines Alterswerkes: Er wird zum aktiven Verteidiger aller Bedrängten. Gewiß, im Fall Calas, dem berühmtesten, geht es um einen Justizmord aus religiöser Verhetztheit; ein Protestant wurde aufs Rad geflochten: Der völlig haltlosen Anklage zufolge sollte er seinen Sohn eigenhändig erhängt haben, um ihn am Übertritt zum Katholizismus zu hindern. Voltaire erreichte nach mehrjähriger Anstrengung Ehrenrettung des Toten und Rehabilitierung der Familie. Auch mehrere andere Fälle, deren er sich annahm, wurzeln in religiösem Fanatismus; er trat aber auch gegen einige Fehlurteile französischer Gerichte und grausame Härten französischer Gesetzgebung auf, die nichts mit der *Infâme* zu tun hatten. Und vor allem: Er und Diderot verhalfen kommentierend und rühmend dem reformatorischen Werk des Mailänders Beccaria: „Dei delitti e delle pene" („Über Verbrechen und Strafen") zu jener Weltwirkung, die sich damals nur über das Französische erlangen ließ. Wenn Voltaire bei seiner Triumph- und Todesfahrt durch Paris als *l' homme aux Calas* gegrüßt wurde, so schwang in diesem einen Namen all die Dankbarkeit mit, die man dem alten Vorkämpfer größerer Humanität entgegenbrachte.

2

All dies hier Skizzierte, in fünf Bänden der Molandschen Gesamtausgabe neben vielem andern (so der gewaltigen Korrespondenz) aufgehäuft, gehört heute der Geschichte, der Literatur-, Kultur- und Philosophiegeschichte, an; der Fachgelehrte muß darum Bescheid wissen, der Allgemeingebildete, auch außerhalb Frankreichs, einiges davon, meist aus zweiter oder dritter Hand, kennen. Aber Voltaires wissenschaftliche Werke sind längst überholt, und seine Dichtungen, die Tragödien, die „Henriade", die philosophischen Lehrgedichte und die zierlichen Gesellschaftsverse, haben kein freiwilliges Publikum mehr. Gelesen wie eine moderne Lektüre, von großer Leserschaft mit unmittelbarem Genuß aufgenommen, dem höchstens gelegentlich eine Erläuterung über irgendeinen Zeitbezug hinweghelfen muß, aber das Ganze ist so lebendig, als wäre es gestern geschrieben, und in seinem Ideengehalt paßt es zeitlos in jede Zeit – derart gelesen werden von

Voltaires Schöpfungen nur noch die sogenannten „kleinen Romane". Aber der Autor brauchte eigentlich über das Versinken seiner anderen Werke nicht übermäßig betrübt zu sein, denn wer diese Geschichten kennt, kennt den ganzen Voltaire, die Persönlichkeit und alle ihre Gedanken. Höchst beliebt waren die Romane schon bei den Zeitgenossen – der allersprühendste unter ihnen, „Candide", fand in schnellster Folge Auflage über Auflage –, aber sie galten ihnen doch nur als das, was der Italiener den *cacio su i maccheroni*, den Käse auf den Nudeln, nennt. Die Nudeln, Voltaires große Werke in den damals privilegierten literarischen Gattungen, sind heute, wie gesagt, keine allgemein verbreiteten Gerichte mehr; dafür aber ist es längst deutlich geworden, daß in dem leicht darübergestreuten Parmesan der volle Nährwert der ganzen Speise steckt.

„Potpourri", wie einer der kleinen Romane heißt, wäre der zutreffende Titel für beinahe alle Stücke der Sammlung, nur die allerkürzesten darunter sind einzellig. Sodann: Das „Potpourri" ist zuerst 1765 in einem Sammelband philosophischer, kritischer, historischer Essays oder Artikel, den „Nouveaux Mélanges", erschienen. Ebenso hat Voltaire andere der jetzt als Erzählungen zusammengefaßten Stücke in Bänden veröffentlicht, die ihrem Hauptinhalt nach keineswegs als erzählende, vielmehr als wissenschaftliche und philosophische Werke zu deklarieren sind. Solche Zusammenstellungen sind für ihn nichts Gewaltsames, weil ihm die wissenschaftliche Erörterung selber oft genug in Kunstform übergeht, in Plauderton, in Dialog und mehrstimmiges Gespräch, in anekdotische oder novellistisch ausgebreitete Exemplifizierung des Gedankens. Da haben denn die Herausgeber Voltairescher *contes* wiederholt von sich aus entscheiden müssen, was sie als „wirkliche" Novellistik anzusehen (auch welchen Titel sie für dies oder jenes herausgelöste Stück zu wählen) haben. Auch Voltaire selber schon schiebt unter verändertem Titel den „Memnon" in die „Fragen zur Enzyklopädie" hinüber. Die Auflockerung wissenschaftlicher Thematik ins salonhaft Gefällige, ins spannend Erzählende ist seit Fontenelle literarisches Gemeingut der Epoche, in der sich Aufklärung und Rokoko ineinanderschlingen; auf dem Gebiet der Erzählung steht in solchem Vermischen Voltaire hoch über allen andern Erzählern seiner Zeit, betreibt aber doch die gleiche Kunstübung wie sie.

Die kleinen Romane und die ganz kleinen unter ihnen – „Platons Traum" füllt keine vier, der „Candide" weit über hundert Seiten – sind im Stil, in Gesinnung und Inhalt, oft einander ergänzend, ebensooft Lieblingsthemen variierend, aber niemals langweilig wiederholend, durchaus miteinander verwandt. Der Roman als literarische Ausdrucksform besaß seit seinem mittelalterlichen Neubeginn den Vorteil, von den Ästhetikern nicht für voll genommen, ja, als im Sinne der Literatur für nichtexistent gehalten zu werden. Boileau gab sich nicht mit ihm ab, und auch im 18. Jahrhundert noch rangierte er in der Schulmeinung weit unter Tragödie und epischer Versdichtung. Der Vorteil solcher Nichtachtung bestand in einem Freibleiben von hemmenden Kunstregeln. Im Roman konnte man sich frei bewegen, Ernst und Komik, abenteuerliches, wunderbares Geschehen mit wissenschaftlichen Ausführungen und philosophischen Betrachtungen im gleichen Buch wechseln lassen, war an keine Orts- und Zeiteinheit gebunden, auf keinen *stile noble* beschränkt. Von alledem machten die großen Erzähler unter Voltaires Zeitgenossen, die Marivaux, Lesage, Diderot, Rousseau, genauso Gebrauch wie er selber.

In einem Punkt nur unterscheidet er sich von ihnen, ja wohl von allen Romanschreibern der Weltliteratur, und gerade darin liegt seine volle Originalität und sein höchster Reiz. Alle andern Romanerzähler verlangen, daß man an ihre Gestalten als an körperhaft lebendige, fühlende und denkende Wesen glaubt. Ihre Helden können Märchenschicksale haben, Verzauberungen erleiden, selber Dämonen oder Gottheiten sein: Sie sollen doch immer als Persönlichkeiten angesehen werden. Das gleiche gilt von den Menschen allegorischer Romane. Jeder Leser soll wissen, daß hinter ihren Erlebnissen ein zweiter, verborgener (vielmehr unverborgen durchscheinender) Sinn steckt; dennoch hat er an die menschliche Existenz der handelnden Personen zu glauben, und der Roman ist in genau dem Maße ein wirklicher Roman, als er diesen Glauben dem Leser aufzuzwingen weiß. Johannes Barclays lateinisch geschriebene, vielfach übersetzte „Argenis“ aus dem Jahre 1621 tat europäische Wirkung; überall wurde die politische, staatsrechtliche und historische Aussage des Romans gewürdigt, aber überall nahm man doch auch menschlichen Anteil an den Geschicken der Prinzessin Argenis und ihrer königlichen Bewerber.

Es steht anders um die Handlungsträger in Voltaires „kleinen Romanen“, die er selber gern „philosophische“ und „allegorische“ nennt. Er schöpft, ohne die eigene Phantasie anders zu bemühen als im Kombinieren, hierin aber erstaunlich, aus vielen Quellen: aus demselben „Amadis“ wie Barclay, aus Ariost und Tasso, aus dem spanischen Schelmenroman, aus Swift, natürlich auch aus der Antike, aus Geschichte und Gegenwart, mit sehr großer Vorliebe aus dem orientalischen Märchenschatz. Diese Vorliebe teilt er mit allen Aufklärern, die mit den heimischen (lange vor den Brüdern Grimm von Perrault entdeckten) Haus- und Kindermärchen wenig anzufangen wissen, den mohammedanischen Orient aber gern gegen das christliche Abendland ausspielen. Die Helden des bunten Romangeschehens aber sind bei Voltaire häufig und jedesmal die längste Zeit ganz offenkundig keine beseelten Wesen, an denen man Herzensanteil nimmt, sondern Marionetten, deren drollige Bewegungen im Leiden und Sterben nicht anders als im heiteren Genießen allein den Intellekt unterhalten. Doch dann geschieht es unvermutet, daß sich die Puppen mit einemmal in Menschen verwandeln und wirklich rühren; man erwärmt sich für sie, und schon sind sie wieder zu Marionetten zurückverwandelt. In solchem ständigen Wechsel von Puppe zu Mensch und Mensch zu Puppe, von Kälte zu Wärme und neuer Kälte, in diesem ständigen Wechselbad aus Spiel und Ernst liegt die absolute Eigenart der kleinen Romane beschlossen. –

Es mag mit jener Geringschätzung des Prosaromans durch die klassische Ästhetik zusammenhängen, daß Voltaire, der sein Leben lang auf Boileau schwor und selber mit ungemeiner Leichtigkeit die flüssigsten Verse schrieb, erst mit reichlich fünfzig Jahren auf das Erzählen in Prosa verfiel.

Den Anfang macht nach biographischen Angaben ein sehr witzig-frivoler, aber durchaus im allgemeinen Rokokogeschmack gehaltener *conte*: „Cosi-Sancta". Einer streng tugendhaften jungen Braut prophezeit der seherische Priester, sie werde durch ihre Tugend viel Unheil anrichten, dagegen durch drei Ehebrüche mit drei verschiedenen Partnern so viel Gutes stiften, daß es ihr die Heiligsprechung eintragen solle, was denn auch komisch in Erfüllung geht. Der Voltaire-Stempel der typischen Bagatelle besteht höchstens in einem harmlosen Sonderspott über die sittenstrengen Jansenisten.

Wichtiger ist der gleichfalls am Beginn stehende „Einäugige Lastträger". Er hat auf dem Straßenpflaster so schön geschlafen und geträumt, wie er die Prinzessin gewann und selber ein großer Herr wurde, und nun wacht er auf, durchnäßt und zerlumpt, im alten Elend. Ist er sehr unglücklich? Keineswegs! Er war vorher durchaus zufrieden mit seiner Existenz und ist jetzt nach hinzugewonnener Erfahrung noch glücklicher. Der Traum steht in Zusammenhang mit Mesrurs gestrigem Schnapsgenuß – also braucht er sich nur öfter zu betrinken. Der Mann ist von Geburt an unabänderlich glücklich: Er hat ja nur das eine Auge, mit dem man alles rosig sieht; das für die dunklen Farben empfängliche andere fehlt ihm. Voltaire erzählt auch diese Geschichte als rein witzigen *conte*; genau wie in „Cosi-Sancta" ist reichliche Sexualkomik vorhanden und ein bißchen antiklerikaler Spott. Dagegen fehlt jede Spur einer Gemütsbewegung, sowohl soziales Mitleid mit dem armen Teufel wie Neid des zerrissenen Intellektuellen auf die glückliche Einfalt. Er selber, Voltaire, weiß sich ja im Besitz beider Augen, des für die guten und des für die schlechten Seiten der Dinge bestimmten; im allgemeinen kompensieren sie sich, doch hat das optimistische etwas geringere Sehschärfe, und manchmal drückt er es ganz zu. Im „Indischen Abenteuer" klagt alle Kreatur dem Philosophen Pythagoras ihr Leid: Das Gras wird vom Schaf gefressen, die Tiere fressen sich untereinander, der Mensch nährt sich von ihnen, sofern er nicht Vegetarier und Philosoph ist. Immerhin, bei den Menschen muß Philosophie anzutreffen und Humanität zu lehren sein. Er kommt in die Stadt, und auf dem Marktplatz ist ein Scheiterhaufen angezündet: tugendhafte Leute sollen verbrannt werden, weil sie dem *Être suprême*, dem höchsten Wesen, durch ihre Tugend allein und ohne den Kult ihrer Richter dienen wollen. Pythagoras predigt Toleranz und hat auch Erfolg mit seiner Lehre, in diesem einzigen Fall – die *Écr.-l' inf.*-Parole darf nie fehlen – sogar bei den Betschwestern (*même aux dévotes*), die die Sache vor das geistliche Gericht gebracht haben. Er zieht dann als Wanderprediger der Toleranz weiter, aber schließlich legt ihm ein Unduldsamer Feuer ans Haus, und er kommt in den Flammen um. „Rette sich, wer kann!" steht als unvermittelter Ausruf am Schluß der Erzählung.

Aber Voltaire hat durchaus nicht die Absicht, sich zu retten, er fühlt sich in Wahrheit in seiner Eigenschaft als predigender Philosoph ganz und gar nicht unglücklich. Er erzählt die „Geschichte eines guten Brahmanen", der „um so unglücklicher war, je durchdringender sein Verstand und je empfindsamer sein Herz wurde". Der Mann hat eine alte Nachbarin, sie könnte die Mutter des einäugigen Lastträgers sein, sie macht sich gar keine Gedanken und ist geradeso vollkommen zufrieden wie er. Hundertmal, sagt der Brahmane, habe er sich gefragt, ob er nicht mit der in ihrer Dummheit glücklichen Nachbarin tauschen wollte, und immer wieder auf solch einen Tausch verzichtet. Und Voltaire, im Ich-Ton erzählend, unterstreicht, daß auch er „unter der Bedingung, dumm zu sein, nicht hätte glücklich sein mögen". Er legt die Frage seinen Parteifreunden („anderen *philosophes*") vor, und auch sie entscheiden sich wie der gute Brahmane. Es ist wie ein Manifest der Aufklärer gegen Rousseaus vernunftfeindliche Sehnsucht nach Einfalt.

Dabei ist es um Voltaires Glauben an die Freiheit und Macht der Vernunft nicht sonderlich gut bestellt. Er ist Sensualist, alles Denken beruht ihm auf der Erfahrung der Sinne. Wenn der Speicher der Erfahrung, wenn das Gedächtnis versagte, so ergäbe sich ein allgemeines gesellschaftliches Chaos. Die „Aventure de la Mémoire", der Streik der Göttin des Gedächtnisses, die sich durch Descartes' Lehre von den angeborenen Ideen beleidigt fühlt, ist ein ausgelassener Schwank,

„Memnon oder Die menschliche Weisheit" eine melancholische Tragikomödie. Die Sinne sind nicht nur Basis der Vernunft, sondern auch ihre feindlichen Herrinnen. Memnon beschließt, als Weiser zu leben, dann sei er gegen alles Entgleisen gesichert, und im Lauf eines Tages bringt ihn törichte Leidenschaft um seine gesellschaftliche Stellung, um sein Vermögen, um ein Auge. Auch das orientalisch bunte Abenteuermärchen „Der Weiße und der Schwarze" (die Grundlage für Grillparzers „Der Traum ein Leben") lehrt das Ausgeliefertsein des Menschen; ein dunkler und ein heller Genius streiten um ihn; seine Erkenntnis reicht nicht weit genug, und wenn sie ausreicht, fehlt es ihr an Kraft, sich gegen die Leidenschaft zu behaupten. Dennoch ist es nur ein *dépit amoureux*, der Streit eines Liebenden, den Voltaire mit der Vernunft führt. Im „Mikromegas" ist es zwar der ungeheuer große Siriusmann, der Herr Kleingroß heißt – aber der Name trifft im Grunde auf die ameisenartige Besatzung des Nußschälchens zu, über das sich die beiden von Saturn und Sirius herabgestiegenen Besucher so sehr amüsieren. Die winzigen Kreaturen auf ihrem winzigen Planeten glauben, das Weltall sei um ihretwillen geschaffen. Welch überheblich großmäulige kleine Geschöpfe! Aber einige dieser kleinen Leute auf diesem Expeditionsschiff haben doch recht interessante Gedanken, und insbesondere der sensualistische Philosoph beweist, gerade in seiner spekulationslosen Bescheidenheit, einige Geistesgröße. Die Dame Vernunft, sagte der Voltairianer des 19. Jahrhunderts, Anatole France, habe zwar manche Schwächen, aber es ließe sich doch mit ihr leben, und das ist bei allem Mäkeln die im Gefühl wurzelnde Grundmeinung Voltaires. Ganz spät noch schreibt er ihr ein Loblied, den „Éloge historique de la Raison", ihr und seiner eigenen Epoche, worin sie sich nach langem Verfolgtsein endlich wieder frei bewegen dürfe. Natürlich geht es auch hier nicht ganz ohne Skepsis ab: Ob nun das Zeitalter der Aufklärung Dauer haben werde, sei nicht verbürgt, immerhin „wollen wir uns dieser schönen Tage freuen".

Es ist bisweilen für die kleinen Romane eine chronologische Entwicklung vom Optimismus zu Pessimismus hin angenommen worden. „Zadig oder Das Schicksal“, der ganz und gar im Stil der Tausendundeine-Nacht-Märchen ausgesponnene Roman vom Jahre 47, hat ein glorreiches Ende, und zwölf Jahre danach ist „Candide au l'Optimisme“ eigens zu dem Zweck geschrieben, in jedem Absatz die Leibniz-Lehre von der besten aller Welten wieder und wieder lächerlich zu machen. Aber Zadig ist ganz und gar von der Vorsehung geführt, die sich ihm zuletzt als geflügelter Cherub entschleiert und in fragwürdigen Taten legitimiert; daß er nach all den vielen Wechselfällen von Glück und Unglück schließlich doch seine geliebte Königin und ihr Königtum dazu gewinnt, ist weder durch seine Schuld verzögert noch durch seine Tapferkeit, Tugend und Weisheit herbeigeführt; ja, diese drei Eigenschaften erweisen sich ihm häufig als Hindernisse auf seinem Wege. Erst muß er die himmlische Führung als gütig selbst in ihren scheinbaren Tücken und Grausamkeiten erkennen und anbeten, eh' ihm das faustdicke Happy-End zuteil wird. Das ist so völlig aus der rosig-kindlichen einäugigen Sicht des bei Arbeit und Schnaps zufriedenen Lastträgers und der dummfrommen Nachbarin des guten Brahmanen fabuliert, daß niemand daran zweifeln kann, mit welchem Behagen der Märchenerzähler zur eigenen Belustigung und zu der des Lesers sein anderes Auge zukneift.

Demgegenüber bedeutet der „Candide“ mit seinem Angriff auf die prästabilierte Harmonie die Revanche des anderen Auges. Schon zehn Jahre zuvor hat Voltaire im „Memnon“ die Ansicht gewisser Dichter und Philosophen (Popes und Shaftesburys) zurückgewiesen, man müsse sich damit begnügen, daß in der Gesamtheit der Schöpfung die Vollkommenheit stufenweise von Welt zu Welt erreicht werde, und in dieser Reihe sei nun einmal tief unten die kleine Erde nicht ganz, aber doch beinahe das Irrenhaus des Universums. (Paul Heyses geistreiche Mutter sagte einmal, als man ihr eine Sache „an und für sich gut“ nannte: „An und für sich vielleicht, aber an und für mich?“) Kann man diese Revanche realistischer nennen als das sonnige Märchen? Doch nur halbwegs. Gewiß, der „Candide“ spielt nicht im östlichen Wunderland, sondern mitten in Europa zu Voltaires eigener Zeit auf einem

Schlachtfeld des Siebenjährigen Krieges, in Lissabon im Augenblick des Erdbebens, in Venedig während des Karnevals usw. usw. Aber doch ist alles Spiel, so gut und so heiter wie im „Zadig". Denn gerade im „Candide" ist jene Marionettenkunst Voltaires aufs großartigste entfaltet. Der philosophisch unbelastete Candide, sein optimistischer, sein pessimistischer Freund, seine Geliebte, ihr adelsstolzer Bruder: alle sind sie Puppen, sie können das gräßlichste Unheil erleiden, die scheußlichsten Verstümmelungen, sie können zu Tode kommen, und doch stehen sie immer wieder auf, einigermaßen ramponiert, aber immerhin imstande weiterzuleben, und sogar – darauf kommt es an – mit einem gewissen Lebensgenuß. Der ist nur einmal am Erliegen, da nämlich, wo sie in endlicher Sicherheit nach all dem Umgetriebensein und Leiden in die Klauen der Langeweile geraten. Sobald sie eine bescheidene Tätigkeit gefunden haben, als kleine Gemüsebauern vor den Toren der lärmvollen Großstadt, sind sie einigermaßen mit ihrem Schicksal ausgesöhnt. Das Schlußwort: *il faut cultiver notre jardin*, wird dem alten Voltaire fast ebenso lieb wie sein *Écrasons l'infâme.*

Ob man nun den Pechvogelmarionetten des „Candide" einen höheren Grad von Realismus zuerkennen will als dem glücklichen Märchenpaar im „Zadig", darüber läßt sich streiten. Aber ein anderes ist ungleich wichtiger. Der demütige Glaube an eine liebevolle Vorsehung, das Einverständnis auch mit den Übeln auf der besten aller Welten führt zur demütigen Hinnahme aller Mißstände, zu sklavischer Untertänigkeit, wohingegen die bittere Empfindung des maßlos aufgehäuften irdischen Elends und Unrechts zur Auflehnung drängt; die Vernunft mag Unabwendbarkeit des Leidens predigen, das beleidigte Gefühl wird dennoch versuchen, das scheinbar Unabänderliche zu ändern. So daß also die Trostlosigkeit des „Candide" optimistischere Elemente enthält als der „Zadig" in seiner Heiterkeit.

Freilich darf man dem aktivistischen *Cultivons* nicht eigentlich revolutionäre Gesinnung beilegen. Den „Garten bestellen", wie metaphorisch man das auch auswerten mag, bedeutet eine aufbauende, keine zerstörende Tätigkeit. Der Satiriker Voltaire ist sich der Fehler des Bestehenden voll bewußt. Aber auf eine Vernichtung des gegenwärtigen Gesellschaftszustandes zielt er nicht ab, dazu liebt er ihn viel zu sehr trotz und manchmal sogar wegen der Sündhaftigkeit dieses Zustandes. Das Märchen „Die Welt wie sie ist" zeigt den unverdorbenen Beauftragten der Gottheit bei der Vorbereitung seines Gutachtens zur Frage der eventuellen Zerstörung des Sündenbabels Persepolis. Persepolis ist Paris, und Babuk, der Skythe, findet dort vieles so schlimm, daß er viele Male die Vernichtung für notwendig hält; aber manches wiederum gefällt ihm doch gar zu gut und stimmt ihn versöhnlich. Worauf denn die Gottheit nicht nur von der Zerstörung der Stadt, sondern von jedem Besserungsversuch absieht und beschließt, die Welt so zu lassen, wie sie ist. (Das Märchen hat weiten Spielraum in seinen Bezügen, weil das französische Wort *monde* gleichzeitig die Welt schlechthin und „die gute Gesellschaft" bedeutet.)

Die gleiche Frage nach Wert und Unwert der bestehenden Kultur wird in dem Roman „L'Ingénu" abgehandelt, wo das Naturkind, von keiner göttlichen Vollmacht geschützt wie der Skythe Babuk, sehr schweres Leid in Persepolis-Frankreich erfährt. Der „Ingénu" ist in ästhetischer Hinsicht das kongeniale Gegenstück zum „Candide". Im „Candide" wiegt das Marionettenspiel vor, ohne daß die momentane Verwandlung von Puppe zu Mensch fehlt; im „Ingénu" fehlt es nicht am Marionettenspiel, denn das Naturkind beträgt sich in seiner Natürlichkeit überwältigend komisch. Auf dem Gipfelpunkt des Romans aber dominiert rein menschliche Tragik: Der Hurone sitzt schuldlos in der Bastille gefangen, und seine Braut stirbt aus Kummer über den Preis, den sie seine Befreiung kostet. Es ist sehr selten, daß Voltaire mit solcher Innigkeit von Frauenreinheit handelt; im allgemeinen liebt er durchaus den Cosi-Sancta-Ton, und die erotischen Sünden verzeiht er der guten Gesellschaft am ehesten. Aber, und dies ist entscheidend, bei aller Kulturkritik wird er doch der wahren Größe ebendieser von Rousseau so einseitig verdammten Kultur ebenso gerecht wie ihrer Verderbtheit. In eine kleine pathetische Szene, ja eigentlich in einem einzigen Satz preßt der Hurone das Ja und Nein zusammen. In Frankreich erst ist er vom animalischen Geschöpf zum denkenden und wissenden Menschen geworden, sein Zellengenosse, der weise und gütige Jansenist, hat ihn über Ethik und Naturwissenschaft belehrt, so auch über die Grundlagen der Astronomie. Da klagt der Ingénu: „Wie hart ist es ..., daß ich erst jetzt den Himmel kennenlerne, da man mich des Rechtes beraubt hat, ihn zu betrachten!" Freiheit und Fesseln in einem kennzeichnet seinen neuen Zustand.

Freiheit bedeutet ihm vor allem Freiheit des Denkens und Forschens; Fessel ist ihm, im weitesten Abstand vor jeder anderen, die klerikale Behinderung. Einige dieser kleinen Romane scheinen oder sind auch wirklich aus reinem Vergnügen am Fabulieren, genauer am Nachahmen und überraschenden Kombinieren antiker und mittelalterlicher Märchen und Mythen und Reiseabenteuer in allen Erdteilen geschrieben – man braucht nicht nach philosophischem Bedeuten jeder Einzelheit zu suchen; aber immer wieder stecken im farbigen Knäuel der Erzählung die Nadelspitzen kulturkritischer Anzüglichkeiten, und die überwiegende Mehrzahl dieser Spitzen gilt den biblischen Wundern, der Kirchenlehre und allem, was die Sprache der Aufklärer unter „Priestertrug" versteht. Wenn die Geschichte „Der weiße Stier" behaglich-komisch davon erzählt, wie die ägyptische Prinzessin ihren zum schönsten Prinzen verwandelten Apis endlich heiraten darf, dann ist auch die Hexe von Endor im Spiel und der ganze biblische Tierpark zugegen, der Sündenbock und der Fisch, der den Jonas verschlang, und Geflügel aus der Arche Noah und – „vielleicht das wichtigste Geschöpf" – die Schlange aus dem Paradies. Voltaires satirische Anspielungen richten sich gegen sehr viele andere Objekte: gegen königliche Willkür und Verschwendung, gegen Vorrechte des Adels und des Reichtums (die ihm für die eigene Person unentbehrlich sind), gegen den Krieg und den Ämterkauf, gegen das Intrigenspiel und die Mätressenwirtschaft am Hofe – gegen alles das –, aber alles das wiegt weniger schwer, ist weniger markant im Zeitbezug der Fabeleien als ihr antikirchlicher Spott.

Dem eigenen religiösen Standpunkt des Deismus gilt unter Voltaires Romanen „Jennis Geschichte", die den Untertitel „oder Der Weise und der Atheist" trägt. Sie zählt zu den ausgedehntesten unter den kleinen Romanen und ist vom künstlerischen Standpunkt aus die wenigst geglückte. Denn während sonst überall die beiden Elemente des philosophisch Didaktischen und des unterhaltsam Erzählenden gut aufeinander abgestimmt oder miteinander verschmolzen sind, bildet hier ein moralisches Puppenspiel den Rahmen um eine sehr lange Predigt. Jenni, der in eine Gottlosengesellschaft geratene Sohn des englischen Feldkaplans, wird unter Verbrechern zum Verbrecher, bis ihn sein ehrwürdiger Vater der Tugend und dem Glauben zurückgewinnt. Die Handlung, in Spanien, in England und unter den Wilden Amerikas spielend, ist so kraß, daß sie durchaus parodistisch wirkt: Die Bösartigkeit der Atheisten geht bis zum Giftmord, und die Schlimmste unter ihnen wird gerechterweise von Kannibalen gefressen, während dem verlorenen Sohn für seine Reue die unwahrscheinlichste himmlische Vergebung zuteil wird – das Opfer des Giftmordes ist vom Tode auferstanden. Wie gesagt, man könnte das als Parodie im „Candide"-Stil auffassen – aber der ehrwürdige Herr Freind hält seine Bekehrungspredigt im Sinn der natürlichen Religion mit unerbittlichem Ernst, und ihr entscheidendes Argument ist das platt utilitaristische, daß man ohne Religion zum Verbrecher werde.

Oder wäre endlich unter ästhetischem Gesichtspunkt „Der Mann mit den vierzig Talern" eine Stufe tiefer einzuschätzen, weil hier nämlich jede Romanhandlung wegfällt und nur eine Fülle ernsthafter Gespräche über eine große Menge von rasch wechselnden Themen geboten wird? Aber ich muß noch einmal darauf hinweisen, daß das, was Voltaire selber als Roman bezeichnet oder was spätere Herausgeber dieser Gruppe hinzufügen, nichts einheitlich und gegen andere literarische Gebilde abgegrenzt Zusammengehörendes ist. Ich habe in meiner umfassenderen Voltaire-Darstellung einen Teil seiner Werke als „dichterischen Journalismus" bezeichnet. In dieser Rubrik haben Gespräch, Essay und Erzählung sehr liquide Grenzen untereinander; ja es gibt auch dramatische Prosastücke wie den „Sokrates“ und den „Saul“, die eigentlich dahinein gehören.

Der anonym für sich erschienene „Vierzigtalermann“, den Voltaire selber scherzhaft als „kleines Werk eines Angestellten der Finanzverwaltung“ ausgibt, nimmt eine besondere und wesentliche Stellung unter den Romanen ein: ideologische Probleme fehlen nicht, treten aber hinter wirtschaftlichen zurück, die durchweg mit der ganzen geistvollen Flüssigkeit wirklicher Konversation besprochen werden. Ausgangspunkt ist die physiokratische Doktrin, daß alle echte staatliche Kraft im Grundbesitz wurzelt und daß der Steuerertrag gerade aus ihm gewonnen werden müsse. Der Vierzigtalermann ist ein armer ausgebeuteter und in seiner Armut unkultivierter Mensch. Er kommt zu einigem Geld und damit zu Verstand und Bildungsinteressen, und nun kann er sich mit allerlei Leuten über mancherlei unterhalten und aufklären lassen. (Voltaire hat den Armen, besonders in seiner fürstlichen Machtstellung in Ferney, jede Hilfe erwiesen; aber wirkliches Interesse als Autor nimmt er doch nur an Menschen, die schon in der sozialen Lage sind, geistigen Interessen nachzugehen.) Man berührt in diesen Unterhaltungen das Wesen der Seele und ähnliches, aber die Steuern, die Volkshygiene, die Pockenimpfung usw. nehmen doch entschieden größeren Raum ein. Wie sehr hier Voltaire auf die realen Dinge der Volkswirtschaft gerichtet ist, wie sehr sich dieser Roman von all den andern im Grundton unterscheidet, das zeigt sich am erstaunlichsten da, wo man von den Klöstern redet. Welch eine Gelegenheit, in den Ton der saftigsten *contes* zu verfallen! Nichts von alledem, vielmehr statistische Überlegung, wieviel Arbeitskraft dem Staat verlorengeht, welche Einbuße die Bevölkerungsziffer erfährt; der Staat braucht Soldaten, und „die Mönche sind Vatermörder, die eine ganze Nachkommenschaft ersticken“. Selten, daß der ruhige Ernst dieser Gespräche für bloß witzig Geistreiches Raum findet. Einmal wird scherzhaft vorgeschlagen, da die Franzosen eine so heitere Nation seien, Lachen und Lieder zu besteuern, worauf die Antwort lautet, dann würde den Franzosen das Lachen vergehen. Aber in der Gesellschaft des Vierzigtalermanns ist das noch keine ernsthafte Befürchtung; das gute Souper am Schluß des Ganzen endet mit einer *chanson très jolie*, einer sehr hübschen *chanson*, für die Damen, und Voltaire erklärt, er sei von diesem Abendessen so befriedigt aufgestanden, als wäre es das Symposion des Platon gewesen.

Das Buch mit seiner heiteren Gelassenheit erschien 1768. Anderthalb Jahrzehnte später heißt es am Schluß des „Figaro" ganz ähnlich: *tout finit par des chansons*, aber der Dichter und alle seine Hörer wissen genau, daß es nicht mehr lange bei fröhlichen Liedern sein Bewenden haben könne.

Wüßte Voltaire, welch ungeheurer Anteil ihm an der Vorbereitung der Revolution zukommt, so wäre er aufs tiefste erschrocken: Er selber hat Persepolis viel zu sehr geliebt, als daß er es hätte zerstören wollen.

Anmerkungen

7 *Melinade* – Der so hervorgehobene Beiname, den die Herrin von Maine verliehen bekommt, ist mit Bedacht gewählt: mit der Wurzel „mel" (Honig) ist auf den „Orden der Honigbiene" angespielt, den sie 1703 gegründet hatte; „mélin" (gelb) war die Farbe der Dame und daher auch das Band, an dem die Ritter ihre Ordensmedaille trugen; das Suffix „-ade" sollte an die Prinzessinnen aus „Tausendundeiner Nacht" oder an die griechischen Najaden und Dryaden erinnern, um die Ordensherrin mit der Aura einer Gottheit zu umgeben.

11 *er nannte sich Mikromegas* – Der Name, zusammengesetzt aus den griechischen Wörtern für „klein" und „groß", soll die Relativität aller Größenverhältnisse versinnbildlichen.

12 *achtzehn mehr als Blaise Pascal* – Der Bericht Gilberte Périers über die außerordentliche Begabung ihres Bruders in der „Vie de Pascal" (1684), auf den Voltaire sich bezieht, wird von der modernen Wissenschaftsgeschichte nicht angezweifelt.

Der Mufti seines Landes – Auch der Sirius trägt seinen orientalischen Schleier: gemeint ist mit dem Gesetzesausleger der mohammedanischen Religion natürlich ein katholischer Theologe, dem die kirchliche Zensur unterstand.

um sich Geist und Herz ... gründlich zu bilden – Der Spott gilt dem Titel des vielbenutzten Studienbuches „De la manière d'enseigner et d'étudier les belles lettres par rapport à l'esprit et au cœur", für dessen Autor Charles Rollin und seine jansenistischen Neigungen Voltaire wenig Sympathien hegte.

Berline – ein viersitziger Reisewagen mit zurückschlagbarem Verdeck, der zu Beginn des 18. Jahrhunderts von Berlin nach Paris gebracht wurde.

13 *der hochgeschätzte Vikar Derham* – William Derham (1657–1735), Autor physiko-theologischer Werke, in denen er die Existenz Gottes aus der Betrachtung der „Wunder der Natur" ableitete. Trotz tendenzieller Übereinstimmung der Ansichten konnte sich Voltaire mit der grobschlächtigen Verknüpfung der physischen und der metaphysischen Sphäre nicht abfinden.

13 *wie ein italienischer Musiker über Lullys Musik lacht* – Jean-Baptiste Lully (1632–1687), in Florenz geboren und seit 1684 in Paris wirkend, schrieb, anknüpfend an die pathetische Rhetorik der Tragödien Corneilles und Racines, Opern, mit denen er zum Schöpfer der französischen „tragédie lyrique" wurde. In ihr standen sich Arie und Rezitativ noch stilistisch nahe, während es in der italienischen Oper des 17. Jahrhunderts bereits zur Polarisierung der beiden Formen gekommen war.

Sekretär der Saturnischen Akademie – Fontenelle (1657–1757), der lebenslängliche Sekretär der Pariser Akademie der Wissenschaften, war in dieser Eigenschaft verpflichtet, die Leistungen verstorbener Mitglieder in Gedächtnisreden zu würdigen, was nicht selten zu einem Ereignis der Wissenschaftsgeschichte wurde. In den folgenden Kapiteln parodiert Voltaire den Stil der Fontenelleschen „Entretiens sur la pluralité des mondes", Gespräche, in denen einer Marquise das kopernikanische Weltbild mit Vergleichen erklärt wurde, die durch allgemeinere Kenntnis wissenschaftlicher Begriffe inzwischen veraltet erschienen.

14 *unsern fünf Monden* – Zu Voltaires Lebzeiten waren nur fünf Satelliten des Saturn bekannt; erst 1789 entdeckte Herschel zwei weitere.

17 *ein berühmter Bewohner* – Christian Huygens (1629–1695), ein bedeutender holländischer Mathematiker und Physiker, dessen „Systema saturnium" 1659 erschien.

daß Pater Castel – Louis-Bertrand Castel (1688–1757) hatte als einer der leitenden Redakteure der Zeitschrift des Jesuitenordens „Journal de Trévoux" Voltaires „Eléments de la philosophie de Newton" sehr abfällig besprochen.

19 *wie platt er an den Polen ist* – Der lange Streit, den Cartesianer und Newtonianer um die Gestalt der Erde geführt hatten, war durch die 1736/37 in Tornea in Norwegen durchgeführten Messungen einer von Maupertuis geleiteten französischen Expedition zugunsten der von Newton behaupteten Abplattung an den Polen entschieden worden.

20 *eine Forschergruppe vom Polarkreis* – Mitglieder der Lappland-Expedition waren neben Maupertuis, mit dem Voltaire seit 1733 in regem Gedankenaustausch stand, Clairault, Camus, Lemonnier und Celsius. Voltaire hatte das ganze Unternehmen mit Interesse verfolgt.

22 *Leuwenhoek und Hartsoeker* – Der holländische Tuchmacher Leuwenhoek (1632–1723) und sein Landsmann Hartsoeker (1656–1725) beanspruchten beide, als erste die Spermatozoen entdeckt zu haben; Voltaire erwähnt sie schon im 17. Brief der „Lettres philosophiques".

ich habe die Natur auf frischer Tat ertappt – ein Ausdruck, den Fontenelle geprägt hatte.

25 *die Doktor Swift ja beim Namen genannt hätte* – in seiner berühmten Satire „Gullivers Reisen", über die sich Voltaire begeistert äußerte, als er sie 1727 kennenlernte.

was Vergil ... über die Bienen gesagt – Anspielungen auf den vierten Gesang des Vergilschen Versepos „Vom Landbau", auf die „Biblia naturae sive Historia insectorum" des holländischen Entomologen Swammerdam und auf die „Mémoires pour l'histoire des insectes" des französischen Naturforschers Réaumur.

26 *hunderttausend andre Tiere, die Turbane tragen* – Gemeint ist der Krieg der Türkei gegen Rußland und Österreich (1735–1739), mit dessen Beendigung durch den Vertrag von Belgrad Asow endgültig an Rußland fiel, während Belgrad wieder unter türkische Herrschaft geriet. Voltaire hat aus seiner Ablehnung des Krieges als einer jeglicher Menschenvernunft hohnsprechenden Einrichtung nie ein Hehl gemacht.

27 *Der Älteste zitierte Aristoteles* – Die folgende Revue der unterschiedlichen Ansichten bedeutender Philosophen über die Funktion der Seele findet im Bekenntnis zu Locke ihren Höhepunkt.

29 *Tierlein in eckigem Barett* – ein Doktor der Sorbonne.

Thomas von Aquino – Der erste und bedeutendste scholastische Kirchenlehrer, Thomas von Aquino (1225–1274), verschmolz die Lehren der christlichen Kirche mit der Philosophie des Aristoteles. Seine „Summa contra gentiles" ist eine gegen die Averroisten gerichtete Apologie des katholischen Glaubens.

30 *die Tollheiten und Frevel der Perser* – Voltaire verfolgte mehr als die Absicht der üblichen Verhüllung, als er sich von neuem dem Genre der orientalisierenden Erzählung zuwandte. Wie der ganze Anfang von „Le Monde comme il va" zeigt, bot dieser Rahmen auch die Möglichkeit zu einer Fülle von mehr oder weniger offenen Anspielungen auf die Geschichten des Alten Testaments: Wie der eifersüchtige Judengott den Propheten Jonas nach „der großen Stadt Ninive" sendet, so schickt der Genius Ituriel seinen erwählten Diener nach Persepolis. Intensive Bibelstudien in Cirey dürften Voltaires Erzähllaune inspiriert haben.

32 *durch das uralte, grobschlächtige Tor* – Eine ähnliche Kritik an der französischen Hauptstadt findet sich im 22. Kapitel des „Candide": „Er erreichte sie am Faubourg Saint-Marceau und glaubte im häßlichsten aller Dörfer von Westphalen zu sein."

33 *Sie hoben einen großen Stein aus dem Boden* – Die von Voltaire geschilderte Szene geht in einer Kirche vor sich, wo man noch Tote begräbt.

34 *Wann werden wir hier den Herrn sehen* – Für Ludwig XV., genannt „le bien-aimé", wurde erst 1763 ein Standbild errichtet, das seit 1748 von der Stadt Paris beschlossen war.

ein riesiges Haus – Das Hôtel des Invalides, dessen Bau 1671 begonnen wurde, ist die älteste Stiftung zur Versorgung dienstuntauglich gewordener Soldaten.

35 *daß man ein Richteramt kauft* – Schon im 16. Jahrhundert hatte sich in Frankreich das System des Ämterkaufs durchgesetzt. Neben der korrumpierenden Wirkung der Gerichtssporteln, die Rechtsuchende dem Beamten zu zahlen hatten, zeitigte es obendrein die Unabsetzbarkeit des Richterstandes: der Monarch konnte keinen Beamten entlassen, der sein Amt gekauft hatte, ohne ihm den hohen Kaufpreis zurückzuerstatten. Auch die Patente zu höheren Offiziersposten, an sich ein Privileg des Adels, mußten vom König gekauft werden – die innere Aushöhlung der

absoluten Monarchie durch die Macht des Geldes ist hier mit Händen zu greifen.

36 *vierzig plebejische Könige* – die Generalsteuerpächter, von denen es bis 1755 vierzig, danach sechzig gab. Gegen eine jährliche Pauschale hatte der König ihnen das Recht abgetreten, die indirekten Steuern zu erheben, was sie ausnutzten, um märchenhafte Gewinne zu machen.

39 *ein Halbmagier* – ein Jansenist.

Zerdust – persischer Name für Zarathustra.

Priesterkönig in Tibet – der Papst in Rom, der 1713 mit der Bulle „Unigenitus“ den Jansenismus als ketzerisch hatte verdammen lassen.

Sie hatten einige Kenntnis ... erlangt – Dieser Satz und der folgende erschienen erst in der Ausgabe von 1756. Die Misere der Literaten, die auf materielle Unterstützung durch einen Mäzen angewiesen waren, ist seit der Jahrhundertmitte von der Aufklärung immer kritischer beleuchtet worden. In Diderots „Neveu de Rameau“ hat sie ihre klassische Gestaltung gefunden.

40 *Gazetten der Verleumdung* – Das Strafgericht gilt den Literaturzeitschriften wie den Romanen; für beide Genres bot die klassische Poetik keinen Platz.

Die wahrhaft Weisen leben zurückgezogen – Voltaire spricht hier pro domo und verteidigt sein zurückgezogenes Leben in Cirey.

43 *einen kleinen alten Herrn* – der Kardinal de Fleury, seit 1726 Premierminister Ludwigs XV.

45 *ist doch alles erträglich* – Mit dieser Maxime schloß die Erzählung 1748; der kontrastierende Vergleich mit dem Propheten Jonas stammt von 1756.

46 *Sultanin Sheraa* – Die Zeitgenossen brauchten keinen Scharfsinn, um in ihr die Marquise de Pompadour zu erkennen, die sich für die Interessen der Aufklärung durchaus aufgeschlossen zeigte. – Der persische Dichter Sadi, dessen „Golestan“ 1634 ins Französische, 1864 ins Deutsche übersetzt wurde, lebte von 1213/19 bis 1292, also zweihundert Jahre früher, als Voltaire vorgibt, wenn er nach der Hedschra, der Zeitrechnung der Muslims, datiert.

47 *Ulug Beg* – ein Nachkomme des Mongolenherrschers Timur bzw. Tamerlan, der von 1390 bis 1449 lebte und von Voltaire im „Essai sur les mœurs“ als Gründer der ersten Akademie der Wissenschaften in Samarkand und als aufgeklärter Despot geschildert worden ist.

Thalestris – Die Königin der Amazonen suchte Alexander den Großen, der hier mit seinem arabischen Namen erscheint, auf, um von ihm einen Sohn zu bekommen. – Über den Besuch der Königin von Saba bei Salomo berichten im Alten Testament das 1. Buch der Könige, Kap. 10, und das 2. Buch der Chronik, Kap. 9.

Zoroaster – griechische Form für Zarathustra, den Stifter des Glaubens der alten Iranier in der Mitte des 6. Jahrhunderts v. u. Z. Voltaire verdankt seine Kenntnis der Religion der Parsen dem Buch des Engländers Hyde „Historia religionis veterum Persarum“ (1700), wo der Mythos des Zoroaster nach einem Resümee des „Awesta" wiedergegeben wird. Die Texte des „Awesta" selbst kannte Voltaire nicht; die Zitate, die er gelegentlich anführt, sind von ihm erfunden.

48 *Imaus* – antiker Name des Himalaja.

49 *Memphis* – Die Hauptstadt des alten Ägypten war von Babylon weit entfernt; Voltaire verfügt über die Geographie des Orients zumeist mit der Freiheit der Dichter.

51 *Herrn Arnous Säckchen gegen den Schlagfluß* – In einer Anmerkung zur Ausgabe von 1748 verweist Voltaire auf die enorme Reklame des Apothekers, der „alle Schlagflüsse mit einem um den Hals gehängten Säckchen in den Zeitungen heilte und unterband".

52 *wieviel Unzen Wasser* – Voltaire spielt hier auf Untersuchungen der Pariser Akademie der Wissenschaften an. Eine Berechnung der Wassermenge hatte Pitot 1732 vorgelegt; meteorologische Beobachtungen wurden jährlich mitgeteilt; die von Bon de Saint-Hilaire 1710 veröffentlichte „Dissertation sur l'araignée ..." hatte der einflußreiche Réaumur mit Lob bedacht, von dem selbst verschiedene Denkschriften über die Möglichkeit, mittels Glas Porzellan zu gewinnen, der Akademie vorgelegt worden waren. Auch Voltaire hatte sich um eine Aufnahme in diese Akademie beworben, aber nicht die Unterstützung Réaumurs gefunden, was seine scherzhafte Rache erklärt.

53 *Desturham* – Gemeint ist der Defterdar, einer der vier Würdenträger in der türkischen Reichsregierung, der mit dem Ressort der Finanzen betraut war.

Ormuzd – nach der Lehre Zarathustras das Prinzip des Guten, dem Ahriman, Prinzip des Bösen, gegenübersteht.

56 *Yebor* – Anagramm des Bischofs von Mirepoix de Boyer (1675–1755), der seit dem Erscheinen der „Lettres philosophiques" mehrfach seinen Einfluß gegen Voltaire aufbot.

63 *die Monaden und die prästabilierte Harmonie* – Ergänzung von 1752, als Voltaire sich immer entschiedener von Leibniz entfernte. Daß dabei die Differenzierung von „Substanz" und „Akzidens", „Abstraktem" und „Konkretem" umstandslos mit „Astronomie" und „Dämonomanie" auf eine Stufe gerät, zeigt, wie der Kampf gegen die Metaphysik der Schule mit Verlusten an dialektischem Denken gepaart war.

64 *Mithra* – der Lichtgott der persischen Religion.

nicht den guten alten orientalischen Stil – Mit dieser Stilkritik ist natürlich die Bibel aufs Korn genommen: man vergleiche Psalm 114,3–6; Jesaja 14,12; Judith 16,18.

65 *Zenda-Vesta* – Die Schreibweise erklärt sich aus einer falschen Etymologie: Voltaire denkt an Vesta, die Göttin des Herdfeuers bei den Römern, und nimmt eine nicht bestehende Beziehung zum Feuerkult der alten Perser an; er verwechselt auf diese Weise ein Buch mit einem Gott: denn „Zend-Avesta" bzw. „Zänd-Awesta" heißt „Kommentar" und „Heiliger Text".

70 *Kanopus* – im Altertum eine Stadt an einer der Nilmündungen.

74 *nach der Arabischen Wüste* – Gemeint ist die Wüste Horeb in Syrien.

76 *Gangariden* – Bewohner des Gangesufers.

78 *Basra* – Stadt am Schatt al Arab, nahe dem Zusammenfluß von Tigris und Euphrat, von der Gegend von Horeb also weit entfernt. Cathay ist eine alte Bezeichnung für das nördliche China.

79 *die Leiche meiner Tante* – Dieser Passus muß auf Johann Georg Hamann einen tiefen Eindruck gemacht haben. Als er sich 1759 Kant gegenüber wegen seiner Geldschulden bei dem Rigaer Handelshaus Berens zu verteidigen hatte, wagte er dem Philosophen in einem Brief zu schreiben: „wenn er sterben sollte, wolle er dem Hrn. Berens seinen Leichnam vermachen, den er, wie die Ägyptier, zum Pfand nehmen könnte."

unstreitig sind wir Eure Vorfahren – Voltaire ist auf diesen Gedanken, die Inder seien das älteste Volk der Geschichte, immer wieder zurückgekommen. So schreibt er 1765 in der „Philosophie de l'histoire": „Wenn es erlaubt ist, Hypothesen zu bilden, sind die Inder, zum Ganges hin, vielleicht die am frühesten in einem Volkskörper vereinigten Menschen."

Apis – in Memphis, Ägyptens Hauptstadt, als heilig verehrter Stier. Im Tierkult lebt der alte Totemismus in veränderter Gestalt weiter.

80 *Kambalu* – Name Pekings bei Marco Polo, im 14. Jahrhundert. Die chinesischen Wörter „Li" und „Tien" bedeuten, nach einer Anmerkung Voltaires: „*Li*, das natürliche Licht, die Vernunft ...
Tien, die Himmel; doch bedeuten sie auch Gott."

das Chaos – Nach Hesiod entstand der gähnend leere Raum von allem, was ist, zuerst. In Ovids „Metamorphosen" ist das Chaos eine „rohe Masse", in der die Keime alles später Gewordenen noch ungeschieden durcheinanderliegen. Die von Aristoteles eingeführte Unterscheidung zwischen Form und Materie hält Voltaire für eine metaphysische Spitzfindigkeit.

83 *ihre Nase, die nicht wie der Turm von Libanon war* – Parodie eines Bibelzitats: „Deine Nase ist wie der Turm auf dem Libanon, der gen Damaskus sieht." (Das Hohelied Salomos, 7,5)

Tidore und Ternate – zwei Molukken-Inseln.

96 *Sphäre der Venus* – Gemeint ist die vierte der neun Sphären, die nach dem System des Ptolemäus das Universum bildeten.

98 *Ein großer Turnierplatz* – Das von Voltaire beschriebene Turnier paßt eher zu den ritterlichen Traditionen des europäischen Mittelalters als zu den Sitten des Orients, doch hatte auf ähnliche Weise schon Ariost im „Rasenden Roland" ein Turnier in Damaskus geschildert.

104 *die Menschen urteilten zu Unrecht über ein Ganzes* – Das ist der theoretische Gehalt der Leibnizschen „Theodizee".

105 *der Mensch kann sich weder Empfindung noch Vorstellungen geben* – Das lehrte die sensualistische Erkenntnistheorie Lockes.

107 *es gibt keinen Zufall* – ein weiterer wichtiger Gedanke von Leibniz, der mit bemerkenswertem dialektischem Spürsinn den Ursprung der Zufäl-

ligkeit in der Unendlichkeit erkannte und deshalb die Beachtung des universellen Zusammenhangs als methodisches Prinzip aufstellte.

114 *Geist und Herz* – eine von Rollin, dem Rektor der Sorbonne, gebrauchte Wendung, die Voltaire wiederholt verspottet (vgl. Anm. zu S. 12).

120 *Amerika war noch nicht entdeckt* – und damit den Europäern auch die Geschlechtskrankheit noch unbekannt.

123 *gewisse Poeten, gewisse Philosophen* – Neben Pope und Shaftesbury ist vor allem Leibniz gemeint, dessen Idee der Vielzahl möglicher Welten bei Voltaire freilich so wiedergegeben wird, als existierten diese gradweise vollkommneren Welten auch in Wirklichkeit. Der im „Zadig" schon angedeutete Zweifel an einem harmonischen Weltbild wird nun mit Bestimmtheit ausgesprochen.

124 *Citophile* – Der Name, zusammengesetzt aus dem lateinischen citus (schnell) und dem griechischen Wort für lieben, steht in bewußter Kontrastfunktion zum Begriff der Zeit am Schluß der Erzählung.

der Tochter des großen Henri IV. – Henriette von Frankreich, die Frau Karls I.

einen wackeren Musikanten – David Rizzio, seit 1561 am Hof der Königin in Schottland; Voltaire erzählt die Geschichte im Kapitel 169 des „Essai sur les mœurs".

Johanna von Neapel – Die von Petrarca und Boccaccio gefeierte Königin Johanna I. von Neapel wurde 1382 erdrosselt; das 69. Kapitel des „Essai sur les mœurs" ist ihr gewidmet.

126 *Candia* – seit dem 9. Jahrhundert der Name für Kreta, das sich im 17. Jahrhundert Venezianer und Türken gegenseitig streitig machten.

Iro – Anagramm für den Komödiendichter Pierre-Charles Roy (1683–1764), der Voltaire 1746 attackiert hatte.

Minos – der Sage nach der Herrscher von Kreta und Gemahl der Pasiphae; er ließ das Labyrinth erbauen. Minotaurus hieß das daselbst hausende stiermenschliche Untier, das Kinder fraß und auch Liebhaber der Pasiphae gewesen sein soll, bevor es von Theseus erschlagen wurde.

die Kategorien des Aristoteles – Die Logik des großen griechischen Philosophen, durch scholastischen Mißbrauch und durch Bacons Kritik diskreditiert, galt den französischen Aufklärern allgemein als Symbol metaphysischer Spitzfindigkeit.

Signora Olimpia – Olimpia Maldachini, die Stiefschwester des Papstes Innozenz X. Die folgenden erfundenen Namen sprechen für sich: Signora „Macht-es", Pater „Dolcher" und Pater „Teufelswurz".

128 *die Galeonen* – die Schiffe mit den Schätzen aus den Kolonien in Amerika.

129 *mit der heiligen Hermandad* – „Hermandad", „Bruderschaft", nannte sich ursprünglich das Bündnis der kastilischen und aragonischen Städte gegen den Adel; später wurde der Begriff gebräuchlich als Bezeichnung der Polizei.

die Memoiren des berühmten Bischofs Chiapa – Gemeint ist Bartolomé de Las Casas (1474–1566), seit 1544 Bischof von Chiapa in Mexiko, und seine „Brevísima relación de la destrucción de las Indias", in der die barbarische Politik der spanischen Eroberer gegen die Bewohner Amerikas angeprangert worden war. Voltaires Urteil im 145. Kapitel des „Essai sur les mœurs": „Ich halte den Bericht von Las Casas an mehr als einer Stelle für übertrieben; doch angenommen, daß er um das Zehnfache übertreibt, es bliebe genug, um von Entsetzen gepackt zu werden."

130 *Allah, Illah, Allah* – der wichtigste Satz des moslemischen Glaubensbekenntnisses: „Es gibt keine Gottheit außer Allah."

131 *einen furchtbaren Streit* – Den Streit um die chinesischen Zeremonien hat Voltaire im 39. Kapitel des „Siècle de Louis XIV" behandelt.

132 *Macao* – portugiesischer Freihafen in China.

Golkonda – Stadt in Indien.

Aurangseb – mongolischer Herrscher (1619–1707), in Delhi 1659 zum Kaiser gekrönt; unter ihm erlebte das Reich der Mongolen den Höhepunkt seiner Macht.

Mulei Ismail – Sultan von Marokko (1672–1727); Voltaire charakterisiert ihn im „Siècle de Louis XIV", 18. Kapitel, als „den kriegerischsten und verschlagensten Tyrannen, den es damals bei den mohammedanischen Völkern gab".

135 *Kosmolonigologie* – Wie zahlreiche andere philosophische Grundbegriffe, hat der Leibniz-Schüler Christian Wolff (1679–1754) auch den Terminus „Kosmologie" in allgemeinen Umlauf gebracht. Die folgende inhaltliche Auseinandersetzung mit Wolff und Leibniz ist so schon sprachlich eröffnet.

keine Wirkung ohne Ursache – Grundsatz der Kausalität, den die Scholastik verstand als Unterordnung der Wirkursachen unter die Finalursachen. Voltaire läßt im weiteren bewußt unberücksichtigt, daß in Leibnizens philosophischem System der Unterschied zwischen der wirklichen Welt und den „möglichen" Welten als Unterschied zwischen Wesen und Erscheinung bestimmt war.

137 *Zwei blaugekleidete Männer* – zwei preußische Werber; in der sich anschließenden Szene aus dem Siebenjährigen Kriege vertreten die „Bulgaren" die Preußen, die „Avaren" die Franzosen. Mit der Wahl der skythischen Volksnamen verleiht Voltaire den kämpfenden Parteien die Aura der Wildheit, die in den Augen der Griechen jene rohen Barbaren nördlich des Schwarzen Meeres besaßen.

140 *Almosen* – Was in katholischen Gegenden noch als althergebrachte Sitte gilt, wird in dem ökonomisch fortgeschrittenen Holland als Laster beurteilt und mit Einweisung in Arbeitshäuser bestraft.

ein guter Wiedertäufer – „Die Nachfolger dieser grausamen Fanatiker", schrieb Voltaire im „Essai sur les mœurs", „sind die friedfertigsten Menschen, beschäftigt mit ihren Manufakturen und ihrem Handel, arbeitsam, mildtätig."

145 *als sie die Erde unter ihren Füßen beben fühlen* – Das Erdbeben von Lissabon, das die Stadt am 1. November 1755 in Schutt und Asche legte, hatte Voltaire schon in dem philosophischen Poem „Sur le désastre de Lis-

bonne“ zum Anlaß scharfer Kritik an der Erklärung des Übels durch die Philosophen genommen.

146 *auf vier Fahrten nach Japan bin ich viermal aufs Kruzifix getreten* – In Japan war 1586 die christliche Religion verboten und alle im Dienst der Holländer stehenden Japaner verpflichtet worden, den Beweis, daß sie die Religion der Europäer nicht teilten, dadurch zu geben, daß sie auf dem Kruzifix herumtrampelten.

147 *ein schönes Autodafé vorzuführen* – In der Tat wurde nach dem Erdbeben in Lissabon, am 20. Juni 1756, ein Autodafé, ein Glaubensgericht, veranstaltet.

und dabei den Speck weggeworfen hatten – womit sie sich verhielten wie die Juden, denen das Gesetz verbot, Schweinefleisch zu essen.

Sanbenito – die Kleidung der zum Autodafé Verurteilten, eine verstümmelte Form von „sacco benito“.

155 *daß die Güter dieser Erde allen Menschen gemeinsam sind und jeder das gleiche Recht auf sie besitzt* – Diese Gedanken sind Pangloss in den Mund gelegt, um sie zu diskreditieren. Man beachte jedoch, daß Voltaire dabei nicht an den modernen Kommunismus denkt, der auf der Gemeinschaft des Produzierens beruht, sondern noch an den Kommunismus, wie er vom Urchristentum angestrebt wurde, der „ganz den Verhältnissen seiner Zeit entsprechend ein Kommunismus der Genußmittel, ein Kommunismus ihres Verteilens und gemeinsamen Verzehrens“ war (Karl Kautsky).

156 *Candide, der bei den Bulgaren gedient hatte* – Das Ansehen der preußischen Armee, deren auf höhere Schnelligkeit und damit größere Feuerkraft ausgerichtetes „Exerzierreglement“ Voltaire von Potsdam her bestens vertraut war, verhilft Candide zu einer unerwarteten Karriere.

160 *O che sciagura . . .* – (ital.) Oh, welch ein Unglück, wenn man keine Eier mehr hat!

161 *die dritten machen sich daran, Staaten zu regieren* – Anspielung auf den Sänger Farinelli (1705–1782), der in Spanien unter Philipp V. und Ferdinand VI. die Position eines Favoriten innehatte.

von einer christlichen Macht zum König von Marokko gesandt – Portugal bemühte sich im Spanischen Erbfolgekrieg um ein Bündnis mit Marokko.

164 *einen deutschen Professor namens Robeck* – Johann Robeck (1672–1735) hatte sich freiwillig in der Weser ertränkt, nachdem er eine philosophische Verteidigung des Freitods geschrieben hatte.

165 *Obwohl diese Gefälligkeitslüge bei den Alten einst sehr in Mode gewesen war* – Gemeint ist die Geschichte Abrahams und Sarahs in Ägypten, von der das 1. Buch Mose, Kapitel 12, berichtet.

167 *Tucuman* – Provinz im Nordwesten von Buenos Aires.

das Reich der Padres – Ein „Reich der Padres“ hat es in Paraguay zwar nicht gegeben, doch war der Einfluß der Jesuiten sehr groß. Das von ihnen aufgebaute System der Gütergemeinschaft war sehr umstritten. Ihre Unterstützung der Indios, die seit 1750 gegen die europäischen Kolonialherren sich empörten, wertet Voltaire als Versuch, die weltliche Ordnungsmacht durch eine geistliche abzulösen.

168 *Sponton* – eine Art Halbpike, der Hellebarde ähnlich.

173 *Journal de Trévoux* – Gemeint sind die seit 1701 von der Gesellschaft Jesu veröffentlichten „Mémoires pour servir à l'histoire des sciences et des beaux arts", nach dem Namen der Stadt, wo sie gedruckt wurden, gewöhnlich „Journal de Trévoux" genannt. Die fortschrittbeflissenen Jesuiten hatten lange Zeit die brillante Entwicklung ihres ehemaligen Zöglings mit Nachsicht begleitet. Die voranschreitende Enthüllung der Ziele der Aufklärungsbewegung hatte sie jedoch schließlich auf die Position einer reinen Apologetik gezwungen, von der aus sie auch Voltaires philosophische Werke verurteilten.

174 *die Ohrlöffel* – Voltaire stützt sich bei dieser Episode auf spanische Quellen, die er auch für seinen „Essai sur les mœurs" benutzt hatte. „Orejones" nannten die Spanier jene Indios, deren Ohren durch Schmuckgehänge verlängert waren.

Jesuitenbraten – Die heftige Attacke auf den Orden ist im Kontext der Zeitgeschichte zu sehen, als Antwort der Aufklärung auf das vor allem von den Jesuiten betriebene Verbot der Enzyklopädie. In Paris wurde das von Voltaire geprägte „Mangeons du jésuite!" damals zum geflügelten Wort.

176 *Eldorado* – (span.) das Goldene; Name für ein Goldreich, das einer der Gefährten des spanischen Konquistadoren Francisco Pizarro im 16. Jahrhundert zwischen Amazonas und Orinoko entdeckt haben will.

177 *Tetuan und Mequinez* – Städte in Marokko.

180 *von den erstaunlichen Umwälzungen in Peru* – Die Inkas hatten ihre Macht über das ganze Gebiet des heutigen Peru ausgedehnt. Die andauernden Spannungen zwischen den Inkas und den eroberten Völkerschaften lähmte später ihre Widerstandskraft gegenüber den spanischen Eindringlingen.

Ritter Raleigh – Der englische Seefahrer Sir Walter Raleigh war 1595 zu einer Entdeckungsfahrt nach Guayana aufgebrochen, um das sagenhafte Eldorado für die britische Krone zu erobern. In seiner „Entdekkungsgeschichte von Guayana" hat er später darüber berichtet.

186 *Vanderdendur* – Der Name soll wahrscheinlich an den holländischen Verleger Van Duren erinnern, mit dem Voltaire bei der Herausgabe des „Anti-Machiavel" (1740) Auseinandersetzungen gehabt hatte.

190 *Sozinianer* – Anhänger der in Europa im 16. und 17. Jahrhundert verbreiteten Bewegung der Antitrinitarier, die sich durch Ablehnung des Trinitätsdogmas, rationalistische Bibelauslegung und Zurückweisung aller christlichen Konfessionen auszeichneten. Nach ihrem bedeutendsten Vertreter, dem Italiener Fausto Sozzini (1538–1634) benannt, waren die Sozinianer die historischen Vorläufer des Deismus.

191 *Manichäer* – Anhänger der aus altiranischen und christlich-gnostischen Ideen zusammengesetzten Lehre des Persers Mani (216–273). Im Manichäismus stehen sich das Gute und das Böse, Licht und Finsternis im ewi-

gen Kampf gegenüber. Vom Kirchenvater Augustin heftig bekämpft, hat sich der Manichäismus in Europa nur bis zum 6. Jahrhundert behaupten können.

193 *die fanatisierte Kanaille* – Anspielung auf die Unzufriedenheit der hauptstädtischen Massen, die in religiösen Unruhen zum Ausdruck kam, bis die Regierung 1729 einschritt und das Treiben auf dem Grabe des Diakons Pâris, auf dem Friedhof Saint-Médard, verbot.

194 *jenes dicke Buch* – die Bibel, wo es 1. Buch Mose, Kap. 1, Vers 2 heißt: „Und der Geist Gottes schwebte auf dem Wasser."

195 *einem Gelehrten aus dem Norden* – Maupertuis, der Präsident der Berliner Akademie der Wissenschaften seit 1741, war von Voltaire schon in der Satire „Diatribe du Docteur Akakia" dafür verspottet worden, die Existenz Gottes mit mathematischen Formeln beweisen zu wollen.

196 *einen Schein, zahlbar in der anderen Welt ...* – Die 1750 eingeführte Regelung, Sterbenden nur noch die kirchlichen Sakramente zu geben, wenn ein Beichtzettel vorlag, den ein als Gegner der Jansenisten bekannter Priester unterzeichnet hatte, leitete die letzte Etappe der innerkirchlichen Auseinandersetzung zwischen Molinismus und Jansenismus ein, an deren Ende das Verbot des Jesuitenordens stand.

Man gab ein neues Trauerspiel – Das Stück, das Candide Tränen entlockt und der Schauspielerin Clairon einen triumphalen Erfolg brachte, ist Voltaires am 3. 9. 1760 aufgeführter „Tancrède", den Goethe später übersetzen sollte.

197 *in einer ziemlich platten Tragödie* – „Der Graf von Essex", Tragödie von Thomas Corneille von 1678.

Fräulein Monime – Adrienne Lecouvreur hatte ihre Karriere an der Comédie Française mit der Rolle der Monime in Racines „Mithridate" eröffnet. Als sie 1730 starb, verweigerte ihr der Klerus als Schauspielerin ein kirchliches Begräbnis, was Voltaire wiederholt als Zeichen von Barbarei angeprangert hat.

198 *einen Fréron* – Elie-Cathérine Fréron (1719–1776), einer der gefährlichsten Widersacher der französischen Aufklärung. In seiner einflußreichen Zeitschrift „L'Année littéraire", die auch Lessing sich hielt, wußte der gewandte Kritiker immer wieder Besprechungen von Werken Voltaires zu veröffentlichen, die dessen Galle erregten.

199 *den Roman von Gauchat* – Was Voltaire als ungenießbaren „Roman" abfertigt, ist eins der zahlreichen apologetischen Werke der Zeit: Gabriel Gauchat, „Lettres critiques, ou Analyse et réfutation de divers écrits modernes contre la religion", Band 1–12, Paris 1755–1763.

die „Vermischten Schriften" des Erzdiakons T ... – Für den Abbé Trublet (1697–1770), einen treuen Gefolgsmann Fontenelles, hegte Voltaire wenig Sympathie. Dessen „Essais sur divers sujets de morale et de littérature" waren 1735 erstmals erschienen und wurden in erweiterter Form mehrfach aufgelegt.

204 *Weil ein Lump ... einen Königsmord beging* – Damiens, gebürtig aus Arras, im Artois, hatte am 5. Januar 1757 ein Attentat auf Ludwig XV.

versucht, den König aber nur verletzt – ähnlich wie Châtel am 27. Dezember 1594 Heinrich IV.; dem Anschlag Ravaillacs am 14. Mai 1610 sollte letzterer dann erliegen. Voltaire sieht in religiösem Fanatismus die eigentliche Ursache dieser Attentate.

206 *Es ist ein Admiral* – Der englische Admiral John Byng wurde nach dem mißlungenen Versuch, die von Franzosen besetzte Insel Menorca zu befreien, von einem Kriegsgericht verurteilt und 1757 erschossen. Voltaire, der sich vergeblich bemüht hatte, das Leben des Admirals zu retten, sah in Byng das Opfer politischer Kabalen.

211 *Senator Pococurante* – im Italienischen ein sprechender Name: „der sich kaum Sorgen macht". Es wird den Leser nicht überraschen, wenn er erfährt, daß auch dieser edle Venezianer mit jener Sorge zu kämpfen hat, die das Leben der europäischen Adelsgesellschaft im 18. Jahrhundert allgemein überschattete: die Sorge der Langeweile.

213 *Homer . . . Vergil . . . Horaz . . .* – Die folgenden schroffen Urteile über die antiken Autoren müssen in jenem Zusammenhang gesehen werden, aus dem sie hervorgingen: dem Streit der Modernen mit den Altertumsfreunden, der in der zweiten Dekade des 18. Jahrhunderts noch einmal aufgeflammt war. Voltaire hat die hier vorgebrachten Ansichten schon 1727 im „Essai sur la poésie épique" vertreten. Eine veränderte Wertung erfahren nur Ariost und Milton: die Ablehnung des „Verlorenen Paradieses" fällt noch schärfer als damals aus, während er dem „Rasenden Roland" jetzt mehr Achtung als früher entgegenbringt.

218 *Achmed III.* – Sultan von 1703–1730.

Iwan – Iwan VI., 1740 zum Zar proklamiert, aber wenige Monate später zugunsten Elisabeths entmachtet, wurde dann eingekerkert und im Auftrag Katharinas II. 1764 ermordet.

219 *Charles Edward* – Sohn des Jakob Stuart, Enkel Jakobs II.

König der Polacken – August III. Friedrich, der Sohn Augusts des Starken, floh 1756 bei der Besetzung Sachsens durch die preußische Armee nach Warschau, wo er gleichzeitig als König fungierte.

ebenfalls König der Polacken – Als Rußland im Polnischen Erbfolgekrieg 1733–1738 die Wahl Augusts II. von Sachsen gegen den durch Frankreich unterstützten und seit 1733 regierenden Stanisław Leszczyński, den Schwiegervater Ludwigs XV., erzwang, erhielt dieser Lothringen zugesprochen, das nach seinem Tode 1766 an Frankreich fiel.

Ich heiße Theodor – Theodor von Neuhoff, ein Baron aus Westfalen und ein Abenteurer, der 1736 für acht Monate König von Korsika war, wegen Schulden anschließend ins Gefängnis wanderte und 1756 starb.

221 *Ragotzki* – Franz II. Rákóczy (1676–1735), ein ungarischer Fürst, der sich 1703 gegen die Österreicher erhob und 1707 zum König von Transsylvanien wählen ließ. Nach seiner Vertreibung lebte er seit 1720 im Exil in der Türkei.

226 *da Leibniz nicht unrecht gehabt haben kann* – Was Voltaire hier Pangloss, „dem tiefsten Metaphysiker Deutschlands", in den Mund legt,

wirkt weniger komisch als bestürzend realistisch, wenn man danebenstellt, was Lessing 1773 äußerte: „O meine Freunde", endet sein Aufsatz über „Leibniz von den ewigen Strafen", „warum sollten wir scharfsinniger als Leibniz ... scheinen wollen?"

232 *ut operaretur eum* – ironisches Zitat aus dem 1. Buch Mose, 2,15.

233 *Brahmanen* – Mitglieder der obersten Kaste der Hindus, die als Priester, Gelehrte und Politiker eine außerordentliche Machtstellung einnahmen.

247 *unsere Vorstellungen hängen im Schlaf so wenig von uns ab als im Wachen* – Voltaire hat diesen sensualistischen Grundgedanken, mit dem er in einer bis auf Lukrez zurückreichenden mechanistischen Perzeptionstheorie steht, auch in anderen Werken vertreten.

249 *Catherine Vadé* – Natürlich gehören das Fräulein Catherine Vadé samt ihrem „seligen Vetter Antoine" zu der Reihe fiktiver Namen, in deren Erfindung Voltaire unerschöpflich war. „Die Voltairesche Bibliographie wird mit diesem fortgesetzten Mummenschanz zur reinen Faschingsprozession. Voltaire tritt heute als Erzbischof von Canterbury und morgen als Kaiser von China vor seine Leser, als Hauskaplan des Grafen Chesterfield namens Dr. Good-nature-well-wisher, als litauischer Pope, als der Rabbiner Akib, dann wieder als Erzbischof von Nowgorod." (Werner Krauss)

252 *beherrscht er den Kodex, der Mitwelt zu gefallen* – Über die Kunst zu gefallen, eine wichtige Frage in der Gesellschaft des Absolutismus, hat es in der zeitgenössischen Moralistik einen ganzen Literaturzweig gegeben. Voltaire hat hier wohl die „Essais sur la nécessité et sur les moyens de plaire" im Auge, die Moncrif, ein Parteigänger Fontenelles, 1738 veröffentlicht hatte.

253 *wie ein Schöngeist sagt* – Fontenelle.

254 *der Herr Marquis solle tanzen lernen* – Die Szene ist offensichtlich inspiriert vom ersten Akt des „Bourgeois gentilhomme", in dem Molière schon das mangelnde Selbstbewußtsein von Bürgern satirisch aufgespießt hatte.

255 *„Année littéraire"* – ein Seitenhieb auf Frérons Zeitschrift (vgl. Anm. zu S. 198). Die zitierten Autoren waren berühmt für ihre Chansons und galanten Verse epikureischer Gesinnung.

261 *Hurone* – friedlicher Indianerstamm von etwa 16 000 Menschen, den die Franzosen bei ihrer Ankunft in Kanada vorfanden.

Nihil admirari – (lat.) sich über nichts wundern; eine von Horaz geprägte Maxime, die der englische Politiker und Aufklärer Bolingbroke, bei dem Voltaire 1726 Asyl fand, wiederaufgenommen hatte.

262 *einen von euren französischen Flüchtlingen* – Das Edikt von Nantes, das die Religionsfreiheit der Reformierten in Frankreich garantiert hatte, war 1685 aufgehoben worden. Die Emigration der Hugenotten begann schon 1681.

263 *Sagar Théodat* – ein Missionar, der seit 1623 unter den Huronen gelebt hatte. Voltaire besaß Théodats 1632 erschienenes Buch „Grand Voyage au pays des Hurons avec un dictionnaire".

269 *Jamaika und Virginia wegnehmen* – Die „patriotischen“ Erwartungen von 1689 stehen mit der Zeitgeschichte nach dem Siebenjährigen Krieg in stärkstem Kontrast: im Vertrag von Paris 1763 mußte Frankreich Kanada, Ohio und Mississippi an England abtreten.

273 *Kandake* – Königin Äthiopiens, die das Christentum in ihrem Lande einführte.

284 *Saumur* – eine Stadt mit rein protestantischer Bevölkerung, von der nach der Aufhebung des Edikts von Nantes über die Hälfte emigrierte.

285 *Nos dulcia linquimus arva* ... – Vers aus Vergils „Bucolica“.

Dragoner – Soldaten, die der französische Kriegsminister Louvois in die protestantischen Gebiete schickte, um die Katholisierung der verbliebenen Reformierten zu beschleunigen.

286 *Es sind die Jesuiten* – Wiederum kontrastiert Voltaire das Zeitgeschehen mit der Geschichte: die Jesuiten, die maßgeblich zur Vertreibung der Protestanten beigetragen hatten, waren 1764 selbst aus Frankreich vertrieben worden.

290 *Port-Royal* – Das Zisterzienserkloster Port-Royal-des-Champs, in der Nähe von Versailles gelegen, war seit 1640 Zentrum der jansenistischen Reformbewegung in Frankreich. Als die unerbittlichen theologischen Lehren der Jansenisten eine wachsende Anziehungskraft im Lebensraum der profanen Gesellschaft entwickelten, wurde das Kloster, das durch die jahrzehntelangen Verfolgungen zu einem Symbol des Widerstandes gegen den Absolutismus geworden war, auf Befehl Ludwigs XIV. 1710 niedergebrannt.

jener englischen Tropfen – Das von dem englischen Militärarzt Goddard erfundene Herzmittel stand in Frankreich am Ausgang des 17. Jahrhunderts hoch im Kurs.

292 *Wegen der wirksamen Gnade* – In der Interpretation des Dogmas der göttlichen Gnade vertraten Jansenisten und Jesuiten unterschiedliche Auffassungen.

Arnauld und Nicole – Antoine Arnauld (1612–1694) war der Führer der französischen Jansenisten im 17. Jahrhundert. Zusammen mit Pierre Nicole (1625–1695), einem der „Einsiedler“ aus Port-Royal, verfaßte er die von cartesianischem Geist erfüllte Logik von Port-Royal, die unter dem Titel „L'art de penser“ 1662 erschien.

Rohault – Jacques Rohault (1620–1675), ein Anhänger der cartesianischen Physik, veröffentlichte 1671 einen „Traité de physique“. Als unbedingter Anhänger Newtons läßt Voltaire keine Gelegenheit ungenutzt, den Cartesianismus zu attackieren.

„Suche nach der Wahrheit“ – das philosophische Hauptwerk des Oratorianers Malebranche (1638–1715) „De la recherche de la vérité“. Voltaire bewundert im ersten Band die Erkenntniskritik, kritisiert dagegen am zweiten die Metaphysik und die Methode des a priori.

293 *die Büchse der Pandora* – Es folgen verschiedene Parabeln, mit denen in der Religion der Griechen, der Perser, der Ägypter und der Christen der Ursprung des Bösen erklärt wurde.

294 *den Abt von Saint-Cyran und Jansenius* – Der niederländische Theologe Jansenius (1585–1638) hatte mit seinem Buch „Augustinus" den Jansenismus begründet. Abbé de Saint-Cyran war dessen wirksamer Propagator in Frankreich und besonders in Port-Royal.

295 *Fezensac, Fesansaguet und Astarac* – Der folgende Absatz mit seiner Kritik an der Geschichtsschreibung des Absolutismus zeigt sehr schön, daß Voltaires Geschichtsdenken von durchaus demokratischen Impulsen getragen wurde.

296 *einem Phrygier* – Gemeint ist der Held des troischen Sagenkreises, Aeneas, der nach der Zerstörung Trojas durch die Griechen nach langen Irrfahrten eine neue Heimat in Latium fand und als Ahnherr des römischen Volkes galt.

Skythien – alter Name für Rußland.

Thukydides – der griechische Geschichtsschreiber des Peloponnesischen Krieges, bei dem die Götter zur Erklärung der Ereignisse dieser Welt nicht mehr bemüht werden.

„Amadis" – spanisch-portugiesischer Roman, 1508 zum ersten Male erschienen, der das Vorbild des europäischen Ritterromans im 16. und 17. Jahrhundert wurde.

297 *Apädeuten* – ein von Voltaire aus dem Griechischen abgeleitetes Wort im Sinne von „Ignoranten".

Die Wahrheit strahlt durch ihr eigenes Licht – wörtliches Zitat aus dem philosophischen Roman Marmontels „Bélisaire" (1767), den die Sorbonne wegen des Kapitels über die Toleranz verurteilte.

Visé ... Faydit – Jean Donneau de Visé (1638–1710), modernistisch gesinnter Journalist und Kritiker, der als der reichste Schriftsteller seiner Zeit galt; Pierre Valentin Faydit (1640–1709), dessen „Télémacomanie" eine Kritik an Fénelons berühmtem Erziehungsroman war. Wie alle großen französischen Aufklärer hatte Voltaire für die Literaturkritik als Institution zeitlebens eine tiefe Abneigung.

298 *Die Fabel von den beiden Tauben* – Fabel von La Fontaine.

299 *„Iphigenie", „Phädra", „Andromache", „Athalie"* – die wichtigsten, zwischen 1667 und 1690 geschriebenen Tragödien Jean Racines, den Voltaire als den unübertroffenen Meister der tragischen Kunst verehrte.

„Rodogune" – Stück von Pierre Corneille, dem Begründer der klassischen französischen Tragödie, das dieser als sein bestes bezeichnete und das die meisten Aufführungen erlebte. Auf die Kritik des Huronen bezieht sich auch Lessing am 18. August 1767 in der „Hamburgischen Dramaturgie". – Der etwas später erwähnte „Cinna" ist eine der noch immer bedeutenden Schöpfungen Corneilles.

301 *Madame Guyon* – Vertreterin des Quietismus, einer am Ende des 17. Jahrhunderts in Frankreich wirksamen Spielart der Mystik. Auf Betreiben Bossuets wurde der Quietismus vom Papst verurteilt.

307 *Saint-Pouange* – Der Figur Saint-Pouanges wird historische Ähnlichkeit nicht abgesprochen, anvisiert ist jedoch von Voltaire der berüchtigte Staatsminister Ludwigs XV., Saint-Florentin.

315 *des finstern Schlosses ...* – Verse aus der „Henriade", dem von den Zeitgenossen viel bewunderten epischen Heldengedicht, das Voltaire während seines eigenen Bastille-Aufenthalts begonnen und 1723 vollendet hatte.

321 *Marillac* – Der Marschall Marillac konspirierte gegen Richelieu und wurde 1632 in Paris hingerichtet.

323 *den folgenden Kriegsminister aussuchen* – Das „Porträt" galt wahrscheinlich dem Minister Choiseul, mit dem Voltaire gute Beziehungen unterhielt.

328 *Cato* – Cato von Utica, der sich nach dem Sieg Caesars tötete, um den Untergang der römischen Republik nicht überleben zu müssen. In der römischen Kaiserzeit wurde er zur Idealgestalt des Republikaners.

333 *Don Felipe el Discreto* – Gemeint ist Philipp II. (1556–1598), dessen Politik des „roll back" der Reformation in Europa für Spanien den Niedergang als Weltmacht einleitete, für Frankreich die Unterstützung der katholischen Adligen gegen die Hugenotten beinhaltete.

Madame de Maintenon – Voltaires überraschend wohlwollende Beurteilung der bigotten Witwe Scarrons, unter deren Einfluß der alternde Ludwig XIV. devot wurde, erklärt sich aus dem doppelten Respekt vor dem sozialen Aufstieg dieser Frau, die, im Gefängnis geboren, als Frühwaise im Kloster erzogen, schließlich den Platz einer morganatischen Gattin des Sonnenkönigs einnahm, und vor der schriftstellerischen Leistung ihrer „Lettres".

334 *die gesetzgebende und ausführende Gewalt sei ... Miteigentümerin meines Ackers* – Zitat aus dem 1767 erschienenen Buch „L'Ordre naturel et essentiel des sociétés politiques" des Physiokraten Lemercier de La Rivière. Daß jeder Landbesitzende „mindestens die Hälfte" seines Einkommens dem Staat schulde, folgert Voltaire ironisch aus dem unglücklich gewählten Ausdruck „Miteigentümer". Bei Quesnay, dem genialen Begründer der physiokratischen Theorie, ist der Gedanke klar formuliert: „Allein die Dauer des Besitzes veranlaßt, daß man Arbeit und Kapital auf die Kultur des Bodens verwendet ... Da aber nur die Staatsgewalt das Eigentum der Untertanen dauernd sichert, hat diese ein Urrecht auf einen Anteil an den Früchten der Erde."

weil alles von der Erde komme – Daß der Physiokratismus die Produktion von Mehrwert ausschließlich der Landwirtschaft zuschrieb, machte die Widersprüchlichkeit dieser Bewegung aus, deren Wesen Marx daher als „bürgerliche Reproduktion von Feudalismus" gedeutet hat. Voltaires Kritik richtet sich dagegen, daß nur die Pächter und Grundeigentümer, nicht aber auch die sogenannte „sterile" Klasse, Kaufleute und Manufakturunternehmer, Steuern aufbringen sollten.

337 *Mein Mathematiker* – Gemeint ist der Mathematiker Antoine Deparcieux (1703–1768), der sich durch Arbeiten über das Rentenwesen und die Pariser Wasserversorgung einen Namen gemacht hatte.

340 *der Theologe, der Zuckerbäcker ... der Kutscher* – Berühmter ist die Liste der unproduktiven Arbeiter, die Adam Smith in seinem ökonomischen

Hauptwerk 1776 zusammenstellte: Neben dem „Fürst(en) samt allen Justiz- und Militärbeamten, die unter ihm dienen, die ganze Flotte und Armee“, dazu „Geistliche, Juristen, Ärzte, Gelehrte aller Art; Schauspieler, Possenreißer, Musiker ... usw.“.

341 *La Valette* – Der Jesuitenpater La Valette (1708–1767), seit 1754 Verantwortlicher aller französischen Missionen in Südamerika, mußte 1756 einen Bankrott von zwei Millionen Francs anmelden, was den ersten Anstoß für die spätere Ausweisung des Ordens aus Frankreich gab.

Patouillet und Nonotte – Der Jesuit Patouillet (1691–1771) hatte 1756 Auseinandersetzungen mit dem Pariser Gerichtshof; Pater Nonotte (1711–1793) gehört zu den ärgsten klerikalen Widersachern Voltaires.

347 *diese widerrechtliche Einheitssteuer* – Daß die Physiokraten mit dem Programm einer Einheitssteuer zugleich mit dem ganzen Wust feudaler und partikularer Privilegien aufräumen wollten, kommt hier zum Ausdruck.

sechzig Generälen – die Steuerpächter Frankreichs.

348 *Iliacos intra muros ...* – ein Potpourri klassischer Sentenzen, die erste aus Horazens „Episteln“ (I, 2,16), die zweite aus dessen „Satiren“ (I, 1,106), die dritte aus den „Fabeln“ des Phaidros (II, 5).

350 *Recht der toten Hand* – Der Grundherr besaß damit Erbansprüche auf den Besitz der Bauern, während diese ohne jedes Recht testamentarischer Verfügungen waren. Grundlage für dieses Prinzip war die beim Zerfall des Römischen Reiches aufgekommene Ideologie, daß die Kirche zwar Grundeigentum erwerben, aber nie veräußern könne, da es einem jenseitigen Herrn gehöre.

351 *Euge! Inspektor bone et fidelis ...* – Ironisches Zitat der Parabel vom treuen Knecht, Matthäus 25,21 und 24: „Ei, du frommer und getreuer Knecht, du bist über wenigem getreu gewesen, ich will dich über viel setzen.“

353 *„Der Bürger als Finanzmann“* – Stück von Jean-Baptiste Navau aus dem Jahr 1757.

Testament des großen Ministers Colbert – Gatien de Courtilz, ein nach Holland emigrierter Hugenotte und Journalist, veröffentlichte das Testament Colberts 1693 in Den Haag.

den „Zehnten“ von Marschall Vauban – Autor des „Projet de dîme royal“ (1707) ist Vauban, doch ließ Boisguilbert im gleichen Jahr sein „Détail de la France“ (Erstausgabe 1695) unter dem Titel „Testament politique de M. de Vauban“ erscheinen, was Voltaires Irrtum erklärt.

Testament des Kardinals Richelieu – Voltaire zweifelt zu Unrecht an der Authentizität des 1687 erschienenen Testaments.

die Testamente des Kardinals Alberoni und des Marschalls von Belle-Isle – Verfasser des „Testament politique du cardinal Jules Alberoni“ (1753) waren Durey de Morsan und Maubert de Gouvest; das Testament des Herzogs von Belle-Isle (1761) wird Chevrier zugeschrieben.

353 *Solone und Lykurgen* – Solon war Gesetzgeber in Athen, Lykurg der vermeintliche Gesetzgeber Spartas.

Triptolemosse – Triptolemos war ein Günstling der römischen Göttin der Fruchtbarkeit, Ceres. Angespielt ist auf die zeitgenössischen Schriftsteller über die Landwirtschaft, die mit ihren Verbesserungssystemen diese altehrwürdige Kunst gleichsam von neuem zu erfinden vorgaben.

355 *wie der Teufel von Papefiguière* – Anspielung auf Rabelais' „Pantagruel", Buch 4, Kapitel 46.

Telliamed – Anagramm von Maillet, Verfasser des „Telliamed, ou Entretiens d'un philosophe indien avec un missionnaire français" (1748), ein Werk, in dem eine Theorie der Entstehung der Welt vorgelegt worden war. – Thales von Milet (etwa 624–564 v. u. Z.) war von Aristoteles an die Spitze der ionischen Naturphilosophen gestellt und damit zum Begründer der Philosophie überhaupt erklärt worden, der als erster versuchte, die Vielheit der Erscheinungen auf einen einzigen Urstoff, das Wasser, zurückzuführen.

357 *daß alle Gebirge aus dem Wasser entstanden sind* – Das war die Idee, die vor allem Buffon in seiner „Théorie de la terre" (1749) vertrat. Voltaire hatte sich – zu Unrecht – schon 1746 scharf gegen Theorien dieser Art ausgesprochen.

358 *verkappter irischer Jesuit* – Needham (1713–1781), der die spontane Zeugung experimentell nachgewiesen zu haben glaubte.

Fatio – Fatio de Duiller (1664–1753), Mathematiker und Astronom, der als Wundertäter endete.

ein Lappländer – Maupertuis (vgl. Anm. zu S. 20), der von seiner Expedition zwei Lappländermädchen mitgebracht hatte; Voltaire greift hier auf seine Maupertuis-Polemik in der „Diatribe du docteur Akakia" von 1752 zurück.

359 *wo sein Kind sich befände* – Den folgenden Abschnitt hat Voltaire fast unverändert in den Artikel „Génération" der „Questions sur l'Encyclopédie" übernommen.

360 *Pater Sanchez* – Das Werk des spanischen Jesuiten „De Sancto matrimonii sacramento" erschien 1602.

utrum virgo Maria ... – (lat.) ob die Jungfrau Maria bei ihrer Kopulation mit dem Heiligen Geist Samenflüssigkeit absonderte.

361 *Zwei Holländer* – Leuwenhoek (1632–1723) und Hartsoeker (1656–1725).

362 *„Physische Venus"* – ein Werk von Maupertuis.

369 *der „Menschenfreund"* – Gemeint ist das Werk des „schrullenhaften patriarchalischen alten Mirabeau" (Marx), „L'ami des hommes, ou Traité de la population", das erstmals 1756 erschien.

370 *Ut ridentibus arrident ...* – (lat.) Wie mit den Lachenden lacht, also auch den Weinenden folget/Gern des Menschen Gesicht. (Horaz, „Über die Dichtkunst", Vers 101–102). Die von Sanadon in seiner Horazausgabe 1728 gegebene Lesart war die richtige.

371 *Wenn der Pfarrer von der Provinz bezahlt würde* – Die Revolution sollte diesen Wunsch verwirklichen.

372 *Tartarei* – Gemeint ist Frankreich und genauer noch Abbeville, wo 1766 die Hinrichtung des Chevalier de La Barre erfolgt war.

Der Kaiser von China – der König von Preußen.

373 *Beccaria* – Der Mailänder Rechtsphilosoph Cesare Bonesana marchese de Beccaria (1738–1794) hatte 1764 mit dem „Trattato dei delitti e delle pene" den entscheidenden Anstoß zur Reform des in der Mitte des 18. Jahrhunderts noch völlig mittelalterlichen Kriminalrechts gegeben.

Cogé – Coger (1723–1780), ein Lehrer der Rhetorik am Collège Mazarin, der 1767 eine Kritik an Marmontels Roman „Bélisaire" veröffentlicht hatte. Unter den folgenden Namen gehören Nonotte, La Beaumelle und Fréron zur Gruppe der Hauptgegner Voltaires in der Spätaufklärung, obwohl sie im einzelnen ganz unterschiedliche Positionen vertreten.

Larcher – Der französische Hellenist Larcher hatte 1767 ein „Supplément à la philosophie de l'histoire" vorgelegt, in dem er die Irrtümer in Voltaires „Philosophie de l'histoire" aufdeckte.

dem armen Jean-Jacques – Wie schon bei früheren Gelegenheiten sucht Voltaire den revolutionären Ideen Rousseaus den Stachel dadurch zu nehmen, daß er ihnen eine lächerliche Seite abgewinnt: er spielt hier u.a. auf Rousseaus Roman „Julie, ou la Nouvelle Héloïse" und auf den Erziehungsroman „Emile, ou De l'éducation" an.

374 *Malagrida, Oldcorn, Garnet ...* – Gabriel Malagrida wurde nach dem Attentat auf den König von Portugal 1761 in Lissabon erdrosselt und verbrannt. Henry Garnet und Edward Oldcorn wurden 1606 in London hingerichtet, nachdem die Pulververschwörung entdeckt war, ein Plan fanatischer Katholiken, Jakob I. und das Parlament in die Luft zu sprengen. Unter dem Verdacht der Mitschuld an dem Attentatsversuch Jean Châtels auf Heinrich IV. von Frankreich (1794) wurden Guignard und Gueret gehängt und verbrannt. Le Tellier, der jesuitische Beichtvater Ludwigs XIV., benutzte seine Stellung, den alternden Sonnenkönig zu verhängnisvollen Entscheidungen zu bestimmen.

375 *die Rede eines Generalstaatsanwalts* – Der „Discours sur l'administration de la justice criminelle" (1767) von Antoine Servan beinhaltete den Vorschlag, nicht nur Folter und Todesstrafe abzuschaffen, sondern auch jede Strafe für Religionsvergehen.

377 *wisk* – Gemeint ist Whist.

Marc-Michel Rey – bedeutender Verleger französischer Aufklärungsliteratur in Amsterdam.

381 *Jacques Clément* – indem er den König ermordete.

382 *Geist und Herz* – Vgl. Anm. zu S. 12.

383 *Mark Aurel* – Marcus Aurelius Antoninus, 161–180 Kaiser in Rom, verkörperte als „Weiser auf dem Thron" ein Idealbild der Aufklärung.

Karpokratianer – Anhänger des Karpokrates, die von der Gottheit Christi und seiner Auferstehung nichts wissen wollten, während die „Alogen"

(Logosleugner) die Lehre der Kirchenväter von dem in Christus fleischgewordenen Wort Gottes negierten.

384 *Wechselbriefe* – Beichtzettel.

Vetorechtler – Parteigänger des kleinen Rates in Genf, der die Privilegien der Genfer Patrizier mit dem Vetorecht gegen die „Genfer Bürgervertreter" verteidigte.

386 *„Antiphilosophisches Wörterbuch"* – Voltaires 1764 erschienenes „Dictionnaire philosophique" war 1766 auf dem Körper des wegen Blasphemie enthaupteten Chevalier de La Barre verbrannt worden. Das „Dictionnaire antiphilosophique" des Louis-Mayeul Chaudon hatte in seiner Erstausgabe 1767 den Bericht des Paters Routh an den päpstlichen Nuntius über die letzten Stunden Montesquieus abgedruckt.

387 *Garasse ... Guignard ... Boucher ...* – François Garasse, ein Jesuit, der wegen der Wildheit und Grobheit seiner Predigten berüchtigt war; die weiteren Namen bezeichnen fanatische Anhänger der katholischen Liga während der Religionskriege in Frankreich.

Gegner der Aristotelischen Kategorien – In der Tat hatte der Gerichtshof in Paris 1624 zwei Chemiker verurteilt, die nicht alle Ansichten des Aristoteles gelten lassen wollten.

388 *trotz aller Verflüssigungen* – Im „Essai sur les mœurs" findet sich die Erklärung: „Die drei Wunder geschehen in dieser Stadt auf den Tag genau, indem das Blut vom heiligen Januarius, vom heiligen Johannes dem Täufer und vom heiligen Stephanus, das in Flaschen aufbewahrt wird, sich verflüssigt, wenn man es ihren Köpfen nahebringt."

daß Zelter vor Mauleseln den Kratzfuß machen – Der König von Neapel war als Vasall des Papstes verpflichtet, einen Tribut von 7000 Talern zu entrichten, der einem Zelter um den Hals gehängt wurde.

Pinto – ein portugiesischer Jude, der gegen Pauschalurteile über die Juden protestiert hatte; er korrespondierte mit Voltaire.

Gallitzin – Botschafter Rußlands in Paris und Herausgeber der Werke des Helvétius.

389 *aus den „Persischen Briefen"* – Gemeint ist der Brief 112 aus Montesquieus berühmtem Jugendwerk.

Pater Petau – Denis Petau (1583–1652), ein Vertreter des im 17. Jahrhundert blühenden Geschichtszweiges der „Chronologie", die es unternahm, das Alter der Welt aus der biblischen Geschlechterfolge zu errechnen.

390 *Silhouette* – Etienne de Silhouette, seit 1759 Generalkontrolleur der Finanzen, wurde rasch so unbeliebt, daß sein Name im allgemeinen Sprachgebrauch für schlecht gemachte Gegenstände gebräuchlich wurde. Mit seiner Kritik an den haltlosen Zahlenangaben älterer und neuerer Schriftsteller verdeutlicht Voltaire das gewachsene Interesse seiner Zeit an präzisen statistischen Angaben.

391 *Das Thema Luxus* – gehört wie die Zahlenstatistik zu den Lieblingsthemen des Jahrhunderts. An die Stelle der traditionellen moralischen Verurteilung des Luxus als Verschwendung traten mit dem Übergang

von der Gebrauchswert- zur Tauschwertproduktion ökonomische Gesichtspunkte. Wie Voltaire betrachten auch Montesquieu, Diderot und Helvétius den Luxus als stimulierenden Faktor des ökonomischen und sozialen Fortschritts.

392 *Home* – Henry Home, Lord Kames (1696–1782), der Schule der Schottischen Philosophie angehörend; legte seine Anschauungen in dem dreibändigen Werk „Elements of Criticism" nieder.

Denina – Carlo Denina (1731–1813), ein italienischer Historiker, der 1790/91 „La Prusse littéraire sous Frédéric II" in französischer Sprache vorlegte und seine Karriere als persönlicher Bibliothekar Napoleons beendete, hatte in einem „Discorso sopra le vicende di ogni letteratura" eine Art von universaler Literaturgeschichte vorgelegt, in der die damals gängigen literaturästhetischen Theorien popularisiert wurden.

Grotius – Der niederländische Rechtsphilosoph Hugo Grotius (1583–1645) wurde mit seinem Hauptwerk „De iure belli et pacis" (1625) einer der Begründer des Völkerrechts.

393 *die Geschichte Peters des Großen* – Voltaires 1763 veröffentlichte „Histoire de l'Empire de Russie sous Pierre le Grand" krankte vor allem daran, daß der Hof in Petersburg dem Autor nur einseitig zusammengestellte und obendrein verstümmelte Auszüge aus den entscheidenden historischen Quellen zugänglich gemacht hatte.

395 *Amasis* – altägyptischer Pharao des 6. Jahrhunderts v. u. Z., der allerdings kein „Todfeind", sondern ein Verbündeter Nebukadnezars war.

Der greise Mambres – einer der beiden ägyptischen Magier, die in dem vom 2. Buch Mose, 7 und 8, erzählten Wettkampf im Wundertun gegen die Hebräer Moses und Aron unterlagen.

398 *Trojas Untergang* – Die Zerstörung der Stadt datierten die antiken Gelehrten auf 1184. Die Synchronie mit der Herrschaftsepoche zweier Könige, die den Namen Hiram tragen, und zweier Pharaonen namens Neferkera ist von Voltaire erfunden.

399 *Zauberin von Endor* – Saul, der König der Hebräer, ließ durch die Wahrsagerin von Endor den Schatten Samuels beschwören, bevor es zur Schlacht mit den Philistern kam (vgl. 1. Samuel 28, 7–25).

Die Eselin ... Der Fisch ... Der Hund ... – die Texte, auf die Voltaire sich bezieht: 4. Mose 22,22–30; Jona 2,1–11; Tobias 1,13–16; 3. Mose 16,7–10; 1. Mose 8,7–8.

404 *das bizarrste Versepos* – Gemeint ist John Miltons „Paradise Lost" (1667).

406 *ein junger Jude* – Daniel, auch Belsazar genannt (vgl. Daniel 2,1–49).

408 *Larchers Haarspaltereien* – Der Verfasser mehrerer Gegenschriften zu Voltaireschen Werken dürfte im Recht sein, wenn er Voltaire vorhielt, das Wort „Dynastie" sei vom modernen Sprachgebrauch auf die Folge von Herrschern innerhalb einer Familie festgelegt.

409 *die wahre Geschichte* – Gemeint sind Ovids „Metamorphosen", deren Lektüre jungen Leuten als Einführung in die griechische Sagenwelt diente.

410 *und jeden Monat regelmäßig ihre Tage hat* – Voltaire fand die beiden von ihm angemerkten lateinischen Zitate im Kommentar der wichtigsten Quelle seiner Bibelkenntnisse, dem „Commentaire littéral sur tous les livres de l'Ancien et du Nouveau Testament" des Benediktiners Augustin Calmet, 1707–1716 in 24 Bänden erschienen (zu 2. Mose 19,26). Das früher dem Kirchenvater Tertullian beigelegte Gedicht ist von der modernen Forschung einem unbekannten Autor des 4. Jahrhunderts zugeschrieben: „Und lebend ihr Geschlecht auch in der anderen Gestalt, heißt es, die pflichtgemäßen Reinigungen enden mit der üblichen Blutung." Irenäus: „Sie zeigt durch naturgemäße Schwächen, was zur Gewohnheit der Frauen gehört."

die Kerasten – Ovid berichtet in den „Metamorphosen" (X, 222 ff.) von diesem gehörnten Volksstamm auf Zypern.

411 *Denn es steht geschrieben* – Vgl. Anm. zu S. 406.

415 *Rerum concordia discors* – (lat.) Die lapidare Fassung eines Grundthemas Voltaireschen Denkens stammt von Horaz, „Episteln" I, 12,19.

418 *Pieriden* – Die Töchter des Pieros hatten nach Ovids „Metamorphosen" (V, 670/71) die Musen herausgefordert und wurden von Apollo in Elstern verwandelt.

419 *Manetho* – ägyptischer Historiker, der um 270 v. u. Z. eine „Geschichte Ägyptens" schrieb, von der nur Fragmente erhalten sind; Voltaires Angabe ist natürlich erfunden.

420 *Sie berichtete* – Anspielung auf 4. Mose 22,6–9; Josua 3,14–17; Richter 11,1.

421 *Abbadie* – Jacques Abbadie, ein nach England emigrierter Theologe, dessen „Traité de la vérité de la religion chrétienne" (1684) zahlreiche Auflagen erlebte. Claude-François Houteville steht mit seinem Buch „La religion chrétienne prouvée par les faits" (1722) für die katholische Apologetik.

„Witwe von Ephesus" – eine Erzählung von La Fontaine.

Sonnen und Monde – Anspielungen auf Psalm 114,4; Josua 3,14–17; Könige 2,34–37.

422 *„Geist und Herz" zu bilden* – Vgl. Anm. zu S. 12.

Inhalt

Der einäugige Lastträger 5
Mikromegas 11
Die Welt, wie sie ist 30
Zadig oder Das Schicksal 46
Memnon oder Die menschliche Weisheit 118
Die beiden Getrösteten 124
Die Geschichte von Scarmentados Reisen 126
Candide oder Der Optimismus 134
Die Geschichte von dem guten Brahmanen 233
Der Weiße und der Schwarze 236
Jeannot und Colin 250
Das Naturkind 259
Der Vierzigtalermann 332
Der weiße Stier 395

Anhang

Victor Klemperer: Voltaire und seine kleinen Romane . 433
Anmerkungen 462